三国演义

[明] 罗贯中・著
吴　非・评点

SAN GUO YAN YI

四大名著名师精讲丛书

王俊鸣　管然荣　主编

山东教育出版社
Shandong Education Press
・济南・

图书在版编目（CIP）数据

三国演义 /（明）罗贯中著；吴非评点. --济南：山东教育出版社，2025. 5. --（四大名著名师精讲丛书 / 王俊鸣，管然荣主编）. --ISBN 978-7-5701-3686-5

Ⅰ. I207.413-49

中国国家版本馆CIP数据核字第2025U628G8号

丛书策划：周红心
责任编辑：齐　爽
责任校对：薄子桓
装帧设计：闫　姝

SIDAMINGZHU MINGSHI JINGJIANG CONGSHU
SANGUO YANYI

四大名著名师精讲丛书　　王俊鸣　管然荣 / 主编
三国演义　　[明] 罗贯中 / 著　吴　非 / 评点

主管单位：山东出版传媒股份有限公司
出版发行：山东教育出版社
地址：济南市市中区二环南路2066号4区1号　　邮编：250003
电话：（0531）82092660　　网址：www.sjs.com.cn
印　　刷：济南鲁艺彩印有限公司
版　　次：2025年5月第1版
印　　次：2025年5月第1次印刷
开　　本：787 mm × 1092 mm　1/16
印　　张：42
字　　数：840千
定　　价：96.00元

（如印装质量有问题，请与印刷厂联系调换）印厂电话：0531-88665353

总序

管然荣

奉献给读者的这套“四大名著名师精讲丛书”，是面向广大中小学生的古典文学名著导读书。该丛书由全国著名语文特级教师王俊鸣先生领衔，由老中青三代五位名师组成的团队，历时四年，精心打造而成。

“腹有诗书气自华”，“为学之道，莫先于穷理；穷理之要，必在于读书”，“读一本好书就仿佛和一位高尚的人谈话”……**读书，尤其是阅读文学名著，对于一个人精神成长能起到不可替代的重要作用，这早已成为全人类的文明共识。阅读文学名著应该是一项文明人持续终生的高级精神活动。**

追溯中国现代语文教育，早在20世纪初，也就是现代语文独立设科初期，老一辈语文教育家就大力倡导名著阅读。1923年，叶圣陶、胡适负责起草、制定的《新学制课程标准纲要》中就有“略读整部的名著”设想。此后，又有多个版本的语文课程标准（或教学大纲）都曾明确提及名著阅读。

作为新版全国语文教育教学的纲领性文件，教育部《高中语文课程标准（2017年版）》与《义务教育语文课程标准（2022年版）》提出了“文化自信”“语言运用”“思维能力”“审美创造”四面一体的语文核心素养，并专门列出“整本书阅读与研讨”及“中华传统文化专题研讨”的课程任务。响应课标新精神，国家统编语文新教材已经把许多文学文化名著正式纳入课程内容之中。作为名著阅读课程的重要组成部分，古典名著阅读正是实施优秀传统文化课程的主要渠道。其中《西游记》《水浒传》《红楼梦》已经分别纳入统编初高中语文教材，《三国演义》也列入高中语文课外阅读书目。全国各地关于语文素养的检测评价也增添了名著阅读内容；部分省市的中考、高考命题，已将名著阅读内容纳入其中，未正式纳入的地区也在做着一定的价值导向性渗透。“以考试倒逼名著阅读”的专家提议一度成为舆论热点。纵观当下基础教育界，素质教育步步深入，课程改革层层推进；但也毋庸讳言，应试功利主义在教学实践中依然热度不减，“刷题法”在学习训练中依然屡见不鲜，“分数论”在教育评价中依然经久不衰。由此看来，以考倒逼，学生若真能借此读进一些经典名著，也是利大于弊的。

长期以来，名著导读类图书虽然时常独领书市风骚，让读者目不暇接；但是，这类书籍往往叠床架屋，千部一面，所写内容大都流于空疏宽泛的人文专题，缺乏细致入微的文本解读，缺乏系统科学的方法点拨，等而下之者，只是一些粗糙的名著梗概或故事转述，原作魅力大为削减甚至荡然无存。名著导读类图书里真正导之有法、行之有效、阅之有益的精品少之又少。因此，基础教育语文课程建设亟须改变这一现状。

本丛书将充分展现语文教育教学独有的个性化价值与功能。

四大名著积淀着源远流长的中华优秀传统文化，是举世景慕的四座巍峨的文化昆仑。

《红楼梦》作为一部百科全书式小说，通过描绘贾、史、王、薛四大家族的兴衰历程，以宝黛爱情为主线，极其深刻地反映了封建末期的社会现实及其精神风貌，被誉为“中国古典小说巅峰之作”。读者大可从中窥探缠绵悱恻、隐微曲折的情感纠葛，体察等级森严、逼真残酷的复杂世态，辨识真假有无、虚幻无常的“好了”人生，欣赏文情并茂、凄美绝伦的诗词歌赋……

《三国演义》描写了东汉末年群雄逐鹿、三国鼎立时期错综复杂、波谲云诡的历史故事。它不仅是中国第一部气势恢宏、引人入胜的章回体长篇小说，更是一部令读者在世事浮沉、王朝更迭中思考正邪、辨识贤愚、体会沧桑世道和复杂人性的人生教科书……

《水浒传》通过描绘梁山好汉起义的故事，让读者去了解古代专制社会“官逼民反”的严酷现实和生存困境，让读者去享受一次极为震撼的精神盛宴——人物形象的鲜活多样、“路见不平，拔刀相助”的侠肝义胆、忠义纠结的灵魂拷问……

《西游记》以唐僧师徒取经为主线，通过叙述师徒四人历经九九八十一难而取得真经的故事，展现了执念信仰、正直仁慈、机智勇敢、团结协作的价值力量。在曲折离奇的情节中，在与妖魔鬼怪的争斗中，孙悟空、猪八戒、沙僧、唐僧等无比鲜活的人物形象向读者迎面走来……

蔡义江先生在《〈红楼梦〉诗词曲赋评注》中说：“自唐传奇始，‘文备众体’虽已成为我国小说体裁的一个特点，但毕竟多数情况都是在故事情节需要渲染铺张，或表示感慨咏叹之处，加几首诗词或一段赞赋骈文以增效果。所谓‘众体’，实在也有限得很。《红楼梦》则不然，除小说的主体文字本身也兼收了‘众体’之所长外，其他如诗、词、曲、辞赋、歌谣、谚、赞、诔、偈语、联额、书启、灯谜、酒令、骈文、拟古文等，也应有尽有。”《三国演义》《水浒传》《西游记》大致也是如此。

长期从事中学语文教学与研究的五位作者非常清醒地认识到，无论从哪一方面看，要想真正透彻读懂四大名著，即使是成年人，也不是轻而易举的，更何况知识大多不足、阅历尚浅的中小学生呢!

面对这样的实际情况，五位作者多方调研学情，反复研读文本，广泛参考相关文献，几经打磨，精益求精，为本丛书设置出注评兼备的创新体例。

本丛书体例的设置，一切以方便学生阅读、理解原著为基本前提，既有对古老“批注”读书法精髓的传承，又有对现代阅读理论的吸收，更有自身长期阅读教学实践经验的渗透，可谓兼收并蓄、守正创新。力求引导中小学生读者真正深入理解文本，并从中学会读书。这也正是语文教育教学独有价值功能的集中体现。

在所精选的每一回内容里，除原小说外，包含以下详略不同的五方面内容：

1. **题解及内容提要**。在每一回前，写有数百字乃至上千字的“题解及内容提要”，为读者阅读本回做提示引导。若本回内容与前文内容有关联，则在开头增加简要的勾连说明，以利于读者弄懂前后文意的内在联系。

2. **回后评**。在每一回后，写有数百字或上千字的“回后评”，对本回内容做鉴赏评价，并选择精彩语段、传神细节、疑义难解之处做具体赏析点拨。若本回情节与后文内容有密切关联，还提前做一些呼应性提示。

3. **旁批（偶或有夹批）**。对所选回目中精彩语句或语段，均做有精彩“旁批”。批注类型主要有“阐释性批注”“鉴赏性批注”“感悟性批注”“勾连性批注”四种，其中以前两种为主。批注严格遵循学术规范，结合具体语境，抓住关键语句，深入浅出，渗透“以文解文”“知人论世”的方法策略，旨在指导读者掌握阅读方法，提高阅读能力。另外，对文中一些重要的诗词歌赋，作者在旁批或夹批中都给予精当恰切的阐释鉴赏。

4. **审辨**。在鉴赏批注过程中，作者适当引入一些古今名家的相关见解，并结合文本具体内容对其做出适当点评。点评持之有故，言之有据，富有学术含量。

5. **夹注（偶或在旁批中作注）**。对文中个别生僻字词、典故及文学文化常识，直接在原文做注音注释，以便于读者即时认读。

特别强调的是，本丛书的最大亮点是王俊鸣先生提炼并践行的文本解读三大规律及诸多细则。作为20世纪60年代北京大学中文系毕业的高材生，时代的特殊机缘让先生一生主要做了一件事：在高中教语文。深厚的功底与丰富的实践，让先生梳理总结出“关键信息导引律、文内诸因互解律、文外诸因互解律”等文本解读三大科学规律，尤其是“文内诸因互解律”（同义互解、对义互解、连义互解、虚实互解等）与“文外诸因互解律”（以事解文、以理解文、以情解文等）。先生多年的教育教学实践早已证明，文本解读三大科学规律及诸多细则对中小学生学会阅读具有醍醐灌顶之效。

这些精湛的读书方略，都在本丛书里得到了全方位的呈现。

本丛书将充分展现语文教师独到的治学眼光与学术追求。

针对某些值得商榷的学术观点，哪怕是业内权威说法，本丛书作者也在理性质疑的同时提出自己合理的新见。自然，这其中也包含着启发中小学生读者学会思辨性阅读，进而适时培养其批判性创新思维能力的良苦用心。

这里暂且撮要示例。

首先，本丛书对许多具体文本的诠释提出更合情理的新见。

比如，针对《红楼梦》第十七、十八回林黛玉所拟《杏帘在望》里“菱荇鹅儿水，桑榆燕子梁。一畦春韭绿，十里稻花香”两联，本丛书做了这样的赏析：“白鹅在生长着菱荇的水面嬉戏，燕子在傍晚时分栖于屋梁呢喃，一畦畦春韭蓬勃翠绿，大片的稻花散发芳香。四样景物，有的在眼前，有的是想象，把此处的田园风光描绘得令人神往。”这里把“桑榆”解释为“莫道桑榆晚”里的“桑榆”，是日暮、傍晚之意。比起“燕子飞越桑榆之间，忙忙碌碌在梁上筑巢”中把“桑榆”实解为桑树、榆树，本丛书的解释应该更符合生活常识，也更符合具体诗境吧？上联所写“白鹅在生长着菱荇的水面嬉戏”，只是同一个场景，那么下联是燕子“飞越桑榆”与“梁上筑巢”两个景象，还是燕子先“飞越桑榆”然后再去“梁上筑巢”的动态过程呢？如是前者，上下联如何对应呢？

又如，对《红楼梦》第七十回《桃花行》的一联“天机烧破鸳鸯锦，春酣欲醒移珊枕”，有红学家注上句云：“说桃花如仙女用天机所织出的红色云锦烧破了落于地面。‘烧’、‘鸳鸯’（表示喜兆的图案）皆示红色。”——“云锦烧破了”，即使不成灰也是“残品”，这样的“桃花”还有什么“美”？“烧”为什么就是“红色”？本丛书认为这种解释违背事理。“天机”并非指“天女的织机”，而是指南斗之星，并由此代指天空。“烧”也不是“燃烧”，而是指“彩霞”，在这里活用作动词。“破”不是“残破”，在这里它只是一个助词，意谓“着也，在也，了也，得也”。连起来，这句话就是说“天空的彩霞映照在佳人的鸳鸯锦被上”，如此解释才能与下句自然衔接：室内佳人“这才从酣睡中醒来，推开珊瑚枕而起床”。两相比较，本丛书的解释不是更符合文本语境，也更符合情理吗？

再如，《西游记》第五十八回《二心搅乱大乾坤　一体难修真寂灭》中“二心”是何人之心？学界说法不一，有说是悟空本人的，有说是唐僧的，有说是泛指师徒四人的，甚至还有说是如来佛祖的。本丛书作者“从荣格心理学角度来看，真悟空代表着孙悟空的人格面具，而六耳猕猴幻化的假悟空则是孙悟空人格阴影的投射，真假猴王之战其实就是人格中面具与阴影的冲突”，赞同悟空二心说。六耳猕猴与孙悟空，系其面具与阴影也。

其次，对原作内在文理的品评也迥别于某些宏大叙事式泛论。

本丛书冠名“评点”，要旨就在：于细微处下功夫，以力求引导学生读者去揣摩领悟小说巧妙的文心文理。

且看本丛书中的两处微观品评：

第十七回，写大观园工程告竣，贾政游园题咏。此时有这样一句：“可巧近日宝玉因思念秦钟，忧戚不尽，贾母常命人带他到园中来戏耍。”这“来戏耍”而“常”是很重要的交代，不然到时候贾政命他题咏，他怎么能对一处处景点说得头头是道，一额一联开口即来？

第五十九回有这样几句描写：“一日清晓，宝钗春困已醒，搴帷下榻，微觉轻寒，启户视之，见园中土润苔青，原来五更时落了几点微雨。”这似是闲笔。但看到后面就发现，此笔不“闲”：那春燕啼哭着往怡红院去，她娘急得跑了去拉她。“他回头看见，便也往前飞跑。他娘只顾赶他，不防脚下被青苔滑倒，引的莺儿三个人反都笑了。”原来那“青苔”是在这里等着春燕的娘呢。

在这里，一句有一句的作用，一事有一事的因果。俗话说“无巧不成书”，但这“巧”得合乎逻辑，得有因果的必然。一个事件的发生发展，应该是水到渠成；一个人的言行举措，应该是势所必然。“草蛇灰线，伏延千里”，唯有如此细细揣摩，方得个中三昧。

再次，本丛书对小说中一些重要人物的评价，也未囿于成见。

比如，对千古名相诸葛亮的评价，罗贯中及后人都给予了极大的褒扬；本丛书在充分赞赏其品格、智慧、事功的同时，也对骂王朗等情节，尤其是其大小事务一概事必躬亲的做法，做了客观理性的质疑性评价。

又如，对宋江接受招安行为，大多予以简单化否定，而本丛书则主张需要理性看待。从主观愿望看，面对当时官场腐败、民不聊生的社会现实，宋江希望通过梁山力量来匡正纲常、弘济时艰，这未尝不是为好汉们寻找安身立命的归宿或“曲线救国”式策略。

再如对贾雨村的评价，《红楼梦》第二回，当得知“英莲”丢失后，贾雨村答应“我自使番役务必探访回来”，有红学家在这一句后批曰：“轻诺寡信。找到后也未必能送回，读至葫芦案便知。”对贾雨村做了简单化否定。

针对这种颇具代表性的说法，本丛书认为：

这是胶柱鼓瑟之论。人是会变的，不能因为他后来的不义而否定他先前的良知。而恰恰是这种变化显示出那时官场的龌龊，它会把“好人”变坏。

“不上一年，便被上司寻了个空隙，作成一本”，革职了。为此，他“心中虽十分惭恨，却面上全无一点怨色”，而“嘻笑自若”。这一段文字，颇有史笔意蕴。这个贾雨村上任才“不上一年”，能有多大过错？“贪酷”之弊或有，而最大的罪状恐怕就是“恃才侮上”这一条。所以那上司“作成一本”乃是“寻了个空隙”。雨村“十分惭恨”。惭愧的是，辜负了甄先生当年的一片好意，更辜负了自己的一片雄心；恨的是，那上司挟嫌报复，毁自己前程，而那“龙颜大怒”也加深了他对那“龙”的了解。可以说，这一段经历改变了贾雨村。他本是一个“狠”人，经此一劫，他抛弃了人情，也放弃了壮志。当他再次走上仕途，就是一个全新的贾雨村了。“嘻笑自若”成了他的人生态度，也成了他为官的态度。以情解文，须看出贾雨村的这一重要心理转变。

鲁迅先生认为，《红楼梦》“在中国底小说中实在是不可多得的。其要点在敢于如实描写，并无讳饰，和从前的小说叙好人完全是好，坏人完全是坏的，大不相同，所以其中所叙的人物，都是真的人物”。

“真人物”不是“非白即黑”式的人物，而是复杂多变的人性复合体。本丛书所做的上述评析，不是更加入情入理，也更加真实可信吗？

本丛书所选原作依据的是哪些权威版本?

现代读者生活节奏快，压力大，特别是中小学生，课业负担繁重，难得闲暇进行整本名著通读。**本丛书从学生的实际情况出发，做了以下精心周全的甄别选择**。

首先，本丛书的《红楼梦》《西游记》《三国演义》三部名著评点，所依据的都是时下较为通行的权威版本。

鉴于《红楼梦》在高中语文新课程里占有特别重要的位置，本丛书把全书前八十回全都选入，将旷世奇才曹雪芹的经典大餐原汁原味地呈现给读者；尤为难能可贵的是，作者对所选精华内容全都做了切中肯綮的评议讲析。

本丛书从《西游记》原著中遴选三十回。考虑到小说前八回无论是从其在整部小说中的重要性上，还是从作者卓越文学才华的表现上，都堪称精华中的精华，因此全部选用。取经路上遇到的各种魔障，重点围绕主要人物形象的塑造，选取了心猿归正、火烧观音院等精彩章回。另选第九十八回和第一百回，以便读者纵观全书之艺术匠心。

本丛书从《三国演义》原著优选出六十五回。一方面围绕主线情节，如贯穿全书的三次大规模的战役——官渡之战、赤壁之战、彝陵之战，凸显重点；另一方面兼顾精彩的支线“剧情”，如诸葛亮舌战群儒、草船借箭、骂死王朗等，以免遗珠。

其次，本丛书的《水浒传》评点依据的是金圣叹贯华堂版本，从中优选出楔子和三十七回。大才子金圣叹先生独具慧眼，认为原著七十一回以后情节内容趋于松散失真，遂“腰斩”《水浒传》，摒弃后续诸如招安、破辽等章节，而以卢俊义之梦收尾。这样，贯华堂本情节紧凑，人物鲜活，似较百回本更胜一筹。

总之，作为经验丰富的语文教师，本丛书作者站在学科教学角度，从学生学习实际出发，努力引导学生读者走进四大名著，陪伴学生读者一起徜徉于这次恢宏奇绝的精神之旅。

读者诸君，倘若在阅读本丛书之后，情有所动，心有所悟，并从此爱上名著，终生爱上读书，则善莫大焉！

皇皇巨作，巍巍昆仑；洛阳纸贵，智愚咸论；丘壑意蕴，显幽烛隐；握珠抱玉，众说纷纭；趣味无辩，岂可穷尽……

五位作者虽焚膏继晷，殚精竭虑，然终为才学所限，舛误难免，敬请方家不吝赐教！

谨向倾情助力的山东教育出版社编辑团队深表谢忱！

2024 年冬日于京西昆玉河畔

序言

吴　非

《三国演义》是我国第一部长篇章回体历史演义小说，全书艺术地再现了从东汉末年天下大乱到西晋一统的历史进程。在广阔的历史背景下，小说真实而深刻地再现了当时各个封建统治集团之间错综复杂的政治军事斗争，揭露了统治阶级的残暴与丑恶，暴露了当时社会的黑暗与腐朽，描写了广大人民群众在动乱年代的痛苦生活，反映了他们向往仁政、反对暴政，要求和平统一、反对战争分裂的强烈愿望，并凭借丰富精彩的战争描写和个性鲜明的人物形象的塑造，成为我国文学史上的不朽名著。

阅读《三国演义》，应重点关注以下几个问题。

壹　章回小说

章回小说源于宋元话本，是中国古典长篇小说的普遍形式。章回小说是极具民族特色的文体，其基本特征有以下四个方面。

1. 标明回目，分章叙事。这是章回小说在体例上最明显的特征。《三国演义》共一百二十回，每一回都有一个对联式的标题，精炼概括回目内容。

2. 在结构形态方面有固定的格式以及诸多的套语。《三国演义》保留了宋元时期讲史话本的特点，每一回开头承接上一回内容，往往以“却说”开头，叙述镜头的切换或是另起一话题常用“且说”，另述他人他事可能出现“话分两头”字样，每一回的最后一般都以“且听下文分解”作结。

3. 文备众体。诗、词、赋、诏书、奏表等多种不同的文学体裁在全书中多有出现，仅就诗歌而言，就有乐府、歌行、律诗、绝句等多种不同的体例，四言、五言、七言、杂言，风格多样，各领风骚。这是章回小说作为我国文学史上晚熟的文体，广泛吸收其他文体艺术特点而形成的又一个重要特征。

4. 评点直接介入作品。在一些重大事件结束或重要人物去世后，往往会附作者原创的诗句乃至历代多首经典诗作加以评论，直接表现出作者罗贯中的褒贬爱憎倾向。

贰 对文史材料的加工

《三国演义》取材于历史而又对史料进行了高度的艺术加工和创造，正确处理了文史之间、虚实之间的关系，成为历史演义小说的典范。用著名学者章学诚《丙辰札记》中的话说，《三国演义》是“七分实事，三分虚构”。罗贯中对史料的艺术加工主要采取了以下几种方法。

1. 移花接木、张冠李戴，即把历史上本来发生在甲身上的事，合理“移植”到乙身上。如“怒鞭督邮”历史上是刘备所为，而书中却改为张飞所为，改动后更加符合主要人物的形象特点。

2. 更改时间、调换地点，即适当地调整历史事件发生的时间和地点。如“草船借箭”

之事，历史上并非发生在赤壁之战前，而是发生在赤壁之战后的五年，借箭的主角也不是诸葛亮，而是孙权。

3. 添枝加叶、踵事增华，即根据历史的简单记载进行合理的推断和充实，使事件或人物形象更丰富生动。如关于貂蝉，《后汉书》《三国志》等正史中均没有明确记录其人其事，貂蝉的历史原型只是董卓身边一个不知名的侍婢，却经过历代的民间传说逐渐成为中国古代四大美女之一。

4. 无中生有、艺术虚构，即从一定历史环境出发进行合理的艺术想象和虚构。如孙权之妹孙夫人，历史上确有其人，但《三国志》中对孙夫人的真实姓名没有记载。孙夫人婚后帮助刘备离开东吴回归荆州的情节，都是《三国演义》中合理虚构的。

叁 关于“尊刘贬曹”

《三国演义》的基本政治立场是“尊刘贬曹”，即以刘备为汉室正统，而以曹操为乱臣贼子，这也是由作者罗贯中的历史观决定的。但是，“尊刘贬曹”的立场并非仅仅是作者的主张，而是“三国故事”在长期流传过程中逐渐形成的，代表着民间广泛认可的主流观念。这一价值立场包含着诸多不同的思想因素。

1. 包含着历代“三国故事”的流传者和加工者鲜明的封建正统观念，即褒扬忠君爱国之臣，贬斥乱臣贼子。

2. 包含着一定程度的民族感情。“尊刘贬曹”在一定程度上反映了宋元时期处于少数民族政权威胁下汉族人民依恋本族政权的民族感情。

3. 包含着普通百姓反对曹操的暴虐奸诈、赞同刘备的宽厚仁慈这一朴素的思想感情。因此，“尊刘贬曹”的描写更多地表现了在长期封建社会中广大人民群众拥护明君、向往仁政、反对暴政的理想和愿望。

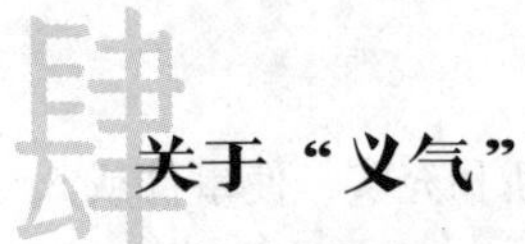

关于“义气”

“义气”是贯穿整部《三国演义》的中心思想之一，也是作者充分肯定并极力宣扬的基本观点。作品中有关“义气”的描写很多，但最集中的表现是在刘、关、张这三个主要人物身上。

客观地说，义气是封建时代小生产者道德观念的一种反映。他们在遭受到强权压迫时，相互支援，救困扶危，见义勇为，义薄云天，把友谊放在金钱和权力之上。这是对封建压迫的一种自发的反抗，因而“义气”具有反抗强暴和压迫的积极思想意义，在一定程度上反映了古代下层人民的意愿。这是它积极的方面。

另一方面，《三国演义》中宣扬的“义气”也有很大的局限性和破坏性。一是这种“义气”常常是和“忠君”联系在一起的，容易被统治阶级利用；二是这种“义气”多是建立在个人恩怨的基础之上，常常会损害整体利益。如刘、关、张兄弟三人，因义气而相聚，以义气而成功，为义气而败亡，可谓“成也桃园，败也桃园”。正因为“义气”存在这种局限性，封建统治阶级历来倡导“忠义”，目的是借“忠义”之名，行奴化之实，分化麻痹反抗者，以维护其封建统治。

伍

有条不紊、丰富精彩的战争描写

三国时期，上下半个多世纪，战事频繁，但作者却能够抓住不同战事的具体特点，有条不紊地展示了动乱年代的战争风云，使《三国演义》成为古典小说中描写战争最为成功的一部。《三国演义》中的战争描写主要表现出以下特点。

1. 主次分明，繁简得当。从三国战争的全局来看，作者把官渡之战、赤壁之战和彝陵之战作为全书战争描写的重点。从每一次具体的战事来看，以写人为主，写事为辅；着重表现双方战前的斗智，其次才是战时的斗力；详细介绍当事方的战前部署，而略于交代交战的过程。虚实手法的大量运用，也使得对战事的叙述详略得当，主次分明。

2. 同中求异，犯中见避。三国时期本就是一个战乱的时代，《三国演义》所写的战争从总体来说难免会有很多相似之处。但作者着重描写战事的主要矛盾，力求突出每次战事的独特色彩。战争的具体表现形式也是多种多样的：从战术来看，有火攻、水攻、地道战；从战争环境和战斗场所来看，有陆战、骑战、山地战、雪地战等；从战争方式来看，有阵地战、破袭战、间谍战、心理战等；从战争技巧来看，兵法中常见的声东击西、避实就虚、以退为进、以逸待劳、围城打援等战术，以及美人计、苦肉计、空城计等计谋都有精彩的运用，表现了战争的丰富多彩。

3. 张中有弛，动中有静。作者在描写战争的时候，虽然是以描写战事为主，但并不是一味地描写紧张激烈的厮杀，而是不时地穿插一些看似轻松、悠闲的片段，以调节战争的紧张气氛。如赤壁之战前曹操大宴群臣将士，横槊赋诗的情节，以及诸葛亮面对十多万魏军来袭，从容调度、空城退敌的情节等。

陆 人物形象的塑造

小说是以塑造人物为中心的文体，人物是小说的核心要素。一部小说之所以能成为经典，是因为它塑造了永立于文坛而不倒的人物形象。贾宝玉、林黛玉如此，宋江、武松如此，美猴王、猪八戒如此，曹操、诸葛亮亦是如此。《三国演义》在人物形象塑造方面大致有以下几个特点。

1. 依据历史人物的本来面貌进行艺术加工。作者所描写的主要人物形象及其事迹，与历史上的真人真事基本吻合。同时，在“尊刘贬曹”思想的指导下，作者又进行了高度的艺术加工创造。

2. 作者在塑造人物时，往往抓住人物的基本特征进行反复的渲染、刻画，突出其某一方面的个性特征。如《三国演义》着力刻画曹操的奸诈性格，以致于使曹操在后世长期成为奸诈的代名词，几乎完全掩盖了他礼贤下士、知人善任、足智多谋、才华横溢、虚怀纳谏等诸多的优点。

3. 作者往往把人物放在一系列的重大事件中来刻画其性格，很少用静态的方法刻画人物，很少写人物内心的独白，也很少写个人的生活小事。如关羽这一形象，为凸显其忠义的品德，则选取从土山约三事、斩颜良诛文丑，到挂印封金、千里走单骑、古城聚义等一连串重大事件，但从没有写过关羽何时娶妻生子、有何饮食爱好等生活中的寻常小事。

4. 作品还常常采用夸张和烘托的手法来塑造人物。如张飞喝退百万曹兵，诸葛亮舌战群儒等，通过夸张、对比、反衬等手法，起到烘云托月的效果。

曹操的形象分析

曹操历来被称为“奸雄”，小说正是从“奸”和“雄”两个方面来充分刻画曹操这一人物形象的。

对于曹操作为“英雄”的一面，作者虽然尽量淡化，但还是如实地写出了曹操在汉末动乱中异军突起、几经周折统一北方广大地区的英雄业绩。在曹操平定北方的过程中，作者也充分展示了他的雄才大略及优秀的个人性格。他具有敏锐的政治眼光，如迎驾和迁都；具有卓越的军事才能，久经沙场，战绩卓著；他重贤惜才，从他对关羽、庞统的态度即可看出；他纳谏如流；他也具有百折不挠、奋发向上的顽强性格，从不气馁，而且常能转败为胜。作者还展示了他对当时英雄人物的深刻理解，并由此显示出他博大的胸怀和远大的志向。《三国演义》基本上保留了曹操作为三方霸主之一的英雄业绩和性格特征。

但是，基于“尊刘贬曹”的基本立场倾向，作者所塑造的曹操性格的主导方面还是在于“奸诈”。从纵向的角度说，作者写曹操一生奸诈：小时候就能用假装中风的办法离间他的父亲和叔叔之间的关系；临死托付家事，分香卖履，设疑冢七十二。从横向的角度上作者从各个方面揭示了曹操的奸诈：在政治方面，作者揭露了他逼献帝、杀后妃、残杀朝中大臣的罪行，突出了他“挟天子以令诸侯”“托名汉相，实为汉贼”的奸臣本质，这在封建时代是绝对大逆不道的行为；在个人品行方面，仅就杀人一事来说，曹操杀人的办法就可谓五花八门，充分显示出他的奸诈残暴的性格。

但是，曹操毕竟与董卓、袁绍、刘表之流不同，他的奸诈总是和他的谋略才干紧密结合在一起的，奸是雄者之奸，雄是奸者之雄。如挟天子以令诸侯，既是他的奸处，也是他的雄处，为他事业的发展提供了极大的便利；又如接纳刘备、招降关羽的行为，既有收买人心的一面，也表现了他作为一个政治家的气度，这是周瑜等量小之辈所远不能比的。正因如此，曹操虽时时被对手斥为“汉贼”，却是文有谋臣，武有良将，较之吴、蜀反而有着绝对的优势。但无论是其奸诈残暴，还是其宽容大度，都是从权衡利害关系、从极端利己主义出发的，“宁教我负天下人，休教天下人负我”，正是曹操一生为人处世的根本原则。

作者并没有把曹操当成一个孤立的奸雄来描写，而是充分展示其奸雄性格与其周围环境及历史环境的关系。小而言之，小说所描写的时代是一个群雄相争、兵不厌诈、政不厌欺的时代。董卓、李傕等一批奸雄在前，又有司马父子等人步其后尘；在他周围则有一批待时而动、希冀腾达、精通谋略、善弄权术的谋士文臣；而与曹操对立的吕布、二袁、孙氏父子等也是各怀野心，各自施展权谋诈术；就连一向信奉仁义之道的刘备，为了夺取西川，居然也把庞统“兼弱攻昧，逆取顺守”的话视为金玉良言。大而言之，整个封建社会的政治，从来都是建立在刀光剑影与阴谋权术的交织上。奸雄曹操，就是在三国这个奸雄人物辈出和封建政治混乱这一特殊的历史土壤中孕育的，作者充分描写了他与历史环境的纵横联系，这就使得奸雄曹操这一人物形象不再是一个孤立的存在，而是成为那一时代乃至整个封建政治本质的概括，成为封建时期极端利己主义政治家的代表。因此，这一形象对于我们了解封建政治的本质具有极高的认识价值。

通过这一艺术形象，我们真切地看到了正史记载的丰功伟绩背后所隐藏的暴虐与奸诈，而这正是其重要的认识价值所在。同时，其“奸”与“雄”性格的多面组合，又恰好深刻地表现了基于复杂真实社会的丰富多彩的人性样态，这也正是这一形象永恒的艺术魅力所在。

诸葛亮的形象分析

诸葛亮也是一个家喻户晓的人物，这是《三国演义》的作者着力刻画的人物，是全书的灵魂。从某种意义上说，《三国演义》就是一部诸葛亮传。

诸葛亮身上集中体现了古代中华民族的聪明才智。隆中对策是诸葛亮一生政治智慧的结晶，也是蜀汉集团生存发展的唯一可行的政治纲领。遵循它，蜀汉事业就蓬勃发展；违背它，蜀汉事业就由盛而衰。同时，在他一生的政治军事生涯中，他高超的智慧可以说是无处不在，表现得丰富多彩。可以说，诸葛亮是封建时代政治家的天花板，更成为中华民族智慧的化身。

除智慧外，诸葛亮另一显著的个性特征，就是他对蜀汉事业的忠贞不贰，鞠躬尽瘁，死而后已，赢得了后人无限的敬仰。

柒 语言风格

严格来讲四大名著均属于白话小说，但因为《三国演义》成书时间相对其他名著更早，又是记述古人古事，书中不乏古典诗词文赋，所以它不可避免地带有一定的文言痕迹。明代蒋大器在为《三国演义》写的序言中这样评价它的语言风格——“文不甚深，言不甚俗”。可以说是半文半白，雅俗共赏。

捌 选文标准

因为生活节奏快，读者并非能对任何作品进行整本通读，更多倾向于个性化的选读，所以，此评点本从整部《三国演义》中优中选优，紧紧围绕主线情节，如贯穿全书的三次大规模的战役——官渡之战、赤壁之战、彝陵之战，每一场战争都是重要的历史转折点，因此都给予了较为详细的评点。有些情节虽然是支线，却描写得非常精彩，如诸葛亮舌战群儒、草船借箭、骂死王朗等。多数与主线关联较少的支线情节，如马腾马超父子与曹操的争斗、孙权死后吴国宫廷的权力争斗等，均没有入选。另外，如关羽过五关斩六将、刘备取荆南四郡、诸葛亮南征孟获、诸葛亮北伐生涯中的中间几次出征，虽然也具有一定的知名度，但在内容上重复性较高，也没有入选。有些章回只选取了一回中的部分内容进行评点。

在作品选文每回正文前的“题解及内容提要”部分，会对未加评点的情节进行必要介绍，尽可能确保情节的连贯性。

玖 品读示例

从“桃园三结义”看《三国演义》中个性鲜明、独具特色的人物形象塑造。

“桃园三结义”的故事出自《三国演义》第一回“宴桃园豪杰三结义，斩黄巾英雄首立功”，是三国故事中被后人乐道的千古美谈，刘、关、张兄弟三人的情谊堪称“古往今来友情中的至高境界”。

1. 出身寒微、志存高远的刘备

首先登场的是刘备，作者对刘备外貌的描写与对其性格的介绍是并行展开的："两耳垂肩，双手过膝"是一派宽厚多福的长者形象；"面如冠玉，唇若涂脂"又是温文尔雅的儒者形象；"性宽和，寡言语"则能体现出其深沉稳健的性格和善于团结人心的能力；"喜怒不形于色"一句，则直截了当表现刘备的城府之深。这些都暗示了刘备将来能成为一方霸主绝非偶然，早在他发迹之前就已具备了足够的政治成熟度。

作品中说刘备"不甚好读书"，却也"素有大志"。这两句评价是特别值得细细品读的，这与后文所述"玄德年已二十八岁矣"能暗相呼应。试想，在处于封建社会早期的汉末，二十八岁的刘备无疑已近中年，素有大志却未建寸功，这固然有时代原因——吏治腐败，社会黑暗，入仕之途为豪强垄断，底层百姓难觅进身之阶，但刘备自身也并未付出实质努力去尝试改变命运。就整部《三国演义》来看，刘备的个人能力在汉末群雄中并不突出，文不能安邦，武不能定国，以致后来作为晚辈的曹丕、陆逊等人都嘲笑他不懂兵法，这或许与他年轻时读书较少不无关系。

我们不妨把刘备与同为三国霸主的另外两人在"读书"问题上做个比较：原著中虽然也并没有直接指出曹操是博览群书、学贯古今之人，但从曹操高超的用兵能力和卓越的文学成就中不难推测曹操一定是饱学之士；而从孙权劝学的故事中我们也知道孙权是个爱读书的人。综观整个三国故事不难判断出，刘备的文韬武略远逊曹操，内政外交难及孙权。所以刘备在未得诸葛亮辅佐之前屡败于曹操，后又在彝陵之战大败于孙权，就不那么令读者感到奇怪了。这些都在第一回刘备初登场时埋下了伏笔。名著之所以称为名著，经典之所以成为经典，虽非寥寥数语可以概述，但作者的写作功力深厚是一大重要原因。

"专好结交天下豪杰"一句则是为下文中刘备能够主动与张飞、关羽攀谈并倾心相交做了铺垫，同时也为刘备一生的广得人心埋下了伏笔。尽管刘备早年丧父，家境贫寒，但在那个时代敢于说出"我为天子，当乘此车盖"这种"狂悖犯上"之言，绝非一般碌碌庸人所敢为，且按照一般常理，家境落魄潦倒之人更不会作此非分之想，但童年刘备却敢有这样的豪言，可见“贫贱不能移其志”，“丈夫未可轻年少”也！

刘备看到招兵榜文后“慨然长叹”，既是出于对国家前途的忧虑，也与自己所笃信的皇室血统有关，所以他才“位卑未敢忘忧国”——在看到汉王朝大厦将倾之时产生义不容辞、舍我其谁的使命感。当然，刘备出于个人血统对刘姓王朝无条件的愚忠，也就难以看到百姓反抗腐朽朝廷的正当性，他出身布衣却把双股剑挥向同为社会底层的黄巾起义军，其历史局限性也是显而易见的。但是，正如马克思所言：“人创造环境，同样环境也创造人。”我们对历史人物的评价要放置于特定历史时期，不能任意拔高，也不能求全责备。

2. 威猛率性、慷慨豪迈的张飞

张飞初登场时的第一句话就是“大丈夫不与国家出力……”未见其人，先闻其声，对陌生人的诘问如此直率，其人必坦荡；未刻意高声却如此震撼，其人必壮士。而后对张飞的外貌描写更是令人印象深刻：“身长八尺，豹头环眼，燕颔虎须，声若巨雷，势如奔马。”寥寥数语，便使得张飞豪气干云的个性和威风凛凛的形象跃然纸上。听到张飞表示愿与自己“同举大事”后，刘备“甚喜”，为何而喜？因为仅凭这一句话，就能证明刘备此番遇到的是志同道合的有志于为国效力的人。

由此我们还可深入思考：刘备胸怀大志却虚度二十八载春秋，很可能与他前半生一直未遇到机缘有关。在当时，普通百姓若想在政治上有一番作为，需要同时具备两个前提，一是“时势”，只有天下大乱才能给社会阶级的重新洗牌提供可能。如果不是天下大乱，刘备或许终其一生也只是一介织席小贩，曹操最多也只能做一个“能臣”而不会成为“奸雄”。二是“人和”，有允文允武的英雄豪杰竭忠尽智地辅佐。桃园一拜，成为刘、关、张三人彼此成就、名垂后世的开端，从这一刻开始，虽曾有误会，但三人的关系始终亲密无间、坚不可摧，一直到各自生命的尽头。正如关羽在曹营时与张辽的一段谈话中所言：“我与玄德，是朋友而兄弟、兄弟而主臣者也。”另有鲁肃在单刀会上对关羽的言说亦可为证："君侯与皇叔桃园结义，誓同生死，皇叔即君侯也。"关羽张飞的投效成为刘备发迹的开端，也成为了他事业最可靠的保障，而后来诸葛亮的加入又补足了刘备集团智谋之士不足的短板，在那之后刘备的事业突飞猛进，扶摇直上。有人认为应在上述两个前提之外再增加一项——还必须要有"资财"。对此，笔者认为，分析人类社会历史的问题固然离不开起决定作用的经济基础，但就相对独立的人和事而言，从微观层面入手分析会更适合。从后文中张飞散尽家资招募乡勇和中山商人慷慨资助马匹军械可以看出，一旦具备了"人和"，兵马钱粮的获得都更加顺利。

或许有人会质疑：既然刘备张飞二人都"专好结交天下豪杰"，为什么直到二十多岁都才只认了两个结拜兄弟？看过下文之后，方知上述两处并非空言：桃园结拜之后刘备三人能迅速"聚乡中勇士，得三百余人"，投靠幽州太守刘焉时更发展到"五百余人"。区区布衣之身却能在初露头角之时一呼百应，这定然是长期以来"结交豪杰"的结果，尽管这些乡勇皆非关、张一般"万人敌"的猛将，却必是甘愿舍命相随的"壮士"。所以，名著之所以称为名著，经典之所以成为经典，绝不仅仅是倚靠洋洋数十万字的篇幅和脍炙人口的故事，而是高超的文学技巧——无一字无来处，无一句无照应，堪称"一字千金"！

3. 英武不凡、坦荡磊落的关羽

关羽初登场时言语中传递出的特别强烈而明显的信号，就是他要"赶入城去投军"，这与刘备张飞的志愿不谋而合。作品中对关羽的外貌描写也着墨甚深："身长九尺"，人高马大，后文中他的武艺高强就更显得自然合理；"丹凤眼，卧蚕眉"则进一步强化了关羽英武不凡的气质；"髯长二尺"，显然是蓄须多年所致。这里也有一个问题值得细思——什么人会刻意蓄须？在后文第二十五回中，关羽自称"冬月多以皂纱囊裹之，恐其断也"。专门以囊盛装自己的胡须以防干裂折断，绝不只是出于"身体发肤受之父母"的考虑，唯一的解释就是关羽极其爱惜自己的形象，即便是在别人眼中不见得美观的长胡子，只要是他自己喜欢，就会在一生戎马倥偬之余时时不忘精心呵护——这让我们在对关羽惯有的“硬汉”印象之外又体会到了他颇为可爱的一面。但是，关羽这种独特的审美标准和举动也很容易让我们联想到他特立独行的性格乃至我行我素、刚愎自用的缺点。或许就是这么一个不易觉察的蓄须动机，含蓄隐晦地暗示了关羽最终悲剧的根源。此外，“面如重枣”的肤色则更具特色，联想“一颗红心”“赤胆忠心”“赤子之心”等词，不难看出，红色也已成为传统文化元素中“忠义”的专属色系，而“红脸”更成了后世戏剧舞台上忠义之士的惯用脸谱。

值得注意的是，关羽主动对刘备和张飞道出了自己杀乡势豪，“逃难江湖五六年”的经历，这若是发生在我们今天的社会，显然是有些不合常理的——为什么要主动坦白自己逃犯的身份呢？桃园结义关键在于一个“义”字，刘备不可能仅仅因为关羽不俗的仪表和想要从军的言语就愿意与之结拜。“杀乡势豪”的自述既能解释身为河东人的关羽亡命奔涿郡的原因，又能为后文故事中关羽形象与性格的进一步呈现埋下伏笔，如第五十回华容道上程昱对曹操言：“某素知云长傲上而不忍下，欺强而不凌弱；恩怨分明，信义素著……”所以，关羽自陈身世恰恰体现了他的坦荡磊落。对于这样的诚士、义士兼勇士，刘备又怎能不心生敬意呢？

目录

第一回　宴桃园豪杰三结义　斩黄巾英雄首立功　·〇〇一

第二回　张翼德怒鞭督邮　何国舅谋诛宦竖　·〇一三

第三回　议温明董卓叱丁原　馈金珠李肃说吕布　·〇二五

第四回　废汉帝陈留践位　谋董贼孟德献刀　·〇三五

第五回　发矫诏诸镇应曹公　破关兵三英战吕布　·〇四五

第六回　焚金阙董卓行凶　匿玉玺孙坚背约　·〇五七

第七回　袁绍磐河战公孙　孙坚跨江击刘表　·〇六七

第十回　勤王室马腾举义　报父仇曹操兴师　·〇七七

第十四回　曹孟德移驾幸许都　吕奉先乘夜袭徐郡　·〇八五

第十六回　吕奉先射戟辕门　曹孟德败师淯水　·〇九五
第十九回　下邳城曹操鏖兵　白门楼吕布殒命　·一〇七
第二十回　曹阿瞒许田打围　董国舅内阁受诏　·一一九
第二十一回　曹操煮酒论英雄　关公赚城斩车胄　·一二九
第二十五回　屯土山关公约三事　救白马曹操解重围　·一三九
第二十六回　袁本初败兵折将　关云长挂印封金　·一四九
第二十八回　斩蔡阳兄弟释疑　会古城主臣聚义　·一五九
第二十九回　小霸王怒斩于吉　碧眼儿坐领江东　·一六七
第三十回　战官渡本初败绩　劫乌巢孟德烧粮　·一七三
第三十一回　曹操仓亭破本初　玄德荆州依刘表　·一八五
第三十二回　夺冀州袁尚争锋　决漳河许攸献计　·一九五
第三十三回　曹丕乘乱纳甄氏　郭嘉遗计定辽东　·二〇七
第三十四回　蔡夫人隔屏听密语　刘皇叔跃马过檀溪　·二一七
第三十五回　玄德南漳逢隐沦　单福新野遇英主　·二二七
第三十六回　玄德用计袭樊城　元直走马荐诸葛　·二三五
第三十七回　司马徽再荐名士　刘玄德三顾草庐　·二四五

第三十八回　定三分隆中决策　战长江孙氏报仇 · 二五七

第三十九回　荆州城公子三求计　博望坡军师初用兵 · 二六九

第 四 十 回　蔡夫人议献荆州　诸葛亮火烧新野 · 二七九

第四十一回　刘玄德携民渡江　赵子龙单骑救主 · 二八九

第四十二回　张翼德大闹长坂桥　刘豫州败走汉津口 · 三〇一

第四十三回　诸葛亮舌战群儒　鲁子敬力排众议 · 三〇九

第四十四回　孔明用智激周瑜　孙权决计破曹操 · 三二一

第四十六回　用奇谋孔明借箭　献密计黄盖受刑 · 三三一

第四十七回　阚泽密献诈降书　庞统巧授连环计 · 三四一

第四十八回　宴长江曹操赋诗　锁战船北军用武 · 三五一

第四十九回　七星坛诸葛祭风　三江口周瑜纵火 · 三五九

第五十一回　曹仁大战东吴兵　孔明一气周公瑾 · 三六五

第五十三回　关云长义释黄汉升　孙仲谋大战张文远 · 三七一

第五十七回　柴桑口卧龙吊丧　耒阳县凤雏理事 · 三八一

第五十九回　许褚裸衣斗马超　曹操抹书间韩遂 · 三九一

第 六 十 回　张永年反难杨修　庞士元议取西蜀 · 三九九

第六十二回　取涪关杨高授首　攻雒城黄魏争功 · 四一三
第六十三回　诸葛亮痛哭庞统　张翼德义释严颜 · 四二一
第六十五回　马超大战葭萌关　刘备自领益州牧 · 四三三
第六十六回　关云长单刀赴会　伏皇后为国捐生 · 四四五
第六十七回　曹操平定汉中地　张辽威震逍遥津 · 四五七
第六十八回　甘宁百骑劫魏营　左慈掷杯戏曹操 · 四六七
第七十一回　占对山黄忠逸待劳　据汉水赵云寡胜众 · 四七五
第七十二回　诸葛亮智取汉中　曹阿瞒兵退斜谷 · 四八七
第七十三回　玄德进位汉中王　云长攻拔襄阳郡 · 四九七
第七十四回　庞令明抬榇决死战　关云长放水淹七军 · 五〇七
第七十五回　关云长刮骨疗毒　吕子明白衣渡江 · 五一七
第七十七回　玉泉山关公显圣　洛阳城曹操感神 · 五二七
第七十八回　治风疾神医身死　传遗命奸雄数终 · 五三七
第八十三回　战猇亭先主得仇人　守江口书生拜大将 · 五四三
第八十五回　刘先主遗诏托孤儿　诸葛亮安居平五路 · 五五五
第九十一回　祭泸水汉相班师　伐中原武侯上表 · 五六七

第九十三回　姜伯约归降孔明　武乡侯骂死王朗　·五七五
第九十五回　马谡拒谏失街亭　武侯弹琴退仲达　·五八三
第九十六回　孔明挥泪斩马谡　周鲂断发赚曹休　·五九五
第一百三回　上方谷司马受困　五丈原诸葛禳星　·六〇三
第一百四回　陨大星汉丞相归天　见木像魏都督丧胆　·六一五
第一百六回　公孙渊兵败死襄平　司马懿诈病赚曹爽　·六二三
第一百十九回　假投降巧计成虚话　再受禅依样画葫芦　·六二九
第一百二十回　荐杜预老将献新谋　降孙皓三分归一统　·六三五
主要参考书目　·六四一

第一回

宴桃园豪杰三结义
斩黄巾英雄首立功

人情势利古犹今
谁识英雄是白身

祭天地桃園結義

本回用了四分之一的篇幅对十常侍乱政和黄巾起义的爆发进行了较为详细的介绍，其作用并不仅限于介绍时代背景，否则单就本回的题目而言，完全可以用“东汉末年，天下大乱，民不聊生”寥寥数语一笔带过。按照毛宗岗的观点“以三寇引出三国，是全部中宾主；以张角兄弟三人引出桃园兄弟三人，此又一回中宾主”，张角兄弟三人连书中的配角都称不上，充其量只是个引子，但他们率先起事，虽然最终兵败身死，却使得东汉政权在黄巾起义的冲击下土崩瓦解，名存实亡，其影响力不可谓不大。更重要的是，正是黄巾起义的爆发，才使得具有“拥刘扶汉”思想的刘关张三人聚到了一起，为这三人的结识、结拜与发迹创造了“天时”。而宦官乱政，正是导致汉末政治腐败进而引发黄巾起义的重要原因。这样一梳理，桃园三结义故事的发生便有了完整的历史线索。

词曰：

滚滚长江东逝水，浪花淘尽英雄。是非成败转头空：青山依旧在，几度夕阳红。

白发渔樵江渚上，惯看秋月春风。一壶浊酒喜相逢：古今多少事，都付笑谈中。

话说天下大势，分久必合，合久必分：周末七国分争，并入于秦；及秦灭之后，楚、汉分争，又并入于汉；汉朝自高祖斩白蛇而起义，一统天下，后来光武中兴，传至献帝，遂分为三国。推其致乱之由，殆始于桓、灵二帝。桓帝禁锢善类，崇信宦官。

及桓帝崩，灵帝即位，大将军窦武、太傅陈蕃共相辅佐，时有宦官曹节等弄权，窦武、陈蕃谋诛之，机事不密，反为所害，中涓自此愈横。

建宁二年四月望日，帝御温德殿。方升座，殿角狂风骤起，只见一条大青蛇，从梁上飞将下来，蟠于椅上。帝惊倒，左右急救入宫，百官俱奔避。须臾，蛇不见了。忽然大雷大雨，加以冰雹，落到半夜方止，坏却房屋无数。建宁四年二月，洛阳地震，又海水泛溢，沿海居民，尽被大浪卷入海中。光和元年，雌鸡化雄。六月朔，黑气十馀丈，飞入温德殿中。秋七月，有虹现于玉堂，五原山岸，尽皆崩裂。种种不祥，非止一端。帝下诏问群臣以灾异之由，议郎蔡邕上疏，以为蜺堕鸡化，乃妇寺干政之所致，言颇切直。帝览奏叹息，因起更衣。曹节在后窃视，悉宣告左右，遂以他事陷邕于罪，放归田里。后张让、赵忠、封谞、段珪、曹节、侯览、蹇硕、程旷、夏恽、郭胜十人朋比为奸，号为"十常侍"。帝尊信张让，呼为"阿父"。朝政日非，以致天下人心思乱，盗贼蜂起。

时巨鹿郡有兄弟三人：一名张角，一名张宝，一名张梁。那张角本是个不第秀才，因入山采药，遇一老人，碧眼童颜，手执藜杖，唤角至一洞中，以天书三卷授之，曰："此名《太平要术》。汝得之，当代天宣化，普救世人。若萌异心，必获恶报。"角拜问姓名。老人曰："吾乃南华老仙也。"言讫，化阵清风而去。角得此书，晓夜攻习，能呼风唤雨，号为"太平道人"。中平元年正月内，疫气流行，张角散施符水，为人治病，自称"大贤良师"。角有徒弟五百馀人，云游四方，皆能书符念咒。次后徒众日多，角乃立三十六方，大方万馀人，小方六七千，各立渠帅，称为将军，讹言："苍天已死，黄天当立；岁在甲子，天下大吉。"令人各以白土书"甲子"二字于家中大门上。青、幽、徐、冀、荆、扬、兖、豫八州之人，家家侍奉大贤良师张角名字。角遣其党马元义，暗赍金帛，结交中涓封谞，以为内应。角与二弟商议曰："至难得者，民心也。今民心已顺，若不乘势取天下，诚为可惜。"遂一面私造黄旗约期举事，一面使弟子唐周驰书报封谞。唐周乃径赴省中告变。帝召大将军何进调兵擒马元义斩之，次收封谞等一干人下狱。张角闻知事露，星夜举兵，自称"天公将军"，张宝称"地公将军"，张梁称"人公将军"，申言于众曰："今汉运将终，大圣人出。汝等皆宜顺天从正，以乐太平。"四方百姓，裹黄巾从张角反者四五十万。贼势浩大，官军望风而靡。何进奏帝火速降诏，令各处备御，讨贼立功，一面遣中郎将卢植、皇甫嵩、朱儁各引精兵、分三路讨之。

且说张角一军，前犯幽州界分。幽州太守刘焉，乃江夏竟陵人氏，汉鲁恭王之后也。当时闻得贼兵将至，召校尉邹靖计议。靖曰："贼兵众，我兵寡，明公宜作速招军应敌。"刘焉然其说，随即出榜招募义兵。榜文行到涿县，引出涿县中一个英雄。那人不甚好读书，性宽和，寡言语，喜怒不形于色，素有大志，专好结交天下豪杰，生得身长七尺五寸，两耳垂肩，双手过膝，目能自顾其耳，面如冠玉，唇若涂脂，中山靖王刘胜之后，汉景帝阁下玄孙，姓刘名备，字玄德。昔刘胜之子刘贞，汉武时封涿鹿亭侯，后坐酎金失侯，因此遗这一枝在涿县。玄德祖刘雄，父刘弘。弘曾举孝廉，亦尝作吏，早丧。玄德幼孤，事母至孝，家贫，贩屦织席为业。家住本县楼桑村。其家之东南，有一大桑树，高五丈馀，遥望之童童如车盖。相者云："此家必出贵人。"玄德幼时，与乡中小儿戏于树下，曰："我为天子，当乘此车盖。"叔父刘元起奇其言，曰："此儿非常人也！"因见玄德家贫，常资给之。年十五岁，母使游学，尝师事郑玄、卢植，与公孙瓒等为友。及刘焉发榜招军时，玄德年已二十八岁矣。

当日见了榜文，慨然长叹。随后一人厉声言曰："大丈夫不与国家出力，何故长叹？"玄德回视其人，身长八尺，豹头环眼，燕颔虎须，声若巨雷，势如奔马。玄德见他形貌异常，问其姓名。其人曰："某姓张，名飞，字翼德。世居涿郡，颇有庄

刘焉后向朝廷提出建议，任命宗室、重臣担任各州州牧，在地方上凌驾于刺史、太守之上，独揽大权以安百姓，史称"废史立牧"。此举影响深远，间接导致了汉末军阀割据，《三国演义》中对此自并未详述。

联想尧眉八彩、舜目重瞳、仓颉四目等传说，古人常将"天生异相"视为福相，认为有福相之人往往是命中富贵之人。

暗示人物命运。

"已二十八岁矣"，颇有年岁已大的感叹。《红楼梦》第四回，写"四十上下年纪"的薛姨妈与未届五十的姐姐王夫人相聚，则是"姊妹们暮年相会，自不必说悲喜交集"。按当时的一般情况，刘备登场时已近中年。

田，卖酒屠猪，专好结交天下豪杰。恰才见公看榜而叹，故此相问。”玄德曰：“我本汉室宗亲，姓刘，名备。今闻黄巾倡乱，有志欲破贼安民，恨力不能，故长叹耳。”飞曰：“吾颇有资财，当招募乡勇，与公同举大事，如何？”玄德甚喜，遂与同入村店中饮酒。正饮间，见一大汉，推着一辆车子，到店门首歇了，入店坐下，便唤酒保：“快斟酒来吃，我待赶入城去投军。”玄德看其人身长九尺，髯长二尺，面如重枣，唇若涂脂，丹凤眼，卧蚕眉，相貌堂堂，威风凛凛。玄德就邀他同坐，叩其姓名。其人曰：“吾姓关，名羽，字长生，后改云长，河东解良人也。因本处势豪倚势凌人，被吾杀了，逃难江湖，五六年矣。今闻此处招军破贼，特来应募。”玄德遂以己志告之，云长大喜。同到张飞庄上共议大事。

飞曰：“吾庄后有一桃园，花开正盛，明日当于园中祭告天地，我三人结为兄弟，协力同心，然后可图大事。”玄德、云长齐声应曰：“如此甚好。”次日，于桃园中，备下乌牛白马祭礼等项，三人焚香再拜而说誓曰：“念刘备、关羽、张飞，虽然异姓，既结为兄弟，则同心协力，救困扶危，上报国家，下安黎庶，不求同年同月同日生，只愿同年同月同日死。皇天后土，实鉴此心。背义忘恩，天人共戮！”誓毕，拜玄德为兄，关羽次之，张飞为弟。祭罢天地，复宰牛设酒，聚乡中勇士，得三百馀人，就桃园中痛饮一醉。来日收拾军器，但恨无马匹可乘。正思虑间，人报有两个客人，引一伙伴体，赶一群马，投庄上来。玄德曰：“此天佑我也！”三人出庄迎接。原来二客乃中山大商，一名张世平，一名苏双，每年往北贩马，近因寇发而回。玄德请二人到庄，置酒管待，诉说欲讨贼安民之意。二客大喜，愿将良马五十匹相送，又赠金银五百两，镔铁一千斤，以资器用。玄德谢别二客，便命良匠打造双股剑。云长造青龙偃月刀，又名“冷艳锯”，重八十二斤。张飞造丈八点钢矛。各置全身铠甲。共聚乡勇五百馀人，来见邹靖。邹靖引见太守刘焉。三人参见毕，各通姓名。

玄德说起宗派，刘焉大喜，遂认玄德为侄。

刘备宗室身份带来的光环，从起事之初就给他的事业带来巨大便利。终其一生，食髓知味，屡试不爽。不知此时刘备是否结识刘焉“叔父”之子刘璋。刘备大概设想不到与刘璋二十多年后益州再见之时，会是怎样尴尬的场景吧。

不数日，人报黄巾贼将程远志统兵五万来犯涿郡。刘焉令邹靖引玄德等三人，统兵五百，前去破敌。玄德等欣然领军前进，直至大兴山下，与贼相见。贼众皆披发，以黄巾抹额。当下两军相对，玄德出马，左有云长，右有翼德，扬鞭大骂：“反国逆贼，何不早降！”程远志大怒，遣副将邓茂出战。张飞挺丈八蛇矛直出，手起处，刺中邓茂心窝，翻身落马。程远志见折了邓茂，拍马舞刀，直取张飞。云长舞动大刀，纵马飞迎。程远志见了，早吃一惊，措手不及，被云长刀起处，挥为两段。后人有诗赞二人曰：

英雄露颖在今朝，一试矛兮一试刀。初出便将威力展，三分好把姓名标。

众贼见程远志被斩，皆倒戈而走。玄德挥军追赶，投降者不计其数，大胜而回。刘焉亲自迎接，赏劳军士。次日，接得青州太守龚景牒文，言黄巾贼围城将陷，乞赐救援。刘焉与玄德商议。玄德曰：“备愿往救之。”刘焉令邹靖将兵五千，同玄德、关、张，投青州来。贼众见救军至，分兵混战。玄德兵寡不胜，退三十里下寨。玄德谓关、张曰：“贼众我寡；必出奇兵，方可取胜。”乃分关公引一千军伏山左，张飞引一千军伏山右，鸣金为号，齐出接应。次日，玄德与邹靖引军鼓噪而进。贼众迎战，玄德引军便退。贼众乘势追赶，方过山岭，玄德军中一齐鸣金，左右两军齐出，玄德麾军回身复杀。三路夹攻，贼众大溃。直赶至青州城下，太守龚景亦率民兵出城助战。贼势大败，剿戮极多，遂解青州之围。后人有诗赞玄德曰：

并未实授刘备兵权，仅使其助战而已。

小计而已，算不上高明，只能说黄巾军确是乌合之众，为其失败埋下伏笔。

刘备所助的刘焉、龚景皆是当时的封疆大吏，名重一方。后来刘备又曾救援北海孔融、徐州陶谦，加之其早年与卢植、公孙瓒过从甚密，故此时的刘备虽布衣白身，亦不妨其名满天下。

运筹决算有神功，二虎还须逊一龙。初出便能垂伟绩，自应分鼎在孤穷。

此处可谓刘备“单干”的开始。其实刘备并非在赤壁之战前一直寄人篱下，他也曾几度“单干”过，如救援卢植，任职安喜县尉、平原县令，割据徐州，不过时间都不长。

龚景犒军毕，邹靖欲回。玄德曰：“近闻中郎将卢植与贼首张角战于广宗，备昔曾师事卢植，欲往助之。”于是邹靖引军自回，玄德与关、张引本部五百人投广宗来。至卢植军中，入帐施礼，具道来意。卢植大喜，留在帐前听调。

时张角贼众十五万，植兵五万，相拒于广宗，未见胜负。植谓玄德曰：“我今围贼在此，贼弟张梁、张宝在颍川，与皇甫嵩、朱儁对垒。汝可引本部人马，我更助汝一千官军，前去颍川打探消息，约期剿捕。”玄德领命，引军星夜投颍川来。时皇甫嵩、朱儁领军拒贼，贼战不利，退入长社，依草结营。嵩与儁计曰：“贼依草结营，当用火攻之。”遂令军士，每人束草一把，暗地埋伏。其夜大风忽起。二更以后，一齐纵火，嵩与儁各引兵攻击贼寨，火焰张天，贼众惊慌，马不及鞍，人不及甲，四散奔走。

与关羽丹凤眼和张飞环眼相比，细眼显然更符合心思细密的智士特点。

为何小名叫阿瞒？不妨作戏谑猜想：小时欺瞒长辈，长大瞒天窃国。

曹操一生惯用离间计：离间吕布刘备，离间马超韩遂。这大概与幼时打下的“童子功”脱不了干系。看来，成为英雄或奸雄都是有原因的，离不开环境的影响。

杀到天明，张梁、张宝引败残军士，夺路而走。忽见一彪军马，尽打红旗，当头来到，截住去路。为首闪出一将，身长七尺，细眼长髯，官拜骑都尉，沛国谯郡人也，姓曹名操，字孟德。操父曹嵩，本姓夏侯氏，因为中常侍曹腾之养子，故冒姓曹。曹嵩生操，小字阿瞒，一名吉利。操幼时，好游猎，喜歌舞，有权谋，多机变。操有叔父，见操游荡无度，尝怒之，言于曹嵩，嵩责操。操忽心生一计，见叔父来，诈倒于地，作中风之状。叔父惊告嵩，嵩急视之。操故无恙。嵩曰：“叔言汝中风，今已愈乎？”操曰：“儿自来无此病，因失爱于叔父，故见罔耳。”嵩信其言。后叔父但言操过，嵩并不听。因此，操得恣意放荡。时人有桥玄者谓操曰：“天下将乱，非命世之才不能济。能安之者，其在君乎？”南阳何颙见操言：“汉室将亡，安天下者，必此人也。”汝南许劭，有知人之名。操往见之，问曰：“我何如人？”劭不答。又问，劭曰：“子治世之能臣，乱世之奸雄也。”操闻言大喜。年二十，举孝廉，为郎，除洛阳北部尉。初到任，即设五色棒十馀条于县之四门，有犯禁者，不避豪贵，皆责之。中常侍蹇硕之叔，提刀夜行，操巡夜拿住，就棒责之。由是，内外莫敢犯者，威名颇震。后为顿丘令。因黄巾起，拜为骑都尉，引马步军五千，前来颍川助战。正值张梁、张宝败走，曹操拦住，大杀一阵，斩首万馀级，夺得旗旛、金鼓、马匹极多。张梁、张宝死战得脱。操见过皇甫嵩、朱儁，随即引兵追袭张梁、张宝去了。

曹操从政早期，也是值得肯定的大汉忠直臣子啊！

却说玄德引关、张来颍川，听得喊杀之声，又望见火光烛天，急引兵来时，贼已败散。玄德见皇甫嵩、朱儁，具道卢植之意。嵩曰："张梁、张宝势穷力乏，必投广宗去依张角。玄德可即星夜往助。"玄德领命，遂引兵复回。到得半路，只见一簇军马，护送一辆槛车，车中之囚，乃卢植也。玄德大惊，滚鞍下马，问其缘故。植曰："我围张角，将次可破，因角用妖术，未能即胜。朝廷差黄门左丰前来体探，问我索取贿赂。我答曰：'军粮尚缺，安有馀钱奉承天使？'左丰挟恨，回奏朝廷，说我高垒不战，惰慢军心。因此朝廷震怒，遣中郎将董卓来代将我兵，取我回京问罪。"张飞听罢，大怒，要斩护送军人，以救卢植。玄德急止之曰："朝廷自有公论，汝岂可造次？"军士簇拥卢植去了。

从第一回名称来看，只需介绍刘、关、张足矣，这里偏要专辟一段让本书中另一重要的人物曹操登场，这样既能为后文需要描写的事件做铺垫，也利于下文情节的展开。

关公曰："卢中郎已被逮，别人领兵，我等去无所依，不如且回涿郡。"玄德从其言，遂引军北行。行无二日，忽闻山后喊声大震。玄德引关、张纵马上高冈望之，见汉军大败，后面漫山塞野黄巾盖地而来，旗上大书"天公将军"。玄德曰："此张角也！可速战！"三人飞马引军而出。张角正杀败董卓，乘势赶来，忽遇三人冲杀，角军大乱，败走五十馀里。三人救了董卓回寨。卓问三人现居何职，玄德曰："白身。"卓甚轻之，不为礼。玄德出，张飞大怒曰："我等亲赴血战，救了这厮，他却如此无礼！若不杀之，难消我气！"便要提刀入帐来杀董卓。正是：

董卓率领的朝廷正规大军打不过张角，而刘、关、张百余人却能力克强敌，虽有对比反衬之意但也难免有虚美之嫌。

人情势利古犹今，谁识英雄是白身？安得快人如翼德，尽诛世上负心人！

毕竟董卓性命如何，且听下文分解。

【回后评】

说说“桃园三结义”故事中时间和地点的精心选择。

刘、关、张三人相识后发现彼此志趣相投，便一拍即合，自然进入了“义结金兰”的环节——“同举大事”“可图大事”，这种措辞是有深刻内涵的。试想，古往今来，普通百姓应征参军是寻常事，三人结拜不过是结伴而行，招募了三五百人一起投军也不过是“组团”前往，怎么能称得上“图大事”呢？原来作者早有伏笔——“龙岂池中物，乘雷欲上天”。此时的桃园三兄弟虽没有割据一方的资本，也尚未正式喊出“兴复汉室”的口号，但从“图大事”的言辞中可以看出他们在起事之初就未把自己定位为荷戟持盾的行伍小卒，而是超凡自信地擘画了共同奋斗的宏伟蓝图。

历史上是否真有“桃园三结义”之事，我们不得而知，但作者罗贯中匠心独运，把时光定格在了一千八百年前涿郡的一处桃园，好像天公作美，刻意为刘、关、张三兄弟挑选了这春光明媚的时节和桃花盛开的宝地。我们知道，桃花作为春天里常见的花一直备受世人喜爱，也早就成为别具文化内涵的意象：唐代杜甫的“桃花一簇开无主，可爱深红爱浅红”（《江畔独步寻花》），唐代吴融的“满树如娇烂漫红，万枝丹彩灼春融”（《桃花》），都生动形象地描绘了桃花在万物复苏、生机勃勃的春天所具有的独特魅力。此时此地，此情此景，春风得意遇知己，桃花含笑映祭台，报国安邦志慷慨，建功立业展雄才……相信每一位读者读到此处，都会相信他们未来必将叱咤时代的风云，能够大展宏图，龙翔九天！

不同于曹操于颍川崭露头角之前早已仰赖父祖而在官场上历练多年，也不同于孙权执掌江东之初并未多历沙场征战却能承继父兄现成的基业，刘、关、张三人是三国时代一组真正白手起家的英雄团队。他们用英雄的气概、英雄的抱负、英雄的作为诠释了“将相本无种，男儿当自强”的古训，也为后人留下了情谊与理想完美结合的千古佳话。

第二回

张翼德怒鞭督邮
何国舅谋诛宦竖

欲除君侧宵人乱
须听朝中智士谋

安喜張飛鞭督郵

本回中，张飞欲杀董卓，关羽欲杀督邮。在这两件事上，董卓、督邮虽傲慢无礼，却并非不赦之罪。张飞的表现固然爱憎分明，坦荡豪气，然而脾气暴躁，竟将个人好恶置于国家法度之上，轻言擅杀以泄私愤，不计后果，不免给人“难成大事”之印象。关羽如果真的杀掉代表上官巡查地方的督邮，则更是明目张胆的造反之举。关羽本就在老家河东郡有人命官司在身，今又欲私斩朝廷命官，是执迷不悟矣！二人皆不懂得相忍为大局，遇有不平，意气当先，逞一时之快，豪侠武夫的局限显露无疑。

东汉桓帝、灵帝时，士大夫、贵族等对宦官乱政的现象不满，深为宦官所忌。主要事件因宦官以“党人”罪名禁锢士人终身而得名，前后共发生过两次，史称“党锢之祸”。两次党锢之祸都以反宦官集团的失败而结束，士大夫集团受到了严重的打击，“党人”被残酷镇压。当时的舆论以及后世史学家多同情士大夫一党，并认为党锢之祸从根本上摧毁了士大夫阶层对东汉政权的眷恋，为黄巾之乱和东汉灭亡埋下伏笔。面对日益猖獗的宦官集团，担任大将军的外戚何进终于要采取行动了。

且说董卓字仲颖，陇西临洮人也，官拜河东太守，自来骄傲。当日怠慢了玄德，张飞性发，便欲杀之。玄德与关公急止之曰：“他是朝廷命官，岂可擅杀？”飞曰：“若不杀这厮，反要在他部下听令，其实不甘！二兄要便住在此，我自投别处去也！”玄德曰：“我三人义同生死，岂可相离？不若都投别处去便了。”飞曰：“若如此，稍解吾恨。”

于是三人连夜引军来投朱儁，儁待之甚厚，合兵一处，进讨张宝。是时曹操自跟皇甫嵩讨张梁，大战于曲阳。这里朱儁进攻张宝。张宝引贼众八九万，屯于山后。儁令玄德为其先锋，与贼对敌。张宝遣副将高升出马搦战，玄德使张飞击之。飞纵马挺矛，与升交战，不数合，刺升落马。玄德麾军直冲过去。张宝就马上披发仗剑，作起妖法。只见风雷大作，一股黑气从天而降，黑气中似有无限人马杀来。玄德连忙回军，军中大乱，败阵而归，与朱儁计议。儁曰："彼用妖术，我来日可宰猪羊狗血，令军士伏于山头，候贼赶来，从高坡上泼之，其法可解。"玄德听令，拨关公、张飞各引军一千，伏于山后高冈之上，盛猪羊狗血并秽物准备。次日，张宝摇旗擂鼓，引军搦战，玄德出迎。交锋之际，张宝作法，风雷大作，飞砂走石，黑气漫天，滚滚人马，自天而下。玄德拨马便走，张宝驱兵赶来。将过山头，关、张伏军放起号炮，秽物齐泼。但见空中纸人草马，纷纷坠地，风雷顿息，砂石不飞。张宝见解了法，急欲退军。左关公，右张飞，两军都出，背后玄德、朱儁一齐赶上，贼兵大败。玄德望见"地公将军"旗号，飞马赶来，张宝落荒而走。玄德发箭，中其左臂。张宝带箭逃脱，走入阳城，坚守不出。朱儁引兵围住阳城攻打，一面差人打探皇甫嵩消息。探子回报，具说："皇甫嵩大获胜捷，朝廷以董卓屡败，命嵩代之。嵩到时，张角已死，张梁统其众，与我军相拒，被皇甫嵩连胜七阵，斩张梁于曲阳。发张角之棺，戮尸枭首，送往京师。馀众俱降。朝廷加皇甫嵩为车骑将军，领冀州牧。皇甫嵩又表奏卢植有功无罪，朝廷复卢植原官。曹操亦以有功，除济南相，即日将班师赴任。"朱儁听说，催促军马，悉力攻打阳城。贼势危急，贼将严政刺杀张宝，献首投降。朱儁遂平数郡，上表献捷。

所谓妖术云云定不会是真实历史，然亦有渲染传奇之效。

前有一箭射中张宝，后有许田射猎命中，动辄"哭鼻子"的刘备武艺也不弱，为后文"三英战吕布"做了张本。当然，这样的表现无法跟吕布辕门射戟、黄忠百步穿杨相提并论。

时又黄巾馀党三人——赵弘、韩忠、孙仲，聚众数万，望风烧劫，称与张角报仇。朝廷命朱儁即以得胜之师讨之。儁奉诏，率军前进。时贼据宛城，儁引兵攻之，赵弘遣韩忠出战。儁遣玄德、关、张攻城西南角。韩忠尽率精锐之众，来西南角抵敌。朱

已经称"余党"了，可见其兴也勃焉，其亡也忽焉。

儁自纵铁骑二千，径取东北角。贼恐失城，急弃西南面回。玄德从背后掩杀，贼众大败，奔入宛城。朱儁分兵四面围定，城中断粮，韩忠使人出城投降，儁不许。玄德曰："昔高祖之得天下，盖为能招降纳顺，公何拒韩忠耶？"儁曰："彼一时，此一时也。昔秦、项之际，天下大乱，民无定主，故招降赏附，以劝来耳。今海内一统，惟黄巾造反，若容其降，无以劝善。使贼得利恣意劫掠，失利便投降。此长寇之志，非良策也。"玄德曰："不容寇降是矣。今四面围如铁桶，贼乞降不得，必然死战。万人一心，尚不可当，况城中有数万死命之人乎？不若撤去东南，独攻西北。贼必弃城而走，无心恋战，可即擒也。"儁然之，随撤东南二面军马，一齐攻打西北。韩忠果引军弃城而奔。儁与玄德、关、张率三军掩杀，射死韩忠，馀皆四散奔走。正追赶间，赵弘、孙仲引贼众到，与儁交战。儁见弘势大，引军暂退。弘乘势复夺宛城。儁离十里下寨，方欲攻打，忽见正东一彪人马到来。为首一将，生得广额阔面，虎体熊腰，吴郡富春人也，姓孙名坚，字文台，乃孙武子之后。年十七岁时，与父至钱塘，见海贼十馀人，劫取商人财物，于岸上分赃。坚谓父曰："此贼可擒也。"遂奋力提刀上岸，扬声大叫，东西指挥，如唤人状。贼以为官兵至，尽弃财物奔走。坚赶上，杀一贼。由是郡县知名，荐为校尉。后会稽妖贼许昌造反，自称"阳明皇帝"，聚众数万。坚与郡司马招募勇士千馀人，会合州郡破之，斩许昌并其子许韶。刺史臧旻上表奏其功，除坚为盐渎丞，又除盱眙丞、下邳丞。今见黄巾寇起，聚集乡中少年及诸商旅，并淮泗精兵一千五百馀人，前来接应。朱儁大喜，便令坚攻打南门，玄德打北门，朱儁打西门，留东门与贼走。孙坚首先登城，斩贼二十馀人，贼众奔溃。赵弘飞马突槊，直取孙坚。坚从城上飞身夺弘槊，刺弘下马，却骑弘马，飞身往来杀贼。孙仲引贼突出北门，正迎玄德，无心恋战，只待奔逃。玄德张弓一箭，正中孙仲，翻身落马。朱儁大军随后掩杀，斩首数万级，降者不可胜计。南阳

纵观刘备一生，纳魏延、黄忠、马超，纳法正、李严、黄权，广为招降纳顺，获得众多能臣良将，终成大业。唯一一次例外，就是彝陵战前拒绝孙权多次求和。如能一以贯之，或不致彝陵之败。

围三阙一，不使其做困兽之斗，然也！

这随手一箭射中，倒也让爱"哭鼻子"的刘使君平添了几分英武！

一路十数郡皆平。儁班师回京，诏封为车骑将军，河南尹。儁表奏孙坚、刘备等功。坚有人情，除别郡司马上任去了。惟玄德听候日久不得除授。

三人郁郁不乐，上街闲行，正值郎中张钧车到。玄德见之，自陈功绩。钧大惊，随入朝见帝曰："昔黄巾造反，其原皆由十常侍，卖官鬻爵，非亲不用，非仇不诛，以致天下大乱。今宜斩十常侍，悬首南郊，遣使者布告天下，有功者重加赏赐，则四海自清平也。"十常侍奏帝曰："张钧欺主。"帝令武士逐出张钧。十常侍共议："此必破黄巾有功者，不得除授，故生怨言。权且教省家【返家省视】铨注【对官吏的考选登录】微名，待后却再理会未晚。"因此玄德除授定州中山府安喜县尉，克日赴任。玄德将兵散回乡里，止带亲随二十馀人，与关、张来安喜县中到任。署县事一月，与民秋毫无犯，民皆感化。到任之后，与关、张食则同桌，寝则同床。如玄德在稠人广坐，关、张侍立，终日不倦。

到县未及四月，朝廷降诏，凡有军功为长吏者当沙汰【拣选，淘汰】，玄德疑在遣中。适督邮行部至县，玄德出郭迎接，见督邮施礼。督邮坐于马上，惟微以鞭指回答，关、张二公俱怒。及到馆驿，督邮南面高坐，玄德侍立阶下。良久，督邮问曰："刘县尉是何出身？"玄德曰："备乃中山靖王之后；自涿郡剿戮黄巾，大小三十馀战，颇有微功，因得除今职。"督邮大喝曰："汝诈称皇亲，虚报功绩！目今朝廷降诏，正要沙汰这等滥官污吏！"玄德喏喏连声而退。归到县中，与县吏商议。吏曰："督邮作威，无非要贿赂耳。"玄德曰："我与民秋毫无犯，那得财物与他？"次日，督邮先提县吏去，勒令指称县尉害民。玄德几番自往求免，俱被门役阻住，不肯放参。

这是前文"与民秋毫无犯，民皆感化"的真实印证，是刘备得民心的表现，也是其领袖魅力的彰显。

却说张飞饮了数杯闷酒，乘马从馆驿前过，见五六十个老人，皆在门前痛哭，飞问其故。众老人答曰："督邮逼勒县吏，欲害刘公。我等皆来苦告，不得放入，反遭把门人赶打！"张飞大怒，睁圆环眼，咬碎钢牙，滚鞍下马，径入馆驿，把门人那里阻挡得住。直奔后堂，见督邮正坐厅上，将县吏绑倒在地，飞大喝："害民贼！认得我么？"督邮未及开言，早被张飞揪住头发，扯出馆驿，直到县前马桩上缚住，攀下柳条，去督邮两腿上着力鞭打，一连打折柳条十数枝。玄德正纳闷间，听得县前喧闹，问左右，答曰："张将军绑一人在县前痛打。"玄德忙去观之，见绑缚者乃督邮也。玄德惊问其故，飞曰："此等害民贼，不打死等甚！"督邮告曰："玄德公救我性命！"玄德终是仁慈的人，急喝张飞住手。傍边转过关公来，曰："兄长建许多大功，仅得县尉，今反被督邮侮辱。吾思枳棘丛中，非栖鸾凤之所，不如杀督邮，弃官归乡，别图远大之计。"玄德乃取印绶，挂于督邮之颈，责之曰："据汝害民，本当杀却，今姑饶汝命。吾缴还印绶，从此去矣。"督邮归告定州太守，太守申文省府，差人捕捉。玄德、关、张三人往代州投刘恢。恢见玄德乃汉室宗亲，留匿在家不题。

刘恢是何人，前文并未提及。但可见刘备已然名声远播，深获认可。

却说十常侍既握重权，互相商议，但有不从己者诛之。赵忠、张让差人问破黄巾将士索金帛，不从者奏罢职。皇甫嵩、朱儁皆不肯与，赵忠等俱奏罢其官。帝又封赵忠等为车骑将军，张让等十三人皆封列侯。朝政愈坏，人民嗟怨。于是长沙贼区星作乱，渔阳张举、张纯反——举称天子，纯称大将军。表章雪片告急，十常侍皆藏匿不奏。

读至此处，"未尝不叹息痛恨于桓、灵也"。皇甫嵩、朱儁对汉室有擎天之功，却得如此下场，可见汉室腐朽已入骨髓，理当灭亡。

一日，帝在后园与十常侍饮宴，谏议大夫刘陶，径到帝前大恸。帝问其故，陶曰："天下危在旦夕，陛下尚自与阉宦共饮耶！"帝曰："国家承平，有何危急？"陶曰："四方盗贼并起，侵掠州郡。其祸皆由十常侍卖官害民，欺君罔上。朝廷正人皆去，祸在目前矣！"十常侍皆免冠跪伏于帝前曰："大臣不相容，臣等不能活矣！愿乞性命归田里，尽将家产以助军资。"言罢痛哭。帝怒谓陶曰："汝家亦有近侍之人，何独不容朕耶？"呼武士推出斩之。刘陶大呼："臣死不惜！可怜汉室天下，四百馀年，到此一旦休矣！"武士拥陶出，方欲行刑，一大臣喝住曰："勿得下手，待我谏去。”众视之乃司徒陈耽，径入宫中来谏帝曰：“刘谏议得何罪而受诛？”帝曰：“毁谤近臣，冒渎朕躬。”耽曰：“天下人民，欲食十常侍之肉，陛下敬之如父母，身无寸功，皆封列侯，况封谞等结连黄巾，欲为内乱。陛下今不自省，社稷立见崩摧矣！”帝曰：“封谞作乱，其事不明。十常侍中，岂无一二忠臣？”陈耽以头撞阶而谏。帝怒，命牵出，与刘陶皆下狱。是夜，十常侍即于狱中谋杀之，假帝诏以孙坚为长沙太守，讨区星。

不五十日，报捷，江夏平。诏封坚为乌程侯；封刘虞为幽州牧，领兵往渔阳征张举、张纯。代州刘恢以书荐玄德见虞。虞大喜，令玄德为都尉，引兵直抵贼巢，与贼大战数日，挫动锐气。张纯专一凶暴，士卒心变，帐下头目刺杀张纯，将头纳献，率众来降。张举见势败，亦自缢死。渔阳尽平。刘虞表奏刘备大功，朝廷赦免鞭督邮之罪，除下密丞，迁高堂尉。公孙瓒又表陈玄德前功，荐为别部司马，守平原县令。玄德在平原，颇有钱粮军马，重整旧日气象。刘虞平寇有功，封太尉。

刘备在薪露头角之初，就体现出强大的组织动员能力和团队维护能力，这也为其日后屡战屡败却又能很快重整旗鼓、恢复元气而继续奋斗打下良好的基础。

中平六年夏四月，灵帝病笃，召大将军何进入宫，商议后事。那何进起身屠家，因妹入宫为贵人，生皇子辩，遂立为皇后，进由是得权重任。帝又宠幸王美人，生皇子协。何后嫉妒，鸩杀王美人。皇子协养于董太后宫中。董太后乃灵帝之母，解渎亭侯刘苌之妻也。初因桓帝无子，迎立解渎亭侯之子，是为灵帝。灵帝入继大统，遂迎养母氏于宫中，尊为太后。

董太后尝劝帝立皇子协为太子，帝亦偏爱协，欲立之。当时病笃，中常侍蹇硕奏曰：“若欲立协，必先诛何进，以绝后患。”帝然其说，因宣进入宫。进至宫门，司马潘隐谓进曰：“不可入宫，蹇硕欲谋杀公。”进大惊，急归私宅，召诸大臣，欲尽诛宦官。座上一人挺身出曰：“宦官之势，起自冲、质之时，朝廷滋蔓极广，安能尽诛？倘机不密，必有灭族之祸。请细详之。”进视之，乃典军校尉曹操也。进叱曰：“汝小辈安知朝廷大事！”

正踌躇间，潘隐至，言："帝已崩。今蹇硕与十常侍商议，秘不发丧，矫诏宣何国舅入宫，欲绝后患，册立皇子协为帝。"说未了，使命至，宣进速入，以定后事。操曰："今日之计，先宜正君位，然后图贼。"进曰："谁敢与吾正君讨贼？"一人挺身出曰："愿借精兵五千，斩关入内，册立新君，尽诛阉竖，扫清朝廷，以安天下！"进视之，乃司徒袁逢之子，袁隗之侄，名绍字本初，现为司隶校尉。何进大喜，遂点御林军五千。绍全身披挂。何进引何颙、荀攸、郑泰等大臣三十馀员，相继而入，就灵帝柩前，扶立太子辩即皇帝位。

先正君位，是为"名正"，名正则言顺。曹操深谙此理，为日后能"挟天子以令诸侯"、开创事业发展的大好局面进行了张本。

百官呼拜已毕，袁绍入宫收蹇硕。硕慌走入御园，花阴下为中常侍郭胜所杀。硕所领禁军，尽皆投顺。绍谓何进曰："中官结党。今日可乘势尽诛之。"张让等知事急，慌入告何后曰："始初设谋陷害大将军者，止蹇硕一人，并不干臣等事。今大将军听袁绍之言，欲尽诛臣等，乞娘娘怜悯！"何太后曰："汝等勿忧，我当保汝。"传旨宣何进入。太后密谓曰："我与汝出身寒微，非张让等，焉能享此富贵？今蹇硕不仁，既已伏诛，汝何听信人言，欲尽诛宦官耶？"何进听罢，出谓众官曰："蹇硕设谋害我，可族灭其家。其余不必妄加残害。"袁绍曰："若不斩草除根，必为丧身之本。"进曰："吾意已决，汝勿多言。"众官皆退。

十常侍内部并不团结，都怕累及自身，于是互相倾轧攻杀。

次日，太后命何进参录尚书事，其馀皆封官职。董太后宣张让等入宫商议曰："何进之妹，始初我抬举他。今日他孩儿即皇帝位，内外臣僚皆其心腹，威权太重，我将如何？"让奏曰："娘娘可临朝垂帘听政，封皇子协为王，加国舅董重大官掌握军权，重用臣等。大事可图矣。"董太后大喜。次日设朝，董太后降旨，封皇子协为陈留王，董重为骠骑将军，张让等共预朝政。何太后见董太后专权，于宫中设一宴，请董太后赴席。酒至半酣，何太后起身捧杯再拜曰："我等皆妇人也，参预朝政，非其所宜。昔吕后因握重权，宗族千口皆被戮。今我等宜深居九重，朝廷大事，任大臣元老自行商议，此国家之幸也。愿垂听焉。"

宦官骑墙，多方讨好，毫无忠信可言，令人不齿。

董后大怒曰："汝鸩死王美人，设心【用心，居心】嫉妒。今倚汝子为君，与汝兄何进之势，辄敢乱言！吾敕骠骑断汝兄首，如反掌耳！"何后亦怒曰："吾以好言相劝，何反怒耶？"董后曰："汝家屠沽小辈，有何见识！"两宫互相争竞，张让等各劝归宫。何后连夜召何进入宫，告以前事。何进出，召三公共议。来早设朝，使廷臣奏董太后原系藩妃，不宜久居宫中，合仍迁于河间安置，限日下即出国门。一面遣人起送董后，一面点禁军围骠骑将军董重府宅，追索印绶。董重知事急，自刎于后堂。家人举哀，军士方散。张让、段珪见董后一枝已废，遂皆以金珠玩好结构何进弟何苗并其母舞阳君，令早晚入何太后处，善言遮蔽。因此十常侍又得近幸。

一朝天子一朝臣，皇亲亦然。若董太后不与何进兄妹争权，或可安享富贵以终天年。

六月，何进暗使人鸩杀董后于河间驿庭，举柩回京，葬于文陵。进托病不出，司隶校尉袁绍入见进曰："张让、段珪等流言于外，言公鸩杀董后，欲谋大事。乘此时不诛阉宦，后必为大祸。昔窦武欲诛内竖，机谋不密，反受其殃。今公兄弟，部曲将吏皆英俊之士，若使尽力，事在掌握。此天赞之时，不可失也。"进曰："且容商议。"左右密报张让，让等转告何苗，又多送贿赂。苗入奏何后云："大将军辅佐新君，不行仁慈，专务杀伐。今无端又欲杀十常侍，此取乱之道也。"后纳其言。少顷，何进入白后，欲诛中涓。何后曰："中官统领禁省，汉家故事。先帝新弃天下，尔欲诛杀旧臣，非重宗庙也。"进本是没决断之人，听太后言，唯唯而出。袁绍迎问曰："大事若何？"进曰："太后不允，如之奈何？"绍曰："可召四方英雄之士，勒兵来京，尽诛阉竖。此时事急，不容太后不从。"进曰："此计大妙！"便发檄至各镇，召赴京师。主簿陈琳曰："不可！俗云'掩目而捕燕雀'，是自欺也。微物尚不可欺以得志，况国家大事乎？今将军仗皇威，掌兵要，龙骧虎步，高下在心，若欲诛宦官，如鼓洪炉燎毛发耳。但当速发雷霆，行权立断，则天人顺之。却反外檄大臣，临犯京阙。英雄聚会，各怀一心，所谓倒持干戈，授人以

在下一回初，曹操称此举为"乱天下"，殊不知出此下策者并非何进，而是袁绍！袁绍昏聩至此，日后也难成大事。

柄，功必不成，反生乱矣。”何进笑曰：“此懦夫之见也！”旁边一人鼓掌大笑曰：“此事易如反掌，何必多议！”视之，乃曹操也。正是：

欲除君侧宵人乱，须听朝中智士谋。

不知曹操说出甚话来，且听下文分解。

【回后评】

宦官掌权时期是我国历朝历代统治最为黑暗的时期。党锢之祸后，东汉尚有如刘陶、陈耽这样的中正耿直的诤臣，足见汉祚未终。而陈耽身为司徒，位列三公，阉党竟可肆意妄杀，令人扼腕，“未尝不叹息痛恨于桓、灵也”。面对下属提出的剿除宦官势力的建议，何进多次表现出重视袁绍而轻慢曹操，多半与二人出身门第有关——袁绍出身四世三公之豪门，而曹操乃宦官之后。

回末陈琳之言，诚为高论。陈琳乃“建安七子”之一，后历任袁绍、曹操的文学侍从，后文另有提及。此处“英雄聚会，各怀一心”之论颇有先见之明。黄巾起义后，各地军阀借平叛之名自行招兵买马，拥兵自重，已成军阀割据的雏形，足已构成对中央政权的威胁。倒持干戈，指将兵器的柄交给别人，比喻轻率地授人权柄，自己反受其害。“太阿倒持”也是此意。

第三回

议温明董卓叱丁原 馈金珠李肃说吕布

丁原仗义身先丧
袁绍争锋势又危

董卓議立陳留王

【题解及内容提要】

“温明”是古代高级贵族使用的葬器，本回题目中的“温明”二字代指皇位。

承接上一回，何进斥责曹操“怀私意”。虽未明言，众人皆知曹操乃宦官之后也。曹操说“当除元恶”，并非尽诛，多少与其祖父曹腾身为宦官有关。何进所谓“怀私意”即是此意，这样说也并不冤枉曹操。当然，即便旧宦官被除尽，也需补充新宦官，否则内廷由谁来伺候？所以，宦官杀不尽，也无需杀尽，曹操只诛首恶之论也并非全无道理。

何进被宦官反杀后，宦官随即遭到大肆清洗，使得东汉长期以来交替专权的外戚、宦官两大集团均出现了权力真空。董卓趁机独霸京师，掌控朝政，并将三国时期武艺最为高强的吕布罗致麾下，汉末最为残暴黑暗的统治时期到来了。

且说曹操当日对何进曰：“宦官之祸，古今皆有，但世主不当假之权宠，使至于此。若欲治罪，当除元恶，但付一狱吏足矣，何必纷纷召外兵乎？欲尽诛之，事必宣露。吾料其必败也。”何进怒曰：“孟德亦怀私意耶？”操退曰：“乱天下者，必进也。”进乃暗差使命，赍密诏星夜往各镇去。

何进属于典型的能力不大、野心不小，可惜他的能力配不上他的野心。德不配位，必有祸殃。

却说前将军、鳌乡侯、西凉刺史董卓，先为破黄巾无功，朝议将治其罪，因贿赂十常侍幸免，后又结托朝贵，遂任显官，统西州大军二十万，常有不臣之心。是时得诏大喜，点起军马，陆续便行。使其婿中郎将牛辅守住陕西，自己却带李傕、郭汜、张济、樊稠等提兵望洛阳进发。卓婿谋士李儒曰：“今虽奉诏，中间多有暗昧。何不差人上表，名正言顺，大事可图。”卓大喜，遂上表。其略曰：

并未交代董卓以外的其他诸侯是否也有提兵进京的想法。如有，则董卓未必能独掌朝堂。

窃闻天下所以乱逆不止者，皆由黄门常侍张让等侮慢天常之故。臣闻扬汤止沸，不如去薪；溃痈虽痛，胜于养毒。臣敢鸣钟鼓入洛阳，请除让等。社稷幸甚！天下幸甚！

何进得表，出示大臣。侍御史郑泰谏曰："董卓乃豺狼也，引入京城，必食人矣。"进曰："汝多疑，不足谋大事。"卢植亦谏曰："植素知董卓为人，面善心狠，一入禁庭，必生祸患。不如止之勿来，免致生乱。"进不听，郑泰、卢植皆弃官而去。朝廷大臣，去者大半。进使人迎董卓于渑池，卓按兵不动。

大半朝臣可因政见相左而辞官，可见当时的官员选任制度存在很大纰漏。这也是导致时局动荡的重要因素。

张让等知外兵到，共议曰："此何进之谋也，我等不先下手，皆灭族矣。"乃先伏刀斧手五十人于长乐宫嘉德门内，入告何太后曰："今大将军矫诏召外兵至京师，欲灭臣等，望娘娘垂怜赐救。"太后曰："汝等可诣大将军府谢罪。"让曰："若到相府，骨肉齑粉矣。望娘娘宣大将军入宫谕止之。如其不从，臣等只就娘娘前请死。"太后乃降诏宣进。进得诏便行。主簿陈琳谏曰："太后此诏，必是十常侍之谋，切不可去，去必有祸。"进曰："太后诏我，有何祸事？"袁绍曰："今谋已泄，事已露，将军尚欲入宫耶？"曹操曰："先召十常侍出，然后可入。"进笑曰："此小儿之见也。吾掌天下之权，十常侍敢待如何？"绍曰："公必欲去，我等引甲士护从，以防不测。"于是袁绍、曹操各选精兵五百，命袁绍之弟袁术领之。袁术全身披挂，引兵布列青琐门外。绍与操带剑护送何进至长乐宫前。黄门传懿旨云："太后特宣大将军，馀人不许辄入。"将袁绍、曹操等都阻住宫门外。何进昂然直入，至嘉德殿门，张让、段珪迎出，左右围住，进大惊。让厉声责进曰："董后何罪，妄以鸩死？国母丧葬，托疾不出！汝本屠沽小辈，我等荐之天子，以致荣贵，不思报效，欲相谋害！汝言我等甚浊，其清者是谁？"进慌急欲寻出路，宫门尽闭，伏甲齐出，将何进砍为两段。后人有诗叹之曰：

再次体现出陈琳有先见之明，难怪日后袁绍、曹操都对他颇为倚重。

此时的何进，手下人才济济，却硬是把一手好牌打烂。若非何进身死，焉有董卓霸朝堂而荼毒汉室？

汉室倾危天数终，无谋何进作三公。几番不听忠臣谏，难免宫中受剑锋。

让等既杀何进，袁绍久不见进出，乃于宫门外大叫曰："请将军上车！"让等将何进首级从墙上掷出，宣谕曰："何进谋反，已伏诛矣！其馀胁从，尽皆赦宥。"袁绍厉声大叫："阉官谋杀大臣！诛恶党者前来助战！"何进部将吴匡，便于青琐门外放起火来。袁术引兵突入宫庭，但见阉官，不论大小，尽皆杀之。袁绍、曹操斩关入内。赵忠、程旷、夏恽、郭胜四个被赶至翠花楼前，剁为肉泥，宫中火焰冲天。张让、段珪、曹节、侯览将太后及太子并陈留王劫去内省，从后道走北宫。时卢植弃官未去，见宫中事变，擐【huàn，穿】甲持戈，立于阁下。遥见段珪拥逼何后过来，植大呼曰："段珪逆贼，安敢劫太后！"段珪回身便走，太后从窗中跳出，植急救得免。吴匡杀入内庭，见何苗亦提剑出，匡大呼曰："何苗同谋害兄，当共杀之！"众人俱曰："愿斩谋兄之贼！"苗欲走，四面围定。砍为齑粉。绍复令军士分头来杀十常侍家属，不分大小，尽皆诛绝，多有无须者误被杀死。曹操一面救灭宫中之火，请何太后权摄大事，遣兵追袭张让等，寻觅少帝。

前后文均未提及汉少帝立太子事。

且说张让、段珪劫拥少帝及陈留王，冒烟突火，连夜奔走至北邙山。约二更时分，后面喊声大举，人马赶至，当前河南中部掾吏闵贡，大呼："逆贼休走！"张让见事急，遂投河而死。帝与陈留王未知虚实，不敢高声，伏于河边乱草之内。军马四散去赶，不知帝之所在。帝与王伏至四更，露水又下，腹中饥馁，相抱而哭，又怕人知觉，吞声草莽之中。陈留王曰："此间不可久恋，须别寻活路。"于是二人以衣相结，爬上岸边，满地荆棘，黑暗之中，不见行路。正无奈何，忽有流萤千百成群，光芒照耀，只在帝前飞转。陈留王曰："此天助我兄弟也！"遂随萤火这对天下身份最为尊贵的兄弟虽遭大难，却也留下了相助相扶、相濡以沫的温暖场景。

而行，渐渐见路。行至五更，足痛不能行，山冈边见一草堆，帝与王卧于草堆之畔。草堆前面是一所庄院，庄主是夜梦两红日坠于庄后，惊觉，披衣出户，四下观望，见庄后草堆上红光冲天，慌忙往视，却是二人卧于草畔。庄主问曰："二少年谁家之子？"帝不敢应。陈留王指帝曰："此是当今皇帝，遭十常侍之乱，逃难到此。吾乃皇弟陈留王也。"庄主大惊，再拜曰："臣先朝司徒崔烈之弟崔毅也。因见十常侍卖官嫉贤，故隐于此。"遂扶帝入庄，跪进酒食。

却说闵贡赶上段珪，拿住问天子何在，珪言："已在半路相失，不知何往。"贡遂杀段珪，悬头于马项下，分兵四散寻觅，自己却独乘一马，随路追寻。偶至崔毅庄，毅见首级，问之，贡说详细，崔毅引贡见帝，君臣痛哭。贡曰："国不可一日无君，请陛下还都。"崔毅庄上止有瘦马一匹，备与帝乘，贡与陈留王共乘一马，离庄而行。不到三里，司徒王允、太尉杨彪、左军校尉淳于琼、右军校尉赵萌、后军校尉鲍信、中军校尉袁绍，一行人众，数百人马，接着车驾，君臣皆哭。先使人将段珪首级往京师号令，另换好马与帝及陈留王骑坐，簇帝还京。先是洛阳小儿谣曰："帝非帝，王非王，千乘万骑走北邙。"至此果应其谶。

车驾行不到数里，忽见旌旗蔽日，尘土遮天，一枝人马到来。百官失色，帝亦大惊。袁绍骤马，出问何人。绣旗影里，一将飞出，厉声问："天子何在？"帝战栗不能言。陈留王勒马向前，叱曰："来者何人？"卓曰："西凉刺史董卓也。"陈留王曰："汝来保驾耶？汝来劫驾耶？"卓应曰："特来保驾。"陈留王曰："既来保驾，天子在此，何不下马？"卓大惊，慌忙下马，拜于道左。陈留王以言抚慰董卓，自初至终，并无失语。卓暗奇之，已怀废立之意。是日还宫，见何太后，俱各痛哭。检点宫中，不见了传国玉玺。董卓屯兵城外，每日带铁甲马军入城，横行街市，百姓惶惶不安。卓出入宫庭，略无忌惮。后军校尉鲍信来见袁绍，言董卓必有异心，可速除之。绍曰："朝廷新定，未可轻

又一伏笔，虽不知何人因何取走，但肯定是有人趁火打劫有意盗此国宝。后引出孙坚匿玉玺一事。

动。”鲍信见王允，亦言其事。允曰：“且容商议。”信自引本部军兵，投泰山去了。

董卓招诱何进兄弟部下之兵，尽归掌握。私谓李儒曰：“吾欲废帝立陈留王，何如？”李儒曰：“今朝廷无主，不就此时行事，迟则有变矣。来日于温明园中召集百官，谕以废立。有不从者斩之，则威权之行，正在今日。”卓喜。次日大排筵会，遍请公卿。公卿皆惧董卓，谁敢不到。卓待百官到了，然后徐徐到园门下马，带剑入席。酒行数巡，卓教停酒止乐，乃厉声曰：“吾有一言，众官静听。”众皆侧耳。卓曰：“天子为万民之主，无威仪不可以奉宗庙社稷。今上懦弱，不若陈留王聪明好学，可承大位。吾欲废帝，立陈留王，诸大臣以为何如？”诸官听罢，不敢出声。座上一人推案直出，立于筵前，大呼：“不可！不可！汝是何人，敢发大语？天子乃先帝嫡子，初无过失，何得妄议废立！汝欲为篡逆耶？”卓视之，乃荆州刺史丁原也。卓怒叱曰：“顺我者生，逆我者死！”遂掣佩剑欲斩丁原。时李儒见丁原背后一人，生得器宇轩昂，威风凛凛，手执方天画戟，怒目而视。李儒急进曰：“今日饮宴之处，不可谈国政，来日向都堂公论未迟。”众人皆劝丁原上马而去。

对乱臣而言，只有乱世才是机会，曹操在太平盛世，也只能当个良臣。

卓问百官曰：“吾所言，合公道否？”卢植曰：“明公差矣。昔太甲不明，伊尹放之于桐宫；昌邑王登位方二十七日，造恶三千馀条，故霍光告太庙而废之。今上虽幼，聪明仁智，并无分毫过失。公乃外郡刺史，素未参与国政，又无伊、霍之大才，何可强主废立之事？圣人云：‘有伊尹之志则可，无伊尹之志则篡也。’”卓大怒，拔剑向前欲杀植。侍中蔡邕、议郎彭伯谏曰：“卢尚书海内人望，今先害之，恐天下震怖。”卓乃止。司徒王允曰：“废立之事，不可酒后相商，另日再议。”于是百官皆散。

卓按剑立于园门，忽见一人跃马持戟，于园门外往来驰骤。卓问李儒：“此何人也？”儒曰：“此丁原义儿，姓吕名布，字奉先者也。主公且须避之。”卓乃入园潜避。次日，人报丁原引上段中李儒初见吕布，尚不知其姓名，此时已知，可见李儒观察力、执行力出色，不愧为董卓手下第一谋士。

丁原，字建阳，前文未提，应是疏漏。

军城外搦战。卓怒，引军同李儒出迎。两阵对圆，只见吕布顶束发金冠，披百花战袍，擐唐猊铠甲，系狮蛮宝带，纵马挺戟，随丁建阳出到阵前。建阳指卓骂曰："国家不幸，阉官弄权，以致万民涂炭。尔无尺寸之功，焉敢妄言废立，欲乱朝廷！"董卓未及回言，吕布飞马直杀过来。董卓慌走，建阳率军掩杀，卓兵大败，退三十馀里下寨，聚众商议。卓曰："吾观吕布非常人也。吾若得此人，何虑天下哉！"帐前一人出曰："主公勿忧。某与吕布同乡，知其勇而无谋，见利忘义。某凭三寸不烂之舌，说吕布拱手来降，可乎？"卓大喜，观其人，乃虎贲中郎将李肃也。卓曰："汝将何以说之？"肃曰："某闻主公有名马一匹，号曰'赤兔'，日行千里。须得此马，再用金珠，以利结其心。某更进说词，吕布必反丁原，来投主公矣。"卓问李儒曰："此言可乎？"儒曰："主公欲取天下，何惜一马！"卓欣然与之，更与黄金一千两、明珠数十颗、玉带一条。

李肃赍了礼物，投吕布寨来。伏路军人围住，肃曰："可速报吕将军，有故人来见。"军人报知，布命入见。肃见布曰："贤弟别来无恙！"布揖曰："久不相见，今居何处？"肃曰："现任虎贲中郎将之职。闻贤弟匡扶社稷，不胜之喜。有良马一匹，日行千里，渡水登山，如履平地，名曰'赤兔'，特献与贤弟，以助虎威。"布便令牵过来看。果然那马浑身上下，火炭般赤，无半根杂毛，从头至尾，长一丈，从蹄至项，高八尺，嘶喊咆哮，有腾空入海之状。后人有诗单道赤兔马曰：

由此可见"赤兔"为此一马之名，并非此类马种之名，确是天下独一之神驹也。

奔腾千里荡尘埃，渡水登山紫雾开。掣断丝缰摇玉辔，火龙飞下九天来。

布见了此马，大喜，谢肃曰："兄赐此龙驹，将何以为报？"肃曰："某为义气而来，岂望报乎！"布置酒相待。酒酣，肃曰："肃与贤弟少得相见，令尊却常会来。"布曰："兄醉矣！先父弃世多年，安得与兄相会？”肃大笑曰：“非也！某说今日丁刺史耳。”布惶恐曰：“某在丁建阳处，亦出于无奈。”肃曰：“贤弟有擎天驾海之才，四海孰不钦敬？功名富贵，如探囊取物，何言无奈而在人之下乎？”布曰：“恨不逢其主耳。”肃笑曰：“‘良禽择木而栖，贤臣择主而事。’见机不早，悔之晚矣。”布曰：“兄在朝廷，观何人为世之英雄？”肃曰：“某遍观群臣，皆不如董卓。董卓为人敬贤礼士，赏罚分明，终成大业。”布曰：“某欲从之，恨无门路。”肃取金珠、玉带列于布前。布惊曰：“何为有此？”肃令叱退左右，告布曰：“此是董公久慕大名，特令某将此奉献。赤兔马亦董公所赠也。”布曰：“董公如此见爱，某将何以报之？”肃曰：“如某之不才，尚为虎贲中郎将，公若到彼，贵不可言。”布曰：“恨无涓埃【细小的流水和尘埃，比喻很小的功劳】之功，以为进见之礼。”肃曰：“功在翻手之间，公不肯为耳。”布沉吟良久曰：“吾欲杀丁原，引军归董卓，何如？”肃曰：“贤弟若能如此，真莫大之功也！但事不宜迟，在于速决。”布与肃约于明日来降，肃别去。

不待李肃游说，吕布自己已先表现出“反骨”。

是夜二更时分，布提刀径入丁原帐中。原正秉烛观书，见布至，曰：“吾儿来有何事故？”布曰：“吾堂堂丈夫，安肯为汝子乎！”原曰：“奉先何故心变？”布向前，一刀砍下丁原首级，大呼左右：“丁原不仁，吾已杀之。肯从吾者在此，不从者自去！”军士散其大半。次日，布持丁原首级，往见李肃。肃遂引布见卓。卓大喜，置酒相待。卓先下拜曰：“卓今得将军，如旱苗之得甘雨也。”布纳卓坐而拜之曰：“公若不弃，布请拜为义父。”卓以金甲锦袍赐布，畅饮而散。卓自是威势越大，自领前将军事，封弟董旻为左将军、鄠侯，封吕布为骑都尉、中郎将、都亭侯。

坐实“三姓家奴”。

李儒劝卓早定废立之计。卓乃于省中设宴，会集公卿，令吕布将甲士千馀，侍卫左右。是日，太傅袁隗与百官皆到。酒行数巡，卓按剑曰：“今上暗弱，不可以奉宗庙，吾将依伊尹、霍光故事，废帝为弘农王，立陈留王为帝。有不从者斩！”群臣惶怖莫敢对。中军校尉袁绍挺身出曰：“今上即位未几，并无失德，汝欲废嫡立庶，非反而何？”卓怒曰：“天下事在我！我今为之，谁敢不从！汝视我之剑不利否？”袁绍亦拔剑曰：“汝剑利，吾剑未尝不利！”两个在筵上对敌。正是：

丁原仗义身先丧，袁绍争锋势又危。

毕竟袁绍性命如何，且听下文分解。

【回后评】

袁绍此时跳出来逞英雄，他可能忘了当初恰恰是自己把董卓引进京来的，所以袁绍对董卓拔剑相向，不过是想寻此机会离京避祸罢了。从董卓的角度看，有人认为他若此时早杀袁绍，何至于有十八路诸侯讨董卓之盟主乎？非也。袁氏四世三公，门多故吏，对此时的董卓而言，袁绍应是加以笼络以换取支持的对象，而非树敌的对象。李儒深明此理，及时劝阻。

在下一回初，连周毖、伍琼无名之辈，皆知袁绍“好谋无断”，何况日后与袁绍相争的知人善任的曹操乎？袁曹二人之成败利钝，或于此时即见分晓。袁绍任渤海太守后，短期内果未起兵反董卓而救汉室。

第四回

废汉帝陈留践位
谋董贼孟德献刀

设心狠毒非良士
操卓原来一路人

曹孟德谋杀董卓

“陈留”指陈留王刘协。“践位”即天子登基即位，类似的表述还有“践祚”。

心怀篡逆者历代皆有，但魏代汉、晋代魏，曹氏父子和司马父子皆不似董卓这般残暴。董卓擅行废立，荼毒生灵，暴殄天物，违反天道伦常，必遭天人共弃。

何太后当年谋害董太后时，可曾想到自己不日将亡于董氏之手乎？巧合耶？天数耶！恰应全著结尾“王侯公爵从根苗”“天数茫茫不可逃”等诗句。

本回中，曹操赌上身家性命效仿古之专诸、聂政，刺杀董卓。试想，如果曹操刺董成功，于朝局有何影响尚难妄断，但曹操本人必名垂青史，也必难以活命。此时的曹操不愧为汉室江山的忠诚臣子。行刺之举幸被撞破，改变了曹操的命运，不然三分天下的历史就会改写。奸雄也并非一生中时时事事都“奸”，曹操对汉室的态度也经历了由试图扶汉到自立门户的转变过程。该话题在董卓迁都、曹操追击董卓兵败后另有详述。

且说董卓欲杀袁绍，李儒止之曰：“事未可定，不可妄杀。”袁绍手提宝剑，辞别百官而出，悬节东门，奔冀州去了。卓谓太傅袁隗曰：“汝侄无礼，吾看汝面，姑恕之。废立之事若何？”隗曰：“太尉所见是也。”卓曰：“敢有阻大议者，以军法从事！”群臣震恐，皆云：“一听尊命。”宴罢，卓问侍中周毖、校尉伍琼曰：“袁绍此去若何？”周毖曰：“袁绍忿忿而去，若购【为“悬赏募求”之意】之急，势必为变。且袁氏树恩四世，门生故吏遍于天下，倘收豪杰以聚徒众，英雄因之而起，山东非公有也。不如赦之，拜为一郡守，则绍喜于免罪，必无患矣。”伍琼曰：“袁

前文并未提及董卓官升太尉。

绍好谋无断，不足为虑，诚不若加之一郡守，以收民心。”卓从之，即日差人拜绍为渤海太守。

九月朔，请帝升嘉德殿，大会文武。卓拔剑在手，对众曰：“天子暗弱，不足以君天下。今有策文一道，宜为宣读。”乃命李儒读策曰：

孝灵皇帝，早弃臣民；皇帝承嗣，海内仰望。而帝天资轻佻，威仪不恪，居丧慢惰：否德既彰，有忝大位。皇太后教无母仪，统政荒乱。永乐太后暴崩，众论惑焉。三纲之道，天地之纪，毋乃有阙？陈留王协，圣德伟懋【mào，盛大】，规矩肃然；居丧哀戚，言不以邪；休声美誉，天下所闻；宜承洪业，为万世统。兹废皇帝为弘农王，皇太后还政。请奉陈留王为皇帝，应天顺人，以慰生灵之望。

李儒读策毕，卓叱左右扶帝下殿，解其玺绶，北面长跪，称臣听命。又呼太后去服候敕。帝后皆号哭，群臣无不悲惨。阶下一大臣，愤怒高叫曰：“贼臣董卓，敢为欺天之谋，吾当以颈血溅之！”挥手中象简，直击董卓。卓大怒，喝武士拿下，乃尚书丁管也。卓命牵出斩之。管骂不绝口，至死神色不变。后人有诗叹之曰：

董贼潜怀废立图，汉家宗社委丘墟。满朝臣宰皆囊括，惟有丁公是丈夫。

卓请陈留王登殿。群臣朝贺毕，卓命扶何太后并弘农王及帝妃唐氏于永安宫闲住，封锁宫门，禁群臣无得擅入。可怜少帝四月登基，至九月即被废。卓所立陈留王协，表字伯和，灵帝中子【一作仲子，即次子】，即献帝也，时年九岁，改元初平。董卓为相国，赞拜不名，入朝不趋，剑履上殿，威福莫比。李儒劝卓擢用名流，以收人望，因荐蔡邕之才。卓命征之，邕不赴。卓怒，使人谓邕曰："如不来，当灭汝族。"邕惧，只得应命而至。卓见邕大喜，一月三迁其官，拜为侍中，甚见亲厚。

此处看似闲笔实则为后文铺垫。后董卓伏诛，蔡邕伏尸痛哭的表现，足见蔡邕感念董卓的知遇之恩。然上一回董卓席间拔剑欲杀丁原时，蔡邕即官居侍中，此又一疏漏也。

却说少帝与何太后、唐妃困于永安宫中，衣服饮食，渐渐少缺，少帝泪不曾干。一日，偶见双燕飞于庭中，遂吟诗一首。诗曰：

此诗颇有南唐李后主"故国不堪回首月明中""恰似一江春水向东流"之意。两位君王同样因诗身死，祸从口出，令人扼腕。后世曹魏高贵乡公曹髦亦因《潜龙诗》遭司马昭所忌，继而被杀，于此雷同。

嫩草绿凝烟，袅袅双飞燕。洛水一条青，陌上人称美。远望碧云深，是吾旧宫殿。何人仗忠义，泄我心中怨！

董卓时常使人探听，是日获得此诗，来呈董卓。卓曰："怨望作诗，杀之有名矣。"遂命李儒带武士十人，入宫弑帝。帝与后、妃正在楼上，宫女报李儒至，帝大惊。儒以鸩酒奉帝，帝问何故。儒曰："春日融和，董相国特上寿酒。"太后曰："既云寿酒，汝可先饮。"儒怒曰："汝不饮耶？"呼左右持短刀白练于前曰："寿酒不饮，可领此二物！"唐妃跪告曰："妾身代帝饮酒，愿公存母子性命。"儒叱曰："汝何人，可代王死？"乃举酒与何太后曰："汝可先饮！"后大骂何进无谋，引贼入京，致有今日之祸。儒催逼帝，帝曰："容我与太后作别。"乃大恸而作歌，其歌曰：

此时汉少帝名位已被废，仍称其为"帝"，足见作者罗贯中不认可董卓废立之举，一字寓褒贬，一字见立场。

天地易兮日月翻，弃万乘兮退守藩。为臣逼兮命不久，大势去兮空泪潸！

唐妃亦作歌曰：

皇天将崩兮后土颓，身为帝姬兮命不随。生死异路兮从此毕，奈何茕速兮心中悲！

这对苦命鸳鸯，诗作得倒是大有可观之处。

歌罢，相抱而哭，李儒叱曰："相国立等回报，汝等俄延，望谁救耶？”太后大骂：“董贼逼我母子，皇天不佑！汝等助恶，必当灭族！”儒大怒，双手扯住太后，直撺下楼，叱武士绞死唐妃，以鸩酒灌杀少帝，还报董卓。卓命葬于城外。自此每夜入宫，奸淫宫女，夜宿龙床。尝引军出城，行到阳城地方，时当二月，村民社赛，男女皆集。卓命军士围住，尽皆杀之，掠妇女财物，装载车上，悬头千馀颗于车下，连轸还都，扬言杀贼大胜而回，于城门外焚烧人头，以妇女财物分散众军。

越骑校尉伍孚，字德瑜，见卓残暴，愤恨不平，尝于朝服内披小铠，藏短刀，欲伺便杀卓。一日，卓入朝，孚迎至阁下，拔刀直刺卓。卓气力大，两手抠住，吕布便入，揪倒伍孚。卓问曰：“谁教汝反？”孚瞪目大喝曰：“汝非吾君，吾非汝臣，何反之有？汝罪恶盈天，人人愿得而诛之！吾恨不车裂汝以谢天下！”卓大怒，命牵出剖剐之。孚至死骂不绝口。后人有诗赞之曰：

> 汉末忠臣说伍孚，冲天豪气世间无。朝堂杀贼名犹在，万古堪称大丈夫！

董卓自此出入常带甲士护卫。

时袁绍在渤海，闻知董卓弄权，乃差人赍密书来见王允。书略曰：

> 卓贼欺天废主，人不忍言，而公恣其跋扈，如不听闻，岂报国效忠之臣哉？绍今集兵练卒，欲扫清王室，未敢轻动。公若有心，当乘间图之。如有驱使，即当奉命。

王允得书，寻思无计。一日，于侍班阁子内见旧臣俱在，允曰：“今日老夫贱降【谦称自己的生日】，晚间敢屈众位到舍小酌？”众官皆曰：“必来祝寿。”当晚王允设宴后堂，公卿皆至。酒行数巡，王允忽然掩面大哭。众官惊问曰：“司徒贵诞，何故发悲？”

宴请之人太多，存在很大的泄密风险。可见王允并非心思细密、谋事周详之人，最终难成大事。

允曰："今日并非贱降，因欲与众位一叙，恐董卓见疑，故托言耳。董卓欺主弄权，社稷旦夕难保。想高皇诛秦灭楚，奄【yǎn，覆盖、包括】有天下，谁想传至今日，乃丧于董卓之手，此吾所以哭也。"于是众官皆哭。坐中一人独抚掌大笑曰："满朝公卿，夜哭到明，明哭到夜，还能哭死董卓否？"允视之，乃骁骑校尉曹操也。允怒曰："汝祖宗亦食禄汉朝，今不思报国而反笑耶？"操曰："吾非笑别事，笑众位无一计杀董卓耳。操虽不才，愿即断董卓头，悬之都门，以谢天下。"允避席问曰："孟德有何高见？"操曰："近日操屈身以事卓者，实欲乘间图之耳。今卓颇信操，操因得时近卓。闻司徒有七宝刀一口，愿借与操入相府刺杀之，虽死不恨！"允曰："孟德果有是心，天下幸甚！"遂亲自酌酒奉操。操沥酒设誓，允随取宝刀与之。操藏刀，饮酒毕，即起身辞别众官而去。众官又坐了一回，亦俱散讫。

王允"避席"只是表示尊敬的态度，并没有写其屏退众人或退入后堂私语，可见曹操应是在大庭广众下公开其刺董的方案，明显有悖常理，此又一漏洞耳。

再次坐实刺杀计划已然俾众周知。

次日，曹操佩着宝刀来至相府，问："丞相何在？"从人云："在小阁中。"操径入。见董卓坐于床上，吕布侍立于侧。卓曰："孟德来何迟？"操曰："马羸行迟耳。"卓顾谓布曰："吾有西凉进来好马，奉先可亲去拣一骑赐与孟德。"布领令而出。操暗忖曰："此贼合死！"即欲拔刀刺之，惧卓力大，未敢轻动。卓胖大不耐久坐，遂倒身而卧，转面向内。操又思曰："此贼当休矣！"急掣宝刀在手，恰待要刺，不想董卓仰面看衣镜中，照见曹操在背后拔刀，急回身问曰："孟德何为？"时吕布已牵马至阁外。操惶遽，乃持刀跪下曰："操有宝刀一口，献上恩相。"卓接视之，见其刀长尺馀，七宝嵌饰，极其锋利，果宝刀也，遂递与吕布收了。操解鞘付布。卓引操出阁看马，操谢曰："愿借试一骑。"卓就教与鞍辔。操牵马出相府，加鞭望东南而去。布对卓曰："适来曹操似有行刺之状，及被喝破，故推献刀。"卓曰："吾亦疑之。"正说话间，适李儒至，卓以其事告之。儒曰："操无妻小在京，只独居寓所。今差人往召，如彼无疑而便来，则是献刀。如推托不来，则必是行刺，便可擒而问也。"卓然其说，

曹操心理素质绝佳，随机应变能力一流！

即差狱卒四人往唤操。去了良久，回报曰："操不曾回寓，乘马飞出东门。门吏问之，操曰'丞相差我有紧急公事'，纵马而去矣。"儒曰："操贼心虚逃窜，行刺无疑矣。"卓大怒曰："我如此重用，反欲害我！"儒曰："此必有同谋者，待拿住曹操便可知矣。"卓遂令遍行文书，画影图形，捉拿曹操：擒献者，赏千金封万户侯，窝藏者同罪。

且说曹操逃出城外，飞奔谯郡。路经中牟县，为守关军士所获，擒见县令。操言："我是客商，复姓皇甫。"县令熟视曹操，沉吟半晌，乃曰："吾前在洛阳求官时，曾认得汝是曹操，如何隐讳！且把来监下，明日解去京师请赏。"把关军士赐以酒食而去。至夜分，县令唤亲随人暗地取出曹操，直至后院中审究，问曰："我闻丞相待汝不薄，何故自取其祸？"操曰："'燕雀安知鸿鹄志哉！'汝既拿住我，便当解去请赏。何必多问！"县令屏退左右，谓操曰："汝休小觑我。我非俗吏，奈未遇其主耳。"操曰："吾祖宗世食汉禄，若不思报国，与禽兽何异？吾屈身事卓者，欲乘间图之，为国除害耳。今事不成，乃天意也！"县令曰："孟德此行，将欲何往？"操曰："吾将归乡里，发矫诏，召天下诸侯兴兵共诛董卓，吾之愿也。"县令闻言，乃亲释其缚，扶之上坐，再拜曰："公真天下忠义之士也！"曹操亦拜问县令姓名。县令曰："吾姓陈，名宫，字公台。老母妻子，皆在东郡。今感公忠义，愿弃一官，从公而逃。"操甚喜。是夜陈宫收拾盘费，与曹操更衣易服，各背剑一口，乘马投故乡来。

后董承、刘备等反曹者，多以类似言语批判曹操。

此时的曹操确实当得起如此评价，义释曹操的陈宫当然也当得起。

此处"背剑"并非闲笔，乃为下文杀吕伯奢一家做铺垫。

行了三日，至成皋地方，天色向晚。操以鞭指林深处谓宫曰："此间有一人姓吕，名伯奢，是吾父结义弟兄，就往问家中消息，觅一宿，如何？"宫曰："最好。"二人至庄前下马，入见伯奢。奢曰："我闻朝廷遍行文书，捉汝甚急，汝父已避陈留去了。汝如何得至此？"操告以前事，曰："若非陈县令，已粉骨碎身矣。"伯奢拜陈宫曰："小侄若非使君，曹氏灭门矣。使君宽怀安坐，今晚便可下榻草舍。"说罢，即起身入内。良久乃出，

吕伯奢与曹操之父的关系与刘、关、张之间的关系并无二致，后却遭曹操疑忌而致灭门，可悲！

"良久乃出"是遭疑的原因之一。

谓陈宫曰："老夫家无好酒，容往西村沽一樽来相待。"言讫，匆匆上驴而去。

"匆匆而去"是遭疑的原因之二。

操与宫坐久，忽闻庄后有磨刀之声。操曰："吕伯奢非吾至亲，此去可疑，当窃听之。"二人潜步入草堂后，但闻人语曰："缚而杀之，何如？"操曰："是矣！今若不先下手，必遭擒获。"遂与宫拔剑直入，不问男女，皆杀之，一连杀死八口。搜至厨下，却见缚一猪欲杀。宫曰："孟德心多，误杀好人矣！"急出庄上马而行。行不到二里，只见伯奢驴鞍前鞒【qiáo，指马鞍前端拱起的地方】悬酒二瓶，手携果菜而来，叫曰："贤侄与使君何故便去？"操曰："被罪之人，不敢久住。"伯奢曰："吾已分付家人宰一猪相款，贤侄、使君何憎一宿？速请转骑。"操不顾，策马便行。行不数步，忽拔剑复回，叫伯奢曰："此来者何人？"伯奢回头看时，操挥剑砍伯奢于驴下。宫大惊曰："适才误耳，今何为也？"操曰："伯奢到家，见杀死多人，安肯干休？若率众来追，必遭其祸矣。"宫曰："知而故杀，大不义也！"操曰："宁教我负天下人，休教天下人负我。"陈宫默然。

"磨刀之声"是遭疑的原因之三。

"缚而杀之"是遭疑的原因之四。四个巧合导致曹操疑心吕伯奢家人并将其灭门，体现了小说构思之妙。

曹操最经典的语录登场。

当夜，行数里，月明中敲开客店门投宿。喂饱了马，曹操先睡。陈宫寻思："我将谓曹操是好人，弃官跟他，原来是个狼心之徒！今日留之，必为后患。"便欲拔剑来杀曹操。正是：

设心狠毒非良士，操卓原来一路人。

毕竟曹操性命如何，且听下文分解。

【回后评】

吕伯奢已知朝廷遍发海捕文书捉拿曹操，也知曹父去向，说明董卓的悬赏告示传布迅速，民间早已人尽皆知，也说明吕曹两家联系密切，伯奢熟知曹家状况。

谁能保证吕伯奢一众家人均未暗藏“大义灭亲”之心？试想，亡命者本就敏感多疑，情急之中无暇细辨真伪，故误杀之举并不能完全归罪曹操。“缚一猪欲杀”，“欲杀”之说只能推测，无法坐实，“欲”将何为是无法“见”的。且缚猪与缚人并不互斥，缚人之后再杀猪饮酒庆祝，也是有可能的，毕竟赏千金、封万户侯的悬赏数额是很诱人的。

陈宫责曹操“知而故杀，大不义也”，但曹操却并未加以辩驳，他的“宁负天下人”之语终致二人分道扬镳，走向敌对。

第五回

发矫诏诸镇应曹公
破关兵三英战吕布

擒贼定须擒贼首
奇功端的待奇人

虎牢關三戰呂布

曹操散尽家资，招募义勇，首倡了十八路诸侯联合讨伐董卓的军事行动，目的是挽救汉室危亡，扶大厦之将倾。曹操作为此重大事件的发起人和组织者，不谋己利，将盟主之位主动让与袁绍，是大气，是公心，足以令袁术等辈汗颜。此时的曹操，仍然积极投身于挽救汉室的行动。只不过，“兴复汉室”后来成了刘备等集团讨伐曹操的口号，世易时移，不知晚年的曹操情何以堪！

以文中提及的各路诸侯所带兵力推算，众诸侯聚集约有三十万众，兵力远在董卓之上，如精诚合作，相与为一，足可除暴凶而成大业。“然而成败异变，功业相反，何也？”不团结也！不团结的松散联盟，即为蚁聚，即为乌合。

刘、关、张三兄弟并无部众，只身前往联军阵前效力，原本不会受到众诸侯的重视，却接连因关羽斩华雄、三英战吕布而占尽了风头，赢得了天下诸侯的赞誉和仰视。

【题解及内容提要】

却说陈宫临欲下手杀曹操，忽转念曰：“我为国家跟他到此，杀之不义。不若弃而他往。”插剑上马，不等天明，自投东郡去了。操觉，不见陈宫，寻思：“此人见我说了这两句，疑我不仁，弃我而去。吾当急行，不可久留。”遂连夜到陈留，寻见父亲，备说前事，欲散家资招募义兵。父言：“资少恐不成事。此间有孝廉卫弘，疏财仗义，其家巨富，若得相助，事可图矣。”

只字未提曹嵩对结义兄弟吕伯奢表达哀悼惋惜，可见曹家父子皆为人情凉薄之人。

操置酒张筵，拜请卫弘到家，告曰：“今汉室无主，董卓专权，欺君害民，天下切齿。操欲力扶社稷，恨力不足。公乃忠义之士，敢求相助！”卫弘曰：“吾有是心久矣，恨未遇英雄耳。既孟德有大志，愿将家资相助。”操大喜。于是先发矫诏，驰报各道，然后招集义兵，竖起招兵白旗一面，上书“忠义”二字。

刘备三兄弟起事之初，也曾得蒙富商慷慨资助。

不数日间，应募之士，如雨骈集。

一日，有一个阳平卫国人，姓乐名进，字文谦，来投曹操。又有一个山阳巨鹿人，姓李名典，字曼成，也来投曹操。操皆留为帐前吏。又有沛国谯人夏侯惇，字元让，乃夏侯婴之后，自小习枪棒，年十四从师学武，有人辱骂其师，惇杀之，逃于外方，闻知曹操起兵，与其族弟夏侯渊两个，各引壮士千人来会。此二人本操之弟兄，操父曹嵩原是夏侯氏之子，过房与曹家，因此是同族。不数日，曹氏兄弟曹仁、曹洪各引兵千馀来助。曹仁字子孝，曹洪字子廉，二人弓马熟娴，武艺精通。操大喜，于村中调练军马。卫弘尽出家财，置办衣甲旗幡，四方送粮食者，不计其数。

夏侯惇杀人后亡命天涯，与关羽经历类似。

此四将为曹操集团“原始股”，类似关、张之于刘备。

时袁绍得操矫诏，乃聚麾下文武，引兵三万，离渤海来与曹操会盟。操作檄文以达诸郡。檄文曰：

> 操等谨以大义布告天下：董卓欺天罔地，灭国弑君；秽乱宫禁，残害生灵。狼戾不仁，罪恶充积！今奉天子密诏，大集义兵，誓欲扫清华夏，剿戮群凶。望兴义师，共泄公愤；扶持王室，拯救黎民。檄文到日，可速奉行！

操发檄文去后，各镇诸侯皆起兵相应：第一镇，后将军南阳太守袁术。第二镇，冀州刺史韩馥。第三镇，豫州刺史孔伷。第四镇，兖州刺史刘岱。第五镇，河内郡太守王匡。第六镇，陈留太守张邈。第七镇，东郡太守乔瑁。第八镇，山阳太守袁遗。第九镇，济北相鲍信。第十镇，北海太守孔融。第十一镇，广陵太守张超。第十二镇，徐州刺史陶谦。第十三镇，西凉太守马腾。第十四镇，北平太守公孙瓒。第十五镇，上党太守张杨。第十六镇，乌程侯长沙太守孙坚。第十七镇，祁乡侯渤海太守袁绍。诸路军马，多少不等，有三万者，有一二万者，各领文官武将，投洛阳来。

当时天下的主要诸侯，尚缺汉氏宗亲二人——荆州刘表和益州刘焉，他们并未参与此次会盟。

且说北平太守公孙瓒，统领精兵一万五千，路经德州平原县。正行之间，遥见桑树丛中一面黄旗，数骑来迎。瓒视之乃刘玄德也。瓒问曰："贤弟何故在此？"玄德曰："旧日蒙兄保备为平原县令，今闻大军过此，将来奉候，就请兄长入城歇马。"瓒指关、张而问曰："此何人也？"玄德曰："此关羽、张飞，备结义兄弟也。"瓒曰："乃同破黄巾者乎？"玄德曰："皆此二人之力。"瓒曰："今居何职？"玄德答曰："关羽为马弓手，张飞为步弓手。"瓒叹曰："如此可谓埋没英雄！今董卓作乱，天下诸侯共往诛之。贤弟可弃此卑官，一同讨贼，力扶汉室，若何？"玄德曰："愿往。"张飞曰："当时若容我杀了此贼，免有今日之事。"云长曰："事已至此，即当收拾前去。"

不计身份卑微如飞蛾、萤火，胸中自有矢志，扶汉之志坚定如山。

玄德、关、张引数骑跟公孙瓒来，曹操接着。众诸侯亦陆续皆至，各自安营下寨，连接二百馀里。操乃宰牛杀马，大会诸侯，商议进兵之策。太守王匡曰："今奉大义，必立盟主，众听约束，然后进兵。"操曰："袁本初四世三公，门多故吏，汉朝名相之裔，可为盟主。"绍再三推辞。众皆曰："非本初不可。"绍方应允。次日筑台三层，遍列五方旗帜，上建白旄黄钺，兵符将印，请绍登坛。绍整衣佩剑，慨然而上，焚香再拜。其盟曰：

> 汉室不幸，皇纲失统。贼臣董卓，乘衅纵害，祸加至尊，虐流百姓。绍等惧社稷沦丧，纠合义兵，并赴国难。凡我同盟，齐心戮力，以致臣节，必无二志。有渝此盟，俾坠其命，无克遗育。皇天后土，祖宗明灵，实皆鉴之！

先陈述背景，历数董卓罪孽；再陈述动机，表明众人一心为公，忠贞报国；最后几句乃是发誓赌咒的话，却无不应验，最值得玩味——但凡后来不"齐心"者、生"二志"者，如袁术、孙坚、刘岱等皆未善终。

后世初唐名臣魏征有言："有善始者实繁，能克终者盖寡。"

读毕，歃血。众因其辞气慷慨，皆涕泗横流。歃血已罢，下坛。众扶绍升帐而坐，两行依爵位年齿分列坐定。操行酒数巡，言曰："今日既立盟主，各听调遣，同扶国家，勿以强弱计较。"袁绍曰："绍虽不才，既承公等推为盟主，有功必赏，有罪必罚。国有常刑，军有纪律，各宜遵守，勿得违犯。"众皆曰："惟命是

曹操已有预感内部会不团结，先把丑话说在前。与其说是敏锐的政治预见能力，不如说是对人性精准的判断。

听。”绍曰：“吾弟袁术总督粮草，应付诸营，无使有缺。更须一人为先锋，直抵汜水关挑战。馀各据险要，以为接应。”

长沙太守孙坚出曰：“坚愿为前部。”绍曰：“文台勇烈，可当此任。”坚遂引本部人马杀奔汜水关来。守关将士，差流星马往洛阳丞相府告急。董卓自专大权之后，每日饮宴。李儒接得告急文书，径来禀卓。卓大惊，急聚众将商议。温侯吕布挺身出曰：“父亲勿虑。关外诸侯，布视之如草芥，愿提虎狼之师，尽斩其首，悬于都门。”卓大喜曰：“吾有奉先，高枕无忧矣！”言未绝，吕布背后一人高声出曰：“‘割鸡焉用牛刀？’不劳温侯亲往。吾斩众诸侯首级，如探囊取物耳！”卓视之，其人身长九尺，虎体狼腰，豹头猿臂，关西人也，姓华名雄。卓闻言大喜，加为骁骑校尉，拨马步军五万，同李肃、胡轸、赵岑星夜赴关迎敌。

董卓霸京师，看似强大，真正可用之人无外乎有限的西凉嫡系班底，朝堂中的何进旧部、拥汉老臣如王允等只不过暂时屈身于他，一旦时机成熟随时会生肘腋之患。事实上，吕布已是董卓在军事上可倚仗的最后一张王牌。

众诸侯内有济北相鲍信，寻思孙坚既为前部，怕他夺了头功，暗拨其弟鲍忠，先将马步军三千，径抄小路，直到关下搦战。华雄引铁骑五百飞下关来，大喝：“贼将休走！”鲍忠急待退，被华雄手起刀落，斩于马下，生擒将校极多。华雄遣人赍鲍忠首级来相府报捷，卓加雄为都督。

通观整部《三国演义》，抢功者往往先死，后发者往往制胜。

却说孙坚引四将直至关前。那四将？——第一个，右北平土垠人，姓程名普，字德谋，使一条铁脊蛇矛；第二个，姓黄名盖，字公覆，零陵人也，使铁鞭；第三个，姓韩名当，字义公，辽西令支人也，使一口大刀；第四个，姓祖名茂，字大荣，吴郡富春人也，使双刀。孙坚披烂银铠，裹赤帻，横古锭刀，骑花鬃马，指关上而骂曰：“助恶匹夫，何不早降！”华雄副将胡轸引兵五千出关迎战。程普飞马挺矛，直取胡轸。斗不数合，程普刺中胡轸咽喉，死于马下。坚挥军直杀至关前，关上矢石如雨。孙坚引兵回至梁东屯住，使人于袁绍处报捷，就于袁术处催粮。

或说术曰：“孙坚乃江东猛虎。若打破洛阳，杀了董卓，正是除狼而得虎也。今不与粮，彼军必散。”术听之，不发粮草。孙坚军缺食，军中自乱，细作报上关来。李肃为华雄谋曰：“今夜我引一军从小路下关，袭孙坚寨后，将军击其前寨，坚可擒矣。”雄从之，传令军士饱餐，乘夜下关。是夜月白风清。到坚寨时，已是半夜，鼓噪直进。坚慌忙披挂上马，正遇华雄。两马相交，斗不数合，后面李肃军到，竟天价【此“天价”为表示夸张的形容词，形容放火放的很猛烈】放起火来，坚军乱窜。众将各自混战，止有祖茂跟定孙坚，突围而走。背后华雄追来，坚取箭，连放两箭，皆被华雄躲过。再放第三箭时，因用力太猛，拽折了鹊画弓，只得弃弓纵马而奔。祖茂曰：“主公头上赤帻射目，为贼所认识，可脱帻与某戴之。”坚就脱帻换茂盔，分两路而走。雄军只望赤帻者追赶，坚乃从小路得脱。祖茂被华雄追急，将赤帻挂于人家烧不尽的庭柱上，却入树林潜躲。华雄军于月下遥见赤帻，四面围定，不敢近前。用箭射之，方知是计，遂向前取了赤帻。祖茂于林后杀出，挥双刀欲劈华雄，雄大喝一声，将祖茂一刀砍于马下。杀至天明，雄方引兵上关。

程普、黄盖、韩当都来寻见孙坚，再收拾军马屯住。坚为折了祖茂，伤感不已，星夜遣人报知袁绍。绍大惊曰：“不想孙文台败于华雄之手！”便聚众诸侯商议。众人都到，只有公孙瓒后至，绍请入帐列坐。绍曰：“前日鲍将军之弟不遵调遣，擅自进兵，杀身丧命，折了许多军士，今者孙文台又败于华雄。挫动锐气，为之奈何？”诸侯并皆不语。绍举目遍视，见公孙瓒背后立着三人，容貌异常，都在那里冷笑。绍问曰：“公孙太守背后何人？”瓒呼玄德出曰：“此吾自幼同舍兄弟，平原令刘备是也。”曹操曰：“莫非破黄巾刘玄德乎？”瓒曰：“然。”即令刘玄德拜见。瓒将玄德功劳，并其出身，细说一遍。绍曰：“既是汉室宗派，取坐来。”命坐。备逊谢。绍曰：“吾非敬汝名爵，吾敬汝是帝室之胄耳。”玄德乃坐于末位，关、张叉手侍立于后。

此句对袁绍本无益，他刻意强调“名爵”，说明他看重的是名声和地位；而曹操对刘备的印象是曾“破黄巾”，说明他看重的是能力和贡献。正应了郭嘉对袁曹二人的评价：“绍专收名誉”，“（曹）公外简内明，用人惟才”，详见第十八回。

忽探子来报：“华雄引铁骑下关，用长竿挑着孙太守赤帻，来寨前大骂搦战。”绍曰：“谁敢去战？”袁术背后转出骁将俞涉曰：“小将愿往。”绍喜，便著俞涉出马。即时报来：“俞涉与此句堪称整部《三国演义》中备受后世戏谑的经典名句。过于吹嘘不只会打自己的脸，甚至会让别人丧命。

潘凤提斧上马的举动本可略去不写，唯一的用处是突出潘凤出战前雄赳赳、气昂昂的名将派头。他承载着众诸侯的殷殷期盼，与其旋即被斩的结局形成鲜明的对比，更为其后关羽上阵张本。

曹操不会问关羽的官职，刘备更不在乎这种问题，只有袁氏兄弟执着于身份出身。

华雄战不三合，被华雄斩了。”众大惊。太守韩馥曰：“吾有上将潘凤，可斩华雄。”绍急令出战。潘凤手提大斧上马。去不多时，飞马来报：“潘凤又被华雄斩了。”众皆失色。绍曰：“可惜吾上将颜良、文丑未至！得一人在此，何惧华雄！”言未毕，阶下一人大呼出曰：“小将愿往斩华雄头，献于帐下！”众视之，见其人身长九尺，髯长二尺，丹凤眼，卧蚕眉，面如重枣，声如巨钟，立于帐前。绍问何人，公孙瓒曰：“此刘玄德之弟关羽也。”绍问现居何职。瓒曰：“跟随刘玄德充马弓手。”帐上袁术大喝曰：“汝欺吾众诸侯无大将耶？量一弓手，安敢乱言！与我打出！”曹操急止之曰：“公路息怒。此人既出大言，必有勇略，试教出马，如其不胜，责之未迟。”袁绍曰：“使一弓手出战，必被华雄所笑。”操曰：“此人仪表不俗，华雄安知他是弓手？”关公曰：“如不胜，请斩某头。”操教酾热酒一杯，与关公饮了上马。关公曰：“酒且斟下，某去便来。”出帐提刀，飞身上马。众诸侯听得关外鼓声大振，喊声大举，如天摧地塌，岳撼山崩，众皆失惊。正欲探听，鸾铃响处，马到中军，云长提华雄之头，掷于地上，其酒尚温。后人有诗赞之曰：

> 威镇乾坤第一功，辕门画鼓响冬冬。云长停盏施英勇，酒尚温时斩华雄。

曹操大喜。只见玄德背后转出张飞，高声大叫：“俺哥哥斩了华雄，不就这里杀入关去，活拿董卓，更待何时！”袁术大怒，喝曰：“俺大臣尚自谦让，量一县令手下小卒，安敢在此耀武扬威！都与赶出帐去！”曹操曰：“得功者赏，何计贵贱乎？”袁术曰：“既然公等只重一县令，我当告退。”操曰：“岂可因一言而误大事耶？”命公孙瓒且带玄德、关、张回寨，众官皆散。曹操暗使人赍牛酒抚慰三人。

曹操爱才惜才，真真不虚。

却说华雄手下败军，报上关来。李肃慌忙写告急文书，申闻董卓，卓急聚李儒、吕布等商议。儒曰："今失了上将华雄，贼势浩大。袁绍为盟主，绍叔袁隗现为太傅，倘或里应外合，深为不便，可先除之。请丞相亲领大军，分拨剿捕。"卓然其说，唤李傕、郭汜领兵五百，围住太傅袁隗家，不分老幼，尽皆诛绝，先将袁隗首级去关前号令。卓遂起兵二十万，分为两路而来：一路先令李傕、郭汜引兵五万，把住汜水关，不要厮杀；卓自将十五万，同李儒、吕布、樊稠、张济等守虎牢关。这关离洛阳五十里。军马到关，卓令吕布领三万军去关前扎住大寨，卓自在关上屯住。

李儒不愧为董卓手下臭名昭著的阴狠毒士。

流星马探听得，报入袁绍大寨里来，绍聚众商议。操曰："董卓屯兵虎牢，截俺诸侯中路，今可勒兵一半迎敌。"绍乃分王匡、乔瑁、鲍信、袁遗、孔融、张杨、陶谦、公孙瓒八路诸侯，往虎牢关迎敌，操引军往来救应。八路诸侯，各自起兵。河内太守王匡引兵先到。吕布带铁骑三千，飞奔来迎。王匡将军马列成阵势，勒马门旗下看时，见吕布出阵：头戴三叉束发紫金冠，体挂西川红锦百花袍，身披兽面吞头连环铠，腰系勒甲玲珑狮蛮带，弓箭随身，手持画戟，坐下嘶风赤兔马，果然是"人中吕布，马中赤兔"！王匡回头问曰："谁敢出战？"后面一将，纵马挺枪而出。匡视之，乃河内名将方悦。两马相交，无五合，被吕布一戟刺于马下，挺戟直冲过来。匡军大败，四散奔走。布东西冲杀，如入无人之境。幸得乔瑁、袁遗两军皆至，来救王匡，吕布方退。三路诸侯，各折了些人马，退三十里下寨。随后五路军马都至，一处商议，言吕布英雄，无人可敌。

此处着力塑造了吕布威风凛凛、雄姿英发的名将形象。与《红楼梦》中贾宝玉初登场时繁缛富赡的衣着描写有相似之处。

正虑间，小校报来："吕布搦战。"八路诸侯一齐上马。军分八队，布在高冈。遥望吕布一簇军马，绣旗招飐【zhǎn，风吹物使其颤动】，先来冲阵。上党太守张杨部将穆顺，出马挺枪迎战，被吕布手起一戟，刺于马下，众大惊。北海太守孔融部将武安国，使铁锤飞马而出，吕布挥戟拍马来迎。战到十馀合，一戟砍断安国手腕，弃锤于地而走。八路军兵齐出，救了武安国，吕

华雄初登场时，也有类似的战果。

布退回去了。众诸侯回寨商议。曹操曰："吕布英勇无敌，可会十八路诸侯，共议良策。若擒了吕布，董卓易诛耳。"

正议间，吕布复引兵搦战。八路诸侯齐出。公孙瓒挥槊亲战吕布。战不数合，瓒败走，吕布纵赤兔马赶来。那马日行千里，飞走如风。看看赶上，布举画戟望瓒后心便刺。傍边一将，圆睁环眼，倒竖虎须，挺丈八蛇矛，飞马大叫："三姓家奴休走！燕人张飞在此！"吕布见了，弃了公孙瓒，便战张飞。飞抖擞精神，酣战吕布。连斗五十馀合，不分胜负。云长见了，把马一拍，舞八十二斤青龙偃月刀，来夹攻吕布。三匹马丁字儿厮杀。战到三十合，战不倒吕布。刘玄德掣双股剑，骤黄鬃马，刺斜里也来助战。这三个围住吕布，转灯儿般厮杀。八路人马，都看得呆了。吕布架隔遮拦不定，看着玄德面上，虚刺一戟，玄德急闪。吕布荡开阵角，倒拖画戟，飞马便回。三个那里肯舍，拍马赶来。八路军兵，喊声大震，一齐掩杀。吕布军马望关上奔走，玄德、关、张随后赶来。古人曾有篇言语，单道着玄德、关、张三战吕布：

可以推断，张飞在与吕布的打斗中明显落于下风，不然以关羽的傲气，断不会与张飞合攻吕布，因为那样的话即便取胜，亦胜之不武。

关羽、张飞乃三国中武艺超群的存在，二人合攻吕布尚不能胜，可见吕布武艺稳居三国第一应无争议。

汉朝天数当桓灵，炎炎红日将西倾。奸臣董卓废少帝，刘协懦弱魂梦惊。曹操传檄告天下，诸侯奋怒皆兴兵。议立袁绍作盟主，誓扶王室定太平。温侯吕布世无比，雄才四海夸英伟。护躯银铠砌龙鳞，束发金冠簪雉尾。参差宝带兽平吞，错落锦袍飞凤起。龙驹跳踏起天风，画戟荧煌射秋水。出关搦战谁敢当？诸侯胆裂心惶惶。踊出燕人张翼德，手持蛇矛丈八枪。虎须倒竖翻金线，环眼圆睁起电光。酣战未能分胜败，阵前恼起关云长。青龙宝刀灿霜雪，鹦鹉战袍飞蛱蝶。马蹄到处鬼神嚎，目前一怒应流血。枭雄玄德掣双锋，抖擞天威施勇烈。三人围绕战多时，遮拦架隔无休歇。喊声震动天地翻，杀气迷漫牛斗寒。吕布力穷寻走路，遥望家山拍马还。倒拖画杆方天戟，乱散销金五彩幡。顿断绒绦走赤免，翻身飞上虎牢关。

三人直赶吕布到关下，看见关上西风飘动青罗伞盖。张飞大叫："此必董卓！追吕布有甚强处？不如先拿董贼，便是斩草除根！"拍马上关，来擒董卓。正是：

擒贼定须擒贼首，奇功端的【dì，果然、的确】待奇人。

未知胜负如何，且听下文分解。

【回后评】

曹仁、曹洪兄弟应为宦官曹腾本家亲属，与本姓夏侯的曹操因同姓而认作同族，并无真正的血缘关系，夏侯氏才是曹操血亲。此时曹操已有五千人马，募兵能力远胜于刘备。曹操自起兵之初就有较为雄厚的"家底"，原因有四。一是宗亲势力庞大。曹操兼有曹氏和夏侯氏两大宗族势力，人才济济，包括后来二代宗亲中的曹真、曹休、夏侯尚、夏侯霸等，都是优秀人才。二是从政经验丰富。曹操此时虽是单独募兵起事，但不似刘备"白身"。曹操经洛阳北部尉、骑都尉、顿丘令、典军校尉、骁骑校尉等多个官职历练，从中央到地方，从政务官到军官，久历宦海，官声颇佳，连陈官一县令都认识曹操，自然说明曹操有很强的影响力和号召力。三是刺董余威加成。董卓残暴不仁，天怒人怨，曹操刺董正可谓应天意顺民心，在天下人看来足堪大义大勇之举，此事件的晕轮效应自然能进一步增强其主角光环。四是父祖资源承继。操父曹嵩曾任司隶校尉、鸿胪卿、大司农，又于汉灵帝卖官时半贿半捐换得太尉一职，位列三公。祖父曹腾虽为宦官，却"好进达贤能"，鲜有负面评价。曹氏虽不能与四世三公的袁氏相提并论，但曹氏三代从地方到朝廷都势必会积累一定的人脉，这些资源自然会为曹操接收。

关羽温酒斩华雄的寥寥数语，是全书中极为经典的通过鼓声、呐喊声和众人神色来侧面描写打斗场面的语段。《三国演义》的一大特色，就是详于交代战前的谋划，而略于战争场面的描写；详于斗智，略于斗力。阵前斩将、战场厮杀的众多场景，往往大同小异。华雄虽勇，却远非能与关羽匹敌的一流名将，二人之战不似太史慈酣斗孙策、许褚裸衣战马超、马超夜战张飞——这些激战才更值得细细描写。此处略写阵斩华雄，犯中见避，有效避免雷同。

第六回

焚金阙董卓行凶
匿玉玺孙坚背约

玉玺得来无用处
反因此宝动刀兵

董卓火燒長樂宮

李儒是董卓麾下首席谋士，他的坏主意甚多，对董卓而言，李儒诚可谓卓越的心腹智囊。但是，董卓与李儒君臣二人的所谋与所行，只局限于军阀的眼界，并没有胸怀天下的气量，不懂得“得民心者得天下”的道理。所以，尽管董卓执掌天下权柄三年，却始终没有把自己提升到万民之主的高度，这也决定了他终其一生，只能成为逞凶一时的乱臣贼子，而不可能像曹操那样成为开创一代新基业的霸主。新莽末年，赤眉军攻占长安后，焚烧皇宫，掘盗帝陵，多行秽乱，尽失人心，终至败亡。董卓没有从中吸取教训，重蹈覆辙，结局可想而知。

曹操欲追击董卓，“众诸侯皆言不可轻动”。董卓退守关中，相当于让出了二百年来位于统治中心的中原地区，且关中易守难攻，进恐无益，众家诸侯已久离自己的领地，又开始思忖争夺中原的控制权，只有曹操心系汉室，不计成败得失奋勇追击。话说此时怎么没提及刘备的作为呢？他应该比曹操更积极地拯救天子才对。料想刘备三兄弟依附公孙瓒，没有自己的部曲，孤掌难鸣，只得无奈东归吧。

本回之初，从孙坚严词拒婚可以看出，孙坚起兵讨董，确是存公心而无私怨，怎奈得玉玺之后，反背初心耶？利令智昏，令人叹息。

【题解及内容提要】

却说张飞拍马赶到关下，关上矢石如雨，不得进而回。八路诸侯，同请玄德、关、张贺功，使人去袁绍寨中报捷。绍遂移檄孙坚，令其进兵。坚引程普、黄盖至袁术寨中相见。坚以杖画地曰：“董卓与我，本无仇隙。今我奋不顾身，亲冒矢石，来决死战者，上为国家讨贼，下为将军家门之私。而将军却听谗言，不

此处表达了孙坚捶胸顿足的愤恨状。

发粮草，致坚败绩，将军何安？”术惶恐无言，命斩进谗之人，以谢孙坚。

忽人报坚曰：“关上有一将，乘马来寨中，要见将军。”坚辞袁术，归到本寨，唤来问时，乃董卓爱将李傕。坚曰：“汝来何为？”傕曰：“丞相所敬者，惟将军耳，今特使傕来结亲。丞相有女，欲配将军之子。”坚大怒，叱曰：“董卓逆天无道，荡覆王室，吾欲夷其九族，以谢天下，安肯与逆贼结亲耶！吾不斩汝，汝当速去，早早献关，饶你性命！倘若迟误，粉骨碎身！”

此处的“将军之子”当指孙策，若孙坚应允，后世当无二乔佳话矣。

李傕抱头鼠窜，回见董卓，说孙坚如此无礼。卓怒，问李儒，儒曰：“温侯新败，兵无战心。不若引兵回洛阳，迁帝于长安，以应童谣。近日街市童谣曰：‘西头一个汉，东头一个汉。鹿走入长安，方可无斯难。’臣思此言，‘西头一个汉’，乃应高祖旺于西都长安，传一十二帝；‘东头一个汉’，乃应光武旺于东都洛阳，今亦传一十二帝。天运合回。丞相迁回长安，方可无虞。”卓大喜曰：“非汝言，吾实不悟。”遂引吕布星夜回洛阳，商议迁都。聚文武于朝堂，卓曰：“汉东都洛阳，二百馀年，气数已衰。吾观旺气实在长安，吾欲奉驾西幸。汝等各宜促装。”司徒杨彪曰：“关中残破零落。今无故捐宗庙，弃皇陵，恐百姓惊动。天下动之至易，安之至难。望丞相鉴察。”卓怒曰：“汝阻国家大计耶？”太尉黄琬曰：“杨司徒之言是也。往者王莽篡逆，更始赤眉之时，焚烧长安，尽为瓦砾之地，更兼人民流移，百无一二。今弃宫室而就荒地，非所宜也。”卓曰：“关东贼起，天下播乱【动荡混乱】。长安有崤函之险；更近陇右，木石砖瓦，克日可办，宫室营造，不须月馀。汝等再休乱言。”司徒荀爽谏曰：“丞相若欲迁都，百姓骚动不宁矣。”卓大怒曰：“吾为天下计，岂惜小民哉！”即日罢杨彪、黄琬、荀爽为庶民。卓出上车，只见二人望车而揖，视之，乃尚书周毖、城门校尉伍琼也。卓问有何事，毖曰：“今闻丞相欲迁都长安，故来谏耳。”卓大怒曰：“我始初听你两个保用袁绍，今绍已反，是汝等一党！”叱武士

童谣中提及的动物是鹿，应暗示群雄逐鹿之“鹿”。《史记·淮阴侯列传》：“秦失其鹿，天下共逐之。”后世常以“逐鹿”比喻争夺帝王之位。

罢黜三公，如弃小儿。然此三人逆董卓意，能保全性命，未遭杀害，已然万幸。

推出都门斩首。遂下令迁都，限来日便行。李儒曰："今钱粮缺少，洛阳富户极多，可籍没入官。但是【但凡是】袁绍等门下，杀其宗党而抄其家赀，必得巨万。"

卓即差铁骑五千，遍行捉拿洛阳富户，共数千家，插旗头上，大书"反臣逆党"，尽斩于城外，取其金赀。李傕、郭汜尽驱洛阳之民数百万口，前赴长安。每百姓一队，间军一队，互相拖押，死于沟壑者，不可胜数。又纵军士淫人妻女，夺人粮食，啼哭之声，震动天地。如有行得迟者，背后三千军催督，军手执白刃，于路杀人。卓临行，教诸门放火，焚烧居民房屋，并放火烧宗庙宫府。南北两宫，火焰相接，长乐宫庭，尽为焦土。又差吕布发掘先皇及后妃陵寝，取其金宝，军士乘势掘官民坟冢殆尽。董卓装载金珠缎匹好物数千馀车，劫了天子并后妃等，竟望长安去了。

董卓竟此举连汉臣的招牌都不要了。

却说卓将赵岑，见卓已弃洛阳而去，便献了汜水关。孙坚驱兵先入，玄德、关、张杀入虎牢关，诸侯各引军入。

且说孙坚飞奔洛阳，遥望火焰冲天，黑烟铺地，二三百里，并无鸡犬人烟。坚先发兵救灭了火，令众诸侯各于荒地上屯住军马。曹操来见袁绍曰："今董贼西去，正可乘势追袭。本初按兵不动，何也？"绍曰："诸兵疲困，进恐无益。"操曰："董贼焚烧宫室，劫迁天子，海内震动，不知所归，此天亡之时也，一战而天下定矣。诸公何疑而不进？"众诸侯皆言不可轻动。操大怒曰："竖子不足与谋！"遂自引兵万馀，领夏侯惇、夏侯渊、曹仁、曹洪、李典、乐进，星夜来赶董卓。

且说董卓行至荥阳地方，太守徐荣出接。李儒曰："丞相新弃洛阳，防有追兵。可教徐荣伏军荥阳城外山坞之旁，若有兵追来，可竟放过，待我这里杀败，然后截住掩杀。令后来者不敢复追。"卓从其计，又令吕布引精兵遏后。布正行间，曹操一军赶上。吕布大笑曰："不出李儒所料也！"将军马摆开。曹操出马，大叫："逆贼！劫迁天子，流徙百姓，将欲何往？"吕布骂曹操确实背反董卓，偏偏吕布是最没资格骂别人的，因为他多次“背主”，可见其为唯利是图、反复无常之人。

曰：“背主懦夫，何得妄言！”夏侯惇挺枪跃马，直取吕布。战不数合，李傕引一军，从左边杀来，操急令夏侯渊迎敌。右边喊声又起，郭汜引军杀到，操急令曹仁迎敌。三路军马，势不可当。夏侯惇抵敌吕布不住，飞马回阵，布引铁骑掩杀，操军大败，因望荥阳而走。走至一荒山脚下，时约二更，月明如昼。方才聚集残兵，正欲埋锅造饭，只听得四围喊声，徐荣伏兵尽出。曹操慌忙策马，夺路奔逃，正遇徐荣，转身便走，荣搭上箭，射中操肩膊。操带箭逃命，踅【xué，转，折身转去】过山坡。两个军士伏于草中，见操马来，二枪齐发，操马中枪而倒。操翻身落马，被二卒擒住。只见一将飞马而来，挥刀砍死两个军士，下马救起曹操。操视之，乃曹洪也。操曰：“吾死于此矣，贤弟可速去！”洪曰：“公急上马！洪愿步行。”操曰：“贼兵赶上，汝将奈何？”洪曰：“天下可无洪，不可无公。”操曰：“吾若再生，汝之力也。”操上马，洪脱去衣甲，拖刀跟马而走。约走至四更馀，只见前面一条大河，阻住去路，后面喊声渐近。操曰：“命已至此，不得复活矣！”洪急扶操下马，脱去袍铠，负操渡水。才过彼岸，追兵已到，隔水放箭，操带水而走。比及天明，又走三十馀里，土冈下少歇。忽然喊声起处，一彪人马赶来，却是徐荣从上流渡河来追。操正慌急间，只见夏侯惇、夏侯渊引数十骑飞至，大喝：“徐荣勿伤吾主！”徐荣便奔夏侯惇，惇挺枪来迎。交马数合，惇刺徐荣于马下，杀散馀兵。随后曹仁、李典、乐进各引兵寻到，见了曹操，忧喜交集，聚集残兵五百馀人，同回河内。卓兵自往长安。

曹操此番险象环生，几乎丧命，不亚于宛城之危。

此乃曹洪经典名言，感人肺腑！

初时的万余人只剩五百，惨败程度不亚于赤壁之战。

却说众诸侯分屯洛阳。孙坚救灭宫中馀火，屯兵城内，设帐于建章殿基上。坚令军士扫除宫殿瓦砾，凡董卓所掘陵寝，尽皆掩闭，于太庙基上草创殿屋三间，请众诸侯立列圣神位，宰太牢祀之。祭毕，皆散。坚归寨中，是夜星月交辉，乃按剑露坐，仰观天文。见紫微垣中白气漫漫，坚叹曰：“帝星不明，贼臣乱国，万民涂炭，京城一空！”言讫，不觉泪下。

孙坚所行诚为汉家忠臣，奈何匿玉玺而生异心？

傍有军士指曰："殿南有五色毫光起于井中。"坚唤军士点起火把，下井打捞，捞起一妇人尸首。虽然日久，其尸不烂，宫样装束，项下带一锦囊。取开看时，内有朱红小匣，用金锁锁着。启视之，乃一玉玺：方圆四寸，上镌五龙交纽；傍缺一角，以黄金镶之；上有篆文八字云："受命于天，既寿永昌。"坚得玺，乃问程普，普曰："此传国玺也。此玉是昔日卞和于荆山之下，见凤凰栖于石上，载而进之楚文王。解之，果得玉。秦二十六年，令良工琢为玺，李斯篆此八字于其上。二十八年，始皇巡狩至洞庭湖，风浪大作，舟将覆，急投玉玺于湖而止。至三十六年，始皇巡狩至华阴，有人持玺遮道，与从者曰：'持此还祖龙。'言讫不见，此玺复归于秦。明年，始皇崩。后来子婴将玉玺献与汉高祖。后至王莽篡逆，孝元皇太后将印打王寻、苏献，崩其一角，以金镶之。光武得此宝于宜阳，传位至今。近闻十常侍作乱，劫少帝出北邙，回宫失此宝。今天授主公，必有登九五之分。此处不可久留，宜速回江东，别图大事。"坚曰："汝言正合吾意。明日便当托疾辞归。"商议已定，密谕军士勿得漏泄。

玉玺的命运遭际与秦汉两代国祚息息相关，可引发时人多种联想和暗示，且古人大多笃信天命，因此，得玉玺者想入非非，亦属正常。

谁想数中【指前文提到的在场的人中】一军，是袁绍乡人，欲假此为进身之计，连夜偷出营寨，来报袁绍。绍与之赏赐，暗留军中。次日，孙坚来辞袁绍曰："坚抱小疾，欲归长沙，特来别公。"绍笑曰："吾知公疾，乃害传国玺耳。"坚失色曰："此言何来？"绍曰："今兴兵讨贼，为国除害。玉玺乃朝廷之宝，公既获得，当对众留于盟主处，候诛了董卓，复归朝廷。今匿之而去，意欲何为？"坚曰："玉玺何由在吾处？"绍曰："建章殿井中之物何在？"坚曰："吾本无之，何强相逼？"绍曰："作速取出，免自生祸。"坚指天为誓曰："吾若果得此宝，私自藏匿，异日不得善终，死于刀箭之下！"众诸侯曰："文台如此说誓，想必无之。"绍唤军士出曰："打捞之时，有此人否？"坚大怒，拔所佩之剑，要斩那军士。绍亦拔剑曰："汝斩军人，乃欺我也。"绍背后颜良、文丑皆拔剑出鞘，坚背后程普、黄盖、韩当亦掣刀

后果应验，足见天不可欺，暗示人物结局。

在手。众诸侯一齐劝住。坚随即上马，拔寨离洛阳而去。绍大怒，遂写书一封，差心腹人连夜往荆州，送与刺史刘表，教就路上截住夺之。

次日，人报曹操追董卓，战于荥阳，大败而回。绍令人接至寨中，会众置酒，与操解闷。饮宴间，操叹曰："吾始兴大义，为国除贼。诸公既仗义而来，操之初意，欲烦本初引河内之众临孟津；酸枣【酸枣县，在今河南省延津县西南】诸将固守成皋，据敖仓，塞轘辕【轘辕山，在河南省偃师县东南，巩县西南，登封县西北，山路环曲夺险，古称轘辕道】、太谷，制其险要；公路率南阳之军，驻丹、析，入武关，以震三辅。皆深沟高垒，勿与战，益为疑兵，示天下形势。以顺诛逆，可立定也。今迟疑不进，大失天下之望。操窃耻之！"绍等无言可对。既而席散，操见绍等各怀异心，料不能成事，自引军投扬州去了。公孙瓒谓玄德、关、张曰："袁绍无能为也，久必有变，吾等且归。"遂拔寨北行。至平原，令玄德为平原相，自去守地养军。兖州太守刘岱，问东郡太守乔瑁借粮，瑁推辞不与，岱引军突入瑁营，杀死乔瑁，尽降其众。袁绍见众人各自分散，就领兵拔寨，离洛阳，投关东去了。

却说荆州刺史刘表，字景升，山阳高平人也，乃汉室宗亲，幼好结纳，与名士七人为友，时号"江夏八俊"。那七人？汝南陈翔，字仲麟；同郡范滂，字孟博；鲁国孔昱，字世元；渤海范康，字仲真；山阳檀敷，字文友；同郡张俭，字元节；南阳岑晊，字公孝。刘表与此七人为友，有延平人蒯良、蒯越，襄阳人蔡瑁为辅。当时看了袁绍书，随令蒯越、蔡瑁引兵一万来截孙坚。坚军方到，蒯越将阵摆开，当先出马。孙坚问曰："蒯异度何故引兵截吾去路？"越曰："汝既为汉臣，如何私匿传国之宝？可速留下，放汝归去！"坚大怒，命黄盖出战？蔡瑁舞刀来迎。斗到数合，盖挥鞭打瑁，正中护心镜，瑁拨回马走，孙坚乘势杀过界口。山背后金鼓齐鸣，乃刘表亲自引军来到。孙坚就马上施礼曰："景升何故信袁绍之书，相逼邻郡？"表曰："汝匿传国玺，将欲反耶？"坚曰："吾若有此物，死于刀箭之下！"表曰："汝若要我听信，将随军行李，任我搜看。"坚怒曰："汝有何力，敢小觑我！"方欲交兵，刘表便退。坚纵马赶去，两山后伏兵齐起，背后蔡瑁、蒯越赶来，将孙坚困在垓心。正是：

玉玺得来无用处，反因此宝动刀兵。

毕竟孙坚怎地脱身，且听下文分解。

再次以性命违心赌咒。

与孙坚对玉玺的执念不同，曹操有着更为务实的政治见解。曹操曾在《让县自明本志令》中写到，不能"慕虚名而处实祸"。政治讲究实力原则，传国玉玺虽然宝贵，但在乱世，远不如"革车千乘"、"带甲百万"的实力来得实在。在实力面前，休说国玺不过是一块金镶玉，就连皇冠龙袍也不过是破帽烂袄。为了一块仅有虚名的石头遭致天下怨谤，成为众矢之的，乃至英年丧命，诚为智者不取也！这一点，孙策远比孙坚看得透彻，他用玉玺向袁术借兵，以此为筹码，开拓江东基业。

【回后评】

"其兴也勃焉，其亡也忽焉。"义举变成了蚁聚。曹操所作名诗《蒿里行》，道出了各路诸侯间明争暗斗的情况：关东有义士，兴兵讨群凶。初期会盟津，乃心在咸阳。军合力不齐，踌躇而雁行。势利使人争，嗣还自相戕。淮南弟称号，刻玺于北方。铠甲生虮虱，万姓以死亡。白骨露於野，千里无鸡鸣。生民百遗一，念之断人肠。

此时的曹操彻底认识到了汉室将倾，也认清了各方势力各自为政，扩充实力，互相攻伐的现实情况，各路诸侯根本无力拯救汉室。这次追击董卓的失败完成了曹操内在思想的质的飞跃——由先前的扶汉到决定再造一个以自己为中心的新政权。从此，他由汉室忠直之臣走上了"奸雄化"的道路。

刘表的荆州刺史之职乃是董卓保荐，初临荆襄，立足未稳，且其意在自守，无争雄之志，所以他并未参与十八路诸侯讨董卓的"义举"，可见他对中原战事并不关心，也并非心系王室。此番却依从袁绍的书信，截杀孙坚，自树强敌而甘当他人的杀人之刀，究其原因，大抵有三：一是孙坚乃长沙太守，长沙是荆州所辖一郡，与刘表统辖领地和势力范围存在高度重叠，二人存在显性的利害冲突。孙坚乃“江东猛虎”，骁勇善战，卧榻之侧，岂容“猛虎”酣睡？后来孙权执掌江东后，始终对夺取荆州心存执念，即是两家必然相争之明证。二是袁绍作为盟主的命令具有正当性。在讨伐董卓之后，袁绍声势日隆，已然具备“天下共主”之姿。刘表此举既可以卖袁绍一个人情，以便结好实力最强的诸侯，也可以借盟主之命、拥汉之名，减轻刘表本人在此事中的责任。即使开罪于孙坚，也能在很大程度上稀释个人私怨。三是刘表毕竟是汉室宗亲，孙坚匿玉玺之举形同篡逆，动摇的是刘姓王朝之国本，不能不引起刘表的警惕和重视。所以，对于刘表而言，借此机会早早除去劲敌孙坚，免生后患，是一举多得的。

第七回

袁绍磐河战公孙　孙坚跨江击刘表

追敌孙坚方殒命
求和桓阶又遭殃

子龍盤河大戰

【题解及内容提要】

本回中赵云初次登场，便有与文丑交战的精彩打斗场面。关羽、张飞、赵云三名“万人敌”，初登战场，便分别有名将华雄、吕布、文丑为其高超武艺之映衬，当是作者有意如此设计。

赵云先属袁绍，后投公孙瓒，终归刘备。其实无论是蜀汉的“五虎上将”，还是曹魏的“五子良将”，大半都是半路收降之人，易主的经历并未影响他们日后的英名和功勋。根本原因在于他们或因形势所迫，为存有用之身不得不降；或因遭人陷害、有志难伸且被新主深厚的恩义感动而降，都不是为私利行反叛旧主之事，更不像吕布那样多次反杀旧主。

本回之初，公孙瓒之弟公孙越自袁绍处辞归，被乱箭射死。此处到底是袁绍故意为之，移祸董卓，还是公孙越真遭遇了董卓部队，后文并未明确，此事堪称《三国演义》中一件未解悬案。但稍加分析推测可知，此事大概率是袁绍所为。既已得北方第一大州冀州，便不惧与公孙瓒交恶，后续势必还要图谋公孙瓒所控的幽州。军阀混战互相攻伐原本无可厚非，但既行诓诈使人空欢喜枉兴兵于前，又背约反杀盟友之弟于后，是不仁不义之举。此时的袁绍已先于曹操独据一州之地，在日后袁曹相争中占得先机。

却说孙坚被刘表围住，亏得程普、黄盖、韩当三将死救得脱，折兵大半，夺路引兵回江东。自此孙坚与刘表结怨。

且说袁绍屯兵河内，缺少粮草，冀州牧韩馥遣人送粮以资军用。谋士逢纪说绍曰：“大丈夫纵横天下，何待人送粮为食！冀州乃钱粮广盛之地，将军何不取之？”绍曰：“未有良策。”纪曰：“可暗使人驰书与公孙瓒，令进兵取冀州，约以夹攻，瓒必袁绍夺占冀州，属于恩将仇报，典型的三国版“中山狼”。

兴不义之师，无故攻伐，只为瓜分，可见公孙瓒也是见利忘义之徒，徒见欺，亦属自招。

亦如后来刘璋请刘备入川以御张鲁，同样是开门揖盗、引狼入室而不自知。

反客为主，鸠占鹊巢。

责人之过易，省己之过难。公孙瓒与“忠义”的盟主共谋瓜分别人领地之时，可曾想过自己是否忠义？说他人“狼心狗行”，自己又是何等行径呢？根本就是一丘之貉，分赃不均便恼羞成怒耳。

兴兵。韩馥无谋之辈，必请将军领州事，就中取事，唾手可得。”绍大喜，即发书到瓒处。瓒得书，见说共攻冀州平分其地，大喜，即日兴兵，绍却使人密报韩馥。馥慌聚荀谌、辛评二谋士商议。谌曰：“公孙瓒将燕、代之众，长驱而来，其锋不可当。兼有刘备、关、张助之，难以抵敌。今袁本初智勇过人，手下名将极广，将军可请彼同治州事，彼必厚待将军，无患公孙瓒矣。”韩馥即差别驾关纯去请袁绍。长史耿武谏曰：“袁绍孤客穷军，仰我鼻息，譬如婴儿在股掌之上，绝其乳哺，立可饿死。奈何欲以州事委之？此引虎入羊群也。”馥曰：“吾乃袁氏之故吏，才能又不如本初。古者择贤者而让之，诸君何嫉妒耶？”耿武叹曰：“冀州休矣！”于是弃职而去者三十馀人。独耿武与关纯伏于城外，以待袁绍。数日后，绍引兵至。耿武、关纯拔刀而出，欲刺杀绍。绍将颜良立斩耿武，文丑砍死关纯。绍入冀州，以馥为奋威将军，以田丰、沮授、许攸、逢纪分掌州事，尽夺韩馥之权。馥懊悔无及，遂弃下家小，匹马往投陈留太守张邈去了。

却说公孙瓒知袁绍已据冀州，遣弟公孙越来见绍，欲分其地。绍曰：“可请汝兄自来，吾有商议。”越辞归，行不到五十里，道旁闪出一彪军马，口称：“我乃董丞相家将也！”乱箭射死公孙越。从人逃回见公孙瓒，报越已死。瓒大怒曰：“袁绍诱我起兵攻韩馥，他却就里取事，今又诈董卓兵射死吾弟，此冤如何不报！”尽起本部兵，杀奔冀州来。

绍知瓒兵至，亦领军出。二军会于磐河之上，绍军于磐河桥东，瓒军于桥西。瓒立马桥上，大呼曰：“背义之徒，何敢卖我！”绍亦策马至桥边，指瓒曰：“韩馥无才，愿让冀州于吾，与尔何干？”瓒曰：“昔日以汝为忠义，推为盟主。今之所为，真狼心狗行之徒，有何面目立于世间！”袁绍大怒曰：“谁可擒之？”言未毕，文丑策马挺枪，直杀上桥，公孙瓒就桥边与文丑交锋。战不到十馀合，瓒抵挡不住，败阵而走，文丑乘势追赶。瓒走入阵中，文丑飞马径入中军，往来冲突。瓒手下健将四员一齐迎战，被文丑一枪刺一将下马，三将俱走。文丑直赶公孙瓒出阵后，瓒望山谷而逃。文丑骤马厉声大叫："快下马受降！"瓒弓箭尽落，头盔堕地，披发纵马，奔转山坡，其马前失，瓒翻身落于坡下。文丑急捻枪来刺。忽见草坡左侧转出个少年将军，飞马挺枪，直取文丑。公孙瓒扒上坡去，看那少年生得身长八尺，浓眉大眼，阔面重颐，威风凛凛，与文丑大战五六十合，胜负未分。瓒部下救军到，文丑回马去了，那少年也不追赶。瓒忙下土坡，问那少年姓名。那少年欠身答曰："某乃常山真定人也，姓赵，名云，字子龙。本袁绍辖下之人。因见绍无忠君救民之心，故特弃彼而投麾下，不期于此处相见。"瓒大喜，遂同归寨，整顿甲兵。

既无封赏，也不似刘备那般"同榻抵足而眠"。公孙瓒缺乏优秀主公最基本的笼络人才之术。抑或是实有封赏，至少有口头嘉奖，但从原文叙事看，作者似未将其视为重点。

次日，瓒将军马分作左右两队，势如羽翼，马五千馀匹，大半皆是白马。因公孙瓒曾与羌人战，尽选白马为先锋，号为"白马将军"，羌人但见白马便走，因此白马极多。袁绍令颜良、文丑为先锋，各引弓弩手一千，亦分作左右两队，令在左者射公孙瓒右军，在右者射公孙瓒左军。再令麹义引八百弓手，步兵一万五千，列于阵中。袁绍自引马步军数万，于后接应。公孙瓒初得赵云，不知心腹，令其另领一军在后，遣大将严纲为先锋。瓒自领中军，立马桥上，傍竖大红圈金线"帅"字旗于马前。从辰时擂鼓，直到巳时，绍军不进。麹义令弓手皆伏于遮箭牌下，只听炮响发箭。严纲鼓噪呐喊，直取麹义。义军见严纲兵来，都伏而不动，直到来得至近，一声炮响，八百弓弩手一齐俱发。纲急待回，被麹义拍马舞刀，斩于马下，瓒军大败。左右两军，欲来救应，都被颜良、文丑引弓弩手射住。绍军并进，直杀到界桥边。麹义马到，先斩执旗将，把绣旗砍倒。公孙瓒见砍倒绣旗，回马下桥而走。麹义引军直冲到后军，正撞着赵云，挺枪跃马，直取麹义。战不数合，一枪刺麹义于马下。赵云一骑马飞入绍军，左冲右突，如入无人之境。公孙瓒引军杀回，绍军大败。

本事不大，疑心不小，令诚心来投的英雄寒心。

本事不大，派头不小，比可斩华雄之"上将潘凤"如何？

却说袁绍先使探马看时，回报麹义斩将搴【qiān，拔取】旗，追赶败兵，因此不作准备，与田丰引着帐下持戟军士数百人，弓箭手数十骑，乘马出观，呵呵大笑曰：“公孙瓒无能之辈！”正说之间，忽见赵云冲到面前。弓箭手急待射时，云连刺数人，众军皆走，后面瓒军团团围裹上来。田丰慌对绍曰：“主公且于空墙中躲避！”绍以兜鍪扑地，大呼曰：“大丈夫愿临阵斗死，岂可入墙而望活乎！”众军士齐心死战，赵云冲突不入，绍兵大队掩至，颜良亦引军来到，两路并杀。赵云保公孙瓒杀透重围，回到界桥。绍驱兵大进，复赶过桥，落水死者不计其数。袁绍当先赶来，不到五里，只听得山背后喊声大起，闪出一彪人马，为首三员大将，乃是刘玄德、关云长、张翼德。因在平原探知公孙瓒与袁绍相争，特来助战。当下三匹马，三般兵器，飞奔前来，直取袁绍。绍惊得魂飞天外，手中宝刀坠于马下，忙拨马而逃，众人死救过桥。公孙瓒亦收军归寨。玄德、关、张动问毕，瓒曰：“若非玄德远来救我，几乎狼狈。”教与赵云相见，玄德甚相敬爱，便有不舍之心。

却说袁绍输了一阵，坚守不出。两军相拒月馀，有人来长安报知董卓。李儒对卓曰：“袁绍与公孙瓒，亦当今豪杰，现在磐河厮杀，宜假天子之诏，差人往和解之。二人感德，必顺太师矣。”卓曰：“善。”次日便使太傅马日磾、太仆赵岐，赍诏前去。二人来至河北，绍出迎于百里之外，再拜奉诏。次日，二人至瓒营宣谕，瓒乃遣使致书于绍，互相讲和。二人自回京复命。瓒即日班师，又表荐刘玄德为平原相。玄德与赵云分别，执手垂泪，不忍相离。云叹曰：“某曩【nǎng，以往，从前，过去】日误认公孙瓒为英雄，今观所为，亦袁绍等辈耳！”玄德曰：“公且屈身事之，相见有日。”洒泪而别。

却说袁术在南阳，闻袁绍新得冀州，遣使来求马千匹。绍不与，术怒。自此兄弟不睦。又遣使往荆州，问刘表借粮二十万，表亦不与。术恨之，密遣人遗书于孙坚，使伐刘表。其书略曰：

袁绍次一回合的表现堪称英勇，鼓舞了全军士气，反败为胜。

此处未见公孙瓒封赏赵云以嘉其勋，为赵云终归刘备埋下伏笔，刘备与曹操皆有慧眼识才之明、爱才惜才之量、知人善任之能。

董卓上次登场身份还是丞相，不知何时改称太师了。此又一疏漏。

平原相与平原令虽只一字之差，但职级俸禄确由县一级提升到郡守一级。刘备靠自己一步一个脚印的努力，使自己声望日隆。

二人背着公孙瓒暗通款曲、私相许诺，自此，赵云身在河北心在刘。刘备挖老友兼师兄兼恩人公孙瓒的墙脚，虽是爱才之心使然，但多少有些不厚道。

后兄弟之间互不救助，终被曹操各个击破。

袁术非求即借，对方不给便非怒即恨，还背后捅刀，全然不是出身尊贵的一方诸侯的英雄之举，倒像是到处蹭吃白食，不得便撒泼骂街的无赖所为。

前者刘表截路，乃吾兄本初之谋也。今本初又与表私议欲袭江东。公可速兴兵伐刘表，吾为公取本初，二仇可报。公取荆州，吾取冀州，切勿误也！

孙策于孙坚亡后暂栖袁术，当与此相约结好的书信有关。

坚得书曰：“叵耐【不可容忍，可恨】刘表！昔日断吾归路，今不乘时报恨，更待何年！”聚帐下程普、黄盖、韩当等商议。程普曰：“袁术多诈，未可准信。”坚曰：“吾自欲报仇，岂望袁术之助乎？”便差黄盖先来江边安排战船，多装军器粮草，大船装载战马，克日兴师。江中细作探知，来报刘表。表大惊，急聚文武将士商议。蒯良曰：“不必忧虑。可令黄祖部领江夏之兵为前驱，主公率荆襄之众为援。孙坚跨江涉湖而来，安能用武乎？”表然之，令黄祖设备，随后便起大军。

却说孙坚有四子，皆吴夫人所生：长子名策，字伯符；次子名权，字仲谋；三子名翊，字叔弼；四子名匡，字季佐。吴夫人之妹，即为孙坚次妻，亦生一子一女：子名朗，字早安；女名仁。坚又过房俞氏一子，名韶，字公礼。坚有一弟，名静，字幼台。坚临行，静引诸子列拜于马前而谏曰：“今董卓专权，天子懦弱，海内大乱，各霸一方，江东方稍宁，以一小恨而起重兵，非所宜也。愿兄详之。”坚曰：“弟勿多言。吾将纵横天下，有仇岂可不报！”长子孙策曰：“如父亲必欲往，儿愿随行。”坚许之，遂与策登舟，杀奔樊城。黄祖伏弓弩手于江边，见船傍岸，乱箭俱发。坚令诸军不可轻动，只伏于船中来往诱之，一连三日，船数十次傍岸。黄祖军只顾放箭，箭已放尽，坚却拔船上所得之箭，约十数万。当日正值顺风，坚令军士一齐放箭，岸上支吾不住，只得退走。坚军登岸，程普、黄盖分兵两路，直取黄祖营寨，背后韩当驱兵大进。三面夹攻，黄祖大败，弃却樊城，走入邓城。坚令黄盖守住船只，亲自统兵追袭。黄祖引军出迎，布阵于野，坚列成阵势，出马于门旗之下。孙策也全副披挂，挺枪立马于父侧。黄祖引二将出马，一个是江夏张虎，一个是襄阳陈

此处详尽介绍孙坚诸子，实为作者知其不久将死，为交代其后事做准备。

原来草船借箭之妙想，并非诸葛亮首创。

交战之人身体不停移动，能于此时射中移动目标之面门，堪称神射，足见孙策武艺之高。

生。黄祖扬鞭大骂："江东鼠贼，安敢侵犯汉室宗亲境界！"便令张虎搦战，坚阵内韩当出迎。两骑相交，战三十馀合，陈生见张虎力怯，飞马来助。孙策望见，按住手中枪，扯弓搭箭，正射中陈生面门，应弦落马。张虎见陈生坠地，吃了一惊，措手不及，被韩当一刀，削去半个脑袋。程普纵马直来阵前捉黄祖，黄祖弃却头盔、战马，杂于步军内逃命。孙坚掩杀败军，直到汉水，命黄盖将船只进泊汉江。

黄祖聚败军来见刘表，备言坚势不可当。表慌请蒯良商议，良曰："目今新败，兵无战心。只可深沟高垒，以避其锋，却潜令人求救于袁绍，此围自可解也。"蔡瑁曰："子柔之言，直拙计也。兵临城下，将至壕边，岂可束手待毙！某虽不才，愿请军出城，以决一战。"刘表许之。蔡瑁引军万馀，出襄阳城外，于岘山布阵。孙坚将得胜之兵，长驱大进，蔡瑁出马。坚曰："此人是刘表后妻之兄也，谁与吾擒之？"程普挺铁脊矛出马，与蔡瑁交战，不到数合，蔡瑁败走。坚驱大军，杀得尸横遍野，蔡瑁逃入襄阳。蒯良言瑁不听良策，以致大败，按军法当斩。刘表以新娶其妹，不肯加刑。

却说孙坚分兵四面，围住襄阳攻打。忽一日，狂风骤起，将中军"帅"字旗竿吹折。韩当曰："此非吉兆，可暂班师。"坚曰："吾屡战屡胜，取襄阳只在旦夕，岂可因风折旗竿，遽尔罢兵！"遂不听韩当之言，攻城愈急。蒯良谓刘表曰："某夜观天象，见一将星欲坠。以分野度之，当应在孙坚。主公可速致书袁绍，求其相助。"刘表写书，问谁敢突围而出。健将吕公应声愿往。蒯良曰："汝既敢去，可听吾计。与汝军马五百，多带能射者冲出阵去，即奔岘山。他必引军来赶，汝分一百人上山，寻石子准备，一百人执弓弩伏于林中。但有追兵到时，不可径走，可盘旋曲折，引到埋伏之处，矢石俱发。若能取胜，放起连珠号炮，城中便出接应。如无追兵，不可放炮，趱【zǎn，赶路，快走】程而去。今夜月不甚明，黄昏便可出城。”吕公领了计策，拴束军马。黄昏时分，密开东门，引兵出城。孙坚在帐中，忽闻喊声，急上马引三十馀骑出营来看。军士报说：“有一彪人马杀将出来，望岘山而去。”坚不会诸将，只引三十馀骑赶来。吕公已于山林丛杂去处，上下埋伏。坚马快，单骑独来，前军不远，坚大叫：“休走！”吕公勒回马来战孙坚。交马只一合，吕公便走，闪入山路去。坚随后赶入，却不见了吕公。坚方欲上山，忽然一声锣响，山上石子乱下，林中乱箭齐发。坚体中石、箭，脑浆迸流，人马皆死于岘山之内，寿止三十七岁。

吕公截住三十骑，并皆杀尽，放起连珠号炮。城中黄祖、蒯越、蔡瑁分头引兵杀出，江东诸军大乱。黄盖听得喊声震天，引水军杀来，正迎着黄祖，战不两合，生擒黄祖。程普保着孙策，急待寻路，正遇吕公，程普纵马向前，战不到数合，一矛刺吕公于马下。两军大战，杀到天明，各自收军，刘表军自入城。孙策回到汉水，方知父亲被乱箭射死，尸首已被刘表军士扛抬入城去了，放声大哭，众军俱号泣。策曰：“父尸在彼，安得回乡！”黄盖曰：“今活捉黄祖在此，得一人入城讲和，将黄祖去换主公尸首。”言未毕，军吏桓阶出曰：“某与刘表有旧，愿入城为使。”策许之。桓阶入城见刘表，具说其事。表曰：“文台尸首，吾已用棺木盛贮在此。可速放回黄祖，两家各罢兵，再休侵犯。”桓阶拜谢欲行，阶下蒯良出曰：“不可！不可！吾有一言，令江东诸军片甲不回。请先斩桓阶，然后用计。”正是：

追敌孙坚方殒命，求和桓阶又遭殃。

未知桓阶性命如何，且听下文分解。

【回后评】

狂风将孙坚中军“帅”字旗竿吹折，孙坚不听韩当之言，坚持攻城。三国中每每见此凶兆，当事一方必有祸事，无不应验。但此劫非不可解，倘能善加运用，如预设埋伏以防敌方夜间劫营，非但可化险为夷，更有机会险中取胜。只是此时的孙坚被复仇之心和暂时的胜利冲昏了头脑，急于求胜，骄傲轻敌，遂致兵败身死。

孙子曾言道，主帅乃“生民之司命，国家安危之主也”。将才与帅才自有分际，主帅不可轻易亲冒矢石，犹如皇帝不可轻言御驾亲征。孙坚不惜千金之体，只图一时之快，恃勇好战，匹马向前，孤军深入，已犯兵家大忌。究其根本，在于孙坚的大局观不够，自我定位仍是决胜于两军阵前的勇将，而非运筹帷幄、指点江山的统帅。

孙坚战死后，麾下将领仍能斩将擒敌，所统大军仍可继续作战，可见江东军士平日训练和临阵排布均有法度，纯粹是孙坚个人贪功好战致有败亡，于江东一方而言非战之罪。

第十回

勤王室马腾举义
报父仇曹操兴师

本为纳交反成怨
那知绝处又逢生

曹操興兵報父仇

【题解及内容提要】

本回只选后半部分评点。

本回中，曹操一方又新得了荀彧、郭嘉、于禁、典韦等众多谋臣良将。英俊之士互相举荐，纷至沓来。中原一带才俊之士甚众，曹操抢先下手，征辟为个人的羽翼，为日后逐鹿中原打下了坚实的人才基础。用曹操自己的话说："吾任天下之智力。"观后来刘备虽三顾茅庐求得诸葛亮出山，但蜀国仅有卧龙一人堪称足智多谋，而诸葛亮的好友徐元直、崔州平、石广元、孟公威皆仕曹魏，何也？非为天命，而是因为曹操更早意识到人才对于成就大业的重要性。曹操的起点高于刘备，起步早于刘备。

……不想青州黄巾又起，聚众数十万，头目不等，劫掠良民。太仆朱儁保举一人，可破群贼。李傕、郭汜问是何人，朱儁曰："要破山东群贼，非曹孟德不可。"李傕曰："孟德今在何处？"儁曰："见在东郡太守，广有军兵。若命此人讨贼，贼可克日而破也。"李傕大喜，星夜草诏，差人赍往东郡，命曹操与济北相鲍信一同破贼。操领了圣旨，会合鲍信，一同兴兵，击贼于寿阳。鲍信杀入重地，为贼所害。操追赶贼兵，直到济北，降者数万。操即用贼为前驱，兵马到处，无不降顺，不过百馀日，招安到降兵三十馀万、男女百馀万口。操择精锐者，号为"青州兵"，其馀尽令归农。操自此威名日重。捷书报到长安，朝廷加曹操为镇东将军。

操在兖州，招贤纳士。有叔侄二人来投操，乃颍川颍阴人，姓荀，名彧，字文若，荀绲【gǔn，织成的带子，绳】之子也，旧事袁绍，今弃绍投操。操与语大悦，曰："此吾之子房也！"遂以为行军司马。其侄荀攸，字公达，海内名士，曾拜黄

李傕态度转变，不再追究曹操行刺其旧主董卓的罪行了。

曹操无论对敌方大将，还是对敌方众军，皆广行招降纳叛之策，以降敌来制敌，以降者为前驱，逐步做大做强。

荀彧，人杰也，"弃绍投操"，恰能说明袁绍非人主之选。

将荀彧比附张良，曹操自己为谁？自然是刘邦了。此时的曹操，言谈中已然露出政治野心。

门侍郎，后弃官归乡，今与其叔同投曹操，操以为行军教授。荀彧曰："某闻兖州有一贤士，今此人不知何在？"操问是谁，彧曰："乃东郡东阿人，姓程，名昱，字仲德。"操曰："吾亦闻名久矣。"遂遣人于乡中寻问。访得他在山中读书。操拜请之，程昱来见，曹操大喜。昱谓荀彧曰："某孤陋寡闻，不足当公之荐。公之乡人姓郭，名嘉，字奉孝，乃当今贤士，何不罗而致之？"彧猛省曰："吾几忘却！"遂启操徵聘郭嘉到兖州，共论天下之事。郭嘉荐光武嫡派子孙，淮南成德人，姓刘，名晔，字子阳。操即聘晔至。晔又荐二人：一个是山阳昌邑人，姓满名宠，字伯宁；一个是武城人，姓吕，名虔，字子恪。曹操亦素知这两个名誉，就聘为军中从事。满宠、吕虔共荐一人，乃陈留平邱人，姓毛，名玠，字孝先。曹操亦聘为从事。

又有一将引军数百人来投曹操，乃泰山巨平人，姓于，名禁，字文则。操见其人弓马熟娴，武艺出众，命为点军司马。一日，夏侯惇引一大汉来见，操问何人，惇曰："此乃陈留人，姓典，名韦，勇力过人。旧跟张邈，与帐下人不和，手杀数十人，逃窜山中。惇出射猎，见韦逐虎过涧，因收于军中。今特荐之于公。"操曰："吾观此人容貌魁梧，必有勇力。"惇曰："他曾为友报仇杀人，提头直出闹市，数百人不敢近。只今所使两枝铁戟，重八十斤，挟之上马，运使如飞。"操即令韦试之。韦挟戟骤马，往来驰骋。忽见帐下大旗为风所吹，岌岌欲倒，众军士挟持不定，韦下马，喝退众军，一手执定旗杆，立于风中，巍然不动。操曰："此古之恶来也！"遂命为帐前都尉，解上身锦袄，及骏马雕鞍赐之。

论斤两，堪比关羽青龙偃月刀。

自是曹操部下文有谋臣，武有猛将，威镇山东。乃遣泰山太守应劭，往瑯琊郡取父曹嵩。嵩自陈留避难，隐居瑯琊。当日接了书信，便与弟曹德及一家老小四十馀人，带从者百馀人，车百馀辆，径望兖州而来。道经徐州，太守陶谦，字恭祖，为人温厚纯笃，向欲结纳曹操，正无其由，知操父经过，遂出境迎接，再

至此，曹操麾下文武班底齐备。

乱世盗贼蜂起，行旅竟如此招摇，不怕树大招风，自取其祸？此处亦为后文埋下伏笔。

拜致敬，大设筵宴，款待两日。曹嵩要行，陶谦亲送出郭，特差都尉张闿，将部兵五百护送。曹嵩率家小行到华、费间，时夏末秋初，大雨骤至，只得投一古寺歇宿。寺僧接入。嵩安顿家眷，命张闿将军马屯于两廊。众军衣装，都被雨打湿，同声嗟怨。张闿唤手下头目于静处商议曰："我们本是黄巾馀党，勉强降顺陶谦，未有好处。如今曹家辎重车辆无数，你们欲得富贵不难，只就今夜三更，大家砍将入去，把曹嵩一家杀了，取了财物，同往山中落草。此计何如？"众皆应允。是夜风雨未息，曹嵩正坐，忽闻四壁喊声大举。曹德提剑出看，就被搠死。曹嵩忙引一妾奔入方丈后，欲越墙而走，妾肥胖不能出。嵩慌急，与妾躲于厕中，被乱军所杀。应劭死命逃脱，投袁绍去了。张闿杀尽曹嵩全家，取了财物，放火烧寺，与五百人逃奔淮南去了。后人有诗曰：

> 曹操奸雄世所夸，曾将吕氏杀全家。如今阖户逢人杀，天理循环报不差。

《三国演义》中多处提到天理循环、因果报应思想。"合久必分、分久必合"，本身就是一种天理循环。魏篡汉，享国不永，被司马家族"依样画葫芦"，就是因果报应。

当下应劭部下有逃命的军士，报与曹操。操闻之，哭倒于地。众人救起。操切齿曰："陶谦纵兵杀吾父，此仇不共戴天！吾今悉起大军，洗荡徐州，方雪吾恨！"遂留荀彧、程昱领军三万守鄄城、范县、东阿三县，其馀尽杀奔徐州来。夏侯惇、于禁、典韦为先锋。操令但得城池，将城中百姓，尽行屠戮，以雪父仇。当有九江太守边让，与陶谦交厚，闻知徐州有难，自引兵五千来救。操闻之大怒，使夏侯惇于路截杀之。时陈宫为东郡从事，亦与陶谦交厚，闻曹操起兵报仇，欲尽杀百姓，星夜前来见操。操知是为陶谦作说客，欲待不见，又灭不过旧恩，只得请入帐中相见。宫曰："今闻明公以大兵临徐州，报尊父之仇，所到欲尽杀百姓，某因此特来进言。陶谦乃仁人君子，非好利忘义之辈；尊父遇害，乃张闿之恶，非谦罪也。且州县之民，与明公何

屠杀百姓，纯属为泄愤而迁怒无辜，绝对天理难容！

仇？杀之不祥。望三思而行。”操怒曰：“公昔弃我而去，今有何面目复来相见？陶谦杀吾一家，誓当摘胆剜心，以雪吾恨！公虽为陶谦游说，其如吾不听何！”陈宫辞出，叹曰：“吾亦无面目见陶谦也！”遂驰马投陈留太守张邈去了。

残暴残忍，令人发指！

且说操大军所到之处，杀戮人民，发掘坟墓。陶谦在徐州，闻曹操起军报仇，杀戮百姓，仰天恸哭曰：“我获罪于天，致使徐州之民，受此大难！”急聚众官商议。曹豹曰：“曹兵既至，岂有束手待死！某愿助使君破之。”陶谦只得引兵出迎，远望操军如铺霜涌雪，中军竖起白旗二面，大书“报仇雪恨”四字。军马列成阵势，曹操纵马出阵，身穿缟素，扬鞭大骂。陶谦亦出马于门旗下，欠身施礼曰：“谦本欲结好明公，故托张闿护送。不想贼心不改，致有此事。实不干陶谦之故。望明公察之。”操大骂曰：“老匹夫！杀吾父，尚敢乱言！谁可生擒老贼？”夏侯惇应声而出。陶谦慌走入阵。夏侯惇赶来，曹豹挺枪跃马，前来迎敌。两马相交，忽然狂风大作，飞沙走石，两军皆乱，各自收兵。

陶谦入城，与众计议曰：“曹兵势大难敌，吾当自缚往操营，任其剖割，以救徐州一郡百姓之命。”言未绝，一人进前言曰：“府君久镇徐州，人民感恩。今曹兵虽众，未能即破我城，府君与百姓坚守勿出。某虽不才，愿施小策，教曹操死无葬身之地！”众人大惊，便问计将安出。正是：

本为纳交反成怨，那知绝处又逢生？

毕竟此人是谁，且听下文分解。

【回后评】

“操大军所到之处，杀戮人民，发掘坟墓。”这是非常直观地体现曹操残忍嗜杀性格的一回。如果说之前曹操下令屠城可能只是为了瓦解对方军心，而此时，曹操已将滥杀无辜落实到行动中了。如果说曹操当初杀吕伯奢一家有可能是情急之下的误杀，而此时，曹操的残暴残忍展露无疑，这一回的描写彻底奠定了整部书中曹操的负面形象。

值得注意的是，陈宫当年曾因曹操杀吕伯奢一家，出于义愤和对曹操极度自私价值观的鄙视，怒而弃曹操而去。此时的曹操已有荀彧、荀攸、郭嘉、程昱等多名优于陈宫的高级谋士，为何这些人对曹操屠城害民的残暴举动未加谏阻，更未弃之而去呢？依笔者看来，乱世是奸雄鹰扬的舞台，战争必然意味着杀戮和死亡，并非所有人的私德都如刘备一般，一生恪守仁德信义。刘备在当时只是极少数，而且刘备一生也曾多次因为自己的善良而痛失良机，付出了惨痛的代价。同样，并非所有希望辅佐英主成就大业的属下，都对自己主公的道德品行过于看重。他们更重视的是这个主公是不是能成就大业之主，自己能否得到重用，一展雄才和抱负，至于其他的，就不是那么看重了。

第十四回

曹孟德移驾幸许都
吕奉先乘夜袭徐郡

秦鹿逐翻兴社稷
楚骓推倒立封疆

【题解及内容提要】

本回只选前半部分评点。

“移驾许都”是曹操“挟天子”以来成就的第一件大事，这一举动成功把天子和朝廷安置于更靠近自己兖州大本营的许昌。从此以后，天子成为了曹操的“政治提款机”——曹操的每一道政令、每一次军事行动都具备了合法的外衣，那么也必然符合“政治正确”。此后，他每一次假天子诏命征讨“不臣”，既能有效翦除异己，又可以在得胜后以捍卫汉室的功臣自居，向朝廷索求更多封赏，慷朝廷之慨为自己的部下加官进爵，笼络人心，厚植势力，自己也可以一步步登上政治的更高位。

却说李乐引军诈称李傕、郭汜，来追车驾，天子大惊。杨奉曰：“此李乐也。”遂令徐晃出迎之。李乐亲自出战。两马相交，只一合，被徐晃一斧砍于马下，杀散馀党，保护车驾过箕关。太守张杨具粟帛迎驾于轵道。帝封张杨为大司马。杨辞帝屯兵野王去了。帝入洛阳，见宫室烧尽，街市荒芜，满目皆是蒿草，宫院中只有颓墙坏壁，命杨奉且盖小宫居住。百官朝贺，皆立于荆棘之中。诏改兴平为建安元年。是岁又大荒，洛阳居民，仅有数百家，无可为食，尽出城去剥树皮、掘草根食之。尚书郎以下，皆自出城樵采，多有死于颓墙坏壁之间者。汉末气运之衰，无甚于此。后人有诗叹之曰：

血流芒砀白蛇亡，赤帜纵横游四方。秦鹿逐翻兴社稷，楚骓推倒立封疆。天子懦弱奸邪起，气色凋零盗贼狂。看到两京遭难处，铁人无泪也恓惶！

太尉杨彪奏帝曰："前蒙降诏，未曾发遣。今曹操在山东，兵强将盛，可宣入朝，以辅王室。"帝曰："朕前既降诏。卿何必再奏，今即差人前去便了。"彪领旨，即差使命赴山东，宣召曹操。

却说曹操在山东，闻知车驾已还洛阳，聚谋士商议。荀彧进曰："昔晋文公纳周襄王，而诸侯服从；汉高祖为义帝发丧，而天下归心。今天子蒙尘，将军诚因此时首倡义兵，奉天子以从众望，不世之略也。若不早图，人将先我而为之矣。"曹操大喜。正要收拾起兵，忽报有天使赍诏宣召。操接诏，克日兴师。

荀彧每每在关键时刻都能给曹操指明正确的方向。

却说帝在洛阳，百事未备，城郭崩倒，欲修未能。人报李傕、郭汜领兵将到，帝大惊，问杨奉曰："山东之使未回，李、郭之兵又至，为之奈何？"杨奉、韩暹曰："臣愿与贼决死战，以保陛下！"董承曰："城郭不坚，兵甲不多，战如不胜，当复如何？不若且奉驾往山东避之。"帝从其言，即日起驾望山东进发。百官无马，皆随驾步行。出了洛阳，行无一箭之地，但见尘头蔽日，金鼓喧天，无限人马来到。帝、后战栗不能言。忽见一骑飞来，乃前差往山东之使命也，至车前拜启曰："曹将军尽起山东之兵，应诏前来。闻李傕、郭汜犯洛阳，先差夏侯惇为先锋，引上将十员，精兵五万，前来保驾。"帝心方安。少顷，夏侯惇引许褚、典韦等，至驾前面君，俱以军礼见。帝慰谕方毕，忽报正东又有一路军到。帝即命夏侯惇往探之，回奏曰："乃曹操步军也。"须臾，曹洪、李典、乐进来见驾。通名毕，洪奏曰："臣兄知贼兵至近，恐夏侯惇孤力难为，故又差臣等倍道而来协助。"帝曰："曹将军真社稷臣也！"遂命护驾前行。探马来报："李傕、郭汜领兵长驱而来。"帝令夏侯惇分两路迎之。惇乃与曹洪分为两翼，马军先出，步军后随，尽力攻击。傕、汜贼兵大败，斩首万馀。于是请帝还洛阳故宫，夏侯惇屯兵于城外。次日，曹操引大队人马到来。安营毕，入城见帝，拜于殿阶之下。帝赐平身，宣谕慰劳。操曰："臣向蒙国恩，刻思图报。今傕、汜二贼，罪恶贯盈，臣有精兵二十馀万，以顺讨逆，无不克捷。

白居易有诗曰："周公恐惧流言日，王莽谦恭未篡时。向使当初身便死，一生真伪复谁知？"观古思今，待人处事亦当如此，勿急于定论，待事过境迁，真相自明。

陛下善保龙体，以社稷为重。”帝乃封操领司隶校尉、假节钺、录尚书事。

却说李傕、郭汜知操远来，议欲速战。贾诩谏曰：“不可。操兵精将勇，不如降之，求免本身之罪。”傕怒曰：“尔敢灭吾锐气！”拔剑欲斩诩，众将劝免。是夜，贾诩单马走回乡里去了。次日，李傕军马来迎操兵。操先令许褚、曹仁、典韦领三百铁骑，于傕阵中冲突三遭，方才布阵。阵圆处，李傕侄李暹、李别出马阵前，未及开话，许褚飞马过去，一刀先斩李暹；李别吃了一惊，倒撞下马，褚亦斩之，双提人头回阵。曹操抚许褚之背曰：“子真吾之樊哙也！”随令夏侯惇领兵左出、曹仁领兵右出，操自领中军冲阵。鼓响一声，三军齐进。贼兵抵敌不住，大败而走。操亲掣宝剑押阵，率众连夜追杀，剿戮极多，降者不计其数。傕、汜望西逃命，忙忙似丧家之狗，自知无处容身，只得往山中落草去了。曹操回兵，仍屯于洛阳城外。杨奉、韩暹两个商议：“今曹操成了大功，必掌重权，如何容得我等？”乃入奏天子，只以追杀傕、汜为名，引本部军屯于大梁去了。

贾诩既有政治抱负，不肯空老于泉林之下，不如此时归降曹操，免有日后宛城之事。

曹操此处又自比刘邦，足见其“雄心大志”。

帝一日命人至操营，宣操入宫议事。操闻天使至，请入相见。只见那人眉清目秀，精神充足。操暗想曰：“今东都大荒，官僚军民皆有饥色，此人何得独肥？”因问之曰：“公尊颜充腴，以何调理而至此？”对曰：“某无他法，只食淡三十年矣。”操乃颔之。又问曰：“君居何职？”对曰：“某举孝廉，原为袁绍、张杨从事。今闻天子还都，特来朝觐，官封正议郎。济阴定陶人，姓董，名昭，字公仁。”曹操避席曰：“闻名久矣！幸得于此相见。”遂置酒帐中相待，令与荀彧相会。忽人报曰：“一队军往东而去，不知何人。”操急令人探之。董昭曰：“此乃李傕旧将杨奉，与白波帅韩暹，因明公来此，故引兵欲投大梁去耳。”操曰：“莫非疑操乎？”昭曰：“此乃无谋之辈，明公何足虑也。”操又曰：“李、郭二贼此去若何？”昭曰：“虎无爪，鸟无翼，不久当为明公所擒，无足介意。”

操见昭言语投机，便问以朝廷大事。昭曰："明公兴义兵以除暴乱，入朝辅佐天子，此五霸之功也。但诸将人殊意异，未必服从，今若留此，恐有不便，惟移驾幸许都为上策。然朝廷播越，新还京师，远近仰望，以冀一朝之安，今复徙驾，不厌众心。——夫行非常之事，乃有非常之功：愿将军决计之。"操执昭手而笑曰："此吾之本志也。但杨奉在大梁，大臣在朝，不有他变否？"昭曰："易也。以书与杨奉，先安其心。明告大臣，以京师无粮，欲车驾幸许都，近鲁阳，转运粮食，庶无欠缺悬隔之忧。大臣闻之，当欣从也。"操大喜。昭谢别，操执其手曰："凡操有所图，惟公教之。"昭称谢而去。

西汉时，司马相如曾上书汉武帝言曰："盖世必有非常之人，然后有非常之事；有非常之事，然后有非常之功。非常者，固常人之所异也。"曹操内心定将自己视作"非常之人"，欲行迁都之"非常事"。

操由是日与众谋士密议迁都之事。时侍中太史令王立私谓宗正刘艾曰："吾仰观天文，自去春太白犯镇星于斗牛，过天津，荧惑又逆行，与太白会于天关，金火交会，必有新天子出。吾观大汉气数将终，晋魏之地，必有兴者。"又密奏献帝曰："天命有去就，五行不常盛。代火者土也。代汉而有天下者，当在魏。"操闻之，使人告立曰："知公忠于朝廷，然天道深远，幸勿多言。"操以是告彧，彧曰："汉以火德王，而明公乃土命也。许都属土，到彼必兴。火能生土，土能旺木，正合董昭、王立之言。他日必有兴者。"操意遂决。次日，入见帝，奏曰："东都荒废久矣，不可修葺，更兼转运粮食艰辛。许都地近鲁阳，城郭宫室，钱粮民物，足可备用。臣敢请驾幸许都，惟陛下从之。"帝不敢不从，群臣皆惧操势，亦莫敢有异议。遂择日起驾，操引军护行，百官皆从。

晋乃山西，魏属河南，虽为毗邻，但仍属不同地域，不同于"巴蜀""荆楚""吴越"等经常一并提及。

对献帝的密奏相当于明告献帝汉室将亡，这无疑是触犯"龙鳞"之举。不知献帝听闻此言，作何反应。

曹操此举明显是出于心虚，怕人议论，使人传话令王立缄口。

行不到数程，前至一高陵，忽然喊声大举，杨奉、韩暹领兵拦路。徐晃当先，大叫："曹操欲劫驾何往？"操出马视之，见徐晃威风凛凛，暗暗称奇，便令许褚出马与徐晃交锋。刀斧相交，战五十馀合，不分胜败。操即鸣金收军，召谋士议曰："杨奉、韩暹诚不足道，徐晃乃真良将也。吾不忍以力并之，当以计招之。"行军从事满宠曰："主公勿虑。某向与徐晃有一面之交，

焉知杨、韩二人得天子、遂己志后不会做下一个曹操？

今晚扮作小卒，偷入其营，以言说之，管教他倾心来降。”操欣然遣之。

是夜满宠扮作小卒，混入彼军队中，偷至徐晃帐前，只见晃秉烛被甲而坐。宠突至其前，揖曰：“故人别来无恙乎！”徐晃惊起，熟视之曰：“子非山阳满伯宁乎？何以至此？”宠曰：“某现为曹将军从事。今日于阵前得见故人，欲进一言，故特冒死而来。”晃乃延之坐，问其来意。宠曰：“公之勇略，世所罕有，奈何屈身于杨、韩之徒？曹将军当世英雄，其好贤礼士，天下所知也。今日阵前，见公之勇，十分敬爱，故不忍以健将决死战，特遣宠来奉邀。公何不弃暗投明，共成大业？”晃沉吟良久，乃喟然叹曰：“吾固知奉、暹非立业之人，奈从之久矣，不忍相舍。”宠曰：“岂不闻‘良禽择木而栖，贤臣择主而事’。遇可事之主，而交臂失之，非丈夫也。”晃起谢曰：“愿从公言。”宠曰：“何不就杀奉、暹而去，以为进见之礼？”晃曰：“以臣弑主，大不义也。吾决不为！”宠曰：“公真义士也！”晃遂引帐下数十骑，连夜同满宠来投曹操。早有人报知杨奉。奉大怒，自引千骑来追，大叫：“徐晃反贼休走！”正追赶间，忽然一声炮响，山上山下，火把齐明，伏军四出。曹操亲自引军当先，大喝：“我在此等候多时，休教走脱！”杨奉大惊，急待回军，早被曹兵围住。恰好韩暹引兵来救，两军混战，杨奉走脱。曹操趁彼军乱，乘势攻击，两家军士大半多降。杨奉、韩暹势孤，引败兵投袁术去了。

曹操收军回营，满宠引徐晃入见。操大喜，厚待之。于是迎銮驾到许都，盖造宫室殿宇，立宗庙社稷、省台司院衙门，修城郭府库，封董承等十三人为列侯。赏功罚罪，并听曹操处置。操自封为大将军、武平侯，以荀彧为侍中、尚书令，荀攸为军师，郭嘉为司马祭酒，刘晔为司空仓掾曹，毛玠、任峻为典农中郎将——催督钱粮，程昱为东平相，范成、董昭为洛阳令，满宠为许都令，夏侯惇、夏侯渊、曹仁、曹洪皆为将军，吕虔、李按此顺序，可以推知彼时校尉的职位高于都尉。《史记·陈涉世家》："陈涉自立为将军，吴广为都尉。"可见都尉是职位低于将军的武官。

典、乐进、于禁、徐晃皆为校尉，许褚、典韦皆为都尉。其馀将士，各各封官。自此大权皆归于曹操：朝廷大务，先禀曹操，然后方奏天子。

操既定大事，乃设宴后堂，聚众谋士共议曰："刘备屯兵徐州，自领州事。近吕布以兵败投之，备使居于小沛。若二人同心引兵来犯，乃心腹之患也。公等有何妙计可图之？"许褚曰："愿借精兵五万，斩刘备、吕布之头，献于丞相。"荀彧曰："将军勇则勇矣，不知用谋。今许都新定，未可造次用兵。彧有一计，名曰'二虎竞食'之计。今刘备虽领徐州，未得诏命。明公可奏请诏命实授备为徐州牧，因密与一书，教杀吕布。事成则备无猛士为辅，亦渐可图；事不成，则吕布必杀备矣：此乃'二虎竞食'之计也。"操从其言，即时奏请诏命，遣使赍往徐州，封刘备为征东将军、宜城亭侯，领徐州牧，并附密书一封。

却说刘玄德在徐州，闻帝幸许都，正欲上表庆贺。忽报天使至，出郭迎接入郡，拜受恩命毕，设宴管待来使。使曰："君侯得此恩命，实曹将军于帝前保荐之力也。"玄德称谢。使者乃取出私书递与玄德。玄德看罢，曰："此事尚容计议。"席散，安歇来使于馆驿。玄德连夜与众商议此事。张飞曰："吕布本无义之人，杀之何碍！"玄德曰："他势穷而来投我，我若杀之，亦是不义。"张飞曰："好人难做！"玄德不从。次日，吕布来贺，玄德教请入见。布曰："闻公受朝廷恩命，特来相贺。"玄德逊谢。只见张飞扯剑上厅，要杀吕布，玄德慌忙阻住。布大惊曰："翼德何故只要杀我？"张飞叫曰："曹操道你是无义之人，教我哥哥杀你！"玄德连声喝退。乃引吕布同入后堂，实告前因，就将曹操所送密书与吕布看。布看毕，泣曰："此乃曹贼欲令我二人不和耳！"玄德曰："兄勿忧，刘备誓不为此不义之事。"吕布再三拜谢。备留布饮酒，至晚方回。关、张曰："兄长何故不杀吕布？"玄德曰："此曹孟德恐我与吕布同谋伐之，故用此计，使我两人自相吞并，彼却于中取利。奈何为所使乎？"关公点头道

曹操用计想让刘、吕自相残杀，但刘、关、张三兄弟从来就不会用席间下毒、暗伏刀斧手等阴险手段达成目的。

是。张飞曰："我只要杀此贼以绝后患！"玄德曰："此非大丈夫之所为也。"

…………

【回后评】

汉献帝初见曹操，即授予其很高的官位——司隶校尉，掌管京畿重地；假节钺可代天子征伐，行斩杀之权；录尚书事总揽朝政，形同事实上的宰相。汉献帝厚赏曹操，相当于树立了榜样，有昭示袁绍等其他诸侯竞相起兵勤王的意图，但也使得曹操执掌中枢起点太高，没过几年就陷入位极人臣、无可赏赐的窘境，助长了曹操野心的膨胀。

《战国策》中记载乐毅之语："君子绝交，不出恶声。忠臣去国，不洁其名。"徐晃弃暗投明却坚持不害旧主，守住了为人、为臣的道德底线。对比之下，同为降将，这就是徐晃与"三姓家奴"吕布的最大不同。关羽曾短暂降曹，于理也难逃"降将""贰臣"的标签，然后世以忠义称颂之，就是因为其始终心念旧主。

表面上荀彧"二虎竞食"之计未奏效，但若从后文吕布夜袭徐州来看，此计实则埋下了引发刘、吕矛盾的种子。刘、吕二虎最终还是出现了火并，所以从最终结果来看，此计也算是成功了。

第十六回

吕奉先射戟辕门
曹孟德败师淯水

秦晋未谐吴越斗
婚姻惹出甲兵来

呂奉先轅門射戟
轅門

刘备所据的徐州被吕布袭占，刘、关、张兄弟三人投奔曹操，曹操听从郭嘉之言，接纳并厚待了刘备。刘、曹此时并无明面上的私怨，反倒于讨董卓时英雄相惜，刘备劝曹操撤兵徐州时也曾蒙曹施以顺水人情，可以说双方是有携手合作的良好基础的。曹操确有爱才之心，意图以恩义感化刘备，留为己用，这虽然低估了刘备的大志，却难掩曹操本人“尊贤而容众”的豁达胸襟，正应了他在《短歌行》中所写诗句：“山不厌高，海不厌深。周公吐哺，天下归心。”曹操后来厚待关羽也是出于此意。

本回中，袁术和张绣分别出兵攻打刘备和曹操。吕布展示了其在《三国演义》中无与伦比的“第一神射”的地位，而曹操因为个人的不良嗜好强占张绣叔父之妻，引发张绣反叛，失去了爱将典韦和长子曹昂，付出惨痛代价。

却说杨大将献计欲攻刘备。袁术曰：“计将安出？”大将曰：“刘备屯军小沛，虽然易取，奈吕布虎踞徐州，前次许他金帛粮马，至今未与，恐其助备。今当令人送与粮食，以结其心，使其按兵不动，则刘备可擒。先擒刘备，后图吕布，徐州可得也。”术喜，便具粟二十万斛，令韩胤赍密书往见吕布。吕布甚喜，重待韩胤。胤回告袁术，术遂遣纪灵为大将，雷薄、陈兰为副将，统兵数万，进攻小沛。玄德闻知此信，聚众商议。张飞要出战，孙乾曰：“今小沛粮寡兵微，如何抵敌？可修书告急于吕布。”张飞曰：“那厮如何肯来！”玄德曰：“乾之言善。”遂修书与吕布。书略曰：

伏自将军垂念，令备于小沛容身，实拜云天之德。今袁刘备言辞极尽谦卑，能屈能伸的坚忍性格又一次得以彰显。

术欲报私仇，遣纪灵领兵到县，亡在旦夕，非将军莫能救。望驱一旅之师，以救倒悬之急，不胜幸甚！

吕布看了书，与陈宫计议曰："前者袁术送粮致书，盖欲使我不救玄德也，今玄德又来求救。吾想玄德屯军小沛，未必遂能为我害。若袁术并了玄德，则北连泰山诸将以图我，我不能安枕矣，不若救玄德。"遂点兵起程。

却说纪灵起兵长驱大进，已到沛县东南，扎下营寨。昼列旌旗，遮映山川；夜设火鼓，震明天地。玄德县中，止有五千馀人，也只得勉强出县，布阵安营。忽报吕布引兵，离县一里西南上扎下营寨。纪灵知吕布领兵来救刘备，急令人致书于吕布，责其无信。布笑曰："我有一计，使袁、刘两家都不怨我。"乃发使往纪灵、刘备寨中，请二人饮宴。玄德闻布相请，即便欲往。关、张曰："兄长不可去。吕布必有异心。"玄德曰："我待彼不薄，彼必不害我。"遂上马而行，关、张随往。到吕布寨中入见，布曰："吾今特解公之危。异日得志，不可相忘！"玄德称谢。布请玄德坐。关、张按剑立于背后。人报纪灵到，玄德大惊，欲避之。布曰："吾特请你二人来会议，勿得生疑。"玄德未知其意，心下不安。纪灵下马入寨，却见玄德在帐上坐，大惊，抽身便回。左右留之不住。吕布向前一把扯回，如提童稚。灵曰："将军欲杀纪灵耶？"布曰："非也。"灵曰："莫非杀'大耳儿'乎？"布曰："亦非也。"灵曰："然则为何？"布曰："玄德与布乃兄弟也，今为将军所困，故来救之。"灵曰："若此则杀灵也？"布曰："无有此理。布平生不好斗，惟好解斗。吾今为两家解之。"灵曰："请问解之之法？"布曰："吾有一法，从天所决。"乃拉灵入帐，与玄德相见，二人各怀疑忌。布乃居中坐，使灵居左，备居右，且教设宴行酒。

正应日后吕布白门楼求救刘备之言。

纪灵乃袁术帐下第一勇将，在吕布面前却仅如童稚。突出吕布武力之强、威慑力之大。

今人多以他人奇异的样貌特征作为讥讽谩骂的聚焦点，谁想古已有之。

酒行数巡，布曰："你两家看我面上，俱各罢兵。"玄德无语。灵曰："吾奉主公之命，提十万之兵，专捉刘备，如何罢得？”张飞大怒，拔剑在手。叱曰：“吾虽兵少，觑汝辈如儿戏耳！你比百万黄巾何如？你敢伤我哥哥！”关公急止之曰：“且看吕将军如何主意，那时各回营寨厮杀未迟。”吕布曰：“我请你两家解斗，须不教你厮杀！”这边纪灵不忿，那边张飞只要厮杀。布大怒，教左右：“取我戟来！”布提画戟在手，纪灵、玄德尽皆失色。布曰：“我劝你两家不要厮杀，尽在天命。”令左右接过画戟，去辕门外远远插定。乃回顾纪灵、玄德曰：“辕门离中军一百五十步，吾若一箭射中戟小枝，你两家罢兵；如射不中，你各自回营安排厮杀。有不从吾言者，并力拒之。”纪灵私忖：“戟在一百五十步之外，安能便中？且落得应允。待其不中，那时凭我厮杀。”便一口许诺。玄德自无不允。布都教坐，再各饮一杯酒。酒毕，布教取弓箭来。玄德暗祝曰：“只愿他射得中便好！”只见吕布挽起袍袖，搭上箭，扯满弓，叫一声：“着！”正是：弓开如秋月行天，箭去似流星落地。一箭正中画戟小枝。帐上帐下将校，齐声喝采。后人有诗赞之曰：

据《战国策》记载，春秋时期楚国将领养由基，是著名的神射手，曾留下“百步穿杨”的佳话。吕布能一箭射中一百五十步外的目标，当在前代名将之上，不愧为三国第一武将，不愧“人中吕布”的称号。

温侯神射世间稀，曾向辕门独解危。落日果然欺后羿，号猿直欲胜由基。虎筋弦响弓开处，雕羽翎飞箭到时。豹子尾摇穿画戟，雄兵十万脱征衣。

当下吕布射中画戟小枝，呵呵大笑，掷弓于地，执纪灵、玄德之手曰：“此天令你两家罢兵也！”喝教军士：“斟酒来！各饮一大觥。”玄德暗称惭愧。纪灵默然半晌，告布曰：“将军之言，不敢不听。奈纪灵回去，主人如何肯信？”布曰：“吾自作书复之便了。”酒又数巡，纪灵求书先回。布谓玄德曰：“非我则公危矣。”玄德拜谢，与关、张回。次日，三处军马都散。

不说玄德入小沛，吕布归徐州。却说纪灵回淮南见袁术，说吕布辕门射戟解和之事，呈上书信。袁术大怒曰：“吕布受吾许多粮米，反以此儿戏之事偏护刘备。吾当自提重兵，亲征刘备，兼讨吕布！”纪灵曰：“主公不可造次。吕布勇力过人，兼有徐州之地，若布与备首尾相连，不易图也。灵闻布妻严氏有一女，年已及笄。主公有一子，可令人求亲于布。布若嫁女于主公，必杀刘备。此乃‘疏不间亲’之计也。”袁术从之，即日遣韩胤为媒，赍礼物往徐州求亲。胤到徐州见布，称说：“主公仰慕将军，欲求令爱为儿妇，永结‘秦晋之好’。”布入谋于妻严氏。原来吕布有二妻一妾：先娶严氏为正妻，后娶貂蝉为妾；及居小沛时，又娶曹豹之女为次妻。曹氏先亡无出，貂蝉亦无所出，惟严氏生一女，布最钟爱。当下严氏对布曰：“吾闻袁公路久镇淮南，兵多粮广，早晚将为天子。若成大事，则吾女有后妃之望，只不知他有几子？”布曰：“止有一子。”妻曰：“既如此，即当许之。纵不为皇后，吾徐州亦无忧矣。”布意遂决，厚款韩胤，许了亲事。韩胤回报袁术。术即备聘礼，仍令韩胤送至徐州。吕布受了，设席相待，留于馆驿安歇。

吕布自袁术处先骗金帛粮米，后骗结亲聘礼，拿人钱财，却不替人消灾，不讲武德，罔顾道义，可谓厚颜之极，令人不齿。

次日，陈宫竟往馆驿内拜望韩胤。讲礼毕坐定，宫乃叱退左右，对胤曰：“谁献此计，教袁公与奉先联姻？意在取刘玄德之头乎？”胤失惊，起谢曰：“乞公台勿泄！”宫曰：“吾自不泄，只恐其事若迟，必被他人识破，事将中变。”胤曰：“然则奈何？愿公教之。”宫曰：“吾见奉先，使其即日送女就亲，何如？”胤大喜，称谢曰：“若如此，袁公感佩明德不浅矣！”宫遂辞别韩胤，入见吕布曰：“闻公女许嫁袁公路，甚善。但不知于何日结亲？”布曰：“尚容徐议。”宫曰：“古者自受聘成婚之期，各有定例：天子一年，诸侯半年，大夫一季，庶民一月。”布曰：“袁公路天赐国宝，早晚当为帝，今从天子例，可乎？”宫曰：“不可。”布曰：“然则仍从诸侯例？”宫曰：“亦不可。”布曰：“然则将从卿大夫例矣？”宫曰：“亦不可。”布笑曰：“公岂欲吾依庶民例耶？”宫曰：“非也”。布曰：“然则公意欲如何？”宫曰：“方今天下，诸侯互相争雄。今公与袁公路结亲，诸侯保无有嫉妒者乎？若复远择吉期，或竟乘我良辰，伏兵半路以夺之，如之奈何？为今之计，不许便休。既已许之，当趁诸侯未知之时，即便送女到寿春，另居别馆，然后择吉成亲，万无一失也。”布喜曰：“公台之言甚当。”遂入告严氏，连夜具办妆奁，收拾宝马香车，令宋宪、魏续一同韩胤送女前去。鼓乐喧天，送出城外。

时陈元龙之父陈珪，养老在家，闻鼓乐之声，遂问左右，左右告以故。珪曰：“此乃‘疏不间亲’之计也。玄德危矣。”遂扶病来见吕布。布曰：“大夫何来？”珪曰：“闻将军死至，特来吊丧。”布惊曰：“何出此言？”珪曰：“前者袁公路以金帛送公，欲杀刘玄德，而公以射戟解之；今忽来求亲，其意盖欲以公女为质，随后就来攻玄德而取小沛。小沛亡，徐州危矣。且彼或来借粮，或来借兵。公若应之，是疲于奔命，而又结怨于人；若其不允，是弃亲而启兵端也。况闻袁术有称帝之意，是造反也。彼若造反，则公乃反贼亲属矣，得无为天下所不容乎？”布大惊曰：“陈宫误我！”急命张辽引兵，追赶至三十里之外，将女抢归，连韩胤都拿回监禁，不放归去。却令人回复袁术，只说女儿妆奁未备，俟备毕便自送来。陈珪又说吕布，使解韩胤赴许都。布犹豫未决。

陈珪陈登父子心向刘备，每于关键时刻助之，可惜刘备没能善用始终，最终错失陈家父子二贤才。刘备败离徐州后有麋竺、孙乾终身相随，与之同命，可曾忆陈元龙耶？

忽人报：“玄德在小沛招军买马，不知何意。”布曰：“此为将者本分事，何足为怪。”正话间，宋宪、魏续至，告布曰：“我二人奉明公之命，往山东买马，买得好马三百馀匹，回至沛县界首，被强寇劫去一半。打听得是刘备之弟张飞，诈妆出贼，抢劫马匹去了。”吕布听了大怒，随即点兵往小沛来斗张飞。玄德闻知大惊，慌忙领军出迎。两阵圆处，玄德出马曰：“兄长何故领兵到此？”布指骂曰：“我辕门射戟，救你大难，你何故夺我马匹？”玄德曰：“备因缺马，令人四下收买，安敢夺兄马匹。”布曰：你便使张飞夺了我好马一百五十匹，尚自抵赖！”张飞挺枪出马曰：“是我夺了你好马！你今待怎么？”布骂曰：“环眼贼！你累次渺视我！”飞曰：“我夺你马你便恼，你夺我哥哥的整部《三国演义》中，能与吕布战一百回合而不分胜负的，只张飞一人而已。吕布年龄与曹操相仿，长于刘备，已过战力巅峰时期；张飞则更年轻，正处在年富力强的盛年，武艺又比虎牢关时精进不少。

刘备、吕布、袁术三家互相攻伐，最终得利的都是曹操。此时的曹操就像木偶背后的提线人，坐看三家彼此争斗，上演小范围的“三国演义”。

吕布辕门射戟，确实有恩于刘备，但吕布不久便背信弃义，自毁前功，使得刘备对其彻底失望，二人关系急转直下。这一行径无疑将自己推向孤立，也为日后败亡埋下伏笔。

值得注意的是，郭嘉虽不赞成杀刘备，但在判定刘备乃曹操之“患”这一点上，他与荀彧是一致的。

刘备新得“刘豫州”称号。

徐州便不说了！”布挺戟出马来战张飞，飞亦挺枪来迎。两个酣战一百馀合，未见胜负。玄德恐有疏失，急鸣金收军入城。吕布分军四面围定。玄德唤张飞责之曰：“都是你夺他马匹，惹起事端！如今马匹在何处？”飞曰：“都寄在各寺院内。”玄德随令人出城，至吕布营中，说情愿送还马匹，两相罢兵。布欲从之。陈宫曰：“今不杀刘备，久后必为所害。”布听之，不从所请，攻城愈急。玄德与糜竺、孙乾商议。孙乾曰：“曹操所恨者，吕布也。不若弃城走许都，投奔曹操，借军破布，此为上策。”玄德曰：“谁可当先破围而出？”飞曰：“小弟情愿死战！”玄德令飞在前，云长在后，自居于中，保护老小。当夜三更，乘着月明，出北门而走。正遇宋宪、魏续，被翼德一阵杀退，得出重围。后面张辽赶来，关公敌住。吕布见玄德去了，也不来赶，随即入城安民，令高顺守小沛，自己仍还徐州去了。

却说玄德前奔许都，到城外下寨，先使孙乾来见曹操，言被吕布追逼，特来相投。操曰：“玄德与吾，兄弟也。”便请入城相见。次日，玄德留关、张在城外，自带孙乾、糜竺入见操。操待以上宾之礼。玄德备诉吕布之事，操曰：“布乃无义之辈，吾与贤弟并力诛之。”玄德称谢。操设宴相待，至晚送出。荀彧入见曰：“刘备，英雄也。今不早图，后必为患。”操不答。彧出，郭嘉入。操曰：“荀彧劝我杀玄德，当如何？”嘉曰：“不可。主公兴义兵，为百姓除暴，惟仗信义以招俊杰，犹惧其不来也。今玄德素有英雄之名，以困穷而来投，若杀之，是害贤也。天下智谋之士，闻而自疑，将裹足不前，主公谁与定天下乎？夫除一人之患，以阻四海之望，安危之机，不可不察。”操大喜曰：“君言正合吾心。”次日，即表荐刘备领豫州牧。程昱谏曰：“刘备终不为人之下，不如早图之。”操曰：“方今正用英雄之时，不可杀一人而失天下之心，此郭奉孝与吾有同见也。”遂不听昱言，以兵三千、粮万斛送与玄德，使往豫州到任。进兵屯小沛，招集原散之兵攻吕布。玄德至豫州，令人约会曹操。

操正欲起兵，自往征吕布。忽流星马报说张济自关中引兵攻南阳，为流矢所中而死；济侄张绣统其众，用贾诩为谋士，结连刘表，屯兵宛城，欲兴兵犯阙夺驾。操大怒，欲兴兵讨之，又恐吕布来侵许都，乃问计于荀彧。彧曰："此易事耳。吕布无谋之辈，见利必喜。明公可遣使往徐州，加官赐赏，令与玄德解和。布喜，则不思远图矣。"操曰："善。"遂差奉军都尉王则，赍官诰并和解书，往徐州去讫。一面起兵十五万亲讨张绣。分军三路而行，以夏侯惇为先锋，军马至淯水下寨。贾诩劝张绣曰："操兵势大，不可与敌，不如举众投降。"张绣从之，使贾诩至操寨通款。操见诩应对如流，甚爱之，欲用为谋士。诩曰："某昔从李傕，得罪天下；今从张绣，言听计从，不忍弃之。"乃辞去。次日引绣来见操，操待之甚厚。引兵入宛城屯扎，馀军分屯城外，寨栅联络十馀里。一住数日，绣每日设宴请操。

对张绣而言，投降如此容易，何必早前放话要"兴兵犯阙夺驾"，引来曹操大举进攻？对曹操而言，大概忘了"可疑之利不可得，得之易时失之易"的道理。

贾诩此语，既有自知之明，也重君臣义气。

一日操醉，退入寝所，私问左右曰："此城中有妓女否？"操之兄子曹安民，知操意，乃密对曰："昨晚小侄窥见馆舍之侧有一妇人，生得十分美丽，问之，即绣叔张济之妻也。"操闻言，便令安民领五十甲兵往取之。须臾取到军中，操见之，果然美丽。问其姓，妇答曰："妾乃张济之妻邹氏也。"操曰："夫人识吾否？"邹氏曰："久闻丞相威名，今夕幸得瞻拜。"操曰："吾为夫人故，特纳张绣之降，不然灭族矣。"邹氏拜曰："实感再生之恩。"操曰："今日得见夫人，乃天幸也。今宵愿同枕席，随吾还都，安享富贵，何如？"邹氏拜谢。是夜，共宿于帐中。邹氏曰："久住城中，绣必生疑，亦恐外人议论。"操曰："明日同夫人去寨中住。"次日，移于城外安歇，唤典韦就中军帐房外宿卫。他人非奉呼唤，不许辄入。因此，内外不通。操每日与邹氏取乐，不想归期。

张绣家人密报绣。绣怒曰："操贼辱我太甚！"便请贾诩商议。诩曰："此事不可泄漏。来日等操出帐议事，如此如此。"次日，操坐帐中，张绣入告曰："新降兵多有逃亡者，乞移屯中军。”操许之。绣乃移屯其军，分为四寨，刻期举事。因畏典韦勇猛，急切难近，乃与偏将胡车儿商议。那故车儿力能负五百斤，日行七百里，亦异人也。当下献计于绣曰：“典韦之可畏者，双铁戟耳。主公明日可请他来吃酒，使尽醉而归。那时某便混入他跟来军士数内，偷入帐房，先盗其戟，此人不足畏矣。”绣甚喜，预先准备弓箭、甲兵，告示各寨。至期，令贾诩致意请典韦到寨，殷勤待酒。至晚醉归，胡车儿杂在众人队里，直入大寨。是夜曹操于帐中与邹氏饮酒，忽听帐外人言马嘶，操使人观之。回报是张绣军夜巡，操乃不疑。时近二更，忽闻寨内呐喊，报说草车上火起。操曰：“军人失火，勿得惊动。”须臾，四下里火起，操始着忙，急唤典韦。韦方醉卧，睡梦中听得金鼓喊杀之声，便跳起身来，却寻不见了双戟。时敌兵已到辕门，韦急掣步卒腰刀在手。只见门首无数军马，各挺长枪，抢入寨来。韦奋力向前，砍死二十馀人。马军方退，步军又到，两边枪如苇列。韦身无片甲，上下被数十枪，兀自死战。刀砍缺不堪用，韦即弃刀，双手提着两个军人迎敌，击死者八九人。群贼不敢近，只远远以箭射之，箭如骤雨。韦犹死拒寨门。争奈寨后贼军已入，韦背上又中一枪，乃大叫数声，血流满地而死。死了半晌，还无一人敢从前门而入者。

典韦死得悲壮，死得忠勇！不知罗贯中为何于此处吝惜数语之赞呢？

却说曹操赖典韦当住寨门，乃得从寨后上马逃奔，只有曹安民步随。操右臂中了一箭，马亦中了三箭。亏得那马是大宛良马，熬得痛，走得快。刚刚走到淯水河边，贼兵追至，安民被砍为肉泥。操急骤马冲波过河，才上得岸，贼兵一箭射来，正中马眼，那马扑地倒了。操长子曹昂，即以己所乘之马奉操。操上马急奔，曹昂却被乱箭射死。操乃走脱，路逢诸将，收集残兵。时夏侯惇所领青州之兵，乘势下乡，劫掠民家；平虏校尉于禁，即将本部军于路剿杀，安抚民家。青州兵走回，迎操泣拜于地，言于禁造反，赶杀青州军马。操大惊。须臾，夏侯惇、许褚、李典、乐进都到。操言于禁造反，可整兵迎之。

曹操的荒唐癖好，使其付出了极大的代价。曹昂随其父从军多年，深受器重，可惜初登场即匆匆谢幕，如其不死，后岂有曹丕曹植兄弟之争乎？

却说于禁见操等俱到，乃引军射住阵角，凿堑安营。或告之曰："青州军言将军造反，今丞相已到，何不分辩，乃先立营寨耶？"于禁曰："今贼追兵在后，不时即至，若不先准备，何以拒敌？分辩小事，退敌大事。"安营方毕，张绣军两路杀至。于禁身先出寨迎敌。绣急退兵。左右诸将，见于禁向前，各引兵击之，绣军大败，追杀百馀里。绣势穷力孤，引败兵投刘表去了。曹操收军点将，于禁入见，备言青州之兵肆行劫掠，大失民望，某故杀之。操曰："不告我，先下寨，何也？"禁以前言对。操曰："将军在匆忙之中，能整兵坚垒，任谤任劳，使反败为胜，虽古之名将，何以加兹！"乃赐以金器一副，封益寿亭侯；责夏侯惇治兵不严之过。又设祭祭典韦，操亲自哭而奠之，顾谓诸将曰："吾折长子、爱侄，俱无深痛；独号泣典韦也！"众皆感叹，次日下令班师。

于禁言语举动，大有名将之风。

此为于禁一生的高光时刻。于禁为曹操五子良将之首，并非庸碌无能之辈，但后世多以其后败降关羽、不能死节而将其全盘否定，是一叶障目、以偏概全了。

不说曹操还兵许都。且说王则赍诏至徐州，布迎接入府，开读诏书——封布为平东将军，特赐印绶——又出操私书，王则在吕布面前极道曹公相敬之意。布大喜。忽报袁术遣人至，布唤入问之。使言："袁公早晚即皇帝位，立东宫，催取皇妃早到淮南。"布大怒曰："反贼焉敢如此！"遂杀来使，将韩胤用枷钉了，遣陈登赍谢表，解韩胤一同王则上许都来谢恩，且答书于操，欲求实授徐州牧。操知布绝婚袁术，大喜，遂斩韩胤于市曹。陈登密谏操曰："吕布，豺狼也，勇而无谋，轻于去就，宜早图之。"操曰："吾素知吕布狼子野心，诚难久养。非公父子莫能究其情，公当与吾谋之。"登曰："丞相若有举动，某当为内应。"操喜，表赠陈珪秩中二千石，登为广陵太守。登辞回，操执登手曰："东方之事，便以相付。"登点头允诺。回徐州见吕布，布问之，登言："父赠禄，某为太守。"布大怒曰："汝不为吾求徐州牧，而乃自求爵禄！汝父教我协同曹公，绝婚公路，今吾所求，终无一获，而汝父子俱各显贵，吾为汝父子所卖耳！"遂拔剑欲斩之。登大笑曰："将军何其不明之甚也！"布曰："吾何不明？"登曰："吾见曹公，言养将军譬如养虎，当饱其肉，不饱则将噬人。曹公笑曰：'不如卿言。吾待温侯，如养鹰耳：狐兔未息，不敢先饱，饥则为用，饱则飏去。'某问：'谁为狐兔？'曹公曰：'淮南袁术、江东孙策、冀州袁绍、荆襄刘表、益州刘璋、汉中张鲁，皆狐兔也。'布掷剑笑曰："曹公知我也！"正说话间，忽报袁术军取徐州，吕布闻言失惊。正是：

秦晋未谐吴越斗，婚姻惹出甲兵来。

毕竟后事如何，且听下文分解。

【回后评】

回末陈登所为，实是极好的权谋布局，知吕布早晚为曹操所败，难成大业，故先主动联结曹操，既加速了吕布的败亡，又可为刘备报仇，更通过投身曹操，为自己一家乃至其代表的徐州世家门阀集团谋得未来长久的平安富贵。一箭三雕，好手段，好言辞，好一个游走于刀尖之上却能左右逢源的多面间谍！陈登伪托曹操之言，历数群雄却并未提及刘备，此语虽为假托之言，但应可判断此时的曹操确实没将名义上依附于己的刘备视作假想敌。

第十九回

下邳城曹操鏖兵
白门楼吕布殒命

乞哀吕布无人救
骂贼张辽反得生

白門曹操斬呂布
帥

在第十八回中，袁绍欲攻打公孙瓒，致书向曹操借粮借兵，此信“词意骄慢”，而曹操却隐忍应允。郭嘉分析袁、曹二人的性格和能力，总结出了极为精炼的“十胜十败”论断，虽不乏溢美之辞，但基本准确——袁绍好虚荣，慕虚名，凭借四世三公的家世背景坐享其成，耽于众星捧月的拥戴；曹操不务虚，只务实，是完全实用主义者。

曹操此时的实力远逊于袁绍，且许昌兖州一代居于天下之中，被袁绍、刘表、张绣、孙策、袁术、吕布、刘备等群雄环伺，如袁绍趁曹操与他人交战之时尽起河北之兵南攻许昌，必如泰山压顶之势摧垮曹操，天下可席卷而定。可惜袁绍缺乏战略眼光，忙于攻打兵力并不雄厚、能力并不突出的公孙瓒，错失了消灭曹操的良机，坐视曹操将中原群雄逐一歼灭。群雄既丧，袁绍亦不免矣。

本回是曹操和吕布的最终战。吕布是曹操早年的一大劲敌，濮阳之战，让曹操吃尽苦头，但吕布终究还是恃勇少谋，加之其贪婪好色、反复无常等性格缺陷，他的争霸之路难免会越走越窄。

却说高顺引张辽击关公寨，吕布自击张飞寨，关、张各出迎战，玄德引兵两路接应。吕布分军从背后杀来，关、张两军皆溃，玄德引数十骑奔回沛城。吕布赶来，玄德急唤城上军士放下吊桥。吕布随后也到。城上欲待放箭，又恐射了玄德，被吕布乘势杀入城门，把门将士抵敌不住，都四散奔避。吕布招军入城。玄德见势已急，到家不及，只得弃了妻小，穿城而过，走出西门，匹马逃难，吕布赶到玄德家中，糜竺出迎，告布曰：“吾闻大丈夫不废人之妻子。与将军争天下者，曹公耳。玄德常念辕门射戟之恩，不敢背将军也。今不得已而投曹公，惟将军怜之。”布曰：“吾与玄德旧交，岂忍害他妻子。”便令糜竺引玄德妻小，去徐州安置。布自引军投山东兖州境上，留高顺、张辽守小沛。此时孙乾已逃出城外。关、张二人亦各自收得些人马，往山中住扎。

且说玄德匹马逃难，正行间，背后一人赶至，视之乃孙乾也。玄德曰：“吾今两弟不知存亡，妻小失散，为之奈何？”孙乾曰：“不若且投曹操，以图后计。”玄德依言，寻小路投许都。途次绝粮，尝往村中求食。但到处，闻刘豫州，皆争进饮食。一日，到一家投宿，其家一少年出拜，问其姓名，乃猎户刘安也。当下刘安闻豫州牧至，欲寻野味供食，一时不能得，乃杀其妻以食之。玄值曰：“此何肉也？”安曰：“乃狼肉也。”玄德不疑，乃饱食了一顿，天晚就宿。至晓将去，往后院取马，忽见一妇人杀于厨下，臂上肉已都割去。玄德惊问，方知昨夜食者，乃其妻之肉也。玄德不胜伤感，洒泪上马。刘安告玄德曰：“本欲相随使君，因老母在堂，未敢远行。”玄德称谢而别，取路出梁城。忽见尘头蔽日，一彪大军来到。玄德知是曹操之军，同孙乾径至中军旗下，与曹操相见，具说失沛城、散二弟、陷妻小之事。操亦为之下泪。又说刘安杀妻为食之事，操乃令孙乾以金百两往赐之。

“杀其妻以食”的桥段是为了表明刘备深得人心吗？古人的很多行事作为在今天看来是完全不能认同的。比如传统的二十四孝中“埋儿奉母”的故事，这在今天非但不能称之为美德，简直是故意杀人。所以，今天我们看待传统文化，一定要秉持客观性、时代性的视角，以扬弃的态度审视。

日后的死敌，还曾有过革命战友情谊。正应了“没有永恒的敌人”一说。

军行至济北，夏侯渊等迎接入寨，备言兄夏侯惇损其一目，卧病未痊。操临卧处视之，令先回许都调理，一面使人打探吕布现在何处。探马回报云：“吕布与陈宫、臧霸结连泰山贼寇，共攻兖州诸郡。”操即令曹仁引三千兵打沛城，操亲提大军，与玄德来战吕布。前至山东，路近萧关，正遇泰山寇孙观、吴敦、尹礼、昌豨领兵三万馀拦住去路。操令许褚迎战，四将一齐出马。许褚奋力死战，四将抵敌不住，各自败走。操乘势掩杀，追至萧关。探马飞报吕布。

时布已回徐州，欲同陈登往救小沛，令陈珪守徐州。陈登临行，珪谓之曰："昔曹公曾言东方事尽付与汝。今布将败，可便图之。"登曰："外面之事，儿自为之。倘布败回，父亲便请糜竺一同守城，休放布入，儿自有脱身之计。"珪曰："布妻小在此，心腹颇多，为之奈何？"登曰："儿亦有计了。"乃入见吕布曰："徐州四面受敌，操必力攻，我当先思退步：可将钱粮移于下邳，倘徐州被围，下邳有粮可救。主公盍早为计？"布曰："元龙之言甚善。吾当并妻小移去。"遂令宋宪、魏续保护妻小与钱粮移屯下邳，一面自引军与陈登往救萧关。到半路，登曰："容某先到关探曹兵虚实，主公方可行。"布许之，登乃先到关上。陈宫等接见，登曰："温侯深怪公等不肯向前，要来责罚。"宫曰："今曹兵势大，未可轻敌。吾等紧守关隘，可劝主公深保沛城，乃为上策。"陈登唯唯。至晚，上关而望，见曹兵直逼关下，乃乘夜连写三封书，拴在箭上，射下关去。次日辞了陈宫，飞马来见吕布曰："关上孙观等皆欲献关，某已留下陈宫守把，将军可于黄昏时杀出救应。"布曰："非公则此关休矣。"便教陈登飞骑先至关，约陈宫为内应，举火为号。登径往报宫曰："曹兵已抄小路到关内，恐徐州有失。公等宜急回。"宫遂引众弃关而走，登就关上放起火来。吕布乘黑杀至，陈宫军和吕布军在黑暗里自相掩杀。曹兵望见号火，一齐杀到，乘势攻击。孙观等各自四散逃避去了。吕布直杀到天明，方知是计，急与陈宫回徐州。到得城边叫门时，城上乱箭射下。糜竺在敌楼上喝曰："汝夺吾主城池，今当仍还吾主，汝不得复入此城也。"布大怒曰："陈珪何在？"竺曰："吾已杀之矣。"布回顾宫曰："陈登安在？"宫曰："将军尚执迷而问此佞贼乎？"布令遍寻军中，却只不见。宫劝布急投小沛，布从之。行至半路，只见一彪军骤至，视之，乃高顺、张辽也。布问之，答曰："陈登来报说主公被围，令某等急来救解。"宫曰："此又佞贼之计也。"布怒曰："吾必杀此贼！"急驱马至小沛。只见小沛城上尽插曹兵旗号。原来曹操已令曹仁袭了城池，引军守把。吕布于城下大骂陈登。登在城上指布骂

陈登此连环计堪称神鬼莫测之机，不亚于诸葛司马之奇谋。

曰："吾乃汉臣，安肯事汝反贼耶！"布大怒，正待攻城，忽听背后喊声大起，一队人马来到，当先一将乃是张飞。高顺出马迎敌，不能取胜。布亲自接战。正斗间，阵外喊声复起，曹操亲统大军冲杀前来。吕布料难抵敌，引军东走，曹兵随后追赶。吕布走得人困马乏。忽又闪出一彪军拦住去路，为首一将，立马横刀，大喝："吕布休走！关云长在此！"吕布慌忙接战，背后张飞赶来。布无心恋战，与陈宫等杀开条路，径奔下邳，侯成引兵接应去了。

关、张相见，各洒泪言失散之事。云长曰："我在海州路上住扎，探得消息，故来至此。"张飞曰："弟在芒砀山住了这几时，今日幸得相遇。"两个叙话毕，一同引兵来见玄德，哭拜于地。玄德悲喜交集，引二人见曹操，便随操入徐州。糜竺接见，具言家属无恙，玄德甚喜。陈珪父子亦来参拜曹操。操设一大宴，犒劳诸将。操自居中，使陈珪居右、玄德居左。其馀将士，各依次坐。宴罢，操嘉陈珪父子之功，加封十县之禄，授登为伏波将军。

且说曹操得了徐州，心中大喜，商议起兵攻下邳。程昱曰："布今止有下邳一城，若逼之太急，必死战而投袁术矣。布与术合，其势难攻。今可使能事者守住淮南径路，内防吕布，外当袁术。况今山东尚有臧霸、孙观之徒未曾归顺，防之亦不可忽也。"操曰："吾自当山东诸路。其淮南径路，请玄德当之。"玄德曰："丞相将令，安敢有违。"次日，玄德留糜竺、简雍在徐州，带孙乾、关、张引军往守淮南径路。曹操自引兵攻下邳。

且说吕布在下邳，自恃粮食足备，且有泗水之险，安心坐守，可保无虞。陈宫曰："今操兵方来，可乘其寨栅未定，以逸击劳，无不胜者。"布曰："吾方屡败，不可轻出。待其来攻而后击之，皆落泗水矣。"遂不听陈宫之言。过数日，曹兵下寨已定。操统众将至城下，大叫："吕布答话！"布上城而立。操谓布曰："闻奉先又欲结婚袁术，吾故领兵至此。夫术有反逆大罪，而公有讨董卓之功，今何自弃其前功而从逆贼耶？倘城池一破，悔之晚矣！若早来降，共扶王室，当不失封侯之位。”布曰：“丞相且退，尚容商议。”陈宫在布侧大骂曹操“奸贼”，一箭射中其麾盖。操指宫恨曰：“吾誓杀汝！”遂引兵攻城。

宫谓布曰：“曹操远来，势不能久。将军可以步骑出屯于外，宫将馀众闭守于内。操若攻将军，宫引兵击其背；若来攻城，将军为救于后。不过旬日，操军食尽，可一鼓而破：此乃掎角之势也。”布曰：“公言极是。”遂归府收拾戎装。时方冬寒，分付从人多带绵衣。布妻严氏闻之，出问曰：“君欲何往？”布告以陈宫之谋。严氏曰：“君委全城，捐妻子，孤军远出，倘一旦有变，妾岂得为将军之妻乎？”布踌躇未决，三日不出。宫入见曰：“操军四面围城，若不早出，必受其困。”布曰：“吾思远出不如坚守。”宫曰：“近闻操军粮少，遣人往许都去取，早晚将至。将军可引精兵往断其粮道。此计大妙。”布然其言，复入内对严氏说知此事。严氏泣曰：“将军若出，陈宫、高顺安能坚守城池？倘有差失，悔无及矣！妾昔在长安，已为将军所弃，幸赖庞舒私藏妾身，再得与将军相聚，孰知今又弃妾而去乎？将军前程万里，请勿以妾为念！”言罢痛哭。布闻言愁闷不决，入告貂蝉。貂蝉曰：“将军与妾作主，勿轻骑自出。”布曰：“汝无忧虑。吾有画戟、赤兔马，谁敢近我！”乃出谓陈宫曰：“操军粮至者，诈也。操多诡计，吾未敢动。”宫出，叹曰：“吾等死无葬身之地矣！”布于是终日不出，只同严氏、貂蝉饮酒解闷。谋士许汜、王楷入见布，进计曰：“今袁术在淮南，声势大振。将军旧曾与彼约婚，今何不仍求之？彼兵若至，内外夹攻，操不难破也。”布从其计，即日修书，就着二人前去。许汜曰：“须得一军引路冲出方好。”布令张辽、郝萌两个引兵一千，送出隘口。是夜二更，张辽在前，郝萌在后，保着许汜、王楷杀出城去。抹过玄德寨，众将追赶不及，已出隘口。郝萌将五百人，跟许汜、王楷而去。张辽引一半军回来，到隘口时，云长拦住。未及交锋，高顺引兵出城救应，接入城中去了。

且说许汜、王楷至寿春，拜见袁术，呈上书信。术曰："前者杀吾使命，赖我婚姻，今又来相问，何也？"汜曰："此为曹操奸计所误，愿明上详之。"术曰："汝主不因曹兵困急，岂肯以女许我？"楷曰："明上今不相救，恐唇亡齿寒，亦非明上之福也。"术曰："奉先反复无信，可先送女，然后发兵。"许汜、王楷只得拜辞，和郝萌回来。到玄德寨边，汜曰："日间不可过。夜半吾二人先行，郝将军断后。"商量停当。夜过玄德寨，许汜、王楷先过去了。郝萌正行之次，张飞出寨拦路。郝萌交马只一合，被张飞生擒过去，五百人马尽被杀散。张飞解郝萌来见玄德，玄德押往大寨见曹操。郝萌备说求救许婚一事，操大怒，斩郝萌于军门，使人传谕各寨，小心防守：如有走透吕布及彼军士者，依军法处治。各寨悚然。玄德回营，分付关、张曰："我等正当淮南冲要之处。二弟切宜小心在意，勿犯曹公军令。"飞曰："捉了一员贼将，操不见有甚褒赏，却反来唬吓，何也？"玄德曰："非也。曹操统领多军，不以军令，何能服人？弟勿犯之。"关、张应诺而退。

既知吕布"反复无信"，袁术仍许以结亲，纯属利益驱动，可见此二人皆重利轻义，乃一丘之貉耳。

曹操得知此时敌方正在联结外援，最怕谋事不密而遭遇吕布、袁术内外夹击；再者，刘备与吕布先前经历了多次战和反复，恩怨纠葛复杂，双方手下兵士难免互有亲故，故曹操此时严肃军纪，非常必要。

曹操此前割发代首之举，就是以军令服人的明证。

却说许汜、王楷回见吕布，具言袁术先欲得妇，然后起兵救援。布曰："如何送去？"汜曰："今郝萌被获，操必知我情，预作准备。若非将军亲自护送，谁能突出重围？"布曰："今日便送去，如何？"汜曰："今日乃凶神值日，不可去。明日大利，宜用戌、亥时。"布命张辽、高顺："引三千军马，安排小车一辆，我亲送至二百里外，却使你两个送去。"次夜二更时分，吕布将女以绵缠身，用甲包裹，负于背上，提戟上马。放开城门，布当先出城，张辽、高顺跟着。将次到玄德寨前，一声鼓响，关、张二人拦住去路，大叫：休走！"布无心恋战，只顾夺路而行。玄德自引一军杀来，两军混战。吕布虽勇，终是缚一女在身上，只恐有伤，不敢冲突重围。后面徐晃、许褚皆杀来，众军皆大叫曰："不要走了吕布！"布见军来太急，只得仍退入城。玄德收军，徐晃等各归寨，端的不曾走透一个。吕布回到城中，心中忧闷，只是饮酒。

却说曹操攻城两月不下，忽报："河内太守张杨出兵东市，欲救吕布，部将杨丑杀之，欲将头献丞相，却被张杨心腹将眭固所杀，反投犬城去了。"操闻报，即遣史涣追斩眭固。因聚众将曰："张杨虽幸自灭，然北有袁绍之忧，东有表、绣之患，下邳久围不克，吾欲舍布还都，暂且息战，何如？"荀攸急止曰："不可。吕布屡败，锐气已堕，军以将为主，将衰则军无战心。彼陈宫虽有谋而迟。今布之气未复，宫之谋未定，作速攻之，布可擒也。"郭嘉曰："某有一计，下邳城可立破，胜于二十万师。"荀彧曰："莫非决沂、泗之水乎？"嘉笑曰："正是此意。"操大喜，即令军士决两河之水。曹兵皆居高原，坐视水淹下邳。下邳一城，只剩得东门无水，其馀各门，都被水淹。众军飞报吕布。布曰："吾有赤兔马，渡水如平地，又何惧哉！"乃日与妻妾痛饮美酒，因酒色过伤，形容销减，一日取镜自照，惊曰："吾被酒色伤矣！自今日始，当戒之。"遂下令城中，但有饮酒者皆斩。

犬城又名射犬，是河内郡野王县的一个城邑，在今河南省沁阳市东北方向。

却说侯成有马十五匹，被后槽人【应指马夫】盗去，欲献与玄德。侯成知觉，追杀后槽人，将马夺回，诸将与侯成作贺。侯成酿得五六斛酒，欲与诸将会饮，恐吕布见罪，乃先以酒五瓶诣布府禀曰："托将军虎威，追得失马，众将皆来作贺。酿得些酒，未敢擅饮，特先奉上微意。"布大怒曰："吾方禁酒，汝却酿酒会饮，莫非同谋伐我乎！"命推出斩之。宋宪、魏续等诸将俱入告饶。布曰："故犯吾令，理合斩首。今看众将面，且打一百！"众将又哀告，打了五十背花，然后放归。众将无不丧气。宋宪、魏续至侯成家来探视，侯成泣曰："非公等则吾死矣！"宪曰："布只恋妻子，视吾等如草芥。"续曰："军围城下，水绕壕边，吾等死无日矣！"宪曰："布无仁无义，我等弃之而走，何如？"续曰："非丈夫也。不若擒布献曹公。"侯成曰："我因追马受责，而布所倚恃者，赤兔马也。汝二人果能献门擒布，吾当先盗马去

越是危难时刻，越要注意内部团结。吕布此举尽失部将之心，尽丧抵抗之气。

见曹公。”三人商议定了。是夜侯成暗至马院，盗了那匹赤兔马，飞奔东门来。魏续便开门放出，却佯作追赶之状。侯成到曹操寨，献上马匹，备言宋宪、魏续插白旗为号，准备献门。曹操闻此信，便押榜数十张射入城去。其榜曰：

此榜为避免城中兵士做困兽之斗的心理战，可以瓦解地方斗志，进而减少强攻的损失。

> 大将军曹，特奉明诏，征伐吕布。如有抗拒大军者，破城之日，满门诛戮。上至将校，下至庶民，有能擒吕布来献，或献其首级者，重加官赏。为此榜谕，各宜知悉。

次日平明，城外喊声震地。吕布大惊，提戟上城，各门点视，责骂魏续走透侯成，失了战马，欲待治罪。城下曹兵望见城上白旗，竭力攻城，布只得亲自抵敌。从平明直打到日中，曹兵稍退。布少憩门楼，不觉睡着在椅上。宋宪赶退左右，先盗其画戟，便与魏续一齐动手，将吕布绳缠索缚，紧紧缚住。布从睡梦中惊醒，急唤左右，却都被二人杀散，把白旗一招，曹兵齐至城下。魏续大叫：“已生擒吕布矣！”夏侯渊尚未信。宋宪在城上掷下吕布画戟来，大开城门，曹兵一拥而入。高顺、张辽在西门，水围难出，为曹兵所擒。陈宫奔至南门，为徐晃所获。

曹操入城，即传令退了所决之水，出榜安民。一面与玄德同坐白门楼上，关、张侍立于侧，提过擒获一干人来。吕布虽然长大，却被绳索捆作一团。布叫曰：“缚太急，乞缓之！”操曰：“缚虎不得不急。”布见侯成、魏续、宋宪皆立于侧，乃谓之曰：“我待诸将不薄，汝等何忍背反？”宪曰：“听妻妾言，不听将计，何谓不薄？”布默然。须臾，众拥高顺至。操问曰：“汝有何言？”顺不答。操怒命斩之。徐晃解陈宫至。操曰：“公台别来无恙！”宫曰：“汝心术不正，吾故弃汝！”操曰：“吾心不正，公又奈何独事吕布？”宫曰：“布虽无谋，不似你诡诈奸险。”操曰：“公自谓足智多谋，今竟何如？”宫顾吕布曰：“恨此人不从吾言！若从吾言，未必被擒也。”操曰：“今日之事当

高顺也是难得的将才，且未屈膝乞降，故宜比照张辽之例，留用之。

如何？”宫大声曰：“今日有死而已！”操曰：“公如是，奈公之老母妻子何？”宫曰：“吾闻以孝治天下者，不害人之亲；施仁政于天下者，不绝人之祀。老母妻子之存亡，亦在于明公耳。吾身既被擒，请即就戮，并无挂念。”操有留恋之意。宫径步下楼，左右牵之不住。操起身泣而送之，宫并不回顾。操谓从者曰：“即送公台老母妻子回许都养老。怠慢者斩。”宫闻言，亦不开口，伸颈就刑。众皆下泪。操以棺椁盛其尸，葬于许都。后人有诗叹之曰：

陈宫此言堪称经典之论。常言道：“罪不及父母，祸不及妻儿。”刘备彝陵惨败后，不害投降曹魏的黄权家人，也是出于异地同心的考量。

生死无二志，丈夫何壮哉！不从金石论，空负栋梁材。辅主真堪敬，辞亲实可哀。白门身死日，谁肯似公台！

陈宫是全书自李儒之后第二个谢幕的智谋之士。其智谋与忠义，虽未助吕布成就大业，却于乱世中留下悲壮色彩。

方操送宫下楼时，布告玄德曰：“公为坐上客，布为阶下囚，何不发一言而相宽乎？”玄德点头。及操上楼来，布叫曰：“明公所患，不过于布，布今已服矣。公为大将，布副之，天下不难定也。”操回顾玄德曰：“何如？”玄德答曰：“公不见丁建阳、董卓之事乎？”布目视玄德曰：“是儿最无信者！”操令牵下楼缢之。布回顾玄德曰：“大耳儿！不记辕门射戟时耶？”忽一人大叫曰：“吕布匹夫！死则死耳，何惧之有！”众视之，乃刀斧手拥张辽至。操令将吕布缢死，然后枭首。后人有诗叹曰：

刘备提到丁建阳和董卓，直击吕布反复无常的要害，实乃杀人诛心之论！

洪水滔滔淹下邳，当年吕布受擒时。空余赤兔马千里，漫有方天戟一枝。缚虎望宽今太懦，养鹰休饱昔无疑。恋妻不纳陈宫谏，枉骂无恩“大耳儿”。

又有诗论玄德曰：

伤人饿虎缚休宽，董卓丁原血未干。玄德既知能啖父，争如留取害曹瞒？

作此诗之人必是阴谋论者。

却说武士拥张辽至，操指辽曰："这人好生面善。"辽曰："濮阳城中曾相遇，如何忘却？"操笑曰："你原来也记得！"辽曰："只是可惜！"操曰："可惜甚的？"辽曰："可惜当日火不大，不曾烧死你这国贼！"操大怒曰："败将安敢辱吾！"拔剑在手，亲自来杀张辽。辽全无惧色，引颈待杀。曹操背后一人攀住臂膊，一人跪于面前，说道："丞相且莫动手！"正是：

乞哀吕布无人救，骂贼张辽反得生。

毕竟救张辽的是谁，且听下文分解。

【回后评】

整部《三国演义》之中，多有用水淹制胜之战例。大则水淹七军、水淹邺城，中则水淹下邳，小则白河水计。每次水淹之计都能起到意想不到的效果。

吕布败亡，主要原因在于贪财好色且刚愎自用的个性。贪婪使他背负"三姓家奴"的恶名，不纳忠言使他在战场上"不败而败"。《史记·淮阴侯列传》有言："百里奚居虞而虞亡，在秦而秦霸，非愚于虞而智于秦也，用与不用，听与不听也。"吕布有项羽之勇，陈宫尤范增也。吕布屡次不纳陈宫良言善见，留恋酒色，自取其败。吕布一生勇猛无敌，杀敌斩将无数，自己却如此怕死，真是令人齿冷。但纵观其一生，贪财、贪色、贪利、贪权、贪酒，足以推知其必然贪生。至此，三国第一勇将谢幕。

第二十回

曹阿瞒许田打围

董国舅内阁受诏

本因国舅承明诏

又见宗潢佐汉朝

曹孟德許
田射獵

【题解及内容提要】

一向自称汉室宗亲并以兴复汉室为己任的刘备，终于迎来了进京面圣的机会。他所宣称的皇室血统能经得起检验吗？他与汉献帝之间会有怎样的互动呢？与此同时，曹操也进行了打击“拥汉派”、巩固自己权力的一系列动作。

本回中，汉献帝见刘备后，查验世系族谱，认刘备为皇叔，并赐爵封赏。此处明显与史实有出入。据《汉书》《后汉书》记载，按照两汉帝王世系，汉献帝刘协是汉景帝第十四世孙，比之于此回所杜撰的刘备世系谱，汉献帝的辈分比刘备高出不少，由此可见，皇叔之称基本可以断定是不符合史实的。

话说曹操举剑欲杀张辽，玄德攀住臂膊，云长跪于面前。玄德曰：“此等赤心之人，正当留用。”云长曰：“关某素知文远忠义之士，愿以性命保之。”操掷剑笑曰：“我亦知文远忠义，故戏之耳。”乃亲释其缚，解衣衣之，延之上坐。辽感其意，遂降。操拜辽为中郎将，赐爵关内侯，使招安臧霸。霸闻吕布已死，张辽已降，遂亦引本部军投降。操厚赏之。臧霸又招安孙观、吴敦、尹礼来降，独昌豨未肯归顺。操封臧霸为琅琊相，孙观等亦各加官，令守青、徐沿海地面，将吕布妻女载回许都。大犒三军，拔寨班师。路过徐州，百姓焚香遮道，请留刘使君为牧。操曰：“刘使君功大，且待面君封爵，回来未迟。”百姓叩谢。操唤车骑将军车胄权领徐州。操军回许昌，封赏出征人员，留玄德在相府左近宅院歇定。

此处提到吕布女眷本无意义，只是交代貂蝉最终归属曹操。

次日，献帝设朝，操表奏玄德军功，引玄德见帝，玄德具朝服拜于丹墀。帝宣上殿，问曰：“卿祖何人？”玄德奏曰：“臣乃中山靖王之后，孝景皇帝阁下玄孙，刘雄之孙，刘弘之子也。”

帝教取宗族世谱检看，令宗正卿宣读曰：

孝景皇帝生十四子。第七子乃中山靖王刘胜。胜生陆城亭侯刘贞。贞生沛侯刘昂。昂生漳侯刘禄。禄生沂水侯刘恋。恋生钦阳侯刘英。英生安国侯刘建。建生广陵侯刘哀。哀生胶水侯刘宪。宪生祖邑侯刘舒。舒生祁阳侯刘谊。谊生原泽侯刘必。必生颍川侯刘达。达生丰灵侯刘不疑。不疑生济川侯刘惠。惠生东郡范令刘雄。雄生刘弘。弘不仕。刘备乃刘弘之子也。

帝排世谱，则玄德乃帝之叔也。帝大喜，请入偏殿叙叔侄之礼。帝暗思：“曹操弄权，国事都不由朕主，今得此英雄之叔，朕有助矣！”遂拜玄德为左将军、宜城亭侯。设宴款待毕，玄德谢恩出朝。自此人皆称为刘皇叔。

曹操回府，荀彧等一班谋士入见曰：“天子认刘备为叔，恐无益于明公。”操曰：“彼既认为皇叔，吾以天子之诏令之，彼愈不敢不服矣。况吾留彼在许都，名虽近君，实在吾掌握之内，吾何惧哉？吾所虑者，太尉杨彪系袁术亲戚，倘与二袁为内应，为害不浅。当即除之。”乃密使人诬告彪交通袁术，遂收彪下狱，命满宠按治之。时北海太守孔融在许都，因谏操曰：“杨公四世清德，岂可因袁氏而罪之乎？”操曰：“此朝廷意也。”融曰：“使成王杀召公，周公可得言不知耶？”操不得已，乃免彪官，放归田里。议郎赵彦愤操专横，上疏劾操不奉帝旨、擅收大臣之罪。操大怒，即收赵彦杀之。于是百官无不悚惧。谋士程昱说操曰：“今明公威名日盛，何不乘此时行王霸之事？”操曰：“朝廷股肱尚多，未可轻动。吾当请天子田猎，以观动静。”

周成王年幼，周公旦与召公奭共同辅政。孔融以古代名臣比附，同时肯定曹操与杨彪都是忠臣，给曹操戴上高帽，使其不好意思再杀杨彪。

程昱与荀彧政治立场相左，程昱只拥曹，不拥汉。

于是拣选良马、名鹰、俊犬、弓矢俱备，先聚兵城外，操入请天子田猎。帝曰：“田猎恐非正道。”操曰：“古之帝王，春蒐【sōu，春天打猎】夏苗，秋狝【xiǎn，秋天打猎】冬狩：四时出郊，以示武于天下。今四海扰攘之时，正当借田猎以讲武。”帝不敢不从，随即上逍遥马，带宝雕弓、金鈚箭，排銮驾出城。玄德与关、张各弯弓插箭，内穿掩心甲，手持兵器，引数十骑随驾出许昌。曹操骑爪黄飞电马，引十万之众，与天子猎于许田。军士排开围场，周广二百馀里。操与天子并马而行，只争【相差】一马头，背后都是操之心腹将校。文武百官，远远侍从，谁敢近前。当日献帝驰马到许田，刘玄德起居道傍。帝曰：“朕今欲看皇叔射猎。”玄德领命上马。忽草中赶起一兔，玄德射之，一箭正中那兔。帝喝采。转过土坡，忽见荆棘中赶出一只大鹿。帝连射三箭不中，顾谓操曰：“卿射之。”操就讨天子宝雕弓、金鈚箭，扣满一射，正中鹿背，倒于草中。群臣将校，见了金鈚箭，只道天子射中，都踊跃向帝呼“万岁”。曹操纵马直出，遮于天子之前以迎受之，众皆失色。玄德背后云长大怒，剔【即“挑”】起卧蚕眉，睁开丹凤眼，提刀拍马便出，要斩曹操。玄德见了，慌忙摇手送目。关公见兄如此，便不敢动。玄德欠身向操称贺曰：“丞相神射，世所罕及！”操笑曰：“此天子洪福耳。”乃回马向天子称贺，竟不献还宝雕弓，就自悬带。围场已罢，宴于许田。宴毕，驾回许都。众人各自归歇。云长问玄德曰：“操贼欺君罔上，我欲杀之，为国除害，兄何止我？”玄德曰：“‘投鼠忌器’。操与帝相离只一马头，其心腹之人，周回拥侍。吾弟若逞一时之怒，轻有举动，倘事不成，有伤天子，罪反坐我等矣。”云长曰：“今日不杀此贼，后必为祸。”玄德曰：“且宜秘之，不可轻言。”

却说献帝回宫，泣谓伏皇后曰：“朕自即位以来，奸雄并起：先受董卓之殃，后遭傕、汜之乱。常人未受之苦，吾与汝当之。后得曹操，以为社稷之臣，不意专国弄权，擅作威福。朕每见之，背若芒刺。今日在围场上，身迎呼贺，无礼已极！早晚必有异谋，吾夫妇不知死所也！”伏皇后曰：“满朝公卿，俱食汉禄，竟无一人能救国难乎？”言未毕，忽一人自外而入曰：“帝、后休忧！吾举一人，可除国害。”帝视之，乃伏皇后之父伏

此举可见关羽对刘备的“义”优先于对皇帝的“忠”。

如果说此前讨要雕弓宝箭可以正向解读为替三射不中的天子圆场，维护天子威仪，那么不还天子宝弓乃是明目张胆的篡逆举动，此举暗示曹操已不满于现有地位，有凌驾天子之上的意图。

刘备的政治眼光远高于关、张，更具政治家的沉稳与远见。

历史总是惊人的相似，张飞曾欲杀董卓，被刘备所止，今关羽亦然。

完也。帝掩泪问曰："皇丈亦知操贼之专横乎？"完曰："许田射鹿之事，谁不见之？但满朝之中，非操宗族，则其门下。若非国戚，谁肯尽忠讨贼？老臣无权，难行此事。车骑将军国舅董承可托也。"帝曰："董国舅多赴国难，朕躬素知，可宣入内，共议大事。"完曰："陛下左右皆操贼心腹，倘事泄，为祸不浅。"帝曰："然则奈何？"完曰："臣有一计：陛下可制衣一领，取玉带一条，密赐董承。却于带衬内缝一密诏以赐之，令到家见诏，可以昼夜画策，神鬼不觉矣。"帝然之，伏完辞出。

汉献帝作为当时全国范围内最大的"拥汉派"，并非没有做过拯救汉室的努力，只可惜他抵不过曹操的威权和机谋，难以成功。

帝乃自作一密诏，咬破指尖，以血写之，暗令伏皇后缝于玉带紫锦衬内，却自穿锦袍，自系此带，令内史宣董承入。承见帝礼毕，帝曰："朕夜来与后说霸河之苦，念国舅大功，故特宣入慰劳。"承顿首谢。帝引承出殿，到太庙，转上功臣阁内。帝焚香礼毕，引承观画像。中间画汉高祖容像。帝曰："吾高祖皇帝起身何地？如何创业？"承大惊曰："陛下戏臣耳。圣祖之事，何为不知？高皇帝起自泗上亭长，提三尺剑，斩蛇起义，纵横四海，三载亡秦，五年灭楚，遂有天下，立万世之基业。"帝曰："祖宗如此英雄，子孙如此懦弱，岂不可叹！"因指左右二辅之像曰："此二人非留侯张良、酂【cuó，地名用字】侯萧何耶？"承曰："然也。高祖开基创业，实赖二人之力。"帝回顾左右较远，乃密谓承曰："卿亦当如此二人立于朕侧。"承曰："臣无寸功，何以当此？"帝曰："朕想卿西都救驾之功，未尝少忘，无可为赐。"因指所着袍带曰："卿当衣朕此袍，系朕此带，常如在朕左右也。"承顿首谢。帝解袍带赐承，密语曰："卿归可细观之，勿负朕意。"承会意，穿袍系带，辞帝下阁。早有人报知曹操曰："帝与董承登功臣阁说话。"操即入朝来看。董承出阁，才过宫门，恰遇操来，急无躲避处，只得立于路侧施礼。操问曰："国舅何来？"承曰："适蒙天子宣召，赐以锦袍玉带。"操问曰："何故见赐？"承曰："因念某旧日西都救驾之功，故有此赐。"操曰："解带我看。"承心知衣带中必有密诏，恐操看破，迟延

会面地点不宜选在功臣阁，政治意味过于明显，更容易遭人疑忌，是不明智之举。

不解。操叱左右："急解下来！"看了半晌，笑曰："果然是条好玉带！再脱下锦袍来借看。"承心中畏惧，不敢不从，遂脱袍献上。操亲自以手提起，对日影中细细详看。看毕，自己穿在身上，系了玉带，回顾左右曰："长短如何？"左右称美。操谓承曰："国舅即以此袍带转赐与吾，何如？"承告曰："君恩所赐，不敢转赠，容某别制奉献。"操曰："国舅受此衣带，莫非其中有谋乎？"承惊曰："某焉敢？丞相如要，便当留下。"操曰："公受君赐，吾何相夺？聊为戏耳。"遂脱袍带还承。

承辞操归家，至夜独坐书院中，将袍仔细反复看了，并无一物。承思曰："天子赐我袍带，命我细观，必非无意，今不见甚踪迹何也？"随又取玉带检看，乃白玉玲珑，碾成小龙穿花，背用紫锦为衬，缝缀端整，亦并无一物，承心疑，放于桌上反复寻之。良久倦甚，正欲伏几而寝，忽然灯花落于带上，烧着背衬。承惊拭之，已烧破一处，微露素绢，隐见血迹。急取刀拆开视之，乃天子手书血字密诏也。诏曰：

> 朕闻人伦之大，父子为先；尊卑之殊，君臣为重。近日操贼弄权，欺压君父；结连党伍，败坏朝纲；敕赏封罚，不由朕主。朕夙夜忧思，恐天下将危。卿乃国之大臣，朕之至戚，当念高帝创业之艰难，纠合忠义两全之烈士，殄灭奸党，复安社稷，祖宗幸甚！破指洒血，书诏付卿，再四慎之，勿负朕意！建安四年春三月诏。

董承览毕，涕泪交流，一夜寝不能寐。晨起，复至书院中，将诏再三观看，无计可施。乃放诏于几上，沉思灭操之计。忖量未定，隐几而卧。忽侍郎王子服至。门吏知子服与董承交厚，不敢拦阻，竟入书院。见承伏几不醒，袖底压着素绢，微露"朕"字。子服疑之，默取看毕，藏于袖中，呼承曰："国舅好自在！亏你如何睡得着！"承惊觉，不见诏书，魂不附体，手脚慌乱。

董承藏诏虽有"隐几"的动作，但如此大事，仍应小心再三，善加藏匿。此乃轻忽大意之举，为事泄埋下伏笔。

子服曰："汝欲杀曹公！吾当出首。"承泣告曰："若兄如此，汉室休矣！"子服曰："吾戏耳。吾祖宗世食汉禄，岂无忠心？愿助兄一臂之力，共诛国贼。"承曰："兄有此心，国之大幸！"子服曰："当于密室同立义状，各舍三族，以报汉君。"承大喜，取白绢一幅，先书名画字。子服亦即书名画字。书毕，子服曰："将军吴子兰，与吾至厚，可与同谋。"承曰："满朝大臣，惟有长水校尉种辑、议郎吴硕是吾心腹，必能与我同事。"正商议间，家僮入报种辑、吴硕来探。承曰："此天助我也！"教子服暂避于屏后。承接二人入书院坐定，茶毕，辑曰："许田射猎之事，君亦怀恨乎？"承曰："虽怀恨，无可奈何。"硕曰："吾誓杀此贼，恨无助我者耳！"辑曰："为国除害，虽死无怨！"王子服从屏后出曰："汝二人欲杀曹丞相！我当出首，董国舅便是证见。"种辑怒曰："忠臣不怕死！吾等死作汉鬼，强似你阿附国贼！"承笑曰："吾等正为此事，欲见二公。王侍郎之言乃戏耳。"便于袖中取出诏来与二人看。二人读诏，挥泪不止，承遂请书名。子服曰："二公在此少待，吾去请吴子兰来。"子服去不多时，即同子兰至，与众相见，亦书名毕。承邀于后堂会饮。

朝中坚定可靠且可用的"拥汉派"不过寥寥数人，可见其与曹操的力量对比极为悬殊。

一日之中众人皆至，是为避免同一个事件久拖不决，故用此写法。

忽报西凉太守马腾相探。承曰："只推我病，不能接见。"门吏回报，腾大怒曰："我夜来在东华门外，亲见他锦袍玉带而出，何故推病耶！吾非无事而来，奈何拒我！"门吏入报，备言腾怒。承起曰："诸公少待，暂容承出。"随即出厅延接。礼毕坐定，腾曰："腾入觐将还，故来相辞，何见拒也？"承曰："贱躯暴疾，有失迎候，罪甚！"腾曰："面带春色，未见病容。"承无言可答，腾拂袖便起，嗟叹下阶曰："皆非救国之人也！"承感其言，挽留之，问曰："公谓何人非救国之人？"腾曰："许田射猎之事，吾尚气满胸膛。公乃国之至戚，犹自殢于酒色，而不思讨贼，安得为皇家救难扶灾之人乎！"承恐其诈，佯惊曰："曹丞相乃国之大臣，朝廷所倚赖，公何出此言？"腾大怒曰："汝尚以曹贼为好人耶？"承曰："耳目甚近，请公低声。"腾曰：

"贪生怕死之徒，不足以论大事！"说罢，又欲起身。承知腾忠义，乃曰："公且息怒。某请公看一物。"遂邀腾入书院，取诏示之。腾读毕，毛发倒竖，咬齿嚼唇，满口流血，谓承曰："公若有举动，吾即统西凉兵为外应。"承请腾与诸公相见，取出义状，教腾书名。腾乃取酒歃血为盟曰："吾等誓死不负所约！"指坐上五人言曰："若得十人，大事谐矣。"承曰："忠义之士，不可多得。若所与非人，则反相害矣。"腾教取《鸳行鹭序簿》来检看。检到刘氏宗族，乃拍手言曰："何不共此人商议？"众皆问何人。马腾不慌不忙，说出那人来。正是：

为日后马腾被曹操诱入许都杀害、马超大起西凉兵攻打关中做铺垫。

鸳和鹭止有班，立有序，故以鸳行鹭序借指朝官井然有序的行列，体现官场秩序。这里指当时在职官员的名册。

本因国舅承明诏，又见宗潢【即皇帝的宗族子孙】佐汉朝。

毕竟马腾之言如何，且听下文分解。

【回后评】

许田围猎充分暴露曹操的篡逆之心。值得注意的是，出马要杀曹操的是关羽而不是张飞，主要是为了突出关羽的"忠"。关羽出于义愤要杀曹操，是基于"拥汉"的政治立场，但刘备一个眼神就能止住，足见关羽在刘备和汉帝之间的情感亲疏，在他看来，兄弟情义是高于所谓国家大义的。关羽的政治立场在"土城约三事"一回另有详析。

东汉一代，外戚与宦官交替专权。何进被杀后，以十常侍为代表的宦官势力被一网打尽，形成了董卓、李傕、曹操等权臣先后专权的政局。伏完与董承一为国丈，一为国舅，代表的是外戚集团，与曹操代表的权臣集团同属位高权重，所以董承等人并非代表正义，只是与曹操争夺最高统治权而已。后来曹操在诛灭董承、伏完家族的外戚势力后，将自己的几个女儿都嫁与汉献帝为后为妃，自己也成了国丈，补强了外戚的身份。

第二十一回

曹操煮酒论英雄
关公赚城斩车胄

既把孤身离虎穴
还将妙计息狼烟

青梅煮酒論英雄

温酒和热酒好理解，但煮酒是一种什么样的活动呢？因为古代酿酒技术有限，当时的酒基本是发酵酒，也就是说没有蒸馏这一环节，再加上过滤技术不发达，因此酿制出的酒杂质比较多，古人煮酒，可以使醛类等有害物质挥发。当时酒的酒精度数也不高，不过才十几度，通过煮酒亦能提升酒的度数，让酒的口感变得更加柔顺。

“煮酒论英雄”是曹操和刘备两位尚未彻底敌对的英雄之间纵论时事、臧否人物的一次精彩对话。此时的刘备已暗中签下了推翻曹操的“衣带诏”，时时担心会被曹操谋害，于是，他在曹操面前韬光养晦，终于寻得机会，脱离了曹操的实际控制。

却说董承等问马腾曰：“公欲用何人？”马腾曰：“见有豫州牧刘玄德在此，何不求之？”承曰：“此人虽系皇叔，今正依附曹操，安肯行此事耶？”腾曰：“吾观前日围场之中，曹操迎受众贺之时，云长在玄德背后，挺刀欲杀操，玄德以目视之而止。玄德非不欲图操，恨操牙爪多，恐力不及耳。公试求之，当必应允。”吴硕曰：“此事不宜太速，当从容商议。”众皆散去。次日黑夜里，董承怀诏，径往玄德公馆中来。门吏入报，玄德迎出，请入小阁坐定，关、张侍立于侧。玄德曰：“国舅夤夜至此，必有事故。”承曰：“白日乘马相访，恐操见疑，故黑夜相见。”玄德命取酒相待。承曰：“前日围场之中，云长欲杀曹操，将军动目摇头而退之，何也？”玄德失惊曰：“公何以知之？”承曰：“人皆不见，某独见之。”玄德不能隐讳，遂曰：“舍弟见操僭越，故不觉发怒耳。”承掩面而哭曰：“朝廷臣子，若尽如云长，何忧不太平哉！”玄德恐是曹操使他来试探，乃佯言曰：“曹丞相治国，为何忧不太平？”承变色而起曰：“公乃汉朝皇叔，故剖肝沥胆以相告，公何诈也？”玄德曰：“恐国舅有诈，故相试耳。”于是董承取衣带诏令观之，玄德不胜悲愤。又将义状出示，上止有六位：一，车骑将军董承；二，工部侍郎王子服；三，长水校尉种辑；四，议郎吴硕；五，昭信将军吴子兰；六，西凉太守马腾。玄德曰：“公既奉诏讨贼，备敢不效犬马之劳。”承拜谢，便请书名。玄德亦书“左将军刘备”，押了字，付承收讫。承曰：“尚容再请三人，共聚十义，以图国贼。”玄德曰：“切宜缓缓施行，不可轻泄。”共议到五更，相别去了。

玄德也防曹操谋害，就下处后园种菜，亲自浇灌，以为韬晦之计。关、张二人曰：“兄不留心天下大事，而学小人之事，何也？”玄德曰：“此非二弟所知也。”二人乃不复言。

关、张若在，必起冲突，偏写如此巧合，是有意为之，这样正好可以避开冲突。

一日，关、张不在，玄德正在后园浇菜，许褚、张辽引数十人入园中曰：“丞相有命，请使君便行。”玄德惊问曰：“有甚紧事？”许褚曰：“不知。只教我来相请。”玄德只得随二人入府见操。操笑曰：“在家做得好大事！”唬得玄德面如土色。操执玄德手，直至后园，曰：“玄德学圃不易！”玄德方才放心，答曰：“无事消遣耳。”操曰：“适见枝头梅子青青，忽感去年征张绣时，道上缺水，将士皆渴，吾心生一计，以鞭虚指曰：‘前面有梅林。’军士闻之，口皆生唾，由是不渴。今见此梅，不可不赏。又值煮酒正熟，故邀使君小亭一会。”玄德心神方定。随至小亭，已设樽俎：盘置青梅，一樽煮酒。二人对坐，开怀畅饮。

刘备以为“衣带诏”事泄，内心恐惧不安。

酒至半酣，忽阴云漠漠，骤雨将至。从人遥指天外龙挂，操与玄德凭栏观之。操曰：“使君知龙之变化否？”玄德曰：“未知其详。”操曰：“龙能大能小，能升能隐：大则兴云吐雾，小则隐介藏形；升则飞腾于宇宙之间，隐则潜伏于波涛之内。方今春深，龙乘时变化，犹人得志而纵横四海。龙之为物，可比世之英雄。玄德久历四方，必知当世英雄。请试指言之。”玄德曰：“备肉眼安识英雄？”操曰：“休得过谦。”玄德曰：“备叨恩庇，得仕于朝。天下英雄，实有未知。”操曰：“既不识其面，亦闻其名。”玄德曰：“淮南袁术，兵粮足备，可为英雄？”操笑曰：“冢中枯骨，吾早晚必擒之！”玄德曰：“河北袁绍，四世三公，门多故吏，今虎踞冀州之地，部下能事者极多，可为英雄？“操笑曰：“袁绍色厉胆薄，好谋无断，干大事而惜身，见小利而忘命，非英雄也。玄德曰：“有一人名称八俊，威镇九州——刘景升可为英雄？”操曰：“刘表虚名无实，非英雄也。”玄德曰：“有一人血气方刚，江东领袖——孙伯符乃英雄也？”操曰：“孙策藉父之名，非英雄也。”玄德曰：“益州刘季玉，可为英雄乎？”操曰：“刘璋虽系宗室，乃守户之犬耳，何足为英雄！”玄德曰：“如张绣、张鲁、韩遂等辈皆何如？”操鼓掌大笑曰：“此等碌碌小人，何足挂齿！”玄德曰：“舍此之外，备实不知。”操曰：“夫英雄者，胸怀大志，腹有良谋，有包藏宇宙之机，吞吐天地之志者也。”玄德曰：“谁能当之？”操以手指玄德，后自指，曰：“今天下英雄，惟使君与操耳！”玄德闻言，吃了一惊，手中所执匙箸，不觉落于地下。时正值天雨将至，雷声大作。玄德乃从容俯首拾箸曰：“一震之威，乃至于此。”操笑曰：“丈夫亦畏雷乎？”玄德曰：“圣人迅雷风烈必变，安得不畏？”将闻言失箸缘故，轻轻掩饰过了，操遂不疑玄德。后人有诗赞曰：

曹操与袁绍乃少年旧交好友，知之甚深，故而曹操对袁绍的负面评价最多。

韩遂与马腾同属西凉集团，其势力略逊于马腾，此处刘备提韩遂而未提马腾，是因“衣带诏”事件有意避谈耳，可见其谨小慎微。

勉从虎穴暂趋身，说破英雄惊杀【同“煞”】人。巧借闻雷来掩饰，随机应变信如神。

大雨方住，见两个人撞入后园，手提宝剑，突至亭前，左右拦挡不住。操视之，乃关、张二人也。原来二人从城外射箭方回，听得玄德被许褚、张辽请将去了，慌忙来相府打听。闻说在后园，只恐有失，故冲突而入。却见玄德与操对坐饮酒，二人按剑而立。操问二人何来，云长曰：“听知丞相和兄饮酒，特来舞剑，以助一笑。”操笑曰：“此非‘鸿门会’，安用项曹操曾于虎牢关前亲眼见识过关、张的勇武，故而不吝厚待之。只是历史上的樊哙，勇而无谋，用于比张飞尚可，用于比颇有智谋的关羽，不甚恰当。

庄、项伯乎？”玄德亦笑。操命：“取酒与二‘樊哙’压惊。”关、张拜谢。须臾席散，玄德辞操而归。云长曰：“险些惊杀我两个！”玄德以落箸事说与关、张，关、张问是何意。玄德曰：“吾之学圃，正欲使操知我无大志，不意操竟指我为英雄，我故失惊落箸。又恐操生疑，故借惧雷以掩饰之耳。”关、张曰：“兄真高见！”

操次日又请玄德。正饮间，人报满宠去探听袁绍而回，操召入问之。宠曰：“公孙瓒已被袁绍破了。”玄德急问曰：“愿闻其详。”宠曰：“瓒与绍战不利，筑城围圈，圈上建楼，高十丈，名曰易京楼，积粟三十万以自守。战士出入不息，或有被绍围者，众请救之。瓒曰：‘若救一人，后之战者只望人救，不肯死战矣。’遂不肯救。因此袁绍兵来，多有降者。瓒势孤，使人持书赴许都求救，不意中途为绍军所获。瓒又遗书张燕，暗约举火为号，里应外合。下书人又被袁绍擒住，却来城外放火诱敌。瓒自出战，伏兵四起，军马折其大半。退守城中，被袁绍穿地直入瓒所居之楼下，放起火来。瓒无走路，先杀妻子，然后自缢，全家都被火焚了。今袁绍得了瓒军，声势甚盛。绍弟袁术在淮南骄奢过度，不恤军民，众皆背反，术使人归帝号于袁绍。绍欲取玉玺，术约亲自送至，见今弃淮南欲归河北。若二人协力，急难收复。乞丞相作急图之。”玄德闻公孙瓒已死，追念昔日荐己之恩，不胜伤感，又不知赵子龙如何下落，放心不下，因暗想曰：“我不就此时寻个脱身之计，更待何时？”遂起身对操曰：“术若投绍，必从徐州过，备请一军就半路截击，术可擒矣。”操笑曰：“来日奏帝，即便起兵。”

挖地道作战，古已有之。

次日，玄德面奏君。操令玄德总督五万人马，又差朱灵、路昭二人同行。玄德辞帝，帝泣送之。玄德到寓，星夜收拾军器鞍马，挂了将军印，催促便行。董承赶出十里长亭来送，玄德曰：“国舅宁耐【耐心等待时机】，某此行必有以报命。”承曰：“公宜留意，勿负帝心。”二人分别。关、张在马上问曰：“兄今番出

曹操实为派此二人为监军，体现其多疑。

从此，既为叔侄又为君臣的二人再未谋面。

征，何故如此慌速？”玄德曰：“吾乃笼中鸟、网中鱼。此一行如鱼入大海、鸟上青霄，不受笼网之羁绊也！”因命关、张催朱灵、路昭军马速行。时郭嘉、程昱考较钱粮方回，知曹操已遣玄德进兵徐州，慌入谏曰：“丞相何故令刘备督军？”操曰：“欲截袁术耳。”程昱曰：“昔刘备为豫州牧时，某等请杀之，丞相不听，今日又与之兵。此放龙入海，纵虎归山也。后欲治之，其可得乎？”郭嘉曰：“丞相纵不杀备，亦不当使之去。古人云：‘一日纵敌，万世之患。’望丞相察之。”操然其言，遂令许褚将兵五百前往，务要追玄德转来。许褚应诺而去。

刘备统领五万大军，只五百兵怎能追回？此处可见曹操对局势产生误判。

却说玄德正行之间，只见后面尘头骤起，谓关、张曰：“此必曹兵追至也。”遂下了营寨，令关、张各执军器，立于两边。许褚至，见严兵整甲，乃下马入营见玄德。玄德曰：“公来此何干？”褚曰：“奉丞相命，特请将军回去，别有商议。”玄德曰：“‘将在外，君命有所不受。’吾面过君，又蒙丞相钧语。今别无他议，公可速回，为我禀覆丞相。”许褚寻思：“丞相与他一向交好，今番又不曾教我来厮杀，只得将他言语回覆，另候裁夺便了。”遂辞了玄德，领兵而回。回见曹操，备述玄德之言。操犹豫未决，程昱、郭嘉曰：“备不肯回兵，可知其心变矣。”操曰：“我有朱灵、路昭二人在彼，料玄德未必敢心变。况我既遣之，何可复悔？”遂不复追玄德。后人有诗叹玄德曰：

> 束兵秣马去匆匆，心念天言衣带中。撞破铁笼逃虎豹，顿开金锁走蛟龙。

却说马腾见玄德已去，边报又急，亦回西凉州去了。玄德兵至徐州，刺史车胄出迎。公宴毕，孙乾、糜竺等都来参见。玄德回家探视老小，一面差人探听袁术。探子回报：“袁术奢侈太过，雷薄、陈兰皆投嵩山去了。术势甚衰，乃作书让帝号于袁绍。绍命人召术，术乃收拾人马、宫禁御用之物，先到徐州来。”

玄德知袁术将至，乃引关、张、朱灵、路昭五万军出，正迎着先锋纪灵至。张飞更不打话，直取纪灵。斗无十合，张飞大喝一声，刺纪灵于马下，败军奔走。袁术自引军来斗。玄德分兵三路：朱灵、路昭在左，关、张在右，玄德自引兵居中，与术相见，在门旗下责骂曰："汝反逆不道，吾今奉明诏前来讨汝！汝当束手受降，免你罪犯。"袁术骂曰："织席编屦小辈，安敢轻我！"麾兵赶来。玄德暂退，让左右两路军杀出。杀得术军尸横遍野，血流成渠，兵卒逃亡，不可胜计。又被嵩山雷薄、陈兰劫去钱粮草料。欲回寿春，又被群盗所袭，只得住于江亭。止有一千馀众，皆老弱之辈。时当盛暑，粮食尽绝，只剩麦三十斛，分派军士。家人无食，多有饿死者。术嫌饭粗，不能下咽，乃命庖人取蜜水止渴。庖人曰："止有血水，安有蜜水！"术坐于床上，大叫一声，倒于地下，吐血斗馀而死。时建安四年六月也。后人有诗曰：

刘备此言明显欺人。袁术谋逆反叛，是灭族大罪，岂可轻言赦免？

汉末刀兵起四方，无端袁术太猖狂。不思累世为公相，便欲孤身作帝王。强暴枉夸传国玺，骄奢妄说应天祥。渴思蜜水无由得，独卧空床呕血亡。

袁术已死，侄袁胤将灵柩及妻子奔庐江来，被徐璆尽杀之。璆夺得玉玺，赴许都献于曹操。操大喜，封徐璆为高陵太守。此时玉玺归操。

传国玉玺先后害死了孙坚、袁术两位枭雄，此时终于复归汉庭。曹操得玉玺，未有如孙坚、袁术大喜过望之表现，足见其重实利、轻虚名、缓称王的政治智慧。

却说玄德知袁术已丧，写表申奏朝廷，书呈曹操，令朱灵、路昭回许都，留下军马保守徐州。一面亲自出城，招谕流散人民复业。

且说朱灵、路昭回许都见曹操，说玄德留下军马。操怒，欲斩二人。荀彧曰："权归刘备，二人亦无奈何。"操乃赦之。彧又曰："可写书与车胄就内图之。"操从其计，暗使人来见车胄，传曹操钧旨。胄随即请陈登商议此事。登曰："此事极易。今刘备出城招民，不日将还。将军可命军士伏于瓮城边，只作接他，待马到来，一刀斩之。某在城上射住后军，大事济矣。”胄从之。陈登回见父陈珪，备言其事，珪命登先往报知玄德。登领父命，飞马去报，正迎着关、张，报说如此如此。原来关、张先回，玄德在后。张飞听得，便要去厮杀，云长曰：“他伏瓮城边待我，去必有失。我有一计，可杀车胄：乘夜扮作曹军到徐州，引车胄出迎，袭而杀之。”飞然其言。那部下军原有曹操旗号，衣甲都同，当夜三更，到城边叫门。城上问是谁，众应是曹丞相差来张文远的人马。报知车胄，胄急请陈登议曰：“若不迎接，诚有疑；若出迎之，又恐有诈。”胄乃上城回言：“黑夜难以分辨，平明了相见。”城下答应：“只恐刘备知道，疾快开门！”车胄犹豫未定，城外一片声叫开门。车胄只得披挂上马，引一千军出城，跑过吊桥大叫：“文远何在？”火光中只见云长提刀纵马直迎车胄，大叫曰：“匹夫安敢怀诈，欲杀吾兄！”车胄大惊，战未数合，遮拦不住，拨马便回。到吊桥边，城上陈登乱箭射下，车胄绕城而走。云长赶来，手起一刀，砍于马下，割下首级提回，望城上呼曰：“反贼车胄，吾已杀之。众等无罪，投降免死！”诸军倒戈投降，军民皆安。

陈登父子此时仍心向刘备。

云长将胄头去迎玄德，具言车胄欲害之事，今已斩首。玄德大惊曰：“曹操若来。如之奈何？”云长曰：“弟与张飞迎之。”玄德懊悔不已，遂入徐州。百姓父老，伏道而接。玄德到府，寻张飞，飞已将车胄全家杀尽。玄德曰：“杀了曹操心腹之人，如何肯休？”陈登曰：“某有一计，可退曹操。”正是：

张飞此举是残害无辜，当真过分！欲害刘备者，首乃曹操，车胄不过是奉命行事的执行者，却全家遭难。况关、张只是听陈登一面之词，并未拿到曹操欲行加害的确凿证据。可见刘备集团内部行事风格的差异和潜在问题。

既把孤身离虎穴，还将妙计息狼烟。

不知陈登说出甚计来，且听下文分解。

【回后评】

刘备以“圣人迅雷风烈必变”掩饰其心虚，该句改编自《论语·乡党》。可惜刘备园中种菜的韬晦之计，瞒不过目光神准的曹操，刘备难免产生被曹操一语洞穿内心隐秘的吃惊之情。不过，刘备此时展现出的随机应变的能力，不亚于刺董卓失败时的曹操——英雄往往有相似之处。

一代枭雄袁术皇帝梦碎，死前“止有血水，安有蜜水”的言论成为千古笑柄，这与晋惠帝“何不食肉糜”的经典发问如出一辙。晋惠帝是历史上有名的昏君，有一年发生饥荒，百姓没有粮食吃，只能挖草根、吃树皮，许多人活活饿死。消息传入宫中，晋惠帝大为不解，经过冥思苦想后终于悟出了一个“解决方案”：“何不食肉糜？”

第二十五回

屯土山关公约三事
救白马曹操解重围

初见方为座上客
此日几同阶下囚

張遼義說雲長

【题解及内容提要】

前文提到，曹操大举进攻被刘备复占的徐州，刘备不敌，败投袁绍，兄弟三人失散。袁绍迎刘备的礼节非常隆重，足见刘备此时已名满天下，同时也反映出袁绍过于重视外在形式，“繁礼多仪”。

曹操在击败关羽后，派出了与其私交甚厚的张辽前往劝降，张辽在劝降关羽时提到了战国著名刺客豫让的典故。由此可见张辽也是熟读经史的博学之士，非独武夫之勇也。日后张辽能威震逍遥津，为曹魏独当一面，此回中即有征兆。

战国初期，豫让为了给恩公智伯瑶报仇，多次刺杀赵襄子，甚至用漆涂满全身使自己面目全非，吞炭使自己的声音改变，最后暗伏桥下行刺赵襄子未遂被捕。豫让临死时，求得赵襄子的衣服，拔剑击斩其衣，以示为主复仇，尔后伏剑自杀，留下了“士为知己者死”的经典名言。

却说程昱献计曰：“云长有万人之敌，非智谋不能取之。今可即差刘备手下投降之兵，入下邳见关公，只说是逃回的，伏于城中为内应。却引关公出战，诈败佯输，诱入他处，以精兵截其归路，然后说之可也。”操听其谋，即令徐州降兵数十，径投下邳来降关公。关公以为旧兵，留而不疑。次日，夏侯惇为先锋，领兵五千来搦战。关公不出，惇即使人于城下辱骂。关公大怒，引三千人马出城，与夏侯惇交战。约战十馀合，惇拨回马走，关公赶来，惇且战且走。关公约赶二十里，恐下邳有失，提兵便回。只听得一声炮响，左有徐晃，右有许褚，两队军截住去路，关公夺路而走，两边伏兵排下硬弩百张，箭如飞蝗。关公不得过，勒兵再回，徐晃、许褚接住交战。关公奋力杀退二人，引军欲回下邳，夏侯惇又截住厮杀。公战至日晚，无路可归，只得到

再次体现关公勇武。

一座土山，引兵屯于山头，权且少歇。曹兵团团将土山围住。关公于山上遥望下邳城中火光冲天。——却是那诈降兵卒偷开城门，曹操自提大军杀入城中，只教举火以惑关公之心。——关公见下邳火起，心中惊惶，连夜几番冲下山来，皆被乱箭射回。

挨【ái，等待】到天晓，再欲整顿下山冲突，忽见一人跑马上山来，视之乃张辽也。关公迎谓曰："文远欲来相敌耶？"辽曰："非也。想故人旧日之情，特来相见。"遂弃刀下马，与关公叙礼毕，坐于山顶。公曰："文远莫非说关某乎？"辽曰："不然。昔日蒙兄救弟，今日弟安得不救兄？"公曰："然则文远将欲助我乎？"辽曰："亦非也。"公曰："既不助我，来此何干？"辽曰："玄德不知存亡，翼德未知生死。昨夜曹公已破下邳，军民尽无伤害，差人护卫玄德家眷，不许惊忧。如此相待，弟特来报兄。"关公怒曰："此言特说我也。吾今虽处绝地，视死如归。汝当速去，吾即下山迎战。"张辽大笑曰："兄此言岂不为天下笑乎？"公曰："吾仗忠义而死，安得为天下笑？"辽曰："兄今即死，其罪有三。"公曰："汝且说我那三罪？"辽曰："当初刘使君与兄结义之时，誓同生死，今使君方败，而兄即战死，倘使君复出，欲求兄相助，而不可复得，岂不负当年之盟誓乎？其罪一也。刘使君以家眷付托于兄，兄今战死，二夫人无所依赖，负却使君依托之重。其罪二也。兄武艺超群，兼通经史，不思共使君匡扶汉室，徒欲赴汤蹈火，以成匹夫之勇，安得为义？其罪三也。兄有此三罪，弟不得不告。"

张辽先重提白门楼关羽相救之恩，动之以情。营造相对融洽的氛围。

仍是负刘备所托，属于第一宗罪的附属。

公沉吟曰："汝说我有三罪，欲我如何？"辽曰："今四面皆曹公之兵，兄若不降则必死，徒死无益，不若且降曹公，却打听刘使君音信，如知何处，即往投之。一者可以保二夫人，二者不背桃园之约，三者可留有用之身。有此三便，兄宜详之。"公曰："兄言三便，吾有三约。若丞相能从，我即当卸甲，如其不允，吾宁受三罪而死。"辽曰："丞相宽洪大量，何所不容？愿闻三事。"公曰："一者，吾与皇叔设誓，共扶汉室，吾今只降汉帝，不降曹操；二者，二嫂处请给皇叔俸禄养赡，一应上下人等，皆不许到门；三者，但知刘皇叔去向，不管千里万里，便当辞去。三者缺一，断不肯降。望文远急急回报。”张辽应诺，遂上马回见曹操，先说降汉不降曹之事。操笑曰：“吾为汉相，汉即吾也。此可从之。”辽又言：“二夫人欲请皇叔俸给，并上下人等不许到门。”操曰：“吾于皇叔俸内，更加倍与之。至于严禁内外，乃是家法，又何疑焉！”辽又曰：“但知玄德信息，虽远必往。”操摇首曰：“然则吾养云长何用？此事却难从。”辽曰：“岂不闻豫让‘众人国士’之论乎？刘玄德待云长不过恩厚耳。丞相更施厚恩以结其心，何忧云长之不服也？”操曰：“文远之言甚当，吾愿从此三事。”

曹操对于第三个条件心存疑虑，有急功近利之嫌。张辽此言乃是长久之计，可先应允关羽的全部条件以安其心，日久难免生变，刘备之存亡未可知，后可视情况而徐徐图之。

张辽再往山上回报关公。关公曰：“虽然如此，暂请丞相退军，容我入城见二嫂，告知其事，然后投降。”张辽再回，以此言报曹操，操即传令退军三十里。荀彧曰：“不可，恐有诈。”操曰：“云长义士，必不失信。”遂引军退。关公引兵入下邳，见人民安妥不动，竟到府中来见二嫂。甘、糜二夫人听得关公到来，急出迎之。公拜于阶下曰：“使二嫂受惊，某之罪也。”二夫人曰：“皇叔今在何处？”公曰：“不知去向。”二夫人曰：“二叔今将若何？”公曰：“关某出城死战，被困土山，张辽劝我投降，我以三事相约。曹操已皆允从，故特退兵，放我入城。我不曾得嫂嫂主意，未敢擅便。”二夫人问：“那三事？”关公将上项三事备述一遍。甘夫人曰：“昨日曹军入城，我等皆以为必死。谁想毫发不动，一军不敢入门。叔叔既已领诺，何必问我二人？只恐日后曹操不容叔叔去寻皇叔。”公曰：“嫂嫂放心，关某自有主张。”二夫人曰：“叔叔自家裁处，凡事不必问俺女流。”

刘备不在，关羽恭敬对待二嫂亦是忠于刘备、处处以刘备为重的表现。

关公辞退，遂引数十骑来见曹操。操自出辕门相接。关公下马入拜，操慌忙答礼。关公曰：“败兵之将，深荷不杀之恩。”操曰：“素慕云长忠义，今日幸得相见，足慰平生之望。”关公曰：“文远代禀三事，蒙丞相应允，谅不食言。”操曰：“吾言既出，关羽恐张辽代禀有偏差，于是当面向曹操明确“三事”，并重申最重要的第三条，以防曹操日后抵赖。

安敢失信。”关公曰：“关某若知皇叔所在，虽蹈水火，必往从之。此时【当为“彼时”】恐不及拜辞，伏乞见原。”操曰：“玄德若在，必从公去，但恐乱军中亡矣。公且宽心，尚容缉听。”关公拜谢，操设宴相待。次日班师还许昌。关公收拾车仗，请二嫂上车，亲自护车而行。于路安歇馆驿，操欲乱其君臣之礼，使关公与二嫂共处一室。关公乃秉烛立于户外，自夜达旦，毫无倦色。操见公如此，愈加敬服。既到许昌，操拨一府与关公居住。关公分一宅为两院，内门拨老军十人把守，关公自居外宅。操引关公朝见献帝，帝命为偏将军。公谢恩归宅。操次日设大宴，会众谋臣武士，以客礼待关公，延之上座，又备绫锦及金银器皿相送。关公都送与二嫂收贮。关公自到许昌，操待之甚厚，小宴三日，大宴五日，又送美女十人，使侍关公。关公尽送入内门，令伏侍二嫂。却又三日一次于内门外躬身施礼，动问“二嫂安否”。二夫人回问皇叔之事毕，曰“叔叔自便”，关公方敢退回。操闻之，又叹服关公不已。

可见关羽品性高洁。

关羽早年破黄巾、斩华雄、败袁术之功勋赫赫，但汉帝所赐封赏远不如曹操手下的一般将领，这一巨大落差反映出汉室式微的事实。

曹操并未把关羽视为下属。

一日，操见关公所穿绿锦战袍已旧，即度其身品，取异锦作战袍一领相赠。关公受之，穿于衣底，上仍用旧袍罩之。操笑曰：“云长何如此之俭乎？”公曰：“某非俭也。旧袍乃刘皇叔所赐，某穿之如见兄面，不敢以丞相之新赐而忘兄长之旧赐，故穿于上。”操叹曰：“真义士也！”然口虽称羡，心实不悦。一日，关公在府，忽报：“内院二夫人哭倒于地，不知为何，请将军速入。”关公乃整衣跪于内门外，问二嫂为何悲泣。甘夫人曰：“我夜梦皇叔身陷于土坑之内，觉来与糜夫人论之，想在九泉之下矣！是以相哭。”关公曰：“梦寐之事，不可凭信，此是嫂嫂想念之故，请勿忧愁。”

想必曹操于此时已心知肚明，若刘备尚存，关羽终将追随刘备。

正说间，适曹操命使来请关公赴宴。公辞二嫂，往见操。操见公有泪容，问其故。公曰：“二嫂思兄痛哭，不由某心不悲。”操笑而宽解之，频以酒相劝。公醉，自绰其髯而言曰：“生不能报国家，而背其兄，徒为人也！”操问曰：“云长髯有数乎？”

公曰："约数百根。每秋月约退三五根。冬月多以皂纱囊裹之，恐其断也。"操以纱锦作囊，与关公护髯。次日，早朝见帝。帝见关公一纱锦囊垂于胸次，帝问之。关公奏曰："臣髯颇长，丞相赐囊贮之。"帝令当殿披拂，过于其腹。帝曰："真美髯公也！"因此人皆呼为"美髯公"。

关公并不以美男子著称，然从其纱囊裹髯之举可见，关羽对外在形象很是在意。在意外在形象者，也会在意外人之品评，所以关羽对刘备二夫人表现出的恭敬有礼，固然有发自内心的一面，也当有在意外人品评的一面，担心"社会舆论"。后来关羽曾约战马超，将诸葛亮勉慰褒扬他的书信传示众人，亦体现出关羽维护自身形象的考量。

忽一日，操请关公宴。临散，送公出府，见公马瘦，操曰："公马因何而瘦？"关公曰："贱躯颇重，马不能载，因此常瘦。"操令左右备一马来。须臾牵至，那马身如火炭，状甚雄伟。操指曰："公识此马否？"公曰："莫非吕布所骑赤兔马乎？"操曰："然也。"遂并鞍辔送与关公。关公再拜称谢。操不悦曰："吾累送美女金帛，公未尝下拜，今吾赠马，乃喜而再拜，何贱人而贵畜耶？"关公曰："吾知此马日行千里，今幸得之，若知兄长下落，可一日而见面矣。"操愕然而悔。关公辞去。后人有诗叹曰：

> 威倾三国著英豪，一宅分居义气高。奸相枉将虚礼待，岂知关羽不降曹。

操问张辽曰："吾待云长不薄，而彼常怀去心，何也？"辽曰："容某探其情。"次日，往见关公。礼毕，辽曰："我荐兄在丞相处，不曾落后？"公曰："深感丞相厚意。只是吾身虽在此，心念皇叔，未尝去怀。"辽曰："兄言差矣，处世不分轻重，非丈夫也。玄德待兄，未必过于丞相，兄何故只怀去志？"公曰："吾固知曹公待吾甚厚。奈吾受刘皇叔厚恩，誓以共死，不可背之，吾终不留此。要必立效【功劳】以报曹公，然后去耳。"辽曰："倘玄德已弃世，公何所归乎？"公曰："愿从于地下。"辽知公终不可留，乃告退，回见曹操，具以实告。操叹曰："事主不忘其本，乃天下之义士也！"荀彧曰："彼言立功方去，若不教彼立功，未必便去。"操然之。

却说玄德在袁绍处，旦夕烦恼。绍曰："玄德何故常忧？"

玄德曰："二弟不知音耗，妻小陷于曹贼。上不能报国，下不能保家。安得不忧？"绍曰："吾欲进兵赴许都久矣。方今春暖，正好兴兵。"便商议破曹之策。田丰谏曰："前操攻徐州，许都空虚，不及此时进兵。今徐州已破，操兵方锐，未可轻敌。不如以久持之，待其有隙而后可动也。"绍曰："待我思之。"因问玄德曰："田丰劝我固守，何如！"玄德曰："曹操欺君之贼，明公若不讨之，恐失大义于天下。"绍曰："玄德之言甚善。"遂欲兴兵。田丰又谏，绍怒曰："汝等弄文轻武，使我失大义！"田丰顿首曰："若不听臣良言，出师不利。"绍大怒，欲斩之。玄德力劝，乃囚于狱中，沮授见田丰下狱，乃会其宗族，尽散家财，与之诀曰："吾随军而去，胜则威无不加，败则一身不保矣！"众皆下泪送之。

绍遣大将颜良作先锋，进攻白马。沮授谏曰："颜良性狭，虽骁勇，不可独任。"绍曰："吾之上将，非汝等可料。"大军进发至黎阳，东郡太守刘延告急许昌。曹操急议兴兵抵敌。关公闻知，遂入相府见操曰："闻丞相起兵，某愿为前部。"操曰："未敢烦将军。早晚有事，当来相请。"关公乃退。操引兵十五万，分三队而行。于路又连接刘延告急文书，操先提五万军亲临白马，靠土山扎住。遥望山前平川旷野之地，颜良前部精兵十万，排成阵势。操骇然，回顾吕布旧将宋宪曰："吾闻汝乃吕布部下猛将，今可与颜良一战。"宋宪领诺，绰枪上马，直出阵前。颜良横刀立马于门旗下，见宋宪马至，良大喝一声，纵马来迎。战不三合，手起刀落，斩宋宪于阵前。曹操大惊曰："真勇将也！"魏续曰："杀我同伴，愿去报仇！"操许之。续上马持矛，径出阵前，大骂颜良。良更不打话，交马一合，照头一刀，劈魏续于马下。操曰："今谁敢当之？"徐晃应声而出，与颜良战二十合，败归本阵。诸将栗然。曹操收军，良亦引军退去。

操见连斩二将，心中忧闷。程昱曰："某举一人可敌颜良。"操问是谁。昱曰："非关公不可。"操曰："吾恐他立了功便去。"

昱曰：“刘备若在，必投袁绍。今若使云长破袁绍之兵，绍必疑刘备而杀之矣。备既死，云长又安往乎？”操大喜，遂差人去请关公。关公即入辞二嫂。二嫂曰：“叔今此去，可打听皇叔消息。”

关公领诺而出，提青龙刀，上赤兔马，引从者数人，直至白马来见曹操。操叙说：“颜良连诛二将，勇不可当，特请云长商议。”关公曰：“容某观之。”操置酒相待。忽报颜良搦战。操引关公上土山观看。操与关公坐，诸将环立。曹操指山下颜良排的阵势，旗帜鲜明，枪刀森布，严整有威，乃谓关公曰：“河北人马，如此雄壮！”关公曰：“以吾观之，如土鸡瓦犬耳！”操又指曰：“麾盖之下，绣袍金甲，持刀立马者，乃颜良也。”关公举目一望，谓操曰：“吾观颜良，如插标卖首耳！”操曰：“未可轻视。”关公起身曰：“某虽不才，愿去万军中取其首级，来献丞相。”张辽曰：“军中无戏言，云长不可忽也。”关公奋然上马，倒提青龙刀，跑下山来，凤目圆睁，蚕眉直竖，直冲彼阵。河北军如波开浪裂，关公径奔颜良。颜良正在麾盖下，见关公冲来，方欲问时，关公赤兔马快，早已跑到面前。颜良措手不及，被云长手起一刀，刺于马下。忽地下马，割了颜良首级，拴于马项之下，飞身上马，提刀出阵，如入无人之境。河北兵将大惊，不战自乱。曹军乘势攻击，死者不可胜数，马匹器械，抢夺极多。关公纵马上山，众将尽皆称贺。公献首级于操前。操曰：“将军真神人也！”关公曰：“某何足道哉！吾弟张翼德，于百万军中取上将之头，如探囊取物耳。”操大惊，回顾左右曰：“今后如遇张翼德，不可轻敌。”令写于衣袍襟底以记之。

后于长板桥前，果然记得此语。

却说颜良败军奔回，半路迎见袁绍，报说被赤面长须使大刀一勇将，匹马入阵，斩颜良而去，因此大败。绍惊问曰：“此人是谁？”沮授曰：“此必是刘玄德之弟关云长也。”绍大怒，指玄德曰：“汝弟斩吾爱将，汝必通谋，留尔何用！”唤刀斧手推出玄德斩之。正是：

沮授仅凭样貌特征和所用兵器就断言这是关羽，自然可以推断出颜良被斩杀前很可能也有此想法。

初见方为座上客，此日几同阶下囚。

未知玄德性命如何，且听下文分解。

【回后评】

关羽土城所约三事的顺序颇值得细细考究，第一是降汉不降曹，第二是奉养二嫂，第三是探知刘备下落必然千里寻兄。关羽所言三事的内容与张辽所言三罪大致吻合，却并非与三罪一一对应。关羽先言降汉不降曹，摆出矢志扶汉的姿态。奉养二嫂对于曹操而言是不值一提的简单事。唯有最重要的一件，一旦得知刘备下落，就当辞去，这才是真正关键的点。而偏偏关羽将最重要的一点放在最后说，可见关羽巧妙与曹操周旋的智慧与谋略。

以颜良二十回合战败徐晃的战绩，可见其武艺很可能略逊于关羽，但绝不至于被一招秒杀。“方欲问时”这四个字非常关键，有人认为可能是两将交手前互相通报姓名，但颜良杀宋宪、魏续，未见相问，所以此处欲问的未必仅是对方姓名。试想，如果颜良欲问的乃是“汝可是刘备之弟关云长？”“汝兄现在我主帐下……”，那颜良的命运是否会被改写？颜良被偷袭而死，实在是冤枉。

第二十六回

袁本初败兵折将
关云长挂印封金

欲离万丈蛟龙穴
又遇三千狼虎兵

關雲長封金掛印

刘备自投靠袁绍后，屡次仅凭三言两语便把袁绍忽悠得团团转，或成功挑唆袁曹对立，或巧言掩饰重大过错。袁绍非但不听田丰、沮授等谋士忠告，还说出了很多常令人大跌眼镜的话语。想当年讨董卓时的袁绍雄姿英发，不想晚年竟如此昏聩不智。刘备说劝关羽前来一同为袁绍效力，袁绍未辨真伪就先大喜过望，竟然说出“吾得云长，胜颜良、文丑十倍也”这样令旧臣寒心的话。此语不仅显示出他的失能，更是严重的失德、失格。对待多年追随自己、功勋卓著的两大上将的阵前殒命，表现出的竟是喜新厌旧、唯利是图的小人心态。单凭勇猛，吕布当属第一，关羽不能及，曹操、刘备谁曾说过“得吕布胜关羽十倍”这样的话？

【题解及内容提要】

却说袁绍欲斩玄德，玄德从容进曰：“明公只听一面之词，而绝向日之情耶？备自徐州失散二弟，云长未知存否。天下同貌者不少，岂赤面长须之人，即为关某也？明公何不察之？”袁绍是个没主张的人，闻玄德之言，责沮授曰：“误听汝言，险杀好人。”遂仍请玄德上帐坐，议报颜良之仇。帐下一人应声而进曰：“颜良与我如兄弟，今被曹贼所杀，我安得不雪其恨？”玄德视其人，身长八尺，面如獬豸【xiè zhì，古代神话传说中的神兽】，乃河北名将文丑也。袁绍大喜曰：“非汝不能报颜良之仇。吾与十万军兵，便渡黄河，追杀曹贼！”沮授曰：“不可。今宜留屯延津，分兵官渡，乃为上策。若轻举渡河，设或有变，众皆不能还矣。”绍怒曰：“皆是汝等迟缓军心，迁延日月，有妨大事！岂不闻‘兵贵神速’乎？”沮授出，叹曰：“上盈其志，下务其功。悠悠黄河，吾其济乎！”遂托疾不出议事。玄德曰：“备蒙大恩，无可报效，意欲与文将军同行。一者报明公之德，二者就探云长

沮授感叹，为首的人野心勃勃自负其能，部下只知道贪功夺利，滚滚东流的黄河啊，自己的命运不知道在何方。

的实信。”绍喜，唤文丑与玄德同领前部。文丑曰：“刘玄德屡败之将，于军不利。既主公要他去时，某分三万军，教他为后部。”于是文丑自领七万军先行，令玄德引三万军随后。

且说曹操见云长斩了颜良，倍加钦敬，表奏朝廷，封云长为汉寿亭侯，铸印送关公。忽报袁绍又使大将文丑渡黄河，已据延津之上。操乃先使人移徙居民于西河，然后自领兵迎之，传下将令：以后军为前军，以前军为后军；粮草先行，军兵在后。吕虔曰：“粮草在先，军兵在后，何意也？”操曰：“粮草在后，多被剽掠，故令在前。”虔曰：“倘遇敌军劫去，如之奈何？”操曰：“且待敌军到时，却又理会。”虔心疑未决。操令粮食辎重沿河堑至延津。操在后军，听得前军发喊，急教人看时，报说：“河北大将文丑兵至，我军皆弃粮草，四散奔走。后军又远，将如之何？”操以鞭指南阜曰：“此可暂避。”人马急奔土阜。操令军士皆解衣卸甲少歇，尽放其马。文丑军掩至。众将曰：“贼至矣！可急收马匹，退回白马！”荀攸急止之曰：“此正可以饵敌，何故反退？”操急以目视荀攸而笑。攸知其意，不复言。文丑军既得粮草车仗，又来抢马。军士不依队伍，自相杂乱。曹操却令军将一齐下土阜击之，文丑军大乱。曹兵围裹将来，文丑挺身独战，军士自相践踏。文丑止遏不住，只得拨马回走。操在土阜上指曰：“文丑为河北名将，谁可擒之？”张辽、徐晃飞马齐出，大叫：“文丑休走！”文丑回头见二将赶上，遂按住铁枪，拈弓搭箭，正射张辽。徐晃大叫：“贼将休放箭！”张辽低头急躲，一箭射中头盔，将簪缨射去。辽奋力再赶，坐下战马，又被文丑一箭射中面颊。那马跪倒前蹄，张辽落地。文丑回马复来，徐晃急轮大斧，截住厮杀。只见文丑后面军马齐到，晃料敌不过，拨马而回。文丑沿河赶来。忽见十馀骑马，旗号翩翻，一将当头提刀飞马而来，乃关云长也，大喝：“贼将休走！”与文丑交马，战不三合，文丑心怯，拨马绕河而走。关公马快，赶上文丑，脑后一刀，将文丑斩下马来。曹操在土阜上，见关公砍了文丑，大

《孙子兵法·军争篇》：“饵兵勿食，归师勿遏，围师遗阙，穷寇勿迫，此用兵之法也。”此处曹操即是用饵兵之计。

文丑实乃有勇无谋一武夫耳。

文丑轻松击退张辽、徐晃二人，类似颜良初登场时连败三将，有力衬托了关羽的英勇无敌。

驱人马掩杀。河北军大半落水，粮草马匹仍被曹操夺回。

云长引数骑东冲西突，正杀之间，刘玄德领三万军随后到。前面哨马探知，报与玄德云："今番又是红面长髯的斩了文丑。"玄德慌忙骤马来看，隔河望见一簇人马，往来如飞，旗上写着"汉寿亭侯关云长"七字。玄德暗谢天地曰："原来吾弟果然在曹操处！"欲待招呼相见，被曹兵大队拥来，只得收兵回去。袁绍接应至官渡，下定寨栅。郭图、审配入见袁绍，说："今番又是关某杀了文丑，刘备佯推不知。"袁绍大怒，骂曰："大耳贼！焉敢如此！"少顷，玄德至，绍令推出斩之。玄德曰："某有何罪？"绍曰："你故使汝弟又坏我一员大将，如何无罪？"玄德曰："容伸一言而死：曹操素忌备，今知备在明公处，恐备助公，故特使云长诛杀二将，公知必怒。此借公之手而杀刘备也。愿明公思之。"袁绍曰："玄德之言是也。汝等几使我受害贤之名。"喝退左右，请玄德上帐而坐。玄德谢曰："荷明公宽大之恩，无可补报，欲令一心腹人持密书去见云长，使知刘备消息，彼必星夜来到，辅佐明公，共诛曹操，以报颜良、文丑之仇，若何？"袁绍大喜曰："吾得云长，胜颜良、文丑十倍也。"玄德修下书札，未有人送去。绍令退军武阳，连营数十里，按兵不动。操乃使夏侯惇领兵守住官渡隘口，自己班师回许都，大宴众官，贺云长之功。因谓吕虔曰："昔日吾以粮草在前者，乃饵敌之计也。惟荀公达知吾心耳。"众皆叹服。正饮宴间，忽报："汝南有黄巾刘辟、龚都，甚是猖獗。曹洪累战不利，乞遣兵救之。"云长闻言，进曰："关某愿施犬马之劳，破汝南贼寇。"操曰："云长建立大功，未曾重酬，岂可复劳征进？"公曰："关某久闲必生疾病，愿再一行。"曹操壮之，点兵五万，使于禁、乐进为副将，次日便行。荀彧密谓操曰："云长常有归刘之心，倘知消息必去，不可频令出征。"操曰："今次收功，吾不复教临敌矣。"

斩颜良诛文丑，非关公出马不可，但此次收拾贼寇又让关公出战，是大材小用也，"杀鸡焉用牛刀"！

且说云长领兵将近汝南，扎住营寨。当夜营外拿了两个细作人来。云长视之，内中认得一人，乃孙乾也。关公叱退左右，问乾曰："公自溃散之后，一向踪迹不闻，今何为在此处？"乾曰："某自逃难，飘泊汝南，幸得刘辟收留。今将军为何在曹操处？未识甘、糜二夫人无恙否？"关公因将上项事细说一遍。乾曰："近闻玄德公在袁绍处，欲往投之，未得其便。今刘、龚二人归顺袁绍，相助攻曹。天幸得将军到此，因特令小军引路，教某为细作，来报将军。来日二人当虚败一阵，公可速引二夫人投袁绍处，与玄德公相见。"关公曰："既兄在袁绍处，吾必星夜而往。但恨吾斩绍二将，恐今事变矣。"乾曰："吾当先往探彼虚实，再来报将军。"公曰："吾见兄长一面，虽万死不辞。今回许昌，便辞曹操也。"当夜密送孙乾去了。次日，关公引兵出，龚都披挂出阵。关公曰："汝等何故背反朝廷？"都曰："汝乃背主之人，何反责我？"关公曰："我何为背主？"都曰："刘玄德在袁本初处，汝却从曹操，何也？"关公更不打话，拍马舞刀向前。龚都便走，关公赶上。都回身告关公曰："故主之恩，不可忘也。公当速进，我让汝南。"关公会意，驱军掩杀。刘、龚二人佯输诈败，四散去了。云长夺得州县，安民已定，班师回许昌。曹操出郭迎接，赏劳军士。

关羽非有意欺瞒，未思得周全退步，恐事泄耳，可见其行事稳重。

宴罢，云长回家，参拜二嫂于门外。甘夫人曰："叔叔两番出军，可知皇叔音信否？"公答曰："未也。"关公退，二夫人于门内痛哭曰："想皇叔休矣！二叔恐我姊妹烦恼，故隐而不言。"正哭间，有一随行老军，听得哭声不绝，于门外告曰："夫人休哭，主人现在河北袁绍处。"夫人曰："汝何由知之？"军曰："跟关将军出征，有人在阵上说来。"夫人急召云长责之曰："皇叔未尝负汝，汝今受曹操之恩，顿忘旧日之义，不以实情告我，何也？"关公顿首曰："兄今委实在河北。未敢教嫂嫂知者，恐有泄漏也。事须缓图，不可欲速。"甘夫人曰："叔宜上紧。"公退，寻思去计，坐立不安。

原来于禁探知刘备在河北，报与曹操。操令张辽来探关公意。关公正闷坐，张辽入贺曰："闻兄在阵上知玄德音信，特来贺喜。”关公曰：“故主虽在，未得一见，何喜之有！”辽曰：“兄与玄德交，比弟与兄交何如？”公曰：“我与兄朋友之交也，我与玄德，是朋友而兄弟、兄弟而主臣者也。岂可共论乎？”辽曰：“今玄德在河北，兄往从否？”关公曰：“昔日之言，安肯背之！文远须为我致意丞相。”张辽将关公之言，回告曹操，操曰：“吾自有计留之。”

关羽说话一向直来直去，不给人留面子，还不如张飞情商高，张飞偶尔会哄诸葛亮开心，还会自降姿态义释严颜。

且说关公正寻思间，忽报有故人相访。及请入，却不相识。关公问曰：“公何人也？”答曰：“某乃袁绍部下南阳陈震也。”关公大惊，急退左右，问曰：“先生此来，必有所为？”震出书一缄，递与关公。公视之，乃玄德书也。其略云：

> 备与足下，自桃园缔盟，誓以同死。今何中道相违，割恩断义？君必欲取功名、图富贵，愿献备首级以成全功。书不尽言，死待来命。

关公看书毕，大哭曰：“某非不欲寻兄，奈不知所在也。安肯图富贵而背旧盟乎？”震曰：“玄德望公甚切，公既不背旧盟，宜速往见。”关公曰：“人生天地间，无终始者，非君子也。吾来时明白，去时不可不明白。吾今作书，烦公先达知兄长，容某辞却曹操，奉二嫂来相见。”震曰：“倘曹操不允。为之奈何？”公曰：“吾宁死，岂肯久留于此！震曰：“公速作回书，免致刘使君悬望。”关公写书答云：

至理明言，字字尽是慷慨磊落英雄气！

> 窃闻义不负心，忠不顾死。羽自幼读书，粗知礼义，观羊角哀、左伯桃之事，未尝不三叹而流涕也。前守下邳，内无积粟，外听援兵，欲即效死，奈有二嫂之重，未敢断首捐躯，致负所托，故尔暂且羁身，冀图后会。近至汝南，方知兄信，即当面辞曹公，奉二嫂归。羽但怀异心，神人共戮。披肝沥胆，笔楮【chǔ，指纸】难穷。瞻拜有期，伏惟照鉴。

树皮是制造桑皮纸和宣纸的原料，古时亦作纸的代称。

陈震得书自回。关公入内告知二嫂，随即至相府拜辞曹操。操知来意，乃悬回避牌于门。关公怏怏而回，命旧日跟随人役，收拾车马，早晚伺候，分付宅中所有原赐之物，尽皆留下，分毫不可带去。次日再往相府辞谢，门首又挂回避牌。关公一连去了数次，皆不得见。乃往张辽家相探，欲言其事，辽亦托疾不出。关公思曰："此曹丞相不容我去之意。我去志已决，岂可复留！"即写书一封，辞谢曹操。书略曰：

关羽多次拜见无果，可见是曹操有意回避。

羽少事皇叔，誓同生死；皇天后土，实闻斯言。前者下邳失守，所请三事，已蒙恩诺。今探知故主现在袁绍军中，回思昔日之盟，岂容违背？新恩虽厚，旧义难忘。兹特奉书告辞，伏惟照察。其有馀恩未报，愿以俟之异日。

写毕封固，差人去相府投递。一面将累次所受金银，一一封置库中，悬汉寿亭侯印于堂上，请二夫人上车。关公上赤兔马，手提青龙刀，率领旧日跟随人役，护送车仗，径出北门。门吏挡之，关公怒目横刀，大喝一声，门吏皆退避。关公既出门，谓从者曰："汝等护送车仗先行，但有追赶者，吾自当之，勿得惊动二位夫人。"从者推车，望官道进发。

却说曹操正论关公之事未定，左右报关公呈书。操即看毕，大惊曰："云长去矣！"忽北门守将飞报："关公夺门而去，车仗鞍马二十馀人，皆望北行。"又关公宅中人来报说："关公尽封所赐金银等物。美女十人，另居内室。其汉寿亭侯印悬于堂上。丞相所拨人役，皆不带去，只带原跟从人及随身行李，出北门去了。"众皆愕然。一将挺身出曰："某愿将铁骑三千，去生擒关某，献与丞相！"众视之，乃将军蔡阳也。正是：

蔡阳不知天高地厚，急于证明自己罢了。若果有此勇，官渡之战前，曹操当令此人出战颜良、文丑。

欲离万丈蛟龙穴，又遇三千狼虎兵。

蔡阳要赶关公，毕竟如何，且听下文分解。

【回后评】

关羽给刘备回信中提到的“羊角哀、左伯桃之事”，后世衍生出成语“羊左之交”。春秋时，羊角哀和左伯桃交情甚好，一起外出求官，途中却被大雪阻挡住了去路，由于缺衣少食，两个人都有被冻饿而死的危险。左伯桃认为自己的学问和才能赶不上羊角哀，就把衣服和粮食都送给羊角哀，让他赶快上路前行，而他自己却在一个树洞中冻饿而死。后来，羊角哀受到重用，他梦到左伯桃说自己受到荆轲的逼迫，于是，羊角哀也自杀，舍命相助左伯桃。

关羽临行，除了把曹操赏赐的人和财物尽数留下，还留下了忠义千秋的美名。从长远看，用关羽树立榜样标杆，教育、激励、警示手下众将忠诚效命，曹操达成了这一目的，纵然终放关羽归去，亦有所得。后来曹营中除于禁外，未闻有名将投降。另外，曹操此时厚待关羽，日后华容道上果有回报。

第二十八回

斩蔡阳兄弟释疑
会古城主臣聚义

只因河北英雄去
引出江东豪杰来

劉玄德古城聚義

本回只选后半部分评点，且看蔡阳如何“生擒关羽”。

刘备自失徐州后，先后依附吕布、曹操、袁绍，辗转数年，终于重整旗鼓，再次自立门户，并且又新得赵云、关平、周仓等勇士。虽然他很快又将依附荆州刘表，但相比于之前几次的孤身投靠，此时的刘备已经有相对完备的文武班底，也有数千军马。这是刘备敢于投靠刘表并能得到刘表礼遇的底气，也是刘备在逆境中能够迅速依靠自身魅力团结自己队伍的真切体现。

【题解及内容提要】

……周仓跟着关公，往汝南进发。行了数日，遥见一座山城。公问土人：“此何处也？”土人曰：“此名古城。数月前有一将军，姓张，名飞，引数十骑到此，将县官逐去，占住古城，招军买马，积草屯粮。今聚有三五千人马，四远无人敢敌。”关公喜曰：“吾弟自徐州失散，一向不知下落，谁想却在此！”乃令孙乾先入城通报，教来迎接二嫂。

借他人之口说张飞，体现出他颇具长远眼光和政治智慧。

却说张飞在芒砀山中住了月馀，因出外探听玄德消息，偶过古城，入县借粮。县官不肯，飞怒，因就逐去县官，夺了县印，占住城池，权且安身。当日孙乾领关公命入城见飞，施礼毕，具言：“玄德离了袁绍处，投汝南去了。今云长直从许都送二位夫人至此，请将军出迎。”张飞听罢，更不回言，随即披挂持矛上马，引一千馀人，径出北门。孙乾惊讶，又不敢问，只得随出城来。关公望见张飞到来，喜不自胜，付刀与周仓接了，拍马来迎。只见张飞圆睁环眼，倒竖虎须，吼声如雷，挥矛向关公便搠。关公大惊，连忙闪过，便叫：“贤弟何故如此？岂忘了桃园结义耶？”飞喝曰：“你既无义，有何面目来与我相见！”关公曰：“我如何无义？”飞曰：“你背了兄长，降了曹操，封侯赐爵。今又来赚我！我今与你拼个死活！”关公曰：“你原来不知！我也难说。现放着二位嫂嫂在此，贤弟请自问。”二夫人听得，揭帘而呼曰：“三叔何故如此？”飞曰：“嫂嫂住着。且看我杀了负义的人，然后请嫂嫂入城。”甘夫人曰：“二叔因不知你等下落，故暂时栖身曹氏。今知你哥哥在汝南，特不避险阻，送我们到此。三叔休错见了。”糜夫人曰：“二叔向在许都，原出于无奈。”飞曰：“嫂嫂休要被他瞒过了！忠臣宁死而不辱。大丈夫岂有事二主之理！”关公曰：“贤弟休屈了我。”孙乾曰：“云长特来寻将军。”飞喝曰：“如何你也胡说！他那里有好心，必是来捉我！”关公曰：“我若捉你，须带军马来。”飞把手指曰：“兀的不是军马来也！”

张飞此言此举，虽然鲁莽，但足见其为人忠诚不亚于关羽。

关公回顾，果见尘埃起处，一彪人马来到。风吹旗号，正是曹军。张飞大怒曰：“今还敢支吾么？”挺丈八蛇矛便搠将来。关公急止之曰：“贤弟且住。你看我斩此来将，以表我真心。”飞曰：“你果有真心，我这里三通鼓罢，便要你斩来将！”关公应诺。须臾，曹军至。为首一将，乃是蔡阳，挺刀纵马大喝曰：“你杀吾外甥秦琪，却原来逃在此！吾奉丞相命，特来拿你！”关公更不打话，举刀便砍。张飞亲自擂鼓。只见一通鼓未尽，关公刀起处，蔡阳头已落地，众军士俱走。关公活捉执认旗的小卒过来，问取来由。小卒告说：“蔡阳闻将军杀了他外甥，十分忿怒，要来河北与将军交战。丞相不肯，因差他往汝南攻刘辟。不想在这里遇着将军。”关公闻言，教去张飞前告说其事。飞将关公在许都时事细问小卒，小卒从头至尾，说了一遍，飞方才信。

蔡阳之死本可以避免，但他执意找关羽寻仇，自蹈死地，正应了“自做孽，不可活”。

此乃张飞“粗中有细”的一处明证，做事亦有自己的思考。

正说间，忽城中军士来报：“城南门外有十数骑来的甚紧，不知是甚人。”张飞心中疑虑，便转出南门看时，果见十数骑轻弓短箭而来。见了张飞，滚鞍下马。视之，乃糜竺、糜芳也。飞亦下马相见。竺曰：“自徐州失散，我兄弟二人逃难回乡。使人远近打听，知云长降了曹操，主公在于河北，又闻简雍亦投河北去了，只不知将军在此。昨于路上遇见一伙客人，说有一姓张的将军，如此模样，今据古城。我兄弟度量必是将军，故来寻访。幸得相见！”飞曰：“云长兄与孙乾送二嫂方到，已知哥哥下落。”二糜大喜，同来见关公，并参见二夫人。飞遂迎请二嫂入城。至衙中坐定，二夫人诉说关公历过之事，张飞方才大哭，参拜云长。二糜亦俱伤感。张飞亦自诉别后之事，一面设宴贺喜。

次日，张飞欲与关公同赴汝南见玄德。关公曰：“贤弟可保护二嫂暂住此城，待我与孙乾先去探听兄长消息。”飞允诺。关公与孙乾引数骑奔汝南来，刘辟、龚都接着，关公便问：“皇叔何在？”刘辟曰：“皇叔到此住了数日，为见军少，复往河北袁本初处商议去了。”关公怏怏不乐，孙乾曰：“不必忧虑。再苦一番驱驰，仍往河北去报知皇叔，同至古城便了。”关公依言，辞了刘辟、龚都，回至古城，与张飞说知此事。张飞便欲同至河北，关公曰：“有此一城，便是我等安身之处，未可轻弃。我还与孙乾同往袁绍处，寻见兄长，来此相会。贤弟可坚守此城。”飞曰：“兄斩他颜良、文丑，如何去得？”关公曰：“不妨，我到彼当见机而变。”遂唤周仓问曰：“卧牛山裴元绍处，共有多少人马？”仓曰：“约计四五百。”关公曰：“我今抄近路去寻兄长。汝可往卧牛山招此一枝人马，从大路上接来。”仓领命而去。

刘备此时不怕有去无回?

关公与孙乾只带二十馀骑投河北来，将至界首，乾曰：“将军未可轻入，只在此间暂歇。待某先入见皇叔，别作商议。”关公依言，先打发孙乾去了，遥望前村有一所庄院，便与从人到彼投宿。庄内一老翁携杖而出，与关公施礼，公具以实告。老翁曰：“某亦姓关，名定。久闻大名，幸得瞻谒。”遂命二子出见，款留关公，并从人俱留于庄内。

且说孙乾匹马入冀州见玄德，具言前事。玄德曰：“简雍亦在此间，可暗请来同议。”少顷，简雍至，与孙乾相见毕，共议脱身之计。雍曰：“主公明日见袁绍，只说要往荆州，说刘表共破曹操，便可乘机而去。”玄德曰：“此计大妙！但公能随我去否？”雍曰：“某亦自有脱身之计。”商议已定，次日玄德入见袁绍，告曰：“刘景升镇守荆襄九郡，兵精粮足，宜与相约，共攻曹操。”绍曰：“吾尝遣使约之，奈彼未肯相从。”玄德曰：“此人是备同宗，备往说之，必无推阻。”绍曰：“若得刘表，胜刘辟多矣。”遂命玄德行。绍又曰：“近闻关云长已离了曹操，欲来河北，吾当杀之以雪颜良、文丑之恨！”玄德曰：“明公前欲用之，吾故召之。今何又欲杀之耶？且颜良、文丑比之二鹿耳，云长乃一虎也。失二鹿而得一虎，何恨之有？”绍笑曰：“吾实爱之，故戏言耳。公可再使人召之，令其速来。”玄德曰：“即遣孙乾往召之可也。”绍大喜，从之。玄德出，简雍进曰：“玄德此去，必不回矣。某愿与偕往，一则同说刘表，二则监住玄德。”绍然其言，便命简雍与玄德同行。郭图谏绍曰：“刘备前去说刘辟，未见成事，今又使与简雍同往荆州，必不返矣。”绍曰：“汝勿多疑，简雍自有见识。”郭图嗟呀而出。

从侧面表现了刘表自守有余，而无心进取。

简雍与刘备为涿郡同乡，与刘备结识当早于关、张。简雍此言，实为“监守自盗”。可怜袁绍连续被多人出卖、抛弃，但他尚不自知。

却说玄德先命孙乾出城，回报关公，一面与简雍辞了袁绍，上马出城。行至界首，孙乾接着，同往关定庄上。关公迎门接拜，执手啼哭不止。关定领二子拜于草堂之前。玄德问其姓名。关公曰：“此人与弟同姓，有二子：长子关宁，学文；次子关平，学武。”关定曰：“今愚意欲遣次子跟随关将军，未识肯容纳否？”玄德曰：“年几何矣？”定曰：“十八岁矣。”玄德曰：“既蒙长者厚意，吾弟尚未有子，若何？”关定大喜，便命关平拜关公为父，呼玄德为伯父。玄德恐袁绍追之，急收拾起行。关平随着关公，一齐起身。关定送了一程自回。

刘备又得一少年勇将。据《三国志》记载，关平实为关羽长子。

关公教取路往卧牛山来。正行间，忽见周仓引数十人带伤而来。关公引他见了玄德，问其何故受伤，仓曰：“某未至卧牛山之前，先有一将单骑而来，与裴元绍交锋，只一合，刺死裴元绍，尽数招降人伴，占住山寨。仓到彼招诱人伴时，止有这几个过来，馀者俱惧怕，不敢擅离。仓不忿，与那将交战，被他连胜数次，身中三枪。因此来报主公。”玄德曰：“此人怎生模样？

姓甚名谁？”仓曰：“极其雄壮，不知姓名。”于是关公纵马当先，玄德在后，径投卧牛山来。周仓在山下叫骂，只见那将全副披挂，持枪骤马，引众下山。玄德早挥鞭出马大叫曰：“来者莫非子龙否？”那将见了玄德，滚鞍下马，拜伏道旁。原来果然是赵子龙。玄德、关公俱下马相见，问其何由至此。云曰：“云自别使君，不想公孙瓒不听人言，以致兵败自焚。袁绍屡次招云，云想绍亦非用人之人，因此未往。后欲至徐州投使君，又闻徐州失守，云长已归曹操，使君又在袁绍处。云几番欲来相投，只恐袁绍见怪。四海飘零，无容身之地。前偶过此处，适遇裴元绍下山来欲夺吾马，云因杀之，借此安身。近闻翼德在古城，欲往投之，未知真实。今幸得遇使君！”玄德大喜，诉说从前之事。关公亦诉前事。玄德曰：“吾初见子龙，便有留恋不舍之情。今幸得相遇！”云曰：“云奔走四方，择主而事，未有如使君者。今得相随，大称平生，虽肝脑涂地无恨矣。”当日就烧毁山寨，率领人众，尽随玄德前赴古城。

“好马不吃回头草”。这里彰显赵云的择主标准与处世态度。

张飞、糜竺、糜芳迎接入城，各相拜诉。二夫人具言云长之事，玄德感叹不已。于是杀牛宰马，先拜谢天地，然后遍劳诸军。玄德见兄弟重聚，将佐无缺，又新得了赵云，关公又得了关平、周仓二人，欢喜无限，连饮数日。后人有诗赞之曰：

当时手足似瓜分，信断音稀杳不闻。今日君臣重聚义，正如龙虎会风云。

时玄德、关、张、赵云、孙乾、简雍、糜竺、糜芳、关平、周仓部领马步军校共四五千人。玄德欲弃了古城去守汝南，恰好刘辟、龚都差人来请。于是遂起军往汝南驻扎，招军买马，徐图征进，不在话下。

至此，刘备再次勉强聚齐一班文武，但武强而文弱仍存在明显问题。

且说袁绍见玄德不回，大怒，欲起兵伐之。郭图曰：“刘备不足虑。曹操乃劲敌也，不可不除。刘表虽据荆州，不足为强。

陈震在之前往来曹营为刘备和关羽传递书信时，就以袁绍臣僚的身份襄助刘备，后果归于刘备。

江东孙伯符威镇三江，地连六郡，谋臣武士极多，可使人结之，共攻曹操。”绍从其言，即修书遣陈震为使，来会孙策。正是：

只因河北英雄去，引出江东豪杰来。

未知其事如何，且听下文分解。

【回后评】

从蔡阳自寻死路可以窥见《三国演义》中有此一规律：凡是不服关羽的、与关羽交战过的，无论是当面叫战的蔡阳、夏侯惇，还是与关羽为敌的颜良、文丑、“六将”，包括后来成为同事的黄忠，都非死即残。甚至关羽死后都能间接魇死仇人吕蒙、潘璋。曹操见关羽首级登时头风复发，不久身死；孙权下令斩杀关羽，晚年被后宫争储之事搅扰得痛苦不堪。当然，凡此种种，都埋下了后世不断神话关羽的种子。

第二十九回

小霸王怒斩于吉
碧眼儿坐领江东

江南兵革方休息
冀北干戈又复兴

孫權領衆據江東

【题解及内容提要】

本回只选后半部分评点。

孙策在平定江东后，为了站稳脚跟巩固统治，对地方豪强采取了较为严苛的抑制措施，也因此遭到了地方势力的反抗。在前半部分中，吴郡太守许贡的三位家客行刺孙策，侥幸逃得一命，可本已身受重伤的孙策见众谋臣武将乃至百姓狱卒，对道人于吉的崇拜笃信远胜于己，深感自己权位不稳，内心嫉恨，故不顾众人劝阻，坚持杀掉了于吉，随后病笃。

孙策临终之时，其子孙绍尚幼，故传位其二弟孙权，留下了兄终弟及的传统。这次权力的平稳移交有利于当时东吴的内部稳定，但却为孙权晚年吴国太子之争、孙权死后政权的几经更易埋下了祸患。

相对于刘备之子刘禅、袁绍诸子等"败家子"而言，孙权可谓是三国时代的第一"旺家子"。十八岁的孙权即执掌江东，开启了孙吴政权新的篇章。

……策拍镜大叫一声，金疮迸裂，昏绝于地，夫人令扶入卧内。须臾苏醒，自叹曰："吾不能复生矣！"随召张昭等诸人及弟孙权至卧榻前，嘱付曰："天下方乱，以吴越之众，三江之固，大可有为。子布等幸善相吾弟。"乃取印绶与孙权曰："若举江东之众，决机于两阵之间，与天下争衡，卿不如我；举贤任能，使各尽力以保江东，我不如卿。卿宜念父兄创业之艰难，善自图之！"权大哭，拜受印绶。策告母曰："儿天年已尽，不能奉慈母。今将印绶付弟，望母朝夕训之。父兄旧人，慎勿轻怠。"母哭曰："恐汝弟年幼，不能任大事，当复如何？"策曰："弟才胜儿十倍，足当大任。倘内事不决，可问张昭；外事不决，可问周瑜。恨周瑜不在此，不得面嘱之也！"又唤诸弟嘱曰："吾死

孙权此时虽未登上历史舞台，但其在用人、守成方面的才略已受到孙策认可。

《三国演义》中又一经典名言，体现孙策对张昭的政治才能和周瑜的军事才能的信任。

此语当为远谶。孙权去世后，东吴宗室为争权位，自相残杀者众，印证权力交接背后潜藏的危机。

此为周瑜在赤壁之战的关键时刻挽救东吴危亡做了铺垫。

孙权享年七十一岁，是三国时代所有当权者中最高寿的，其漫长统治对东吴发展影响深远。

之后，汝等并辅仲谋。宗族中敢有生异心者，众共诛之。骨肉为逆，不得入祖坟安葬。”诸弟泣受命。又唤妻乔夫人谓曰：“吾与汝不幸中途相分，汝须孝养尊姑【婆婆】。早晚汝妹入见，可嘱其转致周郎，尽心辅佐吾弟，休负我平日相知之雅。”言讫瞑目而逝，年止二十六岁。后人有诗赞曰：

独战东南地，人称“小霸王”。运筹如虎踞，决策似鹰扬。威镇三江靖，名闻四海香。临终遗大事，专意属周郎。

孙策既死，孙权哭倒于床前。张昭曰：“此非将军哭时也。宜一面治丧事，一面理军国大事。”权乃收泪。张昭令孙静理会丧事，请孙权出堂受众文武谒贺。孙权生得方颐大口，碧眼紫髯。昔汉使刘琬入吴，见孙家诸昆仲，因语人曰：“吾遍观孙氏兄弟，虽各才气秀达，然皆禄祚不永。惟仲谋形貌奇伟，骨格非常，乃大贵之表，又享高寿，众皆不及也。”

且说当时孙权承孙策遗命，掌江东之事。经理未定，人报周瑜自巴丘提兵回吴。权曰：“公瑾已回，吾无忧矣。”原来周瑜守御巴丘。闻知孙策中箭被伤，因此回来问候；将至吴郡，闻策已亡，故星夜来奔丧。当下周瑜哭拜于孙策灵柩之前。吴太夫人出，以遗嘱之语告瑜，瑜拜伏于地曰：“敢不效犬马之力，继之以死！”少顷，孙权入。周瑜拜见毕，权曰：“愿公无忘先兄遗命。”瑜顿首曰：“愿以肝脑涂地，报知己之恩。”权曰：“今承父兄之业，将何策以守之？”瑜曰：“自古‘得人者昌，失人者亡’。为今之计，须求高明远见之人为辅，然后江东可定也。”权曰：“先兄遗言：内事托子布，外事全赖公瑾。”瑜曰：“子布贤达之士，足当大任。瑜不才，恐负倚托之重，愿荐一人以辅将军。”权问何人，瑜曰：“姓鲁，名肃，字子敬，临淮东川人也。此人胸怀韬略，腹隐机谋。早年丧父，事母至孝。其家极富，尝散财以济贫乏。瑜为居巢长之时，将数百人过临淮，因乏粮，闻鲁肃家有两囷【qūn，一种圆形的谷仓】米各三千斛，因往求助。肃即指一囷相赠，其慷慨如此。平生好击剑骑射，寓居曲阿。祖母亡，还葬东城。其友刘子扬欲约彼往巢湖投郑宝，肃尚踌躇未往。今主公可速召之。”权大喜，即命周瑜往聘。瑜奉命亲往，见肃叙礼毕，具道孙权相慕之意。肃曰：“近刘子扬约某往巢湖，某将就之。”瑜曰：“昔马援对光武云：‘当今之世，非但君择臣，臣亦择君。’今吾孙将军亲贤礼士，纳奇录异，世所罕有。足下不须他计，只同我往投东吴为是。”肃从其言，遂同周瑜来见孙权。权甚敬之，与之谈论，终日不倦。

周瑜担任的第一个官职是袁术任命的居巢长。居巢在今安徽巢湖市内，居巢长相当于居巢县令。

一日，众官皆散，权留鲁肃共饮，至晚同榻抵足而卧。夜半，权问肃曰：“方今汉室倾危，四方纷扰。孤承父兄馀业，思为桓、文之事，君将何以教我？”肃曰：“昔汉高祖欲尊事义帝而不获者，以项羽为害也。今之曹操可比项羽，将军何由得为桓、文乎？肃窃料汉室不可复兴，曹操不可卒除。为将军计，惟有鼎足江东，以观天下之衅。今乘北方多务，剿除黄祖，进伐刘表，竟长江所极而据守之，然后建号帝王，以图天下。此高祖之业也。”权闻言大喜，披衣起谢。次日厚赠鲁肃，并将衣服帏帐等物赐肃之母。肃又荐一人见孙权。此人博学多才，事母至孝，复姓诸葛，名瑾，字子瑜，琅琊南阳人【琅琊今属山东临沂，南阳即当时的宛城，今属河南南阳。诸葛瑾一家当是避汉末战乱迁居到南阳】也。权拜之为上宾。瑾劝权勿通袁绍，且顺曹操，然后乘便图之。权依言，乃遣陈震回，以书绝袁绍。

鲁肃与孙权的此番谈话发生在京口，史称“京口对策”。

彼时诸葛亮年尚幼，很可能不为众人所知。否则，诸葛兄弟二人若皆出山辅佐孙权，则三国历史可能会重写。

却说曹操闻孙策已死，欲起兵下江南。侍御史张纮谏曰：“乘人之丧而伐之，既非义举，若其不克，弃好成仇。不如因而善遇之。”操然其说，乃即奏封孙权为将军，兼领会稽太守，即令张纮为会稽都尉，赍印往江东。孙权大喜，又得张纮回吴，即命与张昭同理政事。张纮又荐一人于孙权。此人姓顾，名雍，字元叹，乃中郎蔡邕之徒，其为人少言语，不饮酒，严厉正大。权以为丞，行太守事。自是孙权威震江东，深得民心。

若贸然行动会促成袁绍与孙权结为同盟，曹操将遭到南北两面的夹击，诚为不智之举。

且说陈震回见袁绍，具说："孙策已亡，孙权继立。曹操封之为将军，结为外应矣。"袁绍大怒，遂起冀、青、幽、并等处人马七十馀万，复来攻取许昌。正是：

江南兵革方休息，冀北干戈又复兴。

未知胜负若何，且听下文分解。

【回后评】

鲁肃的京口对策声名远逊于诸葛亮的"隆中对"，但细究其内容，有过之而无不及。京口对策的高明之处在于：首先，鲁肃正确判断了当时的形势，清醒地认识到"汉室不可复兴"，孙权应该"建号帝王，以图天下"，为孙权集团规划了战略远景和最终奋斗目标，而不是像刘备集团一干"拥汉派"那样死死抱着行将就木的汉室招牌不放；其次，为孙权集团的军事发展规划了三个步骤——先站稳江东的根据地，再伺机西进占据荆州，最后徐图天下，这样的战略步骤既有最稳妥的打算，也有最高的目标；再次，在称霸的策略方面，不过早显露称霸野心，这一点要吸取袁术的教训，不参与中原的混战，要乘"北方多务"之时发展自己，这种战略方针契合东吴的实际情况。

第三十回

战官渡本初败绩　劫乌巢孟德烧粮

势弱只因多算胜
兵强却为寡谋亡

曹操烏巢燒粮草

【题解及内容提要】

本回是官渡之战最关键的转折点。

《孙子兵法·势篇》："任势者，其战人也，如转木石。木石之性，安则静，危则动，方则止，圆则行。故善战人之势，如转圆石于千仞之山者，势也。"将帅统领军队作战，若能借势，则如高山滚石威力巨大。身为统帅，必须创造有利形势，善加运用，进而变弱为强，伺机战胜敌人。

《三国演义》中，两军对垒，常有战将先行交锋，获胜一方会士气大振，常常驱兵乘胜掩杀，这就是达成了一场战争的"胜势"。同理，战争进入相持的阶段，须一方抱定必胜之"势"，不泄气，坚持到底。荀彧正是基于这一点，才在袁曹官渡对峙的关键时刻坚定了曹操的信心，打消了曹操退兵的念头。如果曹操一旦退兵，袁绍数倍于己的军队必将长驱大进，以曹操当时的兵力根本无法抵挡，必将溃不成军，彻底失败。

却说袁绍兴兵望官渡进发。夏侯惇发书告急，曹操起军七万，前往迎敌，留荀彧守许都。绍兵临发，田丰从狱中上书谏曰："今且宜静守以待天时，不可妄兴大兵，恐有不利。"逢纪谮曰："主公兴仁义之师，田丰何得出此不祥之语！"绍因怒，欲斩田丰，众官告免。绍恨曰："待吾破了曹操，明正其罪！"遂催军进发，旌旗遍野，刀剑如林。行至阳武，下定寨栅。沮授曰："我军虽众，而勇猛不及彼军；彼军虽精，而粮草不如我军。彼军无粮，利在急战；我军有粮，宜且缓守。若能旷以日月，则彼军不战自败矣。"绍怒曰："田丰慢我军心，吾回日必斩之。汝安敢又如此！"叱左右："将沮授锁禁军中，待我破曹之后，与田丰一体治罪！"于是下令，将大军七十万，东西南北，周围安

大军未战，袁绍便刚愎自用，急于求胜，不纳忠言，先自废谋臣，是取败之兆。

营，连络九十馀里。

荀攸之言，从侧面证实了沮授前述进言的正确性。

细作探知虚实，报至官渡。曹军新到，闻之皆惧。曹操与众谋士商议。荀攸曰："绍军虽多，不足惧也。我军俱精锐之士，无不一以当十。但利在急战，若迁延日月，粮草不敷，事可忧矣。"操曰："所言正合吾意。"遂传令军将鼓噪而进。绍军来迎，两边排成阵势。审配拨弩手一万，伏于两翼；弓箭手五千，伏于门旗内：约炮响齐发。三通鼓罢，袁绍金盔金甲，锦袍玉带，立马阵前。左右排列着张郃、高览、韩猛、淳于琼等诸将，旌旗节钺，甚是严整。曹阵上门旗开处，曹操出马。许褚、张辽、徐晃、李典等，各持兵器，前后拥卫。曹操以鞭指袁绍曰："吾于天子之前，保奏你为大将军，今何故谋反？"绍怒曰："汝托名汉相，实为汉贼！罪恶弥天，甚于莽、卓，乃反诬人造反耶！"操曰："吾今奉诏讨汝！"绍曰："吾奉衣带诏讨贼！"操怒，使张辽出战，张郃跃马来迎。二将斗了四五十合，不分胜负。曹操见了，暗暗称奇。许褚挥刀纵马，直出助战。高览挺枪接住。四员将捉对儿厮杀。曹操令夏侯惇、曹洪，各引三千军，齐冲彼阵。审配见曹军来冲阵，便令放起号炮：两下万弩并发，中军内弓箭手一齐拥出阵前乱射。曹军如何抵敌，望南急走。袁绍驱兵掩杀，曹军大败，尽退至官渡。

此句后来成为揭露曹操政治本质的一句话。凡与曹操为敌而对其口诛笔伐者，无不常用此言。

袁绍移军逼近官渡下寨。审配曰："今可拨兵十万守官渡，就曹操寨前筑起土山，令军人下视寨中放箭。操若弃此而去，吾得此隘口，许昌可破矣。"绍从之，于各寨内选精壮军人，用铁锹土担，齐来曹操寨边，垒土成山。曹营内见袁军堆筑土山，欲待出去冲突，被审配弓弩手当住咽喉要路，不能前进。十日之内，筑成土山五十馀座，上立高橹，分拨弓弩手于其上射箭。曹军大惧，皆顶着遮箭牌守御。土山上一声梆子响处，箭下如雨。曹军皆蒙楯伏地，袁军呐喊而笑。曹操见军慌乱，集众谋士问计。刘晔进曰："可作发石车以破之。"操令晔进车式，连夜造发石车数百乘，分布营墙内，正对着土山上云梯。候弓箭手射箭时，营内一齐拽动石车，炮石飞空，往上乱打，人无躲处，弓箭手死者无数。袁军皆号其车为“霹雳车”，由是袁军不敢登高射箭。审配又献一计：令军人用铁锹暗打地道，直透曹营内，号为“掘子军”。曹兵望见袁军于山后掘土坑，报知曹操。操又问计于刘晔，晔曰：“此袁军不能攻明而攻暗，发掘伏道，欲从地下透营而入耳。”操曰：“何以御之？”晔曰：“可绕营掘长堑，则彼伏道无用也。”操连夜差军掘堑。袁军掘伏道到堑边，果不能入，空费军力。

若再辅以水灌之法，效果更好。

此时曹、袁双方进入了战争相持阶段。

却说曹操守官渡，自八月起，至九月终，军力渐乏，粮草不继。意欲弃官渡退回许昌，迟疑未决，乃作书遣人赴许昌问荀彧。彧以书报之。书略曰：

> 承尊命，使决进退之疑。愚以袁绍悉众聚于官渡，欲与明公决胜负，公以至弱当至强，若不能制，必为所乘：是天下之大机也。绍军虽众，而不能用；以公之神武明哲，何向而不济！今军实虽少，未若楚、汉在荥阳、成皋间也。公今画地而守，扼其喉而使不能进，情见势竭，必将有变。此用奇之时，断不可失。惟明公裁察焉。

荀彧此信在关键时刻坚定了曹操的信心，稳住了军心，确保了官渡之战最终取胜。

曹操得书大喜，令将士效力死守。绍军约退三十馀里，操遣将出营巡哨。有徐晃部将史涣获得袁军细作，解见徐晃。晃问其军中虚实。答曰：“早晚大将韩猛运粮至军前接济，先令我等探路。”徐晃便将此事报知曹操。荀攸曰：“韩猛匹夫之勇耳。若遣一人引轻骑数千，从半路击之，断其粮草，绍军自乱。”操曰：“谁人可往？”攸曰：“即遣徐晃可也。”操遂差徐晃将带史涣并所部兵先出，后使张辽、许褚引兵救应。当夜韩猛押粮车数千辆，解赴绍寨。正走之间，山谷内徐晃、史涣引军截住去路。韩猛飞马来战，徐晃接住厮杀。史涣便杀散人夫，放火焚烧粮车。韩猛抵当不住，拨回马走。徐晃催军烧尽辎重。袁绍军中，望见西北上火起，正惊疑间，败军报来：“粮草被劫！”绍急遣张郃、高览去截大路，正遇徐晃烧粮而回。恰欲交锋，背后张辽、许诸军到。两下夹攻，杀散袁军，四将合兵一处，回官渡寨中。曹操大喜，重加赏劳。又分军于寨前结营，为掎角之势。

曹操、刘备等明主很少因战败而问罪统兵将领，往往是把责任归到自己身上，或者以一句“胜败乃兵家常事”加以宽慰，彰显容人之量。

淳于琼在汉灵帝时便是西园八校尉之一，是袁绍的老部下。袁绍应该重视这位追随多年的旧部贪杯误事的毛病，不让其驻守关键屯粮之处。

却说韩猛败军还营，绍大怒，欲斩韩猛，众官劝免。审配曰：“行军以粮食为重，不可不用心提防。乌巢乃屯粮之处，必得重兵守之。”袁绍曰：“吾筹策已定。汝可回邺都监督粮草，休教缺乏。”审配领命而去。袁绍遣大将淳于琼，部领督将眭【suī，姓】元进、韩莒子、吕威璜、赵睿等，引二万人马守乌巢。那淳于琼性刚好酒，军士多畏之，既至乌巢，终日与诸将聚饮。

且说曹操军粮告竭，急发使往许昌教荀彧作速措办粮草，星夜解赴军前接济。使者赍书而往，行不上三十里，被袁军捉住，缚见谋士许攸。那许攸字子远，少时曾与曹操为友，此时却在袁绍处为谋士。当下搜得使者所赍曹操催粮书信，径来见绍曰：“曹操屯军官渡，与我相持已久，许昌必空虚。若分一军星夜掩袭许昌，则许昌可拔，而操可擒也。今操粮草已尽，正可乘此机会，两路击之。”绍曰：“曹操诡计极多，此书乃诱敌之计也。”攸曰：“今若不取，后将反受其害。”正话间，忽有使者自邺郡来，呈上审配书。书中先说运粮事，后言许攸在冀州时，尝滥受民间财物，且纵令子侄辈多科税，钱粮入己，今已收其子侄下狱矣。绍见书大怒曰：“滥行匹夫！尚有面目于吾前献计耶！汝与曹操有旧，想今亦受他财贿，为他作奸细，啜赚【撮弄；哄骗】吾军耳！本当斩首，今权且寄头在项！可速退出，今后不许相见！”许攸出，仰天叹曰：“忠言逆耳，竖子不足与谋！吾子侄已遭审配之害，吾何颜复见冀州之人乎！”遂欲拔剑自刎。左右夺剑劝曰：“公何轻生至此？袁绍不纳直言，后必为曹操所擒。公既与曹公有旧，何不弃暗投明？”只这两句言语，点醒许攸，于是许攸径投曹操。后人有诗叹曰：

本初豪气盖中华，官渡相持枉叹嗟。若使许攸谋见用，山河争得属曹家？

却说许攸暗步出营，径投曹寨，伏路军人拿住。攸曰："我是曹丞相故友，快与我通报，说南阳许攸来见。"军士忙报入寨中。时操方解衣歇息，闻说许攸私奔到寨，大喜，不及穿履，跣足出迎，遥见许攸，抚掌欢笑，携手共入，操先拜于地。攸慌扶起曰："公乃汉相，吾乃布衣，何谦恭如此？"操曰："公乃操故友，岂敢以名爵相上下乎！"攸曰："某不能择主，屈身袁绍，言不听，计不从，今特弃之来见故人。愿赐收录。"操曰："子远肯来，吾事济矣！愿即教我以破绍之计。"攸曰："吾曾教袁绍以轻骑乘虚袭许都，首尾相攻。"操大惊曰："若袁绍用子言，吾事败矣。"攸曰："公今军粮尚有几何？"操曰："可支一年。"攸笑曰："恐未必。"操曰：有半年耳。"攸拂袖而起，趋步出帐曰："吾以诚相投，而公见欺如是，岂吾所望哉！"操挽留曰："子远勿嗔，尚容实诉，军中粮实可支三月耳。"攸笑曰："世人皆言孟德奸雄，今果然也。"操亦笑曰："岂不闻'兵不厌诈'！"遂附耳低言曰："军中止有此月之粮。"攸大声曰："休瞒我！粮已尽矣！"操愕然曰："何以知之？"攸乃出操与荀彧之书以示之曰："此书何人所写？"操惊问曰："何处得之？"攸以获使之事相告。操执其手曰："子远既念旧交而来，愿即有以教我。"攸曰："明公以孤军抗大敌，而不求急胜之方，此取死之道也。攸有一策，不过三日，使袁绍百万之众，不战自破。明公还肯听否？"操喜曰："愿闻良策。"攸曰："袁绍军粮辎重，尽积乌巢，今拨淳于琼守把，琼嗜酒无备。公可选精兵，诈称袁将蒋奇领兵到彼护粮，乘间烧其粮草辎重，则绍军不三日将自乱矣。"操大喜，重待许攸，留于寨中。

两军相持，粮草不济，在这样的关键时刻，曹操深知许攸此次前来的重要性。

许攸突然来投，未可轻信，理当警惕，但曹操直至最后才肯吐露实情，足见其奸险诈伪之术炉火纯青。

次日，操自选马步军士五千，准备往乌巢劫粮。张辽曰："袁绍屯粮之所，安得无备？丞相未可轻往，恐许攸有诈。"操曰："不然。许攸此来，天败袁绍。今吾军粮不给，难以久持，若不用许攸之计，是坐而待困也。彼若有诈，安肯留我寨中？且吾亦欲劫寨久矣。今劫粮之举，计在必行，君请勿疑。"辽曰："亦须防袁绍乘虚来袭。"操笑曰："吾已筹之熟矣。"便教荀攸、贾诩、曹洪同许攸守大寨，夏侯惇、夏侯渊领一军伏于左，曹仁、李典领一军伏于右，以备不虞。教张辽、许褚在前，徐晃、于禁在后，操自引诸将居中，共五千人马，打着袁军旗号，军士皆束草负薪，人衔枚，马勒口，黄昏时分，望乌巢进发。是夜星光满天。

且说沮授被袁绍拘禁在军中，是夜因见众星朗列，乃命监者引出中庭，仰观天象。忽见太白逆行，侵犯牛、斗之分，大惊曰："祸将至矣！"遂连夜求见袁绍。时绍已醉卧，听说沮授有密事启报，唤入问之。授曰："适观天象，见太白逆行于柳、鬼之间，流光射入牛、斗之分，恐有贼兵劫掠之害。乌巢屯粮之所，不可不提备。宜速遣精兵猛将，于间道山路巡哨，免为曹操所算。"绍怒叱曰："汝乃得罪之人，何敢妄言惑众！"因叱监者曰："吾令汝拘囚之，何敢放出！"遂命斩监者，别唤人监押沮授。授出，掩泪叹曰："我军亡在旦夕，我尸骸不知落何处也！"后人有诗叹曰：

逆耳忠言反见仇，独夫袁绍少机谋。乌巢粮尽根基拔，犹欲区区守冀州。

却说曹操领兵夜行，前过袁绍别寨，寨兵问是何处军马。操使人应曰："蒋奇奉命往乌巢护粮。"袁军见是自家旗号，遂不疑惑。凡过数处，皆诈称蒋奇之兵，并无阻碍。及到乌巢，四更已尽。操教军士将束草周围举火，众将校鼓噪直入。时淳于琼方与众将饮了酒，醉卧帐中，闻鼓噪之声，连忙跳起问："何故喧闹？"言未已，早被挠钩拖翻。眭元进、赵睿运粮方回，见

说明袁军的盘查环节大有问题，军中号令不严，缺少巡查检视，当有此败。

屯上火起，急来救应。曹军飞报曹操，说："贼兵在后，请分军拒之。"操大喝曰："诸将只顾奋力向前，待贼至背后，方可回战！"于是众军将无不争先掩杀。一霎时，火焰四起，烟迷太空。眭、赵二将驱兵来救，操勒马回战。二将抵敌不住，皆被曹军所杀，粮草尽行烧绝。淳于琼被擒见操，操命割去其耳鼻手指，缚于马上，放回绍营以辱之。

曹、袁对峙，狭路相逢勇者胜。

却说袁绍在帐中，闻报正北上火光满天，知是乌巢有失，急出帐召文武各官，商议遣兵往救。张郃曰："某与高览同往救之。"郭图曰："不可。曹军劫粮，曹操必然亲往。操既自出，寨必空虚，可纵兵先击曹操之寨，操闻之，必速还。此孙膑'围魏救赵'之计也。"张郃曰："非也。曹操多谋，外出必为内备，以防不虞。今若攻操营而不拔，琼等见获，吾属皆被擒矣。"郭图曰："曹操只顾劫粮，岂留兵在寨耶！"再三请劫曹营。绍乃遣张郃、高览引军五千，往官渡击曹营，遣蒋奇领兵一万，往救乌巢。

郭图劫曹营之策甚为昏悖。乌巢粮草重地一旦有失，七十万大军只能撤回河北，否则就会饿死。那时即便击破曹营，也难逃惨败的命运。

且说曹操杀散淳于琼部卒，尽夺其衣甲旗帜，伪作淳于琼部下败军回寨，至山僻小路，正遇蒋奇军马。奇军问之，称是乌巢败军奔回。奇遂不疑，驱马径过。张辽、许褚忽至，大喝："蒋奇休走！"奇措手不及，被张辽斩于马下，尽杀蒋奇之兵。又使人当先伪报云："蒋奇已自杀散乌巢兵了。"袁绍因不复遣人接应乌巢，只添兵往官渡。

却说张郃、高览攻打曹营，左边夏侯惇，右边曹仁，中路曹洪，一齐冲出，三下攻击，袁军大败。比及接应军到，曹操又从背后杀来，四下围住掩杀。张郃、高览夺路走脱。袁绍收得乌巢败残军马归寨，见淳于琼耳鼻皆无，手足尽落。绍问："如何失了乌巢？"败军告说："淳于琼醉卧，因此不能抵敌。"绍怒，立斩之。郭图恐张郃、高览回寨证对是非，先于袁绍前谮曰："张郃、高览见主公兵败，心中必喜。"绍曰："何出此言？"图曰："二人素有降曹之意，今遣击寨，故意不肯用力，以致损折士卒。"绍大怒，遂遣使急召二人归寨问罪。郭图先使人报二人云：

“主公将杀汝矣。”及绍使至，高览问曰：“主公唤我等为何？”使者曰：“不知何故。”览遂拔剑斩来使，郃大惊。览曰：“袁绍听信谗言，必为曹操所擒。吾等岂可坐而待死？不如去投曹操。”郃曰：“吾亦有此心久矣。”于是二人领本部兵马，往曹操寨中投降。夏侯惇曰：“张、高二人来降，未知虚实。”操曰：“吾以恩遇之，虽有异心，亦可变矣。”遂开营门命二人入。二人倒戈卸甲，拜伏于地。操曰：“若使袁绍肯从二将军之言，不至有败。今二将军肯来相投，如微子去殷，韩信归汉也。”遂封张郃为偏将军、都亭侯，高览为偏将军、东莱侯。二人大喜。

后曹操对待庞德，亦是以恩义和信任感化，此用人之法一脉相承。

每每有谋士良将来投或来降，曹操均能巧妙比附古人，盛赞厚赏以结其心。

张郃、高览投曹后，袁绍麾下再无良将可用。

却说袁绍既去了许攸，又去了张郃、高览，又失了乌巢粮，军心皇皇。许攸又劝曹操作速进兵，张郃、高览请为先锋，操从之。即令张郃、高览领兵往劫绍寨。当夜三更时分，出军三路劫寨。混战到明，各自收兵，绍军折其大半。荀攸献计曰：“今可扬言调拨人马，一路取酸枣，攻邺郡；一路取黎阳，断袁兵归路。袁绍闻之，必然惊惶，分兵拒我，我乘其兵动时击之，绍可破也。”操用其计，使大小三军，四远扬言。绍军闻此信，来寨中报说：“曹操分兵两路：一路取邺郡，一路取黎阳去也。”绍大惊，急遣袁谭分兵五万救邺郡，辛明分兵五万救黎阳，连夜起行。曹操探知袁绍兵动，便分大队军马，八路齐出，直冲绍营。袁军俱无斗志，四散奔走，遂大溃。袁绍披甲不迭，单衣幅巾上马，幼子袁尚后随。张辽、许褚、徐晃、于禁四员将，引军追赶袁绍。绍急渡河，尽弃图书车仗金帛，止引随行八百馀骑而去。操军追之不及，尽获遗下之物。所杀八万馀人，血流盈沟，溺水死者不计其数。操获全胜，将所得金宝缎匹，给赏军士。于图书中检出书信一束，皆许都及军中诸人与绍暗通之书。左右曰：“可逐一点对姓名，收而杀之。”操曰：“当绍之强，孤亦不能自保，况他人乎？”遂命尽焚之，更不再问。

袁绍虽败，但主力尚存，“袁强曹弱”的格局仍未发生根本转变。

时移世易，成败异变，曹操能体察人性，既往不咎，体现了胜者、王者的胸襟气度。

却说袁绍兵败而奔，沮授因被囚禁，急走不脱，为曹军所获，擒见曹操。操素与授相识。授见操，大呼曰：“授不降也！”

操曰："本初无谋，不用君言，君何尚执迷耶？吾若早得足下，天下不足虑也。"因厚待之，留于军中。授乃于营中盗马，欲归袁氏。操怒，乃杀之。授至死神色不变。操叹曰："吾误杀忠义之士也！"命厚礼殡殓，为建坟安葬于黄河渡口，题其墓曰："忠烈沮君之墓。"后人有诗赞曰：

河北多名士，忠贞推沮君：凝眸知阵法，仰面识天文；
至死心如铁，临危气似云。曹公钦义烈，特与建孤坟。

操下令攻冀州。正是：

势弱只因多算胜，兵强却为寡谋亡。

未知胜负如何，且看下文分解。

《孙子兵法·计篇》："多算胜，少算不胜，而况于无算乎！吾以此观之，胜负见矣。"

【回后评】

曹操对许攸摆出过分谦恭的姿态。许攸本就是曹操故友，且原为袁绍谋士，深知彼军虚实，这便比一般的降者多了两重重要的身份，值得曹操礼遇。汉代《越谣歌》有言："君乘车，我戴笠，他日相逢下车揖。君担簦，我跨马，他日相逢为君下。"乘车、跨马代表富贵得意；戴笠、担簦代表贫穷失意。这是描写人与人之间真挚长存的友谊，并不因客观环境的变迁而改变，比喻情谊深笃，不因富贵贫贱而移。

曹操礼敬许攸，"跣足出迎""携手共入""先拜于地"，给足了许攸面子，许攸也是投桃报李，为曹操平定河北两次献计，立下了汗马功劳。当然，曹操的优礼有加也助长了许攸立功后不可一世的骄狂心态，致使许攸触怒许褚，最终被杀，此为后话。

第三十一回

曹操仓亭破本初
玄德荆州依刘表

才向汝南鸣战鼓
又从冀北动征鼙

曹操倉亭破袁紹

【题解及内容提要】

本回题目中人的名与字称呼方式不一致，对曹操、刘表称其名，而对袁绍、刘备称其字。

官渡一战后，虽然袁绍溃败，但主力尚存，本回的仓亭之战是曹操彻底击溃袁绍的一场战役，直接导致了袁绍的急怒病亡。此战既是狭义的官渡之战的延续，也是广义的官渡之战的一部分。

刘备自重夺徐州后与曹操彻底决裂，曹操深知刘备久后必为大患，亲统大兵征剿。穰山一战，刘备再吞败绩，投奔同为汉室宗亲的荆州刘表，开启了刘备一生中最后也是最长的寄居依附生涯。此时距赤壁之战的爆发尚有七年。

却说曹操乘袁绍之败，整顿军马，迤逦追袭。袁绍幅巾单衣，引八百馀骑，奔至黎阳北岸，大将蒋义渠出寨迎接，绍以前事诉与义渠。义渠乃招谕离散之众，众闻绍在，又皆蚁聚，军势复振，议还冀州。军行之次，夜宿荒山。绍于帐中闻远远有哭声，遂私往听之。却是败军相聚，诉说丧兄失弟，弃伴亡亲之苦，各各捶胸大哭，皆曰："若听田丰之言，我等怎遭此祸！"绍大悔曰："吾不听田丰之言，兵败将亡。今回去，有何面目见之耶！"次日，上马正行间，逢纪引军来接。绍对逢纪曰："吾不听田丰之言，致有此败。吾今归去，羞见此人。"逢纪因谮曰："丰在狱中闻主公兵败，抚掌大笑曰：'果不出吾之料！'"袁绍大怒曰："竖儒怎敢笑我！我必杀之！"遂命使者赍宝剑先往冀州狱中杀田丰。

且不说袁绍诸谋士为争宠而互相倾轧，单说袁绍身为一方霸主，遭逢大败后竟毫无愧悔自省之心，更无尊贤容人之量。即便占尽天下富庶大州，终难免于自失自败。

却说田丰在狱中，一日，狱吏来见丰曰："与别驾贺喜！"丰曰："何喜可贺？"狱吏曰："袁将军大败而回，君必见重矣。"丰笑曰："吾今死矣！"狱吏问曰："人皆为君喜，君何言死也？”丰曰：“袁将军外宽而内忌，不念忠诚。若胜而喜，犹能赦我，今战败则羞，吾不望生矣。”狱吏未信。忽使者赍剑至，传袁绍命，欲取田丰之首，狱吏方惊。丰曰：“吾固知必死也。”狱吏皆流泪。丰曰：“大丈夫生于天地间，不识其主而事之，是无智也！今日受死，夫何足惜！”乃自刎于狱中。后人有诗曰：

> 昨朝沮授军中失，今日田丰狱内亡。河北栋梁皆折断，本初焉不丧家邦！

田丰既死，闻者皆为叹惜。

袁绍回冀州，心烦意乱，不理政事。其妻刘氏劝立后嗣。绍所生三子：长子袁谭字显思，出守青州；次子袁熙字显奕，出守幽州；三子袁尚字显甫，是绍后妻刘氏所出，生得形貌俊伟，绍甚爱之，因此留在身边。自官渡兵败之后，刘氏劝立尚为后嗣，绍乃与审配、逢纪、辛评、郭图四人商议。原来审、逢二人，向辅袁尚，辛、郭二人，向辅袁谭，四人各为其主。当下袁绍谓四人曰：“今外患未息，内事不可不早定，吾将议立后嗣。长子谭，为人性刚好杀；次子熙，为人柔懦难成；三子尚，有英雄之表，礼贤敬士，吾欲立之。公等之意若何？”郭图曰：“三子之中，谭为长，今又居外，主公若废长立幼，此乱萌也。今军威稍挫，敌兵压境，岂可复使父子兄弟自相争乱耶？主公且理会拒敌之策，立嗣之事，毋容多议。”袁绍踌躇未决。

袁绍诸子夺位之争渐渐浮上台面。

忽报袁熙引兵六万，自幽州来；袁谭引兵五万，自青州来；外甥高干亦引兵五万，自并州来：各至冀州助战。绍喜，再整人马来战曹操。时操引得胜之兵，陈列于河上，有土人箪食壶浆以迎之。操见父老数人，须发尽白，乃命入帐中赐坐，问之曰：“老丈多少年纪？”答曰：“皆近百岁矣。”操曰：“吾军士惊扰汝乡，吾甚不安。”父老曰：“桓帝时，有黄星见于楚、宋之分，辽东人殷馗善晓天文，夜宿于此，对老汉等言：‘黄星见于乾象，正照此间。后五十年，当有真人起于梁、沛之间。’今以年计之，整整五十年。袁本初重敛于民，民皆怨之。丞相兴仁义之兵，吊民伐罪，官渡一战，破袁绍百万之众，正应当时殷馗之言，兆民可望太平矣。”操笑曰：“何敢当老丈所言？”遂取酒食绢帛赐老人而遣之。号令三军：“如有下乡杀人家鸡犬者，如杀人之罪！”于是军民震服。操亦心中暗喜。

时人均笃信天象说。故整部《三国演义》中，凡天象昭示，无论吉凶，无不应验。违拗天象者，非败即亡。

人报袁绍聚四州之兵，得二三十万，前至仓亭下寨。操提兵前进，下寨已定。次日，两军相对，各布成阵势。操引诸将出阵，绍亦引三子一甥及文官武将出到阵前。操曰：“本初计穷力尽，何尚不思投降？直待刀临项上，悔无及矣！”绍大怒，回顾众将曰：“谁敢出马？”袁尚欲于父前逞能，便舞双刀，飞马出阵，来往奔驰。操指问众将曰：“此何人？”有识者答曰：“此袁绍三子袁尚也。”言未毕，一将挺枪早出。操视之，乃徐晃部将史涣也。两骑相交，不三合，尚拨马刺斜而走。史涣赶来，袁尚拈弓搭箭，翻身背射，正中史涣左目，坠马而死。袁绍见子得胜，挥鞭一指，大队人马拥将过来，混战大杀一场，各鸣金收军还寨。

操与诸将商议破绍之策。程昱献“十面埋伏”之计，劝操退军于河上，伏兵十队，诱绍追至河上，“我军无退路，必将死战，可胜绍矣。”操然其计。左右各分五队。左：一队夏侯惇，二队张辽，三队李典，四队乐进，五队夏侯渊；右：一队曹洪，二队张郃，三队徐晃，四队于禁，五队高览。中军许褚为先锋。次日，十队先进，埋伏左右已定。至半夜，操令许褚引兵前进，伪作劫寨之势。袁绍五寨人马，一齐俱起，许褚回军便走。袁绍引军赶来，喊声不绝，比及天明，赶至河上。曹军无去路，操大呼曰：“前无去路，诸军何不死战？”众军回身奋力向前。许褚飞马当先，力斩十数将，袁军大乱。袁绍退军急回，背后曹军赶来。正行间，一声鼓响，左边夏侯渊，右边高览，两军冲出。袁绍聚三子一甥，死冲血路奔走。又行不到十里，左边乐进，右边

面对如此明显的诱敌深入之计，袁绍手下竟无一人谏阻！足见其阵营谋断之失。

于禁杀出，杀得袁军尸横遍野，血流成渠。又行不到数里，左边李典，右边徐晃，两军截杀一阵。袁绍父子胆丧心惊，奔入旧寨。令三军造饭，方欲待食，左边张辽，右边张郃，径来冲寨。绍慌上马，前奔仓亭。人马困乏，欲待歇息，后面曹操大军赶来，袁绍舍命而走。正行之间，右边曹洪，左边夏侯惇，挡住去路。绍大呼曰："若不决死战，必为所擒矣！"奋力冲突，得脱重围。袁熙、高干皆被箭伤，军马死亡殆尽。绍抱三子痛哭一场，不觉昏倒。众人急救，绍口吐鲜血不止，叹曰："吾自历战数十场，不意今日狼狈至此！此天丧吾也！汝等各回本州，誓与曹贼一决雌雄！"便教辛评、郭图火急随袁谭前往青州整顿，恐曹操犯境；令袁熙仍回幽州，高干仍回并州，各去收拾人马，以备调用。袁绍引袁尚等入冀州养病，令尚与审配、逢纪暂掌军事。

却说曹操自仓亭大胜，重赏三军。令人探察冀州虚实，细作回报："绍卧病在床。袁尚、审配紧守城池。袁谭，袁熙、高干皆回本州。"众皆劝操急攻之。操曰："冀州粮食极广，审配又有机谋，未可急拔。现今禾稼在田，恐废民业，姑待秋成后取之未晚。"正议间，忽荀彧有书到，报说："刘备在汝南得刘辟、龚都数万之众。闻丞相提军出征河北，乃令刘辟守汝南，备亲自引兵乘虚来攻许昌。丞相可速回军御之。"操大惊，留曹洪屯兵河上，虚张声势。操自提大兵往汝南来迎刘备。

却说玄德与关、张、赵云等，引兵欲袭许都，行近穰山地面，正遇曹兵杀来，玄德便于穰山下寨。军分三队：云长屯兵于东南角上，张飞屯兵于西南角上，玄德与赵云于正南立寨。曹操兵至，玄德鼓噪而出。操布成阵势，叫玄德打话。玄德出马于门旗下，操以鞭指骂曰："吾待汝为上宾，汝何背义忘恩？"玄德曰："汝托名汉相，实为国贼！吾乃汉室宗亲，奉天子密诏，来讨反贼！"遂于马上朗诵衣带诏。操大怒，教许褚出战。玄德背后赵云挺枪出马。二将相交三十合，不分胜负。忽然喊声大震，东南角上，云长冲突而来，西南角上，张飞引军冲突而来。三处一齐掩杀。

曹军远来疲困，不能抵当，大败而走。玄德得胜回营。

次日，又使赵云搦战，操兵旬日不出。玄德再使张飞搦战，操兵亦不出。玄德愈疑。忽报龚都运粮至，被曹军围住，玄德急令张飞去救。忽又报夏侯惇引军抄背后径取汝南，玄德大惊曰："若如此，吾前后受敌，无所归矣！"急遣云长救之。两军皆去。不一日，飞马来报夏侯惇已打破汝南，刘辟弃城而走，云长现今被围。玄德大惊。又报张飞去救龚都，也被围住了。玄德急欲回兵，又恐操兵后袭。忽报寨外许褚搦战。玄德不敢出战，候至天黑，教军士饱餐，步军先起，马军后随，寨中虚传更点。玄德等离寨约行数里，转过土山，火把齐明，山头上大呼曰："休教走了刘备！丞相在此专等！"玄德慌寻走路。赵云曰："主公勿忧，但跟某来。"赵云挺枪跃马，杀开条路，玄德掣双股剑后随。正战间，许褚追至，与赵云力战。背后于禁、李典又到。玄德见势危，落荒而走。听得背后喊声渐远，玄德望深山僻路，单马逃生。捱到天明，侧首一彪军冲出。玄德大惊，视之，乃刘辟引败军千馀骑，护送玄德家小前来，孙乾、简雍、糜芳亦至，诉说："夏侯惇军势甚锐，因此弃城而走。曹兵赶来，幸得云长挡住，因此得脱。"玄德曰："不知云长今在何处？"刘辟曰："将军且行，却再理会。"行到数里，一棒鼓响，前面拥出一彪人马。当先大将，乃是张郃，大叫："刘备快下马受降！"玄德方欲退后，只见山头上红旗磨动，一军从山坞内拥出，为首大将，乃高览也。玄德两头无路，仰天大呼曰："天何使我受此窘极耶！事势至此，不如就死！"欲拔剑自刎。刘辟急止之曰："容某死战，夺路救君。"言讫，便来与高览交锋。战不三合，被高览一刀砍于马下。玄德正慌，方欲自战，高览后军忽然自乱，一将冲阵而来，枪起处，高览翻身落马。视之，乃赵云也，玄德大喜。云纵马挺枪，杀散后队，又来前军独战张郃。郃与云战三十馀合，拨马败走。云乘势冲杀，却被郃兵守住山隘，路窄不得出。正夺路间，只见云长、关平、周仓引三百军到。两下相攻，杀退张郃。

从此张郃心有余悸，不敢与赵云交战，长坂坡直接放弃追杀赵云。

各出隘口，占住山险下寨。玄德使云长寻觅张飞。原来张飞去救龚都，龚都已被夏侯渊所杀；飞奋力杀退夏侯渊，迤逦赶去，却被乐进引军围住。云长路逢败军，寻踪而去，杀退乐进，与飞同回见玄德。人报曹军大队赶来，玄德教孙乾等保护老小先行。玄德与关、张、赵云在后，且战且走。操见玄德去远，收军不赶。

玄德败军不满一千，狼狈而奔。前至一江，唤土人问之，乃汉江也，玄德权且安营。土人知是玄德，奉献羊酒，乃聚饮于沙滩之上。玄德叹曰："诸君皆有王佐之才，不幸跟随刘备。备之命窘，累及诸君。今日身无立锥，诚恐有误诸君。君等何不弃备而投明主，以取功名乎？"众皆掩面而哭。云长曰："兄言差矣。昔日高祖与项羽争天下，数败于羽，后九里山一战成功，而开四百年基业。胜负兵家之常，何可自隳其志！"孙乾曰："成败有时，不可丧志。此离荆州不远。刘景升坐镇九郡，兵强粮足，更且与公皆汉室宗亲，何不往投之？"玄德曰："但恐不容耳。"乾曰："某愿先往说之，使景升出境而迎主公。"玄德大喜，便令孙乾星夜往荆州。

孙乾外交才能卓越，利用孙权为辞试探刘表。

到郡入见刘表，礼毕，刘表问曰："公从玄德，何故至此？"乾曰："刘使君天下英雄，虽兵微将寡，而志欲匡扶社稷。汝南刘辟、龚都素无亲故，亦以死报之。明公与使君同为汉室之胄，今使君新败，欲往江东投孙仲谋。乾僭【jiàn，僭越】言曰：'不可背亲而向疏。荆州刘将军礼贤下士，士归之如水之投东，何况同宗乎？'因此使君特使乾先来拜白。惟明公命之。"表大喜曰："玄德吾弟也，久欲相会而不可得。今肯惠顾，实为幸甚！"蔡瑁谮【zèn，毁谤，中伤】曰："不可。刘备先从吕布，后事曹操，近投袁绍，皆不克终，足可见其为人。今若纳之，曹操必加兵于我，枉动干戈。不如斩孙乾之首以献曹操，操必重待主公也。"孙乾正色曰："乾非惧死之人也。刘使君【指刘备】忠心为国，非曹操、袁绍、吕布等比。前此相从，不得已也。今闻刘将军【指刘表】汉朝苗裔，谊切同宗，故千里相投。尔何献谗而妒贤

蔡瑁从一开始就畏惧曹操势大，由此可见后来举州投降之事其实早有端倪。

如此耶？”刘表闻言，乃叱蔡瑁曰：“吾主意已定，汝勿多言。”蔡瑁惭恨而出。刘表遂命孙乾先往报玄德，一面亲自出郭三十里迎接。玄德见表，执礼甚恭，表亦相待甚厚。玄德引关、张等拜见刘表，表遂与玄德等同入荆州，分拨院宅居住。

却说曹操探知玄德已往荆州，投奔刘表，便欲引兵攻之。程昱曰：“袁绍未除，而遽攻荆襄，倘袁绍从北而起，胜负未可知矣。不如还兵许都，养军蓄锐，待来年春暖，然后引兵先破袁绍，后取荆襄，南北之利，一举可收也。”操然其言，遂提兵回许都。至建安七年春正月，操复商议兴兵。先差夏侯惇、满宠镇守汝南，以拒刘表，留曹仁、荀彧守许都，亲统大军前赴官渡屯扎。

且说袁绍自旧岁感冒【受刺激而发病，“冒”作“犯病”之“犯”字解】吐血症候，今方稍愈，商议欲攻许都。审配谏曰：“旧岁官渡，仓亭之败，军心未振，尚当深沟高垒，以养军民之力。”正议间，忽报曹操进兵官渡，来攻冀州。绍曰：“若候兵临城下，将至壕边，然后拒敌，事已迟矣。吾当自领大军出迎。”袁尚曰：“父亲病体未痊，不可远征。儿愿提兵前去迎敌。”绍许之，遂使人往青州取袁谭，幽州取袁熙，并州取高干，四路同破曹操。正是：

才向汝南鸣战鼓，又从冀北动征鼙。

未知胜负如何，且听下文分解。

【回后评】

先有审配揭发许攸受贿，囚禁其子侄，逼反许攸；再有郭图进谗，逼反张郃、高览；又有逢纪进谗，陷害田丰；后还有袁绍诸子骨肉相争，自相火并。袁绍手下众人诚可谓“内斗内行，外斗外行”。自相屠灭，何待他人相攻乎！

袁绍健在时，竟允许诸子结交属下互相争斗。儿子臣子各怀鬼胎，如遇大事，怎能团结对外？可见袁绍除了治军不明、知人不明之外，还有御下不明。此等庸主，岂能不败？

第三十二回

夺冀州袁尚争锋
决漳河许攸献计

四世公侯已成梦
一家骨肉又遭殃

袁谭袁尚争冀州

【题解及内容提要】

《诗经·小雅·棠棣》："兄弟阋于墙，外御其侮。"【阋xì：争吵。墙：门屏。】意思是兄弟们虽然在家里争吵，但能一致抵御外人的欺侮。比喻内部虽有分歧，但能团结起来对付外来的侵略。袁绍所拒冀、青、幽、并四州，分别为由其三子一甥驻守，虽连遭挫败，然北方四州民殷国富，积淀雄厚，如果团结一致共攘外敌，虽难以遏制曹操迅猛崛起的势头，但至少自保有余。可惜袁谭、袁尚兄弟，兄不友，弟不恭，其父弃世，尸骨未寒，竟然"停尸不顾，束甲相攻"。可怜袁绍一世英雄，若泉下有知，定斥诸子不肖。

却说袁尚自斩史涣之后，自负其勇，不待袁谭等兵至，自引兵数万出黎阳，与曹军前队相迎。张辽当先出马，袁尚挺枪来战，不三合，架隔遮拦不住，大败而走。张辽乘势掩杀，袁尚不能主张，急急引军奔回冀州。袁绍闻袁尚败回，又受了一惊，旧病复发，吐血数斗，昏倒在地。刘夫人慌救入卧内，病势渐危。刘夫人急请审配、逢纪，直至袁绍榻前，商议后事。绍但以手指而不能言。刘夫人曰："尚可继后嗣否？"绍点头。审配便就榻前写了遗嘱。绍翻身大叫一声，又吐血斗馀而死。后人有诗曰：

累世公卿立大名，少年意气自纵横。空招俊杰三千客，漫有英雄百万兵。羊质虎皮功不就，凤毛鸡胆事难成。更怜一种伤心处，家难徒延两弟兄。

袁绍既死，审配等主持丧事。刘夫人便将袁绍所爱宠妾五人，尽行杀害，又恐其阴魂于九泉之下再与绍相见，乃髡其发，刺其面，毁其尸：其妒恶如此。袁尚恐宠妾家属为害，并收而杀

就整部《三国演义》而言，小人物最终的结局多有交代，如董卓母、徐庶母，可惜此妒妇未得恶报，令人遗憾。

有母如此，子怎可为贤德之君？

之。审配、逄纪立袁尚为大司马将军，领冀、青、幽、并四州牧，遣使报丧。此时袁谭已发兵离青州，知父死，便与郭图、辛评商议。图曰："主公不在冀州，审配、逄纪必立显甫为主矣。当速行。"辛评曰："审、逄二人，必预定机谋。今若速往，必遭其祸。"袁谭曰："若此当何如？"郭图曰："可屯兵城外，观其动静。某当亲往察之。"谭依言。郭图遂入冀州见袁尚，礼毕，尚问："兄何不至？"图曰："因抱病在军中，不能相见。"尚曰："吾受父亲遗命，立我为主，加兄为车骑将军。目下曹军压境，请兄为前部，吾随后便调兵接应也。"图曰："军中无人商议良策，愿乞审正南、逄元图二人为辅。"尚曰："吾亦欲仗此二人早晚画策，如何离得！"图曰："然则于二人内遣一人去，如何？"尚不得已，乃令二人拈阄，拈着者便去。逄纪拈着，尚即命逄纪赍印绶，同郭图赴袁谭军中。纪随图至谭军，见谭无病，心中不安，献上印绶。谭大怒，欲斩逄纪。郭图密谏曰："今曹军压境，且只款留逄纪在此，以安尚心。待破曹之后，却来争冀州不迟。"

谭从其言。即时拔寨起行，前至黎阳，与曹军相抵。谭遣大将汪昭出战，操遣徐晃迎敌。二将战不数合，徐晃一刀斩汪昭于马下。曹军乘势掩杀，谭军大败。谭收败军入黎阳，遣人求救于尚。尚与审配计议，只发兵五千馀人相助。曹操探知救军已到，遣乐进、李典引兵于半路接着，两头围住尽杀之。袁谭知尚止拨兵五千，又被半路坑杀，大怒，乃唤逄纪责骂。纪曰："容某作书致主公，求其亲自来救。"谭即令纪作书，遣人到冀州致袁尚。尚与审配共议，配曰："郭图多谋，前次不争而去者，为曹军在境也。今若破曹，必来争冀州矣。不如不发救兵，借操之力以除之。"尚从其言，不肯发兵。使者回报，谭大怒，立斩逄纪，议欲降曹。早有细作密报袁尚。尚与审配议曰："使谭降曹，并力来攻，则冀州危矣。"乃留审配并大将苏由固守冀州，自领大军来黎阳救谭。尚问军中谁敢为前部，大将吕旷、吕翔兄弟二人愿去。尚点兵三万，使为先锋，先至黎阳。谭闻尚自来，大喜，遂

可惜逄纪死得冤枉。

罢降曹之议。谭屯兵城中，尚屯兵城外，为掎角之势。

不一日，袁熙、高干皆领军到城外，屯兵三处，每日出兵与操相持。尚屡败，操兵屡胜。至建安八年春二月，操分路攻打，袁谭、袁熙、袁尚、高干皆大败，弃黎阳而走，操引兵追至冀州。谭与尚入城坚守，熙与干离城三十里下寨，虚张声势。操兵连日攻打不下。郭嘉进曰："袁氏废长立幼，而兄弟之间，权力相并，各自树党，急之则相救，缓之则相争。不如举兵南向荆州，征讨刘表，以候袁氏兄弟之变。变成而后击之，可一举而定也。"操善其言，命贾诩为太守守黎阳，曹洪引兵守官渡。操引大军向荆州进兵。

后郭嘉遗计定辽东，亦是此理。

谭、尚听知曹军自退，遂相庆贺。袁熙、高干各自辞去。袁谭与郭图、辛评议曰："我为长子，反不能承父业。尚乃继母所生，反承大爵。心实不甘。"图曰："主公可勒兵城外，只做请显甫、审配饮酒，伏刀斧手杀之，大事定矣。"谭从其言。适别驾王修自青州来，谭将此计告之。修曰："兄弟者，左右手也。今与他人争斗，断其右手，而曰我必胜，安可得乎？夫弃兄弟而不亲，天下其谁亲之？彼谗人离间骨肉，以求一朝之利，愿塞耳勿听也。"谭怒，叱退王修，使人去请袁尚。尚与审配商议，配曰："此必郭图之计也。主公若往，必遭奸计，不如乘势攻之。"袁尚依言，便披挂上马，引兵五万出城。袁谭见袁尚引军来，情知事泄，亦即披挂上马，与尚交锋。尚见谭大骂。谭亦骂曰："汝药死父亲，篡夺爵位，今又来杀兄耶！"二人亲自交锋，袁谭大败。尚亲冒矢石，冲突掩杀。谭引败军奔平原，尚收兵还。袁谭与郭图再议进兵，令岑璧为将，领兵前来。尚自引兵出冀州。两阵对圆，旗鼓相望，璧出骂阵。尚欲自战，大将吕旷拍马舞刀，来战岑璧。二将战无数合，旷斩岑璧于马下。谭兵又败，再奔平原。审配劝尚进兵，追至平原。谭抵挡不住，退入平原，坚守不出。尚三面围城攻打。谭与郭图计议，图曰："今城中粮少，彼军方锐，势不相敌。愚意可遣人投降曹操，使操将兵攻冀州，尚

王修此言，道理浅显，话语朴实，言辞恳切，顾全大局。若袁氏三兄弟摒弃前嫌，齐心协力，足可自保，不致袁绍基业付诸东流。

必还救。将军引兵夹击之，尚可擒矣。若操击破尚军，我因而敛其军实以拒操。操军远来，粮食不继，必自退去。我可以仍据冀州，以图进取也。”

谭从其言，问曰：“何人可为使？”图曰：“辛评之弟辛毗，字佐治，见【同“现”】为平原令。此人乃能言之士，可令为使。”谭即召辛毗，毗欣然而至。谭修书付毗，使三千军送毗出境。毗星夜赍书往见曹操。时操屯军西平伐刘表，表遣玄德引兵为前部以迎之。未及交锋，辛毗到操寨。见操礼毕，操问其来意，毗具言袁谭相求之意，呈上书信。操看书毕，留辛毗于寨中，聚文武计议。程昱曰：“袁谭被袁尚攻击太急，不得已而来降，不可准信。”吕虔、满宠亦曰：“丞相既引兵至此，安可复舍表而助谭？”荀攸曰：“三公之言未善。以愚意度之：天下方有事，而刘表坐保江、汉之间，不敢展足，其无四方之志可知矣。袁氏据四州之地，带甲数十万，若二子和睦，共守成业，天下事未可知也。今乘其兄弟相攻，势穷而投我，我提兵先除袁尚，后观其变，并灭袁谭，天下定矣。此机会不可失也。”操大喜，便邀辛毗饮酒，谓之曰：“袁谭之降，真耶诈耶？袁尚之兵，果可必胜耶？”毗对曰：“明公勿问真与诈也，只论其势可耳。袁氏连年丧败，兵革疲于外，谋臣诛于内；兄弟谗隙，国分为二；加之饥馑并臻【来到】，天灾人困。无问智愚，皆知土崩瓦解，此乃天灭袁氏之时也。今明公提兵攻邺，袁尚不还救则失巢穴，若还救则谭踵袭其后。以明公之威，击疲惫之众，如迅风之扫秋叶也。不此之图，而伐荆州，荆州丰乐之地，国和民顺，未可摇动。况四方之患，莫大于河北，河北既平，则霸业成矣。愿明公详之。”操大喜曰：“恨与辛佐治相见之晚也！”即日督军还取冀州。玄德恐操有谋，不跟追袭，引兵自回荆州。

荀攸之言甚善，二袁兄弟相争之时，便于各个击破。若舍此良机，袁谭必为袁尚所灭，届时北方四州再度统一于一人治下，攻之难矣！

辛毗虽持论甚当，却是背旧主而替敌人画计。又一卖主求荣之徒也！

却说袁尚知曹军渡河，急急引军还邺，命吕旷、吕翔断后。袁谭见尚退军，乃大起平原军马，随后赶来。行不到数十里，一声炮响，两军齐出：左边吕旷，右边吕翔，兄弟二人截住袁潭。

谭勒马告二将曰："吾父在日，吾并未慢待二将军，今何从吾弟而见逼耶？"二将闻言，乃下马降谭。谭曰："勿降我，可降曹丞相。"二将因随谭归营。谭候操军至，引二将见操。操大喜，以女许谭为妻，即令吕旷、吕翔为媒。谭请操攻取冀州。操曰："方今粮草不接，搬运劳苦，我由济河，遏淇水入白沟，以通粮道，然后进兵。"令谭且居平原。操引军退屯黎阳，封吕旷、吕翔为列侯，随军听用。郭图谓袁谭曰："曹操以女许婚，恐非真意。今又封赏吕旷、吕翔，带去军中，此乃牢笼河北人心。后必终为我祸。主公可刻将军印二颗，暗使人送与二吕，令作内应。待操破了袁尚，可乘便图之。"谭依言，遂刻将军印二颗，暗送二吕。二吕受讫，径将印来禀曹操。操大笑曰："谭暗送印者，欲汝等为内助，待我破袁尚之后，就中取事耳。汝等且权受之，我自有主张。"自此曹操便有杀谭之心。

且说袁尚与审配商议："今曹兵运粮入白沟，必来攻冀州，如之奈何？"配曰："可发檄使武安长尹楷屯毛城，通上党运粮道；令沮授之子沮鹄守邯郸，遥为声援。主公可进兵平原，急攻袁谭。先绝袁谭，然后破曹。"袁尚大喜，留审配与陈琳守冀州，使马延、张颉二将为先锋，连夜起兵攻打平原。谭知尚兵来近，告急于操。操曰："吾今番必得冀州矣。"正说间，适许攸自许昌来，闻尚又攻谭，入见操曰："丞相坐守于此，岂欲待天雷击杀二袁乎？"操笑曰："吾已料定矣。"遂令曹洪先进兵攻邺，操自引一军来攻尹楷。兵临本境，楷引军来迎。楷出马，操曰："许仲康安在？"许褚应声而出，纵马直取尹楷。楷措手不及，被许褚一刀斩于马下，馀众奔溃。操尽招降之，即勒兵取邯郸。沮鹄进兵来迎。张辽出马，与鹄交锋。战不三合，鹄大败，辽从后追赶。两马相离不远，辽急取弓射之，应弦落马。操指挥军马掩杀，众皆奔散。于是操引大军前抵冀州。曹洪已近城下。操令三军绕城筑起土山，又暗掘地道以攻之。审配设计坚守，法令甚严，东门守将冯礼因酒醉有误巡警，配痛责之。冯礼怀恨，潜地出城降操。操问破城之策，礼曰："突门内土厚，可掘地道而入。"操便命冯礼引三百壮士，夤夜掘地道而入。

却说审配自冯礼出降之后，每夜亲自登城点视军马。当夜在突门阁上，望见城外无灯火。配曰："冯礼必引兵从地道而入也。"急唤精兵运石击突闸门。门闭，冯礼及三百壮士，皆死于土内。操折了这一场，遂罢地道之计，退军于洹【huán，水名，在今河南】水之上，以候袁尚回兵。袁尚攻平原，闻曹操已破尹楷、沮鹄，大军围困冀州，乃掣兵回救。部将马延曰："从大路去，曹操必有伏兵。可取小路，从西山出滏水口去劫曹营，必解围也。"尚从其言，自领大军先行，令马延与张颉断后。早有细作去报曹操。操曰："彼若从大路上来，吾当避之：若从西山小路而来，一战可擒也。吾料袁尚必举火为号，令城中接应。吾可分兵击之。"于是分拨已定。

却说袁尚出滏水界口，东至阳平，屯军阳平亭，离冀州十七里，一边靠着滏水。尚令军士堆积柴薪干草，至夜焚烧为号，遣主簿李孚扮作曹军都督，直至城下，大叫开门。审配认得是李孚声音，放入城中，说："袁尚已陈兵在阳平亭，等候接应。若城中兵出，亦举火为号。"配教城中堆草放火，以通音信。孚曰："城中无粮，可发老弱残兵并妇人出降，彼必不为备，我即以兵继百姓之后出攻之。"配从其论。次日，城上竖起白旗，上写"冀州百姓投降"。操曰："此是城中无粮，教老弱百姓出降，后必有兵出也。"操教张辽、徐晃各引三千军马，伏于两边。操自乘马、张麾盖至城下。果见城门开处，百姓扶老携幼，手持白旗而出。百姓才出尽，城中兵突出。操教将红旗一招，张辽、徐晃两路兵齐出乱杀，城中兵只得复回。操自飞马赶来，到吊桥边，城中弩箭如雨，射中操盔，险透其顶。众将急救回阵。操更衣换马，引众将来攻尚寨，尚自迎敌。时各路军马一齐杀至，两军混战，袁尚大败。尚引败兵退往西山下寨，令人催取马延、张颉军来。不知曹操已使吕旷、吕翔去招安二将，二将随二吕来降，操

曹操在徐州时就曾屠城，战场上他漠视百姓死活。

将胜之时莫心急。

亦封为列侯。即日进兵攻打西山，先使二吕、马延、张颛截断袁尚粮道。尚情知西山守不住，夜走滥口。安营未定，四下火光并起，伏兵齐出，人不及甲，马不及鞍。尚军大溃，退走五十里，势穷力极，只得遣豫州刺史阴夔至操营请降。操佯许之，却连夜使张辽、徐晃去劫寨。尚尽弃印绶、节钺、衣甲、辎重，望中山而逃。

操回军攻冀州。许攸献计曰："何不决漳河之水以淹之？"操然其计，先差军于城外掘壕堑，周围四十里。审配在城上见操军在城外掘堑，却掘得甚浅。配暗笑曰："此欲决漳河之水以灌城耳。壕深可灌，如此之浅，有何用哉！"遂不为备。当夜曹操添十倍军士并力发掘，比及天明，广深二丈，引漳水灌之，城中水深数尺。更兼粮绝，军士皆饿死。辛毗在城外，用枪挑袁尚印绶衣服，招安城内之人。审配大怒，将辛毗家属老小八十馀口，就于城上斩之，将头掷下。辛毗号哭不已。审配之侄审荣，素与辛毗相厚，见辛毗家属被害，心中怀忿，乃密写献门之书，拴于箭上，射下城来。军士拾献辛毗，毗将书献操。操先下令：如入冀州，休得杀害袁氏一门老小，军民降者免死。次日天明，审荣大开西门，放操兵入。辛毗跃马先入，军将随后，杀入冀州。审配在东南城楼上，见操军已入城中，引数骑下城死战，正迎徐晃交马。徐晃生擒审配，绑出城来。路逢辛毗，毗咬牙切齿，以鞭鞭配首曰："贼杀才！今日死矣！"配大骂："辛毗贼徒！引曹操破我冀州，我恨不杀汝也！"徐晃解配见操。操曰："汝知献门接我者乎？"配曰："不知。"操曰："此汝侄审荣所献也。"配怒曰："小儿不终，乃至于此！"操曰："昨孤至城下，何城中弩箭之多耶？"配曰："恨少！恨少！"操曰："卿忠于袁氏，不容不如此。今肯降吾否？"配曰："不降！不降！"辛毗哭拜于地曰："家属八十馀口，尽遭此贼杀害。愿丞相戮之，以雪此恨！"配曰："吾生为袁氏臣，死为袁氏鬼，不似汝辈谗谄阿谀之贼！可速斩我！"操教牵出。临受刑，叱行刑者曰："吾主在北，不可

此举纯粹是为了取悦曹操。激怒审配，害死家人，此等行径，实不当为。

使我面南而死！”乃向北跪，引颈就刃。后人有诗叹曰：

河北多名士，谁如审正南：命因昏主丧，心与古人参。
忠直言无隐，廉能志不贪。临亡犹北面，降者尽羞惭。

又一千古名言，自此处出。

彼时各为其主，曹操不计前嫌用之，况文墨之吏于军国大计无害，又可彰显自己的爱才之名和豁达大度。

又一处灵验的天象预示。

十多年前曹丕出生时，曹昂尚在，故此“令嗣”之“嗣”非继承人之意，只是对对方儿子的敬词。

袁曹二家是为国事相争的政敌，家族并无仇怨，不知曹丕为何欲杀二妇人，动机令人费解。

审配既死，操怜其忠义，命葬于城北。众将请曹操入城。操方欲起行，只见刀斧手拥一人至，操视之，乃陈琳也。操谓之曰：“汝前为本初作檄，但罪状孤可也，何乃辱及祖、父耶？”琳答曰：“箭在弦上，不得不发耳。”左右劝操杀之，操怜其才，乃赦之，命为从事。

却说操长子曹丕，字子桓，时年十八岁。丕初生时，有云气一片，其色青紫，圆如车盖，覆于其室，终日不散。有望气者密谓操曰：“此天子气也。令嗣贵不可言！”丕八岁能属文，有逸才，博古通今，善骑射，好击剑。时操破冀州，丕随父在军中，先领随身军，径投袁绍家，下马拔剑而入。有一将当之曰：“丞相有命，诸人不许入绍府。”丕叱退，提剑入后堂。见两个妇人相抱而哭，丕向前欲杀之。正是：

四世公侯已成梦，一家骨肉又遭殃。

未知性命如何，且听下文分解。

【回后评】

整部《三国演义》中，作为割据一方的诸侯，袁绍阵营中的投降人数是特别多的，大概仅次于近乎原班人马全部投降的益州刘璋集团。虽然也有审配、沮授等宁死不降的义士，但降者实在太多——无论是张郃、高览二位名将，还是吕旷、吕翔、马延、张颉、焦触、张南等先锋，亦有许攸、辛毗、陈琳等文官，甚至是自己的儿子袁谭，都投降了曹操。有人虽死犹生（如关羽、诸葛亮），有人虽败犹荣（如陈宫、庞德），而反观袁绍阵营，不仅以彻底失败告终，而且败得相当难看。树倒猢狲散，众人为保性命、图富贵而降，固然可鄙，但从侧面亦可看出袁氏父子平日对手下将领培养不够、团结不够，给予的恩义也不够。袁氏父子应该反思自己的问题。

郭图建议袁谭拉拢吕旷、吕翔作为日后反曹的内应，结果反被二吕出卖。都道“人心隔肚皮”，二吕前为袁尚所用，足见其并非袁谭可信赖的至交；方降袁谭，即转投曹操，未有寸功，皆封列侯，足见曹操笼络人心之术，亦可见二吕乃贪图功名富贵之人。郭图袁谭见事不明，竟对此二人心存幻想，以大事相托，岂不谬乎！

第三十三回

曹丕乘乱纳甄氏

郭嘉遗计定辽东

星文方向南中指
金宝旋从北地生

郭嘉遺計定遼東

【题解及内容提要】

本回之初，曹操在哭祭少年旧友同时也是平生劲敌袁绍时，曾回忆起二人昔日的对话。袁绍早年就有雄据北方进而争夺天下的打算，而曹操则只提到了“任天下之智力”，最终的事实证明，“争地”终不如“得人任”也！按曹操所言，二人的对话应是起兵讨董卓时所论。此对话未于前文述及，写在此回是作者匠心为之，是对二人后来人生轨迹的总结——二人日后果践其言。

冀州为北方第一大州，户口钱粮丰足。本回之初，曹操检点户籍，本意无外乎日后征兵与收税二事。崔琰闻一言而察之，虽未直接点破曹操用心，却敢当面责之，其为人耿介，出言直露，难免日后触怒曹操。后崔琰因被曹操怀疑含冤而死，在初登场时已有预兆。

却说曹丕见二妇人啼哭，拔剑欲斩之。忽见红光满目，遂按剑而问曰：“汝何人也？”一妇人告曰：“妾乃袁将军之妻刘氏也。”丕曰：“此女何人？”刘氏曰：“此次男袁熙之妻甄氏也。因熙出镇幽州，甄氏不肯远行，故留于此。”丕拖此女近前，见披发垢面。丕以衫袖拭其面而观之，见甄氏玉肌花貌，有倾国之色。遂对刘氏曰：“吾乃曹丞相之子也。愿保汝家。汝勿忧虑。”遂按剑坐于堂上。

却说曹操统领众将入冀州城，将入城门，许攸纵马近前，以鞭指城门而呼操曰：“阿瞒，汝不得我，安得入此门？”操大笑。众将闻言，俱怀不平。操至绍府门下，问曰：“谁曾入此门来？”守将对曰：“世子在内。”操唤出责之。刘氏出拜曰：“非世子不能保全妾家，愿就甄氏为世子执箕帚。”操教唤出，甄氏拜于前，操视之曰：“真吾儿妇也！”遂令曹丕纳之。

“世子”为古代诸侯王嗣子之称号，此时曹操并未明确曹丕为其继承人，此称呼是一漏洞，当称“公子”。

甄氏后为文昭甄皇后，魏明帝曹叡生母。

操既定冀州，亲往袁绍墓下设祭，再拜而哭甚哀，顾谓众官曰："昔日吾与本初共起兵时，本初问吾曰：'若事不辑【可理解为"济"，成功】，方面何所可据？'吾问之曰：'足下意欲若何？'本初曰：'吾南据河，北阻燕、代，兼沙漠之众，南向以争天下，庶可以济乎？'吾答曰：'吾任天下之智力，以道御之，无所不可。'此言如昨，而今本初已丧，吾不能不为流涕也！"众皆叹息。操以金帛粮米赐绍妻刘氏。乃下令曰："河北居民遭兵革之难，尽免今年租赋。"一面写表申朝，操自领冀州牧。

一日，许褚走马入东门，正迎许攸。攸唤褚曰："汝等无我，安能出入此门乎？"褚怒曰："吾等千生万死，身冒血战，夺得城池，汝安敢夸口！"攸骂曰："汝等皆匹夫耳，何足道哉！"褚大怒，拔剑杀攸，提头来见曹操，说许攸如此无礼，"某杀之矣。"操曰："子远与吾旧交，故相戏耳，何故杀之！"深责许褚，令厚葬许攸。乃令人遍访冀州贤士。冀民曰："骑都尉崔琰，字季珪，清河东武城人也。数曾献计于袁绍，绍不从，因此托疾在家。"操即召琰为本州别驾从事，因谓曰："昨按本州户籍，共计三十万众，可谓大州。"琰曰："今天下分崩，九州幅裂【如布幅的撕裂】，二袁兄弟相争，冀民暴骨原野，丞相不急存问风俗，救其涂炭，而先校计户籍，岂本州士女所望于明公哉？"操闻言，改容谢之，待为上宾。

操已定冀州，使人探袁谭消息。时谭引兵劫掠甘陵、安平、渤海、河间等处，闻袁尚败走中山，乃统军攻之。尚无心战斗，径奔幽州投袁熙。谭尽降其众，欲复图冀州。操使人召之，谭不至。操大怒，驰书绝其婚，自统大军征之，直抵平原。谭闻操自统军来，遣人求救于刘表。表请玄德商议。玄德曰："今操已破冀州，兵势正盛，袁氏兄弟不久必为操擒，救之无益。况操常有窥荆襄之意，我只养兵自守，未可妄动。"表曰："然则何以谢之？"玄德曰："可作书与袁氏兄弟，以和解为名，婉词谢之。"表然其言，先遣人以书遗谭。书略曰：

君子违难，不适仇国。日前闻君屈膝降曹，则是忘先人之仇，弃手足之谊，而遗同盟之耻矣。若“冀州”不弟【同“悌”，敬爱兄长之意。这里指袁尚的行为不顾念兄弟之情】，当降心相从。待事定之后，使天下平【同“评”】其曲直，不亦高义耶？

大意是劝袁谭放下身段，委屈自己，服从袁尚的领导。

又与袁尚书曰：

“青州”天性峭急，迷于曲直。君当先除曹操，以卒先公之恨。事定之后，乃计曲直，不亦善乎？若迷而不返，则是韩卢、东郭自困于前，而遗田父之获也。

传说古代天下跑得最快的狗是韩子卢，而跑得最快且机敏的兔子是东郭逡。一天韩子卢追逐东郭逡，围绕三座山跑了五圈，韩子卢还是没有追上东郭逡，结果二者都累死了。一个农夫刚好路过，轻易地拾获了韩子卢和东郭逡。

谭得表书，知表无发兵之意，又自料不能敌操，遂弃平原，走保南皮。曹操追至南皮，时天气寒肃，河道尽冻，粮船不能行动。操令本处百姓敲冰拽船，百姓闻令而逃。操大怒，欲捕斩之。百姓闻得，乃亲往营中投首。操曰：“若不杀汝等，则吾号令不行；若杀汝等，吾又不忍：汝等快往山中藏避，休被我军士擒获。”百姓皆垂泪而去。

用孟子的话说，此乃“仁术”也。为将者，既要严肃军纪，令行禁止；又要仁民爱物，广结众心。

袁谭引兵出城，与曹军相敌。两阵对圆，操出马以鞭指谭而骂曰：“吾厚待汝，汝何生异心？”谭曰：“汝犯吾境界，夺吾城池，赖吾妻子，反说我有异心耶！”操大怒，使徐晃出马。谭使彭安接战。两马相交，不数合，晃斩彭安于马下。谭军败走，退入南皮，操遣军四面围住。谭着慌，使辛评见操约降。操曰：“袁谭小子，反覆无常，吾难准信。汝弟辛毗，吾已重用，汝亦留此可也。”评曰：“丞相差矣。某闻‘主贵臣荣，主忧臣辱’。某久事袁氏，岂可背之！”操知其不可留，乃遣回。评回见谭，言操不准投降。谭叱曰：“汝弟现事曹操，汝怀二心耶？”评闻言，气满填胸，昏绝于地。谭令扶出，须臾而死，谭亦悔之。郭图谓谭曰：“来日尽驱百姓当先，以军继其后，与曹操决一死战。”谭从其言。当夜尽驱南皮百姓，皆执刀枪听令。次日平明，大开四门，军在后，驱百姓在前，喊声大举，一齐拥出，直抵曹寨。两军混战，自辰至午，胜负未分，杀人遍地。操见未获全胜，弃马上山，亲自击鼓。将士见之，奋力向前，谭军大败，百姓被杀者无数。曹洪奋威突阵，正迎袁谭，举刀乱砍，谭竟被曹洪杀于阵中，郭图见阵大乱，急驰入城中。乐进望见，拈弓搭箭，射下城壕，人马俱陷。操引兵入南皮，安抚百姓。忽有一彪军来到，乃袁熙部将焦触、张南也。操自引军迎之。二将倒戈卸甲，特来投降。操封为列侯。又黑山贼张燕，引军十万来降，操封为平北将军。

袁氏降将何其多也，且多是二人结伴同降，反映袁氏内部人心离散。

下令将袁谭首级号令，敢有哭者斩。头挂北门外。一人布冠衰衣【穿着丧服】，哭于头下。左右拿来见操，操问之，乃青州别驾王修也。因谏袁谭被逐，今知谭死，故来哭之。操曰：“汝知吾令否？”修曰：“知之。”操曰：“汝不怕死耶？”修曰：“我生受其辟命，亡而不哭非义也。畏死忘义，何以立世乎！若得收葬谭尸，受戮无恨。”操曰：“河北义士，何其如此之多也！可惜袁氏不能用！若能用，则吾安敢正眼觑此地哉！”遂命收葬谭尸，礼修为上宾，以为司金中郎将。因问之曰：“今袁尚已投袁熙，取之当用何策？”修不答。操曰：“忠臣也。”问郭嘉，嘉曰：“可使袁氏降将焦触、张南等自攻之。”操用其言，随差焦触、张南、吕旷、吕翔、马延、张顗，各引本部兵，分三路进攻幽州；一面使李典、乐进会合张燕，打并州，攻高干。

王修此忠义之举，堪为辛毗的榜样。

且说袁尚、袁熙知曹兵将至，料难迎敌，乃弃城引兵，星夜奔辽西投乌桓去了。幽州刺史乌桓触，聚幽州众官，歃血为盟，共议背袁向曹之事。乌桓触先言曰：“吾知曹丞相当世英雄，今往投降，有不遵令者斩。”依次歃血，循至别驾韩珩。珩乃掷剑于地，大呼曰：“吾受袁公父子厚恩，今主败亡，智不能救，勇不能死，于义缺矣！若北面而降操，吾不为也！”众皆失色。乌桓触曰：“夫兴大事，当立大义。事之济否，不待一人。韩珩既

王修之后，韩珩堪称又一河北义士。

有志如此，听其自便。”推珩而出。乌桓触乃出城迎接三路军马，径来降操。操大喜，加为镇北将军。

忽探马来报：“乐进、李典、张燕攻打并州，高干守住壶关口，不能下。”操自勒兵前往。三将接着，说干拒关难击。操集众将共议破干之计。荀攸曰：“若破干，须用诈降计方可。”操然之。唤降将吕旷、吕翔，附耳低言如此如此。吕旷等引军数十，直抵关下叫曰：“吾等原系袁氏旧将，不得已而降曹。曹操为人诡谲，薄待吾等，吾今还扶旧主。可疾开关相纳。”高干未信，只教二将自上关说话。二将卸甲弃马而入，谓干曰：“曹军新到，可乘其军心未定，今夜劫寨。某等愿当先。”干喜，从其言，是夜教二吕当先，引万馀军前去。将至曹寨，背后喊声大震，伏兵四起。高干知是中计，急回壶关城，乐进、李典已夺了关。高干夺路走脱，往投单于。操领兵拒住关口，使人追袭高干。干到单于界，正迎北番左贤王。干下马拜伏于地，言：“曹操吞并疆土，今欲犯王子地面，万乞救援，同力克复，以保北方。”左贤王曰：“吾与曹操无仇，岂有侵我土地？汝欲使我结怨于曹氏耶！”叱退高干。干寻思无路，只得去投刘表。行至上洛，被都尉王琰所杀，将头解送曹操。曹封琰为列侯。

并州既定，操商议西击乌桓。曹洪等曰：“袁熙、袁尚兵败将亡，势穷力尽，远投沙漠。我今引兵西击，倘刘备、刘表乘虚袭许都，我救应不及，为祸不浅矣。请回师勿进为上。”郭嘉曰：“诸公所言错矣。主公虽威震天下，沙漠之人恃其边远，必不设备。乘其无备，卒然击之，必可破也。且袁绍与乌桓有恩，而尚与熙兄弟犹存，不可不除。刘表坐谈之客耳，自知才不足以御刘备，重任之则恐不能制，轻任之则备不为用。虽虚国远征，公无忧也。”操曰：“奉孝之言极是。”遂率大小三军，车数千辆，望前进发。但见黄沙漠漠，狂风四起，道路崎岖，人马难行。操有回军之心，问于郭嘉。嘉此时不伏水土，卧病车上。操泣曰：“因我欲平沙漠，使公远涉艰辛，以至染病，吾心何安！”嘉曰：

“某感丞相大恩，虽死不能报万一。”操曰：“吾见北地崎岖，意欲回军，若何？”嘉曰：“兵贵神速。今千里袭人，辎重多而难以趋利，不如轻兵兼道以出，掩其不备。但须得识径路者为引导耳。”

遂留郭嘉于易州养病，求向导官以引路。人荐袁绍旧将田畴深知此境，操召而问之。畴曰：“此道秋夏间有水，浅不通车马，深不载舟楫，最难行动。不如回军，从卢龙口越白檀之险，出空虚之地，前近柳城，掩其不备，蹋顿【乌桓首领单于】可一战而擒也。”操从其言，封田畴为靖北将军，作向导官，为前驱；张辽为次；操自押后：倍道轻骑而进。田畴引张辽前至白狼山，正遇袁熙、袁尚会合蹋顿等数万骑前来。张辽飞报曹操，操自勒马登高望之，见蹋顿兵无队伍，参差不整。曹谓张辽曰：“敌兵不整，便可击之。”乃以麾授辽。辽引许褚、于禁、徐晃分四路下山，奋力急攻，蹋顿大乱。辽拍马斩蹋顿于马下，馀众皆降。袁熙、袁尚引数千骑投辽东去了。

操收军入柳城，封田畴为柳亭侯，以守柳城。畴涕泣曰：“某负义逃窜之人耳，蒙厚恩全活，为幸多矣，岂可卖卢龙之寨，以邀赏禄哉！死不敢受侯爵。”操义之，乃拜畴为议郎。操抚慰单于人等，收得骏马万匹，即日回兵。时天气寒且旱，二百里无水，军又乏粮，杀马为食，凿地三四十丈，方得水。操回至易州，重赏先曾谏者，因谓众将曰：“孤前者乘危远征，侥幸成功。虽得胜，天所佑也，不可以为法。诸君之谏，乃万安之计，是以相赏。后勿难言。”操到易州时，郭嘉已死数日，停柩在公廨。操往祭之，大哭曰：“奉孝死，乃天丧吾也！”回顾众官曰：“诸君年齿，皆孤等辈，惟奉孝最少，吾欲托以后事。不期中年夭折，使吾心肠崩裂矣！”嘉之左右，将嘉临死所封之书呈上曰：“郭公临死，亲笔书此，嘱曰：‘丞相若从书中所言，辽东事定矣。’”操拆书视之，点头嗟叹。诸人皆不知其意。次日，夏侯惇引众人禀曰：“辽东太守公孙康，久不宾服。今袁熙、袁尚又往

曹操于急难之中坚持行军，是为一鼓作气消灭敌人；重赏进谏之人，表明非常之计乃万不得已而行险，是为广开言路，团结人心。

投之，必为后患。不如乘其未动，速往征之，辽东可得也。”操笑曰：“不烦诸公虎威。数日之后，公孙康自送二袁之首至矣。”诸将皆不肯信。

却说袁熙、袁尚引数千骑奔辽东。辽东太守公孙康，本襄平人，武威将军公孙度之子也。当日知袁熙、袁尚来投，遂聚本部属官商议此事。公孙恭曰：“袁绍在日，常有吞辽东之心。今袁熙，袁尚兵败将亡，无处依栖，来此相投，是鸠夺鹊巢之意也。若容纳之，后必相图。不如赚入城中杀之，献头与曹公，曹公必重待我。”康曰：“只怕曹操引兵下辽东，又不如纳二袁使为我助。”恭曰：“可使人探听。如曹兵来攻，则留二袁，如其不动，则杀二袁送与曹公。”康从之，使人去探消息。

却说袁熙、袁尚至辽东，二人密议曰：“辽东军兵数万，足可与曹操争衡。今暂投之，后当杀公孙康而夺其地，养成气力而抗中原，可复河北也。”商议已定，乃入见公孙康。康留于馆驿，只推有病，不即相见。不一日，细作回报：“曹公兵屯易州，并无下辽东之意。”公孙康大喜，乃先伏刀斧手于壁衣中，使二袁入。相见礼毕，命坐。时天气严寒，尚见床榻上无裀褥，谓康曰：“愿铺坐席。”康瞋目言曰：“汝二人之头，将行万里！何席之有！”尚大惊。康叱曰：“左右何不下手！”刀斧手拥出，就坐席上砍下二人之头，用木匣盛贮，使人送到易州，来见曹操。时操在易州，按兵不动。夏侯惇、张辽入禀曰：“如不下辽东，可回许都。恐刘表生心。”操曰：“待二袁首级至，即便回兵。”众皆暗笑。忽报辽东公孙康遣人送袁熙、袁尚首级至，众皆大惊。使者呈上书信，操大笑曰：“不出奉孝之料！”重赏来使，封公孙康为襄平侯、左将军。众官问曰：“何为不出奉孝之所料？”操遂出郭嘉书以示之。书略曰：

今闻袁熙、袁尚往投辽东，明公切不可加兵。公孙康久畏袁氏吞并，二袁往投必疑。若以兵击之，必并力迎敌，急

前者对待袁谭、袁尚兄弟，亦然。

不可下；若缓之，公孙康、袁氏必自相图，其势然也。

众皆踊跃称善。操引众官复设祭于郭嘉灵前。亡年三十八岁，从征十有一年，多立奇勋。后人有诗赞曰：

天生郭奉孝，豪杰冠群英。腹内藏经史，胸中隐甲兵。
运谋如范蠡，决策似陈平。可惜身先丧，中原梁栋倾。

操领兵还冀州，使人先扶郭嘉灵柩于许都安葬。

程昱等请曰："北方既定，今还许都，可早建下江南之策。"操笑曰："吾有此志久矣。诸君所言，正合吾意。"是夜宿于冀州城东角楼上，凭栏仰观天文。时荀攸在侧，操指曰："南方旺气灿然，恐未可图也。"攸曰："以丞相天威，何所不服！"正看间，忽见一道金光，从地而起。攸曰："此必有宝于地下"。操下楼令人随光掘之。正是：

曹操竟也会观天象。

此是日后赤壁之战大败的前兆。

星文方向南中指，金宝旋从北地生。

不知所得何物，且听下文分解。

【回后评】

郭嘉英年早逝，曹操痛失一臂。后曹操于赤壁战败时再哭郭嘉："若奉孝在，决不使吾有此大失也！"民间有言："郭嘉不死，卧龙不出。"均可见对郭嘉的高度评价。但就《三国演义》呈现的内容而言，郭嘉长于形势研判和战略规划，如"十胜十败"论、力主征乌桓、遗计定辽东，但除了献计水淹下邳外，很少见其在战场上用奇谋致胜。所以，曹操对郭嘉的极力赞誉既有夸大成分，也有通过褒扬逝者来鼓励生者的考量。

第三十四回

蔡夫人隔屏听密语
刘皇叔跃马过檀溪

跃去龙驹能救主
追来虎将欲诛仇

玄德躍馬跳檀溪

本回之初提到曹操"所得袁绍之兵，共五六十万"，此处有虚构之嫌。《三国演义》中对参战兵力多有虚夸，据史书所记汉末全国户口情况，是不可能供养动辄几十万上百万兵马的军队的。包括赤壁之战曹操的八十三万大军、彝陵之战刘备的七十五万大军，都不符合历史史实。袁氏若真有这么多败军，足可投鞭断流，岂能败降？

自本回起，主要叙事视角再度由曹操转向刘备，漂泊半生的潜龙终于将要腾飞了。

【题解及内容提要】

却说曹操于金光处，掘出一铜雀，问荀攸曰："此何兆也？"攸曰："昔舜母梦玉雀入怀而生舜。今得铜雀，亦吉祥之兆也。"操大喜，遂命作高台以庆之。乃即日破土断木，烧瓦磨砖，筑铜雀台于漳河之上。约计一年而工毕。少子曹植进曰："若建层台，必立三座：中间高者，名为铜雀；左边一座，名为玉龙；右边一座，名为金凤。更作两条飞桥，横空而上，乃为壮观。"操曰："吾儿所言甚善。他日台成，足可娱吾者矣！"原来曹操有五子，惟植性敏慧，善文章，曹操平日最爱之。于是留曹植与曹丕在邺郡造台，使张燕守北寨。操将所得袁绍之兵，共五六十万，班师回许都，大封功臣，又表赠郭嘉为贞侯，养其子奕于府中。复聚众谋士商议，欲南征刘表。荀彧曰："大军方北征而回，未可复动。且待半年，养精蓄锐，刘表、孙权可一鼓而下也。"操从之，遂分兵屯田，以候调用。

后曹植作《铜雀台赋》，"连二桥于东西兮"一句被诸葛亮篡改为"揽二乔于东南兮"，以激怒周瑜决计抗曹。

却说玄德自到荆州，刘表待之甚厚。一日，正相聚饮酒，忽报降将张武、陈孙在江夏掳掠人民，共谋造反。表惊曰："二贼又反，为祸不小！"玄德曰："不须兄长忧虑，备请往讨之。"表大喜，即点三万军，与玄德前去。玄德领命即行，不一日来到江夏。张武、陈孙引兵来迎。玄德与关、张、赵云出马在门旗下，望见张武所骑之马，极其雄骏，玄德曰："此必千里马也。"言未毕，赵云挺枪而出，径冲彼阵。张武纵马来迎，不三合，被赵云一枪刺落马下，随手扯住辔头，牵马回阵。陈孙见了，随赶来夺。张飞大喝一声，挺矛直出，将陈孙刺死，众皆溃散。玄德招安馀党，平复江夏诸县，班师而回。表出郭迎接，入城设宴庆功。酒至半酣，表曰："吾弟如此雄才，荆州有倚赖也。但忧南越不时来寇，张鲁、孙权皆足为虑。"玄德曰："弟有三将，足可委用：使张飞巡南越之境；云长拒固子城，以镇张鲁；赵云拒三江，以当孙权。何足虑哉？"表喜，欲从其言。蔡瑁告其姊蔡夫人曰："刘备遣三将居外，而自居荆州，久必为患。"蔡夫人乃夜对刘表曰："我闻荆州人多与刘备往来，不可不防之。今容其居住城中，无益，不若遣使他往。"表曰："玄德仁人也。"蔡氏曰："只恐他人不似汝心。"表沉吟不答。

次日出城，见玄德所乘之马极骏，问之，知是张武之马，表称赞不已。玄德遂将此马送与刘表。表大喜，骑回城中。蒯越见而问之，表曰："此玄德所送也。"越曰："昔先兄蒯良，最善相马，越亦颇晓。此马眼下有泪槽，额边生白点，名为'的卢'，骑则妨主。张武为此马而亡。主公不可乘之。"表听其言。次日请玄德饮宴，因言曰："昨承惠良马，深感厚意。但贤弟不时征进，可以用之。敬当送还。"玄德起谢。表又曰："贤弟久居此间，恐废武事。襄阳属邑新野县，颇有钱粮。弟可引本部军马于本县屯扎，何如？"玄德领诺。次日，谢别刘表，引本部军马径往新野。方出城门，只见一人在马前长揖曰："公所骑马，不可乘也。"玄德视之，乃荆州幕宾伊籍，字机伯，山阳人也。玄德忙下马问之。籍曰："昨闻蒯异度对刘荆州云：'此马名的卢，乘则妨主。'因此还公。公岂可复乘之？"玄德曰："深感先生见爱。但凡人死生有命，岂马所能妨哉！"籍服其高见，自此常与玄德往来。

"先兄"一称说明荆州的重要谋臣蒯良已去世。

玄德自到新野，军民皆喜，政治一新。建安十二年春，甘夫人生刘禅。是夜有白鹤一只，飞来县衙屋上，高鸣四十馀声，望西飞去。临分娩时，异香满屋。甘夫人尝夜梦仰吞北斗，因而怀孕，故乳名阿斗。此时曹操正统兵北征。玄德乃往荆州，说刘表曰："今曹操悉兵北征，许昌空虚，若以荆襄之众，乘间袭之，大事可就也。"表曰："吾坐据九郡足矣，岂可别图？"玄德默然。表邀入后堂饮酒，酒至半酣，表忽然长叹。玄德曰："兄长何故长叹？"表曰："吾有心事，未易明言。"玄德再欲问时，蔡夫人出立屏后，刘表乃垂头不语。须臾席散，玄德自归新野。

《诗经·小雅·鹤鸣》："鹤鸣于九皋，声闻于野。"汉人传说鹤是长生不死的神禽，骑着它可上天与神仙相会。刘禅出生时有此吉兆，预示此子将来当有富贵之命。

至是年冬，闻曹操自柳城回，玄德甚叹表之不用其言。忽一日，刘表遣使至，请玄德赴荆州相会。玄德随使而往。刘表接着，叙礼毕，请入后堂饮宴，因谓玄德曰："近闻曹操提兵回许都，势日强盛，必有吞并荆襄之心。昔日悔不听贤弟之言，失此好机会。"玄德曰："今天下分裂，干戈日起，机会岂有尽乎？若能应之于后，未足为恨也。"表曰："吾弟之言甚当。"相与对饮。酒酣，表忽潸然泪下。玄德问其故。表曰："吾有心事，前者欲诉与贤弟，未得其便。"玄德曰："兄长有何难决之事？倘有用弟之处，弟虽死不辞。"表曰："前妻陈氏所生长子琦，为人虽贤，而柔懦不足立事；后妻蔡氏所生少子琮，颇聪明。吾欲废长立幼，恐碍于礼法；欲立长子，争奈蔡氏族中，皆掌军务，后必生乱。因此委决不下。"玄德曰："自古废长立幼，取乱之道。若忧蔡氏权重，可徐徐削之，不可溺爱而立少子也。"表默然。

袁绍的教训还不够，刘表有重蹈覆辙之险。

原来蔡夫人素疑玄德，凡遇玄德与表叙论，必来窃听。是时正在屏风后，闻玄德此言，心甚恨之。玄德自知语失，遂起身如厕。因见己身髀肉复生，亦不觉潸然流泪。少顷复入席，表见玄德有泪容，怪问之。玄德长叹曰："备往常身不离鞍，髀肉皆散，分久不骑，髀里肉生。日月磋跎，老将至矣，而功业不建，是以悲耳！"表曰："吾闻贤弟在许昌，与曹操青梅煮酒，共论英雄；贤弟尽举当世名士，操皆不许，而独曰：'天下英雄，惟使君与

刘备自建安六年投靠刘表，至建安十三年请诸葛亮出山，其间在荆州广结善缘，笼络人心，为日后据有荆州打下舆论基础，但在其他方面并没有实质的建树。刘备对髀下生肉的慨叹，应是他对于数年间蹉跎岁月的愧悔。

刘表也当知曹操对自己“虚名无实”的评价，不知会作何感想。

刘表知自己就是刘备口中的“碌碌之辈”。

操耳。’以曹操之权力，犹不敢居吾弟之先，何虑功业不建乎？”玄德乘着酒兴，失口答曰：“备若有基本，天下碌碌之辈，诚不足虑也。”表闻言默然。玄德自知语失，托醉而起，归馆舍安歇。后人有诗赞玄德曰：

曹公屈指从头数：“天下英雄独使君”。髀肉复生犹感叹，争教寰宇不三分？

却说刘表闻玄德语，口虽不言，心怀不足【不满】，别了玄德，退入内宅。蔡夫人曰：“适间我于屏后听得刘备之言，甚轻觑人，足见其有吞并荆州之意。今若不除，必为后患。”表不答，但摇头而已。蔡氏乃密召蔡瑁入，商议此事。瑁曰：“请先就馆舍杀之，然后告知主公。”蔡氏然其言。瑁出，便连夜点军。

却说玄德在馆舍中秉烛而坐，三更以后，方欲就寝。忽一人叩门而入，视之乃伊籍也。原来伊籍探知蔡瑁欲害玄德，特夤夜来报。当下伊籍将蔡瑁之谋，报知玄德，催促玄德速速起身。玄德曰：“未辞景升，如何便去？”籍曰：“公若辞，必遭蔡瑁之害矣。”玄德乃谢别伊籍，急唤从者，一齐上马，不待天明，星夜奔回新野。比及蔡瑁领军到馆舍时，玄德已去远矣。瑁悔恨无及，乃写诗一首于壁间，径入见表曰：“刘备有反叛之意，题反诗于壁上，不辞而去矣。”表不信，亲诣馆舍观之，果有诗四句。诗曰：

蔡瑁文采不错。

数年徒守困，空对旧山川。龙岂池中物，乘雷欲上天！

刘表见诗大怒，拔剑言曰：“誓杀此无义之徒！”行数步，猛省曰：“吾与玄德相处许多时，不曾见他作诗，此必外人离间之计也。”遂回步入馆舍，用剑尖削去此诗，弃剑上马。蔡瑁请曰：“军士已点齐，可就往新野擒刘备。”表曰：“未可造次，容徐图之。”蔡瑁见表持疑不决，乃暗与蔡夫人商议即日大会众官于襄阳，就彼处谋之。次日，瑁禀表曰：“近年丰熟，合聚众官于襄阳，以示抚劝之意。请主公一行。”表曰：“吾近日气疾【应是呼吸系统疾病】作，实不能行，可令二子为主待客。”瑁曰：“公子年幼，恐失于礼节。”表曰：“可往新野请玄德待客。”瑁暗喜正中其计，便差人请玄德赴襄阳。

却说玄德奔回新野，自知失言取祸，未对众人言之。忽使者至，请赴襄阳。孙乾曰：“昨见主公匆匆而回，意甚不乐。愚意度之，在荆州必有事故。今忽请赴会，不可轻往。”玄德方将前项事诉与诸人。云长曰：“兄自疑心语失。刘荆州并无嗔责之意。外人之言，未可轻信。襄阳离此不远，若不去，则荆州反生疑矣。”玄德曰：“云长之言是也。”张飞曰：“‘筵无好筵，会无好会’，不如休去。”赵云曰：“某将马步军三百人同往，可保主公无事。”玄德曰：“如此甚好。”

遂与赵云即日赴襄阳。蔡瑁出郭迎接，意甚谦谨。随后刘琦、刘琮二子，引一班文武官僚出迎。玄德见二公子俱在，并不疑忌。是日请玄德于馆舍暂歇，赵云引三百军围绕保护。云披甲挂剑，行坐不离左右。刘琦告玄德曰：“父亲气疾作，不能行动，特请叔父待客，抚劝各处守牧之官。”玄德曰：“吾本不敢当此，既有兄命，不敢不从。”次日，人报九郡四十二州官员，俱已到齐。蔡瑁预请蒯越计议曰：“刘备世之枭雄，久留于此，后必为害，可就今日除之。”越曰：“恐失士民之望。”瑁曰：“吾已密领刘荆州言语在此。”越曰：“既如此，可预作准备。”瑁曰：“东门岘山大路，已使吾弟蔡和引军守把；南门外已使蔡中守把；北门外已使蔡勋守把。只有西门不必守把：前有檀溪阻隔，虽有数万之众，不易过也。”越曰：“吾见赵云行坐不离玄德，恐难下手。”瑁曰：“吾伏五百军在城内准备。”越曰：“可使文聘、王威二人另设一席于外厅，以待武将。先请住赵云，然后可行事。”瑁从其言。当日杀牛宰马，大张筵席。玄德乘的卢马至州衙，命牵入后园拴系。众官皆至堂中，玄德主席，二公子两边分坐，其馀各依次而坐。赵云带剑立于玄德之侧。文聘、王威入请赵云赴席，云推辞不去。玄德令云就席，云勉强应命而出。蔡瑁在外收拾得铁桶相似，将玄德带来三百军，都遣归馆舍，只待半酣，号起下手。酒至三巡，伊籍起把盏，至玄德前，以目视玄德，低声谓曰："请更衣。"玄德会意，即起如厕。伊籍把盏毕，疾入后园，接着玄德，附耳言曰："蔡瑁设计害君，城外东、南、北三处，皆有军马守把。惟西门可走，公宜急逃！"玄德大惊，急解的卢马，开后园门牵出，飞身上马，不顾从者，匹马望西门而走。门吏问之，玄德不答，加鞭而出。门吏当之不住，飞报蔡瑁。瑁即上马，引五百军随后追赶。

却说玄德撞出西门，行无数里，前有大溪拦住去路。那檀溪阔数丈，水通襄江，其波甚紧。玄德到溪边，见不可渡，勒马再回，遥望城西尘头大起，追兵将至。玄德曰："今番死矣！"遂回马到溪边。回头看时，追兵已近。玄德着慌，纵马下溪。行不数步，马前蹄忽陷，浸湿衣袍。玄德乃加鞭大呼曰："的卢，的卢！今日妨吾！"言毕，那马从水中忽涌身而起，一跃三丈，飞上西岸。玄德如从云雾中起。后来苏学士有古风一篇，单咏跃马檀溪事。诗曰：

东汉时的一丈约合现在的2.3米，这种夸张的写法，明显是小说创作有意为之。

老去花残春日暮，宦游偶至檀溪路；停骖遥望独徘徊，眼前零落飘红絮。暗想咸阳火德衰，龙争虎斗交相持；襄阳会上王孙饮，坐中玄德身将危。逃生独出西门道，背后追兵复将到；一川烟水涨檀溪，急叱征骑往前跳。马蹄踏碎青玻璃，天风响处金鞭挥；耳畔但闻千骑走，波中忽见双龙飞：西川独霸真英主，坐下龙驹两相遇。檀溪溪水自东流，龙驹英主今何处！临流三叹心欲酸，斜阳寂寂照空山；三分鼎足浑如梦，踪迹空留在世间。

按当时的五行观念，秦朝属水德，色尚黑；汉朝属火德，色尚赤。此处"火德衰"暗喻汉室衰微。

龙驹与真龙天子共称"双龙"。

玄德跃过溪西，顾望东岸，蔡瑁已引军赶到溪边，大叫："使君何故逃席而去？"玄德曰："吾与汝无仇，何故欲相害？"瑁曰："吾并无此心，使君休听人言。"玄德见瑁手将拈弓取箭，乃急拨马望西南而去。瑁谓左右曰："是何神助也？"方欲收军回城，只见西门内赵云引三百军赶来。正是：

跃去龙驹能救主，追来虎将欲诛仇。

未知蔡瑁性命如何，且听下文分解。

【回后评】

本回对蔡夫人隔屏偷听的一处描写特别生动："蔡夫人出立屏后，刘表乃垂头不语。"刘表乃堂堂"荆襄八骏"之首，怎会如受气小媳妇这般低三下四，难道他惧内？非也。刘表与荆州本无渊源，当年一人一骑赴荆州上任，全仗蔡瑁家族和蒯氏兄弟等荆州地方豪强大族支持。刘表娶蔡瑁之妹为续弦，很大程度上是有政治联姻的考虑，是加强与荆州在地联结的需要。所以，刘表在荆州的执政不能太过违拗蔡氏家族的意愿。后文中刘表多次宽待蔡瑁的严重过失，以及产生废长立幼的心思，皆源于此政治关联。

第三十五回

玄德南漳逢隐沧

单福新野遇英主

偏裨既有舆尸辱

主将重兴雪耻兵

玄德遇司徽

南漳是今湖北省襄阳市的南漳县。隐沦，泛指神仙，也可指隐者，本回中指水镜先生司马徽。

本回中，司马徽“伏龙、凤雏，两人得一，可安天下”之言，吊足了刘备的胃口，但他偏偏不肯明言二位高贤的姓名，原因为何？按中国古代的传统，山野高贤凡有志于事功者，一般都通过亲友扬名声于外，传于明主之耳，打动明主之心，然后在明主折节访求之下出山相助。如伊尹、傅说、姜子牙、管仲、百里奚、韩信等，皆是如此，少有自己主动投奔“送上门”的大贤。水镜不直言相告，当是考验刘备的求贤是否真诚。徐庶初见刘备，也并未直接以真实姓名相告，且随后以的卢妨主之言试探之，都说明徐庶对刘备心存保留，也说明贤臣择主而事是需待深入考查的。

【题解及内容提要】

却说蔡瑁方欲回城，赵云引军赶出城来。原来赵云正饮酒间，忽见人马动，急入内观之，席上不见了玄德。云大惊，出投馆舍，听得人说：“蔡瑁引军望西赶去了。”云火急绰枪上马，引着原带来三百军，奔出西门，正迎着蔡瑁，急问曰：“吾主何在？”瑁曰：“使君逃席而去，不知何往。”赵云是谨细之人，不肯造次，即策马前行。遥望大溪，别无去路，乃复回马，喝问蔡瑁曰：“汝请吾主赴宴，何故引着军马追来？”瑁曰：“九郡四十二州县官僚俱在此，吾为上将，岂可不防护？”云曰：“汝逼吾主何去了？”瑁曰：“闻使君匹马出西门，到此却又不见。”云惊疑不定，直来溪边看时，只见隔岸一带水迹。云暗忖曰：“难道连马跳过了溪去？……”令三百军四散观望，并不见踪迹。云再回马时，蔡瑁已入城去了。云乃拿守门军士追问，皆说：“刘使君飞马出西门而去。”云再欲入城，又恐有埋伏，遂急引军归新野。

却说玄德跃马过溪，似醉如痴，想："此阔涧一跃而过，岂非天意！"迤逦望南漳策马而行。日将沉西，正行之间，见一牧童跨于牛背上，口吹短笛而来。玄德叹曰："吾不如也！"遂立马观之。牧童亦停牛罢笛，熟视玄德，曰："将军莫非破黄巾刘玄德否？"玄德惊问曰："汝乃村僻小童，何以知吾姓字！"牧童曰："我本不知。因常侍师父，有客到日，多曾说有一刘玄德，身长七尺五寸，垂手过膝，目能自顾其耳，乃当世之英雄。今观将军如此模样，想必是也。"玄德曰："汝师何人也？"牧童曰："吾师复姓司马，名徽，字德操，颍川人也。道号'水镜先生'。"玄德曰："汝师与谁为友？"小童曰："与襄阳庞德公、庞统为友。"玄德曰："庞德公乃庞统何人？"童子曰："叔侄也。庞德公字山民，长俺师父十岁；庞统字士元，少俺师父五岁。一日，我师父在树上采桑，适庞统来相访，坐于树下，共相议论，终日不倦。吾师甚爱庞统，呼之为弟。"玄德曰："汝师今居何处？"牧童遥指曰："前面林中，便是庄院。"玄德曰："吾正是刘玄德。汝可引我去拜见你师父。"

童子便引玄德，行二里馀，到庄前下马。入至中门，忽闻琴声甚美，玄德教童子且休通报，侧耳听之。琴声忽住而不弹，一人笑而出曰："琴韵清幽，音中忽起高抗之调。必有英雄窃听。"童子指谓玄德曰："此即吾师水镜先生也。"玄德视其人，松形鹤骨，器宇不凡，慌忙进前施礼，衣襟尚湿。水镜曰："公今日幸免大难！"玄德惊讶不已。小童曰："此刘玄德也。"水镜请入草堂，分宾主坐定。玄德见架上满堆书卷，窗外盛栽松竹，横琴于石床之上，清气飘然。水镜问曰："明公何来？"玄德曰："偶尔经由此地，因小童相指，得拜尊颜，不胜欣幸！"水镜笑曰："公不必隐讳。公今必逃难至此。"玄德遂以襄阳一事告之。水镜曰："吾观公气色，已知之矣。"因问玄德曰："吾久闻明公大名，何故至今犹落魄不偶耶？"玄德曰："命途多蹇，所以至此。"水

刘备此时已漂泊半生，后半生的人生轨迹即将如蛟龙腾渊。

此句刘备表意不明，"不如"吹笛还是牧牛？

刘备破黄巾时，小童大概尚未出世，此时却知其人其事。这又是一处刘备名满天下的印证。

水镜先生仙风道骨，其庄中仙气氤氲，为卧龙出山张本。

镜曰："不然。盖因将军左右不得其人耳。"玄德曰："备虽不才，文有孙乾、糜竺、简雍之辈，武有关、张、赵云之流，竭忠辅相，颇赖其力。"水镜曰："关、张、赵云皆万人敌，惜无善用之之人。若孙乾、糜竺辈，乃白面书生，非经纶济世之才也。"玄德曰："备亦尝侧身以求山谷之遗贤，奈未遇其人何！"水镜曰："岂不闻孔子云：'十室之邑，必有忠信。'何谓无人？"玄德曰："备愚昧不识，愿赐指教。"水镜曰："公闻荆襄诸郡小儿谣言乎？其谣曰：'八九年间始欲衰，至十三年无孑遗。到头天命有所归，泥中蟠龙向天飞。'此谣始于建安初：建安八年，刘景升丧却前妻，便生家乱，此所谓'始欲衰'也；'无孑遗'者，不久则景升将逝，文武零落无孑遗矣；'天命有归'，'龙向天飞'，盖应在将军也。"玄德闻言惊谢曰："备安敢当此！"水镜曰："今天下之奇才，尽在于此，公当往求之。"玄德急问曰："奇才安在？果系何人？"水镜曰："伏龙、凤雏，两人得一，可安天下。"玄德曰："伏龙、凤雏何人也？"水镜抚掌大笑曰："好！好！"玄德再问时，水镜曰："天色已晚，将军可于此暂宿一宵，明日当言之。"即命小童具饮馔相待，马牵入后院喂养。

刘备在荆州多年，何曾求得一位贤者？

前番牧童详说庞德公与庞统事，刘备全当耳旁风了。刘备既以水镜为高贤，与其"共相议论，终日不倦"的庞统岂能是泛泛之辈？刘备此时还是缺乏访贤的意识和对贤才的敏感度。

玄德饮膳毕，即宿于草堂之侧。玄德因思水镜之言，寝不成寐。约至更深，忽听一人叩门而入，水镜曰："元直何来？"玄德起床密听之，闻其人答曰："久闻刘景升善善恶恶，特往谒之。及至相见，徒有虚名，盖善善而不能用，恶恶而不能去者也。故遗书别之，而来至此。"水镜曰："公怀王佐之才，宜择人而事，奈何轻身往见景升乎？且英雄豪杰，只在眼前，公自不识耳。"其人曰："先生之言是也。"玄德闻之大喜，暗忖此人必是伏龙、凤雏，即欲出见，又恐造次。

候至天晓，玄德求见水镜，问曰："昨夜来者是谁？"水镜曰："此吾友也。"玄德求与相见。水镜曰："此人欲往投明主，已到他处去了。"玄德请问其姓名。水镜笑曰："好！好！"玄德再问："伏龙、凤雏，果系何人？"水镜亦只笑曰："好！

关子要卖足，氛围要慢慢铺垫渲染。

好！”玄德拜请水镜出山相助，同扶汉室。水镜曰：“山野闲散之人，不堪世用。自有胜吾十倍者来助公，公宜访之。”正谈论间，忽闻庄外人喊马嘶，小童来报：“有一将军，引数百人到庄来也。”玄德大惊，急出视之，乃赵云也，玄德大喜。云下马入见曰：“某夜来回县，寻不见主公，连夜跟问到此。主公可作速回县，只恐有人来县中厮杀。”玄德辞了水镜，与赵云上马投新野来。行不数里，一彪人马来到，视之乃云长、翼德也，相见大喜。玄德诉说跃马檀溪之事，共相嗟讶。

到县中，与孙乾等商议。乾曰：“可先致书于景升，诉告此事。”玄德从其言，即令孙乾赍书至荆州。刘表唤入问曰：“吾请玄德襄阳赴会，缘何逃席而去？”孙乾呈上书札，具言蔡瑁设谋相害，赖跃马檀溪得脱。表大怒，急唤蔡瑁责骂曰：“汝焉敢害吾弟！”命推出斩之。蔡夫人出，哭求免死，表怒犹未息。孙乾告曰：“若杀蔡瑁，恐皇叔不能安居于此矣。”表乃责而释之，使长子刘琦同孙乾至玄德处请罪。琦奉命赴新野，玄德接着，设宴相待。酒酣，琦忽然堕泪。玄德问其故，琦曰：“继母蔡氏，常怀谋害之心。侄无计免祸，幸叔父指教。”玄德劝以“小心尽孝，自然无祸”。次日，琦泣别。玄德乘马送琦出郭，因指马谓琦曰：“若非此马，吾已为泉下之人矣。”琦曰：“此非马之力，乃叔父之洪福也。”说罢，相别。刘琦涕泣而去。

前文解读已论及蔡氏家族在荆州树大根深，难以动摇，刘表此举也不过是在孙乾面前做做姿态罢了。

玄德回马入城，忽见市上一人，葛巾布袍，皂绦乌履，长歌而来。歌曰：

> 天地反覆兮，火欲殂；大厦将崩兮，一木难扶。山谷有贤兮，欲投明主；明主求贤兮，却不知吾。

暗指属火德的汉朝将亡。

暗指刘备兴复汉室的志愿独木难支，或可将“一木”理解为“本”字。

玄德闻歌，暗思：“此人莫非水镜所言伏龙、凤雏乎？”遂下马相见，邀入县衙，问其姓名，答曰：“某乃颍上人也，姓单，名福。久闻使君纳士招贤，欲来投托，未敢辄造，故行歌于

效仿战国时齐国战略家冯谖弹铗之古风。

市，以动尊听耳。”玄德大喜，待为上宾。单福曰：“适使君所乘之马，再乞一观。”玄德命去鞍牵于堂下。单福曰：“此非的卢马乎？虽是千里马，却只妨主，不可乘也。”玄德曰：“已应之矣。”遂具言跃檀溪之事。福曰：“此乃救主，非妨主也。终必妨一主。某有一法可禳【ráng，祈祷消灾】。”玄德曰：“愿闻禳法。”福曰：“公意中有仇怨之人，可将此马赐之。待妨过了此人，然后乘之，自然无事。”玄德闻言变色曰：“公初至此，不教吾以正道，便教作利己妨人之事，备不敢闻教。”福笑谢曰：“向闻使君仁德，未敢便信，故以此言相试耳。”玄德亦改容起谢曰：“备安能有仁德及人，惟先生教之。”福曰：“吾自颍上来此，闻新野之人歌曰：‘新野牧，刘皇叔；自到此，民丰足。’可见使君之仁德及人也。”玄德乃拜单福为军师，调练本部人马。

的卢马旧主张武已死，不算被其妨过之主吗？何必日后非得应验在庞统身上？

下逐客令的委婉表达。

却说曹操自冀州回许都，常有取荆州之意，特差曹仁、李典并降将吕旷、吕翔等领兵三万屯樊城，虎视荆襄，就探看虚实。时吕旷、吕翔禀曹仁曰：“今刘备屯兵新野，招军买马，积草储粮，其志不小，不可不早图之。吾二人自降丞相之后，未有寸功，愿请精兵五千，取刘备之头以献丞相。”曹仁大喜，与二吕兵五千，前往新野厮杀。探马飞报玄德。玄德请单福商议。福曰：“既有敌兵，不可令其入境。可使关公引一军从左而出，以敌来军中路；张飞引一军从右而出，以敌来军后路；公自引赵云出兵前路相迎。敌可破矣。”玄德从其言，即差关、张二人去讫；然后与单福、赵云等共引二千人马，出关相迎。行不数里，只见山后尘头大起，吕旷、吕翔引军来到。两边各射住阵角，玄德出马，于旗门下大呼曰：“来者何人，敢犯吾境？”吕旷出马曰：“吾乃大将吕旷也。奉丞相命，特来擒汝！”玄德大怒，使赵云出马。二将交战，不数合，赵云一枪刺吕旷于马下。玄德麾军掩杀，吕翔抵敌不住，引军便走。正行间，路傍一军突出，为首大将乃关云长也。冲杀一阵，吕翔折兵大半，夺路走脱。行不到十里，又一军拦住去路，为首大将，挺矛大叫：“张翼德在此！”

徐庶亲自上阵临敌，不似诸葛亮博望初战时只在城中坐镇。刘备对待徐庶也不像对诸葛亮那样谦恭礼敬过甚，故关、张对其少有反感。

徐庶屡次小胜曹军，再为卧龙出山张本。

直取吕翔。翔措手不及，被张飞一矛刺中，翻身落马而死，馀众四散奔走。玄德合军追赶，大半多被擒获。玄德班师回县，重待单福，犒赏三军。

却说败军回见曹仁，报说二吕被杀，军士多被活捉。曹仁大惊，与李典商议。典曰："二将欺敌而亡，今只宜按兵不动，申报丞相，起大兵来征剿，乃为上策。"仁曰："不然。今二将阵亡，又折许多军马，此仇不可不急报。量新野弹丸之地，何劳丞相大军？"典曰："刘备人杰也，不可轻视。"仁曰："公何怯也！"典曰："兵法云：'知彼知己，百战百胜。'某非怯战，但恐不能必胜耳。"仁怒曰："公怀二心耶？吾必欲生擒刘备！"典曰："将军若去，某守樊城。"仁曰："汝若不同去，真怀二心矣！"典不得已，只得与曹仁点起二万五千军马，渡河投新野而来。正是：

偏裨既有舆尸辱，主将重兴雪耻兵。

未知胜负何如，且听下文分解。

【回后评】

本回末还提到刘备与徐庶、赵云等共引兵马迎敌，不似诸葛亮博望初战时只在城中坐镇，后来临阵对敌也多乘四轮小车，徐庶作为军师，不是在后方运筹帷幄，而是亲自上阵临敌。第三十六回中提到，徐庶"幼好学击剑"，说明他身上颇有武将风范。

第三十六回

玄德用计袭樊城
元直走马荐诸葛

嘱友一言因爱主
赴家千里为思亲

徐庶走荐
諸葛亮

【题解及内容提要】

真正用计袭占樊城的不是刘备，而是徐庶，本回名前一句为“玄德”用计，是为了避免与后一句中的“元直”重复。此战是“避实击虚”的经典战例，只不过规模较小，于故事主线的走向没有太大的影响。

刘备在徐庶的辅佐下连战连捷，逐渐做强，成为了曹操南下平定荆州的重要阻碍。曹操再一次正视这个平生劲敌，只不过他并没有直接率大军攻打，而是用奸险诈伪的手段逼着徐庶离开了刘备。

却说曹仁忿怒，遂大起本部之兵，星夜渡河，意欲踏平新野。

且说单福得胜回县，谓玄德曰：“曹仁屯兵樊城，今知二将被诛，必起大军来战。”玄德曰：“当何以迎之？”福曰：“彼若尽提兵而来，樊城空虚，可乘间夺之。”玄德问计，福附耳低言如此如此。玄德大喜，预先准备已定。忽报马【应是“探马”】报说：“曹仁引大军渡河来了。”单福曰：“果不出吾之料。”遂请玄德出军迎敌。两阵对圆，赵云出马唤彼将答话。曹仁命李典出阵，与赵云交锋。约战十数合，李典料敌不过，拨马回阵。云纵马追赶，两翼军射住，遂各罢兵归寨。李典回见曹仁，言：“彼军精锐，不可轻敌，不如回樊城。”曹仁大怒曰：“汝未出军时，已慢吾军心；今又卖阵，罪当斩首！”便喝刀斧手推出李典要斩，众将苦告方免。乃调李典领后军，仁自引兵为前部。次日鸣鼓进军，布成一个阵势，使人问玄德曰：“识吾阵势？”单福便上高处观看毕，谓玄德曰：“此‘八门金锁阵’也。八门者：休、生、伤、杜、景、死、惊、开。如从生门、景门、开门而入则吉；从伤门、惊门、休门而入则伤；从杜门、死门而人则亡。今八门虽布得整齐，只是中间通欠主持。如从东南角上生门击入，

摆阵多为以寡克众，从战术来看是守大于攻，如诸葛亮于鱼腹浦摆八阵图，可抵十万大军。曹仁有兵力优势，却舍强攻而就阵法，是自弃其长。除了耀武扬威，于破敌致胜作用有限之外，还可能会贻误战机。

往正西景门而出，其阵必乱。”玄德传令，教军士把住阵角，命赵云引五百军从东南而入，径往西出。云得令，挺枪跃马，引兵径投东南角上，呐喊杀入中军。曹仁便投北走。云不追赶，却突出西门，又从西杀转东南角上来。曹仁军大乱。玄德麾军冲击，曹兵大败而退。单福命休追赶，收军自回。

却说曹仁输了一阵，方信李典之言，因复请典商议，言：“刘备军中必有能者，吾阵竟为所破。”李典曰：“吾虽在此，甚忧樊城。”曹仁曰：“今晚去劫寨。如得胜，再作计议；如不胜，便退军回樊城。”李典曰：“不可。刘备必有准备。”仁曰：“若如此多疑，何以用兵！”遂不听李典之言。自引军为前队，使李典为后应，当夜二更劫寨。

却说单福正与玄德在寨中议事，忽信风骤起。福曰：“今夜曹仁必来劫寨。”玄德曰：“何以敌之？”福笑曰：“吾已预算定了。”遂密密分拨已毕。至二更，曹仁兵将近寨，只见寨中四围火起，烧着寨栅。曹仁知有准备，急令退军。赵云掩杀将来。仁不及收兵回寨，急望北河而走。将到河边，才欲寻船渡河，岸上一彪军杀到，为首大将乃张飞也。曹仁死战，李典保护曹仁下船渡河，曹军大半淹死水中。曹仁渡过河面，上岸奔至樊城，令人叫门。只见城上一声鼓响，一将引军而出，大喝曰：“吾已取樊城多时矣！”众惊视之，乃关云长也。仁大惊，拨马便走。云长追杀过来。曹仁又折了好些军马，星夜投许昌。于路打听，方知有单福为军师，设谋定计。

不说曹仁败回许昌，且说玄德大获全胜，引军入樊城，县令刘泌出迎。玄德安民已定。那刘泌乃长沙人，亦汉室宗亲，遂请玄德到家，设宴相待。只见一人侍立于侧，玄德视其人器宇轩昂，因问泌曰：“此何人？”泌曰：“此吾之甥寇封，本罗侯寇氏之子也，因父母双亡，故依于此。”玄德爱之，欲嗣为义子。刘泌欣然从之，遂使寇封拜玄德为父，改名刘封。玄德带回，令拜云长、翼德为叔。云长曰：“兄长既有子，何必用螟蛉？后必生

《诗经·小雅·小苑》：“螟蛉有子，蜾蠃负之。”古人以为蜾蠃有雄无雌，没有后代，于是捕捉螟蛉来当作义子喂养。后人将被人收养的义子称为“螟蛉之子”。

乱。”玄德曰：“吾待之如子，彼必事吾如父，何乱之有！”云长不悦。玄德与单福计议，令赵云引一千军守樊城。玄德领众自回新野。

却说曹仁与李典回许都见曹操，泣拜于地请罪，具言损将折兵之事。操曰：“胜负乃军家之常。但不知谁为刘备画策？”曹仁言是单福之计。操曰：“单福何人也？”程昱笑曰：“此非单福也。此人幼好学击剑，中平末年，尝为人报仇杀人，披发涂面而走，为吏所获，问其姓名不答，吏乃缚于车上，击鼓行于市，令市人识之，虽有识者不敢言，而同伴窃解救之。乃更姓名而逃，折节向学，遍访名师，尝与司马徽谈论。此人乃颍川徐庶，字元直，单福乃其托名耳。”操曰：“徐庶之才，比君何如？”昱曰：“十倍于昱。”操曰：“惜乎贤士归于刘备！羽翼成矣！奈何？”昱曰：“徐庶虽在彼，丞相要用，召来不难。”操曰：“安得彼来归？”昱曰：“徐庶为人至孝。幼丧其父，止有老母在堂。现今其弟徐康已亡，老母无人侍养。丞相可使人赚其母至许昌，令作书召其子，则徐庶必至矣。”

操大喜，使人星夜前去取徐庶母。不一日，取至。操厚待之，因谓之曰：“闻令嗣徐元直，乃天下奇才也。今在新野，助逆臣刘备，背叛朝廷，正犹美玉落于污泥之中，诚为可惜。今烦老母作书，唤回许都，吾于天子之前保奏，必有重赏。”遂命左右捧过文房四宝，令徐母作书。徐母曰：“刘备何如人也？”操曰：“沛郡小辈，妄称‘皇叔’，全无信义，所谓外君子而内小人者也。”徐母厉声曰：“汝何虚诳之甚也！吾久闻玄德乃中山靖王之后，孝景皇帝阁下玄孙，屈身下士，恭己待人，仁声素著，世之黄童、白叟、牧子、樵夫皆知其名，真当世之英雄也。吾儿辅之，得其主矣。汝虽托名汉相，实为汉贼。乃反以玄德为逆臣，欲使吾儿背明投暗，岂不自耻乎！“言讫，取石砚便打曹操。操大怒，叱武士执徐母出，将斩之。程昱急止之，入谏操曰：“徐母触忤丞相者，欲求死也。丞相若杀之，则招不义之名，

关羽心高气傲，不通人情世故，初见刘封即埋下祸根。后失荆州，刘封不肯出兵相救，终至败亡，果应此报。

而成徐母之德。徐母既死，徐庶必死心助刘备以报仇矣；不如留之，使徐庶身心两处，纵使助刘备，亦不尽力也。且留得徐母在，昱自有计赚徐庶至此，以辅丞相。”操然其言，遂不杀徐母，送于别室养之。程昱日往问候，诈言曾与徐庶结为兄弟，待徐母如亲母，时常馈送物件，必具手启。徐母因亦作手启答之。程昱赚得徐母笔迹，乃仿其字体，诈修家书一封，差一心腹人，持书径奔新野县，寻问“单福”行幕。军士引见徐庶。庶知母有家书至，急唤入问之。来人曰：“某乃馆下走卒，奉老夫人言语，有书附达。”庶拆封视之。书曰：

近汝弟康丧，举目无亲。正悲凄间，不期曹丞相使人赚至许昌，言汝背反，下我于缧绁，赖程昱等救免。若得汝来降，能免我死。如书到日，可念劬【qú，勤劳，劳苦】劳之恩，星夜前来，以全孝道，然后徐图归耕故园，免遭大祸。吾今命若悬丝，专望救援！更不多嘱。

徐庶览毕，泪如泉涌，持书来见玄德曰：“某本颍川徐庶，字元直，为因逃难，更名单福。前闻刘景升招贤纳士，特往见之。及与论事，方知是无用之人，故作书别之，夤夜至司马水镜庄上，诉说其事。水镜深责庶不识主，因说：‘刘豫州在此，何不事之？’庶故作狂歌于市，以动使君，幸蒙不弃，即赐重用。争奈老母今被曹操奸计赚至许昌囚禁，将欲加害。老母手书来唤，庶不容不去。非不欲效犬马之劳以报使君，奈慈亲被执，不得尽力。今当告归，容图后会。”玄德闻言大哭曰：“子母乃天性之亲，元直无以备为念。待与老夫人相见之后，或者再得奉教。”徐庶便拜谢欲行，玄德曰：“乞再聚一宵，来日饯行。”孙乾密谓玄德曰：“元直天下奇才，久在新野，尽知我军中虚实。今若使归曹操，必然重用，我其危矣。主公宜苦留之，切勿放去。操见元直不去，必斩其母。元直知母死，必为母报仇，力攻曹操也。”

玄德曰："不可。使人杀其母，而吾用其子，不仁也；留之不使去，以绝其子母之道，不义也。吾宁死，不为不仁不义之事。"众皆感叹。

前文说"孙乾密谓玄德"，这里却是"众皆感叹"。到底是孙乾刘备两人密谈，还是众人皆在场？此又一矛盾处。

玄德请徐庶饮酒，庶曰："今闻老母被囚，虽金波玉液不能下咽矣。"玄德曰："备闻公将去，如失左右手，虽龙肝凤髓，亦不甘味。"二人相对而泣，坐以待旦。诸将已于郭外安排筵席饯行。玄德与徐庶并马出城，至长亭，下马相辞。玄德举杯谓徐庶曰："备分浅缘薄，不能与先生相聚。望先生善事新主，以成功名。"庶泣曰："某才微智浅，深荷使君重用。今不幸半途而别，实为老母故也。纵使曹操相逼，庶亦终身不设一谋。"玄德曰："先生既去，刘备亦将远遁山林矣。"庶曰："某所以与使君共图王霸之业者，恃此方寸【指内心】耳；今以老母之故，方寸乱矣，纵使在此，无益于事。使君宜别求高贤辅佐，共图大业，何便灰心如此？"玄德曰："天下高贤，无有出先生右者。"庶曰："某樗栎【chū lì，谦辞，才能低下】庸材，何敢当此重誉。"临别，又顾谓诸将曰："愿诸公善事使君，以图名垂竹帛，功标青史，切勿效庶之无始终也。"诸将无不伤感。玄德不忍相离，送了一程，又送一程。庶辞曰："不劳使君远送，庶就此告别。"玄德就马上执庶之手曰："先生此去，天各一方，未知相会却在何日！"说罢，泪如雨下。庶亦涕泣而别。玄德立马于林畔，看徐庶乘马与从者匆匆而去。玄德哭曰："元直去矣！吾将奈何？"凝泪而望，却被一树林隔断，玄德以鞭指曰："吾欲尽伐此处树木。"众问何故，玄德曰："因阻吾望徐元直之目也。"

正应刘备前语。

"图王霸之业"，徐庶的这一表述值得注意。何为"霸业"？即便没有篡汉自立的不臣之心，也必然意味着拥兵自重、割据一方，这与曹操所行并无二致，刘备并未对此加以辩白和自清，可见他内心是有此野心的。

正望间，忽见徐庶拍马而回。玄德曰："元直复回，莫非无去意乎？"遂欣然拍马向前迎问曰："先生此回，必有主意。"庶勒马谓玄德曰："某因心绪如麻，忘却一语：此间有一奇士，只在襄阳城外二十里隆中。使君何不求之？"玄德曰："敢烦元直为备请来相见。"庶曰："此人不可屈致，使君可亲往求之。若得此人，无异周得吕望、汉得张良也。"玄德曰："此人比先生多处用类比和对比，突出诸葛亮的过人之能。

才德何如？”庶曰：“以某比之，譬犹驽马并麒麟、寒鸦配鸾凤耳。此人每尝自比管仲、乐毅，以吾观之，管、乐殆不及此人。此人有经天纬地之才，盖天下一人也！”玄德喜曰：“愿闻此人姓名。”庶曰：“此人乃琅琊阳都人，复姓诸葛，名亮，字孔明，乃汉司隶校尉诸葛丰之后。其父名珪，字子贡，为泰山郡丞，早卒，亮从其叔玄。玄与荆州刘景升有旧，因往依之，遂家于襄阳。后玄卒，亮与弟诸葛均躬耕于南阳。尝好为《梁父吟》。所居之地有一冈名卧龙冈，因自号为‘卧龙先生’。此人乃绝代奇才，使君急宜枉驾见之。若此人肯相辅佐，何愁天下不定乎！”

此处的“定天下”与前述“王霸之业”有相同的深意。

玄德曰：“昔水镜先生曾为备言：‘伏龙、凤雏，两人得一，可安天下。’今所云莫非即伏龙、凤雏乎？”庶曰：“凤雏乃襄阳庞统也，伏龙正是诸葛孔明。”玄德踊跃曰：“今日方知‘伏龙、凤雏’之语。何期大贤只在目前！非先生言，备有眼如盲也！”后人有赞徐庶走马荐诸葛诗曰：

痛恨高贤不再逢，临岐【同“歧”，分别时的岔路】泣别两情浓。片言却似春雷震，能使南阳起卧龙。

徐庶荐了孔明，再别玄德，策马而去。玄德闻徐庶之语，方悟司马德操之言，似醉方醒，如梦初觉。引众将回至新野，便具厚币，同关、张前去南阳请孔明。

生动展现了刘备终于得知大贤姓名后的惊喜。

且说徐庶既别玄德，感其留恋之情，恐孔明不肯出山辅之，遂乘马直至卧龙冈下，入草庐见孔明。孔明问其来意。庶曰：“庶本欲事刘豫州，奈老母为曹操所囚，驰书来召，只得舍之而往。临行时，将公荐与玄德。玄德即日将来奉谒，望公勿推阻，即展平生之大才以辅之，幸甚！”孔明闻言作色曰：“君以我为享祭之牺牲乎！”说罢，拂袖而入。庶羞惭而退，上马趱程，赴许昌见母。正是：

徐庶不征询当事人的意愿，私相授受，把绝世英才“卖”给别人，诸葛亮当然不悦。

嘱友一言因爱主，赴家千里为思亲。

未知后事若何，下文便见。

【回后评】

孙乾劝刘备强留徐庶，实属不智。孙乾只见其一，未见其二，是急功近利的“短视”表现。即使真如孙乾所言，徐庶必然将母亡之怨归咎于刘备，心生怨忿，不会再为刘备出谋划策。刘备虽然口中从仁义的角度驳斥孙乾，但心中未必不明此理。

刘备送别徐庶时，劝其“善事新主，以成功名”。这句话一方面能体现刘备处处为他人着想的挚诚之心；另一方面，却能从中细品出一点“酸味儿”——白帝托孤之时，刘备说诸葛亮“君可自为成都之主”，可以解读为刘备是在将对方的军，意在逼人在忠诚问题上表态。

徐庶走后，刘备的“泪如雨下”和伐木之举，足见其确是性情中人，送别之情真切，感人至深。客观说来，刘备凝聚人心的能力确实非常卓越。

第三十七回

司马徽再荐名士 刘玄德三顾草庐

高贤未服英雄志
屈节偏生杰士疑

劉玄德初顧茅廬

本回之初，司马徽得知徐庶已将诸葛亮举荐给刘备，预见到诸葛亮将会出山为刘备效力，但司马徽对此事的评价却是——“虽得其主，不得其时，惜哉！”其真实想法值得推敲。“得其主”说明司马徽肯定刘备是明主，可何为“不得其时”呢？汉室衰微，非诸葛亮一已之力可以挽救。后刘备一顾茅庐时，崔州平即持“汉室不可复兴”论。先前刘备在水镜庄上，司马徽不肯直言告知“伏龙”“凤雏”二位高贤的姓名，很明显是不想把他们直接推荐给刘备，应该也是有此考量。

陈寿在《三国志·诸葛亮传》中写道：“盖天命有归，不可以智力争也。”唐末诗人罗隐《西施》诗曰：“家国兴亡自有时。”纵观整个封建社会，历朝历代，无常盛之朝，无不亡之国。此理不虚。

却说徐庶趱程赴许昌。曹操知徐庶已到，遂命荀彧、程昱等一班谋士往迎之。庶入相府拜见曹操，操曰：“公乃高明之士，何故屈身而事刘备乎？”庶曰：“某幼逃难，流落江湖，偶至新野，遂与玄德交厚。老母在此，幸蒙慈念，不胜愧感。”操曰：“公今至此，正可晨昏侍奉令堂，吾亦得听清诲【敬辞，对人的教诲】矣。”庶拜谢而出，急往见其母，泣拜于堂下。母大惊曰：“汝何故至此？”庶曰：“近于新野事刘豫州，因得母书，故星夜至此。”徐母勃然大怒，拍案骂曰：“辱子飘荡江湖数年，吾以为汝学业有进，何其【同“期”。何期，表示没有想到】反不如初也！汝既读书，须知忠孝不能两全。岂不识曹操欺君罔上之贼？刘玄德仁义布于四海，况又汉室之胄，汝既事之，得其主矣，今凭一纸伪书，更不详察，遂弃明投暗，自取恶名，真愚夫也！吾不想徐母贤良高义如此！整部《三国演义》中，少有堪比徐母这般深明大义者也。

这里是赞美徐母和伏剑自杀的王陵之母的品行，她们与断机教子的孟母不相上下。

有何面目与汝相见！汝玷辱祖宗，空生于天地间耳！”骂得徐庶拜伏于地，不敢仰视。母自转入屏风后去了。少顷，家人出报曰：“老夫人自缢于梁间。”徐庶慌入救时，母气已绝。后人有《徐母赞》曰：

> 贤哉徐母，流芳千古：守节无亏，于家有补；教子多方，处身自苦；气若丘山，义出肺腑；赞美“豫州”，毁触魏武；不畏鼎镬，不惧刀斧；唯恐后嗣，玷辱先祖。伏剑同流，断机堪伍；生得其名，死得其所：贤哉徐母，流芳千古！

徐庶见母已死，哭绝于地，良久方苏。曹操使人赍礼吊问，又亲往祭奠。徐庶葬母柩于许昌之南原，居丧守墓。凡曹操所赐，庶俱不受。

时操欲商议南征，荀彧谏曰：“天寒未可用兵。姑待春暖，方可长驱大进。”操从之，乃引漳河之水作一池，名玄武池，于内教练水军，准备南征。

却说玄德正安排礼物，欲往隆中谒诸葛亮，忽人报：“门外有一先生，峨冠博带，道貌非常，特来相探。”玄德曰：“此莫非即孔明否？”遂整衣出迎，视之乃司马徽也。玄德大喜，请入后堂高坐，拜问曰：“备自别仙颜，因军务倥偬【kǒng zǒng，事情纷繁迫促】，有失拜访。今得光降，大慰仰慕之私。”徽曰：“闻徐元直在此，特来一会。”玄德曰：“近因曹操囚其母，徐母遣人驰书，唤回许昌去矣。”徽曰：“此中曹操之计矣！吾素闻徐母最贤，虽为操所囚，必不肯驰书召其子。此书必诈也。元直不去，其母尚存；今若去，母必死矣！”玄德惊问其故，徽曰：“徐母高义，必羞见其子也。”玄德曰：“元直临行，荐南阳诸葛亮，其人若何？”徽笑曰：“元直欲去，自去便了，何又惹他出来呕心血也？”玄德曰：“先生何出此言？”徽曰：“孔明与博陵崔州平、颍川石广元、汝南孟公威与徐元直四人为密友。此四人务于精纯，惟孔明独观其大略。尝抱膝长吟，而指四人曰：‘公等仕进可至刺史、郡守。’众问孔明之志若何，孔明但笑而不答。每常自比管仲、乐毅，其才不可量也。”玄德曰：“何颍川之多贤！”徽曰：“昔有殷馗善观天文，尝谓‘群星聚于颍分，其地必多贤士’。”时云长在侧曰：“某闻管仲、乐毅乃春秋、战国名人，功盖寰宇，孔明自比此二人，毋乃太过？”徽笑曰：“以吾观之，不当比此二人，我欲另以二人比之。”云长问：“那二人？”徽曰：“可比兴周八百年之姜子牙、旺汉四百年之张子房也。”众皆愕然。徽下阶相辞欲行，玄德留之不住。徽出门仰天大笑曰：“卧龙虽得其主，不得其时，惜哉！”言罢，飘然而去。玄德叹曰：“真隐居贤士也！”

多半已为曹操效力。

次日，玄德同关、张并从人等来隆中。遥望山畔数人，荷锄耕于田间，而作歌曰：

苍天如圆盖，陆地似棋局；世人黑白分，往来争荣辱；荣者自安安，辱者定碌碌。南阳有隐居，高眠卧不足！

写出了人间世态。

玄德闻歌，勒马唤农夫问曰：“此歌何人所作？”答曰：“乃卧龙先生所作也。”玄德曰：“卧龙先生住何处？”农夫曰：“自此山之南，一带高冈，乃卧龙冈也。冈前疏林内茅庐中，即诸葛先生高卧之地。”玄德谢之，策马前行不数里，遥望卧龙冈，果然清景异常。后人有古风一篇，单道卧龙居处。诗曰：

襄阳城西二十里，一带高冈枕流水：高冈屈曲压云根，流水潺湲飞石髓【石钟乳】；势若困龙石上蟠，形如单凤松阴里；柴门半掩闭茅庐，中有高人卧不起。修竹交加列翠屏，四时篱落野花馨；床头堆积皆黄卷，座上往来无白丁；叩户苍猿时献果，守门老鹤夜听经；囊里名琴藏古锦，壁间宝剑挂七星。庐中先生独幽雅，闲来亲自勤耕稼；专待春雷惊梦回，一声长啸安天下。

玄德来到庄前，下马亲叩柴门，一童出问。玄德曰："汉左将军、宜城亭侯、领豫州牧、皇叔刘备，特来拜见先生。"童子曰："我记不得许多名字。"玄德曰："你只说刘备来访。"童子曰："先生今早少出。"玄德曰："何处去了？"童子曰："踪迹不定，不知何处去了。"玄德曰："几时归？"童子曰："归期亦不定，或三五日，或十数日。"玄德惆怅不已。张飞曰："既不见，自归去罢了。"玄德曰："且待片时。"云长曰："不如且归，再使人来探听。"玄德从其言，嘱付童子："如先生回，可言刘备拜访。"

庐中童子亦表现出脱俗出尘之气。

遂上马，行数里，勒马回观隆中景物，果然山不高而秀雅，水不深而澄清，地不广而平坦，林不大而茂盛，猿鹤相亲，松篁交翠，观之不已。忽见一人，容貌轩昂，丰姿俊爽，头戴逍遥巾，身穿皂布袍，杖藜从山僻小路而来。玄德曰："此必卧龙先生也！"急下马向前施礼，问曰："先生非卧龙否？"其人曰："将军是谁？"玄德曰："刘备也。"其人曰："吾非孔明，乃孔明之友，博陵崔州平也。"玄德曰："久闻大名，幸得相遇。乞即席地权坐，请教一言。"二人对坐于林间石上，关、张侍立于侧。州平曰："将军何故欲见孔明？"玄德曰："方今天下大乱，四方云扰，欲见孔明，求安邦定国之策耳。"州平笑曰："公以定乱为主，虽是仁心，但自古以来，治乱无常。自高祖斩蛇起义，诛无道秦，是由乱而入治也；至哀、平之世二百年，太平日久，王莽篡逆，又由治而入乱；光武中兴，重整基业，复由乱而入治；至今二百年，民安已久，故干戈又复四起，此正由治入乱之时，未可猝定也。将军欲使孔明斡旋天地，补缀乾坤，恐不易为，徒费心力耳。岂不闻'顺天者逸，逆天者劳'、'数之所在，理不得而夺之；命之所在，人不得而强之'乎？"玄德曰："先生所言，诚为高见。但备身为汉胄，合当匡扶汉室，何敢委之数与命？"

类似对司马水镜庄上的环境描写，此处细写隆中景物，是为以境衬人，突出此处是名副其实的高贤隐居之所。

"治乱无常"正应全书开篇"分久必合，合久必分"之语。

州平曰："山野之夫，不足与论天下事，适承明问，故妄言之。"玄德曰："蒙先生见教。但不知孔明往何处去了？"州平曰："吾亦欲访之，正不知其何往。"玄德曰："请先生同至敝县，若何？"州平曰："愚性颇乐闲散，无意功名久矣，容他日再见。"言讫，长揖而去。玄德与关、张上马而行。张飞曰："孔明又访不着，却遇此腐儒，闲谈许久！"玄德曰："此亦隐者之言也。"

联想《论语》中的几处隐者之言，亦多为令孔子心生敬佩的高论。

三人回至新野，过了数日，玄德使人探听孔明。回报曰："卧龙先生已回矣。"玄德便教备马。张飞曰："量一村夫，何必哥哥自去，可使人唤来便了。"玄德叱曰："汝岂不闻孟子云：'欲见贤而不以其道，犹欲其入而闭之门也。'孔明当世大贤，岂可召乎！"遂上马再往访孔明，关、张亦乘马相随。时值隆冬，天气严寒，彤云密布。行无数里，忽然朔风凛凛，瑞雪霏霏，山如玉簇，林似银妆。张飞曰："天寒地冻，尚不用兵，岂宜远见无益之人乎！不如回新野以避风雪。"玄德曰："吾正欲使孔明知我殷勤之意。如弟辈怕冷，可先回去。"飞曰："死且不怕，岂怕冷乎！但恐哥哥空劳神思。"玄德曰："勿多言，只相随同去。"将近茅庐，忽闻路傍酒店中有人作歌。玄德立马听之。其歌曰：

> 壮士功名尚未成，呜呼久不遇阳春！君不见：东海老叟辞荆榛，后车遂与文王亲；八百诸侯不期会，白鱼入舟涉孟津；牧野一战血流杵，鹰扬伟烈冠武臣。又不见：高阳酒徒起草中，长揖芒砀"隆準公"；高谈王霸惊人耳，辍洗延坐钦英风；东下齐城七十二，天下无人能继踪。二人功迹尚如此，至今谁肯论英雄？

此诗提到了姜子牙和郦食其的典故，称颂二人功业的同时，也含蓄表达了歌者欲仰慕古代大贤，渴望建功立业的志愿。

歌罢，又有一人击桌而歌。其歌曰：

> 吾皇提剑清寰海，创业垂基四百载；桓灵季业火德衰，奸臣贼子调鼎鼐【调和鼎鼐，比喻处理国家大事】。青蛇飞

此诗表现出歌者独善其身，不问世事的遁世态度。

下御座傍，又见妖虹降玉堂；群盗四方如蚁聚，奸雄百辈皆鹰扬。吾侪【chái，同辈】长啸空拍手，闷来村店饮村酒；独善其身尽日安，何须千古名不朽！

二人歌罢，抚掌大笑。玄德曰："卧龙其在此间乎！"遂下马入店，见二人凭桌对饮，上首者白面长须，下首者清奇古貌。玄德揖而问曰："二公谁是卧龙先生？"长须者曰："公何人？欲寻卧龙何干？"玄德曰："某乃刘备也。欲访先生，求济世安民之术。"长须者曰："吾等非卧龙，皆卧龙之友也。吾乃颍川石广元，此位是汝南孟公威。"玄德喜曰："备久闻二公大名，幸得邂逅。今有随行马匹在此，敢请二公同往卧龙庄上一谈。"广元曰："吾等皆山野慵懒之徒，不省治国安民之事，不劳下问。明公请自上马，寻访卧龙。"

从前述歌词内容可知，石广元、孟公威二人对历史了解甚深且颇有见地，不可能"不省治国安民之事"；且二人与诸葛亮为密友，人以群分，绝不可能是碌碌之辈。二人不愿与刘备攀谈，或全然无意仕途，或只是不欲仕刘备。

玄德乃辞二人，上马投卧龙冈来。到庄前下马，扣门问童子曰："先生今日在庄否？"童子曰："现在堂上读书。"玄德大喜，遂跟童子而入。至中门，只见门上大书一联云："淡泊以明志，宁静以致远。"玄德正看间，忽闻吟咏之声，乃立于门侧窥之，见草堂之上，一少年拥炉抱膝，歌曰：

凤翱翔于千仞兮，非梧不栖；士伏处于一方兮，非主不依。乐躬耕于陇亩兮，吾爱吾庐；聊寄傲于琴书兮，以待天时。

虽未明言此歌作者为谁，但以意逆志，可推断是诸葛亮所作，或者是诸葛均自作。诸葛亮朋友亲人皆心性淡泊，见识不凡，此诗进一步为诸葛亮的登场张本。

玄德待其歌罢，上草堂施礼曰："备久慕先生，无缘拜会。昨因徐元直称荐，敬至仙庄，不遇空回。今特冒风雪而来。得瞻道貌，实为万幸！"那少年慌忙答礼曰："将军莫非刘豫州，欲见家兄否？"玄德惊讶曰："先生又非卧龙耶？"少年曰："某乃卧龙之弟诸葛均也。愚兄弟三人：长兄诸葛瑾，现在江东孙仲谋处为幕宾；孔明乃二家兄。"玄德曰："卧龙今在家否？"均曰：

估计是刘备派往打探消息的人混淆了兄弟二人，以致通报有误。

"昨为崔州平相约，出外闲游去矣。"玄德曰："何处闲游？"均曰："或驾小舟游于江湖之中，或访僧道于山岭之上，或寻朋友于村落之间，或乐琴棋于洞府之内。往来莫测，不知去所。"玄德曰："刘备直【居然，竟然】如此缘分浅薄，两番不遇大贤！"均曰："少坐献茶。"张飞曰："那先生既不在，请哥哥上马。"玄德曰："我既到此间，如何无一语而回？"因问诸葛均曰："闻令兄卧龙先生熟谙韬略，日看兵书，可得闻乎？"均曰："不知。"张飞曰："问他则甚！风雪甚紧，不如早归。"玄德叱止之。均曰："家兄不在，不敢久留车骑，容日却来回礼。"玄德曰："岂敢望先生枉驾。数日之后，备当再至。愿借纸笔作一书，留达令兄，以表刘备殷勤之意。"均遂进文房四宝。玄德呵开冻笔，拂展云笺，写书曰：

好一派"潇洒走一回"的人生态度！

备久慕高名，两次晋谒，不遇空回，惆怅何似！窃念备汉朝苗裔，滥叨名爵，伏睹朝廷陵替【衰微低落】，纲纪崩摧，群雄乱国，恶党欺君，备心胆俱裂。虽有匡济之诚，实乏经纶之策。仰望先生仁慈忠义，慨然展吕望之大才，施子房之鸿略，天下幸甚！社稷幸甚！先此布达，再容斋戒薰沐，特拜尊颜，面倾鄙悃【kǔn，真心诚意】。统希鉴原【书信的客套用语，表示希望信中所言之事都能得到收信人的鉴察原谅】。

玄德写罢，递与诸葛均收了，拜辞出门。均送出，玄德再三殷勤致意而别。方上马欲行，忽见童子招手篱外，叫曰："老先生来也。"玄德视之，见小桥之西，一人暖帽遮头，狐裘蔽体，骑着一驴，后随一青衣小童，携一葫芦酒，踏雪而来。转过小桥，口吟诗一首，诗曰：

一夜北风寒，万里彤云厚。长空雪乱飘，改尽江山旧。

仰面观太虚，疑是玉龙斗。纷纷鳞甲飞，顷刻遍宇宙。骑驴过小桥，独叹梅花瘦！

玄德闻歌曰：“此真卧龙矣！”滚鞍下马，向前施礼曰：“先生冒寒不易！刘备等候久矣！”那人慌忙下驴答礼。诸葛均在后曰：“此非卧龙家兄，乃家兄岳父黄承彦也。”玄德曰：“适间所吟之句，极其高妙。”承彦曰：“老夫在小婿家观《梁父吟》，记得这一篇。适过小桥，偶见篱落间梅花，故感而诵之。不期为尊客所闻。”玄德曰：“曾见令婿否？”承彦曰：“便是老夫也来看他。”玄德闻言，辞别承彦，上马而归。正值风雪又大，回望卧龙冈，悒【yì，忧愁不安】快不已。后人有诗单道玄德风雪访孔明，诗曰：

一天风雪访贤良，不遇空回意感伤。冻合溪桥山石滑，寒侵鞍马路途长。当头片片梨花落，扑面纷纷柳絮狂。回首停鞭遥望处，烂银堆满卧龙冈。

玄德回新野之后，光阴荏苒，又早新春。乃令卜者揲蓍【shé shī，古代问卜的一种方式】，选择吉期，斋戒三日，薰沐更衣，再往卧龙冈谒孔明。关、张闻之不悦，遂一齐入谏玄德。正是：

高贤未服英雄志，屈节偏生杰士疑。

未知其言若何，下文便晓。

【回后评】

罗贯中笔下的“三顾”各不相同。第一次先写环境，目的是利用周边环境烘托隆中草庐超凡脱俗的氛围；第二次重在写与孔明交游的朋友和家人的学养深厚；第三次重点写隆重对策，为刘备集团未来的发展规划方针远略。此乃“同中求异、犯中见避”法——三顾草庐的目的是完全一致的，写起来难免有诸多的相似之处。但难能可贵的是，作者注意区分每次“顾”的不同侧重点，突出每次“顾”的独特之处。

“同中求异、犯中见避”的写法更多体现在对纷繁复杂的战争的描写上。《三国演义》写到了数百场大大小小的战争，作者注意抓住每次战事的主要矛盾来描写，将每场战争最具特色的亮点展开。战争的具体表现形式也多种多样，有步战、车战，有火攻战、地道战、驱兽战等。

第三十八回

定三分隆中决策
战长江孙氏报仇

只因不用锦帆贼
至今冲开大索船

定三分亮出草庐

刘备一无领地，二无兵马，三无谋臣，只顶着“皇叔”的虚衔，诸葛亮却甘于供他驱策，一生为他鞠躬尽瘁。诸葛亮究竟看中了刘备哪些方面，难道仅仅因为三顾之诚吗？当然不是。首先是政治立场，诸葛亮在政治上是坚定的“拥汉派”，绝不可能为曹操效力，也不太可能追随志在裂土封疆、自立为王的孙权。第二，即便抛开政治立场不谈，诸葛亮也要考虑自己在所处集团的政治地位和话语权。诸葛亮若投曹操，论年龄、资历和贡献，必在二荀、程昱等谋士之后；若投孙权，其位必在张昭、周瑜之后。无论是曹操还是孙权都不可能如刘备这般“待之如师”，言听计从，直接成为一人之下、众人之上的二号人物。第三就是刘备的个人特质。刘备虽然将寡兵微，屡败于曹操却从未却步，屡败屡战，穷且益坚，决不投降，矢志扶汉的立场无比坚定。加之刘备仁义贤德之名远播海内，是乱世中不可多得的明主，只是因为缺少能人辅佐，暂时落魄不得志。就像股市中，看准某支股票跌到谷底时低价买入，以最少的投资成本期待未来大涨升值。诸葛亮正是看准了刘备是个后势可期的“潜力股”。

却说玄德访孔明两次不遇，欲再往访之。关公曰：“兄长两次亲往拜谒，其礼太过矣。想诸葛亮有虚名而无实学，故避而不敢见。兄何惑于斯人之甚也！”玄德曰：“不然。昔齐桓公欲见东郭野人，五反而方得一面。况吾欲见大贤耶？”张飞曰：“哥哥差矣。量此村夫，何足为大贤！今番不须哥哥去，他如不来，我只用一条麻绳缚将来！”玄德叱曰：“汝岂不闻周文王谒姜子牙之事乎？文王且如此敬贤，汝何太无礼！今番汝休去，我自与云长去。”飞曰：“既两位哥哥都去，小弟如何落后！”玄德曰：

"汝若同往，不可失礼。"飞应诺。

于是三人乘马引从者往隆中。离草庐半里之外，玄德便下马步行，正遇诸葛均。玄德忙施礼，问曰："令兄在庄否？"均曰："昨暮方归，将军今日可与相见。"言罢，飘然自去。玄德曰："今番侥幸得见先生矣！"张飞曰："此人无礼！便引我等到庄也不妨，何故竟自去了！"玄德曰："彼各有事，岂可相强。"三人来到庄前叩门，童子开门出问。玄德曰："有劳仙童转报：刘备专来拜见先生。"童子曰："今日先生虽在家，但今在草堂上昼寝未醒。"玄德曰："既如此，且休通报。"分付关、张二人，只在门首等着。玄德徐步而入，见先生仰卧于草堂几席之上。玄德拱立阶下。半晌，先生未醒。关、张在外立久，不见动静，入见玄德犹然侍立。张飞大怒，谓云长曰："这先生如何傲慢！见我哥哥侍立阶下，他竟高卧，推睡不起！等我去屋后放一把火，看他起不起！"云长再三劝住。玄德仍命二人出门外等候。望堂上时，见先生翻身将起，忽又朝里壁睡着。童子欲报，玄德曰："且勿惊动。"又立了一个时辰，孔明才醒，口吟诗曰：

刘备称诸葛亮家僮为"仙童"，体现了刘备对诸葛亮的重视，尊称高雅隐士的僮仆为"仙童"。

大梦谁先觉？平生我自知，草堂春睡足，窗外日迟迟。

孔明吟罢，翻身问童子曰："有俗客来否？"童子曰："刘皇叔在此，立候多时。"孔明乃起身曰："何不早报！尚容更衣。"遂转入后堂。又半晌，方整衣冠出迎。玄德见孔明身长八尺，面如冠玉，头戴纶巾，身披鹤氅，飘飘然有神仙之概。玄德下拜曰："汉室末胄、涿郡愚夫，久闻先生大名，如雷贯耳。昨两次晋谒，不得一见，已书贱名于文几，未审得入览否？"孔明曰："南阳野人，疏懒性成，屡蒙将军枉临，不胜愧赧。"二人叙礼毕，分宾主而坐，童子献茶。茶罢，孔明曰："昨观书意，足见将军忧民忧国之心，但恨亮年幼才疏，有误下问。"玄德曰："司马德操之言，徐元直之语，岂虚谈哉？望先生不弃鄙

冠玉指古代装饰帽子的美玉，多用于形容美男子。此处没提诸葛亮手持羽扇。

贱，曲【敬辞，表示对方降低身份】赐教诲。”孔明曰：“德操、元直，世之高士。亮乃一耕夫耳，安敢谈天下事？二公谬举矣。将军奈何舍美玉而求顽石乎？”玄德曰：“大丈夫抱经世奇才，岂可空老于林泉之下？愿先生以天下苍生为念，开备愚鲁而赐教。”孔明笑曰：“愿闻将军之志。”玄德屏人促席而告曰：“汉室倾颓，奸臣窃命，备不量力，欲伸大义于天下，而智术浅短，迄无所就。惟先生开其愚而拯其厄，实为万幸！”孔明曰：“自董卓造逆以来，天下豪杰并起。曹操势不及袁绍，而竟能克绍者，非惟天时，抑亦人谋也。今操已拥百万之众，挟天子以令诸侯，此诚不可与争锋。孙权据有江东，已历三世，国险而民附，此可用为援而不可图也。荆州北据汉、沔，利尽南海，东连吴会，西通巴、蜀，此用武之地，非其主不能守：是殆天所以资将军，将军岂有意乎？益州险塞，沃野千里，天府之国，高祖因之以成帝业；今刘璋暗弱，民殷国富，而不知存恤，智能之士，思得明君。将军既帝室之胄，信义著于四海，总揽英雄，思贤如渴，若跨有荆、益，保其岩阻，西和诸戎，南抚彝、越，外结孙权，内修政理；待天下有变，则命一上将将荆州之兵以向宛、洛，将军身率益州之众以出秦川，百姓有不箪食壶浆以迎将军者乎？诚如是，则大业可成，汉室可兴矣。此亮所以为将军谋者也。惟将军图之。”言罢，命童子取出画一轴，挂于中堂，指谓玄德曰：“此西川五十四州之图也。将军欲成霸业，北让曹操占天时，南让孙权占地利，将军可占人和。先取荆州为家，后即取西川建基业，以成鼎足之势，然后可图中原也。”玄德闻言，避席拱手谢曰：“先生之言，顿开茅塞，使备如拨云雾而睹青天。但荆州刘表、益州刘璋，皆汉室宗亲，备安忍夺之？”孔明曰：“亮夜观天象，刘表不久人世，刘璋非立业之主。久后必归将军。”玄德闻言，顿首拜谢。只这一席话，乃孔明未出茅庐，已知三分天下，真万古之人不及也！后人有诗赞曰：

“山野耕夫”与“织席小儿”，真乃绝配！

按诸葛亮的规划，刘备跨有荆、益二州之后，可将政治中心设在益州，北伐的军事前线设在荆州。

“豫州”当日叹孤穷，何幸南阳有卧龙！欲识他年分鼎处，先生笑指画图中。

刘备在诸葛亮面前的姿态很低，言辞极其谦卑。

玄德拜请孔明曰：“备虽名微德薄，愿先生不弃鄙贱，出山相助。备当拱听明诲。”孔明曰：“亮久乐耕锄，懒于应世，不能奉命。”玄德泣曰：“先生不出，如苍生何！”言毕，泪沾袍袖，衣襟尽湿。孔明见其意甚诚，乃曰：“将军既不相弃，愿效犬马之劳。”玄德大喜，遂命关、张入，拜献金帛礼物。孔明固辞不受。玄德曰：“此非聘大贤之礼，但表刘备寸心耳。”孔明方受。于是玄德等在庄中共宿一宵。次日，诸葛均回，孔明嘱付曰：“吾受刘皇叔三顾之恩，不容不出。汝可躬耕于此，勿得荒芜田亩。待我功成之日，即当归隐。”后人有诗叹曰：

古代不慕名利的高贤，往往有功成身退的传统。如辅佐越王勾践称霸后泛舟五湖的范蠡，如为汉朝创建立下大功却明哲保身拒绝封王的张良。正如李白《侠客行》中所写：“事了拂衣去，深藏身与名。”只可惜诸葛亮“出师未捷身先死”，终其一生也没有等到功成之日。

身未升腾思退步，功成应忆去时言。只因先主丁宁后，星落秋风五丈原。

又有古风一篇曰：

高皇手提三尺雪，芒砀白蛇夜流血；平秦灭楚入咸阳，二百年前几断绝。大哉光武兴洛阳，传至桓灵又崩裂；献帝迁都幸许昌，纷纷四海生豪杰：曹操专权得天时，江东孙氏开鸿业；孤穷玄德走天下，独居新野愁民厄。南阳卧龙有大志，腹内雄兵分正奇；只因徐庶临行语，茅庐三顾心相知。先生尔时年三九，收拾琴书离陇亩；先取荆州后取川，大展经纶补天手；纵横舌上鼓风雷，谈笑胸中换星斗；龙骧虎视安乾坤，万古千秋名不朽！

玄德等三人别了诸葛均，与孔明同归新野。玄德待孔明如师，食则同桌，寝则同榻，终日共论天下之事。孔明曰：“曹操于冀州作玄武池以练水军，必有侵江南之意。可密令人过江探听虚实。”玄德从之，使人往江东探听。

却说孙权自孙策死后，据住江东，承父兄基业，广纳贤士，开宾馆于吴会，命顾雍、张纮延接四方宾客。连年以来，你我相荐。时有会稽阚泽字德润，彭城严畯字曼才，沛县薛综字敬文，汝阳程秉字德枢，吴郡朱桓字休穆，陆绩字公纪，吴人张温字惠恕，乌伤骆统字公绪，乌程吾粲字孔休，此数人皆至江东，孙权敬礼甚厚。又得良将数人：乃汝南吕蒙字子明，吴郡陆逊字伯言，琅琊徐盛字文向，东郡潘璋字文珪，庐江丁奉字承渊。文武诸人，共相辅佐，由此江东称得人之盛。

丁奉，“东吴政权活化石”是也。

东吴原有的一班文武已相当可观，孙权掌权后，又得众多人才踊跃来投。反观刘备，寄居荆州七年，仁德之名远播海内，连乡野耕夫、徐庶之母等普通百姓皆知其名，天下贤才岂能不知？然而七年来刘备阵营却罕有“添丁进口”，原因无他——没有立足根基，没有土地，在时人看来他是没有前途的。

建安七年，曹操破袁绍，遣使往江东，命孙权遣子入朝随驾，权犹豫未决。吴太夫人命周瑜、张昭等面议。张昭曰：“操欲令我遣子入朝，是牵制诸侯之法也。然若不令去，恐其兴兵下江东，势必危矣。”周瑜曰：“将军承父兄遗业，兼六郡之众，兵精粮足，将士用命，有何逼迫而欲送质于人？质一人，不得不与曹氏连和，彼有命召，不得不往，如此则见制于人也。不如勿遣，徐观其变，别以良策御之。”吴太夫人曰：“公瑾之言是也。”权遂从其言，谢使者，不遣子。自此曹操有下江南之意。但正值北方未宁，无暇南征。

从张昭此言可以看出，他早在赤壁之战前就畏惧曹操势大，有劝孙权卑事曹操之心。东吴众文官之中，持张昭之论者比比皆是，这些人无论多么足谋多智，也只可充任赞襄内务的参谋，没有扶主建大功、成大业的远志。

建安八年十一月，孙权引兵伐黄祖，战于大江之中。祖军败绩。权部将凌操，轻舟当先，杀入夏口，被黄祖部将甘宁一箭射死。凌操子凌统，时年方十五岁，奋力往夺父尸而归。权见风色不利，收军还东吴。

却说孙权弟孙翊为丹阳太守。翊性刚好酒，醉后尝鞭挞士卒。丹阳督将妫【guī】览、郡丞戴员二人，常有杀翊之心，乃与翊从人边洪结为心腹，共谋杀翊。时诸将县令，皆集丹阳，翊设宴相待。翊妻徐氏美而慧，极善卜《易》，是日卜一卦，其象大凶，劝翊勿出会客。翊不从，遂与众大会。至晚席散，边洪带刀跟出门外，即抽刀砍死孙翊。妫览、戴员乃归罪边洪，斩之于市。二人乘势掳翊家资侍妾。妫览见徐氏美貌，乃谓之曰：“吾为汝夫报仇，汝当从我，不从则死。”徐氏曰：“夫死未几，不忍便相从。可待至晦日，设祭除服，然后成亲未迟。”览从之。徐氏乃密召孙翊心腹旧将孙高、傅婴二人入府，泣告曰：“先夫在日，常言二公忠义。今妫、戴二贼谋杀我夫，只归罪边洪，将我家资童婢尽皆分去。妫览又欲强占妾身，妾已诈许之，以安其心。二将军可差人星夜报知吴侯，一面设密计以图二贼，雪此仇辱，生死衔恩！”言毕再拜。孙高、傅婴皆泣曰：“我等平日感府君恩遇，今日所以不即死难者，正欲为复仇计耳。夫人所命，敢不效力！”于是密遣心腹使者往报孙权。至晦日，徐氏先召孙、傅二人，伏于密室帏幕之中，然后设祭于堂上。祭毕，即除去孝服，沐浴薰香，浓妆艳裹，言笑自若。妫览闻之甚喜。至夜，徐氏遣婢妾请览入府，设席堂中饮酒。饮既醉，徐氏乃邀览入密室。览喜，乘醉而入。徐氏大呼曰：“孙、傅二将军何在！”二人即从帏幕中持刀跃出。妫览措手不及，被傅婴一刀砍倒在地，孙高再复一刀，登时杀死。徐氏复传请戴员赴宴。员入府来，至堂中，亦被孙、傅二将所杀。一面使人诛戮二贼家小，及其馀党。徐氏遂重穿孝服，将妫览、戴员首级，祭于孙翊灵前。不一日，孙权自领军马至丹阳，见徐氏已杀妫、戴二贼，乃封孙高、傅婴为牙门将，令守丹阳，取徐氏归家养老。江东人无不称徐氏之德。后人有诗赞曰：

才节双全世所无，奸回一旦受摧锄。庸臣从贼忠臣死，不及东吴女丈夫。

且说东吴各处山贼，尽皆平复。大江之中，有战船七千馀只。孙权拜周瑜为大都督，总统江东水陆军马。建安十二年冬十月，权母吴太夫人病危，召周瑜、张昭二人至，谓曰：“我本吴人，幼亡父母，与弟吴景徙居越中。后嫁与孙氏，生四子。长子策生时，吾梦月入怀；后生次子权，又梦日入怀。卜者云：‘梦日月入怀者，其子大贵。’不幸策早丧，今将江东基业付权。望公等同心助之，吾死不朽矣！”又嘱权曰：“汝事子布、公瑾以师傅之礼，不可怠慢。吾妹与我共嫁汝父，则亦汝之母也；吾死之后，事吾妹如事我。汝妹亦当恩养，择佳婿以嫁之。”言讫遂终。孙权哀哭，具丧葬之礼，自不必说。

吴太夫人此言为孙权日后尽心孝敬吴国太、言无不遵做铺垫，也为孙夫人嫁与刘备做铺垫。

至来年春，孙权商议欲伐黄祖。张昭曰：“居丧未及期年，不可动兵。”周瑜曰：“报仇雪恨，何待期年？”权犹豫未决。适平北都尉吕蒙入见，告权曰：“某把龙湫水口，忽有黄祖部将甘宁来降。某细询之，宁字兴霸，巴郡临江人也。颇通书史，有气力，好游侠，尝招合亡命，纵横于江湖之中，腰悬铜铃，人听铃声，尽皆避之。又尝以西川锦作帆幔，时人皆称为‘锦帆贼’。后悔前非，改行从善，引众投刘表。见表不能成事，即欲来投东吴，却被黄祖留住在夏口。前东吴破祖时，祖得甘宁之力救回夏口，乃待宁甚薄。都督苏飞屡荐宁于祖，祖曰：‘宁乃劫江之贼，岂可重用！’宁因此怀恨。苏飞知其意，乃置酒邀宁到家，谓之曰：‘吾荐公数次，奈主公不能用。日月逾迈，人生几何，宜自远图。吾当保公为邾县长，自作去就之计。’宁因此得过夏口，欲投江东，恐江东恨其救黄祖杀凌操之事。某具言主公求贤若渴，不记旧恨，况各为其主，又何恨焉？宁欣然引众渡江，来见主公。乞钧旨定夺。”孙权大喜曰：“吾得兴霸，破黄祖必矣。”遂命吕蒙引甘宁入见。参拜已毕，权曰：“兴霸来此，大获我心，岂有记恨之理？请无怀疑。愿教我以破黄祖之策。”宁曰：“今汉祚日危，曹操终必篡窃。南荆之地，操所必争也。刘表无远虑，其子又愚劣，不能承业传基，明公宜早图之，若迟，则操先图之矣。今宜先取黄祖。祖今年老昏迈，务于货利，侵求吏民，人心皆怨，战具不修，军无法律。明公若往攻之，其势必破。既破祖军，鼓行而西，据楚关而图巴、蜀，霸业可定也。”孙权曰：“此金玉之论也！”

甘宁对曹操和刘表的判断很准确，孙权只向其求教破黄祖之策，甘宁却建议孙权先取荆州后取巴蜀，进而割据整个南方，与北方的曹操分庭抗礼。这与周瑜、鲁肃为孙权设计的蓝图不谋而合，也与诸葛亮为刘备划定的方针惊人地相似。甘宁既有勇武，又有远略，真乃上将之才！后果成为可与曹营张辽相匹敌的名将，名不虚传！

另外，这种小规模的战争，都不需要周瑜登场。

遂命周瑜为大都督，总水陆军兵；吕蒙为前部先锋；董袭与甘宁为副将；权自领大军十万，征讨黄祖。细作探知，报至江夏。黄祖急聚众商议，令苏飞为大将，陈就、邓龙为先锋，尽起江夏之兵迎敌。陈就、邓龙各引一队艨艟截住沔口，艨艟上各设强弓硬弩千馀张，将大索系定艨艟于水面上。东吴兵至，艨艟上鼓响，弓弩齐发，兵不敢进，约退数里水面。甘宁谓董袭曰："事已至此，不得不进。"乃选小船百馀只，每船用精兵五十人：二十人撑船，三十人各披衣甲，手执钢刀，不避矢石，直至艨艟傍边，砍断大索，艨艟遂横。甘宁飞上艨艟，将邓龙砍死，陈就弃船而走。吕蒙见了，跳下小船，自举橹棹，直入船队，放火烧船。陈就急待上岸，吕蒙舍命赶到跟前，当胸一刀砍翻。比及苏飞引军于岸上接应时，东吴诸将一齐上岸，势不可当，祖军大败，苏飞落荒而走，正遇东吴大将潘璋，两马相交，战不数合，被璋生擒过去，径至船中来见孙权。权命左右以槛车囚之，待活捉黄祖，一并诛戮。催动三军，不分昼夜，攻打夏口。正是：

只因不用锦帆贼，至令冲开大索船。

未知黄祖胜负如何，且看下文分解。

【回后评】

说说脍炙人口、享誉千年的"隆中对"。"隆中对"最重要的战略意义在于为刘备集团提供了政治、军事、外交全方位和纲领性的指导思想。"隆中对"分为两部分内容：一是对中原、江东、荆州、益州四个地区政治、经济、军事形势的全面分析；二是擘画了兴复汉室的"三步走"的战略步骤，先实现跨有荆、益二州，再做好内政外交，最后待时机成熟时从荆州、益州两路大军北伐，平定天下。

刘备后来的发展路线基本遵照了“隆中对”的思路，在关羽大意失荆州前也基本实现了“三步走”中的第一步——跨有荆、益。但遗憾的是，荆州先是归还一半，后由于东吴背盟败约又全部失去，刘备的势力范围最终还是仅仅局限在蜀地，这就丧失了北伐夺取天下的基本条件。“一番晤对古今情”也只能成为良好愿望和后世美谈罢了。

巧合的是，据《三国志·周瑜传》记载，建安十五年，周瑜曾对孙权建议：“今曹操新折衄（指失败），方忧在腹心，未能与将军连兵相事也。乞与奋威（孙权堂兄孙瑜）俱进取蜀，得蜀而并张鲁，因留奋威固守其地，好与马超结援。瑜还与将军据襄阳以蹙操，北方可图也。”周瑜也为东吴提出了发展战略，同样是取荆州益州，与“隆中对”的发展战略有颇多一致，足见英雄所见略同。

第三十九回

荆州城公子三求计
博望坡军师初用兵

破敌未堪息战马
避兵又必赖良谋

諸葛亮博望燒屯

【题解及内容提要】

《孙子兵法·九地篇》："帅兴之期，如登高而去其梯。"本回中，刘琦用"上屋抽梯"之计诱逼诸葛亮为他出谋划策，诸葛亮以春秋时晋国著名的"骊姬之乱"的典故，劝刘琦领兵屯驻江夏以避祸保身，也为刘备日后在荆襄发展留住了一支重要的支持力量。

春秋时，晋献公的妃子骊姬为帮自己的儿子成为王位继承人，用计离间晋献公与太子申生、公子重耳、公子夷吾之间的感情，并设计杀死了太子。重耳在外流亡十九年，历经千辛万苦，终于回国即位，后成为春秋五霸之一的晋文公。

本回中，与诸葛亮棋逢对手的司马懿初次登场。司马懿起初只是一个文学侍从，远未进入核心决策层。全书用了四回的篇幅浓墨重彩地铺垫、叙写诸葛亮登场，而司马懿的登场却只几句话草草带过，很明显是"尊刘贬曹"的立场使然。

却说孙权督众攻打夏口，黄祖兵败将亡，情知守把不住，遂弃江夏，望荆州而走。甘宁料得黄祖必走荆州，乃于东门外伏兵等候。祖带数十骑突出东门，正走之间，一声喊起，甘宁拦住。祖于马上谓宁曰："我向日不曾轻待汝，今何相逼耶？"宁叱曰："吾昔在江夏，多立功绩，汝乃以'劫江贼'待我，今日尚有何说！"黄祖自知难免，拨马而走。甘宁冲开士卒，直赶将来，只听得后面喊声起处，又有数骑赶来。宁视之，乃程普也。宁恐普来争功，慌忙拈弓搭箭，背射黄祖，祖中箭翻身落马。宁枭其首级，回马与程普合兵一处，回见孙权，献黄祖首级。权命以木匣盛贮，待回江东祭献于亡父灵前。重赏三军，升甘宁为都尉。商议欲分兵守江夏，张昭曰："孤城不可守，不如且回江东。刘表知我破黄祖，必来报仇，我以逸待劳，必败刘表。表败而后乘势江夏是荆州的东大门，近荆州而远江东，如在此地留兵把守，徒耗钱粮，于己无益。孙权此时尚无彻底消灭刘表的把握，需再等待时机。既杀黄祖，得报父仇，见好就收，撤兵回江东才是上策。

攻之，荆襄可得也。”权从其言，遂弃江夏，班师回江东。

苏飞在槛车内，密使人告甘宁求救。宁曰：“飞即不言，吾岂忘之？”大军既至吴会，权命将苏飞枭首，与黄祖首级一同祭献。甘宁乃入见权，顿首哭告曰：“某向日若不得苏飞，则骨填沟壑矣，安能效命将军麾下哉？今飞罪当诛，某念其昔日之恩情，愿纳还官爵，以赎飞罪。”权曰：“彼既有恩于君，吾为君赦之。但彼若逃去奈何？宁曰：“飞得免诛戮，感恩无地，岂肯走乎！若飞去，宁愿将首级献于阶下。”权乃赦苏飞，止将黄祖首级祭献。祭毕设宴，大会文武庆功。正饮酒间，忽见座上一人大哭而起，拔剑在手，直取甘宁。宁忙举坐椅以迎之。权惊视其人，乃凌统也，因甘宁在江夏时，射死他父亲凌操，今日相见，故欲报仇。权连忙劝住，谓统曰：“兴霸射死卿父，彼时各为其主，不容不尽力。今既为一家人，岂可复理旧仇？万事皆看吾面。”凌统叩头大哭曰：“不共戴天之仇，岂容不报！”权与众官再三劝之，凌统只是怒目而视甘宁。权即日命甘宁领兵五千、战船一百只，往夏口镇守，以避凌统。宁拜谢，领兵自往夏口去了。权又加封凌统为承烈都尉，统只得含恨而止。东吴自此广造战船，分兵守把江岸。又命孙静引一枝军守吴会，孙权自领大军屯柴桑【今属江西省九江市】。周瑜日于鄱阳湖教练水军，以备攻战。

话分两头。却说玄德差人打探江东消息，回报：“东吴已攻杀黄祖，现今屯兵柴桑。”玄德便请孔明计议。正话间，忽刘表差人来请玄德赴荆州议事。孔明曰：“此必因江东破了黄祖，故请主公商议报仇之策也。某当与主公同往，相机而行，自有良策。”玄德从之，留云长守新野，令张飞引五百人马跟随往荆州来。玄德在马上谓孔明曰：“今见景升，当若何对答？”孔明曰：“当先谢襄阳之事。他若令主公去征讨江东，切不可应允，但说容归新野，整顿军马。”玄德依言。来到荆州，馆驿安下，留张飞屯兵城外，玄德与孔明入城见刘表。礼毕，玄德请罪于阶下。

刘备表面上为逃席失礼之事谢罪，实为重提前事，提醒刘表约束蔡瑁的行止，避免自己再被加害。

表曰："吾已悉知贤弟被害之事。当时即欲斩蔡瑁之首以献贤弟，因众人告免，故姑恕之。贤弟幸勿见罪。"玄德曰："非干蔡将军之事，想皆下人所为耳。"表曰："今江夏失守，黄祖遇害，故请贤弟共议报复之策。"玄德曰："黄祖性暴，不能用人，故致此祸。今若兴兵南征，倘曹操北来，又当奈何？"表曰："吾今年老多病，不能理事，贤弟可来助我。我死之后，弟便为荆州之主也。"玄德曰："兄何出此言！量备安敢当此重任。"孔明以目视玄德，玄德曰："容徐思良策。"遂辞出，回至馆驿。孔明曰："景升欲以荆州付主公，奈何却之？"玄德曰："景升待我，恩礼交至，安忍乘其危而夺之？"孔明叹曰："真仁慈之主也！"

正商论间，忽报公子刘琦来见。玄德接入，琦泣拜曰："继母不能相容，性命只在旦夕，望叔父怜而救之。"玄德曰："此贤侄家事耳，奈何问我？"孔明微笑。玄德求计于孔明。孔明曰："此家事，亮不敢与闻。"少时，玄德送琦出，附耳低言曰："来日我使孔明回拜贤侄，可如此如此，彼定有妙计相告。"琦谢而去。次日，玄德只推腹痛，乃浼【měi，托别人帮忙的客气话】孔明代往回拜刘琦。孔明允诺，来至公子宅前，下马入见公子。公子邀入后堂，茶罢，琦曰："琦不见容于继母，幸先生一言相救。"孔明曰："亮客寄于此，岂敢与人骨肉之事？倘有漏泄，为害不浅。"说罢，起身告辞。琦曰："既承光顾，安敢慢别。"乃挽留孔明入密室共饮。饮酒之间，琦又曰："继母不见容，乞先生一言救我。"孔明曰："此非亮所敢谋也。"言讫，又欲辞去。琦曰："先生不言则已，何便欲去？"孔明乃复坐。琦曰："琦有一古书，请先生一观。"乃引孔明登一小楼。孔明曰："书在何处？"琦泣拜曰："继母不见容，琦命在旦夕，先生忍无一言相救乎？"孔明作色而起，便欲下楼，只见楼梯已撤去。琦告曰："琦欲求教良策，先生恐有泄漏，不肯出言。今日上不至天，下不至地，出君之口，入琦之耳，可以赐教矣。"孔明曰："'疏不间亲'，亮何能为公子谋？琦曰："先生终不幸教琦乎！琦命固

古有"疏不间亲"的古训，又有"清官难断家务事"之说，正是此理。

此为前文提到的"上屋抽梯"之计。刘琦用此法诱逼诸葛亮为他出谋划策。

刘表命不久矣，刘琮乃蔡瑁外甥，蔡瑁对刘备常怀加害之意，此时卖刘琦一个大人情，对日后刘备在荆州立足至关重要。反之，刘琦若真死了，刘备在荆州会失去一强援。

犹如刘备当年在曹操辖制之下，以截击袁术为名辞离许都，逃出生天。

曹操罢三公属集权举措，防止被其他位高权重者谋害。

夏侯惇对不认识的人就敢口出狂言。不知这位一生败多胜少、全无辉煌战绩的曹营“名将”，何来如此自信？

关、张礼敬徐庶，因徐庶多次用兵胜曹军，反观诸葛亮自归刘备之后，尚未经过战场洗礼检验，故关、张不服。

不保矣，请即死于先生之前。”乃掣剑欲自刎。孔明止之曰：“已有良计。”琦拜曰：“愿即赐教。”孔明曰：“公子岂不闻申生、重耳之事乎？申生在内而亡，重耳在外而安。今黄祖新亡，江夏乏人守御，公子何不上言，乞屯兵守江夏，则可以避祸矣。”琦再拜谢教，乃命人取梯送孔明下楼。孔明辞别，回见玄德，具言其事。玄德大喜。

次日，刘琦上言，欲守江夏。刘表犹豫未决，请玄德共议。玄德曰：“江夏重地，固非他人可守，正须公子自往。东南之事，兄父子当之。西北之事，备愿当之。”表曰：“近闻曹操于邺郡作玄武池以练水军，必有征南之意，不可不防。”玄德曰“备已知之，兄勿忧虑。”遂拜辞回新野。刘表令刘琦引兵三千往江夏镇守。

却说曹操罢三公之职，自以丞相兼之，以毛玠为东曹掾，崔琰为西曹掾，司马懿为文学掾。懿字仲达，河内温人也。颍川太守司马隽之孙，京兆尹司马防之子，主簿司马朗之弟也。自是文官大备，乃聚武将商议南征。夏侯惇进曰：“近闻刘备在新野，每日教演士卒，必为后患，可早图之。”操即命夏侯惇为都督，于禁、李典、夏侯兰、韩浩为副将，领兵十万，直抵博望城，以窥新野。荀彧谏曰：“刘备英雄，今更兼诸葛亮为军师，不可轻敌。”惇曰：“刘备鼠辈耳，吾必擒之。”徐庶曰：“将军勿轻视刘玄德。今玄德得诸葛亮为辅，如虎生翼矣。”操曰：“诸葛亮何人也？”庶曰：“亮字孔明，道号卧龙先生。有经天纬地之才，出鬼入神之计，真当世之奇士，非可小觑。”操曰：“比公若何？”庶曰：“庶安敢比亮？庶如萤火之光，亮乃皓月之明也。”夏侯惇曰：“元直之言谬矣。吾看诸葛亮如草芥耳，何足惧哉！吾若不一阵生擒刘备，活捉诸葛，愿将首级献与丞相。”操曰：“汝早报捷书，以慰吾心。”惇奋然辞曹操，引军登程。

却说玄德自得孔明，以师礼待之。关、张二人不悦，曰：“孔明年幼，有甚才学？兄长待之太过！又未见他真实效验！”

玄德曰："吾得孔明，犹鱼之得水也。两弟勿复多言。"关、张见说，不言而退。一日，有人送犛【máo】牛尾至，玄德取尾亲自结帽。孔明入见，正色曰："明公无复有远志，但事此而已耶？"玄德投帽于地而谢曰："吾聊假此以忘忧耳。"孔明曰："明公自度比曹操若何？"玄德曰："不如也。"孔明曰："明公之众，不过数千人，万一曹兵至，何以迎之？"玄德曰："吾正愁此事，未得良策。"孔明曰："可速招募民兵，亮自教之，可以待敌。"玄德遂招新野之民，得三千人。孔明朝夕教演阵法。

怀旧重温或是常人的一种习惯，刘备在荆州多年，或许没少做织席之事，但并不意味着重操旧业。

一语戳到了刘备出身寒微的痛处，提醒刘备要心存大志。

忽报曹操差夏侯惇引兵十万，杀奔新野来了。张飞闻知，谓云长曰："可着孔明前去迎敌便了。"正说之间，玄德召二人入，谓曰："夏侯惇引兵到来，如何迎敌？"张飞曰："哥哥何不使'水'去？"玄德曰："智赖孔明，勇须二弟，何可推调【推托，推辞】？"关、张出，玄德请孔明商议。孔明曰："但恐关、张二人不肯听吾号令。主公若欲亮行兵，乞假剑印。"玄德便以剑印付孔明，孔明遂聚集众将听令。张飞谓云长曰："且听令去，看他如何调度。"孔明令曰："博望之左有山，名曰豫山；右有林，名曰安林：可以埋伏军马。云长可引一千军往豫山埋伏，等彼军至，放过休敌；其辎重粮草，必在后面，但看南面火起，可纵兵出击，就焚其粮草。翼德可引一千军去安林背后山谷中埋伏，只看南面火起，便可出，向博望城旧屯粮草处纵火烧之。关平、刘封可引五百军，预备引火之物，于博望坡后两边等候，至初更兵到，便可放火矣。"又命于樊城取回赵云，令为前部，不要赢，只要输。"主公自引一军为后援。各须依计而行，勿使有失。"云长曰："我等皆出迎敌，未审军师却作何事？"孔明曰："我只坐守县城。"张飞大笑曰："我们都去厮杀，你却在家里坐地，好自在！"孔明曰："剑印在此，违令者斩！"玄德曰："岂不闻'运筹帷幄之中，决胜千里之外'？二弟不可违令。"张飞冷笑而去。云长曰："我们且看他的计应也不应，那时却来问他未迟。"二人去了。众将皆未知孔明韬略，今虽听令，却都疑惑

刘备前番有言："吾得孔明，犹鱼之得水也。"

不定。孔明谓玄德曰："主公今日可便引兵就博望山下屯住。来日黄昏，敌军必到，主公便弃营而走；但见火起，即回军掩杀。亮与糜竺、糜芳引五百军守县。"命孙乾、简雍准备庆喜筵席，安排"功劳簿"伺候。派拨已毕，玄德亦疑惑不定。

刘备心存疑虑也是人之常情，人与人之间建立信任总得需要过程和时间。

却说夏侯惇与于禁等引兵至博望，分一半精兵作前队，其馀尽护粮车而行。时当秋月，商飙【秋风】徐起。人马趱行之间，望见前面尘头忽起。惇便将人马摆开，问向导官曰："此向是何处？"答曰："前面便是博望坡，后面是罗川口。"惇令于禁、李典押住阵脚，亲自出马阵前。遥望军马来到，惇忽然大笑。众问："将军为何而笑？"惇曰："吾笑徐元直在丞相面前，夸诸葛亮为天人。今观其用兵，乃以此等军马为前部，与吾对敌，正如驱犬羊与虎豹斗耳！吾于丞相前夸口，要活捉刘备、诸葛亮，今必应吾言矣。"遂自纵马向前。赵云出马，惇骂曰："汝等随刘备，如孤魂随鬼耳！"云大怒，纵马来战。两马相交，不数合，云诈败而走。夏侯惇从后追赶。云约走十馀里，回马又战，不数合又走。韩浩拍马向前谏曰："赵云诱敌，恐有埋伏。"惇曰："敌军如此，虽十面埋伏，吾何惧哉！"遂不听浩言，直赶至博望坡。一声炮响，玄德自引军冲将过来，接应交战。夏侯惇笑谓韩浩曰："此即埋伏之兵也！吾今晚不到新野，誓不罢兵！"乃催军前进。玄德、赵云退后便走。

夏侯惇此战最终大败，此处比喻句用得倒很生动。

时天色已晚，浓云密布，又无月色，昼风既起，夜风愈大。夏侯惇只顾催军赶杀。于禁、李典赶到窄狭处，两边都是芦苇。典谓禁曰："欺敌者必败。南道路狭，山川相逼，树木丛杂，倘彼用火攻，奈何？"禁曰："君言是也。吾当往前为都督言之，君可止住后军。"李典便勒回马，大叫："后军慢行！"人马走发，那里拦当得住？于禁骤马大叫："前军都督且住！"夏侯惇正走之间，见于禁从后军奔来，便问何故。禁曰："南道路狭，山川相逼，树木丛杂，可防火攻。"夏侯惇猛省，即回马令军士勿进。言未已，只听背后喊声震起，早望见一派火光烧着，随后

李典前番劝谏曹仁，今番通过山川地理想到应防范敌方火攻，足见其是一位行军谨慎、思虑周全的良将。

两边芦苇亦着。一霎时，四面八方，尽皆是火，又值风大，火势愈猛。曹家人马，自相践踏，死者不计其数。赵云回军赶杀，夏侯惇冒烟突火而走。

且说李典见势头不好，急奔回博望城时，火光中一军拦住。当先大将，乃关云长也。李典纵马混战，夺路而走。于禁见粮草车辆，都被火烧，便投小路奔逃去了。夏侯兰、韩浩来救粮车，正遇张飞。战不数合，张飞一枪刺夏侯兰于马下，韩浩夺路走脱。直杀到天明，却才收军，杀得尸横遍野，血流成河。后人有诗曰：

博望相持用火攻，指挥如意笑谈中。直须惊破曹公胆，初出茅庐第一功！

夏侯惇收拾残军，自回许昌。

却说孔明收军。关、张二人相谓曰："孔明真英杰也！"行不数里，见麋竺、麋芳引军簇拥着一辆小车。车中端坐一人，乃孔明也。关、张下马拜伏于车前。须臾，玄德、赵云、刘封、关平等皆至，收聚众军，把所获粮草辎重，分赏将士，班师回新野。新野百姓望尘遮道而拜，曰："吾属生全，皆使君得贤人之力也！"孔明回至县中，谓玄德曰："夏侯惇虽败去，曹操必自引大军来。"玄德曰："似此如之奈何？"孔明曰："亮有一计，可敌曹军。"正是：

战场之上，马肯定比车行路更快。诸葛亮选择弃马乘车，有可能是为突出他征则必胜、成竹在胸的形象。

破敌未堪息战马，避兵又必赖良谋。

未知其计若何，且看下文分解。

【回后评】

刘表欲让荆州与刘备，刘备固辞，诸葛亮认为刘备失去得荆州的大好时机。从诸葛亮的角度分析，应是早已算定刘表不久于人世，趁刘表健在之时立下遗嘱，刘表一旦去世，蔡氏一门必不容刘备，届时荆州难取。笔者认为，刘备谦辞之言甚为妥当，但与刘备所言“仁义”无关。首先，刘备久在新野，未必可知刘表的真实病情；其次，蔡瑁久于刘表耳边吹风，屡次欲加害刘备，却未见刘表对其有任何实质的惩处；最后，刘表让荆州时更像是私人场合，并未提及有荆州本地官员在场做见证。所以，刘表让荆州之言，是真心托付还是故意试探，尚未可知。另外，刘表尚有亲子二人可承基业，刘琦与刘备关系亲近，若刘备答应接掌荆州，难逃趁火打劫的骂名。“名不正则言不顺”，无颜见刘琦是小，无法跟荆襄九郡吏民交代是大。当年陶谦让徐州，刘备尚且三辞，陶谦去世后方才领受。徐州势孤，荆州地广，时移世易，境遇迥异，岂可贸然应允，尽弃多年苦心经营之贤名，使仁者人设毁于一旦？由此观之，诸葛亮此问，倒显得过于贪心近利了。

第四十回

蔡夫人议献荆州
诸葛亮火烧新野

城内才看红焰吐
水边又遇黑风来

諸葛亮火
燒新野

【题解及内容提要】

本回中，享誉天下的一代名士孔融被曹操满门抄斩。孔融言语忤触，并非谋逆大罪，然终究还是累及家人，纯属咎由自取。作为孔子的二十世孙，建安七子中最年长者，孔融是汉末名士集团的领袖，自幼便有“孔融让梨”的佳话流传。然而，儒家讲究恭、宽、信、敏、惠，孔融并无安邦定国之才，只会对曹操和百官出言讥讽，卖弄才学，搞一些文字游戏，逞口舌之快，幼时让梨所体现的谦让、爱人之心荡然无存。有人认为，孔融因为持拥汉立场，看不惯曹操欺君罔上，政治上与曹操敌对，才遭灭门之祸，笔者不认同此论。政治立场不同者大有人在，朝廷和相府的官员本身就是各拥其主，只要不付诸政治实践，不至于因持不同政见而获刑。杀脂习时尚有荀彧出面谏阻，杀孔融时满朝文武竟无一人为之求情，这说明孔融被杀的原因还是出自他自身。

却说玄德问孔明求拒曹兵之计。孔明曰：“新野小县，不可久居，近闻刘景升病在危笃，可乘此机会，取彼荆州为安身之地，庶可拒曹操也。”玄德曰：“公言甚善。但备受景升之恩，安忍图之！”孔明曰：“今若不取，后悔何及！”玄德曰：“吾宁死，不忍作负义之事。”孔明曰：“且再作商议。”

刘备又一次表态不肯乘人之危。是非如何，回后评另有细评。

却说夏侯惇败回许昌，自缚见曹操，伏地请死，操释之。惇曰：“惇遭诸葛亮诡计，用火攻破我军。”操曰：“汝自幼用兵，岂不知狭处须防火攻？”惇曰：“李典、于禁曾言及此，悔之不及！”操乃赏二人。惇曰：“刘备如此猖獗，真腹心之患也，不可不急除。”操曰：“吾所虑者，刘备、孙权耳，馀皆不足介意，今当乘此时扫平江南。”便传令起大兵五十万，令曹仁、曹洪为第一队，张辽、张郃为第二队。夏侯渊、夏侯惇为第三队，于

夏侯惇新败，排名被置于其弟夏侯渊之后，也算是曹操外示人以赏罚分明的举措。

禁、李典为第四队，操自领诸将为第五队：每队各引兵十万。又令许褚为折冲将军，引兵三千为先锋。选定建安十三年秋七月丙午日出师。

孔融原为北海太守，讨董卓时为一路诸侯，现入朝为官，当有曹操“强干弱枝”、削弱诸侯之考量。孔融谏阻曹操讨伐刘备，或为报刘备早年相救之恩。

太中大夫孔融谏曰：“刘备，刘表皆汉室宗亲，不可轻伐；孙权虎踞六郡，且有大江之险，亦不易取。今丞相兴此无义之师，恐失天下之望。”操怒曰：“刘备、刘表、孙权皆逆命之臣，岂容不讨！”遂叱退孔融，下令：“如有再谏者，必斩。”孔融出府，仰天叹曰：“以至不仁伐至仁，安得不败乎！”时御史大夫郗虑家客闻此言，报知郗虑。虑常被孔融侮慢，心正恨之，乃以此言入告曹操，且曰：“融平日每每狎侮丞相，又与祢衡相善。衡赞融曰：‘仲尼不死’，融赞衡曰‘颜回复生’。向者祢衡之辱丞相，乃融使之也。”操大怒，遂命廷尉捕捉孔融。融有二子年尚少，时方在家对坐弈棋。左右急报曰：“尊君被廷尉执去，将斩矣！二公子何不急避？”二子曰：“破巢之下，安有完卵乎？”言未已，廷尉又至，尽收融家小并二子，皆斩之，号令融尸于市。京兆脂习伏尸而哭。操闻之大怒，欲杀之。荀彧曰：“彧闻脂习常谏融曰：‘公刚直太过，乃取祸之道。’今融死而来哭，乃义人也，不可杀。”操乃止，习收融父子尸首，皆葬之。后人有诗赞孔融曰：

没有无缘无故的恨。郗虑的报复行为，应教会孔融等自恃才高、自命不凡之辈平时应如何做人。

又一经典名言。

> 孔融居北海，豪气贯长虹。坐上客长满，樽中酒不空。文章惊世俗，谈笑侮王公。史笔褒忠直，存官【指史官】纪“太中”【指孔融曾经担任的太中大夫】。

《三国演义》对孔融“忠直”的刻画着墨不多，仅从书中现有文字，难见其“忠直”彰显。

曹操既杀孔融，传令五队军马次第起行，只留荀彧等守许昌。

却说荆州刘表病重，使人请玄德来托孤。玄德引关、张至荆州见刘表。表曰：“我病已入膏肓，不久便死矣，特托孤于贤弟。我子无才，恐不能承父业，我死之后，贤弟可自领荆州。”玄德泣拜曰：“备当竭力以辅贤侄，安敢有他意乎！”正说间，人报曹操自统大兵至。玄德急辞刘表，星夜回新野。刘表病中闻此信，吃惊不小，商议写遗嘱，令玄德辅佐长子刘琦为荆州之主。蔡夫人闻之大怒，关上内门，使蔡瑁、张允二人把住外门。时刘琦在江夏，知父病危，来至荆州探病，方到外门，蔡瑁当住曰："公子奉父命镇守江夏，其任至重，今擅离职守，倘东吴兵至，如之奈何？若入见主公，主公必生嗔怒，病将转增，非孝也。宜速回。"刘琦立于门外，大哭一场，上马仍回江夏。刘表病势危笃，望刘琦不来，至八月戊申日，大叫数声而死。后人有诗叹刘表曰：

刘备没被蔡瑁扣下，已是大幸。蔡瑁留下刘琦，或许真有担心东吴趁机来犯的考量。

昔闻袁氏居河朔，又见刘君霸汉阳。总为牝晨【牝鸡司晨，指母鸡报晓，比喻女人越权干政】致家累，可怜不久尽销亡！

刘表既死，蔡夫人与蔡瑁、张允商议，假写遗嘱，令次子刘琮为荆州之主，然后举哀报丧。时刘琮年方十四岁，颇聪明，乃聚众言曰："吾父弃世，吾兄现在江夏，更有叔父玄德在新野。汝等立我为主，倘兄与叔兴兵问罪，如何解释？"众官未及对，幕官李珪答曰："公子之言甚善。今可急发哀书至江夏，请大公子为荆州之主，就命玄德一同理事：北可以敌曹操，南可以拒孙权。此万全之策也。"蔡瑁叱曰："汝何人，敢乱言以逆主公遗命！"李珪大骂曰："汝内外朋谋，假称遗命，废长立幼，眼见荆襄九郡，送于蔡氏之手！故主有灵，必当殛【jí】汝！"蔡瑁大怒，喝令左右推出斩之。李珪至死，大骂不绝。于是蔡瑁遂立刘琮为主。蔡氏宗族分领荆州之兵，命治中邓义、别驾刘先守荆州，蔡夫人自与刘琮前赴襄阳驻扎，以防刘琦、刘备。就葬刘表之柩于襄阳城东汉阳之原，竟不讣告刘琦与玄德。

此处指南郡江陵。广义的荆州作为汉末十三州之一，下辖南阳、南郡、江夏、零陵、武陵、桂阳、长沙七郡，后从南阳、南郡中又划出襄阳、章陵二郡，故有"荆襄九郡"之称。荆州治所在南郡江陵，狭义的荆州往往指的是南郡。后"刘备借荆州"指的也是借南郡。

刘琮至襄阳，方才歇马，忽报曹操引大军径望襄阳而来。琮大惊，遂请蒯越、蔡瑁等商议。东曹掾傅巽进言曰："不特曹操兵来为可忧。今大公子在江夏，玄德在新野，我皆未往报丧，若彼兴兵问罪，荆襄危矣。巽有一计，可使荆襄之民安如泰山，又可保全主公名爵。”琮曰：“计将安出？”巽曰：“不如将荆襄九郡，献与曹操，操必重待主公也。”琮叱曰：“是何言也！孤受先君之基业，坐尚未稳，岂可便弃之他人？”蒯越曰：“傅公悌之言是也。夫逆顺有大体，强弱有定势。今曹操南征北讨，以朝廷为名，主公拒之，其名不顺。且主公新立，外患未宁，内忧将作。荆襄之民，闻曹兵至，未战而胆先寒，安能与之敌哉？”琮曰：“诸公善言，非我不从。但以先君之业，一旦弃与他人，恐贻笑于天下耳。”

以人臣而拒人主，逆也。

未战胆寒的不是荆襄之民，而是江南贪生怕死、卖主求荣的一班谋士也。

言未已，一人昂然而进曰：“傅公悌、蒯异度之言甚善，何不从之？”众视之，乃山阳高平人，姓王，名粲，字仲宣。粲容貌瘦弱，身材短小，幼时往见中郎蔡邕，时邕高朋满座，闻粲至，倒履迎之。宾客皆惊曰：“蔡中郎何独敬此小子耶？”邕曰：“此子有异才，吾不如也。”粲博闻强记，人皆不及。尝观道旁碑文一过，便能记诵。观人弈棋，棋局乱，粲复为摆出，不差一子。又善算术，其文词妙绝一时。年十七，辟为黄门侍郎，不就。后因避乱至荆襄，刘表以为上宾。当日谓刘琮曰：“将军自料比曹公何如？”琮曰：“不如也。”粲曰：“曹公兵强将勇，足智多谋。擒吕布于下邳，摧袁绍于官渡，逐刘备于陇右，破乌桓于白狼。枭除荡定者，不可胜计。今以大军南下荆襄，势难抵敌。傅、蒯二君之谋，乃长策也。将军不可迟疑，致生后悔。”琮曰：“先生见教极是，但须禀告母亲知道。”只见蔡夫人从屏后转出，谓琮曰：“既是仲宣、公悌、异度三人所见相同，何必告我。”于是刘琮意决，便写降书，令宋忠潜地往曹操军前投献。宋忠领命，直至宛城，接着曹操，献上降书。操大喜，重赏宋忠，分付教刘琮出城迎接，便着他永为荆州之主。

王粲为建安七子中文学成就最高者，代表作《登楼赋》《七哀诗》，被誉为“七子之冠冕”。可惜此番劝主投降的言论展现的只有文采，没有节操。

纵观刘备一生的行止，从未到过陇右地区，此处不知所言何事，应是作者笔误。

刘表在世时，蔡夫人即惯于屏后偷听，现在儿子继位，她仍有此嗜好。

宋忠拜辞曹操，取路回荆襄。将欲渡江，忽见一枝人马到来，视之乃关云长也。宋忠回避不迭，被云长唤住，细问荆州之事。忠初时隐讳，后被云长盘问不过，只得将前后事情，一一实告。云长大惊，随捉宋忠至新野见玄德，备言其事。玄德闻之大哭。张飞曰："事已如此，可先斩宋忠，随起兵渡江，夺了襄阳，杀了蔡氏、刘琮，然后与曹操交战。"玄德曰："你且缄口，我自有斟酌。"乃叱宋忠曰："你知众人作事，何不早来报我？今虽斩汝，无益于事，可速去。"忠拜谢，抱头鼠窜而去。

玄德正忧闷间，忽报公子刘琦差伊籍到来。玄德感伊籍昔日相救之恩，降阶迎之，再三称谢。籍曰："大公子在江夏，闻荆州已故，蔡夫人与蔡瑁等商议不来报丧，竟立刘琮为主。公子差人往襄阳探听，回说是实。恐使君不知，特差某赍哀书呈报，并求使君尽起麾下精兵，同往襄阳问罪。"玄德看书毕，谓伊籍曰："机伯只知刘琮僭立，更不知刘琮已将荆襄九郡献与曹操矣！"籍大惊曰："使君从何知之？"玄德具言拿获宋忠之事。籍曰："若如此，使君不如以吊丧为名，前赴襄阳，诱刘琮出迎，就便擒下，诛其党类，则荆州属使君矣。"孔明曰："机伯之言是也。主公可从之。"玄德垂泪曰："吾兄临危托孤于我，今若执其子而夺其地，异日死于九泉之下，何面目复见吾兄乎？"孔明曰："如不行此事，今曹兵已至宛城，何以拒敌？"玄德曰："不如走樊城以避之。"

刘备放弃了曹操南下前占据荆州的最后机会。

正商议间，探马飞报曹兵已到博望了。玄德慌忙发付伊籍回江夏整顿军马，一面与孔明商议拒敌之计。孔明曰："主公且宽心。前番一把火，烧了夏侯惇大半人马，今番曹军又来，必教他中这条计。我等在新野住不得了，不如早到樊城去。"便差人四门张榜，晓谕居民："无问老幼男女，愿从者，即于今日皆跟我往樊城暂避，不可自误。"差孙乾往河边调拨船只，救济百姓；差糜竺护送各官家眷到樊城。一面聚诸将听令，先教云长："引一千军去白河上流头埋伏，各带布袋，多装沙土，遏住白河之水。至来日三更后，只听下流头人喊马嘶，急取起布袋，放水淹之，却顺水杀将下来接应。"又唤张飞："引一千军去博陵渡口埋伏。此处水势最慢，曹军被淹，必从此逃难，可便乘势杀来接应。”又唤赵云：“引军三千，分为四队，自领一队伏于东门外，其三队分伏西、南、北三门，却先于城内人家屋上，多藏硫黄焰硝引火之物。曹军入城，必安歇民房。来日黄昏后，必有大风，但看风起，便令西、南、北三门伏军尽将火箭射入城去，待城中火势大作，却于城外呐喊助威，只留东门放他出走。汝却于东门外从后击之。天明会合关、张二将，收军回樊城。”再令糜芳、刘封二人：“带二千军。一半红旗，一半青旗，去新野城外三十里鹊尾坡前屯住。一见曹军到，红旗军走在左，青旗军走在右。他心疑必不敢追。汝二人却去分头埋伏。只望城中火起，便可追杀败兵，然后却来白河上流头接应。”孔明分拨已定，乃与玄德登高了望，只候捷音。

此番定计，谋虑周详，料敌机先，滴水不漏。

却说曹仁、曹洪引军十万为前队，前面已有许褚引三千铁甲军开路，浩浩荡荡，杀奔新野来。是日午牌【古代报正午时辰的牙牌，这里指正午】时分，来到鹊尾坡，望见坡前一簇人马，尽打青、红旗号，许褚催军向前。刘封、糜芳分为四队，青、红旗各归左右。许褚勒马，教且休进：“前面必有伏兵。我兵只在此处住下。”许褚一骑马飞报前队曹仁。曹仁曰：“此是疑兵，必无埋伏。可速进兵，我当催军继至。”许褚复回坡前，提兵杀入。至林下追寻时，不见一人。时日已坠西。许褚方欲前进，只听得山上大吹大擂。抬头看时，只见山顶上一簇旗，旗丛中两把伞盖：左玄德，右孔明，二人对坐饮酒。许褚大怒，引军寻路上山。山上擂木炮石打将下来，不能前进。又闻山后喊声大震，欲寻路厮杀，天色已晚。

曹仁领兵到，教且夺新野城歇马。军士至城下时，只见四门大开。曹兵突入，并无阻当，城中亦不见一人，竟是一座空城了。曹洪曰：“此是势孤计穷，故尽带百姓逃窜去了。我军权且在城安歇，来日平明进兵。”此时各军走乏，都已饥饿，皆去夺房造饭。曹仁、曹洪就在衙内安歇。初更已后，狂风大作，守门军士飞报火起。曹仁曰："此必军士造饭不小心，遗漏之火，不可自惊。"说犹未了，接连几次飞报，西、南、北三门皆火起。曹仁急令众将上马时，满县火起，上下通红。是夜之火，更胜前日博望烧屯之火。后人有诗叹曰：

曹仁前番战败丢失了樊城，此次竟再度大意轻敌。

奸雄曹操守中原，九月南征到汉川。风伯怒临新野县，祝融飞下焰摩天。

曹仁引众将突烟冒火，寻路奔走，闻说东门无火，急急奔出东门。军士自相践踏，死者无数。曹仁等方才脱得火厄，背后一声喊起，赵云引军赶来混战，败军各逃性命，谁肯回身厮杀。正奔走间，糜芳引一军至，又冲杀一阵。曹仁大败，夺路而走，刘封又引一军截杀一阵。到四更时分，人困马乏。军士大半焦头烂额，奔至白河边，喜得河水不甚深，人马都下河吃水，人相喧嚷，马尽嘶鸣。

却说云长在上流用布袋遏住河水，黄昏时分，望见新野火起，至四更，忽听得下流头人喊马嘶，急令军士一齐掣起布袋，水势滔天，望下流冲去，曹军人马俱溺于水中，死者极多。曹仁引众将望水势慢处夺路而走，行到博陵渡口，只听喊声大起，一军拦路，当先大将乃张飞也，大叫："曹贼快来纳命！"曹军大惊。正是：

后关羽水淹七军，很可能是从此番白河水计中获取了灵感，而且青出于蓝，有过之而无不及。

城内才看红焰吐，水边又遇黑风来。

未知曹仁性命如何，且看下文分解。

【回后评】

再谈刘备辞荆州。本回中，刘表于病笃之时再让荆州，其情定然比前次更为真诚，但刘备仍然坚辞不受。在拜访诸葛亮时，刘备对诸葛亮先取荆州后取川的战略大为赞赏，却屡次拒绝唾手可得的荆州，究竟为何？第一，刘备久处荆州北部的新野，必知曹操实力和动向，应有自知之明——即便此时占了荆州，若曹操大军南下，以双方的实力对比，也肯定守不住。早晚不保之地，不如力辞之，保存实力。第二，刘备手下文武总数不过十人，就凭这点家底，安能控制荆州九郡各级文武官员？要想稳稳把控荆州，仍然要靠当地势力，但荆州地方已被蔡氏、蒯氏等亲曹操的大族把持，只有经过战火洗礼，地方势力重新洗牌之后，对荆州的统治才能被搬上台面。如赤壁战后，蔡氏家族基本被消灭。第三，刘备依附刘表，客居荆州，若反客为主，夺人基业，难逃悠悠之口，会遭众人唾骂，无法保全仁义之名。第四，刘备让诸葛亮替刘琦谋保身之策，就是为了结好刘琦，将来以刘琦为代理人——一则子承父业，符合当时的政治伦理；二则刘琦出面，可有效控制荆州在地势力，令其旧部逐渐接纳并听命于刘备，帮助刘备收揽荆州人心；三则推刘琦为名义上的荆州之主，刘备、诸葛亮退居幕后操纵，可以让刘琦吸引曹操和孙权的注意，减轻自己的军事压力。上一回提到孙权杀黄祖、破江夏后并不留兵把守，而从张昭之论，要待击败刘表来犯之兵后一举乘势拿下荆襄全土。刘备辞荆州，正类似于孙权弃江夏，并非刘备不想取荆州，而是取荆州的最佳时机尚未到来。最佳时机为何时？笔者以为，应是三个条件具备之时——一是刘表去世，避免背负不义之名；二是孙、刘结为联盟，避免孙权前来争夺；三是战后曹操大败北归，短期内无力再次发兵南下。由此观之，刘备辞荆州，是审时度势后的明智之举，刘备在政治上的精明程度胜于诸葛亮。所以刘备才是君王之才，诸葛亮只能是丞相之才。

第四十一回

刘玄德携民渡江
赵子龙单骑救主

才离虎窟逃生去
又遇龙潭鼓浪来

劉玄德敗走江陵

【题解及内容提要】

本回之初，徐庶奉曹操之命出使刘备，本可以重归故主，但徐庶碍于面子没有归刘，诚为可惜。徐庶老母毕竟是因曹操奸计诓骗间接致死，算是与曹操有杀母之仇，何必放弃再投明主的机会？若于此时重归刘备，按徐母生前的慷慨陈词，死也瞑目。可以推断徐庶不肯留在刘备处的真实原因，可能是他还有家人被曹操控为人质。

长坂坡单骑救主，七进七出，是赵云一生的高光时刻。历史上，赵云自追随刘备起，承担的主要工作就是护佑刘备及其家小的安全，他更像是私人保镖而非统兵作战的将领。一直到刘备入川以后，赵云才逐渐参与较大规模的战役中。

却说张飞因关公放了上流水，遂引军从下流杀将来，截住曹仁混杀。忽遇许褚，便与交锋，许褚不敢恋战，夺路走脱。张飞赶来，接着玄德、孔明，一同沿河到上流。刘封、糜芳已安排船只等候，遂一齐渡河，尽望樊城而去。孔明教将船筏放火烧毁。

却说曹仁收拾残军，就新野屯住，使曹洪去见曹操，具言失利之事。操大怒曰："诸葛村夫，安敢如此！"催动三军，漫山塞野，尽至新野下寨。传令军士一面搜山，一面填塞白河。令大军分作八路，一齐去取樊城。刘晔曰："丞相初至襄阳，必须先买民心，今刘备尽迁新野百姓入樊城，若我兵径进，二县为齑粉矣。不如先使人招降刘备。备即不降，亦可见我爱民之心，若其来降，则荆州之地，可不战而定也。"操从其言，便问："谁可为使？"刘晔曰："徐庶与刘备至厚，今现在军中，何不命他一往？"操曰："他去恐不复来。"晔曰："他若不来，贻笑于人矣。丞相勿疑。"操乃召徐庶至，谓曰："我本欲踏平樊城，奈怜众百姓之命。公可往说刘备，如肯来降，免罪赐爵，若更执迷，军曹操初次攻徐州陶谦时，刘备曾遣使致书讲和，曹操也卖顺水人情与刘备。今番反用故伎做做样子，是为了增强出师的合理性。

民共戮，玉石俱焚。吾知公忠义，故特使公往。愿勿相负。”徐庶受命而行。至樊城，玄德、孔明接见，共诉旧日之情。庶曰：“曹操使庶来招降使君，乃假买民心也，今彼分兵八路，填白河而进，樊城恐不可守，宜速作行计。”玄德欲留徐庶，庶谢曰：“某若不还，恐惹人笑。今老母已丧，抱恨终天。身虽在彼，誓不为设一谋，公有卧龙辅佐，何愁大业不成？庶请辞。”玄德不敢强留。

徐庶辞回，见了曹操，言玄德并无降意。操大怒，即日进兵。玄德问计于孔明，孔明曰：“可速弃樊城，取襄阳暂歇。”玄德曰：“奈百姓相随许久，安忍弃之？”孔明曰：“可令人遍告百姓，有愿随者同去，不愿者留下。”先使云长往江岸整顿船只，令孙乾、简雍在城中声扬曰：“今曹兵将至，孤城不可久守，百姓愿随者，便同过江。”两县之民，齐声大呼曰：“我等虽死，亦愿随使君！”即日号泣而行。扶老携幼，将男带女，滚滚渡河，两岸哭声不绝。玄德于船上望见，大恸曰：“为吾一人而使百姓遭此大难，吾何生哉！”欲投江而死，左右急救止。闻者莫不痛哭。船到南岸，回顾百姓，有未渡者望南而哭。玄德急令云长催船渡之，方才上马。

可惜日后刘备伐吴之时，未见其昔日治下的百姓重演此感天动地、可歌可泣的场景，未闻荆襄百姓叛吴归汉、箪食壶浆以迎王师，却是何故？刘备彝陵败后当自反思。

行至襄阳东门，只见城上遍插旌旗，壕边密布鹿角，玄德勒马大叫曰：“刘琮贤侄，吾但欲救百姓，并无他念。可快开门。”刘琮闻玄德至，惧而不出。蔡瑁、张允径来敌楼上，叱军士乱箭射下。城外百姓，皆望敌楼而哭。城中忽有一将，引数百人径上城楼大喝：“蔡瑁、张允卖国之贼！刘使君乃仁德之人，今为救民而来投，何得相拒！”众视其人，身长八尺，面如重枣，乃义阳人也，姓魏，名延，字文长。当下魏延轮刀砍死守门将士，开了城门，放下吊桥，大叫：“刘皇叔快领兵入城，共杀卖国之贼！”张飞便跃马欲入，玄德急止之曰：“休惊百姓！”魏延只管招呼玄德军马入城。只见城内一将飞马引军而出，大喝：“魏延无名小卒，安敢造乱！认得我大将文聘么！”魏延大怒，挺枪

刘备及其军队退走，只让百姓扶老携幼至城下，或可保百姓进城。但他此番却带兵前来，谁人不疑？

此事可见魏延久怀投奔刘备的想法。

跃马，便来交战。两下军兵在城边混杀，喊声大震。玄德曰："本欲保民，反害民也！吾不愿入襄阳！"孔明曰："江陵乃荆州要地，不如先取江陵为家。"玄德曰："正合吾心。"于是引着百姓，尽离襄阳大路，望江陵而走。襄阳城中百姓，多有乘乱逃出城来，跟玄德而去。魏延与文聘交战，从巳至未，手下兵卒皆已折尽。延乃拨马而逃，却寻不见玄德，自投长沙太守韩玄去了。

却说玄德同行军民共数万，大小车数千辆，挑担背包者不计其数，路过刘表之墓，玄德率众将拜于墓前，哭告曰："辱弟备无德无才，负兄寄托之重，罪在备一身，与百姓无干。望兄英灵，垂救荆襄之民！"言甚悲切，军民无不下泪。忽哨马报曰："曹操大军已屯樊城，使人收拾船筏，即日渡江赶来也。"众将皆曰："江陵要地，足可拒守。今拥民众数万，日行十馀里，似此几时得至江陵？倘曹兵到，如何迎敌？不如暂弃百姓，先行为上。"玄德泣曰："举大事者必以人为本。今人归我，奈何弃之？"百姓闻玄德此言，莫不伤感。后人有诗赞之曰：

上一回提到，蔡瑁立刘琮后，命治中邓义、别驾刘先守江陵，此二人必是蔡瑁心腹，怎知不似蔡瑁乱箭射下？刘备纵舍百姓快马加鞭行军，也未必入得江陵城。所以，刘备不肯舍弃百姓，未必只是仁义使然，或许还有其他考量。

临难仁心存百姓，登舟挥泪动三军。至今凭吊襄江口，父老犹然忆使君。

却说玄德拥着百姓，缓缓而行。孔明曰："追兵不久即至，可遣云长往江夏求救于公子刘琦，教他速起兵乘船会于江陵。"玄德从之，即修书令云长同孙乾领五百军往江夏求救；令张飞断后；赵云保护老小；其馀俱管顾百姓而行。每日只走十馀里便歇。

却说曹操在樊城，使人渡江至襄阳，召刘琮相见。琮惧怕不敢往见，蔡瑁、张允请行。王威密告琮曰："将军既降，玄德又走，曹操必懈弛无备。愿将军奋整奇兵，设于险处击之，操可获矣。获操则威震天下，中原虽广，可传檄而定。此难遇之机，

前有李珪、魏延，后有王威，足见荆州文武之中，不愿降曹操者不在少数。由此可推知，荆州二十八万兵将，不过是随旧主一并投降，并非真心愿意为曹操效命。这也是赤壁战后，曹操在荆州大部分地区的统治顷刻土崩瓦解的重要原因。

不可失也。”琮以其言告蔡瑁，瑁叱王威曰：“汝不知天命，安敢妄言！”威怒骂曰：“卖国之徒，吾恨不生啖汝肉！”瑁欲杀之，蒯越劝止。瑁遂与张允同至樊城，拜见曹操，瑁等辞色甚是谄佞。操问：“荆州军马钱粮，今有多少？”瑁曰：“马军五万，步军十五万，水军八万：共二十八万。钱粮大半在江陵；其馀各处亦足供给一载。”操曰：“战船多少？原是何人管领？”瑁曰：“大小战船，共七千馀只，原是瑁等二人掌管。”操遂加瑁为镇南侯、水军大都督，张允为助顺侯、水军副都督。二人大喜拜谢。操又曰：“刘景升既死，其子降顺，吾当表奏天子，使永为荆州之主。”二人大喜而退。荀攸曰：“蔡瑁，张允乃谄佞之徒，主公何遂加以如此显爵，更教都督水军乎？”操笑曰：“吾岂不识人！止因吾所领北地之众，不习水战，故且权用此二人。待成事之后，别有理会。”

却说蔡瑁、张允归见刘琮，具言：“曹操许保奏将军永镇荆襄。”琮大喜。次日，与母蔡夫人赍捧印绶兵符，亲自渡江拜迎曹操。操抚慰毕，即引随征军将，进屯襄阳城外。蔡瑁、张允令襄阳百姓焚香拜接。曹操俱用好言抚谕。入城至府中坐定，即召蒯越近前，抚慰曰：“吾不喜得荆州，喜得异度也。”遂封蒯越为江陵太守、樊城侯，傅巽、王粲等皆为关内侯，而以刘琮为青州刺史，便教起程。琮闻命大惊，辞曰：“琮不愿为官，愿守父母乡土。”操曰：“青州近帝都，教你随朝为官，免在荆襄被人图害。”琮再三推辞，曹操不准。琮只得与母蔡夫人同赴青州，只有故将王威相随，其馀官员俱送至江口而回。操唤于禁嘱咐曰：“你可引轻骑追刘琮母子杀之，以绝后患。”于禁得令，领众赶上，大喝曰：“我奉丞相令，教来杀汝母子！可早纳下首级！”蔡夫人抱刘琮而大哭。于禁喝令军士下手，王威忿怒，奋力相斗，竟被众军所杀。军士杀死刘琮及蔡夫人，于禁回报曹操，操重赏于禁。便使人往隆中搜寻孔明妻小，却不知去向。原来孔明先已令人搬送至三江内隐避矣。操深恨之。

襄阳既定，荀攸进言曰："江陵乃荆襄重地，钱粮极广。刘备若据此地，急难动摇。"操曰："孤岂忘之！"随命于襄阳诸将中，选一员引军开道。诸将中却独不见文聘，操使人寻问，方才来见。操曰："汝来何迟？"对曰："为人臣而不能使其主保全境土，心实悲惭，无颜早见耳。"言讫，欷歔【xī xū，叹气，抽咽声】流涕。操曰："真忠臣也！"除江夏太守，赐爵关内侯，便教引军开道。探马报说："刘备带领百姓，日行止十数里，计程只有三百馀里。"操教各部下精选五千铁骑，星夜前进，限一日一夜赶上刘备。大军陆续随后而进。

却说玄德引十数万百姓、三千馀军马，一程程挨着往江陵进发。赵云保护老小，张飞断后。孔明曰："云长往江夏去了，绝无回音，不知若何。"玄德曰："敢烦军师亲自走一遭。刘琦感公昔日之教，今若见公亲至，事必谐矣。"孔明允诺，便同刘封引五百军先往江夏求救去了。当日玄德自与简雍、糜竺、糜芳同行，正行间，忽然一阵狂风就马前刮起，尘土冲天，平遮红日。玄德惊曰："此何兆也？"简雍颇明阴阳，袖占一课，失惊曰："此大凶之兆也，应在今夜。主公可速弃百姓而走！"玄德曰："百姓从新野相随至此，吾安忍弃之？"雍曰："主公若恋而不弃，祸不远矣。"玄德问："前面是何处？"左右答曰："前面是当阳县，有座山名为景山。"玄德便教就此山扎住。时秋末冬初，凉风透骨，黄昏将近，哭声遍野。至四更时分，只听得西北喊声震地而来。玄德大惊，急上马引本部精兵二千馀人迎敌。曹兵掩【乘人不备而袭击】至，势不可当，玄德死战。正在危迫之际，幸得张飞引军至，杀开一条血路，救玄德望东而走。文聘当先拦住，玄德骂曰："背主之贼，尚有何面目见人！"文聘羞惭满面，引兵自投东北去了。张飞保着玄德，且战且走。奔至天明，闻喊声渐渐远去，玄德方才歇马。看手下随行人，止有百馀骑，百姓、老小并糜竺、糜芳、简雍、赵云等一干人，皆不知下落。玄德大哭曰："十数万生灵，皆因恋我，遭此大难。诸将及

刘备于大败之际，借故支走云长、孔明，手下最得力的武将和谋臣都不在身边。作者为何偏偏如此安排？孔明是百战百胜、算无遗策之第一智者，不当遭此惨败，故以不在场来全其英名。把刘备之狼狈败逃归为心存仁义，是罗贯中写法上"为贤者讳"的有意为之。

糜芳在全书中仅有的几次说话机会，都呈现的是负面形象。可惜糜芳作为刘备妻舅，早年追随刘备，于长坂坡危亡之际尚且不忍叛降，没有功劳，也有苦劳。然竟于日后投降东吴，有始无终，其功不勇，实为可惜。

张飞急躁之时对讯息缺少理智冷静的判断，此番言语，与昔日古城误听传言、冤枉关羽类似。刘备已有提醒，张飞还不肯听。

老小，皆不知存亡。虽土木之人，宁不悲乎！”

正凄惶时，忽见糜芳面带数箭【应是“箭伤”】，踉跄而来，口言：“赵子龙反投曹操去了也！”玄德叱曰：“子龙是吾故交，安肯反乎？”张飞曰：“他今见我等势穷力尽，或者反投曹操，以图富贵耳！”玄德曰：“子龙从我于患难，心如铁石，非富贵所能动摇也。”糜芳曰：“我亲见他投西北去了。”张飞曰：“待我亲自寻他去。若撞见时，一枪刺死！”玄德曰：“休错疑了。岂不见你二兄诛颜良、文丑之事乎？子龙此去，必有事故。吾料子龙必不弃我也。”张飞那里肯听，引二十馀骑至长坂桥，见桥东有一带树木，飞生一计：教所从二十馀骑，都砍下树枝，拴在马尾上，在树林内往来驰骋，冲起尘土，以为疑兵。飞却亲自横矛立马于桥上，向西而望。

却说赵云自四更时分，与曹军厮杀，往来冲突，杀至天明，寻不见玄德，又失了玄德老小。云自思曰：“主公将甘、糜二夫人与小主人阿斗，托付在我身上。今日军中失散，有何面目去见主人？不如去决一死战，好歹要寻主母与小主人下落！”回顾左右，只有三四十骑相随。云拍马在乱军中寻觅，二县百姓，号哭之声震天动地，中箭着枪、抛男弃女而走者，不计其数。赵云正走之间，见一人卧在草中，视之，乃简雍也。云急问曰：“曾见两位主母否？”雍曰：“二主母弃了车仗，抱阿斗而走。我飞马赶去，转过山坡，被一将刺了一枪，跌下马来，马被夺了去。我争斗不得，故卧在此。”云乃将从卒所骑之马，借一匹与简雍骑坐；又着二卒扶护简雍先去报与主人：“我上天入地，好歹寻主母与小主人来。如寻不见，死在沙场上也！”

说罢，拍马望长坂坡而去。忽一人大叫：“赵将军那里去？”云勒马问曰：“你是何人？”答曰：“我乃刘使君帐下护送车仗的军士，被箭射倒在此。”赵云便问二夫人消息。军士曰：“恰才见甘夫人披头跣足，相随一伙百姓妇女，投南而走。”云见说，也不顾军士，急纵马望南赶去。只见一伙百姓，男女数百人，相携而走。云大叫曰："内中有甘夫人否？"夫人在后面望见赵云，放声大哭。云下马插枪而泣曰："使主母失散，云之罪也！糜夫人与小主人安在？"甘夫人曰："我与糜夫人被逐，弃了车仗，杂于百姓内步行。又撞见一枝军马冲散，糜夫人与阿斗不知何往。我独自逃生至此。"正言间，百姓发喊，又撞出一枝军来。赵云拔枪上马看时，面前马上绑着一人，乃糜竺也。背后一将，手提大刀，引着千馀军，乃曹仁部将淳于导，拿住糜竺，正要解去献功。赵云大喝一声，挺枪纵马，直取淳于导。导抵敌不住，被云一枪刺落马下，向前救了糜竺，夺得马二匹。云请甘夫人上马，杀开条大路，直送至长坂坡。只见张飞横矛立马于桥上，大叫："子龙！你如何反我哥哥？"云曰："我寻不见主母与小主人，因此落后，何言反耶？"飞曰："若非简雍先来报信，我今见你，怎肯干休也！"云曰："主公在何处？"飞曰："只在前面不远。"云谓糜竺曰："糜子仲保甘夫人先行，待我仍去寻糜夫人与小主人去。"言罢，引数骑再回旧路。

据《三国志》记载："从征荆州，追刘备于长坂，获其二女辎重，收其散卒。"说明刘备二女于此役中被曹操所掳。

千余人奈何不了赵云，可见其武艺绝伦。

既有简雍先来报信，不知张飞为何不加思索便将怀疑冤枉之言说与赵云，不怕伤感情吗？

正走之间，见一将手提铁枪，背着一口剑，引十数骑跃马而来。赵云更不打话，直取那将。交马只一合，把那将一枪刺倒，从骑皆走。原来那将乃曹操随身背剑之将夏侯恩也。曹操有宝剑二口：一名"倚天"，一名"青釭"。倚天剑自佩之，青釭剑令夏侯恩佩之。那青釭剑砍铁如泥，锋利无比。当时夏侯恩自恃勇力，背着曹操，只顾引人抢夺掳掠。不想撞着赵云，被他一枪刺死，夺了那口剑，看靶上有金嵌"青釭"二字，方知是宝剑也。云插剑提枪，复杀入重围，回顾手下从骑，已没一人，只剩得孤身。云并无半点退心，只顾往来寻觅，但逢百姓，便问糜夫人消息。忽一人指曰："夫人抱着孩儿，左腿上着了枪，行走不得，只在前面墙缺内坐地。"

赵云听了，连忙追寻。只见一个人家，被火烧坏土墙，糜夫人抱着阿斗，坐于墙下枯井之傍啼哭。云急下马伏地而拜。夫人曰："妾得见将军，阿斗有命矣。望将军可怜他父亲飘荡半世，只有这点骨血。将军可护持此子，教他得见父面，妾死无恨！”云曰：“夫人受难，云之罪也。不必多言，请夫人上马，云自步行死战，保夫人透出重围。”糜夫人曰：“不可！将军岂可无马！此子全赖将军保护。妾已重伤，死何足惜！望将军速抱此子前去，勿以妾为累也。”云曰：“喊声将近，追兵已至，请夫人速速上马。”糜夫人曰：“妾身委实难去，休得两误。”乃将阿斗递与赵云曰：“此子性命全在将军身上！”赵云三回五次请夫人上马，夫人只不肯上马。四边喊声又起。云厉声曰：“夫人不听吾言，追军若至，为之奈何？”糜夫人乃弃阿斗于地，翻身投入枯井中而死。后人有诗赞之曰：

战将全凭马力多，步行怎把幼君扶？拚将一死存刘嗣，勇决还亏女丈夫。

赵云见夫人已死，恐曹军盗尸，便将土墙推倒，掩盖枯井。掩讫，解开勒甲绦，放下掩心镜，将阿斗抱护在怀，绰枪上马。早有一将，引一队步军至，乃曹洪部将晏明也，持三尖两刃刀来战赵云。不三合，被赵云一枪刺倒，杀散众军，冲开一条路。正走间，前面又一枝军马拦路。当先一员大将，旗号分明，大书“河间张郃”。云更不答话，挺枪便战。约十馀合，云不敢恋战，夺路而走。背后张郃赶来，云加鞭而行，不想趷跶【kē da】一声，连马和人，颠入土坑之内。张郃挺枪来刺，忽然一道红光从土坑中滚起，那匹马平空一跃，跳出坑外。后人有诗曰：

红光罩体困龙飞，征马冲开长坂围。四十二年真命主【指刘禅做了四十二年皇帝】，将军因得显神威。

张郃见了，大惊而退。赵云纵马正走，背后忽有二将大叫：“赵云休走！”前面又有二将，使两般军器，截住去路：后面赶的是马延、张颉，前面阻的是焦触、张南，都是袁绍手下降将。赵云力战四将，曹军一齐拥至。云乃拔青釭剑乱砍，手起处，衣甲平过，血如涌泉。杀退众军将，直透重围。

赵云可能曾投靠曹操，只是其他曹营将领，并不知道赵云姓名。

却说曹操在景山顶上，望见一将，所到之处，威不可当，急问左右是谁。曹洪飞马下山大叫曰："军中战将可留姓名！"云应声曰："吾乃常山赵子龙也！"曹洪回报曹操。操曰："真虎将也！吾当生致之。"遂令飞马传报各处："如赵云到，不许放冷箭，只要捉活的。"因此赵云得脱此难，此亦阿斗之福所致也。这一场杀：赵云怀抱后主，直透重围，砍倒大旗两面，夺槊三条，前后枪刺剑砍，杀死曹营名将五十馀员。后人有诗曰：

多么类似"吾乃燕人张翼德也！"

将赵云的脱难归结到阿斗身上，有明显的主观唯心主义之嫌，《三国演义》中类似的主观评价并不多见。

血染征袍透甲红，当阳谁敢与争锋！古来冲阵扶危主，只有常山赵子龙。

赵云当下杀透重围，已离大阵，血满征袍。正行间，山坡下又撞出两枝军，乃夏侯惇部将钟缙、钟绅兄弟二人，一个使大斧，一个使画戟，大喝："赵云快下马受缚！"正是：

才离虎窟逃生去，又遇龙潭鼓浪来。

毕竟子龙怎地脱身，且听下文分解。

【回后评】

荆州初降，蔡瑁尚在帐下效力，曹操却派人杀掉蔡氏母子，难道不怕失人心吗？想当初张绣降而复叛，叛而又降，且杀死曹操的长子曹昂和爱将典韦，曹操竟肯二度接纳张绣投降并优待之，为何独容不下已离开原势力范围、于己并无威胁的孤儿寡母呢？刘表刘琮情况与张绣情况大不相同。张绣是西凉军阀张济之侄，张济先后隶属董卓、李傕，到了张绣这一代，只是从刘表处借据荆州南阳郡下辖的宛城，借刘表的地盘与之联合共拒曹操。张绣并无独立的势力范围，更没有自己的领地，这与有朝廷敕命、在荆襄九郡经营多年的刘表完全不同。除了张绣外，并未听说袁绍、袁术、吕布等真正意义的军阀被曹操收降过，最终只能以剿灭告终。况且刘表虽死，忠于刘表父子的旧部尚有不少。如果不是真心投降，很有可能出现降而复叛的情况，荆州旧臣王威事实上也曾对刘琮说过这种想法。所以，杀掉刘琮，斩草除根，是彻底断绝刘表旧部复辟的最保险的做法。从舆论的角度，虽然杀降会遭致批评，但相对于降而复叛的风险而言，首要的还是确保安全。最后，曹操从蔡瑁谄媚的表现可知，蔡瑁立主刘琮献城投降，只为图功名富贵，也就不太可能出现反弹。曹操杀掉刘琮后，完全可以谎称为山贼劫掠杀人，蔡瑁纵有不满，也定不会为了一孺子与自己翻脸，只能不了了之。

第四十二回

张翼德大闹长坂桥
刘豫州败走汉津口

只因诸葛扁舟去
致使曹兵一旦休

劉玄德

本回为张飞一生的高光时刻。曹营名将除于禁、徐晃、曹洪外悉数到齐，这三人应是随曹操旋即后至。当年濮阳之战，许褚、夏侯惇等六将合攻吕布，吕布尚且抵敌不住，而今曹营名将若一拥而上，张飞必当场化为齑粉矣。但故事偏偏就是这么巧合，无论是疑有伏兵，还是想起了关羽曾对曹操夸赞张飞武艺的话，抑或是夏侯杰在关键时刻的“配合”，曹操大军既没有合攻张飞，也没有万箭齐发，共同成全了这段“喝断当阳桥”的千古佳话。

曹操被吓到“急令去其伞盖”，这个细节值得关注。颜良就是在伞盖下被关羽刀劈身亡，“去其伞盖”是不想让自己成为明显的目标，说明曹操未战已先惧三分。此举与割须弃袍类似，都是为了分散、弱化对方攻击目标，确保自己的安全。

却说钟缙、钟绅二人拦住赵云厮杀。赵云挺枪便刺，钟缙当先挥大斧来迎。两马相交，战不三合，被云一枪刺落马下，夺路便走。背后钟绅持戟赶来，马尾相衔，那枝戟只在赵云后心内弄影。云急拨转马头，恰好两胸相拍。云左手持枪隔过画戟，右手拔出青釭宝剑砍去，带盔连脑，砍去一半，绅落马而死，馀众奔散。赵云得脱，望长坂桥而走。只闻后面喊声大震，原来文聘引军赶来。赵云到得桥边，人困马乏，见张飞挺矛立马于桥上，云大呼曰：“翼德援我！”飞曰：“子龙速行，追兵我自当之。”

云纵马过桥，行二十馀里，见玄德与众人憩于树下。云下马伏地而泣，玄德亦泣。云喘息而言曰：“赵云之罪，万死犹轻！糜夫人身带重伤，不肯上马，投井而死，云只得推土墙掩之。怀抱公子，身突重围，赖主公洪福，幸而得脱。适来公子尚在怀中啼刘禅睡得倒香，好像任凭天下厮杀动乱，全然与他无关。诸葛亮去世后，蜀中多次危急，刘禅皆神隐后宫，饮酒作乐，不理朝政，刘备九死一生才积攒下两川之地，不肖子刘禅坐令乃父现成基业，视之不甚惜。

当指曹操最精锐的骑兵部队“虎豹骑”。

哭，此一会不见动静，多是不能保也。”遂解视之，原来阿斗正睡着未醒。云喜曰：“幸得公子无恙！”双手递与玄德。玄德接过，掷之于地曰：“为汝这孺子，几损我一员大将！”赵云忙向地下抱起阿斗，泣拜曰：“云虽肝脑涂地，不能报也！”后人有诗曰：

曹操军中飞虎出，赵云怀内小龙眠。无由抚慰忠臣意，故把亲儿掷马前。

却说文聘引军追赵云至长坂桥，只见张飞倒竖虎须，圆睁环眼，手绰蛇矛，立马桥上；又见桥东树林之后，尘头大起，疑有伏兵，便勒住马，不敢近前。俄而，曹仁、李典、夏侯惇、夏侯渊、乐进、张辽、张郃、许褚等都至。见飞怒目横矛，立马于桥上，又恐是诸葛孔明之计，都不敢近前。扎住阵脚，一字儿摆在桥西，使人飞报曹操。操闻知，急上马从阵后来。张飞睁圆环眼，隐隐见后军青罗伞盖、旄钺旌旗来到，料得是曹操心疑，亲自来看。飞乃厉声大喝曰：“我乃燕人张翼德也！谁敢与我决一死战？”声如巨雷。曹军闻之，尽皆股栗。曹操急令去其伞盖，回顾左右曰：“我向曾闻云长言：翼德于百万军中，取上将之首，如探囊取物。今日相逢，不可轻敌。”言未已，张飞睁目又喝曰：“燕人张翼德在此！谁敢来决死战？”曹操见张飞如此气概，颇有退心。飞望见曹操后军阵脚移动，乃挺矛又喝曰：“战又不战，退又不退，却是何故！”喊声未绝，曹操身边夏侯杰惊得肝胆碎裂，倒撞于马下。操便回马而走。于是诸军众将一齐望西奔走。正是：黄口孺子，怎闻霹雳之声；病体樵夫，难听虎豹之吼。一时弃枪落盔者，不计其数，人如潮涌，马似山崩，自相践踏。后人有诗赞曰：

长坂桥头杀气生，横枪立马眼圆睁。一声好似轰雷震，独退曹家百万兵。

却说曹操惧张飞之威，骤马望西而走，冠簪尽落，披发奔逃。张辽、许褚赶上，扯住辔环，曹操仓皇失措。张辽曰："丞相休惊。料张飞一人，何足深惧！今急回军杀去，刘备可擒也。"曹操方才神色稍定，乃令张辽、许褚再至长坂桥探听消息。

且说张飞见曹军一拥而退，不敢追赶，速唤回原随二十馀骑，摘去马尾树枝，令将桥梁拆断，然后回马来见玄德，具言断桥一事。玄德曰："吾弟勇则勇矣，惜失于计较【计策】。"飞问其故，玄德曰："曹操多谋。汝不合【不应该】拆断桥梁，彼必追至矣。"飞曰："他被我一喝，倒退数里，何敢再追？"玄德曰："若不断桥，彼恐有埋伏，不敢进兵。今拆断了桥，彼料我无军而怯，必来追赶。彼有百万之众，虽涉江汉，可填而过，岂惧一桥之断耶？"于是即刻起身，从小路斜投汉津，望沔阳路而走。

刘备此处利用曹操多疑的性格，打起了心理战术。

却说曹操使张辽、许褚探长坂桥消息，回报曰："张飞已拆断桥梁而去矣。"操曰："彼断桥而去，乃心怯也。"遂传令差一万军，速搭三座浮桥，只今夜就要过。李典曰："此恐是诸葛亮之诈谋，不可轻进。"操曰："张飞一勇之夫，岂有诈谋！"遂传下号令，火速进兵。

李典每次进言，都以谨慎示人。

却说玄德行近汉津，忽见后面尘头大起，鼓声连天，喊声震地。玄德曰："前有大江，后有追兵，如之奈何？"急命赵云准备抵敌。曹操下令军中曰："今刘备釜中之鱼，阱中之虎。若不就此时擒捉，如放鱼入海，纵虎归山矣。众将可努力向前。"众将领命，一个个奋威追赶。忽山坡后鼓声响处，一队军马飞出，大叫曰："我在此等候多时了！"当头那员大将，手执青龙刀，坐下赤兔马——原来是关云长，去江夏借得军马一万，探知当阳长坂大战，特地从此路截出。曹操一见云长，即勒住马回顾众将曰："又中诸葛亮之计也！"传令大军速退。

云长追赶十数里，即回军保护玄德等到汉津，已有船只伺候，云长请玄德并甘夫人、阿斗至船中坐定。云长问曰："二嫂此处"此时"为误用，应为"彼时"。

嫂如何不见？"玄德诉说当阳之事。云长叹曰："曩日猎于许田时，若从吾意，可无今日之患。"玄德曰："我于此时亦'投鼠忌器'耳。"正说之间，忽见江南岸战鼓大鸣，舟船如蚁，顺风扬帆而来，玄德大惊。船来至近，只见一人白袍银铠立于船头上大呼曰："叔父别来无恙！小侄得罪！"玄德视之，乃刘琦也。琦过船哭拜曰："闻叔父困于曹操，小侄特来接应。"玄德大喜，遂合兵一处，放舟而行。在船中正诉情由，江西南上战船一字儿摆开，乘风唿哨而至，刘琦惊曰："江夏之兵，小侄已尽起至此矣。今有战船拦路，非曹操之军，即江东之军也，如之奈何？"玄德出船头视之，见一人纶巾道服，坐在船头上，乃孔明也，背后立着孙乾。玄德慌请过船，问其何故却在此。孔明曰："亮自至江夏，先令云长于汉津登陆地而接。我料曹操必来追赶，主公必不从江陵来，必斜取汉津矣。故特请公子先来接应，我竟往夏口，尽起军前来相助。"玄德大悦，合为一处，商议破曹之策。孔明曰："夏口城险，颇有钱粮，可以久守。请主公且到夏口屯住。公子自回江夏，整顿战船，收拾军器，为掎角之势，可以抵当曹操。若共归江夏，则势反孤矣。"刘琦曰："军师之言甚善。但愚意欲请叔父暂至江夏，整顿军马停当，再回夏口不迟。"玄德曰："贤侄之言亦是。"遂留下云长，引五千军守夏口。玄德、孔明、刘琦共投江夏。

应是要与刘备商议荆州前途等大事。

却说曹操见云长在旱路引军截出，疑有伏兵，不敢来追；又恐水路先被玄德夺了江陵，便星夜提兵赴江陵来。荆州治中邓义、别驾刘先，已备知襄阳之事，料不能抵敌曹操，遂引荆州军民出郭投降。曹操入城、安民已定，释韩嵩之囚，加为大鸿胪。其馀众官，各有封赏。曹操与众将议曰："今刘备已投江夏，恐结连东吴，是滋蔓也，当用何计破之？"荀攸曰："我今大振兵威，遣使驰檄江东，请孙权会猎于江夏，共擒刘备，分荆州之地，永结盟好。孙权必惊疑而来降，则吾事济矣。"操从其计，一面发檄遣使赴东吴；一面计点马步水军共八十三万，诈称一百万，水陆并进，船骑双行，沿江而来，西连荆、峡，东接蕲、黄，寨栅联络三百馀里。

话分两头。却说江东孙权，屯兵柴桑郡，闻曹操大军至襄阳，刘琮已降，今又星夜兼道取江陵，乃集众谋士商议御守之策。鲁肃曰："荆州与国邻接，江山险固，士民殷富。吾若据而有之，此帝王之资也。今刘表新亡，刘备新败，肃请奉命往江夏吊丧，因说刘备使抚刘表众将，同心一意，共破曹操。备若喜而从命，则大事可定矣。"权喜，从其言，即遣鲁肃赍礼往江夏吊丧。

却说玄德至江夏，与孔明、刘琦共议良策。孔明曰："曹操势大，急难抵敌，不如往投东吴孙权，以为应援。使南北相持，吾等于中取利，有何不可？"玄德曰："江东人物极多，必有远谋，安肯相容耶？"孔明笑曰："今操引百万之众，虎踞江汉，江东安得不使人来探听虚实？若有人到此，亮借一帆风，直至江东，凭三寸不烂之舌，说南北两军互相吞并。若南军胜，共诛曹操以取荆州之地；若北军胜，则我乘胜以取江南可也。"玄德曰："此论甚高。但如何得江东人到？"

若果真北军胜，曹操自当席卷江南，一统天下，诸葛亮策划让刘备乘势取江南，恐不现实。

正说间，人报江东孙权差鲁肃来吊丧，船已傍岸。孔明笑曰："大事济矣！"遂问刘琦曰："往日孙策亡时，襄阳曾遣人去吊丧否？"琦曰："江东与我家有杀父之仇，安得通庆吊之礼！"孔明曰："然则鲁肃此来，非为吊丧，乃来探听军情也。"遂谓玄德曰："鲁肃至，若问曹操动静，主公只推不知。再三问时，主公只说可问诸葛亮。"计会已定，使人迎接鲁肃。肃入城吊丧，收过礼物，刘琦请肃与玄德相见。礼毕，邀入后堂饮酒。肃曰："久闻皇叔大名，无缘拜会，今幸得见，实为欣慰。近闻皇叔与曹操会战，必知彼虚实，敢问操军约有几何？"玄德曰："备兵微将寡，一闻操至即走，竟不知彼虚实。"鲁肃曰："闻皇叔用诸葛孔明之谋，两场火烧得曹操魂亡胆落，何言不知耶？"玄德曰："除非问孔明，便知其详。"肃曰："孔明安在？愿求一见。"玄德教请孔明出来相见。

肃见孔明，礼毕问曰："向慕先生才德，未得拜晤。今幸相遇，愿闻目今安危之事。"孔明曰："曹操奸计，亮已尽知；但恨力未及，故且避之。"肃曰："皇叔今将止于此乎？"孔明曰："使君与苍梧【大致位于长沙郡以南】太守吴臣有旧，将往投之。"肃曰："吴臣粮少兵微，自不能保，焉能容人？"孔明曰："吴臣处虽不足久居，今且暂依之，别有良图。"肃曰："孙将军虎踞六郡，兵精粮足，又极敬贤礼士，江表英雄，多归附之。今为君计，莫若遣心腹往结东吴，以共图大事。"孔明曰："刘使君与孙将军自来无旧，恐虚费词说，且别无心腹之人可使。"肃曰："先生之兄，现为江东参谋，日望与先生相见。肃不才，愿与公同见孙将军，共议大事。"玄德曰："孔明是吾之师，顷刻不可相离，安可去也？"肃坚请孔明同去。玄德佯不许。孔明曰："事急矣，请奉命一行。"玄德方才许诺。鲁肃遂别了玄德、刘琦，与孔明登舟，望柴桑郡来。正是：

欲擒故纵的小伎俩，鲁肃未必不识，只是不便点破罢了。

只因诸葛扁舟去，致使曹兵一旦休。

不知孔明此去毕竟如何，且看下文分解。

【回后评】

曹操得荆州后，收降蔡瑁、张允，厚赏韩嵩、王粲，貌似同等重用，实则区别对待。荆州主降派分为两类，一类是韩嵩、王粲等文臣，这类人于刘表健在时即力主依附曹操，趋炎附势。第二十三回中，韩嵩力主刘表依附曹操，"称颂朝廷盛德，劝表遣子入侍"，得罪刘表，差点被斩。曹操得荆州后，厚赏这类人，可助曹操邀买人心。另一类则是蔡瑁、张允等手握军权的武将，这类人在曹操大兵压境时贪生怕死，为续保功名富贵而降曹。曹操暂时用之，待完整控制了荆州局势后，少不了卸磨杀驴。

第四十三回

诸葛亮舌战群儒
鲁子敬力排众议

追思国母临终语
引得周郎立战功

諸葛亮舌戰群儒

【题解及内容提要】

“舌战群儒”是全书中最能体现诸葛亮口才的精彩篇章。

诸葛亮针对不同论调的持论重点，分别给予了不同的回应，有的以循循善诱之态开导劝抚，争取得到认同和支持；有的则从道德品行上严加斥责，将其贬得一无是处。东吴众文官中对曹操好感颇多者不在少数，在本回中诸葛亮进行了重点抨击。诸葛亮对于假托天命不肯扶汉的人，极尽鄙夷抨击。然其挚友崔州平也曾将汉室衰微归结为天数使然，却不闻诸葛亮与之毅然断交。可见，言称天数并不是关键，助纣为虐、为曹贼张目，才是诸葛亮决定言辞抨击的重点。后来诸葛亮骂王朗，也正是坚持此论。

却说鲁肃、孔明辞了玄德、刘琦，登舟望柴桑郡来。二人在舟中共议，鲁肃谓孔明曰：“先生见孙将军，切不可实言曹操兵多将广。”孔明曰：“不须子敬叮嘱，亮自有对答之语。”及船到岸，肃请孔明于馆驿中暂歇，先自往见孙权。权正聚文武于堂上议事，闻鲁肃回，急召入问曰：“子敬往江夏，体探虚实若何？”肃曰：“已知其略，尚容徐禀。”权将曹操檄文示肃曰：“操昨遣使赍文至此，孤先发遣来使，现今会众商议未定。”肃接檄文观看，其略曰：

孙权名如其人，喜欢权衡利弊，也必然意味着立场不坚定，喜欢左右摇摆，他的个性特征从此处可见一斑。后孙权在是否决计抗曹的问题上反复纠结，反观刘备就不会因曹操众寡而改变立场。

> 孤近承帝命，奉词伐罪。旄麾南指，刘琮束手；荆襄之民，望风归顺。今统雄兵百万，上将千员，欲与将军会猎于江夏，共伐刘备，同分土地，永结盟好。幸勿观望，速赐回音。

鲁肃看毕曰：“主公尊意若何？”权曰：“未有定论。”张昭曰：“曹操拥百万之众，借天子之名，以征四方，拒之不顺。且主公大势可以拒操者，长江也。今操既得荆州，长江之险，已与我共之矣，势不可敌。以愚之计，不如纳降，为万安之策。众谋士皆曰："子布之言，正合天意。"孙权沉吟不语。张昭又曰："主公不必多疑。如降操，则东吴民安，江南六郡可保矣。"孙权低头不语。须臾，权起更衣，鲁肃随于权后。权知肃意，乃执肃手而言曰："卿欲如何？"肃曰："恰才众人所言，深误将军。众人皆可降曹操，惟将军不可降曹操。"权曰："何以言之？"肃曰："如肃等降操，当以肃还乡党，累官故不失州郡也；将军降操，欲安所归乎？位不过封侯，车不过一乘，骑不过一匹，从不过数人，岂得南面称孤哉！众人之意，各自为己，不可听也。将军宜早定大计。"权叹曰："诸人议论，大失孤望。子敬开说大计，正与吾见相同。此天以子敬赐我也！但操新得袁绍之众，近又得荆州之兵，恐势大难以抵敌。"肃曰："肃至江夏，引诸葛瑾之弟诸葛亮在此，主公可问之，便知虚实。"权曰："卧龙先生在此乎？"肃曰："现在馆驿中安歇。"权曰："今日天晚，且未相见。来日聚文武于帐下，先教见我江东英俊，然后升堂议事。"

若降操，江东一切皆如初，唯孙权的身份权位不会如初。张昭没有说到孙权真正在意的重点，当然得不到回应。

鲁肃不当众人之面当场驳斥张昭，也是考虑臣僚之间的和谐，很会做人。

孙权此言，明显有前后两层意思，前者显示其不甘居人下的宏图大志，后者显示其考虑问题的务实态度。

肃领命而去。次日至馆驿中见孔明，又嘱曰："今见我主，切不可言曹操兵多。"孔明笑曰："亮自见机而变，决不有误。"肃乃引孔明至幕下。早见张昭、顾雍等一班文武【此处"文武"应是偏义词，只指文官】二十馀人，峨冠博带，整衣端坐。孔明逐一相见，各问姓名。施礼已毕，坐于客位。张昭等见孔明丰神飘洒，器宇轩昂，料道此人必来游说。张昭先以言挑之曰："昭乃江东微末之士，久闻先生高卧隆中，自比管、乐。此语果有之乎？"孔明曰："此亮平生小可之比也。"昭曰："近闻刘豫州三顾先生于草庐之中，幸得先生，以为'如鱼得水'，思欲席卷荆襄。今一旦以【同"已"】属曹操，未审是何主见？"孔明自思张昭乃孙权手下第一个谋士，若不先难倒他，如何说得孙权，遂答曰："吾观取汉上之地，易如反掌。我主刘豫州躬行仁义，不忍夺同宗之基业，故力辞之。刘琮孺子，听信佞言，暗

"挑"字用得妙！没用相对中性的"试""激"，而用颇具挑衅意味的"挑"，把张昭有意挖苦诸葛亮的外在神态描绘得惟妙惟肖，内在动机亦彰显无遗。

曹操大军压境之际，张昭不问国家大事，却拿诸葛亮的个人声名做文章，足见其缺少高度和格局。

自投降，致使曹操得以猖獗。今我主屯兵江夏，别有良图，非等闲可知也。”昭曰：“若此，是先生言行相违也。先生自比管、乐，管仲相桓公，霸诸侯，一匡天下，乐毅扶持微弱之燕，下齐七十馀城。此二人者，真济世之才也。先生在草庐之中，但笑傲风月，抱膝危坐。今既从事刘豫州，当为生灵兴利除害，剿灭乱贼。且刘豫州未得先生之时，尚且纵横寰宇，割据城池，今得先生，人皆仰望，虽三尺童蒙，亦谓彪虎生翼，将见汉室复兴，曹氏即灭矣。朝廷旧臣，山林隐士，无不拭目而待，以为拂高天之云翳，仰日月之光辉，拯民于水火之中，措天下于衽席之上，在此时也。何先生自归豫州，曹兵一出，弃甲抛戈，望风而窜；上不能报刘表以安庶民，下不能辅孤子而据疆土；乃弃新野，走樊城，败当阳，奔夏口，无容身之地。是豫州既得先生之后，反不如其初也。管仲、乐毅，果如是乎？愚直之言，幸勿见怪！”孔明听罢，哑然而笑曰：“鹏飞万里，其志岂群鸟能识哉？譬如人染沉疴，当先用糜粥以饮之，和药以服之；待其腑脏调和，形体渐安，然后用肉食以补之，猛药以治之：则病根尽去，人得全生也。若不待气脉和缓，便投以猛药厚味，欲求安保，诚为难矣。吾主刘豫州，向日军败于汝南，寄迹【在外乡停留或暂住】刘表，兵不满千，将止关、张、赵云而已：此正如病势尪羸【wāng léi，指瘦弱之人】已极之时也。新野山僻小县，人民稀少，粮食鲜薄，豫州不过暂借以容身，岂真将坐守于此耶？夫以甲兵不完，城郭不固，军不经练，粮不继日，然而博望烧屯，白河用水，使夏侯惇、曹仁辈心惊胆裂：窃谓管仲、乐毅之用兵，未必过此。至于刘琮降操，豫州实出不知，且又不忍乘乱夺同宗之基业，此真大仁大义也。当阳之败，豫州见有数十万赴义之民，扶老携幼相随，不忍弃之，日行十里，不思进取江陵，甘与同败，此亦大仁大义也。寡不敌众，胜负乃其常事。昔高皇数败于项羽，而垓下一战成功，此非韩信之良谋乎？夫信久事高皇，未尝累胜。盖国家大计，社稷安危，是有主谋。非比夸辩之徒，虚誉

孔明所言虽是事实，却难掩刘备集团的失败，明显欠缺反击的力道。

很明显，按张昭所指曹操是乱贼，那么主张降曹就是主张屈膝于乱贼。可惜诸葛亮并没有抓住这一细节加以反击。

张昭此句，已将“汉室兴”与“曹氏灭”并列，即要兴汉室就必须灭曹贼。按照这个逻辑，凡主张投降曹操者，即为汉室之叛臣。诸葛亮也没有抓住这一细节，他的反驳只攻其要旨，未推究语言细节。

“辅孤子”就是“报刘表”的具体做法，“据疆土”的重要性亦不亚于“安庶民”，所以此二句不存在上下之别，徒有虚势，经不起推敲。

诸葛亮此比，貌似颇有道理，实则经不起推敲。有道是“上医治未病”，诸葛亮若真有奇能，早就让刘备“百病不侵”了，又怎需深染“沉疴”之后再徐徐治愈？

刘备于博望、白河皆小胜而已，岂可与管仲、乐毅共论？

欺人：坐议立谈，无人可及；临机应变，百无一能。诚为天下笑耳！”这一篇言语，说得张昭并无一言回答。

座上忽一人抗声问曰：“今曹公兵屯百万，将列千员，龙骧虎视，平吞江夏，公以为何如？”孔明视之，乃虞翻也。孔明曰：“曹操收袁绍蚁聚之兵，劫刘表乌合之众，虽数百万不足惧也。”虞翻冷笑曰：“军败于当阳，计穷于夏口，区区求救于人，而犹言‘不惧’，此真大言欺人也！”孔明曰：“刘豫州以数千仁义之师，安能敌百万残暴之众？退守夏口，所以待时也。今江东兵精粮足，且有长江之险，犹欲使其主屈膝降贼，不顾天下耻笑。由此论之，刘豫州真不惧操贼者矣！”虞翻不能对。

座间又一人问曰：“孔明欲效仪、秦之舌，游说东吴耶？”孔明视之，乃步骘也。孔明曰：“步子山以苏秦、张仪为辩士，不知苏秦、张仪亦豪杰也：苏秦佩六国相印，张仪两次相秦，皆有匡扶人国之谋，非比畏强凌弱，惧刀避剑之人也。君等闻曹操虚发诈伪之词，便畏惧请降，敢笑苏秦、张仪乎？”步骘默然无语。

忽一人问曰：“孔明以曹操何如人也？”孔明视其人，乃薛综也。孔明答曰：“曹操乃汉贼也，又何必问？”综曰：“公言差矣。汉传世至今，天数将终。今曹公已有天下三分之二，人皆归心。刘豫州不识天时，强欲与争，正如以卵击石，安得不败乎？”孔明厉声曰：“薛敬文安得出此无父无君之言乎！夫人生天地间，以忠孝为立身之本。公既为汉臣，则见有不臣之人，当誓共戮之，臣之道也。今曹操祖宗叨食汉禄，不思报效，反怀篡逆之心，天下之所共愤，公乃以天数归之，真无父无君之人也！不足与语！请勿复言！”薛综满面羞惭，不能对答。

座上又一人应声问曰：“曹操虽挟天子以令诸侯，犹是相国曹参之后。刘豫州虽云中山靖王苗裔，却无可稽考，眼见只是织席贩屦之夫耳，何足与曹操抗衡哉！”孔明视之，乃陆绩也。孔明笑曰：“公非袁术座间怀桔之陆郎乎？请安坐听吾一言：曹操既为曹相国之后，则世为汉臣矣。今乃专权肆横，欺凌君父，是不惟无君，亦且蔑祖，不惟汉室之乱臣，亦曹氏之贼子也。刘豫州堂堂帝胄，当今皇帝按谱赐爵，何云‘无可稽考’？且高祖起身亭长，而终有天下，织席贩屦，又何足为辱乎？公小儿之见，不足与高士共语！”陆绩语塞。

座上一人忽曰：“孔明所言，皆强词夺理，均非正论，不必再言。且请问孔明治何经典？”孔明视之，乃严畯也。孔明曰：“寻章摘句，世之腐儒也，何能兴邦立事？且古耕莘伊尹，钓渭子牙，张良、陈平之流，邓禹、耿弇之辈，皆有匡扶宇宙之才，未审其生平治何经典。岂亦效书生，区区于笔砚之间，数黑论黄，舞文弄墨而已乎？”严畯低头丧气而不能对。

忽又一人大声曰：“公好为大言，未必真有实学，恐适为儒者所笑耳。”孔明视其人，乃汝南程德枢也。孔明答曰：“儒有君子小人之别。君子之儒，忠君爱国，守正恶邪，务使泽及当时，名留后世。若夫小人之儒，惟务雕虫，专工翰墨；青春作赋，皓首穷经；笔下虽有千言，胸中实无一策。且如杨雄以文章名世，而屈身事莽，不免投阁而死，此所谓小人之儒也，虽日赋万言，亦何取哉！”程德枢不能对。众人见孔明对答如流，尽皆失色。

此“杨雄”应为西汉末年著名的文学家、哲学家、语言学家扬雄。王莽篡汉后，扬雄受政治事件的牵连，在狱吏收捕他时，从天禄阁上跳下，幸而未死。

时座上张温、骆统二人，又欲问难。忽一人自外而入，厉声言曰：“孔明乃当世奇才，君等以唇舌相难，非敬客之礼也。曹操大军临境，不思退敌之策，乃徒斗口耶！”众视其人，乃零陵人，姓黄，名盖，字公覆，现为东吴粮官。当时黄盖谓孔明曰：“愚闻多言获利，不如默而无言。何不将金石之论为我主言之，乃与众人辩论也？”孔明曰：“诸君不知世务，互相问难，不容不答耳。”于是黄盖与鲁肃引孔明入。至中门，正遇诸葛瑾，孔明施礼。瑾曰：“贤弟既到江东，如何不来见我？”孔明曰：“弟既事刘豫州，理宜先公后私。公事未毕，不敢及私。望兄见谅。”瑾曰：“贤弟见过吴侯，却来叙话。”说罢自去。

鲁肃反复叮嘱，诸葛亮却有意反其意而行。

众人侍立而孔明独坐，足见优礼不虚。

后诸葛亮见到同样相貌堂堂的周瑜，也是用智相激。

曹操所盘踞的中原地区。

鲁肃曰："适间所嘱，不可有误。"孔明点头应诺。引至堂上，孙权降阶而迎，优礼相待。施礼毕，赐孔明坐。众文武分两行而立。鲁肃立于孔明之侧，只看他讲话。孔明致玄德之意毕，偷眼看孙权：碧眼紫髯，堂堂一表。孔明暗思："此人相貌非常，只可激，不可说。等他问时，用言激之便了。"献茶已毕，孙权曰："多闻鲁子敬谈足下之才，今幸得相见，敢求教益。"孔明曰："不才无学，有辱明问。"权曰："足下近在新野，佐刘豫州与曹操决战，必深知彼军虚实。"孔明曰："刘豫州兵微将寡，更兼新野城小无粮，安能与曹操相持。"权曰："曹兵共有多少？"孔明曰："马步水军，约有一百馀万。"权曰："莫非诈乎？"孔明曰："非诈也。曹操就兖州已有青州军二十万；平了袁绍，又得五六十万；中原新招之兵三四十万；今又得荆州之兵二三十万：以此计之，不下一百五十万。——亮以百万言之，恐惊江东之士也。"鲁肃在旁，闻言失色，以目视孔明，孔明只做不见。权曰："曹操部下战将，还有多少？"孔明曰："足智多谋之士，能征惯战之将，何止一二千人。"权曰："今曹操平了荆、楚，复有远图乎？"孔明曰："即今沿江下寨，准备战船，不欲图江东，待取何地？"权曰："若彼有吞并之意，战与不战，请足下为我一决。"孔明曰："亮有一言，但恐将军不肯听从。"权曰："愿闻高论。"孔明曰："向者宇内大乱，故将军起江东，刘豫州收众汉南，与曹操并争天下。今操芟【shān，以殳这一兵器除草，这里指除去麻烦】除大难，略已平矣。近又新破荆州，威震海内，纵有英雄，无用武之地，故豫州遁逃至此。愿将军量力而处之：若能以吴、越之众，与中国抗衡，不如早与之绝；若其不能，何不从众谋士之论，按兵束甲，北面而事之？"权未及答，孔明又曰："将军外托服从之名，内怀疑贰之见，事急而不断，祸至无日矣！"权曰："诚如君言，刘豫州何不降操？"孔明曰："昔田横，齐之壮士耳，犹守义不辱。况刘豫州王室之胄，英才盖世，众士仰慕。事之不济，此乃天也，又安能屈处人下乎！”

孙权听了孔明此言，不觉勃然变色，拂衣而起，退入后堂。众皆哂笑而散，鲁肃责孔明曰：“先生何故出此言？幸是吾主宽洪大度，不即面责。先生之言，藐视吾主甚矣。”孔明仰面笑曰：“何如此不能容物耶！我自有破曹之计，彼不问我，我故不言。”肃曰：“果有良策，肃当请主公求教。”孔明曰：“吾视曹操百万之众，如群蚁耳！但我一举手，则皆为齑粉矣！”肃闻言，便入后堂见孙权。权怒气未息，顾谓肃曰：“孔明欺我太甚！”肃曰：“臣亦以此责孔明，孔明反笑主公不能容物。破曹之策，孔明不肯轻言，主公何不求之？”权回嗔作喜曰：“原来孔明有良谋，故以言词激我。我一时浅见，几误大事。”便同鲁肃重复出堂，再请孔明叙话。权见孔明，谢曰：“适来冒渎威严，幸勿见罪。”孔明亦谢曰：“亮言语冒犯，望乞恕罪。”权邀孔明入后堂，置酒相待。

若真如此，何至于只身来江东求援？

“回嗔作喜”四字非常形象！也凸显孙权情绪易受局势和言辞左右。

孙权外交策略非常灵活，而且能放得下面子，折节下贤，屈己待人。这是王者胸襟，非关羽可比也，这也为孙刘联盟的推进创造了有利条件。

数巡之后，权曰：“曹操平生所恶者，吕布、刘表、袁绍、袁术、豫州与孤耳。今数雄已灭，独豫州与孤尚存。孤不能以全吴之地，受制于人，吾计决矣。非刘豫州莫与当曹操者，然豫州新败之后，安能抗此难乎？”孔明曰：“豫州虽新败，然关云长犹率精兵万人，刘琦领江夏战士，亦不下万人。曹操之众，远来疲惫，近追豫州，轻骑一日夜行三百里，此所谓‘强弩之末，势不能穿鲁缟’者也。且北方之人，不习水战。荆州士民附操者，迫于势耳，非本心也。今将军诚能与豫州协力同心，破曹军必矣。操军破，必北还，则荆、吴之势强，而鼎足之形成矣。成败之机，在于今日。惟将军裁之。”权大悦曰：“先生之言，顿开茅塞。吾意已决，更无他疑。即日商议起兵，共灭曹操！”遂令鲁肃将此意传谕文武官员，就送孔明于馆驿安歇。

按诸葛亮所论，“鼎足之势”最初指荆州刘备、江东孙权和北方的曹操三分天下，暂未言及益州。

二人对谈并未言及具体的破曹之策。

张昭知孙权欲兴兵，遂与众议曰：“中了孔明之计也！”急入见权曰：“昭等闻主公将兴兵与曹操争锋。主公自思比袁绍若何？曹操向日兵微将寡，尚能一鼓克袁绍；何况今日拥百万之众

孙权兵力不如袁绍，但个人能力比袁绍要强得多。

南征，岂可轻敌？若听诸葛亮之言，妄动甲兵，此所谓负薪救火也。”孙权只低头不语。顾雍曰：“刘备因为曹操所败，故欲借我江东之兵以拒之，主公奈何为其所用乎？愿听子布之言。”孙权沉吟未决。张昭等出，鲁肃入见曰：“适张子布等，又劝主公休动兵，力主降议，此皆全躯保妻子之臣，为自谋之计耳。愿主公勿听也。”孙权尚在沉吟。肃曰：“主公若迟疑，必为众人误矣。”权曰：“卿且暂退，容我三思。”肃乃退出。时武将或有要战的，文官都是要降的，议论纷纷不一。

再度表现出孙权每每遇事都小心权衡的特质。

且说孙权退入内宅，寝食不安，犹豫不决。吴国太见权如此，问曰：“何事在心，寝食俱废？”权曰：“今曹操屯兵于江汉，有下江南之意。问诸文武，或欲降者，或欲战者。欲待战来，恐寡不敌众，欲待降来，又恐曹操不容，因此犹豫不决。”吴国太曰：“汝何不记吾姐临终之语乎？”孙权如醉方醒，似梦初觉，想出这句话来。正是：

追思国母临终语，引得周郎立战功。

毕竟说着甚的，且看下文分解。

【回后评】

孙刘联盟对孙权至关重要。孙刘联盟是挽救刘备于危亡的最后一根稻草，这是毋庸置疑的事实，但对孙权而言，与刘备联合共同御曹亦是必由之路。为何？此时的孙权占据江东六郡八十一州，听上去挺唬人，其实仅辖有扬州一州之地和徐州南部，辖区面积还不如整个荆州大。如果不联合刘备，孙权的江东，定会成为下一个荆州，重蹈刘表覆辙。刘备虽然将寡兵微，但抗曹意志无比坚定，且“皇叔”之称、仁义之名也有一定的号召力。从地缘政治现实来看，当时存在的其他军阀，除了刘备，只剩汉中张鲁、益州刘璋、西凉马腾、辽东公孙康四家，虽然马腾颇有战力，但西北东南距离遥远。再者，这四家相距较远，无法互相救援，更无法分担孙权面临的军事压力。所以，此时的刘备就是孙权天然的也是唯一可靠的盟友——这也是鲁肃力主孙刘联合的重要原因。

第四十四回

孔明用智激周瑜
孙权决计破曹操

智与智逢宜必合
才和才角又难容

諸葛亮智說周瑜

【题解及内容提要】

本回之初，东吴一众文武皆造府问询周瑜对曹操的态度，虽然周瑜对待不同访客持不同的说辞，但他内心已有定见，只是不肯于自己府上多言，避免与主降派的文官产生过多争论。

诸葛亮与周瑜两位顶尖奇才的第一次见面，其实已经分出了高下。诸葛亮“铜雀春深锁二乔”之语明显是胡诌的假话，周瑜却深信并大怒。此次交锋，无论是情绪还是结果，都完全符合诸葛亮的预期，周瑜可谓被诸葛亮玩弄于股掌之中。试想，如果曹操发兵江南是为二乔，难道之前扫平袁绍是为甄氏，剿灭吕布是为貂蝉，征讨张绣是为邹氏，占据荆州是为蔡夫人吗？

却说吴国太见孙权疑惑不决，乃谓之曰：“先姊遗言云：‘伯符临终有言：内事不决问张昭，外事不决问周瑜。’今何不请公瑾问之？”权大喜，即遣使往鄱阳请周瑜议事。原来周瑜在鄱阳湖训练水师，闻曹操大军至汉上，便星夜回柴桑郡议军机事。使者未发，周瑜已先到。鲁肃与瑜最厚，先来接着，将前项事细述一番。周瑜曰：“子敬休忧，瑜自有主张。今可速请孔明来相见。”鲁肃上马去了。

周瑜方才歇息，忽报张昭、顾雍、张纮、步骘四人来相探。瑜接入堂中坐定，叙寒温毕，张昭曰：“都督知江东之利害否？”瑜曰：“未知也。”昭曰：“曹操拥众百万，屯于汉上，昨传檄文至此，欲请主公会猎于江夏。虽有相吞之意，尚未露其形。昭等劝主公且降之，庶免江东之祸。不想鲁子敬从江夏带刘备军师诸葛亮至此，彼因自欲雪愤，特下说词以激主公。子敬却执迷不悟，正欲待都督一决。”瑜曰：“公等之见皆同否？”顾雍等曰：“所议皆同。”瑜曰：“吾亦欲降久矣。公等请回。明早见主公，自有定议。”昭等辞去。

江东三朝元老，当然得对得起自己半生浴血奋战打下的江山。

少顷，又报程普、黄盖、韩当等一班战将来见。瑜迎入，各问慰讫。程普曰：“都督知江东早晚属他人否？”瑜曰：“未知也。”普曰：“吾等自随孙将军开基创业，大小数百战，方才战得六郡城池。今主公听谋士之言，欲降曹操，此真可耻可惜之事！吾等宁死不辱。望都督劝主公决计兴兵，吾等愿效死战。”瑜曰：“将军等所见皆同否？”黄盖忿然而起，以手拍额曰：“吾头可断，誓不降曹！”众人皆曰：“吾等都不愿降！”瑜曰：“吾正欲与曹操决战，安肯投降！将军等请回。瑜见主公，自有定议。”程普等别去。

又未几，诸葛瑾、吕范等一班儿文官相候。瑜迎入，讲礼毕，诸葛瑾曰：“舍弟诸葛亮自汉上来，言刘豫州欲结东吴，共伐曹操，文武商议未定。因舍弟为使，瑾不敢多言，专候都督来决此事。”瑜曰：“以公论之若何？”瑾曰：“降者易安，战者难保。”周瑜笑曰：“瑜自有主张。来日同至府下定议。”瑾等辞退。

忽又报吕蒙、甘宁等一班儿来见。瑜请入，亦叙谈此事。有要战者，有要降者，互相争论。瑜曰：“不必多言，来日都到府下公议。”众乃辞去。周瑜冷笑不止。

至晚，人报鲁子敬引孔明来拜，瑜出中门迎入。叙礼罢，分宾主而坐。肃先问瑜曰：“今曹操驱众南侵，和与战二策，主公不能决，一听于将军。将军之意如何？”瑜曰：“曹操以天子为名，其师不可拒。且其势大，未可轻敌。战则必败，降则易安。吾意已决，来日见主公，便当遣使纳降。”鲁肃愕然曰：“君言差矣！江东基业，已历三世，岂可一旦弃于他人？伯符遗言，外事付托将军。今正欲仗将军保全国家，为泰山之靠，奈何从懦夫之议耶？”瑜曰：“江东六郡，主灵无限，若罹兵革之祸，必有归怨于我，故决计请降耳。”肃曰：“不然。以将军之英雄，东吴之险固，操未必便能得志也。”二人互相争辩，孔明只袖手冷笑。

瑜曰："先生何故哂笑？"孔明曰："亮不笑别人，笑子敬不识时务耳。"肃曰："先生如何反笑我不识时务？"孔明曰："公瑾主意欲降操，甚为合理。"瑜曰："孔明乃识时务之士，必与吾有同心。"肃曰："孔明，你也如何说此？"孔明曰："操极善用兵，天下莫敢当。向只有吕布、袁绍、袁术、刘表敢与对敌。今数人皆被操灭，天下无人矣。独有刘豫州不识时务，强与争衡，今孤身江夏，存亡未保。将军决计降曹，可以保妻子，可以全富贵。国祚迁移，付之天命，何足惜哉！"鲁肃大怒曰："汝教吾主屈膝受辱于国贼乎！"

强调一个"敢"字，逼周瑜表态有没有胆量与曹操一战。

此语暗贬"主降派"为一己之利屈膝苟安。

孔明曰："愚有一计，并不劳牵羊担酒，纳土献印，亦不须亲自渡江，只须遣一介之使，扁舟送两个人到江上。操一得此两人，百万之众，皆卸甲卷旗而退矣。"瑜曰："用何二人，可退操兵？"孔明曰："江东去此两人，如大木飘一叶，太仓减一粟耳。而操得之，必大喜而去。"瑜又问："果用何二人？"孔明曰："亮居隆中时，即闻操于漳河新造一台，名曰铜雀，极其壮丽，广选天下美女以实其中。操本好色之徒，久闻江东乔公有二女，长曰大乔，次曰小乔，有沉鱼落雁之容，闭月羞花【应是指杨贵妃，这里出现了朝代先后的谬误】之貌。操曾发誓曰：'吾一愿扫平四海，以成帝业；一愿得江东二乔，置之铜雀台，以乐晚年，虽死无恨矣。'今虽引百万之众，虎视江南，其实为此二女也。将军何不去寻乔公，以千金买此二女，差人送与曹操，操得二女，称心满意，必班师矣。此范蠡献西施之计，何不速为之？"瑜曰："操欲得二乔，有何证验？"孔明曰："曹操幼子曹植，字子建，下笔成文。操尝命作一赋，名曰《铜雀台赋》。赋中之意，单道他家合为天子，誓取二乔。"瑜曰："此赋公能记否？"孔明曰："吾爱其文华美，尝窃记之。"瑜曰："试请一诵。"孔明即时诵《铜雀台赋》云：

"羞花"杨贵妃还有几百年才出生，亦可见《三国演义》绝非魏晋时人所写之史实，而是后人多有想象发挥之作。

此处可以想象鲁肃的神情与反应。

"从明后以嬉游兮，登层台以娱情。见太府之广开兮，观圣德之所营。建高门之嵯峨兮，浮双阙乎太清。立中天之华观兮，连飞阁乎西城。临漳水之长流兮，望园果之滋荣。立双台于左右兮，有玉龙与金凤。揽‘二乔’于东南兮，乐朝夕之与共。俯皇都之宏丽兮，瞰云霞之浮动。欣群才之来萃兮，协飞熊之吉梦。仰春风之和穆兮，听百鸟之悲鸣。天云垣其既立兮，家愿得乎获逞。扬仁化于宇宙兮，尽肃恭于上京。惟桓文之为盛兮，岂足方乎圣明？”

“休矣！美矣！惠泽远扬。翼佐我皇家兮，宁彼四方。同天地之规量兮，齐日月之辉光。永贵尊而无极兮，等年寿于东皇。御龙旂【qí，绘有图案可作为标帜、号令或纪念的布帛或纸等】以遨游兮，回鸾驾而周章。恩化及乎四海兮，嘉物阜而民康。愿斯台之永固兮，乐终古而未央！”

周瑜听罢，勃然大怒，离座指北而骂曰：“老贼欺吾太甚！”孔明急起止之曰：“昔单于屡侵疆界，汉天子许以公主和亲，今何惜民间二女乎？”瑜曰：“公有所不知：大乔是孙伯符将军主妇，小乔乃瑜之妻也。”孔明佯作惶恐之状，曰：“亮实不知，失口乱言。死罪！死罪！”瑜曰：“吾与老贼誓不两立！”孔明曰：“事须三思，免致后悔。”瑜曰：“吾承伯符寄托，安有屈身降操之理？适来所言，故相试耳。吾自离鄱阳湖，便有北伐之心，虽刀斧加头，不易其志也！望孔明助一臂之力，同破曹贼。”孔明曰：“若蒙不弃，愿效犬马之劳，早晚拱听驱策。”瑜曰：“来日入见主公，便议起兵。”孔明与鲁肃辞出，相别而去。

次日清晨，孙权升堂。左边文官张昭、顾雍等三十馀人，右边武官程普、黄盖等三十馀人，衣冠济济，剑佩锵锵，分班侍立。少顷，周瑜入见。礼毕，孙权问慰罢，瑜曰：“近闻曹操引兵屯汉上，驰书至此，主公尊意若何？”权即取檄文与周瑜看。瑜看毕，笑曰：“老贼以我江东无人，敢如此相侮耶！”权曰：“君之意若何？”瑜曰：“主公曾与众文武商议否？”权曰：“连日议此事：有劝我降者，有劝我战者。吾意未定，故请公瑾一决。”瑜曰：“谁劝主公降？”权曰：“张子布等皆主其意。”瑜即问张昭曰：“愿闻先生所以主降之意。”昭曰：“曹操挟天子而征四方，动以朝廷为名，近又得荆州，威势越大。吾江东可以拒操者长江耳，今操艨艟战舰，何止千百？水陆并进，何可当之？不如且降，更图后计。”瑜曰：“此迂儒之论也！江东自开国以来，今历三世，安忍一旦废弃！”权曰：“若此，计将安出？”瑜曰：“操虽托名汉相，实为汉贼。将军以神武雄才，仗父兄馀业，据有江东，兵精粮足，正当横行天下，为国家除残去暴，奈何降贼耶？且操今此来，多犯兵家之忌：北土未平，马腾、韩遂为其后患，而操久于南征，一忌也；北军不熟水战，操舍鞍马，仗舟楫，与东吴争衡，二忌也；又时值隆冬盛寒，马无藁【gǎo，一种草本植物】草，三忌也；驱中国士卒，远涉江湖，不服水土，多生疾病，四忌也。操兵犯此数忌，虽多必败。将军擒操，正在今日。瑜请得精兵数万人，进屯夏口，为将军破之！”权矍然起曰：“老贼欲废汉自立久矣，所惧二袁、吕布、刘表与孤耳。今数雄已灭，惟孤尚存。孤与老贼，誓不两立！卿言当伐，甚合孤意。此天以卿授我也。”瑜曰：“臣为将军决一血战，万死不辞。只恐将军狐疑不定。”权拔佩剑砍面前奏案一角曰：“诸官将有再言降操者，与此案同！”言罢，便将此剑赐周瑜，即封瑜为大都督，程普为副都督，鲁肃为赞军校尉。如文武官将有不听号令者，即以此剑诛之。瑜受了剑，对众言曰：“吾奉主公之命，率众破曹。诸将官吏来日俱于江畔行营听令。如迟误者，依七禁令五十四斩施行。”言罢，辞了孙权，起身出府。众文武各无言而散。

周瑜回到下处，便请孔明议事。孔明至。瑜曰：“今日府下公议已定，愿求破曹良策。”孔明曰：“孙将军心尚未稳，不可以决策也。”瑜曰：“何谓心不稳？”孔明曰：“心怯曹兵之多，怀寡不敌众之意。将军能以军数开解，使其了然无疑，然后大事

周瑜显然已尽知张昭等文官之意，在孙权面前再问一遍立场，让张昭再说一遍理由，当是有意表现出公事公办的姿态。

前番在诸葛亮面前，孙权也有此语，但所列群雄中尚有刘备；而今在自己人面前，就不提刘备了，说明在孙权君臣看来，刘备大部分时间寄人篱下，难列“数雄”之一。

作重大决策前，若内部意见不一致，应先统一思想。孙权此举，主要是敲打张昭等一众文官，之前无论主战主降，言者无罪，但之后不可再言投降。

虽不明其详，但从名称可见周瑜法度内容详实，军纪严明。

可成。”瑜曰：“先生之论甚善。”乃复入见孙权。权曰：“公瑾夜至，必有事故。”瑜曰：“来日调拨军马，主公心有疑否？”权曰：“但忧曹操兵多，寡不敌众耳。他无所疑。”瑜笑曰：“瑜特为此来开解主公。主公因见操檄文，言水陆大军百万，故怀疑惧，不复料其虚实。今以实较之：彼将中国之兵，不过十五六万，且已久疲；所得袁氏之众，亦止七八万耳，尚多怀疑未服。夫以久疲之卒，御狐疑之众，其数虽多，不足畏也。瑜得五万兵，自足破之。愿主公勿以为虑。”权抚瑜背曰：“公瑾此言，足释吾疑。子布无谋，深失孤望；独卿及子敬，与孤同心耳。卿可与子敬、程普即日选军前进。孤当续发人马，多载资粮，为卿后应。卿前军倘不如意，便还就孤。孤当亲与操贼决战，更无他疑。”周瑜谢出，暗忖曰：“孔明早已料着吴侯之心，其计画又高我一头，久必为江东之患，不如杀之。”乃令人连夜请鲁肃入帐，言欲杀孔明之事。肃曰：“不可。今操贼未破，先杀贤士，是自去其助也。”瑜曰：“此人助刘备，必为江东之患。”肃曰：“诸葛瑾乃其亲兄，可令招此人同事东吴，岂不妙哉？”瑜善其言。

此处未提及刘表旧部相关情况。

当务之急是先解决曹操带来的威胁，以解燃眉之急。

次日平明，瑜赴行营，升中军帐高坐。左右立刀斧手，聚集文官武将听令。原来程普年长于瑜，今瑜爵居其上，心中不乐，是日乃托病不出，令长子程咨自代。瑜令众将曰：“王法无亲，诸君各守乃职。方今曹操弄权，甚于董卓：囚天子于许昌。屯暴兵于境上。吾今奉命讨之，诸君幸皆努力向前。大军到处，不得扰民。赏劳罚罪，并不徇纵。”令毕，即差韩当、黄盖为前部先锋，领本部战船，即日起行，前至三江口下寨，别听将令；蒋钦、周泰为第二队；凌统、潘璋为第三队；太史慈、吕蒙为第四队；陆逊、董袭为第五队；吕范、朱治为四方巡警使，催督六郡官军，水陆并进，克期取齐。调拨已毕，诸将各自收拾船只军器起行。程咨回见父程普，说周瑜调兵，动止有法。普大惊曰：“吾素欺周郎懦弱，不足为将，今能如此，真将才也！我如何不服！”遂亲诣行营谢罪。瑜亦逊谢。

二人在孙策手下也已共事多年，程普竟不识得周郎雄才，老眼昏花矣。

次日，瑜请诸葛瑾谓曰："令弟孔明有王佐之才，如何屈身事刘备？今幸至江东，欲烦先生不惜齿牙馀论，使令弟弃刘备而事东吴，则主公既得良辅，而先生兄弟又得相见，岂不美哉？先生幸即一行。"瑾曰："瑾自至江东，愧无寸功。今都督有命，敢不效力。"即时上马，径投驿亭来见孔明。孔明接入，哭拜，各诉阔情。瑾泣曰："弟知伯夷、叔齐乎？"孔明暗思："此必周郎教来说我也。"遂答曰："夷、齐古之圣贤也。"瑾曰："夷、齐虽至饿死首阳山下，兄弟二人亦在一处。我今与你同胞共乳，乃各事其主，不能旦暮相聚，视夷、齐之为人，能无愧乎？"孔明曰："兄所言者情也，弟所守者义也。弟与兄皆汉人。今刘皇叔乃汉室之胄，兄若能去东吴，而与弟同事刘皇叔，则上不愧为汉臣，而骨肉又得相聚，此情义两全之策也。不识兄意以为何如？"瑾思曰："我来说他，反被他说了我也。"遂无言回答，起身辞去。回见周瑜，细述孔明之言。瑜曰："公意若何？"瑾曰："吾受孙将军厚恩，安肯相背！"瑜曰："公既忠心事主，不必多言。吾自有伏孔明之计。"正是：

智与智逢宜必合，才和才角又难容。

毕竟周瑜定何计伏孔明，且看下文分解。

【回后评】

早在第三十四回中便第一次提到修筑铜雀台，曹植所作的《铜雀台赋》直到本回，才借诸葛亮之口呈现在读者面前，且不乏关键句子的篡改，如将原作"连二桥于东西兮，若长空之蝃蝀"句改为"揽二乔于东南兮，乐朝夕之与共"，直接激怒了周瑜。文学作品的精彩之处该于何处呈现？何处浓墨重彩，何处一笔带过，皆有匠心。如果在第三十四回就呈现《铜雀台赋》全文，虽不减斐然文采，但是与主线情节关联甚少；而放在此处，却成了促成周瑜决计破曹的至关重要的线索。如果诸葛亮不在周瑜面前呈现全文，则会削减真实性，周瑜未必肯信。所以，本回中将《铜雀台赋》全文呈现，恰逢其时，恰到好处。《三国演义》中用了类似写法的，还有“望梅止渴”的故事，该典故虽被后世传为佳话，却不是三国时期有重大影响的著名战役，只在曹、刘二人煮酒论英雄时一笔带过。

第四十六回

用奇谋孔明借箭 献密计黄盖受刑

勇将轻身思报主
谋臣为国有同心

【题解及内容提要】

第四十五回中，周瑜欲用借刀杀人之计，置诸葛亮于死地，被诸葛亮用激将法三言两语轻易化解；又摆鸿门宴欲于席间加害刘备，也因忌惮刘备身边的关羽而作罢。这些情节不止一次地证实《三国演义》中周瑜的气量狭小。诸葛亮不住周瑜的营帐，“只在一叶小舟内安身”，此举既可于东吴众人面前谦称不劳烦军士为其另置营帐，又可与周瑜保持一定的安全距离，随时可以全身而退。

曹操帐下幕宾蒋干以能言善辩著称，主动请缨欲劝昔日同窗周瑜降曹，结果反被周瑜利用，以反间计成功除去曹营中擅长水战的蔡瑁、张允。但是，欲以火攻破曹，必须要靠批量的战船逼近曹军放火才可行，而确定担当这一重任的人选成了周瑜的一大难题。

却说鲁肃领了周瑜言语，径来舟中相探孔明，孔明接入小舟对坐。肃曰：“连日措办军务，有失听教。”孔明曰：“便是亮亦未与都督贺喜。”肃曰：“何喜？”孔明曰：“公瑾使先生来探亮知也不知，便是这件事可贺喜耳。”谈得鲁肃失色问曰：“先生何由知之？”孔明曰：“这条计只好弄蒋干。曹操虽被一时瞒过，必然便省悟，只是不肯认错耳。今蔡、张两人既死，江东无患矣，如何不贺喜！吾闻曹操换毛玠、于禁为水军都督，则这两个手里，好歹送了水军性命。”鲁肃听了，开口不得，把些言语支吾了半晌，别孔明而回。孔明嘱曰：“望子敬在公瑾面前勿言亮先知此事。恐公瑾心怀妒忌，又要寻事害亮。”鲁肃应诺而去，回见周瑜，把上项事只得实说了。瑜大惊曰：“此人决不可留！吾决意斩之！”肃劝曰：“若杀孔明，却被曹操笑也。”瑜曰：“吾自有公道斩之，教他死而无怨。”肃曰：“何以公道斩之？”

瑜曰："子敬休问，来日便见。"

次日，聚众将于帐下，教请孔明议事。孔明欣然而至。坐定，瑜问孔明曰："即日将与曹军交战，水路交兵，当以何兵器为先？"孔明曰："大江之上，以弓箭为先。"瑜曰："先生之言，甚合愚意。但今军中正缺箭用，敢烦先生监造十万枝箭，以为应敌之具。此系公事，先生幸勿推却。"孔明曰："都督见委，自当效劳。敢问十万枝箭，何时要用？"瑜曰："十日之内，可完办否？"孔明曰："操军即日将至，若候十日，必误大事。"瑜曰："先生料几日可完办？"孔明曰："只消三日，便可拜纳十万枝箭。"瑜曰："军中无戏言。"孔明曰："怎敢戏都督？愿纳军令状！三日不办，甘当重罚。"瑜大喜，唤军政司当面取了文书，置酒相待曰："待军事毕后，自有酬劳。"孔明曰："今日已不及，来日造起。至第三日，可差五百小军到江边搬箭。"饮了数杯，辞去。鲁肃曰："此人莫非诈乎？"瑜曰："他自送死，非我逼他。今明白对众要了文书，他便两肋生翅，也飞不去。我只分付军匠人等，教他故意迟延，凡应用物件，都不与齐备。如此，必然误了日期。那时定罪，有何理说？公今可去探他虚实，却来回报。

造箭怎能在江边？周瑜等人若仔细琢磨"江边"二字，应能发现蹊跷。

肃领命来见孔明。孔明曰："吾曾告子敬，休对公瑾说，他必要害我。不想子敬不肯为我隐讳，今日果然又弄出事来。三日内如何造得十万箭？子敬只得救我！"肃曰："公自取其祸，我如何救得你？"孔明曰："望子敬借我二十只船，每船要军士三十人，船上皆用青布为幔，各束草千馀个，分布两边。吾别有妙用。第三日包管有十万枝箭。只不可又教公瑾得知，若彼知之，吾计败矣。"肃允诺，却不解其意，回报周瑜，果然不提起借船之事，只言："孔明并不用箭竹、翎毛、胶漆等物，自有道理。"瑜大疑曰："且看他三日后如何回覆我！"

却说鲁肃私自拨轻快船二十只，各船三十馀人，并布幔束草等物，尽皆齐备，候孔明调用。第一日却不见孔明动静。第二日亦只不动。至第三日四更时分，孔明密请鲁肃到船中。肃问曰：

“公召我来何意？”孔明曰：“特请子敬同往取箭。”肃曰：“何处去取？”孔明曰：“子敬休问，前去便见。”遂命将二十只船，用长索相连，径望北岸进发。是夜大雾漫天，长江之中，雾气更甚，对面不相见。孔明促舟前进，果然是好大雾！前人有篇《大雾垂江赋》曰：

大哉长江！西接岷、峨，南控三吴，北带九河。汇百川而入海，历万古以扬波。至若龙伯、海若【河神、海神的名字】，江妃、水母，长鲸千丈，天蜈九首，鬼怪异类，咸集而有。盖夫鬼神之所凭依，英雄之所战守也。

时也阴阳既乱，昧爽不分。讶长空之一色，忽大雾之四屯。虽舆薪而莫睹，惟金鼓之可闻。初若溟濛，才隐南山之豹；渐而充塞，欲迷北海之鲲。然后上接高天，下垂厚地；渺乎苍茫，浩乎无际。鲸鲵出水而腾波，蛟龙潜渊而吐气。又如梅霖收溽【rù，湿】，春阴酿寒；溟溟漠漠，浩浩漫漫。东失柴桑之岸，南无夏口之山。战船千艘，俱沉沦于岩壑；渔舟一叶，惊出没于波澜。甚则穹昊无光，朝阳失色；返白昼为昏黄，变丹山为水碧。虽大禹之智，不能测其浅深；离娄之明，焉能辨乎咫尺？

于是冯夷息浪，屏翳收功；鱼鳖遁迹，鸟兽潜踪。隔断蓬莱之岛，暗围阊阖之宫。恍惚奔腾，如骤雨之将至；纷纭杂沓，若寒云之欲同。乃能中隐毒蛇，因之而为瘴疠；内藏妖魅，凭之而为祸害。降疾厄于人间，起风尘于塞外。小民遇之夭伤，大人观之感慨。盖将返元气于洪荒，混天地为大块。

当夜五更时候，船已近曹操水寨。孔明教把船只头西尾东，一带摆开，就船上擂鼓呐喊。鲁肃惊曰：“倘曹兵齐出，如之奈何？”孔明笑曰：“吾料曹操于重雾中必不敢出。吾等只顾酌酒取乐，待雾散便回。”

却说曹寨中，听得擂鼓呐喊，毛玠、于禁二人慌忙飞报曹操。操传令曰："重雾迷江，彼军忽至，必有埋伏，切不可轻动。可拨水军弓弩手乱箭射之。"又差人往旱寨内唤张辽、徐晃各带弓弩军三千，火速到江边助射。比及号令到来，毛玠、于禁怕南军抢入水寨，已差弓弩手在寨前放箭。少顷，旱寨内弓弩手亦到，约一万馀人，尽皆向江中放箭，箭如雨发。孔明教把船吊回，头东尾西，逼近水寨受箭，一面擂鼓呐喊。待至日高雾散，孔明令收船急回。二十只船，两边束草上排满箭枝。孔明令各船上军士齐声叫曰："谢丞相箭！"比及曹军寨内报知曹操时，这里船轻水急，已放回二十馀里，追之不及。曹操懊悔不已。

却说孔明回船谓鲁肃曰："每船上箭约五六千矣。不费江东半分之力，已得十万馀箭。明日即将来射曹军，却不甚便？"肃曰："先生真神人也！何以知今日如此大雾？"孔明曰："为将而不通天文，不识地利，不知奇门，不晓阴阳，不看阵图，不明兵势，是庸才也。亮于三日前已算定今日有大雾，因此敢任三日之限。公瑾教我十日完办，工匠料物，都不应手，将这一件风流罪过，明白要杀我。我命系于天，公瑾焉能害我哉！"鲁肃拜服。

孔明此言，不怕鲁肃听者有心，自己对号入座？

船到岸时，周瑜已差五百军在江边等候搬箭。孔明教于船上取之，可得十馀万枝，都搬入中军帐交纳。鲁肃入见周瑜，备说孔明取箭之事。瑜大惊，慨然叹曰："孔明神机妙算，吾不如也！"后人有诗赞曰：

> 一天浓雾满长江，远近难分水渺茫。骤雨飞蝗来战舰，孔明今日伏周郎。

少顷，孔明入寨见周瑜。瑜下帐迎之，称羡曰："先生神算，使人敬服。"孔明曰："诡谲小计，何足为奇。"瑜邀孔明入帐共饮。瑜曰："昨吾主遣使来催督进军，瑜未有奇计，愿先生教我。”孔明曰：“亮乃碌碌庸才，安有妙计？”瑜曰：“某昨观曹操水寨，极其严整有法，非等闲可攻。思得一计，不知可否。先生幸为我一决之。”孔明曰：“都督且休言。各自写于手内，看同也不同。”瑜大喜，教取笔砚来，先自暗写了，却送与孔明，孔明亦暗写了。两个移近坐榻，各出掌中之字，互相观看，皆大笑。原来周瑜掌中字乃一“火”字，孔明掌中亦一“火”字。瑜曰：“既我两人所见相同，更无疑矣。幸勿漏泄。”孔明曰：“两家公事，岂有漏泄之理。吾料曹操虽两番经我这条计，然必不为备。今都督尽行之可也。”饮罢分散，诸将皆不知其事。

周瑜与孔明皆写“火”字，足见二人破曹思路一致，正所谓英雄所见略同。

这句话非常关键，万一谋事不密，走漏消息，曹操防火攻，火烧赤壁将成泡影，历史就会被改写。

却说曹操平白折了十五六万箭，心中气闷。荀攸进计曰：“江东有周瑜、诸葛亮二人用计，急切难破。可差人去东吴诈降，为奸细内应，以通消息，方可图也。”操曰：“此言正合吾意。汝料军中谁可行此计？”攸曰：“蔡瑁被诛，蔡氏宗族，皆在军中。瑁之族弟蔡中、蔡和现为副将。丞相可以恩结之，差往诈降东吴，必不见疑。”操从之，当夜密唤二人入帐嘱付曰：“汝二人可引些少军士，去东吴诈降。但有动静，使人密报。事成之后，重加封赏。休怀二心！”二人曰：“吾等妻子俱在荆州，安敢怀二心，丞相勿疑。某二人必取周瑜、诸葛亮之首，献于麾下。”操厚赏之。次日，二人带五百军士，驾船数只，顺风望着南岸来。

蒋干盗书，被周瑜反间计除去了蔡瑁、张允，现曹操又主动送了两个蒋干似的“草包”过去，必然再次被周瑜耍弄利用。

诈降计有可能被假戏真做，所以要判断下属是否忠诚，手中握有人质是非常关键的筹码。

且说周瑜正理会进兵之事，忽报江北有船来到江口，称是蔡瑁之弟蔡和、蔡中，特来投降。瑜唤入，二人哭拜曰：“吾兄无罪，被操贼所杀。吾二人欲报兄仇，特来投降。望赐收录，愿为前部。”瑜大喜，重赏二人，即命与甘宁引军为前部。二人拜谢，以为中计。瑜密唤甘宁分付曰：“此二人不带家小，非真投降，乃曹操使来为奸细者。吾今欲将计就计，教他通报消息。汝可殷勤相待，就里提防。至出兵之日，先要杀他两个祭旗。汝切须小心，不可有误。”甘宁领命而去。鲁肃入见周瑜曰：“蔡中、蔡和之降，多应是诈，不可收用。”瑜叱曰：“彼因曹操杀其兄，欲报仇而来降，何诈之有！你若如此多疑，安能容天下之士乎！”

甘宁乃是监视二人，以防有诈。

欲取信于人，就应主动纳献投名状。

肃默然而退，乃往告孔明，孔明笑而不言。肃曰："孔明何故哂笑？"孔明曰："吾笑子敬不识公瑾用计耳。大江隔远，细作极难往来。操使蔡中、蔡和诈降，刺探我军中事，公瑾将计就计，正要他通报消息。'兵不厌诈'，公瑾之谋是也。"肃方才省悟。

却说周瑜夜坐帐中，忽见黄盖潜入中军来见周瑜。瑜问曰："公覆夜至，必有良谋见教？"盖曰："彼众我寡，不宜久持，何不用火攻之？"瑜曰："谁教公献此计？"盖曰："某出自己意，非他人之所教也。"瑜曰："吾正欲如此，故留蔡中、蔡和诈降之人，以通消息，但恨无一人为我行诈降计耳。"盖曰："某愿行此计。"瑜曰："不受些苦，彼如何肯信？"盖曰："某受孙氏厚恩，虽肝脑涂地，亦无怨悔。"瑜拜而谢之曰："君若肯行此苦肉计，则江东之万幸也。"盖曰："某死亦无怨。"遂谢而出。

次日，周瑜鸣鼓大会诸将于帐下。孔明亦在座。周瑜曰："操引百万之众，连络三百馀里，非一日可破。今令诸将各领三个月粮草，准备御敌。"言未讫，黄盖进曰："莫说三个月，便支三十个月粮草，也不济事！若是这个月破的便破，若是这个月破不的，只可依张子布之言，弃甲倒戈，北面而降之耳！"周瑜勃然变色，大怒曰："吾奉主公之命，督兵破曹，敢有再言降者必斩。今两军相敌之际，汝敢出此言，慢我军心，不斩汝首，难以服众！"喝左右将黄盖斩讫报来。黄盖亦怒曰："吾自随破虏将军，纵横东南，已历三世，那有你来？"瑜大怒，喝令速斩。甘宁进前告曰："公覆乃东吴旧臣，望宽恕之。"瑜喝曰："汝何敢多言，乱吾法度！"先叱左右将甘宁乱棒打出。众官皆跪告曰："黄盖罪固当诛，但于军不利。望都督宽恕，权且记罪，破曹之后，斩亦未迟。"瑜怒未息。众官苦苦告求。瑜曰："若不看众官面皮，决须斩首！今且免死！"命左右："拖翻打一百脊杖，以正其罪！"众官又告免。瑜推翻案桌，叱退众官，喝教行杖。将黄盖剥了衣服，拖翻在地，打了五十脊杖。众官又复苦苦求免。瑜跃起指盖曰："汝敢小觑我耶！且寄下五十棍！再有怠慢，二罪俱罚！”恨声不绝而入帐中。

众官扶起黄盖，打得皮开肉绽，鲜血迸流，扶归本寨，昏绝几次。动问之人，无不下泪。鲁肃也往看问了，来至孔明船中，谓孔明曰：“今日公瑾怒责公覆，我等皆是他部下，不敢犯颜苦谏。先生是客，何故袖手旁观，不发一语？”孔明笑曰：“子敬欺我。”肃曰：“肃与先生渡江以来，未尝一事相欺。今何出此言？”孔明曰：“子敬岂不知公瑾今日毒打黄公覆，乃其计耶？如何要我劝他？”肃方悟。孔明曰：“不用苦肉计，何能瞒过曹操？今必令黄公覆去诈降，却教蔡中、蔡和报知其事矣。子敬见公瑾时，切勿言亮先知其事，只说亮也埋怨都督便了。”肃辞去，入帐见周瑜，瑜邀入帐后。肃曰：“今日何故痛责黄公覆？”瑜曰：“诸将怨否？”肃曰：“多有心中不安者。”瑜曰：“孔明之意若何？”肃曰：“他也埋怨都督忒情薄。”瑜笑曰：“今番须瞒过他也。”肃曰：“何谓也？”瑜曰：“今日痛打黄盖，乃计也。吾欲令他诈降，先须用苦肉计瞒过曹操，就中用火攻之，可以取胜。”肃乃暗思孔明之高见，却不敢明言。

难得鲁肃终于知道帮诸葛亮遮掩了。

且说黄盖卧于帐中，诸将皆来动问。盖不言语，但长吁而已。忽报参谋阚泽来问，盖令请入卧内，叱退左右。阚泽曰：“将军莫非与都督有仇？”盖曰：“非也。”泽曰：“然则公之受责，莫非苦肉计乎？”盖曰：“何以知之？”泽曰：“某观公瑾举动，已料着八九分。”盖曰：“某受吴侯三世厚恩，无以为报，故献此计，以破曹操。吾虽受苦，亦无所恨。吾遍观军中，无一人可为心腹者。惟公素有忠义之心，敢以心腹相告。”泽曰：“公之告我，无非要我献诈降书耳。”盖曰：“实有此意。未知肯否？”阚泽欣然领诺。正是：

勇将轻身思报主，谋臣为国有同心。

未知阚泽所言若何，且看下文分解。

【回后评】

为什么苦肉计的对象是黄盖？即便黄盖主动找到周瑜，赞同火攻和苦肉计，也不一定非得由年长力衰的黄盖亲冒风险挨打，万一打重了一命呜呼，岂不枉送性命？找一身强体健的年轻将领代为之，有何不可？不可，笔者认为，黄盖就是苦肉计的最佳人选。

首先，诈降之人在江东要有足够的声望。火攻必须具备一定的规模才能成事，所以降将要携带较多的部下一同前往，这就需要投降之人有一定的号召力。无名下将如若投降，多是只身投靠，曹操不会重视，甚至不会理睬。周瑜与孙策同年，早早辅佐孙策立业，除了孙坚时期的程普、黄盖、韩当三人外，东吴其余诸将资历皆不如周瑜，如安排其他将领与周瑜顶撞冲突的话，不符合资历伦理，情理上不容易说得通。第二，挨打的理由要充分，要能服人。此时周瑜大会诸将众目睽睽，曹操的细作蔡中、蔡和兄弟也必然在场，稍有纰漏，就会被看出端倪。黄盖曾竭力主战，并在周瑜府上“以手拍额”赌咒“誓不降曹”，而今番竟口出投降言论，立场前后反复，因此而激起周瑜怒火，更显得合情合理。否则，但凭一席话便遭周瑜重杖责打，倒显得小过重惩，不合常理。第三，诈降之人的身份和职务应合宜。从程普、黄盖、韩当三位老将的职务来看，程普身为副都督，有负责统帅三军的重任，不能“叛变”；而韩当相对年轻，是经常冲锋在前的虎将，如果韩当充当诈降的角色，被打后在关键时刻不能上阵冲杀，东吴的战力会随之削弱；反观黄盖，诸葛亮舌战群儒时就已介绍黄盖“现为东吴粮官”，说明黄盖已不在军事一线的关键岗位，所以黄盖前往曹营诈降，声名之大足以使江东军心震动，而对战事的实际影响却很小。这对周瑜一方来说，是最有利的。

第四十七回

阚泽密献诈降书

庞统巧授连环计

莫道东南能制胜

谁云西北独无人

闞澤密献詐降書

【题解及内容提要】

阚泽在整部《三国演义》中虽出场不多，但每次现身都成为挽救东吴政权危亡的关键。本回开头处点名阚泽“有胆气”，这个特征非常关键，后来刘备大举伐吴时，阚泽力排众议，以全家性命担保陆逊担当大任，最终成功击败刘备。可见特定时期关键“小人物”也可凭借其才能和性格，发挥重要的作用。

曹操是杰出的智者，并非对诈降书没有提防，他“看了十余次”，遍数之多，一则体现曹操多疑的性格，二则体现曹操细致周延的行事风格，他欲从黄盖书信中辨识真假，发现破绽。但更重要的是，此一细节已经预示曹操最终的失败。为何？因为看这么多遍，说明曹操内心深处是希望黄盖是真心来降的。不然，以曹操与孙、刘双方的军力对比，曹操一方占有绝对的优势，完全可以不理会江南是否有人真心来投，硬打强攻足可以稳操胜券。或许，曹操对江南降者的期待或幻想，来自希望减少己方的损失；又或许，曹操已经提前预设将来统一江南后扶植本土势力作为代理人进行统治。估计曹操怎么也想不到，自己会以八十万之众一败涂地。曹操的愿望很美好，但现实却很残酷，那也是后话了。

却说阚泽，字德润，会稽山阴人也。家贫好学，与人佣工，尝借人书来看，看过一遍，更不遗忘，口才辨给【口才敏捷，能说会道】，少【此处应读 shào】有胆气。孙权召为参谋，与黄盖最相善。盖知其能言有胆，故欲使献诈降书。泽欣然应诺曰：“大丈夫处世，不能立功建业，不几与草木同腐乎！公既捐躯报主，泽又何惜微生！”黄盖滚下床来，拜而谢之。泽曰：“事不可缓，即今便行。”盖曰：“书已修下了。”

泽领了书，只就当夜扮作渔翁，驾小舟，望北岸而行。是夜寒星满天，三更时候，早到曹军水寨。巡江军士拿住，连夜报知曹操。操曰："莫非是奸细么？"军士曰："只一渔翁，自称是东吴参谋阚泽，有机密事来见。"操便教引将入来。军士引阚泽至，只见帐上灯烛辉煌，曹操凭几危坐，问曰："汝既是东吴参谋，来此何干？"泽曰："人言曹丞相求贤若渴，今观此问，甚不相合。——黄公覆，汝又错寻思了也！"操曰："吾与东吴旦夕交兵，汝私行到此，如何不问？"泽曰："黄公覆乃东吴三世旧臣，今被周瑜于众将之前，无端毒打，不胜忿恨。因欲投降丞相，为报仇之计，特谋之于我。我与公覆情同骨肉，径来为献密书。未知丞相肯容纳否？"操曰："书在何处？"阚泽取书呈上。操拆书，就灯下观看。书略曰：

"灯烛辉煌"属于心理战术，说明曹操有意向来者示以威势，"危坐"说明曹操心存警惕。

盖受孙氏厚恩，本不当怀二心。然以今日事势论之：用江东六郡之卒，当中国百万之师，众寡不敌，海内所共见也。东吴将吏，无有智愚，皆知其不可。周瑜小子，偏怀浅戆【gàng，愚昧浅陋】，自负其能，辄欲以卵敌石；兼之擅作威福，无罪受刑，有功不赏。盖系旧臣，无端为所摧辱，心实恨之！伏闻丞相诚心待物，虚怀纳士，盖愿率众归降，以图建功雪耻。粮草军仗，随船献纳。泣血拜白，万勿见疑。

曹操于几案上翻覆将书看了十馀次，忽然拍案张目大怒曰："黄盖用苦肉计，令汝下诈降书，就中取事，却敢来戏侮我耶！"便教左右推出斩之。左右将阚泽簇下，泽面不改容，仰天大笑。操教牵回，叱曰："吾已识破奸计，汝何故哂笑？"泽曰："吾不笑你。吾笑黄公覆不识人耳。"操曰："何不识人？"泽曰："杀便杀，何必多问！"操曰："吾自幼熟读兵书，深知奸伪之道。汝这条计，只好瞒别人，如何瞒得我！"泽曰："你且说书中那件事是奸计？"操曰："我说出你那破绽，教你死而无怨：你既

曹操此时应是佯怒，乃心理战手段，意在考验对方。心理素质不强的人容易在生死关头经不起考验，露出破绽。

是真心献书投降，如何不明约几时？你今有何理说？”阚泽听罢，大笑曰：“亏汝不惶恐，敢自夸熟读兵书！还不及早收兵回去，倘若交战，必被周瑜擒矣！无学之辈，可惜吾屈死汝手！”操曰：“何谓我无学？”泽曰：“汝不识机谋，不明道理，岂非无学？”操曰：“你且说我那几般不是处？”泽曰：“汝无待贤之礼，吾何必言！但有死而已。”操曰：“汝若说得有理，我自然敬服。”泽曰：“岂不闻‘背主作窃，不可定期’？倘今约定日期，急切下不得手，这里反来接应，事必泄漏。但可觑便而行，岂可预期相订乎？汝不明此理，欲屈杀好人，真无学之辈也！”操闻言改容，下席而谢曰：“某见事不明，误犯尊威，幸勿挂怀。”泽曰：“吾与黄公覆倾心投降，如婴儿之望父母，岂有诈乎！”操大喜曰：“若二人能建大功，他日受爵，必在诸人之上。”泽曰：“某等非为爵禄而来，实应天顺人耳。”操取酒待之。

这番对答确实可见阚泽的能言善辩，反应机敏。但黄盖信中不明言投降日期应是有意为之，因为火烧战船必须待东风起时方可施行，确切时机实难预料，故而只能见机行事。

少顷，有人入帐，于操耳边私语。操曰：“将书来看。”其人以密书呈上。操观之，颜色颇喜。阚泽暗思：“此必蔡中、蔡和来报黄盖受刑消息，操故喜我投降之事为真实也。”操曰：“烦先生再回江东，与黄公覆约定，先通消息过江，吾以兵接应。”泽曰：“某已离江东，不可复还，望丞相别遣机密人去。”操曰：“若他人去，事恐泄漏。”泽再三推辞，良久，乃曰：“若去则不敢久停，便当行矣。”

二蔡此时书到，堪称“神助攻”，助阚泽之情报更显真实可信。

阚泽此计又是欲擒故纵，进一步打消曹操疑虑。

操赐以金帛，泽不受。辞别出营，再驾扁舟，重回江东，来见黄盖，细说前事。盖曰：“非公能辩，则盖徒受苦矣。”泽曰；“吾今去甘宁寨中，探蔡中、蔡和消息。”盖曰：“甚善。”泽至宁寨，宁接入。泽曰：“将军昨为救黄公覆，被周公瑾所辱，吾甚不平。”宁笑而不答。正话间，蔡和、蔡中至，泽以目送甘宁，宁会意，乃曰：“周公瑾只自恃其能，全不以我等为念。我今被辱，羞见江左诸人！”说罢，咬牙切齿，拍案大叫。泽乃虚与宁耳边低语，宁低头不言，长叹数声。蔡和、蔡中见宁、泽皆有反意，以言挑之曰：“将军何故烦恼？先生有何不平？”泽曰：“吾

此举动验证前文阚泽“非为爵禄而来”之言，若接受金帛，则言行相悖。

若非阚泽机智善辩，从容对答，否则何止黄盖受苦，阚泽也会当场送命。

等腹中之苦，汝岂知耶！”蔡和曰：“莫非欲背吴投曹耶？”阚泽失色，甘宁拔剑而起曰：“吾事已为窥破，不可不杀之以灭口！”蔡和、蔡中慌曰：“二公勿忧，吾亦当以心腹之事相告。”宁曰：“可速言之！”蔡和曰：“吾二人乃曹公使来诈降者也。二公若有归顺之心，吾当引进。”宁曰：“汝言果真乎？”二人齐声曰：“安敢相欺！”宁佯喜曰；“若如此，是天赐其便也！”二蔡曰：“黄公覆与将军被辱之事，吾已报知丞相矣。”泽曰：“吾已为黄公覆献书丞相，今特来见兴霸，相约同降耳。”宁曰：“大丈夫既遇明主，自当倾心相投。”于是四人共饮，同论心事。二蔡即时写书，密报曹操，说“甘宁与某同为内应”。阚泽另自修书，遣人密报曹操，书中具言：黄盖欲来，未得其便，但看船头插青牙旗而来者，即是也。

都是戏啊！

戏中人俨然深入戏中，只是，不知黄雀之后另有黄雀。

却说曹操连得二书，心中疑惑不定，聚众谋士商议曰：“江左甘宁被周瑜所辱，愿为内应，黄盖受责，令阚泽来纳降，俱未可深信。谁敢直入周瑜寨中，探听实信？”蒋干进曰：“某前日空往东吴，未得成功，深怀惭愧。今愿舍身再往，务得实信，回报丞相。”操大喜，即时令蒋干上船。干驾小舟，径到江南水寨边，便使人传报。周瑜听得干又到，大喜曰：“吾之成功，只在此人身上！”遂嘱付鲁肃：“请庞士元来，为我如此如此。”原来襄阳庞统，字士元，因避乱寓居江东，鲁肃曾荐之于周瑜，统未及往见。瑜先使肃问计于统曰：“破曹当用何策？”统密谓肃曰：“欲破曹兵，须用火攻。但大江面上，一船着火，馀船四散，除非献‘连环计’，教他钉作一处，然后功可成也。”肃以告瑜，瑜深服其论，因谓肃曰：“为我行此计者，非庞士元不可。”肃曰：“只怕曹操奸猾，如何去得？”

曹操再派蒋干过江，乃是极其严重的错误。上次群英会蒋干中计，白白使蔡瑁、张允失了性命，已证明蒋干乃成事不足败事有余之人，为何又让此等愚夫蠢材前往刺探重要军情！曹操再次所托非人矣。

庞统本居荆州，既来江东，避乱肯定是重要因素，但说明庞统存有为江东效力之心。可惜江东没有留住庞统这位大贤。

周瑜沉吟未决，正寻思没个机会，忽报蒋干又来。瑜大喜，一面分付庞统用计，一面坐于帐上，使人请干。干见不来接，心中疑虑，教把船于僻静岸口缆系，乃入寨见周瑜。瑜作色曰：“子翼何故欺吾太甚？”蒋干笑曰：“吾想与你乃旧日弟兄，特来吐心腹事，何言相欺也？”瑜曰：“汝要说吾降，除非海枯石烂！前番吾念旧日交情，请你痛饮一醉，留你共榻。你却盗吾私书，不辞而去，归报曹操，杀了蔡瑁、张允，致使吾事不成。今日无故又来，必不怀好意！吾不看旧日之情，一刀两段！本待送你过去，争奈吾一二日间，便要破曹贼；待留你在军中，又必有泄漏。”便教左右：“送子翼往西山庵中歇息。待吾破了曹操，那时渡你过江未迟。”

蒋干再欲开言，周瑜已入帐后去了。左右取马与蒋干乘坐，送到西山背后小庵歇息，拨两个军人伏侍。干在庵内，心中忧闷，寝食不安。是夜星露满天，独步出庵后，只听得读书之声。信步寻去，见山岩畔有草屋数椽，内射灯光。干往窥之，只见一人挂剑灯前，诵孙、吴兵书。干思：“此必异人也。”叩户请见，其人开门出迎，仪表非俗。干问姓名，答曰：“姓庞，名统，字士元。”干曰：“莫非凤雏先生否？”统曰：“然也。”干喜曰：“久闻大名，今何僻居此地？”答曰：“周瑜自恃才高，不能容物，吾故隐居于此。公乃何人？”干曰：“吾蒋干也。”统乃邀入草庵，共坐谈心。干曰：“以公之才，何往不利？如肯归曹，干当引进。”统曰：“吾亦欲离江东久矣。公既有引进之心，即今便当一行。如迟则周瑜闻之，必将见害。”

于是与干连夜下山，至江边寻着原来船只，飞棹投江北。既至操寨，干先入见，备述前事。操闻凤雏先生来，亲自出帐迎入，分宾主坐定，问曰：“周瑜年幼，恃才欺众，不用良谋。操久闻先生大名，今得惠顾，乞不吝教诲。”统曰：“某素闻丞相用兵有法，今愿一睹军容。”操教备马，先邀统同观旱寨，统与操并马登高而望。统曰：“傍山依林，前后顾盼，出入有门，进退曲折，虽孙、吴再生，穰苴复出，亦不过此矣。”操曰：“先生勿得过誉，尚望指教。”于是又与同观水寨，见向南分二十四座门，皆有艨艟战舰，列为城郭，中藏小船，往来有巷，起伏有序，统笑曰：“丞相用兵如此，名不虚传！”因指江南而言曰：“周郎，

谈话节奏完全被周瑜掌控，蒋干连开口的机会都没有，真庸才也！

此句稍加推敲，便可发现破绽——周瑜嫉贤妒能，庞统大可弃之而去，或投曹、刘，何必隐居在此？庞统之言的因果关系为违常理。

周瑜既有言在先，要暂时扣留蒋干，怎能不派人看守，任其自由离去？

不谈战事，先看军容，本身就有窥探军情的嫌疑。庞统此举是为随后献连环计铺垫，但单刀直入正题，难免过于躁进，可惜曹操竟喜而不察。

作者此处不写谈话的具体内容，详略有别，避免喧宾夺主，分散对叙事主线的聚焦。

周郎！克期必亡！”

操大喜。回寨，请入帐中，置酒共饮，同说兵机。统高谈雄辩，应答如流。操深敬服，殷勤相待。统佯醉曰：“敢问军中有良医否？”操问何用。统曰：“水军多疾，须用良医治之。”时操军因不服水土，俱生呕吐之疾，多有死者，操正虑此事，忽闻统言，如何不问？统曰：“丞相教练水军之法甚妙，但可惜不全。”操再三请问。统曰：“某有一策，使大小水军，并无疾病，安稳成功。”操大喜，请问妙策。统曰：“大江之中，潮生潮落，风浪不息。北兵不惯乘舟，受此颠播，便生疾病。若以大船小船各皆配搭，或三十为一排，或五十为一排，首尾用铁环连锁，上铺阔板，休言人可渡，马亦可走矣：乘此而行，任他风浪潮水上下，复何惧哉？”曹操下席而谢曰：“非先生良谋，安能破东吴耶！”统曰：“愚浅之见，丞相自裁之。”操即时传令，唤军中铁匠，连夜打造连环大钉，锁住船只。诸军闻之，俱各喜悦。后人有诗曰：

赤壁鏖兵用火攻，运筹决策尽皆同。若非庞统连环计，公瑾安能立大功？

曹操此时大谈“替天行道，安忍杀戮”，却忘了此前徐州屠城了，可见其为人诈伪，前后矛盾。

此举倒是合乎常理人情，能安曹操之心，减少怀疑。如果曹操最终获胜，又能于战后保全家人。

庞统又谓操曰：“某观江左豪杰，多有怨周瑜者。某凭三寸舌，为丞相说之，使皆来降。周瑜孤立无援，必为丞相所擒。瑜既破，则刘备无所用矣。”操曰：“先生果能成大功，操请奏闻天子，封为三公之列。”统曰：“某非为富贵，但欲救万民耳。丞相渡江，慎勿杀害。”操曰：“吾替天行道，安忍杀戮人民！”统拜求榜文，以安宗族。操曰：“先生家属，现居何处？”统曰：“只在江边。若得此榜，可保全矣。”操命写榜，佥押付统。统拜谢曰：“别后可速进兵，休待周郎知觉。”操然之。

统拜别，至江边正欲下船，忽见岸上一人，道袍竹冠，一把扯住统曰：“你好大胆！黄盖用苦肉计，阚泽下诈降书，你又来献连环计：只恐烧不尽绝！你们把出这等毒手来，只好瞒曹操，也须瞒我不得！”唬得庞统魂飞魄散。正是：

莫道东南能制胜，谁云西北独无人？

毕竟此人是谁，且看下文分解。

【回后评】

小人物蒋干于此回之后再无提及，恐怕是赤壁战后被曹操处置掉了。蒋干的悲剧不在于才智平庸，而在于他不能正确地认识、评价自己和对手的能力，既无知人之明，也无自知之明。漫夸海口、贪功冒进于前，不辨真伪、见猎心喜在后。前番不经意间发现了书信，今番又不经意间遇到了庞统，殊不知世界上真正的偶然是很少的，他看到的都是别人设计想让他看到的。在两军大战之前的关键时刻，怎能像他那样潇洒从容地出入主帅的阵营，还能携物带人，难道蒋干自己不会思考和总结吗？

第四十八回

宴长江曹操赋诗
锁战船北军用武

一时忽笑又忽叫
难使南军破北军

曹孟德横槊赋诗

【题解及内容提要】

《三国演义》众多高妙的叙事技巧中，“张弛结合”是很常见的一种写法，尤其是在主线情节推进的过程中，常常以“张中有弛”的方式描写支线剧情。比如在关羽斩华雄前的紧要关头，有曹操温酒献酒的动作；在宛城之战，还有曹操染指邹夫人的风流韵事；赤壁战前紧张的氛围中，还专门写了“隆中对”这一相对徐缓安静的情节。这些慢节奏的情节让读者不易产生阅读疲劳，绷紧的神经也得以舒缓。

本回也是体现“张弛结合”这一叙事方式的典型回目。大战在即，仍阻挡不了曹操大宴将士、吟诗作赋的好心情，当然，这也体现出曹操的高度自信。事实证明，曹操高兴得太早了。

却说庞统闻言，吃了一惊，急回视其人，原来却是徐庶。统见是故人，心下方定。回顾左右无人，乃曰：“你若说破我计，可惜江南八十一州百姓，皆是你送了也！”庶笑曰：“此间八十三万人马，性命如何？”统曰：“元直真欲破我计耶？”庶曰：“吾感刘皇叔厚恩，未尝忘报。曹操送死吾母，吾已说过终身不设一谋，今安肯破兄良策？只是我亦随军在此，兵败之后，玉石不分，岂能免难？君当教我脱身之术，我即缄口远避矣。”统笑曰：“元直如此高见远识，谅此有何难哉！”庶曰：“愿先生赐教。”统去徐庶耳边略说数句。庶大喜，拜谢。庞统别却徐庶，下船自回江东。

庞统为宗族求免祸榜文，徐庶为自己求保身之策，二人用心相同。

徐庶自进曹营后，一言不发，久不开口，智谋退化，连此等浑水摸鱼的小计也想不出了？又或许是当局者迷，未能自寻良策？

且说徐庶当晚密使近人去各寨中暗布谣言。次日，寨中三三五五，交头接耳而说。早有探事人报知曹操，说：“军中传言西凉州韩遂、马腾谋反，杀奔许都来。”操大惊，急聚众谋士商议曰：“吾引兵南征，心中所忧者，韩遂、马腾耳。军中谣言，虽未辨虚实，然不可不防。”言未毕，徐庶进曰：“庶蒙丞相收录，恨无寸功报效。请得三千人马，星夜往散关把住隘口，如有紧急，再行告报。”操喜曰：“若得元直去，吾无忧矣！散关之上，亦有军兵，公统领之。目下拨三千马步军，命臧霸为先锋，星夜前去，不可稽迟。”徐庶辞了曹操，与臧霸便行。——此便是庞统救徐庶之计。后人有诗曰：

曹操征南日日忧，马腾韩遂起戈矛。凤雏一语教徐庶，正似游鱼脱钓钩。

曹操自遣徐庶去后，心中稍安，遂上马先看沿江旱寨，次看水寨。乘大船一只于中央，上建“帅”字旗号，两傍皆列水寨，船上埋伏弓弩千张，操居于上。时建安十三年冬十一月十五日，天气晴明，平风静浪。操令：“置酒设乐于大船之上，吾今夕欲会诸将。”天色向晚，东山月上，皎皎如同白日。长江一带，如横素练。操坐大船之上，左右侍御者数百人，皆锦衣绣袄，荷戈执戟。文武众官，各依次而坐。操见南屏山色如画，东视柴桑之境，西观夏口之江，南望樊山，北觑乌林，四顾空阔，心中欢喜，谓众官曰：“吾自起义兵以来，与国家除凶去害，誓愿扫清四海，削平天下，所未得者江南也。今吾有百万雄师，更赖诸公用命，何患不成功耶！收服江南之后，天下无事，与诸公共享富贵，以乐太平。”文武皆起谢曰：“愿得早奏凯歌！我等终身皆赖丞相福荫。”操大喜，命左右行酒。饮至半夜，操酒酣，遥指南岸曰：“周瑜、鲁肃，不识天时！今幸有投降之人，为彼心腹之患，此天助吾也。”荀攸曰：“丞相勿言，恐有泄漏。”操大笑曰：“座上诸公，与近侍左右，皆吾心腹之人也，言之何碍！”又指夏口曰：“刘备、诸葛亮，汝不料蝼蚁之力，欲撼泰山，何其愚耶！”顾谓诸将曰：“吾今年五十四岁矣，如得江南，窃有所喜。——昔日乔公与吾至契，吾知其二女皆有国色。后不料为孙

战前大宴固然有激励士气的作用，但也容易滋生骄纵轻敌之风。

曹操酒后言辞张狂，对周瑜、鲁肃等不屑一顾，尽显得意忘形之态。

由此看来，反观前文诸葛亮以二乔智激周瑜之语，也并未冤枉曹操。

策、周瑜所娶。吾今新构铜雀台于漳水之上，如得江南，当娶二乔，置之台上，以娱暮年，吾愿足矣！”言罢大笑。唐人杜牧之有诗曰：

折戟沉沙铁未消，自将磨洗认前朝。东风不与周郎便，铜雀春深锁二乔。

曹操正笑谈间，忽闻鸦声望南飞鸣而去。操问曰；“此鸦缘何夜鸣？”左右答曰：“鸦见月明，疑是天晓，故离树而鸣也。”操又大笑。时操已醉，乃取槊立于船头上，以酒奠于江中，满饮三爵，横槊谓诸将曰：“我持此槊，破黄巾、擒吕布、灭袁术、收袁绍，深入塞北，直抵辽东，纵横天下，颇不负大丈夫之志也！今对此景，甚有慷慨。吾当作歌，汝等和之。”歌曰：

对酒当歌，人生几何：譬如朝露，去日苦多。慨当以慷，忧思难忘；何以解忧，惟有杜康。青青子衿，悠悠我心；但为君故，沉吟至今。呦呦鹿鸣，食野之苹；我有嘉宾，鼓瑟吹笙。皎皎如月，何时可辍？忧从中来，不可断绝！越陌度阡，枉用相存；契阔谈宴，心念旧恩。月明星稀，乌鹊南飞；绕树三匝，无枝可依。山不厌高，水不厌深：周公吐哺，天下归心。

歌罢，众和之，共皆欢笑。忽座间一人进曰：“大军相当之际，将士用命之时，丞相何故出此不吉之言？”操视之，乃扬州刺史，沛国相人，姓刘，名馥，字元颖。馥起自合肥，创立州治，聚逃散之民，立学校，广屯田，兴治教，久事曹操，多立功绩。当下操横槊问曰：“吾言有何不吉？”馥曰：“‘月明星稀，乌鹊南飞；绕树三匝，无枝可依。’此不吉之言也。”操大怒曰：“汝安敢败吾兴！”手起一槊，刺死刘馥。众皆惊骇，遂罢宴。

酒后不够清醒，这也算是曹操“梦中杀人”的一例吧。

次日，操酒醒，懊恨不已。馥子刘熙，告请父尸归葬。操泣曰：“吾昨因醉误伤汝父，悔之无及。可以三公厚礼葬之。”又拨军士护送灵柩，即日回葬。

次日，水军都督毛玠、于禁诣帐下，请曰：“大小船只，俱已配搭连锁停当。旌旗战具，一一齐备。请丞相调遣，克日进兵。”操至水军中央大战船上坐定，唤集诸将各各听令。水旱二军，俱分五色旗号：水军中央黄旗毛玠、于禁，前军红旗张郃，后军皂旗吕虔，左军青旗文聘，右军白旗吕通；马步前军红旗徐晃，后军皂旗李典，左军青旗乐进，右军白旗夏侯渊。水陆路都接应使：夏侯惇、曹洪；护卫往来监战使：许褚、张辽。其馀骁将，各依队伍。令毕，水军寨中发擂三通，各队伍战船，分门而出。是日西北风骤起，各船拽起风帆，冲波激浪，稳如平地。北军在船上，踊跃施勇，刺枪使刀。前后左右各军，旗幡不杂。又有小船五十馀只，往来巡警催督。操立于将台之上，观看调练，心中大喜，以为必胜之法，教且收住帆幔，各依次序回寨。操升帐谓众谋士曰：“若非天命助吾，安得凤雏妙计？铁索连舟，果然渡江如履平地。”程昱曰：“船皆连锁，固是平稳，但彼若用火攻，难以回避。不可不防。”操大笑曰：“程仲德虽有远虑，却还有见不到处。”荀攸曰：“仲德之言甚是。丞相何故笑之？”操曰：“凡用火攻，必藉风力。方今隆冬之际，但有西风北风，安有东风南风耶？吾居于西北之上，彼兵皆在南岸，彼若用火，是烧自己之兵也，吾何惧哉？若是十月小春之时，吾早已提备矣。”诸将皆拜伏曰：“丞相高见，众人不及。”操顾诸将曰：“青、徐、燕、代之众，不惯乘舟。今非此计，安能涉大江之险！”只见班部中二将挺身出曰：“小将虽幽、燕之人，也能乘舟。今愿借巡船二十只，直至江口，夺旗鼓而还，以显北军亦能乘舟也。”

“十月小春”指的是立冬至小雪期间一段温暖如春的天气，在此期间一些果树会开两次花，呈现出好似春三月的情景。因此民间有“十月小阳春”之说。

操视之，乃袁绍手下旧将焦触、张南也。操曰：“汝等皆生长北方，恐乘舟不便。江南之兵，往来水上，习练精熟，汝勿轻以性命为儿戏也。”焦触、张南大叫曰：“如其不胜，甘受军法！”操曰：“战船尽已连锁，惟有小舟。每舟可容二十人，只恐未便接战。”触曰：“若用大船，何足为奇？乞付小舟二十馀只，某与张南各引一半，只今日直抵江南水寨，须要夺旗斩将而还。”操曰：“吾与汝二十只船，差拨精锐军五百人，皆长枪硬弩。到来日天明，将大寨船出到江面上，远为之势。更差文聘亦领三十只巡船接应汝回。”焦触、张南欣喜而退。次日四更造饭，五更结束已定，早听得水寨中擂鼓鸣金，船皆出寨，分布水面，长江一带，青红旗号交杂。焦触、张南领哨船二十只，穿寨而出，望江南进发。

却说南岸隔日听得鼓声喧震，遥望曹操调练水军，探事人报知周瑜。瑜往山顶观之，操军已收回。次日，忽又闻鼓声震天，军士急登高观望，见有小船冲波而来，飞报中军。周瑜问帐下：“谁敢先出？”韩当、周泰二人齐出曰：“某当权为先锋破敌。”瑜喜，传令各寨严加守御，不可轻动。韩当、周泰各引哨船五只，分左右而出。

却说焦触、张南凭一勇之气，飞棹小船而来。韩当独披掩心，手执长枪，立于船头。焦触船先到，便命军士乱箭望韩当船上射来，当用牌遮隔。焦触捻长枪与韩当交锋，当手起一枪，刺死焦触。张南随后大叫赶来。隔斜里周泰船出。张南挺枪立于船头，两边弓矢乱射。周泰一臂挽牌，一手提刀，两船相离七八尺，泰即飞身一跃，直跃过张南船上，手起刀落，砍张南于水中，乱杀驾舟军士，众船飞棹急回。韩当、周泰催船追赶，到半江中，恰与文聘船相迎，两边便摆定船厮杀。

焦触、张南类似吕旷、吕翔兄弟，都是从袁绍阵营投降曹操的，也都是因为急于在曹操面前自我表现、贪功轻敌被杀。《三国演义》中同类人物，多有相似的行止和结局。

却说周瑜引众将立于山顶，遥望江北水面艨艟战船，排合江上，旗帜号带，皆有次序。回看文聘与韩当、周泰相持，韩当、周泰奋力攻击，文聘抵敌不住，回船而走。韩、周二人，急催船追赶。周瑜恐二人深入重地，便将白旗招飐，令众鸣金。二人乃挥棹而回。周瑜于山顶看隔江战船尽入水寨，瑜顾谓众将曰：“江北战船如芦苇之密，操又多谋，当用何计以破之？”众未及对，忽见曹军寨中，被风吹折中央黄旗，飘入江中。瑜大笑曰："此不祥之兆也！"正观之际，忽狂风大作，江中波涛拍岸。一阵风过，刮起旗角于周瑜脸上拂过，瑜猛然想起一事在心，大叫一声，往后便倒，口吐鲜血。诸将急救起时，却早不省人事。正是：

一时忽笑又忽叫，难使南军破北军。

毕竟周瑜性命如何，且看下文分解。

【回后评】

曹操在经典诗篇《短歌行》中表达了三重情感。一是通过"譬如朝露"发出光阴易逝、人生短暂的哀叹，其子曹植也曾写下"天地无终极，人命若朝霜"一句来表达类似的情感。二是对贤才的渴望，"青青子衿，悠悠我心"和"呦呦鹿鸣，食野之苹。我有嘉宾，鼓瑟吹笙"均引用了《诗经》中的诗句，表达的是对贤才的渴望和礼敬；结尾举周公"一沐三握发，一饭三吐哺"的典故，更是把求贤若渴的想法倾诉到极致。三是想要建功立业的宏伟抱负，"天下归心"表明了他一统天下的雄心壮志，他迫切希望得贤才辅佐的最终目的也正是为此。

第四十九回

七星坛诸葛祭风
三江口周瑜纵火

火厄盛时遭水厄
棒疮愈后患金疮

周公瑾赤壁鏖兵

【题解及内容提要】

本回只选后半部分评点。

前半部分接上一回，诸葛亮给周瑜诊病，指出“欲破曹公，宜用火攻；万事俱备，只欠东风”。周瑜再次为诸葛亮的神机妙算所折服，暗叹孔明为“神人”。遗憾的是，周瑜既然认定孔明为“神人”，当知自己不是其对手，心服口服、礼敬“神人”才是正理。诸葛亮既能屡次料定周瑜心事，怎能料不到周瑜有杀己之心却无防范自保之策呢？所以，周瑜数番欲害诸葛亮，注定徒劳，必然失败。

…………

……孔明便与玄德、刘琦升帐坐定，谓赵云曰：“子龙可带三千军马，渡江径取乌林小路，拣树木芦苇密处埋伏。今夜四更已后，曹操必然从那条路奔走。等他军马过，就半中间放起火来。虽然不杀他尽绝，也杀一半。”云曰：“乌林有两条路：一条通南郡，一条取荆州。不知向那条路来？”孔明曰：“南郡势迫，曹操不敢往，必来荆州，然后大军投许昌而去。”云领计去了。又唤张飞曰：“翼德可领三千兵渡江，截断彝陵这条路，去葫芦谷口埋伏。曹操不敢走南彝陵，必望北彝陵去。来日雨过，必然来埋锅造饭。只看烟起，便就山边放起火来。虽然不捉得曹操，翼德这场功料也不小。”飞领计去了。又唤糜竺、糜芳、刘封三人各驾船只，绕江剿擒败军，夺取器械。三人领计去了。孔明起身，谓公子刘琦曰：“武昌一望之地，最为紧要。公子便请回，率领所部之兵，陈于岸口。操一败必有逃来者，就而擒之，却不可轻离城郭。”刘琦便辞玄德、孔明去了。孔明谓玄德曰：“主公可于樊口屯兵，凭高而望，坐看今夜周郎成大功也。”

时云长在侧，孔明全然不睬。云长忍耐不住，乃高声曰：

“关某自随兄长征战，许多年来，未尝落后。今日逢大敌，军师却不委用，此是何意？”孔明笑曰：“云长勿怪！某本欲烦足下把一个最紧要的隘口，怎奈有些违碍，不敢教去。”云长曰：“有何违碍？愿即见谕。”孔明曰：“昔日曹操待足下甚厚，足下当有以报之。今日操兵败，必走华容道，若令足下去时，必然放他过去。因此不敢教去。”云长曰：“军师好心多！当日曹操果是重待某，某已斩颜良，诛文丑，解白马之围，报过他了。今日撞见，岂肯放过！”孔明曰：“倘若放了时，却如何？”云长曰：“愿依军法！”孔明曰：“如此，立下文书。”云长便与了军令状。云长曰：“若曹操不从那条路上来，如何？”孔明曰：“我亦与你军令状。”云长大喜。孔明曰：“云长可于华容小路高山之处，堆积柴草，放起一把火烟，引曹操来。”云长曰：“曹操望见烟，知有埋伏，如何肯来？”孔明笑曰：“岂不闻兵法‘虚虚实实’之论？操虽能用兵，只此可以瞒过他也。他见烟起，将谓虚张声势，必然投这条路来。将军休得容情。”云长领了将令，引关平、周仓并五百校刀手，投华容道埋伏去了。玄德曰：“吾弟义气深重，若曹操果然投华容道去时，只恐端的放了。”孔明曰：“亮夜观乾象，操贼未合身亡。留这人情，教云长做了，亦是美事。”玄德曰：“先生神算，世所罕及！”孔明遂与玄德往樊口，看周瑜用兵，留孙乾、简雍守城。

明显的激将法，关羽却情愿上套。足见关羽是个意气重于理性的人。

“大喜”说明关羽竟然还幻想着能胜过诸葛亮，比周瑜还自不量力。

却说曹操在大寨中，与众将商议，只等黄盖消息。当日东南风起甚紧。程昱入告曹操曰：“今日东南风起，宜预提防。”操笑曰：“冬至一阳生，来复之时，安得无东南风？何足为怪！”军士忽报江东一只小船来到，说有黄盖密书。操急唤入，其人呈上书。书中诉说：“周瑜关防得紧，因此无计脱身。今有鄱阳湖新运到粮，周瑜差盖巡哨，已有方便。好歹杀江东名将，献首来降。只在今晚二更，船上插青龙牙旗者，即粮船也。”操大喜，遂与众将来水寨中大船上，观望黄盖船到。

且说江东，天色向晚，周瑜唤出蔡和，令军士缚倒。和叫：

"无罪！"瑜曰："汝是何等人，敢来诈降！吾今缺少福物祭旗，愿借你首级。"和抵赖不过，大叫曰："汝家阚泽、甘宁亦曾与谋！"瑜曰："此乃吾之所使也。"蔡和悔之无及。瑜令捉至江边皂纛旗下，奠酒烧纸，一刀斩了蔡和，用血祭旗毕，便令开船。黄盖在第三只火船上，独披掩心，手提利刃，旗上大书"先锋黄盖"。盖乘一天顺风，望赤壁进发。是时东风大作，波浪汹涌。操在中军遥望隔江，看看月上，照耀江水，如万道金蛇，翻波戏浪。操迎风大笑，自以为得志。忽一军指说："江南隐隐一簇帆幔，使风而来。"操凭高望之。报称："皆插青龙牙旗。内中有大旗，上书先锋黄盖名字。"操笑曰："公覆来降，此天助我也！"来船渐近。程昱观望良久，谓操曰："来船必诈，且休教近寨。"操曰："何以知之？"程昱曰："粮在船中，船必稳重，今观来船，轻而且浮。更兼今夜东南风甚紧，倘有诈谋，何以当之？"操省悟，便问："谁去止之？"文聘曰："某在水上颇熟，愿请一往。"言毕，跳下小船，用手一指，十数只巡船，随文聘船出。聘立于船头，大叫："丞相钧旨：南船且休近寨，就江心抛住。"众军齐喝："快下了篷！"言未绝，弓弦响处，文聘被箭射中左臂，倒在船中。船上大乱，各自奔回。南船距操寨止隔二里水面。黄盖用刀一招，前船一齐发火。火趁风威，风助火势，船如箭发，烟焰涨天。二十只火船，撞入水寨，曹寨中船只一时尽着，又被铁环锁住，无处逃避。隔江炮响，四下火船齐到，但见三江面上，火逐风飞，一派通红，漫天彻地。

程昱一直对黄盖来降心存疑虑，从铁锁连船、火攻、风向等，到来船的吃水深度，处处都留心，并及时提醒曹操。可惜曹操好大喜功，不听良言。后来痛哭郭嘉，批评随军谋士未能及时劝谏。其实程昱多次建言，只是曹操不听耳。

曹操回观岸上营寨，几处烟火。黄盖跳在小船上，背后数人驾舟，冒烟突火，来寻曹操。操见势急，方欲跳上岸，忽张辽驾一小脚船，扶操下得船时，那只大船已自着了。张辽与十数人保护曹操，飞奔岸口。黄盖望见穿绛红袍者下船，料是曹操，乃催船速进，手提利刃，高声大叫："曹贼休走！黄盖在此！"操叫苦连声。张辽拈弓搭箭，觑着黄盖较近，一箭射去。此时风声正大，黄盖在火光中，那里听得弓弦响？正中肩窝，翻身落水。正是：

火厄盛时遭水厄，棒疮愈后患金疮。

未知黄盖性命如何，且看下文分解。

【回后评】

《三国演义》中，诸葛亮有意放曹操一条生路，是有战略考量的。

对于最弱小的刘备集团而言，三分天下才能使其得以存活和发展，如果曹操去世，北方再度陷入混乱，曹氏宗族旧臣的力量仍足以消灭刘备。另外，曹操失势后最大的得利者是孙权，他可能会成为第二个曹操。曹操尚在时，周瑜都不能容刘备和诸葛亮，多次意欲加害，更何况消灭曹操之后呢。此时，曹操在刘备阵营看来反倒成了唇亡齿寒的同盟，曹操在，孙权需要刘备分散曹操的火力；曹操不在，刘备这个盟友也就没有了存在的价值。

诸葛亮之所以激关羽立下军令状，是因为关羽是武将之首，诸葛亮是文臣之首，无论官职还是资历，关羽都远在诸葛亮之上，并不受诸葛亮节制，且关羽为人心高气傲，早在诸葛亮初归刘备时就多表现出不服气。由此可见，诸葛亮必须借助一件大事，卖一个天大的人情，以此彻底收服关羽，进而能更好地驾驭张飞等刘备旧从。在第五十回中，关羽果然感念昔日恩义，在华容道上义释曹操。

第五十一回

曹仁大战东吴兵
孔明一气周公瑾

几郡城池无我分
一场辛苦为谁忙

諸葛亮一氣周瑜

【题解及内容提要】

本回只选前半部分评点。

本回开头提到孙权释放了俘获的北方降卒，这是很重要的战略考量。如不释放，要么将其收编为己方军队，要么除掉。降者众多，而孙权一方兵少，收编就会面临无法控制的局面，届时倒戈一击，不堪设想；如果除掉，似如白起在长平战后坑杀赵俘四十万，引来全天下诸侯对秦国的仇视，最终也给白起自己带来杀身之祸。赤壁一战，曹操虽然元气大伤，但北方雄厚的家底还在，如果将北方降卒尽行坑杀，势必遭致北方兵民的切齿仇恨。孙权打败曹操，只想鼎足而立，限江自保，并非想把曹操赶尽杀绝，所以释放降卒是最好的安排。

却说孔明欲斩云长，玄德曰："昔吾三人结义时，誓同生死。今云长虽犯法，不忍违却前盟。望权记过，容将功赎罪。"孔明方才饶了。

> 尽管有多重考量，但从军法执行的角度看，还是饶得太轻易了。

且说周瑜收军点将，各各叙功，申报吴侯。所得降卒，尽行发付渡江。大犒三军，遂进兵攻取南郡。前队临江下寨，前后分五营，周瑜居中。瑜正与众商议征进之策，忽报："刘玄德使孙乾来与都督作贺。"瑜命请入。乾施礼毕，言："主公特命乾拜谢都督大德，有薄礼上献。"瑜问曰："玄德在何处？"乾答曰："现移兵屯油江口。"瑜惊曰："孔明亦在油江否？"乾曰；"孔明与主公同在油江。"瑜曰："足下先回，某亲来相谢也。"瑜收了礼物，发付孙乾先回。肃曰："却才都督为何失惊？"瑜曰："刘备屯兵油江，必有取南郡之意。我等费了许多军马，用了许多钱粮，目下南郡反手可得；彼等心怀不仁，要就现成，须放着周瑜不死！"肃曰："当用何策退之？"瑜曰："吾自去和他说话。好

> 周瑜心理素质不佳，喜怒形于色，连鲁肃都看出来了，孙乾会看不出来吗？

便好，不好时，不等他取南郡，先结果了刘备！”肃曰：“某愿同往。”于是瑜与鲁肃引三千轻骑，径投油江口来。

先说孙乾回见玄德，言周瑜将亲来相谢，玄德乃问孔明曰：“来意若何？”孔明笑曰：“那里为这些薄礼肯来相谢，止为南郡而来。”玄德曰：“他若提兵来，何以待之？”孔明曰：“他来便可如此如此应答。”遂于油江口摆开战船，岸上列着军马。人报：“周瑜、鲁肃引兵到来。”孔明使赵云领数骑来接。瑜见军势雄壮，心甚不安。行至营门外，玄德、孔明迎入帐中。各叙礼毕，设宴相待。玄德举酒致谢鏖兵之事。酒至数巡，瑜曰：“豫州移兵在此，莫非有取南郡之意否？”玄德曰：“闻都督欲取南郡，故来相助。若都督不取，备必取之”。瑜笑曰：“吾东吴久欲吞并汉江，今南郡已在掌中，如何不取？”玄德曰：“胜负不可预定。曹操临归，令曹仁守南郡等处，必有奇计，更兼曹仁勇不可当，但恐都督不能取耳。”瑜曰：“吾若取不得，那时任从公取。”玄德曰：“子敬、孔明在此为证，都督休悔。”鲁肃踌躇未对，瑜曰：“大丈夫一言既出，何悔之有！”孔明曰：“都督此言，甚是公论。先让东吴去取，若不下，主公取之，有何不可！”瑜与肃辞别玄德、孔明，上马而去。玄德问孔明曰：“却才先生教备如此回答，虽一时说了，展转寻思，于理未然。我今孤穷一身，无置足之地，欲得南郡，权且容身。若先教周瑜取了，城池已属东吴矣，却如何得住？”孔明大笑曰：“当初亮劝主公取荆州，主公不听，今日却想耶？”玄德曰：“前为景升之地，故不忍取；今为曹操之地，理合取之。”孔明曰：“不须主公忧虑。尽着周瑜去厮杀，早晚教主公在南郡城中高坐。”玄德曰：“计将安出？”孔明曰：“只须如此如此。”玄德大喜，只在江口屯扎，按兵不动。

…………

周瑜与初见诸葛亮时一样，一激就怒，这跟关羽颇类似。反倒鲁肃更为理性，思虑更为周全。

刘备、诸葛亮此言虽维系了同周瑜的表面和气，却对周瑜“东吴久欲吞并汉江”之语失于批驳，相当于默许了荆州在战后当属东吴，至少承认了东吴对荆州的优先“占有权”，为后来双方对荆州归属问题埋下了祸根。从战略角度看，刘备集团此时实力尚弱，避免与东吴直接冲突，采用这种迂回策略或有其无奈之处，但这也使得东吴在荆州问题上有了“法理”依据。后来东吴方面数次坚持索还荆州，刘备方面每次都持不同的推托之词，但始终在荆州所有权上没有合法的声索主张。

【回后评】

荆州到底该归谁?

自建安十三年赤壁战后，至建安二十四年关羽败走麦城，孙刘两家围绕荆州的归属问题展开了长达十年的角力，从外交声索到军事对峙，到最终决裂。由此可见，荆州对于三家的军事意义都至关重要，尤其对势力最弱的刘备集团的发展前景更是如此。主张尊刘贬曹者，无论是“刘表之弟”论还是搬出刘琦“以叔辅侄”论，多认为刘备理当据有荆州。但事实上，从未有刘表把荆州让与刘备的明证，况且刘备既以尊汉著称，堂堂大汉疆土，岂可私相授受?刘表死后，刘琮即位，符合汉末父死子继这一约定俗成的规矩。刘琮统领荆州之后，将荆州全境献与曹操，名曰“归化天子”，也算是名正言顺。那么赤壁战前，荆州之主就是曹操，这就是为什么刘备在接下来收取荆州江南四郡时皆遇到军事抵抗的原因——零陵、桂阳、武陵、长沙的各级官吏，都是经过曹操假天子之名义任命的朝廷命官，岂可随便向刘备投降?至于赤壁战后，曹操大败北逃，按照孙刘两家的实力和对战胜的贡献来说，荆州的绝大部分理当归东吴所有。

其实周瑜骂得合理。赤壁战前，东吴方面与曹操并无仇怨，徒耗兵马钱粮与曹军对峙周旋，而刘备完全是借着东吴兵力打退了曹操，且从中渔利，自已做大做强，成为了赤壁之战最大的受益者。所以东吴君臣一直对刘备占据荆州怀恨在心，时时不忘夺回荆州，这些皆在情理之中。

第五十三回

关云长义释黄汉升
孙仲谋大战张文远

先将计策安排定
只等东吴使命来

黄忠魏延献長沙

【题解及内容提要】

在第五十二回中，马良对刘备言道：“荆襄四面受敌之地，恐不可久守。”此论与诸葛亮对荆州的评价不一致。诸葛亮曾言：“荆州北据汉、沔，利尽南海，东连吴会，西通巴、蜀，此用武之地……”其实，诸葛亮和马良都没说错，诸葛亮说的是赤壁战前的荆州，可谓是一片繁盛；而马良此时说的是战后的荆州——刚刚经历赤壁兵祸，民生经济损毁严重，更兼北有曹操常思南下报仇，东有孙权垂涎已久。加之西有益州，南有交州，可以说，此时的荆州是四面受敌的易攻难守之地。

赤壁战前，荆州各级官吏均刚接受曹操任命，这也是荆南四郡不主动归附刘备、率兵抵抗的主因。零陵、武陵、桂阳三郡，皆无智勇之士，不堪一击；唯长沙一郡，有黄忠、魏延两名勇将守卫，因此长沙成为刘备一统荆南的最大障碍。

却说孔明谓张飞曰：“前者子龙取桂阳郡时，责下军令状而去。今日翼德要取武陵，必须也责下军令状，方可领兵去。”张飞遂立军令状，欣然领三千军，星夜投武陵界上来。金旋听得张飞引兵到，乃集将校，整点精兵器械，出城迎敌。从事巩志谏曰：“刘玄德乃大汉皇叔，仁义布于天下，加之张翼德骁勇非常，不可迎敌，不如纳降为上。”金旋大怒曰：“汝欲与贼通连为内变耶？”喝令武士推出斩之。众官皆告曰：“先斩家人，于军不利。”金旋乃喝退巩志，自率兵出，离城二十里，正迎张飞。飞挺矛立马，大喝金旋。旋问部将：“谁敢出战？”众皆畏惧，莫敢向前。旋自骤马舞刀迎之，张飞大喝一声，浑如巨雷，金旋失色，不敢交锋，拨马便走。飞引众军随后掩杀。金旋走至城边，城上乱箭射下。旋惊视之，见巩志立于城上曰：“汝不顺天

金旋刚愎自用，不听良言，执意与张飞为敌。既无胆略勇武，何必逞英雄？白白送死，不如早降。

时，自取败亡，吾与百姓自降刘矣。”言未毕，一箭射中金旋面门，坠于马下，军士割头献张飞。巩志出城纳降，飞就令巩志赍印绶，往桂阳见玄德。玄德大喜，遂令巩志代金旋之职。

玄德亲至武陵安民毕，驰书报云长，言翼德、子龙各得一郡。云长乃回书上请曰：“闻长沙尚未取，如兄长不以弟为不才，教关某干这件功劳甚好。”玄德大喜，遂教张飞星夜去替云长守荆州，令云长来取长沙。云长既至，入见玄德、孔明。孔明曰：“子龙取桂阳，翼德取武陵，都是三千军去。今长沙太守韩玄，固不足道。只是他有一员大将，乃南阳人，姓黄，名忠，字汉升，是刘表帐下中郎将，与刘表之侄刘磐共守长沙，后事韩玄，虽今年近六旬，却有万夫不当之勇，不可轻敌。云长去，必须多带军马。”云长曰：“军师何故长别人锐气，灭自己威风？量一老卒，何足道哉！关某不须用三千军，只消本部下五百名校刀手，决定斩黄忠、韩玄之首，献来麾下。”玄德苦挡，云长不依，只领五百校刀手而去。孔明谓玄德曰：“云长轻敌黄忠，只恐有失。主公当往接应。”玄德从之，随后引兵望长沙进发。

却说长沙太守韩玄，平生性急，轻于杀戮，众皆恶之。是时听知云长军到，便唤老将黄忠商议。忠曰：“不须主公忧虑。凭某这口刀，这张弓，一千个来，一千个死！”原来黄忠能开二石力之弓，百发百中。言未毕，阶下一人应声而出曰：“不须老将军出战，只就某手中定活捉关某。”韩玄视之，乃管军校尉杨龄。韩玄大喜，遂令杨龄引军一千，飞奔出城。约行五十里，望见尘头起处，云长军马早到。杨龄挺枪出马，立于阵前骂战。云长大怒，更不打话，飞马舞刀，直取杨龄，龄挺枪来迎。不三合，云长手起刀落，砍杨龄于马下，追杀败兵，直至城下。韩玄闻之大惊，便教黄忠出马。玄自来城上观看。忠提刀纵马，引五百骑兵飞过吊桥。云长见一老将出马，知是黄忠，把五百校刀手一字摆开，横刀立马而问曰：“来将莫非黄忠否？”忠曰：“既知我名，焉敢犯我境！”云长曰：“特来取汝首级！”言罢，两马交锋。

斗一百馀合，不分胜负。韩玄恐黄忠有失，鸣金收军，黄忠收军入城。云长也退军，离城十里下寨，心中暗忖："老将黄忠，名不虚传：斗一百合，全无破绽。来日必用拖刀计，背砍赢之。"

次日早饭毕，又来城下搦战。韩玄坐在城上，教黄忠出马。忠引数百骑杀过吊桥，再与云长交马。又斗五六十合，胜负不分，两军齐声喝采。鼓声正急时，云长拨马便走，黄忠赶来。云长方欲用刀砍去，忽听得脑后一声响，急回头看时，见黄忠被战马前失，掀在地下。云长急回马，双手举刀猛喝曰："我且饶你性命！快换马来厮杀！"黄忠急提起马蹄，飞身上马，弃入城中。玄惊问之，忠曰："此马久不上阵，故有此失。"玄曰："汝箭百发百中，何不射之？"忠曰："来日再战，必然诈败，诱到吊桥边射之。"玄以自己所乘一匹青马与黄忠。忠拜谢而退，寻思："难得云长如此义气！他不忍杀害我，我又安忍射他？若不射，又恐违了将令。"是夜踌躇未定。次日天晓，人报云长搦战，忠领兵出城。云长两日战黄忠不下，十分焦躁，抖擞威风，与忠交马。战不到三十馀合，忠诈败，云长赶来。忠想昨日不杀之恩，不忍便射，带住刀，把弓虚拽弦响，云长急闪，却不见箭；云长又赶，忠又虚拽，云长急闪，又无箭；只道黄忠不会射，放心赶来。将近吊桥，黄忠在桥上搭箭开弓，弦响箭到，正射在云长盔缨根上。前面军齐声喊起，云长吃了一惊，带箭回寨，方知黄忠有百步穿杨之能，今日只射盔缨，正是报昨日不杀之恩也。云长领兵而退。

"百步穿杨"为春秋时期楚国著名射箭手养由基的故事，他能射中百步之外指定的柳叶。黄忠有百步穿杨之能，堪称仅次于吕布的三国时期第二"神射手"。

黄忠回到城上来见韩玄，玄便喝左右捉下黄忠。忠叫曰："无罪！"玄大怒曰："我看了三日，汝敢欺我！汝前日不力战，必有私心；昨日马失，他不杀汝，必有关通；今日两番虚拽弓弦，第三箭却止射他盔缨，如何不是外通内连？若不斩汝，必为后患！"喝令刀斧手推下城门外斩之。众将欲告，玄曰："但告免黄忠者，便是同情！"刚推到门外，恰欲举刀，忽然一将挥刀杀入，砍死刀手，救起黄忠，大叫曰："黄汉升乃长沙之保障，今杀汉升，是杀长沙百姓也！韩玄残暴不仁，轻贤慢士，当众共殛【杀死】之！愿随我者便来！”众视其人，面如重枣，目若朗星，乃义阳人魏延也，自襄阳赶刘玄德不着，来投韩玄。玄怪其傲慢少礼，不肯重用，故屈沉于此。当日救下黄忠，教百姓同杀韩玄，袒臂一呼，相从者数百馀人。黄忠拦当不住，魏延直杀上城头，一刀砍韩玄为两段，提头上马，引百姓出城，投拜云长。云长大喜，遂入城。安抚已毕，请黄忠相见，忠托病不出。云长即使人去请玄德、孔明。

却说玄德自云长来取长沙，与孔明随后催促人马接应。正行间，青旗倒卷，一鸦自北南飞，连叫三声而去。玄德曰：“此应何祸福？”孔明就马上袖占一课，曰：“长沙郡已得，又主得大将。午时后定见分晓。”少顷，见一小校飞报前来，说：“关将军已得长沙郡，降将黄忠、魏延。耑【zhuān，同“专”】等主公到彼。”玄德大喜，遂入长沙。云长接入厅上，具言黄忠之事。玄德乃亲往黄忠家相请，忠方出降，求葬韩玄尸首于长沙之东。后人有诗赞黄忠曰：

本诗着重赞颂黄忠气节与威名，但没有提及黄忠高超的射技，是一处遗憾。

将军气概与天参，白发犹然困汉南。至死甘心无怨望，临降低首尚怀惭。宝刀灿雪彰神勇，铁骑临风忆战酣。千古高名应不泯，长随孤月照湘潭。

玄德待黄忠甚厚。云长引魏延来见，孔明喝令刀斧手推下斩之。玄德惊问孔明曰：“魏延乃有功无罪之人，军师何故欲杀之？”孔明曰：“食其禄而杀其主，是不忠也；居其土而献其地，是不义也。吾观魏延脑后有反骨，久后必反，故先斩之，以绝祸根。”玄德曰：“若斩此人，恐降者人人自危。望军师恕之。”孔明指魏延曰：“吾今饶汝性命。汝可尽忠报主，勿生异心；若生异心，我好歹取汝首级。”魏延喏喏连声而退。黄忠荐刘表侄刘磐——现在攸县闲居，玄德取回，教掌长沙郡。四郡已平，玄德班师回荆州，改油江口为公安，自此钱粮广盛，贤士归之，将军马四散屯于隘口。

刘备官职为左将军，人称“左公”，“公安”有“左公在此安营扎寨”之意。

却说周瑜自回柴桑养病，令甘宁守巴陵郡，令凌统守汉阳郡，二处分布战船，听候调遣。程普引其馀将士投合淝县来。原来孙权自从赤壁鏖兵之后，久在合淝，与曹兵交锋，大小十馀战，未决胜负，不敢逼城下寨，离城五十里屯兵。闻程普兵到，孙权大喜，亲自出营劳军。人报鲁子敬先至，权乃下马立待之，肃慌忙滚鞍下马施礼。众将见权如此待肃，皆大惊异。权请肃上马，并辔而行，密谓曰：“孤下马相迎，足显公否？”肃曰：“未也。”权曰：“然则何如而后为显耶？”肃曰：“愿明公威德加于四海，总括九州，克成帝业，使肃名书竹帛，始为显矣。”权抚掌大笑。同至帐中，大设饮宴，犒劳鏖兵将士，商议破合淝之策。

孙权礼遇鲁肃，是为表彰他在赤壁战前力排众议，坚定主张抵抗曹操，又于战时辅佐周瑜立下了卓越功勋。

孙权政权中，之前未有人明确说出这样的话。亦可见赤壁战后，鼎足之势成，孙、曹、刘三方皆可长期称雄于一方。

忽报张辽差人来下战书。权拆书观毕，大怒曰：“张辽欺吾太甚！汝闻程普军来，故意使人搦战！来日吾不用新军赴敌，看我大战一场！”传令当夜五更，三军出寨，望合淝进发。辰时左右，军马行至半途，曹兵已到，两边布成阵势。孙权金盔金甲，披挂出马，左宋谦，右贾华，二将使方天画戟，两边护卫。三通鼓罢，曹军阵中，门旗两开，三员将全装惯带，立于阵前：中央张辽，左边李典，右边乐进。张辽纵马当先，专搦孙权决战。权绰枪欲自战，阵门中一将挺枪骤马早出，乃太史慈也，张辽挥刀来迎。两将战有七八十合，不分胜负。曹阵上李典谓乐进曰：“对面金盔者，孙权也。若捉得孙权，足可与八十三万大军报仇。”说犹未了，乐进一骑马，一口刀，从刺斜里径取孙权，如一道电光，飞至面前，手起刀落。宋谦、贾华急将画戟遮架，刀到处，两枝戟齐断，只将戟杆望马头上打。乐进回马，宋谦绰军士手中枪赶来。李典搭上箭，望宋谦心窝里便射，应弦落马。太史慈见背后有人堕马，弃却张辽，望本阵便回。张辽乘势掩杀过来，吴兵大乱，四散奔走。张辽望见孙权，骤马赶来。看看赶

幸亏没亲自上场，否则难免被张辽“战不数合，斩于马下”。

上，刺斜里撞出一军，为首大将，乃程普也，截杀一阵，救了孙权。张辽收军自回合淝。

程普保孙权归大寨，败军陆续回营。孙权因见折了宋谦，放声大哭。长史张纮曰："主公恃盛壮之气，轻视大敌，三军之众，莫不寒心。即使斩将搴旗，威振疆埸，亦偏将之任，非主公所宜也。愿抑贲、育之勇，怀王霸之计。且今日宋谦死于锋镝之下，皆主公轻敌之故。今后切宜保重。"权曰："是孤之过也，从今当改之。"少顷，太史慈入帐，言："某手下有一人，姓戈，名定，与张辽手下养马后槽是弟兄。后槽被责怀怨，今晚使人报来，举火为号，刺杀张辽，以报宋谦之仇。某请引兵为外应。"权曰："戈定何在？"太史慈曰："已混入合淝城中去了。某愿乞五千兵去。"诸葛瑾曰："张辽多谋，恐有准备，不可造次。"太史慈坚执要行。权因伤感宋谦之死，急要报仇，遂令太史慈引兵五千，去为外应。

泛指壮士的勇气。孟贲、夏育二人都是秦武王时的壮士。

知错就改，彰显孙权王者风范。

欲速则不达，以"忿兵出"的结果，往往是以"靡兵归"。

却说戈定乃太史慈乡人，当日杂在军中，随入合淝城，寻见养马后槽，两个商议。戈定曰："我已使人报太史慈将军去了，今夜必来接应。你如何用事？"后槽曰："此间离中军较远，夜间急不能进，只就草堆上放起一把火，你去前面叫反，城中兵乱，就里刺杀张辽，馀军自走也。"戈定曰："此计大妙！"是夜张辽得胜回城，赏劳三军，传令不许解甲宿睡。左右曰："今日全胜，吴兵远遁，将军何不卸甲安息？"辽曰："非也。为将之道，勿以胜为喜，勿以败为忧。倘吴兵度我无备，乘虚攻击，何以应之？今夜防备，当比每夜更加谨慎。"说犹未了，后寨火起，一片声叫反，报者如麻。张辽出帐上马，唤亲从将校十数人，当道而立。左右曰："喊声甚急，可往观之。"辽曰："岂有一城皆反者？此是造反之人，故惊军士耳。如乱者先斩！"无移时，李典擒戈定并后槽至。辽询得其情，立斩于马前。只听得城门外鸣锣击鼓，喊声大震。辽曰："此是吴兵外应，可就计破之。"便令人于城门内放起一把火，众皆叫反，大开城门，放下吊桥。太

这两个无名小卒，没有缜密周详的谋划和充分的准备，就敢刺杀主帅，也是狂妄至极点了。

经典名言！

对方还没睡下就开始放火举事，真是成事不足败事有余。

史慈见城门大开，只道内变，挺枪纵马先入。城上一声炮响，乱箭射下，太史慈急退，身中数箭。背后李典、乐进杀出，吴兵折其大半，乘势直赶到寨前。陆逊，董袭杀出，救了太史慈，曹兵自回。孙权见太史慈身带重伤，愈加伤感。张昭请权罢兵，权从之，遂收兵下船，回南徐【今江苏镇江】润州。比及屯住军马，太史慈病重，权使张昭等问安，太史慈大叫曰："大丈夫生于乱世，当带三尺剑立不世之功，今所志未遂，奈何死乎！"言讫而亡，年四十一岁。后人有诗赞曰：

矢志全忠孝，东莱太史慈。姓名昭远塞，弓马震雄师。
北海酬恩日，神亭酣战时。临终言壮志，千古共嗟咨！

孙权闻慈死，伤悼不已，命厚葬于南徐北固山下，养其子太史亨于府中。

却说玄德在荆州整顿军马，闻孙权合淝兵败，已回南徐，与孔明商议。孔明曰："亮夜观星象，见西北有星坠地，必应折一皇族。"正言间，忽报公子刘琦病亡。玄德闻之，痛哭不已。孔明劝曰："生死分定，主公勿忧，恐伤贵体。且理大事：可急差人到彼守御城池，并料理葬事。"玄德曰："谁可去？"孔明曰："非云长不可。"即时便教云长前去襄阳保守。玄德曰："今日刘琦已死，东吴必来讨荆州，如何对答？"孔明曰："若有人来，亮自有言对答。"过了半月，人报东吴鲁肃特来吊丧。正是：

先将计策安排定，只等东吴使命来。

未知孔明如何对答，且看下文分解。

【回后评】

在第五十二回中，鲁肃讨要荆州，刘备和诸葛亮谋划后借“以叔辅侄”的名义辅佐公子刘琦占据荆州，并答应一旦刘琦去世，便将荆州归还东吴。这相当于蜀政权肯定了东吴战后对荆州的所有权，刘备方面只是暂住。

本回末刘琦病亡后，刘备失去了占据荆州的最后一个合法的名义，未来无论再用何种借口拖延抵赖，也改变不了借人之物理当归还的公理。当暂借荆州成了法理上的定论时，就意味着刘备对东吴一方承诺让渡了对荆州的所有权，只保有暂住权。东吴日后无论明争暗夺，取回自家之物，皆名正言顺。

第五十七回

柴桑口卧龙吊丧
耒阳县凤雏理事

巴丘终命处
凭吊欲伤情

诸葛亮大哭周瑜

【题解及内容提要】

春秋时，晋国向虞国借道去灭虢国，晋灭虢后在回军之时又灭了虞国，“假途灭虢”后指以向对方借道为名义而行消灭对方的计策。在第五十六回中，周瑜欲以“假途灭虢”之计夺回荆州，却被诸葛亮识破，并将计就计三气周瑜，对周瑜而言，此次失败成为了压垮骆驼的最后一根稻草。周瑜的去世对刚刚占据荆州、立足未稳的刘备集团来说无疑是一大利好——少了一个时时想消灭自己的劲敌。但同时，诸葛亮必须从维系孙刘联盟的大局出发，主动向东吴方面示好，化解江东主战派诸将对“诸葛亮三气死周瑜”的固有印象，消弭战端。

另外，赤壁战前辗转于孙、曹两家之间并为火攻破曹立下汗马功劳的一代奇才庞统，终于正式出山，加入了刘备阵营。

本回只选前半部分评点。

却说周瑜怒气填胸，坠于马下，左右急救归船。军士传说：“玄德、孔明在前山顶上饮酒取乐。”瑜大怒，咬牙切齿曰：“你道我取不得西川，吾誓取之！”正恨间，人报吴侯遣弟孙瑜到。周瑜接入，具言其事。孙瑜曰：“吾奉兄命来助都督。”遂令催军前行。行至巴丘，人报上流有关平、刘封二人领军截住水路，周瑜愈怒。忽又报孔明遣人送书至，周瑜拆封视之，书曰：

汉军师中郎将诸葛亮，致书于东吴大都督公瑾先生麾下：亮自柴桑一别，至今恋恋不忘。闻足下欲取西川，亮窃以为不可。益州民强地险，刘璋虽闇弱，足以自守。今劳师远征，转运万里，欲收全功，虽吴起不能定其规，孙武不能这句话非常关键，对当时的形势进行了非常准确的判断，等于在客观上宣告了赤壁战后，由于曹操仍然势大，孙刘联盟仍有必要继续维持。

又一句流传千古的名言，道尽周瑜对孔明的复杂心境，与自身壮志难酬之憾。

善其后也。曹操失利于赤壁，志岂须臾忘报仇哉？今足下兴兵远征，倘操乘虚而至，江南齑粉矣！亮不忍坐视，特此告知。幸垂照鉴。

周瑜览毕，长叹一声，唤左右取纸笔作书上吴侯。乃聚众将曰："吾非不欲尽忠报国，奈天命已绝矣。汝等善事吴侯，共成大业。"言讫昏绝。徐徐又醒，仰天长叹曰："既生瑜，何生亮！"连叫数声而亡。寿三十六岁。后人有诗叹曰：

赤壁遗雄烈，青年有俊声。弦歌知雅意，杯酒谢良朋，曾谒三千斛，常驱十万兵。巴丘终命处，凭吊欲伤情。

周瑜停丧于巴丘。众将将所遗书缄，遣人飞报孙权。权闻瑜死，放声大哭。拆视其书，乃荐鲁肃以自代也，书略曰：

瑜以凡才，荷蒙殊遇，委任腹心，统御兵马，敢不竭股肱之力，以图报效。奈死生不测，修短有命，愚志未展，微躯已殒，遗恨何极！方今曹操在北，疆场未静。刘备寄寓，有似养虎。天下之事，尚未可知。此正朝士旰食【gàn，指事务繁忙不能按时吃饭，泛指勤于政事。】之秋，至尊垂虑之日也。鲁肃忠烈，临事不苟，可以代瑜之任。"人之将死，其言也善"。倘蒙垂鉴，瑜死不朽矣。

孙权览毕，哭曰："公瑾有王佐之才，今忽短命而死，孤何赖哉？既遗书特荐子敬，孤敢不从之。"即日便命鲁肃为都督，总统兵马，一面教发周瑜灵柩回葬。

却说孔明在荆州，夜观天文，见将星坠地，乃笑曰："周瑜死矣。"至晓，告于玄德。玄德使人探之，果然死了。玄德问孔明曰："周瑜既死，还当如何？"孔明曰："代瑜领兵者，必鲁肃也。亮观天象，将星聚于东方。亮当以吊丧为由，往江东走一遭，就寻贤士佐助主公。”玄德曰：“只恐吴中将士加害于先生。”孔明曰：“瑜在之日，亮犹不惧，今瑜已死，又何患乎？”乃与赵云引五百军，具祭礼，下船赴巴丘吊丧。于路探听得孙权已令鲁肃为都督，周瑜灵柩已回柴桑。孔明径至柴桑，鲁肃以礼迎接。周瑜部将皆欲杀孔明，因见赵云带剑相随，不敢下手。孔明教设祭物于灵前，亲自奠酒，跪于地下，读祭文曰：

呜呼公瑾，不幸夭亡！修短故天，人岂不伤？我心实痛，酹酒一觞；君其有灵，享我烝尝！

吊君幼学，以交伯符；仗义疏财，让舍以居。吊君弱冠，万里鹏抟；定建霸业，割据江南。吊君壮力，远镇巴丘；景升怀虑，讨逆无忧。吊君丰度，佳配小乔；汉臣之婿，不愧当朝。吊君气概，谏阻纳质；始不垂翅，终能奋翼。吊君鄱阳，蒋干来说；挥洒自如，雅量高志。吊君弘才，文武筹略；火攻破敌，挽强为弱。想君当年，雄姿英发；哭君早逝，俯地流血。忠义之心，英灵之气；命终三纪【十二年为一纪，周瑜殁年三十六岁，正好三纪】，名垂百世。哀君情切，愁肠千结；惟我肝胆，悲无断绝。昊天昏暗，三军怆然；主为哀泣，友为泪涟。

亮也不才，丐计求谋；助吴拒曹，辅汉安刘；掎角之援，首尾相俦；若存若亡，何虑何忧？

呜呼公瑾！生死永别！朴守其贞，冥冥灭灭。魂如有灵，以鉴我心：从此天下，更无知音！呜呼痛哉！伏惟尚飨。

孙策、孙权先后被曹操以天子名义封为讨逆将军。

孔明祭毕，伏地大哭，泪如涌泉，哀恸不已。众将相谓曰：“人尽道公瑾与孔明不睦，今观其祭奠之情，人皆虚言也。”鲁肃见孔明如此悲切，亦为感伤，自思曰：“孔明自是多情，乃公瑾量窄，自取死耳。”后人有诗叹曰：

诸葛亮、周瑜二人虽处在不同阵营，各为其主，甚至在特定时期中会互相敌对，但棋逢对手，曲遇知音，确实会心生英雄相惜之感。

卧龙南阳睡未醒，又添列曜【群星、星宿之意】下舒城。苍天既已生公瑾，尘世何须出孔明！

鲁肃设宴款待孔明。宴罢，孔明辞回。方欲下船，只见江边一人道袍竹冠，皂绦素履，一手揪住孔明大笑曰："汝气死周郎，却又来吊孝，明欺东吴无人耶！"孔明急视其人，乃凤雏先生庞统也，孔明亦大笑。两人携手登舟，各诉心事。孔明乃留书一封与统，嘱曰："吾料孙仲谋必不能重用足下。稍有不如意，可来荆州共扶玄德。此人宽仁厚德，必不负公平生之所学。"统允诺而别，孔明自回荆州。

却说鲁肃送周瑜灵柩至芜湖，孙权接着，哭祭于前，命厚葬于本乡。瑜有两男一女，长男循，次男胤，权皆厚恤之。鲁肃曰："肃碌碌庸才，误蒙公瑾重荐，其实不称所职，愿举一人以助主公。此人上通天文，下晓地理，谋略不减于管、乐，枢机可并于孙、吴。往日周公瑾多用其言，孔明亦深服其智。现在江南，何不重用？"权闻言大喜，便问此人姓名。肃曰："此人乃襄阳人，姓庞，名统，字士元，道号凤雏先生。"权曰："孤亦闻其名久矣。今既在此，可即请来相见。"于是鲁肃邀请庞统入见孙权。施礼毕，权见其人浓眉掀鼻，黑面短髯，形容古怪，心中不喜。乃问曰："公平生所学，以何为主？"统曰："不必拘执，随机应变。"权曰："公之才学，比公瑾如何？"统笑曰："某之所学，与公瑾大不相同。"权平生最喜周瑜，见统轻之，心中愈不乐，乃谓统曰："公且退。待有用公之时，却来相请。"统长叹一声而出。鲁肃曰："主公何不用庞士元？"权曰："狂士也，用之何益！"肃曰："赤壁鏖兵之时，此人曾献连环策，成第一功。主公想必知之。"权曰："此时乃曹操自欲钉船，未必此人之功也，吾誓不用之。"鲁肃出谓庞统曰："非肃不荐足下，奈吴侯不肯用公。公且耐心。"统低头长叹不语。肃曰："公莫非无意于吴中乎？"统不答。肃曰："公抱匡济之才，何往不利？可实对肃

孙权对庞统以貌取人，难免狭隘，但也是人之常情。后刘备亦有类似想法。

言，将欲何往？”统曰：“吾欲投曹操去也。”肃曰：“此明珠暗投矣，可往荆州投刘皇叔，必然重用。”统曰：“统意实欲如此，前言戏耳。”肃曰：“某当作书奉荐，公辅玄德，必令孙、刘两家，无相攻击，同力破曹。”统曰：“此某平生之素志也。”乃求肃书，径往荆州来见玄德。

此时孔明按察四郡未回，门吏传报：“江南名士庞统，特来相投。”玄德久闻统名，便教请入相见。统见玄德，长揖不拜。玄德见统貌陋，心中亦不悦，乃问统曰：“足下远来不易？”统不拿出鲁肃、孔明书投呈，但答曰：“闻皇叔招贤纳士，特来相投。”玄德曰：“荆楚稍定，苦无闲职。此去东北一百三十里，有一县名耒阳县，缺一县宰，屈公任之。如后有缺，却当重用。”统思：“玄德待我何薄！”欲以才学动之，见孔明不在，只得勉强相辞而去。统到耒阳县，不理政事，终日饮酒为乐，一应钱粮词讼，并不理会。有人报知玄德，言庞统将耒阳县事尽废。玄德怒曰：“竖儒焉敢乱吾法度！”遂唤张飞，分付引从人去荆南诸县巡视：“如有不公不法者，就便究问。恐于事有不明处，可与孙乾同去。”

忘记铁索连环之事乎？

既不欲出示荐书，何必求书，令鲁肃白费文墨。

曹操、孙权、刘备均见过庞统，唯独曹操不以其貌丑而嫌恶他，反而优待礼敬。三人对待大贤的态度，彰显其格局不同。

张飞领了言语，与孙乾前至耒阳县。军民官吏，皆出郭迎接，独不见县令。飞问曰：“县令何在？”同僚覆曰：“庞县令自到任及今将百分馀日，县中之事，并不理问，每日饮酒，自旦及夜，只在醉乡。今日宿酒未醒，犹卧不起。”张飞大怒，欲擒之。孙乾曰：“庞士元乃高明之人，未可轻忽。且到县问之，如果于理不当，治罪未晚。”飞乃入县，正厅上坐定，教县令来见。统衣冠不整，扶醉而出。飞怒曰：“吾兄以汝为人，令作县宰，汝焉敢尽废县事！”统笑曰：“将军以吾废了县中何事？”飞曰：“汝到任百馀日，终日在醉乡，安得不废政事？”统曰：“量百里小县，些小公事，何难决断！将军少坐，待我发落。”随即唤公吏，将百馀日所积公务，都取来剖断。吏皆纷然赍抱案卷上厅，诉词被告人等，环跪阶下。统手中批判，口中发落，耳内听词，曲直分明，并无分毫差错。民皆叩首拜伏。不到半日，将百馀日之事，尽断毕了，投笔于地而对张飞曰：“所废之事何在？曹操、孙权，吾视之若掌上观文，量此小县，何足介意！”飞大惊，下席谢曰：“先生大才，小子失敬。吾当于兄长处极力举荐。”统乃将出鲁肃荐书。飞曰：“先生初见吾兄，何不将出？”统曰：“若便将出，似乎专藉荐书来干谒矣。”飞顾谓孙乾曰：“非公则失一大贤也。”遂辞统回荆州见玄德，具说庞统之才。玄德大惊曰：“屈待大贤，吾之过也！”飞将鲁肃荐书呈上。玄德拆视之。书略曰：

句中之意，虽未明言，却定然包含刘备。

张飞知错能改，坦荡磊落，对有本事的人是诚心敬服。

> 庞士元非百里之才，使处治中、别驾之任，始当展其骥足。如以貌取之，恐负所学，终为他人所用，实可惜也！

相当于直接明言庞统貌丑，须知此信是先给庞统本人的，不知庞统看后是否尴尬。

玄德看毕，正在嗟叹，忽报孔明回。玄德接入，礼毕，孔明先问曰：“庞军师近日无恙否？”玄德曰：“近治耒阳县，好酒废事。”孔明笑曰：“士元非百里之才，胸中之学，胜亮十倍。亮曾有荐书在士元处，曾达主公否？”玄德曰：“今日方得子敬书，却未见先生之书。”孔明曰：“大贤若处小任，往往以酒糊涂，倦于视事。”玄德曰：“若非吾弟所言，险失大贤。”随即令张飞往耒阳县敬请庞统到荆州。玄德下阶请罪。统方将出孔明所荐之书。玄德看书中之意，言凤雏到日，宜即重用。玄德喜曰：“昔司马德操言：‘伏龙、凤雏，两人得一，可安天下。’今吾二人皆得，汉室可兴矣。”遂拜庞统为副军师中郎将，与孔明共赞方略，教练军士，听候征伐。

…………

【回后评】

周瑜临终前推荐鲁肃代己之任，而没有举荐力主从刘备手中强取荆州的吕蒙等“主战派”将领，不仅是因为二人私交甚笃，更是他出于对时局的理性分析而做出的决断。鲁肃是孙权阵营中公认的最为坚定的“联刘抗曹”派，虽然周瑜对刘备、诸葛亮将来会成为东吴的心腹之患早有预判，但依当时的形势而言，孙刘联盟必须继续维系，否则两家随时都有被强大的曹操吞并的危险。此外，周瑜几次图谋刘备的失败，客观上也宣告了周瑜主张的“逐刘抗曹”的战略的失败。

至此，“千古风流人物”周瑜英年早逝。历史上的周瑜并非嫉贤妒能、心胸狭窄之人，《三国演义》为了突出诸葛亮的正面形象，对一代名将周瑜颇多丑化，明显有欠公允。

第五十九回

许褚裸衣斗马超
曹操抹书间韩遂

只因蜀地谋臣进
致引荆州豪杰来

马孟起步戰五将

【题解及内容提要】

第五十八回中，马超为报父仇兴兵，英勇无敌，俨然吕布在世，连败于禁、张郃等名将，杀得曹操割须弃袍，落荒而逃，幸得曹洪救得性命。马超部将庞德有勇有谋，扮作百姓，借长安城中军民打柴取水回城之机，混入城中，一举袭取长安。马超后又与韩遂统军助战，一时风头无二。但马超毕竟勇猛有余而智谋不足，最终被曹操击败。

本回只选后半部分评点，“抹书间韩遂”是全书中非常精彩且典型的离间计。

…………

早有人报知曹操。操顾贾诩曰：“吾事济矣！”问：“来日是谁合向我这边？”人报曰：“韩遂。”次日，操引众将出营，左右围绕，操独显一骑于中央。韩遂部卒多有不识操者，出阵观看。操高叫曰：“汝诸军欲观曹公耶？吾亦犹人也，非有四目两口，但多智谋耳。”诸军皆有惧色。操使人过阵谓韩遂曰：“丞相谨请韩将军会话。”韩遂即出阵，见操并无甲仗，亦弃衣甲，轻服匹马而出。二人马头相交，各按辔对语。操曰：“吾与将军之父，同举孝廉，吾尝以叔事之。吾亦与公同登仕路，不觉有年矣。将军今年妙龄几何？”韩遂答曰：“四十岁矣。”操曰：“往日在京师，皆青春年少，何期又中旬矣！安得天下清平共乐耶！”只把旧事细说，并不提起军情。说罢大笑，相谈有一个时辰，方回马而别，各自归寨。早有人将此事报知马超，超忙来问韩遂曰：“今日曹操阵前所言何事？”遂曰：“只诉京师旧事耳。”超曰：“安得不言军务乎？”遂曰：“曹操不言，吾何独言之？”超心甚疑，不言而退。

曹操先摆出和谈的姿态，主动示好。

谈话一开始先打情感牌，指出双方无仇而有旧。

勾起旧情并加以渲染，继续软化韩遂的抵抗意念，并能在马超众军面前制造二人私交甚好的假象。

却说曹操回寨，谓贾诩曰：“公知吾阵前对语之意否？”诩贾诩此计，比周瑜诓骗蒋干的伪书要阴毒得多。

曰："此意虽妙，尚未足间二人。某有一策，令韩、马自相仇杀。"操问其计。贾诩曰："马超乃一勇之夫，不识机密。丞相亲笔作一书，单与韩遂，中间朦胧字样，于要害处，自行涂抹改易，然后封送与韩遂，故意使马超知之，超必索书来看。若看见上面要紧去处，尽皆改抹，只猜是韩遂恐超知甚机密事，自行改抹，正合着单骑会语之疑，疑则必生乱。我更暗结韩遂部下诸将，使互相离间，超可图矣。"操曰："此计甚妙。"随写书一封，将紧要处尽皆改抹，然后实封，故意多遣从人送过寨去，下了书自回。果然有人报知马超。超心愈疑，径来韩遂处索书看。韩遂将书与超，超见上面有改抹字样，问遂曰："书上如何都改抹糊涂？"遂曰："原书如此，不知何故。"超曰："岂有以草稿送与人耶？必是叔父怕我知了详细，先改抹了。"遂曰："莫非曹操错将草稿误封来了。"超曰："吾又不信。曹操是精细之人，岂有差错？吾与叔父并力杀贼，奈何忽生异心？"遂曰："汝若不信吾心，来日吾在阵前赚操说话，汝从阵内突出，一枪刺杀便了。"超曰："若如此，方见叔父真心。"

既然是演戏，自然少不了配角在关键时刻发挥临门一脚的作用。

两人约定。次日，韩遂引侯选、李堪、梁兴、马玩、杨秋五将出阵，马超藏在门影里。韩遂使人到操寨前，高叫："韩将军请丞相攀话。"操乃令曹洪引数十骑径出阵前与韩遂相见。马离数步，洪马上欠身言曰："夜来丞相拜意将军之言，切莫有误。"言讫便回马。超听得大怒，挺枪骤马，便刺韩遂。五将拦住，劝解回寨。遂曰："贤侄休疑，我无歹心。"马超那里肯信，恨怨而去。韩遂与五将商议曰："这事如何解释？"杨秋曰："马超倚仗武勇，常有欺凌主公之心，便胜得曹操，怎肯相让？以某愚见，不如暗投曹公，他日不失封侯之位。"遂曰："吾与马腾结为兄弟，安忍背之？"杨秋曰："事已至此，不得不然。"遂曰："谁可以通消息？"杨秋曰："某愿往。"遂乃写密书，遣杨秋径来操寨，说投降之事。操大喜，许封韩遂为西凉侯、杨秋为西凉太守，其馀皆有官爵。约定放火为号，共谋马超。杨秋拜辞，回见韩遂，备言其事："约定今夜放火，里应外合。"遂大喜，就令军士于中军帐后堆积干柴，五将各悬刀剑听候。韩遂商议，欲设宴赚请马超，就席图之，犹豫未去。

不想马超早已探知备细，便带亲随数人，仗剑先行，令庞德、马岱为后应。超潜步入韩遂帐中，只见五将与韩遂密语，只听得杨秋口中说道："事不宜迟，可速行之！"超大怒，挥剑直入，大喝曰："群贼焉敢谋害我！"众皆大惊。超一剑望韩遂面门剁去，遂慌以手迎之，左手早被砍落。五将挥刀齐出。超纵步出帐外，五将围绕混杀。超独挥宝剑，力敌五将。剑光明处，鲜血溅飞，砍翻马玩，剁倒梁兴，三将各自逃生。超复入帐中来杀韩遂时，已被左右救去。帐后一把火起，各寨兵皆动。超连忙上马，庞德、马岱亦至，互相混战。超领军杀出时，操兵四至：前有许褚，后有徐晃，左有夏侯渊，右有曹洪。西凉之兵，自相并杀。超不见了庞德、马岱，乃引百馀骑，截于渭桥之上。天色微明，只见李堪领一军从桥下过，超挺枪纵马逐之，李堪拖枪而走。恰好于禁从马超背后赶来，禁开弓射马超。超听得背后弦响，急闪过，却射中前面李堪，落马而死。超回马来杀于禁，禁拍马走了。超回桥上住扎。操兵前后大至，虎卫军当先，乱箭夹射马超。超以枪拨之，矢皆纷纷落地。超令从骑往来突杀，争奈曹兵围裹坚厚，不能冲出。超于桥上大喝一声，杀入河北，从骑皆被截断。超独在阵中冲突，却被暗弩射倒坐下马，马超堕于地上，操军逼合。正在危急，忽西北角上一彪军杀来，乃庞德、马岱也。二人救了马超，将军中战马与马超骑了，翻身杀条血路，望西北而走。曹操闻马超走脱，传令诸将："无分晓夜，务要赶到马儿。如得首级者，千金赏，万户侯，生获者封大将军。"众将得令，各要争功，迤逦追袭。马超顾不得人马困乏，只顾奔走。从骑渐渐皆散。步兵走不上者，多被擒去。止剩得三十馀骑，与庞德、马岱望陇西临洮而去。

前半回中马超战许褚是单挑，此为以一敌众的群战，再次凸显马超非凡的勇武。

马超此役中的表现，不亚于在长坂坡七进七出的赵云。

马超在西凉仍有旧部，此番只是撤出了原先攻占的曹操地盘。

曹操亲自追至安定，知马超去远，方收兵回长安。众将毕集，韩遂已无左手，做了残疾之人，操教就于长安歇马，授西凉侯之职。杨秋、侯选皆封列侯，令守渭口。下令班师回许都。凉州参军杨阜，字义山，径来长安见操。操问之，杨阜曰："马超有吕布之勇，深得羌人之心。今丞相若不乘势剿绝，他日养成气力，陇上诸郡，非复国家之有也。望丞相且休回兵。"操曰："吾本欲留兵征之，奈中原多事，南方未定，不可久留。君当为孤保之。"阜领诺，又保荐韦康为凉州刺史，同领兵屯冀城，以防马超。阜临行，请于操曰："长安必留重兵以为后援。"操曰："吾已定下，汝但放心。"阜辞而去。众将皆问曰："初贼据潼关，渭北道缺，丞相不从河东击冯翊，而反守潼关，迁延日久，而后北渡，立营固守，何也？"操曰："初贼守潼关，若吾初到，便取河东，贼必以各寨分守诸渡口，则河西不可渡矣。吾故盛兵皆聚于潼关前，使贼尽南守，而河西不准备，故徐晃、朱灵得渡也。吾然后引兵北渡，连车树栅为甬道，筑冰城，欲贼知吾弱，以骄其心，使不准备。吾乃巧用反间，畜士卒之力，一旦击破之。正所谓'疾雷不及掩耳'。兵之变化，固非一道也。"众将又请问曰："丞相每闻贼加兵添众，则有喜色，何也？"操曰："关中边远，若群贼各依险阻，征之非一二年不可平复。今皆来聚一处，其众虽多，人心不一，易于离间，一举可灭，吾故喜也。"众将拜曰："丞相神谋，众不及也！"操曰："亦赖汝众文武之力。"遂重赏诸军。留夏侯渊屯兵长安，所得降兵，分拨各部。夏侯渊保举冯翊高陵人姓张名既，字德容，为京兆尹，与渊同守长安。操班师回都。献帝排銮驾出郭迎接。诏操"赞拜不名，入朝不趋，剑履上殿"：如汉相萧何故事。自此威震中外。

这是对用兵作战基本准则的经典概括：不能拘执常理，要随机应变。

皇帝可以给予功臣的常规性封赏至此已到极致。

这消息播入汉中，早惊动了汉宁太守张鲁。原来张鲁乃沛国丰人。其祖张陵在西川鹄鸣山中造作道书以惑人，人皆敬之。陵死之后，其子张衡行之。百姓但有学道者，助米五斗，世号"米贼"。张衡死，张鲁行之。鲁在汉中自号为"师君"，其来学道者皆号为“鬼卒”，为首者号为“祭酒”，领众多者号为“治头大祭酒”，务以诚信为主，不许欺诈。如有病者，即设坛使病人居于静室之中，自思已过，当面陈首，然后为之祈祷，主祈祷之事者，号为“奸令祭酒”。祈祷之法，书病人姓名，说服罪之意，作文三通，名为“三官手书”：一通放于山顶以奏天，一通埋于地以奏地，一通沉于水以申水官。如此之后，但病痊可，将米五斗为谢。又盖义舍：舍内饭米、柴火、肉食齐备，许过往人量食多少，自取而食，多取者受天诛。境内有犯法者，必恕三次，不改者，然后施刑。所在并无官长，尽属祭酒所管，如此雄据汉中之地已三十年。国家以为地远不能征伐，就命鲁为镇南中郎将，领汉宁太守，通进贡而已。当年闻操破西凉之众，威震天下，乃聚众商议曰：“西凉马腾遭戮，马超新败，曹操必将侵我汉中。我欲自称汉宁王，督兵拒曹操，诸君以为何如？”阎圃曰：“汉川之民，户出十万馀众，财富粮足，四面险固。今马超新败，西凉之民，从子午谷奔入汉中者，不下数万。愚意益州刘璋昏弱，不如先取西川四十一州为本，然后称王未迟。”张鲁大喜，遂与弟张卫商议起兵。早有细作报入川中。

张鲁治下的汉中，是政教合一的割据政权。

却说益州刘璋，字季玉，即刘焉之子，汉鲁恭王之后。章帝元和中，徙封竟陵，支庶因居于此。后焉官至益州牧，兴平元年患病疽而死，州大吏赵韪等共保璋为益州牧。璋曾杀张鲁母及弟，因此有仇。璋使庞羲为巴西太守，以拒张鲁。时庞羲探知张鲁欲兴兵取川，急报知刘璋。璋平生懦弱，闻得此信，心中大忧，急聚众官商议。忽一人昂然而出曰：“主公放心。某虽不才，凭三寸不烂之舌，使张鲁不敢正眼来觑西川。”正是：

张鲁早年曾在刘焉属下任职。刘焉死后，张鲁割汉中自立，不听从刘璋节制，刘璋将居于蜀中的张鲁母、弟处死，两家因此结仇。

只因蜀地谋臣进，致引荆州豪杰来。

未知此人是谁，且看下文分解。

【回后评】

马腾的盟弟韩遂率兵增援马超后，曹操不增忧虑反而大喜，并有意分兵绕河袭马超后方，这就是考虑到“胜一人难，胜二人易”的道理。其实韩遂与曹操并无仇怨，因盟兄马腾被曹操所杀，所以不得不出兵摆出报仇的姿态。但他与曹操本不是生死敌对，只因见马超久战不胜，难免心生求和之意，这也是二人产生嫌隙的开端。“人必先疑也，然后谗入之。”

马超回到西凉后，所剩兵马无多，又发动了几次小规模的对曹作战，也先后失败，辗转投奔汉中张鲁，由此揭开了汉中争夺战的序幕。

第六十回

张永年反难杨修
庞士元议取西蜀

人主几番存厚道
才臣一意进权谋

龐統獻策取西川

【题解及内容提要】

从本回开始，刘备集团的战略重点正式转向益州。

张松起初想把益州献与曹操，无奈却被曹操乱棒打出。曹操平生求贤若渴，一直厚待贤才高士，却为什么对张松如此轻慢，以致与得到西蜀地形图的机会失之交臂？难道只因张松貌丑？非也，庞统也貌丑，还曾被孙权和刘备嫌恶，但曹操却对庞统礼敬有加。或许主要是因为张松在本回登场之前一直籍籍无名，反观庞统，早就被荆襄名流吹捧到“得一可安天下”的程度，而张松却十分低调。再者，刘璋暗弱，天下皆知，作为辅佐庸主刘璋的使臣，张松也难免会被人轻看。

却说那进计于刘璋者，乃益州别驾，姓张，名松，字永年。其人生得额镢头尖，鼻偃齿露，身短不满五尺，言语有若铜钟。刘璋问曰：“别驾有何高见，可解张鲁之危？”松曰：“某闻许都曹操，扫荡中原，吕布、二袁皆为所灭，近又破马超，天下无敌矣。主公可备进献之物，松亲往许都，说曹操兴兵取汉中，以图张鲁。则鲁拒敌不暇，何敢复窥蜀中耶？”刘璋大喜，收拾金珠锦绮，为进献之物，遣张松为使。松乃暗画西川地理图本藏之，带从人数骑，取路赴许都。早有人报入荆州。孔明便使人入许都打探消息。

说明刘备方面已往川蜀派出间谍，时时探查动向，体现其战略上的警觉性与前瞻性，为后续争取张松、谋取益州埋下伏笔。

却说张松到了许都馆驿中住定，每日去相府伺候，求见曹操。原来曹操自破马超回，傲睨【nì，倨慢斜视，含有轻视之意】得志，每日饮宴，无事少出，国政皆在相府商议。张松候了三日，方得通姓名，左右近侍先要贿赂，却才引入。操坐于堂上，松拜毕，操问曰：“汝主刘璋连年不进贡，何也？”松曰：“为路途艰难，贼寇窃发，不能通进。”操叱曰：“吾扫清中原，有何盗贼？”松曰：“南有孙权，北有张鲁，西有刘备，至少者亦带甲十馀万，岂得为太平耶？”操先见张松人物猥琐，五分不喜，又闻语言冲撞，遂拂袖而起，转入后堂。左右责松曰：“汝为使命，何不知礼，一味冲撞？幸得丞相看汝远来之面，不见罪责。汝可急急回去！”松笑曰：“吾川中无谄佞之人也。”忽然阶下一人大喝曰：“汝川中不会谄佞，吾中原岂有谄佞者乎？”

松观其人，单眉细眼，貌白神清。问其姓名，乃太尉杨彪之子杨修，字德祖，现为丞相门下掌库主簿。此人博学能言，智识过人。松知修是个舌辩之士，有心难之。修亦自恃其才，小觑天下之士。当时见张松言语讥讽，遂邀出外面书院中，分宾主而坐，谓松曰：“蜀道崎岖，远来劳苦。”松曰：“奉主之命，虽赴汤蹈火，弗敢辞也。”修问：“蜀中风土何如？”松曰：“蜀为西郡，古号益州。路有锦江之险，地连剑阁之雄。回还二百八程，纵横三万馀里。鸡鸣犬吠相闻，市井闾阎不断。田肥地茂，岁无水旱之忧；国富民丰，时有管弦之乐。所产之物，阜如山积。天下莫可及也！”修又问曰：“蜀中人物如何？”松曰：“文有相如之赋，武有伏波之才，医有仲景之能，卜有君平【严遵，字君平，西汉蜀郡人，好老庄思想，隐居不仕，在成都以卜筮为生，为古代著名卜者】之隐。九流三教，‘出乎其类，拔乎其萃’者，不可胜记，岂能尽数！”修又问曰：“方今刘季玉手下，如公者还有几人？”松曰：“文武全才，智勇足备，忠义慷慨之士，动以百数。如松不才之辈，车载斗量，不可胜记。”修曰：“公近居何职？”松曰：“滥充别驾之任，甚不称职。敢问公为朝廷何官？”修曰：“现为丞相府主簿。”松曰：“久闻公世代簪缨【zān yīng，古代达官贵人的冠饰，后遂借以指高官显宦】，何不立于庙堂，辅佐天子，乃区区作相府门下一吏乎？”杨修闻言，满面羞惭，强颜而答曰：“某虽居下僚，丞相委以军政钱粮之重，早晚多蒙丞相教诲，极有开发，故就此职耳。”

松笑曰：“松闻曹丞相文不明孔、孟之道，武不达孙、吴之机，专务强霸而居大位，安能有所教诲，以开发明公耶？”修曰："公居边隅，安知丞相大才乎？吾试令公观之。"呼左右于箧中取书一卷，以示张松。松观其题曰"孟德新书"。从头至尾，看了一遍，共一十三篇，皆用兵之要法。松看毕，问曰："公以此为何书耶？"修曰："此是丞相酌古准今，仿《孙子十三篇》而作。公欺丞相无才，此堪以传后世否？"松大笑曰："此书吾蜀中三尺小童，亦能暗诵，何为'新书'？此是战国时无名氏所作，曹丞相盗窃以为己能，止好瞒足下耳！"修曰："丞相秘藏之书，虽已成帙【zhì，书的卷册、卷次】，未传于世。公言蜀中小儿暗诵如流，何相欺乎？"松曰："公如不信，吾试诵之。"遂将《孟德新书》，从头至尾，朗诵一遍，并无一字差错。修大惊曰："公过目不忘，真天下奇才也！"后人有诗赞曰：

张松正是不满五尺之"大童"。

古怪形容异，清高体貌疏。语倾三峡水，目视十行书。

胆量魁西蜀，文章贯太虚。百家并诸子，一览更无馀。

当下张松欲辞回。修曰："公且暂居馆舍，容某再禀丞相，令公面君。"松谢而退。

修入见操曰："适来丞相何慢张松乎？"操曰："言语不逊，吾故慢之。"修曰："丞相尚容一祢衡，何不纳张松？"操曰："祢衡文章，播于当今，吾故不忍杀之。松有何能？"修曰："且无论其口似悬河，辩才无碍。适修以丞相所撰《孟德新书》示之，彼观一遍，即能暗诵。如此博闻强记，世所罕有。松言此书乃战国时无名氏所作，蜀中小儿，皆能熟记。"操曰："莫非古人与我暗合否？"令扯碎其书烧之。修曰："此人可使面君，教见天朝气象。"操曰："来日我于西教场点军，汝可先引他来，使见我军容之盛，教他回去传说：吾即日下了江南，便来收川。"修领命。

曹操此举表示《孟德新书》可能存在抄袭前人的情况，心虚使然。

至次日，与张松同至西教场。操点虎卫雄兵五万，布于教场中。果然盔甲鲜明，衣袍灿烂；金鼓震天，戈矛耀日；四方八

以示不屑。

张松此言，字字诛心，戳人痛处，堪称比诸葛亮骂王朗更犀利的“毒舌”。

面，各分队伍；旌旗飏彩，人马腾空。松斜目视之。良久，操唤松指而示曰：“汝川中曾见此英雄人物否？”松曰：“吾蜀中不曾见此兵革，但以仁义治人。”操变色视之，松全无惧意。杨修频以目视松。操谓松曰：“吾视天下鼠辈犹草芥耳。大军到处，战无不胜，攻无不取，顺吾者生，逆吾者死。汝知之乎？”松曰：“丞相驱兵到处，战必胜，攻必取，松亦素知。昔日濮阳攻吕布之时，宛城战张绣之日；赤壁遇周郎，华容逢关羽；割须弃袍于潼关，夺船避箭于渭水：此皆无敌于天下也！”操大怒曰：“竖儒怎敢揭吾短处！”喝令左右推出斩之。杨修谏曰：“松虽可斩，奈从蜀道而来入贡，若斩之，恐失远人之意。”操怒气未息。荀彧亦谏，操方免其死，令乱棒打出。

松归馆舍，连夜出城，收拾回川。松自思曰：“吾本欲献西川州郡与曹操，谁想如此慢人！我来时于刘璋之前，开了大口，今日怏怏空回，须被蜀中人所笑。吾闻荆州刘玄德仁义远播久矣，不如径由那条路回，试看此人如何，我自有主见。”于是乘马引仆从望荆州界上而来。前至郢州界口，忽见一队军马，约有五百馀骑，为首一员大将，轻妆软扮，勒马前问曰：“来者莫非张别驾乎？”松曰：“然也。”那将慌忙下马，声喏曰：“赵云等候多时。”松下马答礼曰：“莫非常山赵子龙乎？”云曰：“然也。某奉主公刘玄德之命，为大夫远涉路途，鞍马驱驰，特命赵云聊奉酒食。”言罢，军士跪奉酒食，云敬进之。松自思曰：“人言刘玄德宽仁爱客，今果如此。”遂与赵云饮了数杯，上马同行。来到荆州界首，是日天晚，前到馆驿，见驿门外百馀人侍立，击鼓相接。一将于马前施礼曰：“奉兄长将令，为大夫远涉风尘，令关某洒扫驿庭，以待歇宿。”松下马，与云长、赵云同入馆舍。讲礼叙坐。须臾，排上酒筵，二人殷勤相劝。饮至更阑【更深夜残之时】，方始罢席，宿了一宵。

次日早膳毕，上马行不到三五里，只见一簇人马到，乃是玄德引着伏龙、凤雏，亲自来接。遥见张松，早先下马等候。松亦慌忙下马相见。玄德曰："久闻大夫高名，如雷灌耳。恨云山遥远，不得听教。今闻回都，专此相接。倘蒙不弃，到荒州暂歇片时，以叙渴仰之思，实为万幸！"松大喜，遂上马并辔入城。至府堂上各各叙礼，分宾主依次而坐，设宴款待。饮酒间，玄德只说闲话，并不提起西川之事。松以言挑之曰："今皇叔守荆州，还有几郡？"孔明答曰："荆州乃暂借东吴的，每每使人取讨。今我主因是东吴女婿，故权且在此安身。"松曰："东吴据六郡八十一州，民强国富，犹且不知足耶？"庞统曰："吾主汉朝皇叔，反不能占据州郡，其他皆汉之蟊贼，却都恃强侵占地土。惟智者不平焉。"玄德曰："二公休言。吾有何德，敢多望乎？"松曰："不然。明公乃汉室宗亲，仁义充塞乎四海。休道占据州郡，便代正统而居帝位，亦非分外。"玄德拱手谢曰："公言太过，备何敢当！"

诸葛亮的话只是在诉苦，而庞统所言明显表露出开疆辟土的野心，说明他不如诸葛亮能沉得住气，这也为他日后贪功冒进殒命西川埋下了伏笔。

自此一连留张松饮宴三日，并不提起川中之事。松辞去，玄德于十里长亭设宴送行。玄德举酒酌松曰："甚荷大夫不外，留叙三日，今日相别，不知何时再得听教。"言罢，潸然泪下。张松自思："玄德如此宽仁爱士，安可舍之？不如说之，令取西川。"乃言曰："松亦思朝暮趋侍，恨未有便耳。松观荆州，东有孙权，常怀虎踞，北有曹操，每欲鲸吞，亦非可久恋之地也。"玄德曰："故知如此，但未有安迹之所。"松曰："益州险塞，沃野千里，民殷国富，智能之士，久慕皇叔之德。若起荆襄之众，长驱西指，霸业可成，汉室可兴矣。"玄德曰："备安敢当此？刘益州亦帝室宗亲，恩泽布蜀中久矣，他人岂可得而动摇乎？"松曰："某非卖主求荣，今遇明公，不敢不披沥肝胆。刘季玉虽有益州之地，禀性暗弱，不能任贤用能，加之张鲁在北，时思侵犯，人心离散，思得明主。松此一行，专欲纳款【归顺，降服】于操，何期逆贼恣逞奸雄，傲贤慢士，故特来见明公。明公先取西川为基，然后北图汉中，收取中原，匡正天朝，名垂青史，功莫大焉。明公果有取西川之意，松愿施犬马之劳，以为内应。未

无论张松怎么解释，也无论他出于何种动机，"卖主求荣"的罪名是永远洗不掉的。

张松此言不虚。如果刘备不取益州，曹操占领汉中后，早晚必取益州。

知钧意若何？”玄德曰：“深感君之厚意。奈刘季玉与备同宗，若攻之，恐天下人唾骂。”松曰：“大丈夫处世，当努力建功立业，著鞭在先。今若不取，为他人所取，悔之晚矣。”玄德曰：“备闻蜀道崎岖，千山万水，车不能方轨【车辆并行】，马不能联辔，虽欲取之，用何良策？”松于袖中取出一图，递与玄德曰：“松感明公盛德，敢献此图。但看此图，便知蜀中道路矣。”玄德略展视之，上面尽写着地理行程，远近阔狭，山川险要，府库钱粮，一一俱载明白。松曰：“明公可速图之。松有心腹契友二人法正、孟达，此二人必能相助。如二人到荆州时，可以心事共议。”玄德拱手谢曰：“青山不老，绿水长存。他日事成，必当厚报。”松曰：“松遇明主，不得不尽情相告，岂敢望报乎？”说罢作别。孔明命云长等护送数十里方回。

曹操与其他人“只可同忧，不可同乐”，从荀彧、荀攸的下场中也可见一斑。

张松回益州，先见友人法正。正字孝直，右扶风郿人也，贤士法真之子。松见正，备说：“曹操轻贤傲士，只可同忧，不可同乐。吾已将益州许刘皇叔矣。专欲与兄共议。”法正曰：“吾料刘璋无能，已有心见刘皇叔久矣。此心相同，又何疑焉？”少顷，孟达至。达字子庆，与法正同乡。达入，见正与松密语，达曰：“吾已知二公之意。将欲献益州耶？”松曰：“是欲如此。兄试猜之，合献与谁？”达曰：“非刘玄德不可。”三人抚掌大笑。法正谓松曰：“兄明日见刘璋，当若何？”松曰：“吾荐二公为使，可往荆州。”二人应允。

次日，张松见刘璋。璋问：“干事若何？”松曰：“操乃汉贼，欲篡天下，不可为言。彼已有取川之心。”璋曰：“似此如之奈何？”松曰：“松有一谋，使张鲁、曹操必不敢轻犯西川。”璋曰：“何计？”松曰：“荆州刘皇叔，与主公同宗，仁慈宽厚，有长者风。赤壁鏖兵之后，操闻之而胆裂，何况张鲁乎？”主公何不遣使结好，使为外援，可以拒曹操、张鲁矣。”璋曰：“吾亦有此心久矣。谁可为使？”松曰：“非法正、孟达，不可往也。”璋即召二人入，修书一封，令法正为使，先通情好。次遣孟达领精兵五千，迎玄德入川为援。正商议间，一人自外突入，汗流满面，大叫曰："主公若听张松之言，则四十一州郡，已属他人矣！"松大惊，视其人，乃西阆中巴人，姓黄，名权，字公衡，现为刘璋府下主簿。璋问曰："玄德与我同宗，吾故结之为援，汝何出此言？"权曰："某素知刘备宽以待人，柔能克刚，英雄莫敌。远得人心，近得民望，兼有诸葛亮、庞统之智谋，关、张、赵云、黄忠、魏延为羽翼。若召到蜀中，以部曲待之，刘备安肯伏低做小？若以客礼待之，又一国不容二主。今听臣言，则西蜀有泰山之安，不听臣言，则主公有累卵之危矣。张松昨从荆州过，必与刘备同谋。可先斩张松，后绝刘备，则西川万幸也。"璋曰："曹操、张鲁到来，何以拒之？"权曰："不如闭境绝塞，深沟高垒，以待时清。"璋曰："贼兵犯界，有烧眉之急，若待时清，则是慢计也。"遂不从其言，遣法正行。又一人阻曰："不可！不可！"璋视之，乃帐前从事官王累也。累顿首言曰："主公今听张松之说，自取其祸。"璋曰："不然。吾结好刘玄德，实欲拒张鲁也。"累曰："张鲁犯界，乃癣疥之疾；刘备入川，乃心腹之大患。况刘备世之枭雄，先事曹操，便思谋害；后从孙权，便夺荆州。心术如此，安可同处乎？"今若召来，西川休矣！"璋叱曰："再休乱道！玄德是我同宗，他安肯夺我基业？"便教扶二人出。遂命法正便行。

黄权与张松、法正最大的不同在于，他纵然深知刘备贤明而刘璋庸碌，却不肯因此而背反刘璋，不以实用主义的眼光来事主——这是忠臣的行事准则。

比喻无关紧要的小问题和小毛病。

法正离益州，径取荆州，来见玄德。参拜已毕，呈上书信。玄德拆封视之。书曰：

族弟刘璋，再拜致书于玄德宗兄将军麾下：久伏电天【古代对权位显赫者的敬称】，蜀道崎岖，未及赍贡，甚切惶愧。璋闻"吉凶相救，患难相扶"，朋友尚然，况宗族乎？今张鲁在北，旦夕兴兵，侵犯璋界，甚不自安。专人谨奉尺书，上乞钧听。倘念同宗之情，全手足之义，即日兴师剿灭狂寇，永为唇齿，自有重酬。书不尽言，耑候车骑。

玄德看毕大喜，设宴相待法正。酒过数巡，玄德屏退左右，密谓正曰："久仰孝直英名，张别驾多谈盛德。今获听教，甚慰平生。"法正谢曰："蜀中小吏，何足道哉！盖闻马逢伯乐而嘶，人遇知己而死。张别驾昔日之言，将军复有意乎？"玄德曰："备一身寄客，未尝不伤感而叹息。尝思鹪鹩【jiāo liáo，鹪鹩一枝，比喻所要的不多，易于满足】尚存一枝，狡兔犹藏三窟，何况人乎？蜀中丰馀之地，非不欲取，奈刘季玉系备同宗，不忍相图。"法正曰："益州天府之国，非治乱之主，不可居也，今刘季玉不能用贤，此业不久必属他人。今日自付与将军，不可错失。岂不闻'逐兔先得'【指众人追野兔，谁先得到就归谁所有】之语乎？将军欲取，某当效死。"玄德拱手谢曰："尚容商议。"

当日席散，孔明亲送法正归馆舍。玄德独坐沉吟，庞统进曰："事当决而不决者，愚人也。主公高明，何多疑耶？"玄德问曰："以公之意，当复何如？"统曰："荆州东有孙权，北有曹操，难以得志。益州户口百万，土广财富，可资大业。今幸张松、法正为内助，此天赐也，何必疑哉？"玄德曰："今与吾水火相敌者，曹操也。操以急，吾以宽；操以暴，吾以仁；操以谲【jué，权诈，欺骗】，吾以忠：每与操相反，事乃可成。若以小利而失信义于天下，吾不忍也。"庞统笑曰："主公之言，虽合天理，奈离乱之时，用兵争强，固非一道。若拘执常理，寸步不可行矣，宜从权变。且'兼弱攻昧'、'逆取顺守'，汤、武之道也。若事定之后，报之以义，封为大国，何负于信？今日不取，终被他人取耳。主公幸熟思焉。"玄德乃恍然曰："金石之言，当铭肺腑。"于是遂请孔明，同议起兵西行。孔明曰："荆州重地，必须分兵守之。"玄德曰："吾与庞士元、黄忠、魏延前往西川，军师可与关云长、张翼德、赵子龙守荆州。"孔明应允。于是孔明总守荆州；关公拒襄阳要路，当青泥隘口；张飞领四郡巡江；赵云屯江陵，镇公安。玄德令黄忠为前部，魏延为后军，玄德自

"权变"二字可谓是整部《三国演义》所有智斗的最佳概括。

商汤、周武王推翻前朝暴君，是顺应天意民心的正义之举，但难以洗脱以臣伐君的"原罪"。

意思是刘备掌握天下权柄后，给予刘璋大国诸侯的优厚待遇。

刘备于关键时刻还是以未来的发展利益为先，多年标榜的仁义退居次席。

与刘封、关平在中军。庞统为军师，马步兵五万，起程西行。临行时，忽廖化引一军来降【应称“来投”】，玄德便教廖化辅佐云长以拒曹操。

是年冬月，引兵望西川进发。行不数程，孟达接着，拜见玄德，说刘益州令某领兵五千远来迎接。玄德使人入益州，先报刘璋。璋便发书告报沿途州郡，供给钱粮。璋欲自出涪城亲接玄德，即下令准备车乘帐幔，旌旗铠甲，务要鲜明。主簿黄权入谏曰：“主公此去，必被刘备之害，某食禄多年，不忍主公中他人奸计。望三思之！”张松曰：“黄权此言，疏间宗族之义，滋长寇盗之威，实无益于主公。”璋乃叱权曰：“吾意已决，汝何逆吾！”权叩首流血，近前口衔璋衣而谏。璋大怒，扯衣而起。权不放，顿落门牙两个。璋喝左右推出黄权，权大哭而归。

璋欲行，一人叫曰：“主公不纳黄公衡忠言，乃欲自就死地耶！”伏于阶前而谏。璋视之，乃建宁俞元人也，姓李，名恢。叩首谏曰：“窃闻‘君有诤臣，父有诤子’。黄公衡忠义之言，必当听从。若容刘备入川，是犹迎虎于门也。”璋曰：“玄德是吾宗兄，安肯害吾？再言者必斩！”叱左右推出李恢。张松曰：“今蜀中文官各顾妻子，不复为主公效力，诸将恃功骄傲，各有外意【各怀异心】。不得刘皇叔，则敌攻于外，民攻于内，必败之道也。”璋曰：“公所谋，深于吾有益。”次日，上马出榆桥门。人报：“从事王累，自用绳索倒吊于城门之上，一手执谏章，一手仗剑，口称如谏不从，自割断其绳索，撞死于此地。”刘璋教取所执谏章观之，其略曰：

忠诚之人，无论为何主所用，都会受人尊敬。

> 益州从事臣王累，泣血恳告：窃闻“良药苦口利于病，忠言逆耳利于行”。昔楚怀王不听屈原之言，会盟于武关，为秦所困。今主公轻离大郡，欲迎刘备于涪城，恐有去路而无回路矣。倘能斩张松于市，绝刘备之约，则蜀中老幼幸甚，主公之基业亦幸甚！

王累以倒挂城门死谏刘璋，其忠诚令人感佩，可惜所事之人实乃庸主。

刘璋观毕，大怒曰："吾与仁人相会，如亲芝兰，汝何数侮于吾耶！"王累大叫一声，自割断其索，撞死于地。后人有诗叹曰：

> 倒挂城门捧谏章，拚将一死报刘璋。黄权折齿终降备，矢节何如王累刚！

刘璋将三万人马往涪城来。后军装载资粮饯帛一千馀辆，来接玄德。

却说玄德前军已到垫江。所到之处一者是西川供给，二者是玄德号令严明，如有妄取百姓一物者斩，于是所到之处，秋毫无犯。百姓扶老携幼，满路瞻观，焚香礼拜，玄德皆用好言抚慰。

庞统新附刘备便积极建言取川，但他尚不完全了解和适应刘备"仁义"当先的行事风格，所作的决策虽然简约高效，正中要害，但无法被刘备接受。

却说法正密谓庞统曰："近张松有密书到此，言于涪城相会刘璋，便可图之。机会切不可失。"统曰："此意且勿言。待二刘相见，乘便图之。若预走泄，于中有变。"法正乃秘而不言。涪城离成都三百六十里，璋已到，使人迎接玄德。两军皆屯于涪江之上。玄德入城，与刘璋相见，各叙兄弟之情。礼毕，挥泪诉告衷情。饮宴毕，各回寨中安歇。

璋谓众官曰："可笑黄权、王累等辈，不知宗兄之心，妄相猜疑。吾今日见之，真仁义之人也。吾得他为外援，又何虑曹操、张鲁耶？非张松则失之矣。"乃脱所穿绿袍，并黄金五百两，令人往成都赐与张松。时部下将佐刘璝、泠苞、张任、邓贤等一班文武官曰："主公且休欢喜。刘备柔中有刚，其心未可测，还宜防之。"璋笑曰："汝等皆多虑。吾兄岂有二心哉！"众皆嗟叹而退。

却说玄德归到寨中，庞统入见曰："主公今日席上见刘季玉动静乎？"玄德曰："季玉真诚实人也。"统曰："季玉虽善，其臣刘璝、张任等皆有不平之色，其间吉凶未可保也。以统之计，莫若来日设宴，请季玉赴席，于壁衣【古代装饰墙壁的帷幕】中埋伏刀斧手一百人，主公掷杯为号，就筵上杀之。一拥入成都，刀不出鞘，弓不上弦，可坐而定也。”玄德曰：“季玉是吾同宗，诚心待吾，更兼吾初到蜀中，恩信未立，若行此事，上天不容，下民亦怨。公此谋，虽霸者亦不为也。”统曰：“此非统之谋，是法孝直得张松密书，言事不宜迟，只在早晚当图之。”言未已，法正入见，曰：“某等非为自己，乃顺天命也。”玄德曰：“刘季玉与吾同宗，不忍取之。”正曰：“明公差矣。若不如此，张鲁与蜀有杀母之仇，必来攻取。明公远涉山川，驱驰士马，既到此地，进则有功，退则无益。若执狐疑之心，迁延日久，大为失计。且恐机谋一泄，反为他人所算。不若乘此天与人归之时，出其不意，早立基业，实为上策。”庞统亦再三相劝。正是：

霸者与仁者相对，刘备向来以仁义自居，故霸者当指曹操之流。

刘备的迁延不忍，间接导致张松、庞统二人送命。

人主几番存厚道，才臣一意进权谋。

未知玄德心下如何，且看下文分解。

【回后评】

本回中，刘备与庞统就取川问题进行了推心置腹的谈话。刘备并非不想取川，他最在意的一点是“操以急，吾以宽；操以暴，吾以仁；操以谲，吾以忠：每与操相反，事乃可成。若以小利而失信义于天下，吾不忍也”。这是刘备对自己人性和政治品格的一段总结性的自白，同时也道出了他用以取天下的工具——信义，利用信义取天下是他的政治权术。所以，刘备与曹操相比，只是行事作风不同，根本目的却是一致的。

刘备毕竟是一个有雄心壮志的人，益州“天府之国”的优越条件实在是太诱人了，他最终还是听从了庞统的“金石之言”，决定以武力取川。但武力取川不是直接出兵强攻，而是先以帮助刘璋抵御张鲁的名义领兵入川，再相机而动，尽量减小“取川不义”的舆论压力。

第六十二回

取涪关杨高授首　攻雒城黄魏争功

左龙右凤，飞入西川

雏凤坠地，卧龙升天

玄德斬楊懷高沛

【题解及内容提要】

本回只选前半部分评点。

本回开头提到张昭献计孙权，联结张鲁共同出兵夹击荆州。汉中东三郡与荆州接壤，可从西北直攻荆州。从此可知，多边政治的综合权衡甚为重要。其实刘璋、张鲁政权存在之时，孙刘两家谁也不能撕破脸，因为有在后的“黄雀”钳制。只有天下真正三分，各军事集团间由复杂的多边关系变为相对简单的三方关系后，吴蜀之间才具备反目的条件。所以，东吴袭取荆州，发生在张鲁降曹、川蜀归刘备之后。

却说张昭献计曰：“且休要动兵。若一兴师，曹操必复至。不如修书二封：一封与刘璋，言刘备结连东吴，共取西川，使刘璋心疑而攻刘备；一封与张鲁，教进兵向荆州来，着刘备首尾不能救应。我然后起兵取之，事可谐矣。”权从之，即发使二处去讫。

且说玄德在葭萌关日久，甚得民心。忽接得孔明文书，知孙夫人已回东吴。又闻曹操兴兵犯濡须，乃与庞统议曰：“曹操击孙权，操胜必将取荆州，权胜亦必取荆州矣。为之奈何？”庞统曰：“主公勿忧。有孔明在彼，料想东吴不敢犯荆州。主公可驰书去刘璋处，只推：‘曹操攻击孙权，权求救于荆州。吾与孙权唇齿之邦，不容不相援。张鲁自守之贼，决不敢来犯界。吾今欲勒兵回荆州，与孙权会同破曹操，奈兵少粮缺。望推同宗之谊，速发精兵三四万，行粮十万斛相助。请勿有误。’若得军马钱粮，却另作商议。”

> 庞统此议的目的，是料定刘璋不会供给这么多的兵马粮饷，故意激起刘备对刘璋的愤怒。

玄德从之，遣人往成都。来到关前，杨怀、高沛闻知此事，遂教高沛守关，杨怀同使者入成都，见刘璋呈上书信。刘璋看毕，问杨怀为何亦同来。杨怀曰：“专为此书而来。刘备自从入川，广布恩德，以收民心，其意甚是不善。今求军马钱粮，切不真应了民间谚语："请神容易送神难。"

可与。如若相助，是把薪助火也。"刘璋曰："吾与玄德有兄弟之情，岂可不助？"一人出曰："刘备枭雄，久留于蜀而不遣，是纵虎入室矣。今更助之以军马钱粮，何异与虎添翼乎？"众视其人，乃零陵烝阳人，姓刘，名巴，字子初。刘璋闻刘巴之言，犹豫未决，黄权又复苦谏。璋乃量拨老弱军四千，米一万斛，发书遣使报玄德。仍令杨怀、高沛紧守关隘。刘璋使者到葭萌关见玄德，呈上回书，玄德大怒曰："吾为汝御敌，费力劳心。汝今积财吝赏，何以使士卒效命乎？"遂扯毁回书，大骂而起。使者逃回成都。庞统曰："主公只以仁义为重，今日毁书发怒，前情尽弃矣。"玄德曰："如此，当若何？"庞统曰："某有三条计策，请主公自择而行。"

玄德问："那三条计？"统曰："只今便选精兵，昼夜兼道径袭成都：此为上计。杨怀、高沛乃蜀中名将，各仗强兵拒守关隘，今主公佯以回荆州为名，二将闻知，必来相送，就送行处，擒而杀之，夺了关隘，先取涪城，然后却向成都：此中计也。退还白帝，连夜回荆州，徐图进取：此为下计。若沉吟不去，将至大困，不可救矣。"玄德曰："军师上计太促，下计太缓，中计不迟不疾，可以行之。"

既然早晚要靠武力夺取益州，"迟""疾"与否又有什么关系？

于是发书致刘璋，只说曹操令部将乐进引兵至青泥镇，众将抵敌不住，吾当亲往拒之，不及面会，特书相辞。书至成都，张松听得说刘玄德欲回荆州，只道是真心，乃修书一封，欲令人送与玄德。却值亲兄广汉太守张肃到，松急藏书于袖中，与肃相陪说话。肃见松神情恍惚，心中疑惑。松取酒与肃共饮。献酬之间，忽落此书于地，被肃从人拾得。席散后，从人以书呈肃。肃开视之。书略曰：

> 松昨进言于皇叔，并无虚谬，何乃迟迟不发？逆取顺守，古人所贵。今大事已在掌握之中，何故欲弃此而回荆州乎？使松闻之，如有所失。书呈到日，疾速进兵。松当为内

应，万勿自误！

张松兄弟二人，一个为了前程卖主求荣，一个为求自保出卖亲弟，本质上都是自私自利之人。

张肃见了，大惊曰："吾弟作灭门之事，不可不首【自首】。"连夜将书见刘璋，具言弟张松与刘备同谋，欲献西川。刘璋大怒曰："吾平日未尝薄待他，何故欲谋反！"遂下令捉张松全家，尽斩于市。后人有诗叹曰：

一览无遗世所稀，谁知书信泄天机。未观玄德兴王业，先向成都血染衣。

刘璋既斩张松，聚集文武商议曰："刘备欲夺吾基业，当如之何？"黄权曰："事不宜迟。即便差人告报各处关隘，添兵把守，不许放荆州一人一骑入关。"璋从其言，星夜驰檄各关去讫。

却说玄德提兵回涪城，先令人报上涪水关，请杨怀，高沛出关相别。杨、高二将闻报，商议曰："玄德此回若何？"高沛曰："玄德合死，我等各藏利刃在身，就送行处刺之，以绝吾主之患。"杨怀曰："此计大妙。"二人只带随行二百人，出关送行，其馀并留在关上。玄德大军尽发，前至涪水之上，庞统在马上谓玄德曰："杨怀、高沛若欣然而来，可提防之。若彼不来，便起兵径取其关，不可迟缓。"正说间，忽起一阵旋风，把马前"帅"字旗吹倒。玄德问庞统曰："此何兆也？"统曰："此警报也：杨怀、高沛二人必有行刺之意，宜善防之。"玄德乃身披重铠，自佩宝剑防备。人报杨、高二将前来送行，玄德令军马歇定。庞统分付魏延、黄忠："但关上来的军士，不问多少，马步军兵，一个也休放回。"二将得令而去。

却说杨怀、高沛二人身边各藏利刃，带二百军兵，牵羊送酒，直至军前，见并无准备，心中暗喜，以为中计。入至帐下，见玄德正与庞统坐于帐中。二将声喏曰："闻皇叔远回，特具薄礼相送。"遂进酒劝玄德。玄德曰："二将军守关不易，当先饮此杯。”二将饮酒毕，玄德曰：“吾有密事与二将军商议，闲人退避。”遂将带来二百人尽赶出中军。玄德叱曰：“左右与吾捉下二贼！”帐后刘封、关平应声而出。杨、高二人急待争斗，刘封、关平各捉住一人。玄德喝曰：“吾与汝主是同宗兄弟，汝二人何故同谋，离间亲情？”庞统叱左右搜其身畔，果然各搜出利刃一口。统便喝斩二人，玄德还犹未决，统曰：“二人本意欲杀吾主，罪不容诛。”遂叱刀斧手斩杨怀、高沛于帐前。黄忠、魏延早将二百从人，先自捉下，不曾走了一个。玄德唤入，各赐酒压惊。玄德曰：“杨怀、高沛离间吾兄弟，又藏利刃行刺，故行诛戮。尔等无罪，不必惊疑。”众各拜谢。庞统曰：“吾今即用汝等引路，带吾军取关，各有重赏。”众皆应允。是夜二百人先行，大军随后。前军至关下叫曰：“二将军有急事回，可速开关。”城上听得是自家军，即时开关。大军一拥而入，兵不血刃，得了涪关，蜀兵皆降。玄德各加重赏，遂即分兵前后守把。次日劳军，设宴于公厅。玄德酒酣，顾庞统曰：“今日之会，可为乐乎？”庞统曰：“伐人之国而以为乐，非仁者之兵也。”玄德曰：“吾闻昔日武王伐纣，作乐象功，此亦非仁者之兵欤？汝言何不合道理？可速退！”庞统大笑而起，左右亦扶玄德入后堂。睡至半夜，酒醒，左右以逐庞统之言告知玄德。玄德大悔。次早穿衣升堂，请庞统谢罪曰：“昨日酒醉，言语触犯，幸勿挂怀。”庞统谈笑自若。玄德曰：“昨日之言，惟吾有失。”庞统曰：“君臣俱失，何独主公？”玄德亦大笑，其乐如初。

刘备此时还在犹豫，可谓“不见棺材不落泪”，非得等到遭受重大挫败，才肯彻底与刘璋撕破脸。

刘备酒后吐真言，说明他对益州垂涎已久，今日终于得计后便弹冠相庆。庞统大笑，说明他已洞察到刘备立“仁德”牌坊的虚伪。

却说刘璋闻玄德杀了杨、高二将，袭了涪水关，大惊曰：“不料今日果有此事！”遂聚文武，问退兵之策。黄权曰：“可连夜遣兵屯雒县，塞住咽喉之路。刘备虽有精兵猛将，不能过也。”璋遂令刘瑱、泠苞、张任、邓贤点五万大军，星夜往守雒县，以拒刘备。

刘璋四将，以张任最有胆略，但每次提起时皆是同样的顺序，即以刘瑱为首。可以推断，刘瑱很可能是刘璋的同辈兄弟。

四将行兵之次，刘瑱曰：“吾闻锦屏山中有一异人，道号‘紫虚上人’，知人生死贵贱。吾辈今日行军，正从锦屏山过。

何不试往问之？”张任曰：“大丈夫行兵拒敌，岂可问于山野之人乎？”瑱曰：“不然。圣人云：‘至诚之道，可以前知。’吾等问于高明之人，当趋吉避凶。”于是四人引五六十骑至山下，问径樵夫。樵夫指高山绝顶上，便是上人所居。四人上山至庵前，见一道童出迎。问了姓名，引入庵中。只见紫虚上人坐于蒲墩之上，四人下拜，求问前程之事。紫虚上人曰：“贫道乃山野废人，岂知休咎【吉与凶，善与恶】？”刘瑱再三拜问，紫虚遂命道童取纸笔，写下八句言语，付与刘瑱。其文曰：

左龙右凤，飞入西川。雏凤坠地，卧龙升天。一得一失，天数当然。见机而作，勿丧九泉。

入川之“入”，无外乎“进入”或“侵入”，暗示外来势力将入川。

刘瑱又问曰：“我四人气数如何？”紫虚上人曰：“定数难逃，何必再问！”瑱又请问时，上人眉垂目合，恰似睡着的一般，并不答应。四人下山。刘瑱曰：“仙人之言，不可不信。”张任曰：“此狂叟也，听之何益。”遂上马前行。

只有最后两句才是对四人前程的叮嘱，但属于放之四海而皆准的“正确的废话”。

…………

【回后评】

庞统上、中、下三条计策，中计比上计只是多了一个隐蔽的缓冲步骤，人为拖慢了取川的节奏，其实质与径取成都并没有区别。刘备舍弃代价最小且最高效的上计而就中计，主要原因应是当时进攻刘璋的合理性仍然不足，武力攻打便要背负“背信弃义”的骂名，与刘备致力打造的“仁德之君”的人设相背离。所以，以拖待变，寻机再图进取，是刘备的主要考量。但是，寻机待变的思路相当于把战事的主动权拱手交给对方，假如对方一直无隙可乘，或者一直寻不到更正当的出兵理由，难道一直与川军对耗下去？

第六十三回

诸葛亮痛哭庞统
张翼德义释严颜

只因一将倾心后
致使连城唾手降

落鳳坡箭射龐統

【题解及内容提要】

本回中，庞统急于进兵，遭蜀将张任埋伏，被乱箭射死。“卧龙”“凤雏”早已名扬天下，但终究谁更高一筹，一直未见分晓，如果说双方丝毫不存相争之心，怕是很难的。诸葛亮更早追随刘备，资历和功劳远在庞统之上；庞统立功心切，想尽快证明自己的价值，也是人之常情。刘备入川所带之人多是荆州新降之将而非旧日班底，一方面是为新人提供立功的机会，另一方面不带最精锐的猛将入川，也有减轻刘璋疑虑的考量。

庞统早逝，最主要的责任在于刘备。刘备多次拒绝庞统提出的迅速占领益州的方案，在关键时刻仍贪图虚名，顾恋仁义，大大拖后了益州到手的时间，最终为取川牺牲了庞统，并导致大量军士无谓伤亡。庞统之死给刘备的事业带来了重大损失，他不得不从荆州抽调了重兵增援，大大削减了荆州的防御力量，为日后丢失荆州埋下了祸根。

却说法正与那人相见，各抚掌而笑。庞统问之。正曰：“此公乃广汉人，姓彭，名羕，字永言，蜀中豪杰也。因直言触忤刘璋，被璋髡钳【古代刑罚，谓剃去头发，用铁圈束颈】为徒隶，因此短发。”统乃以宾礼待之，问羕从何而来。羕曰：“吾特来救汝数万人性命，见刘将军方可说。”法正忙报玄德。玄德亲自谒见，请问其故。羕曰：“将军有多少军马在前寨？”玄德实告：“有魏延、黄忠在彼。”羕曰：“为将之道，岂可不知地理乎？前寨紧靠涪江，若决动江水，前后以兵塞之，一人无可逃也。”玄德大悟。彭羕曰：“罡星在西方，太白临于此地，当有不吉之事，切宜慎之。”玄德即拜彭羕为幕宾，使人密报魏延、黄忠，教朝暮用心巡警，以防决水。黄忠、魏延商议，二人各轮一日，如遇敌军到来，互相通报。

刘备对待魏延，先是赦其弑主反叛之罪，将其收录；后又赦其贪功败阵之罪，允许其将功折罪；今又因其小功而重赏，可谓恩义深厚。刘备是发掘魏延之长材并重用之的主公，后来用魏延镇守汉中，可谓得人矣。刘备确有识人之明，知人善用。

却说泠苞见当夜风雨大作，引了五千军，径循江边而进，安排决江。只听得后面喊声乱起，泠苞知有准备，急急回军。前面魏延引军赶来，川兵自相践踏。泠苞正奔走间，撞着魏延，交马不数合，被魏延活捉去了。比及吴兰、雷铜来接应时，又被黄忠一军杀退。魏延解泠苞到涪关，玄德责之曰："吾以仁义相待，放汝回去，何敢背我？今次难饶！"将泠苞推出斩之，重赏魏延。玄德设宴管待彭羕。忽报荆州诸葛亮军师特遣马良奉书至此，玄德召入问之。马良礼毕，曰："荆州平安，不劳主公忧念。"遂呈上军师书信。玄德拆书观之，略曰：

> 亮夜算太乙数，今年岁次癸巳，罡星在西方；又观乾象，太白临于雒城之分：主将帅身上多凶少吉。切宜谨慎。

玄德看了书，便教马良先回。玄德曰："吾将回荆州，去论此事。"庞统暗思："孔明怕我取了西川，成了功，故意将此书相阻耳。"乃对玄德曰："统亦算太乙数，已知罡星在西，应主公合得西川，别不主凶事。统亦占天文，见太白临于雒城，先斩蜀将泠苞，已应凶兆矣。主公不可疑心，可急进兵。"

诸葛亮绝非嫉贤妒能之辈，否则也不会推荐庞统辅佐刘备。庞统立功心切可以理解，但歪曲诸葛亮的善意提醒，未免犯了小人之心。

玄德见庞统再三催促，乃引军前进，黄忠同魏延接入寨去。庞统问法正曰："前至雒城，有多少路？"法正画地作图。玄德取张松所遗图本对之，并无差错。法正言："山北有条大路，正取雒城东门，山南有条小路，却取雒城西门，两条路皆可进兵。"庞统谓玄德曰："统令魏延为先锋，取南小路而进，主公令黄忠作先锋，从山北大路而进，并到雒城取齐。"玄德曰："吾自幼熟于弓马，多行小路。军师可从大路去取东门，吾取西门。"庞统曰："大路必有军邀拦，主公引兵当之。统取小路。"玄德曰："军师不可。吾夜梦一神人，手执铁棒击吾右臂，觉来犹自臂疼。此行莫非不佳？"庞统曰："壮士临阵，不死带伤，理之自然也。

"左膀"为诸葛亮，"右臂"为庞统。此梦为刘备将失去"右臂"之警讯。

何故以梦寐之事疑心乎？”玄德曰：“吾所疑者，孔明之书也。军师还守涪关，如何？”庞统大笑曰：“主公被孔明所惑矣：彼不欲令统独成大功，故作此言以疑主公之心。心疑则致梦，何凶之有？统肝脑涂地，方称本心。主公再勿多言，来早准行。”当日传下号令，军士五更造饭，平明上马，黄忠、魏延领军先行。玄德再与庞统约会，忽坐下马眼生前失，把庞统掀将下来。玄德跳下马，自来笼住那马。玄德曰：“军师何故乘此劣马？”庞统曰：“此马乘久，不曾如此。”玄德曰：“临阵眼生，误人性命。吾所骑白马，性极驯熟，军师可骑，万无一失。劣马吾自乘之。”遂与庞统更换所骑之马。庞统谢曰：“深感主公厚恩，虽万死亦不能报也。”遂各上马取路而进。玄德见庞统去了，心中甚觉不快，怏怏而行。

面对多次险讯示警，庞统不加重视和防范，自寻死耳。

本回中，未提“的卢”之名，但“骑则妨主”的谶语言犹在耳。

“万死”之语，也是出征前的不吉之语，即将应验。

却说雒城中吴懿、刘瑱听知折了泠苞，遂与众商议。张任曰：“城东南山僻有一条小路，最为要紧，某自引一军守之。诸公紧守雒城，勿得有失。”忽报汉兵分两路前来攻城。张任急引三千军，先来抄小路埋伏。见魏延兵过，张任教尽放过去，休得惊动。后见庞统军来，张任军士遥指军中大将：“骑白马者必是刘备。”张任大喜，传令教如此如此。

却说庞统迤逦前进，抬头见两山逼窄，树木丛杂，又值夏末秋初，枝叶茂盛。庞统心下甚疑，勒住马问：“此处是何地？”数内有新降军士，指道：“此处地名落凤坡。”庞统惊曰：“吾道号凤雏，此处名落凤坡，不利于吾。”令后军疾退。只听山坡前一声炮响，箭如飞蝗，只望骑白马者射来。可怜庞统竟死于乱箭之下。时年止三十六岁。后人有诗叹曰：

古岘【xiàn，湖北岘山】相连紫翠堆，士元有宅傍山隈。儿童惯识呼鸠曲，闾巷曾闻展骥才。预计三分平刻削，长驱万里独徘徊。谁知天狗流星坠，不使将军衣锦回。

此二句的出处典故，作品中并未提及。

先是东南有童谣云：

一凤并一龙，相将到蜀中。才到半路里，凤死落坡东。风送雨，雨随风，隆汉兴时蜀道通，蜀道通时只有龙。

当日张任射死庞统，汉军拥塞，进退不得，死者大半。前军飞报魏延。魏延忙勒兵欲回，奈山路逼窄，厮杀不得。又被张任截断归路，在高阜处用强弓硬弩射来，魏延心慌；有新降蜀兵曰："不如杀奔雒城下，取大路而进。"延从其言，当先开路，杀奔雒城来。尘埃起处，前面一军杀至，乃雒城守将吴兰、雷铜也，后面张任引兵追来，前后夹攻，把魏延围在垓心。魏延死战不能得脱。但见吴兰、雷铜后军自乱，二将急回马去救。魏延乘势赶去，当先一将，舞刀拍马，大叫："文长，吾特来救汝！"视之，乃老将黄忠也。两下夹攻，杀败吴、雷二将，直冲至雒城之下。刘璝引兵杀出，却得玄德在后当住接应，黄忠、魏延翻身便回。玄德军马比及奔到寨中，张任军马又从小路里截出。刘璝、吴兰、雷铜当先赶来。玄德守不住二寨，且战且走，奔回涪关。蜀兵得胜，迤逦追赶。玄德人困马乏，那里有心厮杀，且只顾奔走。将近涪关，张任一军追赶至紧。幸得左边刘封，右边关平，二将领三万生力军截出，杀退张任，还赶二十里，夺回战马极多。

玄德一行军马，再入涪关，问庞统消息。有落凤坡逃得性命的军士，报说："军师连人带马，被乱箭射死于坡前。"玄德闻言，望西痛哭不已，遥为招魂设祭。诸将皆哭。黄忠曰："今番折了庞统军师，张任必然来攻打涪关，如之奈何？不若差人往荆州，请诸葛军师来商议收川之计。"正说之间，人报张任引军直临城下搦战。黄忠、魏延皆要出战。玄德曰："锐气新挫，宜坚守以待军师来到。"黄忠、魏延领命，只谨守城池。玄德写一封书，教关平分付："你与我往荆州请军师去。"关平领了书，星夜

大概尸骨已被蜀军夺去。

往荆州来。玄德自守涪关，并不出战。

却说孔明在荆州，时当七夕佳节，大会众官夜宴，共说收川之事。只见正西上一星，其大如斗，从天坠下，流光四散。孔明失惊，掷杯于地，掩面哭曰：“哀哉！痛哉！”众官慌问其故。孔明曰：“吾前者算今年罡星在西方，不利于军师。天狗犯于吾军，太白临于雒城，已拜书主公，教谨防之。谁想今夕西方星坠，庞士元命必休矣！”言罢，大哭曰：“今吾主丧一臂矣！”众官皆惊，未信其言。孔明曰：“数日之内，必有消息。”是夕酒不尽欢而散。

数日之后，孔明与云长等正坐间，人报关平到，众官皆惊。关平入，呈上玄德书信。孔明视之，内言：“本年七月初七日，庞军师被张任在落凤坡前箭射身故。”孔明大哭，众官无不垂泪。孔明曰：“既主公在涪关进退两难之际，亮不得不去。”云长曰：“军师去，谁人保守荆州？荆州乃重地，干系非轻。”孔明曰：“主公书中虽不明言其人，吾已知其意了。”乃将玄德书与众官看曰：“主公书中，把荆州托在吾身上，教我自量才委用。虽然如此，今教关平赍书前来，其意欲云长公当此重任。云长想桃园结义之情，可竭力保守此地，责任非轻，公宜勉之。”云长更不推辞，慨然领诺。孔明设宴，交割印绶，云长双手来接。孔明擎着印曰：“这干系都在将军身上。”云长曰：“大丈夫既领重任，除死方休。”孔明见云长说个“死”字，心中不悦，欲待不与，其言已出。孔明曰：“倘曹操引兵来到，当如之何？”云长曰：“以力拒之。”孔明又曰：“倘曹操、孙权，齐起兵来，如之奈何？”云长曰：“分兵拒之。”孔明曰：“若如此，荆州危矣。吾有八个字，将军牢记，可保守荆州。”云长问：“那八个字？”孔明曰：“北拒曹操，东和孙权。”云长曰：“军师之言，当铭肺腑。”

孔明遂与了印绶，令文官马良、伊籍、向朗、糜竺，武将糜芳、廖化、关平、周仓，一班儿辅佐云长，同守荆州。一面亲自统兵入川。先拨精兵一万，教张飞部领，取大路杀奔巴州、雒城

关羽不论是上阵击敌还是担当大任，都从未推辞，一直是“舍我其谁”的自信姿态。

华容道一事后，关羽对诸葛亮态度恭敬，不敢造次。

颇似庞统临终前对刘备赌咒的言语，结局亦相仿。

当耳旁风！至此，关羽与刘备、张飞兄弟再未见面。

蒋琬在诸葛亮去世后，担任蜀汉最高军职大将军，是诸葛亮的接班人。

之西，先到者为头功。又拨一枝兵，教赵云为先锋，溯江而上，会于雒城。孔明随后引简雍、蒋琬等起行。那蒋琬字公琰，零陵湘乡人也，乃荆襄名士，现为书记。

当日孔明引兵一万五千，与张飞同日起行。张飞临行时，孔明嘱付曰："西川豪杰甚多，不可轻敌。于路戒约三军，勿得掳掠百姓，以失民心。所到之处，并宜存恤，勿得恣逞鞭挞士卒。望将军早会雒城，不可有误。"

张飞欣然领诺，上马而去。迤逦前行。所到之处，但降者秋毫无犯。径取汉川路，前至巴郡。细作回报："巴郡太守严颜，乃蜀中名将，年纪虽高，精力未衰，善开硬弓，使大刀，有万夫不当之勇，据住城郭，不竖降旗。"张飞教离城十里下寨，差人入城去，"说与老匹夫：早早来降，饶你满城百姓性命；若不归顺，即踏平城郭，老幼不留！"

刘备军兵竟也能说出屠城的话来，实在有损"仁义之师"的声名。

却说严颜在巴郡，闻刘璋差法正请玄德入川，拊心而叹曰："此所谓独坐穷山，引虎自卫者也！"后闻玄德据住涪关，大怒，屡欲提兵往战，又恐这条路上有兵来。当日闻知张飞兵到，便点起本部五六千人马，准备迎敌。或献计曰："张飞在当阳长坂，一声喝退曹兵百万之众。曹操亦闻风而避之，不可轻敌。今只宜深沟高垒，坚守不出。彼军无粮，不过一月，自然退去。更兼张飞性如烈火，专要鞭挞士卒，如不与战必怒，怒则必以暴厉之气待其军士。军心一变，乘势击之，张飞可擒也。"严颜从其言，教军士尽数上城守护。忽见一个军士，大叫："开门！"严颜教放入问之。那军士告说是张将军差来的，把张飞言语依直便说。严颜大怒，骂："匹夫怎敢无礼！吾严将军岂降贼者乎！借你口说与张飞！"唤武士把军人割下耳鼻，却放回寨。

严颜以"严将军"称呼自己，也挺有特色。

军人回见张飞，哭告严颜如此毁骂。张飞大怒，咬牙睁目，披挂上马，引数百骑来巴郡城下搦战，城上众军百般痛骂。张飞性急，几番杀到吊桥，要过护城河，又被乱箭射回。到晚全无一个人出，张飞忍一肚气还寨。次日早晨，又引军去搦战。那严颜

为激怒张飞，助长其戾气。

在城敌楼上，一箭射中张飞头盔。飞指而恨曰："若拿住你这老匹夫，我亲自食你肉！"到晚又空回。第三日，张飞引了军，沿城去骂。原来那座城子是个山城，周围都是乱山，张飞自乘马登山，下视城中。见军士尽皆披挂，分列队伍，伏在城中，只是不出；又见民夫来来往往，搬砖运石，相助守城。张飞教马军下马，步军皆坐，引他出敌，并无动静。又骂了一日，依旧空回。张飞在寨中自思："终日叫骂，彼只不出，如之奈何？"猛然思得一计，教众军不要前去搦战，都结束了在寨中等候；却只教三五十个军士，直去城下叫骂，引严颜军出来，便与厮杀。张飞磨拳擦掌，只等敌军来。小军连骂了三日，全然不出。张飞眉头一纵，又生一计，传令教军士四散砍打柴草，寻觅路径，不来搦战。严颜在城中，连日不见张飞动静，心中疑惑，着十数个小军，扮作张飞砍柴的军，潜地出城，杂在军内，入山中探听。

张飞粗中有细，他开始另寻他法。

当日诸军回寨。张飞坐在寨中，顿足大骂："严颜老匹夫！枉气杀我！"只见帐前三四个人说道："将军不须心焦：这几日打探得一条小路，可以偷过巴郡。"张飞故意大叫曰："既有这个去处，何不早来说？"众应曰："这几日却才哨探得出。"张飞曰："事不宜迟，只今二更造饭，趁三更明月，拔寨都起，人衔枚，马去铃，悄悄而行。我自前面开路，汝等依次而行。"传了令便满寨告报。

张飞能施反间计，难得！

探细的军听得这个消息，尽回城中来，报与严颜。颜大喜曰："我算定这匹夫忍耐不得！你偷小路过去，须是粮草辎重在后；我截住后路，你如何得过？好无谋匹夫，中我之计！"即时传令，教军士准备赴敌："今夜二更也造饭，三更出城，伏于树木丛杂去处。只等张飞过咽喉小路去了，车仗来时，只听鼓响。一齐杀出。"传了号令，看看近夜，严颜全军尽皆饱食，披挂停当，悄悄出城，四散伏住，只听鼓响；严颜自引十数裨将，下马伏于林中。约三更后，遥望见张飞亲自在前，横矛纵马，悄悄引军前进。去不得三四里，背后车仗人马、陆续进发。严颜看得分晓，一齐擂鼓，四下伏兵尽起。正来抢夺车仗、背后一声锣响，一彪军掩到，大喝："老贼休走！我等的你恰好！"严颜猛回头看时，为首一员大将，豹头环眼，燕颔虎须，使丈八矛，骑深乌马，乃是张飞。四下里锣声大震，众军杀来。严颜见了张飞，举手无措，交马战不十合，张飞卖个破绽，严颜一刀砍来，张飞闪过，撞将入去，扯住严颜勒甲绦，生擒过来，掷于地下。众军向前，用索绑缚住了。原来先过去的是假张飞。料道严颜击鼓为号，张飞却教鸣金为号，金响诸军齐到。川兵大半弃甲倒戈而降。

张飞杀到巴郡城下，后军已自入城。张飞叫休杀百姓，出榜安民。群刀手把严颜推至，飞坐于厅上，严颜不肯下跪。飞怒目咬牙大叱曰："大将到此，何为不降，而敢拒敌？"严颜全无惧色，回叱飞曰："汝等无义，侵我州郡！但有断头将军，无降将军！"飞大怒，喝左右斩来。严颜喝曰："贼匹夫！砍头便砍，何怒也？"张飞见严颜声音雄壮，面不改色，乃回嗔作喜，下阶喝退左右，亲解其缚，取衣衣之，扶在正中高坐，低头便拜曰："适来言语冒渎，幸勿见责。吾素知老将军乃豪杰之士也。"严颜感其恩义，乃降。后人有诗赞严颜曰：

白发居西蜀，清名震大邦。忠心如皎月，浩气卷长江。宁可断头死，安能屈膝降？巴州年老将，天下更无双。

应该再搬出刘备的仁德夸口一番。

又有赞张飞诗曰：

生获严颜勇绝伦，惟凭义气服军民。至今庙貌留巴蜀，社酒鸡豚日日春。

张飞请问入川之计。严颜曰："败军之将，荷蒙厚恩，无可以报，愿施犬马之劳，不须张弓只箭，径取成都。"正是：

只因一将倾心后，致使连城唾手降。

未知其计如何，且看下文分解。

【回后评】

庞统之死给刘备带来的损失可谓是“塌天之祸”，最直接的表现就是攻取益州明显受挫，刘备不得不把守备荆州的大部分精兵强将调往蜀中，导致荆州空虚，为日后失荆州埋下了隐患。这一点从诸葛亮入川前后荆州的战力对比中可见一斑。

诸葛亮入川前，刘备携庞统、法正、黄忠、魏延、蒋琬、刘封、关平等入川，可以说只出动了二线的班底，整体文武战力低于留守荆州的诸葛亮、关羽、张飞、赵云、马良、廖化等人。而庞统死后，刘备派关平回荆州，却把诸葛亮、张飞、赵云均调往蜀中前线，可以说几乎动用了除关羽外的全部家底。一则可以看出刘备早先对取川难度估计不足，二则荆州兵力大为削减，关羽手下无足堪大任的人才可用，荆州后方的军力部署存在巨大隐患，一旦魏、吴大军进犯，势必难以抵挡。

第六十五回

马超大战葭萌关
刘备自领益州牧

西蜀方开新日月
东吴又索旧山川

在第六十四回中，孔明用计捉住蜀将张任，刘璋麾下几无战将可用，不得不联络旧日仇人张鲁，以“唇亡齿寒”的道理请求张鲁发兵抵御刘备。马超在经历关中之战失败后退守西凉，后又被忠于曹操的杨阜击破，投奔汉中张鲁。于是，张鲁便派马超率军攻打葭萌关，牵制刘备。殊不知，此举却为马超最终投靠刘备提供了机会，而马超给刘备立下的最大功绩便是逼降刘璋，兵不血刃取得成都。至此，刘备终于初步实现了诸葛亮“跨有荆、益”的战略构想，真正拥有了完全属于自己的地盘。蜀汉集团由此进入全盛时期。

却说阎圃正劝张鲁勿助刘璋，只见马超挺身出曰：“超感主公之恩，无可上报。愿领一军攻取葭萌关，生擒刘备。务要刘璋割二十州奉还主公。”张鲁大喜，先遣黄权从小路而回，随即点兵二万与马超。此时庞德卧病不能行，留于汉中。张鲁令杨柏监军。超与弟马岱选日起程。

却说玄德军马在雒城。法正所差下书人回报说：“郑度劝刘璋尽烧野谷，并各处仓廪，率巴西之民，避于涪水西，深沟高垒而不战。”玄德、孔明闻之，皆大惊曰：“若用此言，吾势危矣！”法正笑曰：“主公勿忧。此计虽毒，刘璋必不能用也。”不一日，人传刘璋不肯迁动百姓，不从郑度之言。玄德闻之，方始宽心。孔明曰：“可速进兵取绵竹。如得此处，成都易取矣。”遂遣黄忠、魏延领兵前进。费观听知玄德兵来，差李严出迎。严领三千兵出，各布阵完。黄忠出马，与李严战四五十合，不分胜败。孔明在阵中教鸣金收军。黄忠回阵，问曰：“正待要擒李严，军师何故收兵？”孔明曰：“吾已见李严武艺，不可力取。来日再战，汝可诈败，引入山峪，出奇兵以胜之。”黄忠领计。次日，李严再引兵来，黄忠又出战，不十合诈败，引兵便走。李严赶来，迤逦赶入山峪，猛然省悟，急待回来，前面魏延引兵摆开，孔明自在山头唤曰："公如不降，两下已伏强弩，欲与吾庞士元报仇矣。"李严慌下马卸甲投降，军士不曾伤害一人。孔明引李严见玄德，玄德待之甚厚。严曰："费观虽是刘益州亲戚，与某甚密，当往说之。"玄德即命李严回城招降费观。严入绵竹城，对费观赞玄德如此仁德，今若不降，必有大祸。观从其言，开门投降。玄德遂入绵竹，商议分兵取成都。忽流星马急报，言："孟达、霍峻守葭萌关，今被东川张鲁遣马超与杨柏、马岱领兵攻打甚急，救迟则关隘休矣。"玄德大惊。孔明曰："须是张、赵二将，方可与敌。"玄德曰："子龙引兵在外未回，翼德已在此，可急遣之。"孔明曰："主公且勿言，容亮激之。"

姐夫不如性命重要。

却说张飞闻马超攻关，大叫而入曰："辞了哥哥，便去战马超也！"孔明佯作不闻，对玄德曰："今马超侵犯关隘，无人可敌，除非往荆州取关云长来，方可与敌。"张飞曰："军师何故小觑吾！吾曾独拒曹操百万之兵，岂愁马超一匹夫乎！"孔明曰："翼德拒水断桥，此因曹操不知虚实耳。若知虚实，将军岂得无事？今马超之勇，天下皆知，渭桥六战，杀得曹操割须弃袍，几乎丧命，非等闲之比。云长且未必可胜。"飞曰："我只今便去，如胜不得马超，甘当军令！"孔明曰："既尔肯写文书，便为先锋。请主公亲自去一遭，留亮守绵竹。待子龙来，却作商议。"魏延曰："某亦愿往。"孔明令魏延带五百哨马先行，张飞第二，玄德后队，望葭萌关进发。魏延哨马先到关下，正遇杨柏。魏延与杨柏交战，不十合，杨柏败走。魏延要夺张飞头功，乘势赶去。前面一军摆开，为首乃是马岱。魏延只道是马超，舞刀跃马迎之。与岱战不十合，岱败走。延赶去，被岱回身一箭，中了魏延左臂。延急回马走。马岱赶到关前，只见一将喊声如雷，从关上飞奔至面前。原来是张飞初到关上，听得关前厮杀，便来看时，正见魏延中箭，因骤马下关，救了魏延。飞喝马岱曰："汝

魏延又一次贪功冒进，自取其败。诸葛亮是谨慎之人，后北伐时不肯令其独掌兵事。

是何人？先通姓名，然后厮杀！”马岱曰：“吾乃西凉马岱是也。”张飞曰：“你原来不是马超，快回去！非吾对手！只令马超那厮自来，说道燕人张飞在此！”马岱大怒曰：“汝焉敢小觑我！”挺枪跃马，直取张飞。战不十合，马岱败走。张飞欲待追赶，关上一骑马到来，叫：“兄弟且休去！”飞回视之，原来是玄德到来。飞遂不赶，一同上关。玄德曰：“恐怕你性躁，故我随后赶来到此。既然胜了马岱，且歇一宵，来日战马超。”

次日天明，关下鼓声大震，马超兵到。玄德在关上看时，门旗影里，马超纵骑持枪而出，狮盔兽带，银甲白袍，一来结束【装束、打扮之意】非凡，二者人才出众。玄德叹曰：“人言‘锦马超’，名不虚传！”张飞便要下关。玄德急止之曰：“且休出战，先当避其锐气。”关下马超单搦张飞出马，关上张飞恨不得平吞马超，三五番皆被玄德当住。看看午后，玄德望见马超阵上人马皆倦，遂选五百骑，跟着张飞，冲下关来。马超见张飞军到，把枪望后一招，约退军有一箭之地。张飞军马一齐扎住，关上军马，陆续下来。张飞挺枪出马，大呼：“认得燕人张翼德么！”马超曰：“吾家屡世公侯，岂识村野匹夫！”张飞大怒。两马齐出，二枪并举，约战百馀合，不分胜负。玄德观之，叹曰：“真虎将也！”恐张飞有失，急鸣金收军。两将各回。张飞回到阵中，略歇马片时，不用头盔，只裹包巾上马，又出阵前搦马超厮杀。超又出，两个再战。玄德恐张飞有失，自披挂下关，直至阵前，看张飞与马超又斗百馀合，两个精神倍加。玄德教鸣金收军，二将分开，各回本阵。是日天色已晚，玄德谓张飞曰：“马超英勇，不可轻敌，且退上关。来日再战。”张飞杀得性起，那里肯休？大叫曰：“誓死不回！”玄德曰：“今日天晚，不可战矣。”飞曰：“多点火把，安排夜战！”马超亦换了马，再出阵前，大叫曰：“张飞！敢夜战么？张飞性起，问玄德换了坐下马，抢出阵来，叫曰：“我捉你不得，誓不上关！”超曰：“我胜你不得，誓不回寨！”两军呐喊，点起千百火把，照耀如同白

经典回怼。

马超久战不下而施暗箭，这是张飞渐占上风的表现。张飞年长马超约十岁，此时已近五十岁，战力较当年有所减损，马超正当壮年，足见其整体战力稍逊于张飞。

日。两将又向阵前鏖战。到二十馀合，马超拨回马便走。张飞大叫曰："走那里去！"原来马超见赢不得张飞，心生一计，诈败佯输，赚张飞赶来，暗掣铜锤在手，扭回身觑着张飞便打将来。张飞见马超走，心中也提防，比及铜锤打来时，张飞一闪，从耳朵边过去。张飞便勒回马走时，马超却又赶来。张飞带住马，拈弓搭箭，回射马超，超却闪过。二将各自回阵。玄德自于阵前叫曰："吾以仁义待人。不施谲诈。马孟起，你收兵歇息，我不乘势赶你。"马超闻言，亲自断后，诸军渐退。玄德亦收军上关。

次日，张飞又欲下关战马超，人报军师来到。玄德接着孔明，孔明曰："亮闻孟起世之虎将，若与翼德死战，必有一伤，故令子龙、汉升守住绵竹，我星夜来此。可用条小计，令马超归降主公。"玄德曰："吾见马超英勇，甚爱之。如何可得？"孔明曰："亮闻东川张鲁，欲自立为'汉宁王'。手下谋士杨松，极贪贿赂。主公可差人从小路径投汉中，先用金银结好杨松，后进书与张鲁云：'吾与刘璋争西川，是与汝报仇。不可听信离间之语。事定之后，保汝为汉宁王。'令其撤回马超兵。待其来撤时，便可用计招降马超矣。"玄德大喜，即时修书，差孙乾赍金珠从小路径至汉中，先来见杨松，说知此事，送了金珠。松大喜，先引孙乾见张鲁，陈言方便。鲁曰："玄德只是左将军，如何保得我为汉宁王？"杨松曰："他是大汉皇叔，正合保奏。"张鲁大喜，便差人教马超罢兵。孙乾只在杨松家听回信。

不一日，使者回报："马超言：未成功，不可退兵。"张鲁又遣人去唤，又不肯回。一连三次不至。杨松曰："此人素无信行，不肯罢兵，其意必反。"遂使人流言云："马超意欲夺西川，自为蜀主，与父报仇，不肯臣于汉中。"张鲁闻之，问计于杨松。松曰："一面差人去说与马超：'汝既欲成功，与汝一月限，要依我三件事。若依得便有赏，否则必诛：一要取西川，二要刘璋首级，三要退荆州兵。三件事不成，可献头来。'一面教张卫点军守把关隘，防马超兵变。"鲁从之，差人到马超寨中，说这三件事。超大惊曰："如何变得恁的！"乃与马岱商议："不如罢兵。"杨松又流言曰："马超回兵，必怀异心。"于是张卫分七路军，坚守隘口，不放马超兵入。超进退不得，无计可施。孔明谓玄德曰："今马超正在进退两难之际，亮凭三寸不烂之舌，亲往超寨，说马超来降。"玄德曰："先生乃吾之股肱心腹，倘有疏虞，如之奈何？"孔明坚意要去，玄德再三不肯放去。

马超此句大意是："事情怎么变成这样了！"

正踌躇间，忽报赵云有书荐西川一人来降。玄德召入问之，其人乃建宁俞元人也，姓李，名恢，字德昂。玄德曰："向日闻公苦谏刘璋，今何故归我？"恢曰："吾闻：'良禽相木而栖，贤臣择主而事。'前谏刘益州者，以尽人臣之心，既不能用，知必败矣。今将军仁德布于蜀中，知事必成，故来归耳。"玄德曰："先生此来，必有益于刘备。"恢曰："今闻马超在进退两难之际。恢昔在陇西，与彼有一面之交，愿往说马超归降，若何？"孔明曰："正欲得一人替吾一往。愿闻公之说词。"李恢于孔明耳畔陈说如此如此。孔明大喜，即时遣行。

此一细节足可见诸葛亮事必躬亲的工作作风，凡事均须他把关过目之后，方可施行。

恢行至超寨，先使人通姓名。马超曰："吾知李恢乃辩士，今必来说我。"先唤二十刀斧手伏于帐下，嘱曰："令汝砍，即砍为肉酱！"须臾，李恢昂然而入。马超端坐帐中不动，叱李恢曰："汝来为何？"恢曰："特来作说客。"超曰："吾匣中宝剑新磨，汝试言之。其言不通，便请试剑！"恢笑曰："将军之祸不远矣！但恐新磨之剑，不能试吾之头，将欲自试也！"超曰："吾有何祸？"恢曰："吾闻越之西子，善毁者不能闭其美；齐之无盐，善美者不能掩其丑；'日中则昃，月满则亏'：此天下之常理也。今将军与曹操有杀父之仇，而陇西又有切齿之恨；前不能救刘璋而退荆州之兵，后不能制杨松而见张鲁之面；目下四海难容，一身无主；若复有渭桥之败，冀城之失，何面目见天下之人乎？"超顿首谢曰："公言极善，但超无路可行。"恢曰："公既听吾言，帐下何故伏刀斧手？"超大惭，尽叱退。恢曰："刘皇叔礼贤下士，吾知其必成，故舍刘璋而归之。公之尊人，昔年

此乃文学创作中常用的比兴手法，先言他事，把关键的说辞后置，巧妙地层层递进。

马超本是一方诸侯，且为世代名将之后，身份出身皆高于刘备，但有先反曹操、中反韩遂、后反张鲁的种种“前科”，刘备纵然欣赏马超之勇，但也不敢不多加防备。马超归顺刘备之后，从未独掌一方兵权，汉中战后，再未出现过战场，成为被雪藏的猛将。

谯周每次登场，不是劝主罢兵，就是劝主投降，他才最符合诸葛亮骂王朗时所说的“潜身缩首，苟图衣食”的“奴颜婢膝之徒”。但历史上的谯周通经学，善书礼，在学术上颇有造诣。《三国志》的作者陈寿即是谯周的学生。

许靖与其堂弟许邵俱以品评人物而闻名于世，属于徒有虚名而无真正德才之人。许靖逾城之举，被刘备看不起，本欲弃用，但最终还是听从法正之言，给了他很高的名位，向天下人昭示刘备礼敬贤才，以期起到“千金买骨”之效。

曾与皇叔约共讨贼，公何不背暗投明，以图上报父仇，下立功名乎？”马超大喜，即唤杨柏入，一剑斩之，将首极共恢一同上关来降玄德。玄德亲自接入，待以上宾之礼。超顿首谢曰：“今遇明主，如拨云雾而见青天！”时孙乾已回。玄德复命霍峻、孟达守关，便撤兵来取成都，赵云、黄忠接入绵竹。人报蜀将刘晙【jùn，早晨，明亮】、马汉引军到。赵云曰：“某愿往擒此二人！”言讫，上马引军出。玄德在城上管待马超吃酒，未曾安席，子龙已斩二人之头，献于筵前。马超亦惊，倍加敬重。超曰：“不须主公军马厮杀，超自唤出刘璋来降。如不肯降，超自与弟马岱取成都，双手奉献。”玄德大喜，是日尽欢。

却说败兵回到益州，报刘璋。璋大惊，闭门不出。人报城北马超救兵到，刘璋方敢登城望之。见马超、马岱立于城下，大叫：“请刘季玉答话。”刘璋在城上问之。超在马上以鞭指曰：“吾本领张鲁兵来救益州，谁想张鲁听信杨松谗言，反欲害我，今已归降刘皇叔。公可纳土拜降，免致生灵受苦。如或执迷，吾先攻城矣！”刘璋惊得面如土色，气倒于城上。众官救醒，璋曰：“吾之不明，悔之何及！不若开门投降，以救满城百姓。”董和曰：“城中尚有兵三万馀人，钱帛粮草，可支一年。奈何便降？”刘璋曰：“吾父子在蜀二十馀年，无恩德以加百姓，攻战三年，血肉捐于草野，皆我罪也。我心何安？不如投降以安百姓。”众人闻之，皆堕泪。忽一人进曰：“主公之言，正合天意。”视之，乃巴西西充国人也，姓谯，名周，字允南，此人素晓天文。璋问之，周曰：“某夜观乾象，见群星聚于蜀郡，其大星光如皓月，乃帝王之象也。况一载之前，小儿谣云：‘若要吃新饭，须待先生来。’此乃预兆，不可逆天道。”黄权、刘巴闻言皆大怒，欲斩之，刘璋挡住。忽报：“蜀郡太守许靖，逾城出降矣。”刘璋大哭归府。

次日，人报刘皇叔遣幕宾简雍在城下唤门。璋令开门接入，雍坐车中，傲睨自若，忽一人掣剑大喝曰：“小辈得志，傍若无人！汝敢藐视吾蜀中人物耶！”雍慌下车迎之。此人乃广汉绵竹人也，姓秦，名宓，字子勑。雍笑曰：“不识贤兄，幸勿见责。”遂同入见刘璋，具说玄德宽洪大度，并无相害之意。于是刘璋决计投降，厚待简雍。次日，亲赍印绶文籍，与简雍同车出城投降。玄德出寨迎接，握手流涕曰：“非吾不行仁义，奈势不得已也！”共入寨，交割印绶文籍，并马入城。

玄德入成都，百姓香花灯烛，迎门而接。玄德到公厅，升堂坐定，郡内诸官，皆拜于堂下，惟黄权、刘巴，闭门不出。众将忿怒，欲往杀之。玄德慌忙传令曰：“如有害此二人者，灭其三族！”玄德亲自登门，请二人出仕，二人感玄德恩礼，乃出。孔明请曰：“今西川平定，难容二主：可将刘璋送去荆州。”玄德曰：“吾方得蜀郡，未可令季玉远去。”孔明曰：“刘璋失基业者，皆因太弱耳。主公若以妇人之仁，临事不决，恐此土难以长久。”玄德从之，设一大宴，请刘璋收拾财物，佩领振威将军印绶，令将妻子良贱，尽赴南郡公安住歇，即日起行。

刘备这话很是厚颜无耻，把自己欲取川的内在动因用“迫不得已”“形势使然”的说辞搪塞，大意是杨怀高沛行刺、庞统身死等外在因素，才迫使自己不得已进攻刘璋。

玄德自领益州牧，其所降文武，尽皆重赏，定拟名爵：严颜为前将军，法正为蜀郡太守，董和为掌军中郎将，许靖为左将军长史，庞义为营中司马，刘巴为左将军，黄权为右将军。其馀吴懿、费观、彭羕、卓膺、李严、吴兰、雷铜、李恢、张翼、秦宓、谯周、吕义、霍峻、邓芝、杨洪、周群、费袆、费诗、孟达，文武投降官员，共六十馀人，并皆擢用。诸葛亮为军师，关云长为荡寇将军、汉寿亭侯，张飞为征虏将军、新亭侯，赵云为镇远将军，黄忠为征西将军，魏延为扬武将军，马超为平西将军。孙乾、简雍、糜竺、糜芳、刘封、吴班、关平、周仓、廖化、马良、马谡、蒋琬、伊籍，及旧日荆襄一班文武官员，尽皆升赏。遣使赍黄金五百斤、白银一千斤、钱五千万、蜀锦一千匹，赐与云长。其馀官将，给赏有差。杀牛宰马，大饷士卒。开仓赈济百姓，军民大悦。

益州既定，玄德欲将成都有名田宅，分赐诸官。赵云谏曰：

"益州人民，屡遭兵火，田宅皆空，今当归还百姓，令安居复业，民心方服。不宜夺之为私赏也。"玄德大喜，从其言。使诸葛军师定拟治国条例，刑法颇重。法正曰："昔高祖约法三章，黎民皆感其德。愿军师宽刑省法。以慰民望。"孔明曰："君知其一、未知其二：秦用法暴虐，万民皆怨，故高祖以宽仁得之。今刘璋暗弱，德政不举，威刑不肃，君臣之道，渐以陵替。宠之以位，位极则残，顺之以恩，恩竭则慢，所以致弊，实由于此。吾今威之以法，法行则知恩，限之以爵，爵加则知荣，恩荣并济，上下有节。为治之道，于斯著矣。"法正拜服。自此军民安堵。四十一州地面，分兵镇抚，并皆平定。法正为蜀郡太守，凡平日一餐之德，睚眦之怨，无不报复。或告孔明曰："孝直太横，宜稍斥之。"孔明曰："昔主公困守荆州，北畏曹操，东惮孙权，赖孝直为之辅翼，遂翻然翱翔，不可复制。今奈何禁止孝直，使不得少行其意耶？"因竟不问。法正闻之，亦自敛戢【jí，收敛】。

诸葛亮此论，足见其卓越政治家的不凡见识。

诸葛亮治国，向来是"陟罚臧否，不宜异同"。执法不二，赏罚分明，此时却法外开恩，宽贷法正，是有重要原因的。

一日，玄德正与孔明闲叙，忽报云长遣关平来谢所赐金帛。玄德召入。平拜罢，呈上书信曰："父亲知马超武艺过人，要入川来与之比试高低，教就禀伯父此事。"玄德大惊曰："若云长入蜀，与孟起比试，势不两立。"孔明曰："无妨，亮自作书回之。"玄德只恐云长性急，便教孔明写了书，发付关平星夜回荆州。平回至荆州，云长问曰："我欲与马孟起比试，汝曾说否？"平答曰："军师有书在此。"云长拆开视之。其书曰：

关羽欲与马超比武，并非真的要只身入川切磋，置荆州安危于不顾，而是虚荣心作祟，他想要告诉马超，自己才是蜀汉政权的头号军事将领。

> 亮闻将军欲与孟起分别高下。以亮度之，孟起虽雄烈过人，亦乃黥布、彭越之徒耳，当与翼德并驱争先，犹未及美髯公之绝伦超群也。今公受任守荆州，不为不重，倘一入川，若荆州有失，罪莫大焉。惟冀明照。

诸葛亮为安抚关羽的虚荣心，竟不惜用阿谀之辞了，可见诸葛亮对关羽的心思拿捏得非常精准。

云长看毕，自绰其髯笑曰："孔明知我心也。"将书遍示宾客，遂无入川之意。

关羽素爱面子，非常在意别人对自己的评价。关羽的勇武在武将群体中有口皆碑，无人不服，但智谋上只能算是中上等，所以他才特别在意以诸葛亮为代表的智谋之士对自己的评价。因此他才要刻意将孔明书信"遍示宾客"，务要让众人皆知军师对他大加夸赞。

却说东吴孙权，知玄德并吞西川，将刘璋逐于公安，遂召张昭、顾雍商议曰：“当初刘备借我荆州时，说取了西川，便还荆州。今已得巴蜀四十一州，须用取索汉上诸郡。如其不还，即动干戈。”张昭曰：“吴中方宁，不可动兵。昭有一计，使刘备将荆州双手奉还主公。”正是：

西蜀方开新日月，东吴又索旧山川。

未知其计如何，且看下文分解。

【回后评】

谈谈诸葛亮治蜀颇重的刑法。

刘璋治蜀多年，最终将天府之国拱手让人，除个性暗弱外，一个重要原因在于他忠奸不辨、赏罚不明。治国之道，并非一味刑罚宽纵便好，“乱世当用重典”，对于长期失法乱禁的益州，新君到任，更应该以赏罚分明、法令有常的新朝气象示下，这样才能让蜀人信服。刘备以外来军阀的身份靠军事手段强行入主川中，如不能表现出杀伐决断、恩威并施的魄力，便会令川中旧臣、前朝遗民心怀二志，不利于刘备在川中建立威信和长久统治。所以诸葛亮刑法颇重的做法，是必要之举、明智之举。

法正可谓是刘备顺利入主川中的头号功臣，他不仅帮助刘备入川，更于日后汉中之战中立下头功，是刘备集团的功臣之一。《三国演义》为了塑造诸葛亮光辉完美的形象，把正史中很多由法正谋划的军事行动转嫁到了诸葛亮身上。在正史中，刘备入川和后来的汉中之战，在军事上诸葛亮没有过多参与，军事谋主恰恰是法正。刘备对法正非常信任，法正又特别擅长劝谏，能有效斧正刘备的疏失。诸葛亮曾于刘备伐吴时言曰：“法孝直若在，必能制主上东行也。”可见法正在刘备心中有连诸葛亮都不能替代的特殊地位。所以，法正对刘备的个人事业和蜀汉政权的发展来说是有大利，而法正个人的私德有亏、品行不佳，只是一隅之小失。诸葛亮深明此理，宽贷法正，是用人之长、抓主流、抓关键的正确做法。

第六十六回

关云长单刀赴会
伏皇后为国捐生

方逞凶谋欺弱主
又驱劲卒扫偏邦

關雲長單刀赴會

【题解及内容提要】

自南郡之战后，索还荆州一直是孙权集团心心念念的大事。刘备、诸葛亮曾许诺取得益州后，便将荆州奉还东吴，并立下字据，由鲁肃作保人。而今刘备已得益州，两家围绕荆州的矛盾再次浮上台面，身为东吴大都督的鲁肃为讨回荆州，无可避免地要与关羽正面交锋。于是，“单刀会”应时登场。

著名元曲作家关汉卿在《关大王独赴单刀会》中有这样几句站在关羽视角的精彩描写：“大江东去浪千叠，引着这数十人驾着这小舟一叶。又不比九重龙凤阙，可正是千丈虎狼穴。大丈夫心烈，我觑这单刀会似赛村社。”

关羽向来藐视“江东群鼠”，而事实上江东不乏英杰。关羽如此想的原因与他刚愎自用的性格有关，而他的性格不是与生俱来的，也不是一朝一夕形成的。吕布在世时，虎牢关前，关、张二人同战吕布不下，未见当时的关羽敢睥睨天下。由此可见，他的自负是在一次次成功的军事行动中、在周围人的夸大吹捧中逐渐累积起来的。从人动辄“将军真神人也”“关将军真天神也”，即使失败，也会落得忠义的美名，这些吹捧必然助长关羽的骄傲自大。

却说孙权要索荆州，张昭献计曰：“刘备所倚仗者，诸葛亮耳。其兄诸葛瑾今仕于吴，何不将瑾老小执下，使瑾入川告其弟，令劝刘备交割荆州：‘如其不还，必累及我老小。’亮念同胞之情，必然应允。”权曰：“诸葛瑾乃诚实君子，安忍拘其老小？”昭曰：“明教知是计策，自然放心。”权从之，召诸葛瑾老小，虚监在府，一面修书打发诸葛瑾往西川去。不数日，早到成都，先使人报知玄德。玄德问孔明曰：“令兄此来为何？”孔明曰："来索荆州耳。"玄德曰："何以答之？"孔明曰："只须如此如此。"

计会已定，孔明出郭接瑾。不到私宅，径入宾馆。参拜毕，瑾放声大哭。亮曰："兄长有事但说，何故发哀？"瑾曰："吾一家老小休矣！"亮曰："莫非为不还荆州乎？因弟之故，执下兄长老小，弟心何安？兄休忧虑，弟自有计还荆州便了。"瑾大喜，即同孔明入见玄德，呈上孙权书。玄德看了，怒曰："孙权既以妹嫁我，却乘我不在荆州，竟将妹子潜地取去，情理难容！我正要大起川兵，杀下江南，报我之恨，却还想来索荆州乎！"孔明哭拜于地，曰："吴侯执下亮兄长老小，倘若不还，吾兄将全家被戮。兄死，亮岂能独生？望主公看亮之面，将荆州还了东吴，全亮兄弟之情！"玄德再三不肯，孔明只是哭求。玄德徐徐曰："既如此，看军师面，分荆州一半还之，将长沙、零陵、桂阳三郡与他。"亮曰："既蒙见允，便可写书与云长令交割三郡。"玄德曰："子瑜到彼，须用善言求吾弟。吾弟性如烈火，吾尚惧之。切宜仔细。"

瑾求了书，辞了玄德，别了孔明，登途径到荆州。云长请入中堂，宾主相叙。瑾出玄德书曰："皇叔许先以三郡还东吴，望将军即日交割，令瑾好回见吾主。"云长变色曰："吾与吾兄桃园结义，誓共匡扶汉室。荆州本大汉疆土，岂得妄以尺寸与人？'将在外，君命有所不受'。虽吾兄有书来，我却只不还。"瑾曰："今吴侯执下瑾老小，若不得荆州，必将被诛。望将军怜之！"云长曰："此是吴侯谲计，如何瞒得我过！"瑾曰："将军何太无面目【不给脸面，无情】？"云长执剑在手曰："休再言！此剑上并无面目！"关平告曰："军师面上不好看，望父亲息怒。"云长曰："不看军师面上，教你回不得东吴！"

瑾满面羞惭，急辞下船，再往西川见孔明。孔明已自出巡去了。瑾只得再见玄德，哭告云长欲杀之事。玄德曰："吾弟性急，极难与言。子瑜可暂回，容吾取了东川、汉中诸郡，调云长往守

刘备取了汉中后，以魏延守汉中，也并未有调关羽去的意思。

之，那时方得交付荆州。”瑾不得已，只得回东吴见孙权，具言前事。孙权大怒曰：“子瑜此去，反覆奔走，莫非皆是诸葛亮之计？”瑾曰：“非也。吾弟亦哭告玄德，方许将三郡先还，又无奈云长恃顽不肯。”孙权曰：“既刘备有先还三郡之言，便可差官前去长沙、零陵、桂阳三郡赴任，且看如何。”瑾曰：“主公所言极善。”权乃令瑾取回老小，一面差官往三郡赴任。不一日，三郡差去官吏，尽被逐回，告孙权曰：“关云长不肯相容，连夜赶逐回吴。迟后者便要杀。”孙权大怒，差人召鲁肃责之曰：“子敬昔为刘备作保，借吾荆州，今刘备已得西川，不肯归还，子敬岂得坐视？”肃曰：“肃已思得一计，正欲告主公。”权问：“何计？”肃曰：“今屯兵于陆口，使人请关云长赴会。若云长肯来，以善言说之，如其不从，伏下刀斧手杀之。如彼不肯来，随即进兵，与决胜负，夺取荆州便了。”孙权曰：“正合吾意，可即行之。”阚泽进曰：“不可，关云长乃世之虎将，非等闲可及。恐事不谐，反遭其害。”孙权怒曰：“若如此，荆州何日可得！”便命鲁肃速行此计。肃乃辞孙权，至陆口召吕蒙、甘宁，商议设宴于陆口寨外临江亭上，修下请书，选帐下能言快语一人为使，登舟渡江。江口关平问了，遂引使者入荆州，叩见云长，具道鲁肃相邀赴会之意，呈上请书。云长看书毕，谓来人曰：“既子敬相请，我明日便来赴宴。汝可先回。”

此时的鲁肃，不再是极力维护孙刘联盟的忠厚长者，终于狠下心来跟刘备方面翻脸了。因为刘备、诸葛亮在荆州问题上一再耍赖，鲁肃也属实无奈。

使者辞去，关平曰：“鲁肃相邀，必无好意。父亲何故许之？”云长笑曰：“吾岂不知耶？此是诸葛瑾回报孙权，说吾不肯还三郡，故令鲁肃屯兵陆口，邀我赴会，便索荆州。吾若不往，道吾怯矣。吾来日独驾小舟，只用亲随十馀人，单刀赴会，看鲁肃如何近我！”平谏曰：“父亲奈何以万金之躯，亲蹈虎狼之穴？恐非所以重伯父之寄托也。”云长曰：“吾于千枪万刃之中，矢石交攻之际，匹马纵横，如入无人之境，岂忧江东群鼠乎！”马良亦谏曰：“鲁肃虽有长者之风，但今事急，不容不生异心。将军不可轻往。”云长曰：“昔战国时赵人蔺相如，无缚鸡

虽然江东群雄的出场率不如蜀、魏名将高，但能者多矣，并非鼠辈。关羽自恃甚高，睥睨天下英雄，是自取败亡的征兆。

此事足见东吴主帅与众将已有杀关羽之心，可惜关羽事后愈加骄傲轻敌，未善加防范。

之力，于渑池会上，觑秦国君臣如无物，况吾曾学万人敌者乎！既已许诺，不可失信。”良曰：“纵将军去，亦当有准备。”云长曰：“只教吾儿选快船十只，藏善水军五百，于江上等候。看吾认旗起处，便过江来。”平领命自去准备。

却说使者回报鲁肃，说云长慨然应允，来日准到。肃与吕蒙商议：“此来若何？”蒙曰：“彼带军马来，某与甘宁各人领一军伏于岸侧，放炮为号，准备厮杀；如无军来，只于庭后伏刀斧手五十人，就筵间杀之。”计会已定。次日，肃令人于岸口遥望。辰时后，见江面上一只船来，梢公【艄公，对船家的尊称】水手只数人，一面红旗，风中招飐，显出一个大“关”字来。船渐近岸，见云长青巾绿袍，坐于船上，傍边周仓捧着大刀。八九个关西大汉，各跨腰刀一口。鲁肃惊疑，接入庭内。叙礼毕，入席饮酒，举杯相劝，不敢仰视。云长谈笑自若。

与关羽对饮“不敢仰视”倒显得鲁肃怯懦心虚。

酒至半酣，肃曰：“有一言诉与君侯，幸垂听焉。昔日令兄皇叔，使肃于吾主之前，保借荆州暂住，约于取川之后归还。今西川已得，而荆州未还，得毋失信乎？”云长曰：“此国家之事，筵间不必论之。”肃曰：“吾主只区区江东之地，而肯以荆州相借者，为念君侯等兵败远来，无以为资故也。今已得益州，则荆州自应见还。乃皇叔但肯先割三郡，而君侯又不从，恐于理上说不去。”云长曰：“乌林之役，左将军亲冒矢石，戮力破敌，岂得徒劳而无尺土相资？今足下复来索地耶？”肃曰：“不然。君侯始与皇叔同败于长坂，计穷力竭，将欲远窜，吾主矜念皇叔身无处所，不爱【吝惜】土地，使有所托足，以图后功。而皇叔愆【qiān，错过，耽误】德隳【huī，毁坏、损毁】好，已得西川，又占荆州，贪而背义，恐为天下所耻笑。惟君侯察之。”云长曰：“此皆吾兄之事，非某所宜与也。”肃曰：“某闻君侯与皇叔桃园结义，誓同生死。皇叔即君侯也，何得推托乎？”云长未及回答，周仓在阶下厉声言曰：“天下土地，惟有德者居之。岂独是汝东吴当有耶！”云长变色而起，夺周仓所捧大刀，立于庭中，

鲁肃此言，俱合道理，只是与刘备这样有一统天下之志的人物谈论政治诚信，无异于与虎谋皮。在宏图大业、政治理想面前，所谓的政治诚信只不过是可有可无的小事。

目视周仓而叱曰："此国家之事，汝何敢多言！可速去！"仓会意，先到岸口，把红旗一招，关平船如箭发，奔过江东来。云长右手提刀，左手挽住鲁肃手，佯推醉曰："公今请吾赴宴，莫提起荆州之事。吾今已醉，恐伤故旧之情。他日令人请公到荆州赴会，另作商议。"鲁肃魂不附体，被云长扯至江边。吕蒙、甘宁各引本部军欲出，见云长手提大刀，亲握鲁肃，恐肃被伤，遂不敢动。云长到船边，却才放手，早立于船首，与鲁肃作别。肃如痴似呆，看关公船已乘风而去。后人有诗赞关公曰：

战国后期，蔺相如在渑池会上与秦王据理力争，维护了赵国的尊严。关羽单刀赴会，其勇气堪比蔺相如。然勇则勇耳，两件事中当事双方的身份并不对应。蔺相如与秦王毕竟君臣身份有别，而关羽与鲁肃分别为刘备和孙权集团军中的主帅，身份对等。

藐视吴臣若小儿，单刀赴会敢平欺。当年一段英雄气，尤胜相如在渑池。

云长自回荆州。鲁肃与吕蒙共议："此计又不成，如之奈何？"蒙曰："可即申报主公，起兵与云长决战。"肃即时使人申报孙权。权闻之大怒，商议起倾国之兵，来取荆州。忽报："曹操又起三十万大军来也！"权大惊，且教鲁肃休惹荆州之兵，移兵向合淝、濡须，以拒曹操。

关羽没早失荆州，得益于曹操客观上的军事配合，分散了东吴的兵力。

却说操将欲起程南征，参军傅干，字彦材，上书谏操。书略曰：

干闻用武则先威，用文则先德；威德相济，而后王业成。往者天下大乱，明公用武攘之，十平其九，今未承王命者，吴与蜀耳。吴有长江之险，蜀有崇山之阻，难以威胜。愚以为：且宜增修文德，按甲寝兵，息军养士，待时而动。今若举数十万之众，顿长江之滨，倘贼凭险深藏，使我士马不得逞其能，奇变无所用其权，则天威屈矣。惟明公详察焉。

曹操览之，遂罢南征，兴设学校，延礼文士。于是侍中王粲、杜袭、卫凯、和洽四人，议欲尊曹操为"魏王"。中书令荀攸曰："不可。丞相官至魏公，荣加九锡，位已极矣。今又进升王位，于理不可。”曹操闻之，怒曰：“此人欲效荀彧耶！”荀攸知之，忧愤成疾，卧病十数日而卒，亡年五十八岁。操厚葬之，遂罢“魏王”事。

一日，曹操带剑入宫，献帝正与伏后共坐。伏后见操来，慌忙起身，帝见曹操，战栗不已。操曰：“孙权、刘备各霸一方，不尊朝廷，当如之何？”帝曰：“尽在魏公裁处。”操怒曰：“陛下出此言，外人闻之，只道吾欺君也。”帝曰：“君若肯相辅则幸甚，不尔，愿垂恩相舍。”操闻言，怒目视帝，恨恨而出。左右或奏帝曰：“近闻魏公欲自立为王，不久必将篡位。”帝与伏后大哭。后曰：“妾父伏完常有杀操之心，妾今当修书一封，密与父图之。”帝曰：“昔董承为事不密，反遭大祸，今恐又泄漏，朕与汝皆休矣！”后曰：“旦夕如坐针毡，似此为人，不如早亡！妾看宦官中之忠义可托者，莫如穆顺，当令寄此书。”乃即召穆顺入屏后，退去左右近侍。帝后大哭告顺曰：“操贼欲为‘魏王’，早晚必行篡夺之事。朕欲令后父伏完密图此贼，而左右之人，俱贼心腹，无可托者。欲汝将皇后密书，寄与伏完。量汝忠义，必不负朕。”顺泣曰：“臣感陛下大恩，敢不以死报！臣即请行。”后乃修书付顺。顺藏书于发中，潜出禁宫，径至伏完宅，将书呈上。完见是伏后亲笔，乃谓穆顺曰：“操贼心腹甚众，不可遽图。除非江东孙权、西川刘备，二处起兵于外，操必自往。此时却求在朝忠义之臣，一同谋之。内外夹攻，庶可有济。”顺曰：“皇丈可作书覆帝后，求密诏，暗遣人往吴、蜀二处，令约会起兵，讨贼救主。”伏完即取纸写书付顺。顺乃藏于头髻内，辞完回宫。

原来早有人报知曹操，操先于宫门等候。穆顺回遇曹操，操问：“那里去来？”顺答曰：“皇后有病，命求医去。”操曰：“召得医人何在？”顺曰：“还未召至。”操喝左右，遍搜身上，并无夹带，放行。忽然风吹落其帽，操又唤回，取帽视之，遍观无物，还帽令戴。穆顺双手倒戴其帽。操心疑，令左右搜其头发中，搜出伏完书来。操看时，书中言欲结连孙、刘为外应。操大

这是汉献帝对曹操非常直接的“摊牌式”的反抗。《后汉书·献帝伏皇后纪》记载，曹操听闻此语的真实反映是：“操失色，俯仰求出。旧仪，三公领兵朝见，令虎贲执刃挟之。操出，顾左右，汗流浃背，自后不敢复朝请。”此处明显为塑造曹操欺君罔上的奸臣形象，存在一定的艺术加工、不顾史实的情况。

三国中有两个同名穆顺，另一个是十八路诸侯讨董卓时的上党太守张杨部将，被吕布斩杀。

穆顺事败于心理素质不佳。

怒，执下穆顺于密室问之，顺不肯招。操连夜点起甲兵三千，围住伏完私宅，老幼并皆拿下，搜出伏后亲笔之书，随将伏氏三族尽皆下狱。平明，使御林将军郗虑持节入宫，先收皇后玺绶。

是日，帝在外殿，见郗虑引三百甲兵直入。帝问曰："有何事？"虑曰："奉魏公命收皇后玺。"帝知事泄，心胆皆碎。虑至后宫，伏后方起，虑便唤管玺绶人索取玉玺而出。伏后情知事发，便于殿后椒房内夹壁中藏躲。少顷，尚书令华歆引五百甲兵入到后殿，问宫人：伏后何在？"宫人皆推不知。歆教甲兵打开朱户，寻觅不见，料在壁中，便喝甲士破壁搜寻。歆亲自动手揪后头髻拖出。后曰："望免我一命！"歆叱曰："汝自见魏公诉去！"后披发跣足，二甲士推拥而出。原来华歆素有才名，向与邴原、管宁相友善，时人称三人为一龙：华歆为龙头，邴原为龙腹，管宁为龙尾。一日，宁与歆共种园蔬，锄地见金。宁挥锄不顾，歆拾而视之，然后掷下。又一日，宁与歆同坐观书，闻户外传呼之声，有贵人乘轩而过。宁端坐不动，歆弃书往观。宁自此鄙歆之为人，遂割席分坐，不复与之为友。后来管宁避居辽东，常戴白帽，坐卧一楼，足不履地，终身不肯仕魏。而歆乃先事孙权，后归曹操，至此乃有收捕伏皇后一事。后人有诗叹华歆曰：

此乃大不敬之举，亦不当文臣所为。

何必掷下不取？

管宁割席的典故后多指"道不同，不相为谋"，即朋友之间一刀两断之意。

华歆当日逞凶谋，破壁生将母后收。助虐一朝添虎翼，骂名千载笑"龙头"！

又有诗赞管宁曰：

辽东传有管宁楼，人去楼空名独留。笑杀子鱼贪富贵，岂如白帽自风流。

且说华歆将伏后拥至外殿，帝望见后，乃下殿抱后而哭。歆曰："魏公有命，可速行！"后哭谓帝曰："不能复相活耶？"帝曰："我命亦不知在何时也！"甲士拥后而去，帝捶胸大恸。见郗虑在侧，帝曰："郗公！天下宁有是事乎！"哭倒在地。郗虑令左右扶帝入宫。华歆拿伏后见操，操骂曰："吾以诚心待汝等，汝等反欲害我耶！吾不杀汝，汝必杀我！"喝左右乱棒打死。随即入宫，将伏后所生二子，皆酖杀之。当晚将伏完、穆顺等宗族二百馀口，皆斩于市。朝野之人，无不惊骇。时建安十九年十一月也。后人有诗叹曰：

> 曹瞒凶残世所无，伏完忠义欲何如。可怜帝后分离处，不及民间妇与夫！

献帝自从坏了伏后，连日不食。操入曰："陛下无忧，臣无异心。臣女已与陛下为贵人，大贤大孝，宜居正宫。"献帝安敢不从？于建安二十年正月朔，就庆贺正旦之节，册立曹操女曹贵人为正宫皇后。群下莫敢有言。

历史上，曹操将自己的三个女儿嫁与汉献帝。

此时曹操威势日甚，会大臣商议收吴灭蜀之事。贾诩曰："须召夏侯惇、曹仁二人回，商议此事。"操即时发使，星夜唤回。夏侯惇未至，曹仁先到，连夜便入府中见操。操方被酒而卧，许褚仗剑立于堂门之内。曹仁欲入，被许褚当住。曹仁大怒曰："吾乃曹氏宗族，汝何敢阻当耶？"许褚曰："将军虽亲，乃外藩镇守之官，许褚虽疏，现充内侍。主公醉卧堂上，不敢放入。"仁乃不敢入。曹操闻之，叹曰："许褚真忠臣也！"不数日，夏侯惇亦至，共议征伐。惇曰："吴、蜀急未可攻，宜先取汉中张鲁，以得胜之兵取蜀，可一鼓而下也。"曹操曰："正合吾意。"遂起兵西征。正是：

还应小心曹操是否会梦中杀人。

> 方逞凶谋欺弱主，又驱劲卒扫偏邦。

未知后事如何，且看下文分解。

【回后评】

伏皇后和伏完未能吸取董承“衣带诏”事泄的教训，重蹈覆辙，使得汉献帝身边的羽翼被彻底翦除，汉宫之中、庙堂之上皆为魏臣。汉献帝再无心腹可用，除贼兴汉的愿望只能寄望于远在天边的刘备了。伏皇后被杀后，后宫无主，曹操乘机施展政治手段，将自己的女儿扶上后位，自己也成了名正言顺的国丈。即便汉献帝日后驾崩，也会立曹后的儿子为嗣。后继之君必然有一半曹氏血统，这对曹操而言绝对是一笔稳赚不赔的买卖。

历史上，董贵妃被杀后，伏皇后就写信给父亲伏完，希望伏完伺机扳倒曹操，事实上伏完直至建安十四年逝世，均未有所举动。建安十九年伏皇后当日书信泄露事发，此时伏完已去世五年了。《三国演义》中更改了部分时间，移花接木，是为突出曹操欺君罔上、肆意妄为的形象。

第六十七回

曹操平定汉中地
张辽威震逍遥津

铁骑甫能平陇右
旌旄又复指江南

張遼大戰逍遙津

赤壁之战后，曹操统一南方的计划遭受重大挫败，但他开疆辟土的伟业并未就此止步，而是把重心转向西北，继续巩固扩张自己实际控制的版图。曹操在肃清了韩遂、马超等割据势力后，又把视线转向了四面环山的军事重地——汉中。

在皖城、濡须、合淝一线的东线战场，孙权亲率十万大军向合淝发起多次进攻，虽不分胜负，但曹营方面因为有名将张辽坐镇，指挥应对得当，屡次化险为夷；孙权作为主动进攻的一方，难免劳师无功。逍遥津之战是张辽一生中最辉煌的胜利，合淝也成为了三国时期吴国和魏国交战最频繁的地方。

【题解及内容提要】

却说曹操兴师西征，分兵三队：前部先锋夏侯渊、张郃；操自领诸将居中；后部曹仁、夏侯惇，押运粮草。早有细作报入汉中来。张鲁与弟张卫商议退敌之策，卫曰："汉中最险无如阳平关，可于关之左右，依山傍林，下十馀个寨栅，迎敌曹兵。兄在汉宁，多拨粮草应付。"张鲁依言，遣大将杨昂、杨任，与其弟即日起程。军马到阳平关下寨已定，夏侯渊、张郃前军随到；闻阳平关已有准备，离关一十五里下寨。是夜，军士疲困，各自歇息。忽寨后一把火起，杨昂、杨任两路兵杀来劫寨。夏侯渊、张郃急上得马，四下里大兵拥入，曹兵大败，退见曹操。操怒曰："汝二人行军许多年，岂不知'兵若远行疲困，可防劫寨'？如何不作准备？"欲斩二人以明军法，众官告免。

曹操这句话为最终失去汉中埋下了伏笔。张鲁据传乃道教创始人张道陵之孙，作为汉末五斗米道的天师，除了传教，他在政治上并无作为，军力也不算强大，然而却能盘踞汉中近三十年之久，主要依仗的是汉中险要的地势。

操次日自引兵为前队，见山势险恶，林木丛杂，不知路径，恐有伏兵，即引军回寨，谓许褚、徐晃二将曰："吾若知此处如此险恶，必不起兵来。"许褚曰："兵已至此，主公不可惮劳。"次日，操上马，只带许褚、徐晃二人，来看张卫寨栅。三匹马转过山坡，早望见张卫寨栅。操扬鞭遥指，谓二将曰："如此坚固，急切难下！"言未已，背后一声喊起，箭如雨发，杨昂、杨任分两路杀来。操大惊，许褚大呼曰："吾当敌贼！徐公明善保主公！"说罢，提刀纵马向前，力敌二将。杨昂、杨任不能当许褚之勇，回马退去，其馀不敢向前。徐晃保着曹操奔过山坡，前面又一军到，看时却是夏侯渊、张郃二将，听得喊声，故引军杀来接应。于是杀退杨昂、杨任，救得曹操回寨。操重赏四将。自此两边相拒五十馀日，只不交战。曹操传令退军，贾诩曰："贼势未见强弱，主公何故自退耶？"操曰："吾料贼兵每日提备，急难取胜。吾以退军为名，使贼懈而无备，然后分轻骑抄袭其后，必胜贼矣。"贾诩曰："丞相神机，不可测也。"于是令夏侯渊、张郃分兵两路，各引轻骑三千，取小路抄阳平关后，曹操一面引大军拔寨尽起。杨昂听得曹兵退，请杨任商议，欲乘势击之，杨任曰："操诡计极多，未知真实，不可追赶。"杨昂曰："公不往，吾当自去。"杨任苦谏不从。杨昂尽提五寨军马前进，只留些少军士守寨。是日，大雾迷漫，对面不相见。杨昂军至半路，不能行，权且扎住。

却说夏侯渊一军抄过山后，见重雾垂空，又闻人语马嘶，恐有伏兵，急催人马行动，大雾中误走到杨昂寨前。守寨军士，听得马蹄响，只道是杨昂兵回，开门纳之。曹军一拥而入，见是空寨，便就寨中放起火来。五寨军士，尽皆弃寨而走。比及雾散，杨任领兵来救，与夏侯渊战不数合，背后张郃兵到。杨任杀条大路，奔回南郑。杨昂待要回时，已被夏侯渊、张郃两个占了寨栅。背后曹操大队军马赶来，两下夹攻，四边无路。杨昂欲突阵而出，正撞着张郃，两个交手，被张郃杀死。败兵回投阳平关，来见张卫。原来卫知二将败走，诸营已失，半夜弃关，奔回去了。曹操遂得阳平关并诸寨。张卫、杨任回见张鲁，卫言二将失了隘口，因此守关不住。张鲁大怒，欲斩杨任，任曰："某曾谏杨昂，休追操兵。他不肯听信，故有此败。任再乞一军前去挑战，必斩曹操。如不胜，甘当军令。”张鲁取了军令状。杨任上马，引二万军离南郑下寨。

却说曹操提军将进，先令夏侯渊领五千军，往南郑路上哨探，正迎着杨任军马，两军摆开。任遣部将昌奇出马，与渊交锋，战不三合，被渊一刀斩于马下。杨任自挺枪出马，与渊战三十馀合，不分胜负。渊佯败而走，任从后追来，被渊用拖刀计，斩于马下，军士大败而回。曹操知夏侯渊斩了杨任，即时进兵，直抵南郑下寨。张鲁慌聚文武商议。阎圃曰：“某保一人，可敌曹操手下诸将。”鲁问是谁，圃曰：“南安庞德，前随马超投主公，后马超往西川，庞德卧病不曾行。现今蒙主公恩养，何不令此人去？”

张鲁大喜，即召庞德至，厚加赏劳，点一万军马，令庞德出。离城十馀里，与曹兵相对，庞德出马搦战。曹操在渭桥时，深知庞德之勇，乃嘱诸将曰：“庞德乃西凉勇将，原属马超，今虽依张鲁，未称其心，吾欲得此人。汝等须皆与缓斗，使其力乏，然后擒之。”张郃先出，战了数合便退。夏侯渊也战数合退了。徐晃又战三五合也退了。临后许褚战五十馀合亦退。庞德力战四将，并无惧怯。各将皆于操前夸庞德好武艺，曹操心中大喜，与众将商议：“如何得此人投降？”贾诩曰：“某知张鲁手下，有一谋士杨松，其人极贪贿赂。今可暗以金帛送之，使谮庞德于张鲁，便可图矣。”操曰：“何由得人入南郑？”诩曰：“来日交锋，诈败佯输，弃寨而走，使庞德据我寨，我却于夤夜引兵劫寨，庞德必退入城。却选一能言军士，扮作彼军，杂在阵中，便得入城。”操听其计，选一精细军校，重加赏赐，付与金掩心甲一副，令披在贴肉，外穿汉中军士号衣，先于半路上等候。次日，先拨夏侯渊、张郃两枝军，远去埋伏，却教徐晃挑战，不数合败走。庞德招军掩杀，曹兵尽退。庞德却夺了曹操寨栅，见寨中粮草极多，大喜，即时申报张鲁，一面在寨中设宴庆贺。当夜二更之后，忽然三路火起：正中是徐晃、许褚，左张郃，右夏侯

庞德虽勇，但临时抓壮丁的应急举动，难以挽回失败的大局。

杨松作为谋士，从未见其给张鲁出过一次像样的计谋，世人却尽知其贪财受贿，真是臭名远播。

渊。三路军马，齐来劫寨。庞德不及提备，只得上马冲杀出来，望城而走，背后三路兵追来。庞德急唤开城门，领兵一拥而入。

此时细作已杂到城中，径投杨松府下谒见，具说："魏公曹丞相久闻盛德，特使某送金甲为信。更有密书呈上。"松大喜，看了密书中言语，谓细作曰："上覆魏公，但请放心。某自有良策奉报。"打发来人先回，便连夜入见张鲁，说庞德受了曹操贿赂，卖此一阵。张鲁大怒，唤庞德责骂，欲斩之。阎圃苦谏，张鲁曰："你来日出战，不胜必斩！"庞德抱恨而退。次日，曹兵攻城，庞德引兵冲出。操令许褚交战。褚诈败，庞德赶来。操自乘马于山坡上唤曰："庞令明何不早降？"庞德寻思："拿住曹操，抵一千员上将！"遂飞马上坡。一声喊起，天崩地塌，连人和马，跌入陷坑内去，四壁钩索一齐上前，活捉了庞德，押上坡来。曹操下马，叱退军士，亲释其缚，问庞德肯降否。庞德寻思张鲁不仁，情愿拜降。曹操亲扶上马，共回大寨，故意教城上望见。人报张鲁，德与操并马而行，鲁益信杨松之言为实。

次日，曹操三面竖立云梯，飞炮攻打。张鲁见其势已极，与弟张卫商议，卫曰："放火尽烧仓廪府库，出奔南山，去守巴中可也。"杨松曰："不如开门投降。"张鲁犹豫不定。卫曰："只是烧了便行。"张鲁曰："我向本欲归命国家，而意未得达。今不得已而出奔，仓廪府库，国家之有，不可废也。"遂尽封锁。是夜二更，张鲁引全家老小，开南门杀出。曹操教休追赶，提兵入南郑，见鲁封闭库藏，心甚怜之，遂差人往巴中，劝使投降。张鲁欲降，张卫不肯。杨松以密书报操，便教进兵，松为内应。操得书，亲自引兵往巴中。张鲁使弟卫领兵出敌，与许褚交锋，被褚斩于马下。败军回报张鲁，鲁欲坚守，杨松曰："今若不出，坐而待毙矣。某守城，主公当亲与决一死战。"鲁从之。阎圃谏鲁休出，鲁不听，遂引军出迎。未及交锋，后军已走，张鲁急退，背后曹兵赶来。鲁到城下，杨松闭门不开。张鲁无路可走，操从后追至，大叫："何不早降！"鲁乃下马投拜。操大喜，念其封

曹操名为汉相，代表国家。张鲁此言，说明他本身的抵抗意愿就不强烈；封闭仓廪府库之举，也显示此人颇有仁心。

仓库之心，优礼相待，封鲁为镇南将军，阎圃等皆封列侯，于是汉中皆平。曹操传令各郡分设太守，置都尉，大赏士卒。惟有杨松卖主求荣，即命斩之于市曹示众。后人有诗叹曰：

> 妨贤卖主逞奇功，积得金银总是空。家未荣华身受戮，令人千载笑杨松！

曹操对只图私利而叛主之人向来鄙视，事成之后，一定会清算。

曹操已得东川，主簿司马懿进曰："刘备以诈力取刘璋，蜀人尚未归心。今主公已得汉中，益州震动。可速进兵攻之，势必瓦解。智者贵于乘时，时不可失也。"曹操叹曰："'人苦不知足，既得陇，复望蜀'耶？"刘晔曰："司马仲达之言是也。若少迟缓，诸葛亮明于治国而为相，关、张等勇冠三军而为将，蜀民既定，据守关隘，不可犯矣。"操曰："士卒远涉劳苦，且宜存恤。"遂按兵不动。

得陇望蜀的典故，讽刺人不知道满足，总想得到更多。上回之末，曹操与夏侯惇商议"先取汉中张鲁，以得胜之兵取蜀"，不知为何突然改主意了。

曹操真该听从二人所言。

却说西川百姓，听知曹操已取东川，料必来取西川，一日之间，数遍惊恐。玄德请军师商议，孔明曰："亮有一计，曹操自退。"玄德问何计。孔明曰："曹操分军屯合淝，惧孙权也。今我若分江夏、长沙、桂阳三郡还吴，遣舌辩之士，陈说利害，令吴起兵袭合淝，牵动其势，操必勒兵南向矣。"玄德问："谁可为使？"伊籍曰："某愿往。"玄德大喜，遂作书具礼，令伊籍先到荆州，知会云长，然后入吴。到秣陵，来见孙权，先通了姓名，权召籍入。籍见权礼毕，权问曰："汝到此何为？"籍曰："昨承诸葛子瑜取长沙等三郡，为军师不在，有失交割，今传书送还。所有荆州南郡、零陵，本欲送还，被曹操袭取东川，使关将军无容身之地。今合淝空虚，望君侯起兵攻之，使曹操撤兵回南。吾主若取了东川，即还荆州全土。"权曰："汝且归馆舍，容吾商议。"伊籍退出，权问计于众谋士。张昭曰："此是刘备恐曹操取西川，故为此谋。虽然如此，可因操在汉中。乘势取合淝，亦是上计。"权从之，发付伊籍回蜀去讫，便议起兵攻操。令鲁肃收

这就是三分天下、鼎足而立的动态平衡，也是三家之间微妙关系的体现。

此时还应求孙夫人一并回川，无论是否如愿，都应该试一试。即便孙权不许，至少可以减轻孙权武力攻取荆州的敌意。

取长沙、江夏、桂阳三郡，屯兵于陆口，取吕蒙、甘宁回，又去余杭取凌统回。

不一日，吕蒙、甘宁先到。蒙献策曰："现今曹操令庐江太守朱光屯兵于皖城，大开稻田，纳谷于合淝，以充军实。今可先取皖城，然后攻合淝。"权曰："此计甚合吾意。"遂教吕蒙、甘宁为先锋，蒋钦、潘璋为合后，权自引周泰、陈武、董袭、徐盛为中军。时程普、黄盖、韩当在各处镇守，都未随征。

却说军马渡江，取和州，径到皖城。皖城太守朱光使人往合淝求救，一面固守城池，坚壁不出。权自到城下看时，城上箭如雨发，射中孙权麾盖。权回寨，问众将曰："如何取得皖城？"董袭曰："可差军士筑起土山攻之。"徐盛曰："可竖云梯，造虹桥，下观城中而攻之。"吕蒙曰："此法皆费日月而成，合淝救军一至，不可图矣。今我军初到，士气方锐，正可乘此锐气，奋力攻击。来日平明进兵，午未时便当破城。"权从之。次日五更饭毕，三军大进，城上矢石齐下。甘宁手执铁链，冒矢石而上。朱光令弓弩手齐射，甘宁拨开箭林，一链打倒朱光。吕蒙亲自擂鼓，士卒皆一拥而上，乱刀砍死朱光，馀众多降，得了皖城，方才辰时。张辽引军至半路，哨马回报皖城已失，辽即回兵归合淝。

曹操在攻打冀州时也有过类似遭遇，即被射中头盔，"险透其顶"，更为凶险。

孙权入皖城，凌统亦引军到。权慰劳毕，大犒三军，重赏吕蒙、甘宁诸将，设宴庆功。吕蒙逊甘宁上坐，盛称其功劳。酒至半酣，凌统想起甘宁杀父之仇，又见吕蒙夸美之，心中大怒，瞪目直视良久，忽拔左右所佩之剑，立于筵上曰："筵前无乐，看吾舞剑。"甘宁知其意，推开果桌起身，两手取两枝戟挟定，纵步出曰："看我筵前使戟。"吕蒙见二人各无好意，便一手挽牌，一手提刀，立于其中曰："二公虽能，皆不如我巧也。"说罢，舞起刀牌，将二人分于两下。早有人报知孙权。权慌跨马，直至筵前。众见权至，方各放下军器。权曰："吾常言二人休念旧仇，今日又何如此？"凌统哭拜于地，孙权再三劝止。至次日，起兵进取合淝，三军尽发。

凌统相当于"烈士"遗孤，孙权只宜好言劝慰。

张辽为失了皖城，回到合淝，心中愁闷。忽曹操差薛悌送木匣一个，上有操封，傍书云："贼来乃发"。是日报说孙权自引十万大军，来攻合淝，张辽便开匣观之。内书云："若孙权至，张、李二将军出战，乐将军守城。"张辽将教帖与李典、乐进观之。乐进曰："将军之意若何？"张辽曰："主公远征在外，吴兵以为破我必矣。今可发兵出迎，奋力与战，折其锋锐，以安众心，然后可守也。"李典素与张辽不睦，闻辽此言，默然不答。乐进见李典不语，便道："贼众我寡，难以迎敌，不如坚守。"张辽曰："公等皆是私意，不顾公事。吾今自出迎敌，决一死战。"便教左右备马。李典慨然而起曰："将军如此，典岂敢以私憾而忘公事乎？愿听指挥。"张辽大喜曰："既曼成肯相助，来日引一军于逍遥津北埋伏。待吴兵杀过来，可先断小师桥，吾与乐文谦击之。"李典领命，自去点军埋伏。

却说孙权令吕蒙、甘宁为前队，自与凌统居中，其馀诸将陆续进发，望合淝杀来。吕蒙、甘宁前队兵进，正与乐进相迎。甘宁出马与乐进交锋，战不数合，乐进诈败而走。甘宁招呼吕蒙一齐引军赶去。孙权在第二队，听得前军得胜，催兵行至逍遥津北，忽闻连珠炮响，左边张辽一军杀来，右边李典一军杀来。孙权大惊，急令人唤吕蒙、甘宁回救时，张辽兵已到。凌统手下，止有三百馀骑，当不得曹军势如山倒。凌统大呼曰："主公何不速渡小师桥！"言未毕，张辽引二千馀骑，当先杀至。凌统翻身死战。孙权纵马上桥，桥南已折丈馀，并无一片板。孙权惊得手足无措，牙将谷利大呼曰："主公可约马退后，再放马向前，跳过桥去。"孙权收回马来有三丈馀远，然后纵辔加鞭，那马一跳飞过桥南。后人有诗曰：

孙权跃马小师桥，类似刘备跃马檀溪，冥冥之中暗有神助。相似身份的人，往往会有相似的经历。

的卢当日跳檀溪，又见吴侯败合淝。退后着鞭驰骏骑，逍遥津上玉龙飞。

此时的张辽，已历练为曹操军中难得的能独当一面的帅才。后世传有“张辽止啼”的典故。

孙权跳过桥南，徐盛、董袭驾舟相迎。凌统、谷利抵住张辽。甘宁、吕蒙引军回救，却被乐进从后追来，李典又截住厮杀，吴兵折了大半。凌统所领三百馀人，尽被杀死。统身中数枪，杀到桥边，桥已折断，绕河而逃。孙权在舟中望见，急令董袭棹舟接之，乃得渡回。吕蒙、甘宁皆死命逃过河南。这一阵杀得江南人人害怕，闻张辽大名，小儿也不敢夜啼。众将保护孙权回营，权乃重赏凌统、谷利，收军回濡须，整顿船只，商议水陆并进，一面差人回江南，再起人马来助战。

却说张辽闻孙权在濡须将欲兴兵进取，恐合淝兵少难以抵敌，急令薛悌星夜往汉中，报知曹操，求请救兵。操同众官议曰：“此时可收西川否？”刘晔曰：“今蜀中稍定，已有提备，不可击也。不如撤兵去救合淝之急，就下江南。”操乃留夏侯渊守汉中定军山隘口，留张郃守蒙头岩等隘口。其馀军兵拔寨都起，杀奔濡须坞来。正是：

铁骑甫能平陇右，旌旄又复指江南。

未知胜负如何，且看下文分解。

【回后评】

本回后半部分，诸葛亮主动建议刘备将长沙等三郡归还东吴，刘备并无丝毫犹豫，当即应允。对比前番诸葛瑾数次奔波往返讨要三郡，刘备方面轮番表演各种“大戏”，就是赖账不给，两家甚至一度闹到兵戎相见，刘备仍丝毫不肯让步，这次却主动归还，为何？因为已经到了必须还的时候了。刘备方面即将发动汉中之战，此时刘、曹对峙，若孙权趁机袭取荆州，刘备将首尾难顾，必遭灭顶之灾。所以目前必须缓和与孙权的矛盾，稳住这个名义上的盟友加亲戚。另外，刘备连年征战，版图迅速扩大，但兵力成长不足，急需休养生息，没有实力同时与曹操、孙权两家为敌，此时若要继续进取，必须做出一定让步和妥协。

第六十八回

甘宁百骑劫魏营
左慈掷杯戏曹操

清河崔琰，天性坚刚
虬髯虎目，铁石心肠

甘寧百騎劫魏營

【题解及内容提要】

本回只选前半部分评点。

赤壁之战后，孙权也曾在濡须口、合淝等地发起对曹操的小规模战争，但大多以平局或失败收场，尤其是在逍遥津之战以后，孙权鲜有对曹魏主动发起大规模的战役。究其原因，东吴集团的整体策略就是限江自守，战斗意志不强。另外，以张昭、顾雍为首的东吴文官集团也多是小富即安、缺乏雄心远见的类型，这在赤壁战前一众文臣主降的事件中就能看出。但东汉以来，氏族门阀集团左右地方政局的传统，使得孙权不能忽视当地领袖的意志，即便内心看不起张昭等人也必须加以重用，否则便难以巩固统治。

本回中，甘宁率领百骑劫魏营大获全胜，极大程度挫了曹军锐气，甘宁在此战中表现出非凡的胆略和指挥能力。但客观来讲，毕竟此战连小规模战争都算不上，充其量只是一场袭扰，所以对孙、曹的对峙大局没有太大影响。

却说孙权在濡须口收拾军马，忽报曹操自汉中领兵四十万前来救合淝。孙权与谋士计议，先拨董袭、徐盛二人领五十只大船，在濡须口埋伏，令陈武带领人马，往来江岸巡哨。张昭曰：“今曹操远来，必须先挫其锐气。”权乃问帐下曰：“曹操远来，谁敢当先破敌，以挫其锐气？”凌统出曰：“某愿往。”权曰：“带多少军去？”统曰：“三千人足矣。”甘宁曰：“只须百骑，便可破敌，何必三千！”凌统大怒，两个就在孙权面前争竞起来。权曰：“曹军势大，不可轻敌。”乃命凌统带三千军出濡须口去哨探，遇曹兵，便与交战。凌统领命，引着三千人马，离濡须坞。尘头起处，曹兵早到。先锋张辽与凌统交锋，斗五十合，不分胜败。孙权恐凌统有失，令吕蒙接应回营。

甘宁见凌统回，即告权曰："宁今夜只带一百人马去劫曹营；若折了一人一骑，也不算功。"孙权壮之，乃调拨帐下一百精锐马兵付宁，又以酒五十瓶，羊肉五十斤，赏赐军士。甘宁回到营中，教一百人皆列坐，先将银碗斟酒，自吃两碗，乃语百人曰："今夜奉命劫寨，请诸公各满饮一觞，努力向前。"众人闻言，面面相觑。甘宁见众人有难色，乃拔剑在手，怒叱曰："我为上将，且不惜命；汝等何得迟疑！"众人见甘宁作色，皆起拜曰："愿效死力。"甘宁将酒肉与百人共饮食尽，约至二更时候，取白鹅翎一百根，插于盔上为号，都披甲上马，飞奔曹操寨边，拔开鹿角，大喊一声，杀入寨中，径奔中军来杀曹操。原来中军人马，以车仗伏路穿连，围得铁桶相似，不能得进。甘宁只将百骑，左冲右突，曹兵惊慌，正不知敌兵多少，自相扰乱。那甘宁百骑，在营内纵横驰骤，逢着便杀，各营鼓噪，举火如星，喊声大震。甘宁从寨之南门杀出，无人敢当。孙权令周泰引一枝兵来接应，甘宁将百骑回到濡须。操兵恐有埋伏，不敢追袭。后人有诗赞曰：

甘宁率百骑劫曹营，此乃敢死队性质的突击作战，需要战前充分激励士气。

无功不受禄，既已受禄，则必立功。

鼙【pí，古时军队中用的小鼓】鼓声喧震地来，吴师到处鬼神哀！百翎直贯曹家寨，尽说甘宁虎将才。

甘宁引百骑到寨，不折一人一骑。至营门，令百人皆击鼓吹笛，口称："万岁！"欢声大震。孙权自来迎接，甘宁下马拜伏。权扶起，携宁手曰："将军此去，足使老贼惊骇。非孤相舍，正欲观卿胆耳！"即赐绢千匹，利刀百口。宁拜受讫，遂分赏百人。权语诸将曰："孟德有张辽，孤有甘兴霸，足以相敌也。"

《三国演义》中的劫营，多被识破，鲜少成功。甘宁百骑劫曹营，主要胜在奇兵突击，先声夺人，挫敌锐气，更可贵的是未损分毫。但此次军事行动毕竟不是以斩首退敌或夺取粮草辎重为务，很难说取得多大的战果，但极大振奋己方士气，威慑敌军，战略意义重大。

次日，张辽引兵搦战。凌统见甘宁有功，奋然曰："统愿敌张辽。"权许之。统遂领兵五千，离濡须，权自引甘宁临阵观战。对阵圆处，张辽出马，左有李典，右有乐进。凌统纵马提刀，出至阵前，张辽使乐进出迎，两个斗到五十合，未分胜败。曹操闻知，亲自策马到门旗下来看，见二将酣斗，乃令曹休暗放冷箭。曹休便闪在张辽背后，开弓一箭，正中凌统坐下马，那马直立起来，把凌统掀翻在地。乐进连忙持枪来刺，枪还未到，只听得弓弦响处，一箭射中乐进面门，翻身落马。两军齐出，各救一将回营，鸣金罢战。凌统回寨中拜谢孙权，权曰："放箭救你者，甘宁也。"凌统乃顿首拜宁曰："不想公能如此垂恩！"自此与甘宁结为生死之交，再不为恶。

从此乐进再没出现过，原著未明确其后续状况，估计不久病亡。

且说曹操见乐进中箭，令自到帐中调治。次日，分兵五路来袭濡须：操自领中路；左一路张辽，二路李典；右一路徐晃，二路庞德。每路各带一万人马，杀奔江边来。时董袭、徐盛二将，在楼船上见五路军马来到，诸军各有惧色。徐盛曰："食君之禄，忠君之事，何惧哉！"遂引猛士数百人，用小船渡过江边，杀入李典军中去了。董袭在船上，令众军擂鼓呐喊助威。忽然江上猛风大作，白浪掀天，波涛汹涌。军士见大船将覆，争下脚舰逃命。董袭仗剑大喝曰："将受君命，在此防贼，怎敢弃船而去！"立斩下船军士十馀人。须臾，风急船覆，董袭竟死于江口水中。徐盛在李典军中，往来冲突。

却说陈武听得江边厮杀，引一军来，正与庞德相遇，两军混战。孙权在濡须坞中，听得曹兵杀到江边，亲自与周泰引军前来助战。正见徐盛在李典军中搅做一团厮杀，便麾军杀入接应。却被张辽、徐晃两枝军，把孙权困在垓心。曹操上高阜处看见孙权被围，急令许诸纵马持刀杀入军中，把孙权军冲作两段，彼此不能相救。

孙权又犯了沉不住气、亲身涉险的错误，还没从其父兄不惜千金之躯最终惨死的下场中吸取教训。

却说周泰从军中杀出，到江边，不见了孙权，勒回马，从外又杀入阵中，问本部军："主公何在？"军人以手指兵马厚处，曰："主公被围甚急！"周泰挺身杀入，寻见孙权。泰曰："主公可随泰杀出。"于是泰在前，权在后，奋力冲突。泰到江边，回头又不见孙权，乃复翻身杀入围中，又寻见孙权。权曰："弓弩齐发，不能得出，如何？"泰曰："主公在前，某在后，可以出围。”孙权乃纵马前行。周泰左右遮护，身被数枪，箭透重铠，救得孙权。到江边，吕蒙引一枝水军前来接应下船。权曰：“吾亏周泰三番冲杀，得脱重围。但徐盛在垓心，如何得脱？”周泰曰：“吾再救去。”遂轮枪复翻身杀入重围之中，救出徐盛。二将各带重伤。吕蒙教军士乱箭射住岸上兵，救二将下船。

却说陈武与庞德大战，后面又无应兵，被庞德赶到峪口，树林丛密，陈武再欲回身交战，被树株抓往袍袖，不能迎敌，为庞德所杀。曹操见孙权走脱了，自策马驱兵，赶到江边对射。吕蒙箭尽，正慌间，忽对江一宗船到，为首一员大将，乃是孙策女婿陆逊，自引十万兵到，一阵射退曹兵，乘势登岸追杀曹兵，复夺战马数千匹。曹兵伤者，不计其数，大败而回。于乱军中寻见陈武尸首。

孙权知陈武已亡，董袭又沉江而死，哀痛至切，令人入水中寻见董袭尸首，与陈武尸一齐厚葬之。又感周泰救护之功，设宴款之。权亲自把盏，抚其背，泪流满面，曰：“卿两番相救，不惜性命，被枪数十，肤如刻画，孤亦何心不待卿以骨肉之恩、委卿以兵马之重乎！卿乃孤之功臣，孤当与卿共荣辱、同休戚也。”言罢，令周泰解衣与众将观之：皮肉肌肤，如同刀剜，盘根遍体。孙权手指其痕，一一问之。周泰具言战斗被伤之状，一处伤令吃一觥酒。是日，周泰大醉。权以青罗伞赐之，令出入张盖，以为显耀。

孟子曾言：“君之视臣如手足，则臣视君如腹心。”孙权之言语实发自肺腑，褒奖的举措亦感人至深。

权在濡须，与操相拒月馀，不能取胜。张昭、顾雍上言：“曹操势大，不可力取，若与久战，大损士卒，不若求和安民为上。”孙权从其言，令步骘往曹营求和，许年纳岁贡。操见江南急未可下，乃从之，令：“孙权先撤人马，吾然后班师。”步骘回覆，权只留蒋钦、周泰守濡须口，尽发大兵上船回秣陵。

操留曹仁、张辽屯合淝，班师回许昌。文武众官皆议立曹操为“魏王”。尚书崔琰力言不可。众官曰：“汝独不见荀文若乎？”琰大怒曰：“时乎，时乎！会当有变，任自为之！”有与琰不和者，告知操。操大怒，收琰下狱问之，琰虎目虬髯，只是大骂曹操欺君奸贼。廷尉白操，操令杖杀崔琰在狱中。后人有赞曰：

> 清河崔琰，天性坚刚。虬髯虎目，铁石心肠。奸邪辟易，声节显昂。忠于汉主，千古名扬！

荀彧、荀攸之死皆非曹操直接为之，崔琰不似董承、孔融、伏完等人，除了反对曹操称王，并无其他罪名。曹操杀之，说明他已经明目张胆地为魏取代汉扫清政治障碍了。

建安二十一年夏五月，群臣表奏献帝，颂魏公曹操功德，极天际地，伊、周莫及，宜进爵为王。献帝即令钟繇草诏，册立曹操为“魏王”。曹操假意上书三辞。诏三报不许，操乃拜命受“魏王”之爵，冕十二旒【liú，古代帝王礼帽前后的玉串】，乘金根车，驾六马，用天子车服銮仪，出警入跸，于邺郡盖魏王宫，议立世子。操大妻丁夫人无出。妾刘氏生子曹昂，因征张绣时死于宛城。卞氏所生四子：长曰丕，次曰彰，三曰植，四曰熊。于是黜丁夫人，而立卞氏为魏王后。第三子曹植，字子建，极聪明，举笔成章，操欲立之为后嗣。长子曹丕，恐不得立，乃问计于中大夫贾诩。诩教如此如此。自是但凡操出征，诸子送行，曹植乃称述功德，发言成章，惟曹丕辞父，只是流涕而拜，左右皆感伤。于是操疑植乖巧，诚心不及丕也。丕又使人买嘱近侍，皆言丕之德。操欲立后嗣，踌躇不定，乃问贾诩曰：“孤欲立后嗣，当立谁？”贾诩不答，操问其故。诩曰：“正有所思，故不能即答耳。”操曰：“何所思？”诩对曰：“思袁本初、刘景升父子也。”操大笑，遂立长子曹丕为王世子。

贾诩此言，堪称临门一脚的神助攻！在立嗣关键节点发挥重要作用。类似白门楼曹操杀吕布前，刘备所言“公不见丁建阳、董卓之事乎？”

…………

【回后评】

曹操从加九锡、称魏公到封“魏王”一路走来，实际上开启了“以魏代汉”的进程。在这个过程中，原属于曹操阵营的荀彧、荀攸、崔琰先后因为反对曹操的不臣之举而先后去世，或被逼自尽，或忧愤而亡，或直接被杀，他们的死不免令人扼腕叹息。荀彧叔侄及其代表的“拥汉派”，在汉魏易代之际恪守封建臣节，固然能赢得传统史笔的褒奖，但也有其局限性。荀彧作为曹操前期最重要的谋士，主要是起到谋划战略、巩固后方的作用，类似汉初的萧何，在曹操平定北方的过程中尤其是官渡之战时做出了极为重要的贡献；荀攸常年跟随曹操出征，多献奇计，是曹操的主要谋士。可以说，正是有了荀彧叔侄的辅佐，才把曹操不断推向政治上的新高度。然而，他们却在曹操位极人臣、展露代汉政治野心后选择与他分道扬镳，在改朝换代的关键时刻选择了退后一步，一段君臣际遇的佳话没有善终，也造成了他们个人的悲剧，诚为可惜。

曹操之所以被指责为“奸”，主要不在于他为人不够诚实，而在于他对皇帝不够忠顺，这与孔子主张的“君君臣臣”、董仲舒宣扬的“君为臣纲”等忠君观念相违背。但是，一味喊“忠君”、心甘情愿做顺民就对吗？这不过是长期受到皇权专制思想的愚弄而已。历史上每当一个王朝因腐朽而灭亡时，总有一部分臣民如丧考妣，这样的愚忠是不应该被称颂的。

第七十一回

占对山黄忠逸待劳
据汉水赵云寡胜众

魏人妄意宗韩信
蜀相那知是子房

黄忠砍斬夏侯渊

【题解及内容提要】

曹操迫降张鲁、占领汉中后，留夏侯渊、曹洪、张郃守汉中。刘备为巩固对西川的统治，不容卧榻之侧有曹军酣睡，所以精锐尽处，主动向曹操发起了第一次也是规模最大的一次进攻，揭开魏蜀汉中之战的序幕。

夏侯渊身为驻守汉中独当一面的军事主帅，他在曹营的元老身份、战功资历和职务类似于刘备集团的关羽，最后却被黄忠于阵前斩杀，这是曹军有史以来在战场上战死的最高级别的将领。此事件直接导致了曹军士气大挫，让刘备在汉中争夺战中取得了极大的优势。

却说孔明分付黄忠：“你既要去，吾教法正助你，凡事计议而行。吾随后拨人马来接应。”黄忠应允，和法正领本部兵去了。孔明告玄德曰：“此老将不着言语激他，虽去不能成功。他今既去，须拨人马前去接应。”乃唤赵云：“将一枝人马，从小路出奇兵接应黄忠。若忠胜，不必出战，倘忠有失，即去救应。”又遣刘封、孟达：“领三千兵于山中险要去处，多立旌旗，以壮我兵之声势，令敌人惊疑。”三人各自领兵去了。又差人往下辨，授计与马超，令他如此而行。又差严颜往巴西阆中守隘，替张飞、魏延来同取汉中。

搬救兵只需派一哨骑报信即可。曹洪作为军中主将，却撤离前线亲回后方搬兵，主要还是担心自己是那个即将伤折的“一股”，以保命为优先。

却说张郃与夏侯尚来见夏侯渊，说：“天荡山已失，折了夏侯德、韩浩。今闻刘备亲自领兵来取汉中，可速奏魏王，早发精兵猛将，前来策应。”夏侯渊便差人报知曹洪。洪星夜前到许昌，禀知曹操。操大惊，急聚文武，商议发兵救汉中。长史刘晔进曰：“汉中若失，中原震动。大王休辞劳苦，必须亲自征讨。”操自悔曰：“恨当时不用卿言，以致如此！”忙传令旨，起兵四十万亲征。时建安二十三年秋七月也。曹操兵分三路而进，前部先锋夏侯惇，操自领中军，使曹休押后，三军陆续起行。操骑白马金鞍，玉带锦衣，武士手执大红罗销金伞盖，左右金瓜银钺，镫棒戈矛，打日月龙凤旌旗，护驾龙虎官军二万五千，分为五队，每队五千，按青、黄、赤、白、黑五色，旗幡甲马，并依本色，光辉灿烂，极其雄壮。

曹操这排场就不像是打仗，而是炫耀权势。

兵出潼关，操在马上望见一簇林木，极其茂盛，问近侍曰："此何处也？"答曰："此名蓝田。林木之间，乃蔡邕庄也。今邕女蔡琰，与其夫董祀居此。"原来操素与蔡邕相善，先时其女蔡琰，乃卫仲道之妻，后被北方掳去，于北地生二子，作《胡笳十八拍》，流入中原。操深怜之，使人持千金入北方赎之。左贤王惧操之势，送蔡琰还汉，操乃以琰配与董祀为妻。当日到庄前，因想起蔡邕之事，令军马先行，操引近侍百馀骑，到庄门下马。时董祀出仕于外，止有蔡琰在家，琰闻操至，忙出迎接。操至堂，琰起居毕，侍立于侧。操偶见壁间悬一碑文图轴，起身观之。问于蔡琰，琰答曰："此乃曹娥之碑也。昔和帝时，上虞有一巫者，名曹盱，能婆娑【舞蹈】乐【动词，娱乐或者取悦之意】神，五月五日，醉舞舟中，堕江而死。其女年十四岁，绕江啼哭七昼夜，跳入波中，后五日负父之尸浮于江面，里人葬之江边。上虞令度尚奏闻朝廷，表为孝女。度尚令邯郸淳作文镌碑以记其事，时邯郸淳年方十三岁，文不加点，一挥而就，立石墓侧，时人奇之。妾父蔡邕闻而往观，时日已暮，乃于暗中以手摸碑文而读之，索笔大书八字于其背。后人镌石，并镌此八字。"操读八字云："黄绢幼妇，外孙齑臼。"操问琰曰："汝解此意否？"琰曰："虽先人遗笔，妾实不解其意。"操回顾众谋士曰："汝等解否？"众皆不能答。于内一人出曰："某已解其意。"操视之，乃主簿杨修也。操曰："卿且勿言，容吾思之。"遂辞了蔡琰，引众出庄。上马行三里，忽省悟，笑谓修曰："卿试言之。"修曰："此隐语耳。'黄绢'乃颜色之丝也：色傍加丝，是'绝'字。'幼妇'者，少女也：女傍少字，是'妙'字。'外孙'乃

大战之间夹叙风流雅事，也体现了本书在描写上张弛有度的风格，丰富了文本层次。

此处指可以通过跳舞来取悦"神仙"，颇具神秘色彩。

女之子也：女傍子字，是'好'字。'齑臼'乃受五辛之器也：受傍辛字，是'辤'字。总而言之，是'绝妙好辤'四字。"操大惊曰："正合孤意！"众皆叹羡杨修才识之敏。

为何不是红娟紫娟？

不一日，军至南郑。曹洪接着，备言张郃之事。操曰："非郃之罪，胜负乃兵家常事耳。"洪曰："目今刘备使黄忠攻打定军山，夏侯渊知大王兵至，固守未曾出战。"操曰："若不出战，是示懦也。"便差人持节到定军山，教夏侯渊进兵。刘晔谏曰："渊性太刚，恐中奸计。"操乃作手书与之，使命持节到渊营，渊接入。使者出书，渊拆视之。略曰：

> 凡为将者，当以刚柔相济，不可徒恃其勇。若但任勇，则是一夫之敌耳。吾今屯大军于南郑，欲观卿之"妙才"，勿辱二字可也。

夏侯渊览毕大喜，打发使命回讫，乃与张郃商议曰："今魏王率大兵屯于南郑，以讨刘备。吾与汝久守此地，岂能建立功业？来日吾出战，务要生擒黄忠。"张郃曰："黄忠谋勇兼备，况有法正相助，不可轻敌。此间山路险峻，只宜坚守。"渊曰："若他人建了功劳，吾与汝有何面目见魏王耶？汝只守山，吾去出战。"遂下令曰："谁敢出哨诱敌？"夏侯尚曰："吾愿往。"渊曰："汝去出哨，与黄忠交战，只宜输，不宜赢。吾有妙计，如此如此。"尚受令，引三千军离定军山大寨前行。

夏侯渊字妙才，此处"妙才"有一语双关之意。曹操致书夏侯渊，是希望起到合淝之战时给张辽所赐的"贼来乃发"木匣的效果，希望能提示夏侯渊谨慎对敌。但夏侯渊勇则勇耳，毕竟不似张辽智勇兼备，以为曹操希望他早日出战建功。误解曹操在前，大意轻敌在后，终致阵前被斩。

却说黄忠与法正引兵屯于定军山口，累次挑战，夏侯渊坚守不出，欲要进攻，又恐山路危险，难以料敌，只得据守。是日，忽报山上曹兵下来搦战，黄忠恰待引军出迎，牙将陈式曰："将军休动，某愿当之。"忠大喜，遂令陈式引军一千，出山口列阵。夏侯尚兵至，遂与交锋。不数合，尚诈败而走。式赶去，行到半路，被两山上擂木炮石，打将下来，不能前进。正欲回时，背后夏侯渊引兵突出，陈式不能抵当，被夏侯渊生擒回寨，部卒多降。有败军逃得性命，回报黄忠，说陈式被擒。忠慌与法正商议，正曰："渊为人轻躁，恃勇少谋。可激劝士卒，拔寨前进，步步为营，诱渊来战而擒之。此乃'反客为主'之法。"忠用其谋，将应有之物，尽赏三军，欢声满谷，愿效死战。黄忠即日拔寨而进，步步为营，每营住数日，又进。渊闻之，欲出战。张郃曰："此乃'反客为主'之计，不可出战，战则有失。"渊不从，令夏侯尚引数千兵出战，直到黄忠寨前。忠上马提刀出迎，与夏侯尚交马，只一合，生擒夏侯尚归寨。馀皆败走，回报夏侯渊。渊急使人到黄忠寨，言愿将陈式来换夏侯尚，忠约定来日阵前相换。次日，两军皆到山谷阔处，布成阵势。黄忠、夏侯渊各立马于本阵门旗之下。黄忠带着夏侯尚，夏侯渊带着陈式，各不与袍铠，只穿蔽体薄衣。一声鼓响，陈式、侯夏尚各望本阵奔回。夏侯尚比及到阵门时，被黄忠一箭，射中后心，尚带箭而回。渊大怒，骤马径取黄忠，忠正要激渊厮杀，两将交马，战到二十馀合，曹营内忽然鸣金收兵。渊慌拨马而回，被忠乘势杀了一阵。渊回阵问押阵官："为何鸣金？"答曰："某见山凹中有蜀兵旗幡数处，恐是伏兵，故急招将军回。"渊信其说，遂坚守不出。

黄忠逼到定军山下，与法正商议。正以手指曰："定军山西，巍然有一座高山，四下皆是险道。此山上足可下视定军山之虚实。将军若取得此山，定军山只在掌中也。"忠仰见山头稍平，山上有些少人马。是夜二更，忠引军士鸣金击鼓，直杀上山顶。此山有夏侯渊部将杜袭守把，止有数百馀人。当时见黄忠大队拥上，只得弃山而走。忠得了山顶，正与定军山相对。法正曰："将军可守在半山，某居山顶。待夏侯渊兵至，吾举白旗为号，将军却按兵勿动。待他倦怠无备，吾却举起红旗，将军便下山击之。以逸待劳，必当取胜。"忠大喜，从其计。

却说杜袭引军逃回，见夏侯渊，说黄忠夺了对山。渊大怒曰："黄忠占了对山，不容我不出战。"张郃谏曰："此乃法正之谋也。将军不可出战，只宜坚守。"渊曰："占了吾对山，观吾虚实，如何不出战？”郃苦谏不听。渊分军围住对山，大骂挑战。法正在山上举起白旗，任从夏侯渊百般辱骂，黄忠只不出战。午时以后，法正见曹兵倦怠，锐气已堕，多下马坐息，乃将红旗招展。鼓角齐鸣，喊声大震，黄忠一马当先，驰下山来，犹如天崩地塌之势。夏侯渊措手不及，被黄忠赶到麾盖之下，大喝一声，犹如雷吼。渊未及相迎，黄忠宝刀已落，连头带肩，砍为两段。后人有诗赞黄忠曰：

苍头临大敌，皓首逞神威。力趁雕弓发，风迎雪刃挥。雄声如虎吼，骏马似龙飞。献馘【guó，古代战争中割取所杀敌人或俘虏的左耳以计数献功】功勋重，开疆展帝畿。

黄忠斩了夏侯渊，曹兵大溃，各自逃生。黄忠乘势去夺定军山，张郃领兵来迎。忠与陈式两下夹攻，混杀一阵，张郃败走。忽然山傍闪出一彪人马，当住去路，为首一员大将，大叫：“常山赵子龙在此！”张郃大惊，引败军夺路望定军山而走。只见前面一枝兵来迎，乃杜袭也。袭曰：“今定军山已被刘封、孟达夺了。”郃大惊，遂与杜袭引败兵到汉水扎营，一面令人飞报曹操。操闻渊死，放声大哭，方悟管辂所言：“三八纵横”，乃建安二十四年也；“黄猪遇虎”，乃岁在己亥正月也；“定军之南”，乃定军山之南也；“伤折一股”，乃渊与操有兄弟之亲情也。操令人寻管辂时，不知何处去了。操深恨黄忠，遂亲统大军，来定军山与夏侯渊报仇，令徐晃作先锋。行到汉水，张郃、杜袭接着曹操，二将曰：“今定军山已失，可将米仓山粮草移于北山寨中屯积，然后进兵。”曹操依允。

却说黄忠斩了夏侯渊首级，来葭萌关上见玄德献功。玄德大喜，加忠为征西大将军，设宴庆贺。忽牙将张著来报说：“曹操自领大军二十万，来与夏侯渊报仇。目今郃在米仓山搬运粮草，移于汉水北山脚下。”孔明曰：“今操引大兵至此，恐粮草不敷，故勒兵不进。若得一人深入其境，烧其粮草，夺其辎重，则操之锐气挫矣。”黄忠曰：“老夫愿当此任。”孔明曰：“操非夏侯渊之比，不可轻敌。”玄德曰：“夏侯渊虽是总帅，乃一勇夫耳，安及张郃？若斩得张郃，胜斩夏侯渊十倍也。”忠奋然曰：“吾愿往斩之。”孔明曰：“你可与赵子龙同领一枝兵去，凡事计议而行，看谁立功。”忠应允便行，孔明就令张著为副将同去。云谓忠曰：“今操引二十万众，分屯十营，将军在主公前要去夺粮，非小可之事。将军当用何策？”忠曰：“看我先去，如何？”云曰：“等我先去。”忠曰：“我是主将，你是副将，如何争先？”云曰：“我与你都一般为主公出力，何必计较？我二人拈阄，拈着的先去。”忠依允。当时黄忠拈着先去。云曰：“既将军先去，某当相助。可约定时刻。如将军依时而还，某按兵不动，若将军过时而不还，某即引军来接应。”忠曰：“公言是也。”于是二人约定午时为期。云回本寨，谓部将张翼曰：“黄汉升约定明日去夺粮草，若午时不回，我当往助。吾营前临汉水，地势危险，我若去时，汝可谨守寨栅，不可轻动。”张翼应诺。

却说黄忠回到寨中，谓副将张著曰：“我斩了夏侯渊，张郃丧胆。吾明日领命去劫粮草，只留五百军守营，你可助吾。今夜三更，尽皆饱食，四更离营，杀到北山脚下，先捉张郃，后劫粮草。”张著依令。当夜黄忠领人马在前，张著在后，偷过汉水，直到北山之下。东方日出，见粮积如山。有些少军士看守。见蜀兵到，尽弃而走。黄忠教马军一齐下马，取柴堆于米粮之上。正欲放火，张郃兵到，与忠混战一处。曹操闻知，急令除晃接应。晃领兵前进，将黄忠困于垓心。张著引三百军走脱，正要回寨，忽一枝兵撞出，拦住去路，为首大将，乃是文聘，后面曹兵又至，把张著围住。

却说赵云在营中，看看等到午时，不见忠回，急忙披挂上马，引三千军向前接应，临行，谓张翼曰：“汝可坚守营寨。两壁厢多设弓弩，以为准备。”翼连声应诺。云挺枪骤马直杀往前去。迎头一将拦路，乃文聘部将慕容烈也，拍马舞刀来迎赵云，被云手起一枪刺死，曹兵败走。云直杀入重围，又一枝兵截住，为首乃魏将焦炳。云喝问曰：“蜀兵何在？”炳曰：“已杀尽矣！”云大怒，骤马一枪，又刺死焦炳，杀散馀兵。直至北山之下，见张郃、徐晃两人围住黄忠，军士被困多时。云大喝一声，挺枪骤马，杀入重围，左冲右突，如入无人之境。那枪浑身上下，若舞梨花；遍体纷纷，如飘瑞雪。张郃、徐晃心惊胆战，不敢迎敌。云救出黄忠，且战且走，所到之处，无人敢阻。操于高处望见，惊问众将曰：“此将何人也？”有识者告曰：“此乃常山赵子龙也。”操曰：“昔日当阳长坂英雄尚在！”急传令曰：“所到之处，不许轻敌。”赵云救了黄忠，杀透重围，有军士指曰：“东南上围的，必是副将张著。”云不回本寨，遂望东南杀来。所到之处，但见“常山赵云”四字旗号，曾在当阳长坂知其勇者，互相传说，尽皆逃窜。云又救了张著。

把战场杀敌写得如此富有艺术美感，漂亮！

曹操见云东冲西突，所向无前，莫敢迎敌，救了黄忠，又救了张著，奋然大怒，自领左右将士来赶赵云。云已杀回本寨，部将张翼接着，望见后面尘起，知是曹兵追来，即谓云曰：“追兵渐近，可令军士闭上寨门，上敌楼防护。”云喝曰：“休闭寨门！汝岂不知吾昔在当阳长坂时，单枪匹马，觑曹兵八十三万如草芥！今有军有将，又何惧哉！”遂拨弓弩手于寨外壕中埋伏，将营内旗枪，尽皆倒偃，金鼓不鸣。云匹马单枪，立于营门之外。

却说张郃、徐晃领兵追至蜀寨，天色已暮，见寨中偃旗息鼓，又见赵云匹马单枪，立于营外，寨门大开，二将不敢前进。正疑之间，曹操亲到，急催督众军向前。众军听令，大喊一声，杀奔营前，见赵云全然不动，曹兵翻身就回。赵云把枪一招，壕中弓弩齐发。时天色昏黑，正不知蜀兵多少，操先拨回马走。只听得后面喊声大震，鼓角齐鸣，蜀兵赶来。曹兵自相践踏，拥到汉水河边，落水死者，不知其数。赵云、黄忠、张著各引兵一枝，追杀甚急。操正奔走间，忽刘封、孟达率二枝兵，从米仓山

赵云此举，堪称微缩版的空城计。

此战，刘备方面没有顶级军师在一线出谋划策，赵云、黄忠等武将直接打败了作为总帅且作战经验丰富的曹操，堪称奇迹。

路杀来，放火烧粮草。操弃了北山粮草，忙回南郑。徐晃、张郃扎脚不住，亦弃本寨而走。赵云占了曹寨，黄忠夺了粮草，汉水所得军器无数，大获胜捷，差人去报玄德。玄德遂同孔明前至汉水，问赵云的部卒曰："子龙如何厮杀？"军士将子龙救黄忠、拒汉水之事，细述一遍。玄德大喜，看了山前山后险峻之路，欣然谓孔明曰："子龙一身都是胆也！"后人有诗赞曰：

昔日战长坂，威风犹未减。突阵显英雄，被围施勇敢。
鬼哭与神号，天惊并地惨。常山赵子龙，一身都是胆！

于是玄德号子龙为"虎威将军"，大劳将士，欢宴至晚。

忽报曹操复遣大军从斜谷小路而进，来取汉水。玄德笑曰："操此来无能为也。我料必得汉水矣。"乃率兵于汉水之西以迎之。曹操命徐晃为先锋，前来决战。帐前一人出曰："某深知地理，愿助徐将军同去破蜀。"操视之，乃巴西宕渠人也，姓王，名平，字子均，现充牙门将军。操大喜，遂命王平为副先锋，相助徐晃。操屯兵于定军山北。徐晃、王平引军至汉水，晃令前军渡水列阵。平曰："军若渡水，倘要急退，如之奈何？"晃曰："昔韩信背水为阵，所谓'致之死地而后生'也。"平曰："不然。昔者韩信料敌人无谋而用此计，今将军能料赵云、黄忠之意否？"晃曰："汝可引步军拒敌，看我引马军破之。"遂令搭起浮桥，随即过河来战蜀兵。正是：

魏人妄意宗韩信，蜀相那知是子房。

未知胜负如何，且看下文分解。

【回后评】

阵斩夏侯渊，是黄忠一生中最辉煌的战绩。

黄忠可以说是整部《三国演义》中最具代表性的老当益壮、大器晚成的名将。他之所以早期寂寂无名，是因为荆州在黄巾起义、董卓之乱和群雄混战中较少受波及，所以长期守备长沙的黄忠也就没有了战场，没有了舞台，没有了用武之地，只能坐视岁月流逝，默默沉潜，不为人知。

从黄忠长沙城外战平关羽的战绩推断，年轻时的黄忠武艺不输与关羽，而且他在射术上有非同一般的造诣。所以，黄忠后来位列五虎上将，可谓实至名归。

历史上黄忠于汉中之战后不久病逝，并未如《三国演义》所写参与刘备称帝后讨伐东吴的战争。

第七十二回

诸葛亮智取汉中

曹阿瞒兵退斜谷

依稀昔日潼关厄

仿佛当年赤壁危

劉玄德智取漢中

【题解及内容提要】

刘备集团几乎出动了除关羽外所有的战力，付出了巨大的代价，终于从曹操手中夺取了汉中。失去汉中对曹操来说，只是少了几座城池，但得到汉中对刘备而言却意义重大——从此以后如果刘备不主动发起战争，他完全可以安居蜀地，高枕无忧地在益州画地自守——后来昏庸的刘禅偏居蜀中安坐皇位长达四十年，即是明证。汉中不仅成为益州北方的军事屏障，后来还成为了诸葛亮北伐曹魏的大本营。

历史上，辅佐刘备攻占益州最大的谋主是法正，并非诸葛亮。诸葛亮其实是作为政务官存在的，一直坐镇成都，处理内政，调拨兵马钱粮，并未参直接与汉中之战。

却说徐晃引军渡汉水，王平苦谏不听，渡过汉水扎营。黄忠、赵云告玄德曰："某等各引本部兵去迎曹兵。"玄德应允。二人引兵而行。忠谓云曰："今徐晃恃勇而来，且休与敌。待日暮兵疲，你我分兵两路击之可也。"云然之，各引一军据住寨栅。徐晃引兵从辰时搦战，直至申时，蜀兵不动。晃尽教弓弩手向前，望蜀营射去。黄忠谓赵云曰："徐晃令弓弩射者，其军必将退也，可乘时击之。"言未已，忽报曹兵后队果然退动。于是蜀营鼓声大震，黄忠领兵左出，赵云领兵右出。两下夹攻，徐晃大败，军士逼入汉水，死者无数。晃死战得脱，回营责王平曰："汝见吾军势将危，如何不救？"平曰："我若来救，此寨亦不能保。我曾谏公休去，公不肯所，以致此败。"晃大怒，欲杀王平。平当夜引本部军就营中放起火来，曹兵大乱，徐晃弃营而走。王平渡汉水来投赵云，云引见玄德。王平尽言汉水地理，玄德大喜曰："孤得王子均，取汉中无疑矣。"遂命王平为偏将军，领向导使。

徐晃在关中与马超对敌时以谨慎持重著称，而汉水之战时竟恃勇冒进，刚愎拒谏，逼反同僚，前后表现迥异，就像换了一个人。

却说徐晃逃回见操，说："王平反去降刘备矣！"操大怒，亲统大军来夺汉水寨栅。赵云恐孤军难立，遂退于汉水之西，两军隔水相拒。玄德与孔明来观形势，孔明见汉水上流头，有一带土山，可伏千馀人，乃回到营中，唤赵云分付："汝可引五百人，皆带鼓角，伏于土山之下。或半夜，或黄昏，只听我营中炮响，炮响一番，擂鼓一番。——只不要出战。"子龙受计去了。孔明却在高山上暗窥。次日，曹兵到来搦战，蜀营中一人不出，弓弩亦都不发，曹兵自回。当夜更深，孔明见曹营灯火方息，军士歇定，遂放号炮。子龙听得，令鼓角齐鸣。曹兵惊慌，只疑劫寨，及至出营，不见一军。方才回营欲歇，号炮又响，鼓角又鸣，呐喊震地，山谷应声，曹兵彻夜不安。一连三夜，如此惊疑，操心怯，拔寨退三十里，就空阔处扎营。孔明笑曰："曹操虽知兵法，不知诡计。"遂请玄德亲渡汉水，背水结营。玄德问计，孔明曰："可如此如此。"

诸葛亮这招对曹操别具奇效。虚张攻势，但虚实难料，恰好曹操又是多疑之人，不敢不防，此计不费兵力却能极大消耗曹军精力与士气，曹军只能疲于招架。

曹操见玄德背水下寨，心中疑惑，使人来下战书。孔明批来日决战。次日，两军会于中路五界山前，列成阵势。操出马立于门旗下，两行布列龙凤旌旗，擂鼓三通，唤玄德答话。玄德引刘封、孟达并川中诸将而出。操扬鞭大骂曰："刘备忘恩失义，反叛朝廷之贼！"玄德曰："吾乃大汉宗亲，奉诏讨贼。汝上弑母后，自立为王，僭用天子銮舆，非反而何？"操怒，命徐晃出马来战。刘封出迎。交战之时，玄德先走入阵。封敌晃不住，拨马便走。操下令："捉得刘备，便为西川之主。"大军齐呐喊杀过阵来。蜀兵望汉水而逃，尽弃营寨，马匹军器，丢满道上，曹军皆争取。操急鸣金收军。众将曰："某等正待捉刘备，大王何故收军？"操曰："吾见蜀兵背汉水安营，其可疑一也；多弃马匹军器，其可疑二也。可急退军，休取衣物。"遂下令曰："妄取一物者立斩。火速退兵！"曹兵方回头时，孔明号旗举起，玄德中军领兵便出，黄忠左边杀来，赵云右边杀来。曹兵大溃而逃，孔明连夜追赶。操传令军回南郑，只见五路火起——原来魏延、张飞得严颜代守阆中，分兵杀来，先得了南郑。操心惊，望阳平关而走。玄德大兵追至南郑褒州。安民已毕，玄德问孔明曰："曹操此来，何败之速也？"孔明曰："操平生为人多疑，虽能用兵，疑则多败。吾以疑兵胜之。"玄德曰："今操退守阳平关，其势已孤，先生将何策以退之？"孔明曰："亮已算定了。"便差张飞、魏延分兵两路去截曹操粮道，令黄忠、赵云分兵两路去放火烧山。四路军将，各引向导官军去了。

却说曹操退守阳平关，令军哨探。回报曰："今蜀兵将远近小路，尽皆塞断，砍柴去处，尽放火烧绝。不知兵在何处。"操正疑惑间，又报张飞、魏延分兵劫粮。操问曰："谁敢敌张飞？"许褚曰："某愿往！"操令许褚引一千精兵，去阳平关路上护接粮草。解粮官接着，喜曰："若非将军到此，粮不得到阳平矣。"遂将车上的酒肉，献与许褚。褚痛饮，不觉大醉，便乘酒兴，催粮车行。解粮官曰："日已暮矣，前褒州之地，山势险恶，未可过去。"褚曰："吾有万夫之勇，岂惧他人哉！今夜乘着月色，正好使粮车行走。"许褚当先，横刀纵马，引军前进。二更已后，往褒州路上而来。行至半路，忽山凹里鼓角震天，一枝军当住。为首大将，乃张飞也，挺矛纵马，直取许褚。褚舞刀来迎，却因酒醉，敌不住张飞，战不数合，被飞一矛刺中肩膀，翻身落马，军士急忙救起，退后便走。张飞尽夺粮草车辆而回。

从此以后，虎侯许褚基本告别了战场。

却说众将保着许褚，回见曹操。操令医士疗治金疮，一面亲自提兵来与蜀兵决战。玄德引军出迎，两阵对圆，玄德令刘封出马。操骂曰："卖履小儿，常使假子拒敌！吾若唤黄须儿来，汝假子为肉泥矣！"刘封大怒，挺枪骤马，径取曹操。操令徐晃来迎，封诈败而走，操引兵追赶。蜀兵营中，四下炮响，鼓角齐鸣。操恐有伏兵，急教退军，曹兵自相践踏，死者极多。奔回阳平关，方才歇定，蜀兵赶到城下：东门放火，西门呐喊；南门放火，北门擂鼓。操大惧，弃关而走，蜀兵从后追袭。操正走之间，前面张飞引一枝兵截住，赵云引一枝兵从背后杀来，黄忠又引兵从褒州杀来，操大败。诸将保护曹操，夺路而走。方逃至斜谷界口，前面尘头忽起，一枝兵到。操曰："此军若是伏兵，吾休矣！"及兵将近，乃操次子曹彰也。

如此浅显的诱敌之计，曹操竟然不察，或许是被前期一连串的失败冲昏了头脑，影响了判断。

彰字子文，少善骑射，膂【lǚ】力【体力】过人，能手格猛兽。操尝戒之曰："汝不读书而好弓马，此匹夫之勇，何足贵乎？"彰曰："大丈夫当学卫青、霍去病，立功沙漠，长驱数十万众，纵横天下，何能作博士耶？"操尝问诸子之志，彰曰："好为将。"操问："为将何如？"彰曰："披坚执锐，临难不顾，身先士卒；赏必行，罚必信。"操大笑。建安二十三年，代郡乌桓反，操令彰引兵五万讨之，临行戒之曰："居家为父子，受事为君臣。法不徇情，尔宜深戒。"彰到代北，身先战阵，直杀至桑干，北方皆平。因闻操在阳平败阵，故来助战。操见彰至，大喜曰："我黄须儿来，破刘备必矣！"遂勒兵复回，于斜谷界口安营。有人报玄德，言曹彰到。玄德问曰："谁敢去战曹彰？"刘封曰："某愿往。"孟达又说要去。玄德曰："汝二人同去，看谁成功。"各引兵五千来迎：刘封在先，孟达在后，曹彰出马与封交战，只三合，封大败而回。孟达引兵前进，方欲交锋，只见曹兵大乱。原来马超、吴兰两军杀来，曹兵惊动。孟达引兵夹攻。马超士卒蓄锐日久，到此耀武扬威，势不可当，曹兵败走。曹彰正遇吴兰，两个交锋，不数合，曹彰一戟刺吴兰于马下。三军混战。操收兵于斜谷界口扎住。

此言可见曹彰颇知为将之道，反映出其具备一定的为将格局与追求。

公私分明，教子有方。

操屯兵日久，欲要进兵，又被马超拒守，欲收兵回，又恐被蜀兵耻笑，心中犹豫不决。适庖官进鸡汤，操见碗中有鸡肋，因而有感于怀。正沉吟间，夏侯惇入帐，禀请夜间口号。操随口曰："鸡肋！鸡肋！"惇传令众官，都称"鸡肋"。行军主簿杨修，见传"鸡肋"二字，便教随行军士，各收拾行装，准备归程。有人报知夏侯惇，惇大惊，遂请杨修至帐中问曰："公何收拾行装？"修曰："以今夜号令，便知魏王不日将退兵归也。鸡肋者，食之无肉，弃之有味。今进不能胜，退恐人笑，在此无益，不如早归，来日魏王必班师矣。故先收拾行装，免得临行慌乱。”夏侯惇曰：“公真知魏王肺腑也！”遂亦收拾行装。于是寨中诸将，无不准备归计。当夜曹操心乱，不能稳睡，遂手提钢斧，绕寨私行。只见夏侯惇寨内军士，各准备行装。操大惊，急回帐召惇问其故。惇曰：“主簿杨德祖先知大王欲归之意。”操唤杨修问之，修以鸡肋之意对。操大怒曰：“汝怎敢造言乱我军心！”喝刀斧手推出斩之，将首级号令于辕门外。

私下巡查。

原来杨修为人恃才放旷，数犯曹操之忌。操尝造花园一所，造成，操往观之，不置褒贬，只取笔于门上书一“活”字而去。人皆不晓其意。修曰：“‘门’内添‘活’字，乃‘阔’字也。丞相嫌园门阔耳。”于是再筑墙围，改造停当，又请操观之。操大喜，问曰：“谁知吾意？”左右曰：“杨修也。”操虽称美，心甚忌之。又一日，塞北送酥一盒至，操自写“一合酥”三字于盒上，置之案头。修入见之，竟取匙与众分食讫。操问其故，修答曰：“盒上明书‘一人一口酥’，岂敢违丞相之命乎？”操虽喜笑，而心恶之。操恐人暗中谋害己身，常分付左右：“吾梦中好杀人，凡吾睡着，汝等切勿近前。”一日，昼寝帐中，落被于地，一近侍慌取覆盖，操跃起拔剑斩之，复上床睡，半晌而起，佯惊问：“何人杀吾近侍？”众以实对。操痛哭，命厚葬之。人皆以为操果梦中杀人，惟修知其意，临葬时指而叹曰：“丞相非在梦中，君乃在梦中耳！”操闻而愈恶之。操第三子曹植，爱修之才，常邀修谈论，终夜不息。操与众商议，欲立植为世子。曹丕知之，密请朝歌长吴质入内府商议，因恐有人知觉，乃用大簏【lù，盛物的竹篓】藏吴质于中，只说是绢匹在内，载入府中。修知其事，径来告操。操令人于丕府门伺察之，丕慌告吴质，质曰：“无忧也，明日用大簏装绢再入以惑之。”丕如其言，以大簏载绢入。使者搜看簏中，果绢也，回报曹操。操因疑修谮害曹丕，愈恶之。操欲试曹丕、曹植之才干，一日，令各出邺城门，却密使人分付门吏，令勿放出。曹丕先至，门吏阻之，丕只得退

此处用补叙的写法，把杨修以前炫耀才学的行径进行集中交代。

“阔”字要表达的究竟是“嫌园门阔”，还是希望进一步再阔园门，完全可以有两种解读。

补叙之中又有补叙，将曹丕、曹植夺嫡之争道来。

回。植闻之，问于修，修曰："君奉王命而出，如有阻当者，竟斩之可也。"植然其言。及至门，门吏阻住。植叱曰："吾奉王命，谁敢阻当！"立斩之。于是曹操以植为能。后有人告操曰："此乃杨修之所教也。"操大怒，因此亦不喜植。修又尝为曹植作答教十馀条，但操有问，植即依条答之。操每以军国之事问植，植对答如流，操心中甚疑。后曹丕暗买植左右，偷答教来告操。操见了大怒曰："匹夫安敢欺我耶！"此时已有杀修之心，今乃借惑乱军心之罪杀之。修死年三十四岁。后人有诗曰：

杨修给曹植提供应对曹操之法，类似于答题模板，投曹操所好，属于宿构作弊之举。

曹丕比曹植更有手段。

聪明杨德祖，世代继簪缨。笔下龙蛇走，胸中锦绣成。

开谈惊四座，捷对冠群英。身死因才误，非关欲退兵。

曹操既杀杨修，佯怒夏侯惇，亦欲斩之，众官告免。操乃叱退夏侯惇，下令来日进兵。次日，兵出斜谷界口，前面一军相迎，为首大将乃魏延也。操招魏延归降，延大骂，操令庞德出战。二将正斗间，曹寨内火起，人报马超劫了中后二寨。操拔剑在手曰："诸将退后者斩！"众将努力向前，魏延诈败而走。操方麾军回战马超，自立马于高阜处，看两军争战。忽一彪军撞至面前，大叫："魏延在此！"拈弓搭箭，射中曹操，操翻身落马。延弃弓绰刀，骤马上山坡来杀曹操。刺斜里闪出一将，大叫："休伤吾主！"视之，乃庞德也。德奋力向前，战退魏延，保操前行。马超已退。操带伤归寨，原来被魏延射中人中，折却门牙两个，急令医士调治。方忆杨修之言，随将修尸收回厚葬，就令班师，却教庞德断后。操卧于毡车之中，左右虎贲军护卫而行。忽报斜谷山上两边火起，伏兵赶来，曹兵人人惊恐。正是：

依稀昔日潼关厄，仿佛当年赤壁危。

未知曹操性命如何，且看下文分解。

【回后评】

小议杨修之死。

君王都不希望被臣下轻易猜中心思，因为这会有损君王的威仪，天威难测才更容易统御臣属。杨修舞文弄墨，才智有余，但不懂得君王驭众之道，每每戳穿曹操的心思，实是自取死耳。杨修恃才傲物，时时于曹操面前卖弄小聪明，遭到曹操的嫉恨是其被杀的直接原因。但根本上还是因为杨修在政治上坚定支持曹植，被卷入了曹操立嗣的风波中，这也是在本回中补叙夺嫡之争内容的重要原因。原本曹操在曹丕和曹植兄弟中游移不定，但一旦选中曹丕，就必须翦除曹植的铁杆支持者。杨修是太尉杨彪之子，出身三公之家，朝中不乏支持者。所以，曹操必须为日后曹丕能稳坐王位，而寻机除掉杨修。

第七十三回

玄德进位汉中王
云长攻拔襄阳郡

未见东吴来伺隙
先看北魏又添兵

【题解及内容提要】

前文提到，刘备在群臣的劝进下自称汉中王，虽然经过一番辞让，最终还是勉强答应。这里诸葛亮的立场很值得玩味。纵观诸葛亮一生的政治主张和实际作为，尤其是在刘备去世后，诸葛亮鞠躬尽瘁、死而后已，时时以“兴复汉室”为己任，一直以坚定的“拥汉派”出现在世人面前。而此时汉帝尚在，曹操尚不敢称帝，诸葛亮竟说出让刘备即皇帝位的篡逆之言，可见他拥汉是假，拥刘备以建功名才是真。

鲁迅先生曾说：“中国人的性情总是喜欢调和、折中的，譬如你说，这屋子太暗，须在这里开一个窗，大家一定不允许的。但如果你主张拆掉屋顶，他们就会来调和，愿意开窗了。”一个人提出了一个大要求后再提出一个同类性质的小要求，这个小要求就更可能被他人接受。所以，群臣劝进刘备称王，也是依循这个路数。他们知道刘备定然不会称帝，所以退而求称王，才是他们真正的目的。

却说曹操退兵至斜谷，孔明料他必弃汉中而走，故差马超等诸将，分兵十数路，不时攻劫。因此操不能久住，又被魏延射了一箭，急急班师，三军锐气堕尽。前队才行，两下火起，乃是马超伏兵追赶。曹兵人人丧胆。操令军士急行，晓夜奔走无停，直至京兆，方始安心。

且说玄德命刘封、孟达、王平等，攻取上庸诸郡，申耽等闻操已弃汉中而走，遂皆投降。玄德安民已定，大赏三军，人心大悦。于是众将皆有推尊玄德为帝之心，未敢径启，却来禀告诸葛军师。孔明曰：“吾意已有定夺了。”随引法正等入见玄德，曰：“今曹操专权，百姓无主。主公仁义著于天下，今已抚有两川之地，可以应天顺人，即皇帝位，名正言顺，以讨国贼。事不宜

对申耽这个日后为祸不浅的人物，应在初登场时给予必要的介绍。

这句话说得实在，投奔曹、刘、孙任何一方的贤才，都不是为了忠义，而是为了功名。

迟，便请择吉。”玄德大惊曰：“军师之言差矣。刘备虽然汉之宗室，乃臣子也，若为此事，是反汉矣。”孔明曰：“非也。方今天下分崩，英雄并起，各霸一方，四海才德之士，舍死亡生而事其上者，皆欲攀龙附凤，建立功名也。今主公避嫌守义，恐失众人之望。愿主公熟思之。”玄德曰：“要吾僭居尊位，吾必不敢，可再商议长策。”诸将齐言曰：“主公若只推却，众心解矣。”孔明曰：“主公平生以义为本，未肯便称尊号。今有荆襄、两川之地，可暂为汉中王。”玄德曰：“汝等虽欲尊吾为王，不得天子明诏，是僭也。”孔明曰：“今宜从权，不可拘执常理。”张飞大叫曰：“异姓之人，皆欲为君，何况哥哥乃汉朝宗派！莫说汉中王，就称皇帝，有何不可！”玄德叱曰：“汝勿多言！”孔明曰：“主公宜从权变，先进位汉中王，然后表奏天子，未为迟也。”

许靖、法正此时名义上的官位是高于诸葛亮的。

玄德再三推辞不过，只得依允。建安二十四年秋七月，筑坛于沔阳，方圆九里，分布五方，各设旌旗仪仗，群臣皆依次序排列。许靖、法正请玄德登坛，进冠冕玺绶讫，面南而坐，受文武官员拜贺为汉中王。子刘禅，立为王世子。封许靖为太傅，法正为尚书令，诸葛亮为军师，总理军国重事。封关羽、张飞、赵云、马超、黄忠为五虎大将，魏延为汉中太守。其馀各拟功勋定爵。

魏延成长为可以独当一面的大将，也全亏了刘备的拔擢信任。

玄德既为汉中王，遂修表一道，差人赍赴许都。表曰：

备以具臣之才，荷上将之任，总督三军，奉辞于外；不能扫除寇难，靖匡王室，久使陛下圣教陵迟，六合之内，否【pǐ，坏，恶】而未泰：惟忧反侧，疢【chèn，热病，泛指疾病】如疾首。

曩者董卓，伪为乱阶。自是之后，群凶纵横，残剥海内。赖陛下圣德威临，人臣同应，或忠义奋讨，或上天降罚，暴逆并殪，以渐冰消。惟独曹操，久未枭除，侵擅国权，恣心极乱。臣昔与车骑将军董承，图谋讨操，机事不密，承见陷害。臣播越失据，忠义不果，遂得使操穷凶极逆，主后戮杀，皇子鸩害。虽纠合同盟，念在奋力，懦弱不武，历年未效。常恐殒没，辜负国恩，寤寐永叹，夕惕若厉。

今臣群僚以为：在昔《虞书》敦叙九族，庶明励翼；帝王相传，此道不废；周监二代，并建诸姬，实赖晋、郑夹辅之力。高祖龙兴，尊王子弟，大启九国，卒斩诸吕，以安大宗。今操恶直丑正，实繁有徒，包藏祸心，篡盗已显。既宗室微弱，帝族无位，斟酌古式，依假权宜：上臣为大司马、汉中王。

此句意在表明西周分封同姓为诸侯王，有效拱卫了王室；汉高祖刘邦封刘姓子侄为王，最终平息了诸吕之乱，维护了刘姓王朝的统治。

臣伏自三省：受国厚恩，荷任一方，陈力未效，所获已过，不宜复忝高位，以重罪谤。群僚见逼，迫臣以义。臣退惟寇贼不枭，国难未已，宗庙倾危，社稷将坠：诚臣忧心碎首之日。若应权通变，以宁静圣朝，虽赴水火，所不得辞：辄顺众议，拜受印玺，以崇国威。

仰惟爵号，位高宠厚；俯思报效，忧深责重：惊怖惕息，如临于谷。敢不尽力输诚，奖励六师，率齐群义，应天顺时，以宁社稷。谨拜表以闻。

表到许都，曹操在邺郡闻知玄德自立汉中王，大怒曰："织席小儿，安敢如此！吾誓灭之！"即时传令，尽起倾国之兵，赴两川与汉中王决雌雄。一人出班谏曰："大王不可因一时之怒，亲劳车驾远征。臣有一计，不须张弓只箭，令刘备在蜀自受其祸。待其兵衰力尽，只须一将往征之，便可成功。"操视其人，乃司马懿也。操喜问曰："仲达有何高见？"懿曰："江东孙权，以妹嫁刘备，而又乘间窃取回去；刘备又据占荆州不还：彼此俱有切齿之恨。今可差一舌辩之士，赍书往说孙权，使兴兵取荆州，刘备必发两川之兵以救荆州。那时大王兴兵去取汉川，令刘备首尾不能相救，势必危矣。"

司马懿此论，深窥三足鼎立的要害和关键，真可谓眼光神准的战略家！

这话不假。

操大喜，即修书令满宠为使，星夜投江东来见孙权。权知满宠到，遂与谋士商议。张昭进曰：“魏与吴本无仇，前因听诸葛之说词，致两家连年征战不息，生灵遭其涂炭。今满伯宁来，必有讲和之意，可以礼接之。”权依其言，令众谋士接满宠入城相见。礼毕，权以宾礼待宠。宠呈上操书，曰：“吴、魏自来无仇，皆因刘备之故，致生衅隙。魏王差某到此，约将军攻取荆州，魏王以兵临汉川，首尾夹击。破刘之后，共分疆土，誓不相侵。”孙权览书毕，设筵相待满宠，送归馆舍安歇。

权与众谋士商议。顾雍曰：“虽是说词，其中有理。今可一面送满宠回，约会曹操，首尾相击，一面使人过江探云长动静，方可行事。”诸葛瑾曰：“某闻云长自到荆州，刘备娶与妻室，先生一子，次生一女。其女尚幼，未许字【许配，有成语“待字闺中”】人。某愿往与主公世子求婚。若云长肯许，即与云长计议共破曹操，若云长不肯，然后助曹取荆州。”孙权用其谋，先送满宠回许都，却遣诸葛瑾为使，投荆州来。入城见云长，礼毕，云长曰：“子瑜此来何意？”瑾曰：“特来求结两家之好。吾主吴侯有一子，甚聪明，闻将军有一女，特来求亲。两家结好，并力破曹。此诚美事，请君侯思之。”云长勃然大怒曰：“吾虎女安肯嫁犬子乎！不看汝弟之面，立斩汝首！再休多言！”遂唤左右逐出。瑾抱头鼠窜，回见吴侯，不敢隐匿，遂以实告。权大怒曰：“何太无礼耶！”便唤张昭等文武官员，商议取荆州之策。步骘曰：“曹操久欲篡汉，所惧者刘备也。今遣使来令吴兴兵吞蜀，此嫁祸于吴也。”权曰：“孤亦欲取荆州久矣。”骘曰：“今曹仁现屯兵于襄阳、樊城，又无长江之险，旱路可取荆州，如何不取，却令主公动兵？只此便见其心。主公可遣使去许都见操，令曹仁旱路先起兵取荆州，云长必掣荆州之兵而取樊城。若云长一动，主公可遣一将，暗取荆州，一举可得矣。”权从其议，即时遣使过江，上书曹操，陈说此事。操大喜，发付使者先回，随遣满宠往樊城助曹仁，为参谋官，商议动兵，一面驰檄东吴，令领兵水路接应，以取荆州。

关羽此举，有失外交礼仪，且严重背离了诸葛亮“东和孙权”的嘱托。关羽只是一方主将，而孙权却贵为一方君主，孙权主动求亲示好，是对关羽的尊重和抬举。刘备已先与孙权结亲，关羽若再与孙权结为儿女亲家，巩固两家盟好，势必大大削弱孙权背盟败约、偷袭荆州的军事企图，届时孙权如与刘备反目，在舆论上将无法对天下人交代。退一万步讲，“伸手不打笑脸人”，就算不同意这门亲事，至少不应该“勃然大怒”，甚至侮辱孙权为“犬”。

却说汉中王令魏延总督军马，守御东川。遂引百官回成都，差官起造宫庭，又置馆舍，自成都至白水，共建四百馀处馆舍亭邮。广积粮草，多造军器，以图进取中原。细作人探听得曹操结连东吴，欲取荆州，即飞报入蜀。汉中王忙请孔明商议，孔明曰："某已料曹操必有此谋。然吴中谋士极多，必教操令曹仁先兴兵矣。"汉中王曰："依此如之奈何？"孔明曰："可差使命就送官诰与云长，令先起兵取樊城，使敌军胆寒，自然瓦解矣。"汉中王大喜，即差前部司马费诗为使，赍捧诰命投荆州来。云长出郭，迎接入城。至公廨礼毕，云长问曰："汉中王封我何爵？"诗曰："'五虎大将'之首。"云长问："那五虎将？"诗曰："关、张、赵、马、黄是也。"云长怒曰："翼德吾弟也；孟起世代名家；子龙久随吾兄，即吾弟也：位与吾相并，可也。黄忠何等人，敢与吾同列？大丈夫终不与老卒为伍！"遂不肯受印。诗笑曰："将军差矣。昔萧何、曹参与高祖同举大事，最为亲近，而韩信乃楚之亡将也，然信位为王，居萧、曹之上，未闻萧、曹以此为怨。今汉中王虽有'五虎将'之封，而与将军有兄弟之义，视同一体。将军即汉中王，汉中王即将军也。岂与诸人等哉？将军受汉中王厚恩，当与同休戚、共祸福，不宜计较官号之高下。愿将军熟思之。"云长大悟，乃再拜曰："某之不明，非足下见教，几误大事。"即拜受印绶。

费诗方出王旨，令云长领兵取樊城。云长领命，即时便差傅士仁、麋芳二人为先锋，先引一军于荆州城外屯扎，一面设宴城中，款待费诗。饮至二更，忽报城外寨中火起。云长急披挂上马，出城看时，乃是傅士仁、麋芳饮酒，帐后遗火，烧着火炮，满营撼动，把军器粮草，尽皆烧毁。云长引兵救扑，至四更方才火灭。云长入城，召傅士仁、麋芳责之曰："吾令汝二人作先锋，不曾出师，先将许多军器粮草烧毁，火炮打死本部军人。如此误事，要你二人何用！"叱令斩之。费诗告曰："未曾出师，先斩大将，于军不利。可暂免其罪。"云长怒气不息，叱二人曰："吾

回成都，而不是于汉中就地指挥军队乘胜攻取长安，本身就是刘备渐生享乐思想的表现，也意味着刘备势力盛极而衰的转折。

连诸葛亮都没有想到孙权会趁机偷袭，可见他长期低估了孙权方面夺回荆州的决心，高估了孙刘联盟的稳定性，或许他并不知道诸葛瑾说亲反被关羽羞辱的事。

关羽此言又自降格局。按照他的逻辑，能与他并列的人，要么是自己的小弟，要么出身尊贵。这是典型的任人唯亲、唯尊，而不是唯贤、唯才。长沙城下，关羽并没有在武艺上战胜黄忠，且在箭术上还被黄忠饶了一命，他应该有起码的自知之明。

关羽的所做所为给日后埋下两颗"炸弹"。

不看费司马之面，必斩汝二人之首！”乃唤武士各杖四十，摘去先锋印绶，罚糜芳守南郡，傅士仁守公安，且曰：“若吾得胜回来之日，稍有差池，二罪俱罚！”二人满面羞惭，喏喏而去。云长便令廖化为先锋，关平为副将，自总中军，马良、伊籍为参谋，一同征进。先是，有胡华之子胡班，到荆州来投降关公，公念其旧日相救之情，甚爱之，令随费诗入川，见汉中王受爵。费诗辞别关公，带了胡班，自回蜀中去了。

胡班曾于关羽千里走单骑时救护关羽。时隔多年，胡班幸能保得性命，再见故人，真是一大快事。

且说关公是日祭了“帅”字大旗，假寐于帐中。忽见一猪，其大如牛，浑身黑色，奔入帐中，径咬云长之足。云长大怒，急拔剑斩之，声如裂帛，霎然惊觉，乃是一梦。便觉左足阴阴疼痛，心中大疑。唤关平至，以梦告之。平对曰：“猪亦有龙象。龙附足，乃升腾之意，不必疑忌。”云长聚多官于帐下，告以梦兆。或言吉祥者，或言不祥者，众论不一。云长曰：“吾大丈夫年近六旬，即死何憾！”正言间，蜀使至，传汉中王旨，拜云长为前将军，假节钺，都督荆襄九郡事。云长受命讫，众官拜贺曰：“此足见猪龙之瑞也。”于是云长坦然不疑，遂起兵奔襄阳大路而来。

猪字繁体写作“豬”，偏旁“豕”代表猪的形象，“豕”恰好是“蒙”字的下部；足是人身体的下部，可以借指后方。关羽梦中的猪咬自己的脚，其实是在预示东吴的吕蒙会偷袭关羽的后方。后续情节的发展也印证了这个预示。

这解释太匪夷所思，即便是宽慰关羽，也应提醒其小心在意。

“假节钺”在当时是授予武将的最高权力，代表皇帝亲临，可行使临机专断之权。刘备此举明确了关羽在蜀汉政权中“二号人物”的地位。

曹仁正在城中，忽报云长自领兵来。仁大惊，欲坚守不出，副将翟元曰：“今魏王令将军约会东吴取荆州，今彼自来，是送死也，何故避之？”参谋满宠谏曰：“吾素知云长勇而有谋，未可轻敌。不如坚守，乃为上策。”骁将夏侯存曰：“此书生之言耳。岂不闻‘水来土掩，将至兵迎’？我军以逸待劳，自可取胜。”曹仁从其言，令满宠守樊城，自领兵来迎云长。云长知曹兵来，唤关平、廖化二将，受计而往。与曹兵两阵对圆，廖化出马搦战，翟元出迎。二将战不多时，化诈败，拨马便走，翟元从后追杀，荆州兵退二十里。次日，又来搦战，夏侯存、翟元一齐出迎，荆州兵又败，又追杀二十馀里。忽听得背后喊声大震，鼓角齐鸣，曹仁急命前军速回，背后关平、廖化杀来，曹兵大乱。曹仁知是中计，先掣一军飞奔襄阳，离城数里，前面绣旗招飐，云长勒马横刀，拦住去路。曹仁胆战心惊，不敢交锋，望襄阳斜路而走，云长不赶。须臾，夏侯存军至，见了云长，大怒，便与云长交锋，只一合，被云长砍死。翟元便走，被关平赶上，一刀斩之。乘势追杀，曹兵大半死于襄江之中。曹仁退守樊城。

城中守军兵力太少，无论敌军偷袭还是强攻，都无法抵挡。

云长得了襄阳，赏军抚民。随军司马王甫曰："将军一鼓而下襄阳，曹兵虽然丧胆，然以愚意论之，今东吴吕蒙屯兵陆口，常有吞并荆州之意，倘率兵径取荆州，如之奈何？"云长曰："吾亦念及此。汝便可提调此事：去沿江上下，或二十里，或三十里，选高阜处置一烽火台，每台用五十军守之。倘吴兵渡江，夜则明火，昼则举烟为号，吾当亲往击之。"王甫曰："糜芳、傅士仁守二隘口，恐不竭力，必须再得一人以总督荆州。"云长曰："吾已差治中潘濬守之，有何虑焉？"甫曰："潘濬平生多忌而好利，不可任用。可差军前都督粮料官赵累代之。赵累为人忠诚廉直，若用此人，万无一失。"云长曰："吾素知潘濬为人。今既差定，不必更改。赵累现掌粮料，亦是重事。汝勿多疑，只与我筑烽火台去。"王甫快快拜辞而行。云长令关平准备船只渡襄江，攻打樊城。

历史上，潘濬在荆州时，长期与关羽不和。

却说曹仁折了二将，退守樊城，谓满宠曰："不听公言，兵败将亡，失却襄阳，如之奈何？"宠曰："云长虎将，足智多谋，不可轻敌，只宜坚守。"正言间，人报云长渡江而来，攻打樊城。仁大惊，宠曰："只宜坚守。"部将吕常奋然曰："某乞兵数千，愿当来军于襄江之内。"宠谏曰："不可。"吕常怒曰："据汝等文官之言，只宜坚守，何能退敌？岂不闻兵法云：'军半渡可击。'今云长军半渡襄江，何不击之？若兵临城下，将至壕边，急难抵当矣。"仁即与兵二千，令吕常出樊城迎战。吕常来至江口，只见前面绣旗开处，云长横刀出马。吕常却欲来迎，后面众军见云长神威凛凛，不战先走，吕常喝止不住。云长混杀过来，曹兵大败，马步军折其大半，残败军奔入樊城。曹仁急差人求救，使命星夜至长安，将书呈上曹操，言："云长破了襄阳，现围樊城甚

众多无名小将，都想与关羽较量，心想，如果侥幸战胜即可名扬天下，却不知死之将至。

急。望拨大将前来救援。”曹操指班部内一人而言曰：“汝可去解樊城之围。”其人应声而出。众视之，乃于禁也。禁曰：“某求一将作先锋，领兵同去。”操又问众人曰：“谁敢作先锋？”一人奋然出曰：“某愿施犬马之劳，生擒关某，献于麾下。”操观之大喜。正是：

未见东吴来伺隙，先看北魏又添兵。

未知此人是谁，且看下文分解。

【回后评】

刘备取汉中后，回成都营建宫室的举动，也说明了他和蜀中众臣都已滋生出享乐的倾向，对于即将发生在荆州的潜在危险，他们没有及时觉察。在刘备与曹操争夺汉中的过程中，虽然刘备获胜，但也造成了巨大的人员伤亡。夺取汉中之后，急需休养生息，并及时把防卫重点转向荆州，毕竟在刘备入川时，从荆州征调了大量的人马，荆州城防本就空虚，所以应该及时抽调川中军力去增援荆州军事前线，不应把文武重臣过多留在蜀中——这个时候刘备的战略重点其实已经犯了“重益州而轻荆州”的错误。刘备在夺取两川之后，把政治中心迁往成都，这本身就是“重益轻荆”的表现。川蜀之地有八百里秦川为屏障，“蜀道之难，难于上青天”，是“一夫当关、万夫莫开”之地，只需守好汉中北大门和险要关隘即可高枕无忧；而荆州是四战之地，易攻难守，更应该多派军队加以守卫。

在汉中之战前，孙刘双方以湘水为界，中分荆州，所以刘备原来所掌控的荆州的土地，已被孙权占据不少，如果这时再不重视荆州的军事安全，必然会遭到重大的挫败。很可惜刘备集团并没有意识或重视这一点，埋下了失去荆州的祸根。

第七十四回

庞令明抬榇决死战
关云长放水淹七军

水里七军方丧胆
城中一箭忽伤身

關雲長水渰七軍

本回中，于禁兵败后向关羽乞降，成了晚节不保的贰臣，先后遭到关羽、吕蒙、孙权、曹丕等人的鄙视。于禁跟随曹操征战三十多年屡立功勋，是能独当一面的优秀将领，否则曹操也不会派他去抵挡关羽。他一生唯一的污点就是投降了关羽，以致一世英名毁于一旦，终被曹丕羞辱而死。足见做人一旦大节有亏，便难有容身之地。不可否认，《三国演义》基于作者尊刘的立场对于禁多有丑化，历史上于禁的领军作战能力和实际功绩，远在徐晃、乐进等人之上。

却说曹操欲使于禁赴樊城救援，问众将谁敢作先锋。一人应声愿往，操视之，乃庞德也。操大喜曰："关某威震华夏，未逢对手，今遇令明，真劲敌也。"遂加于禁为征南将军，加庞德为征西都先锋，大起七军，前往樊城。这七军，皆北方强壮之士，两员领军将校一名董衡，一名董超，当日引各头目参拜于禁。董衡曰："今将军提七枝重兵，去解樊城之厄，期在必胜，乃用庞德为先锋，岂不误事？"禁惊问其故，衡曰："庞德原系马超手下副将，不得已而降魏。今其故主在蜀，职居'五虎上将'，况其亲兄庞柔亦在西川为官。今使他为先锋，是泼油救火也。将军何不启知魏王，别换一人去？"

禁闻此语，遂连夜入府启知曹操。操省悟，即唤庞德至阶下，令纳【纳还，归还】下先锋印，德大惊曰："某正欲与大王出力，何故不肯见用？"操曰："孤本无猜疑，但今马超现在西川，汝兄庞柔亦在西川，俱佐刘备。孤纵不疑，奈众口何？"庞德闻之，免冠顿首，流血满面而告曰："某自汉中投降大王，每感厚恩，虽肝脑涂地，不能补报，大王何疑于德也？德昔在故乡时，与兄同居，嫂甚不贤，德乘醉杀之，兄恨德入骨髓，誓不相见，恩已断矣。故主马超，有勇无谋，兵败地亡，孤身入川，今与德各事其主，旧义已绝。德感大王恩遇，安敢萌异志？惟大王察之。”操乃扶起庞德，抚慰曰：“孤素知卿忠义，前言特以安众人之心耳。卿可努力建功。卿不负孤，孤亦必不负卿也。”

颇有“风萧萧兮易水寒，壮士一去兮不复还”的慷慨豪气。

德拜谢回家，令匠人造一木榇【chèn，棺材】。次日，请诸友赴席，列榇于堂。众亲友见之，皆惊问曰：“将军出师，何用此不祥之物？”德举杯谓亲友曰：“吾受魏王厚恩，誓以死报。今去樊城与关某决战，我若不能杀彼，必为彼所杀，即不为彼所杀，我亦当自杀。故先备此榇，以示无空回之理。”众皆嗟叹。德唤其妻李氏与其子庞会出，谓其妻曰：“吾今为先锋，义当效死疆场。我若死，汝好生看养吾儿。吾儿有异相，长大必当与吾报仇也。【东晋史学家王隐所著《蜀记》载：“庞德子会，随锺、邓伐蜀，蜀破，尽灭关氏家。”】”妻子痛哭送别，德令扶榇而行。临行，谓部将曰：“吾今去与关某死战，我若被关某所杀，汝等即取吾尸置此榇中，我若杀了关某，吾亦即取其首，置此榇内，回献魏王。”部将五百人皆曰：“将军如此忠勇，某等敢不竭力相助！”于是引军前进。有人将此言报知曹操。操喜曰：“庞德忠勇如此，孤何忧焉！”贾诩曰：“庞德恃血气之勇，欲与关某决死战，臣窃虑之。”操然其言，急令人传旨戒庞德曰：“关某智勇双全，切不可轻敌。可取则取，不可取则宜谨守。”庞德闻命，谓众将曰：“大王何重视关某也？吾料此去，当挫关某三十年之声价。”禁曰：“魏王之言，不可不从。”德奋然趱军前至樊城，耀武扬威，鸣锣击鼓。

庞德真是初生牛犊不怕虎，勇气可嘉！

却说关公正坐帐中，忽探马飞报：“曹操差于禁为将，领七枝精壮兵到来。前部先锋庞德，军前抬一木榇，口出不逊之言，誓欲与将军决一死战。兵离城止三十里矣。”关公闻言，勃然变色，美髯飘动，大怒曰：“天下英雄，闻吾之名，无不畏服。庞德竖子，何敢藐视吾耶！关平一面攻打樊城，吾自去斩此匹夫，以雪吾恨！”平曰：“父亲不可以泰山之重，与顽石争高下。辱子愿代父去战庞德。”关公曰：“汝试一往，吾随后便来接应。”关平出帐，提刀上马，领兵来迎庞德。两阵对圆，魏营一面皂旗上大书“南安庞德”四个白字。庞德青袍银铠，钢刀白马，立于阵前，背后五百军兵紧随，步卒数人肩抬木榇而出。关平大骂庞德：“背主之贼！”庞德问部卒曰：“此何人也？”或答曰：“此关公义子关平也。”德叫曰：“吾奉魏王旨，来取汝父之首！汝乃疥癞小儿，吾不杀汝！快唤汝父来！”平大怒，纵马舞刀，来取庞德。德横刀来迎。战三十合，不分胜负，两家各歇。

早有人报知关公。公大怒，令廖化去攻樊城，自己亲来迎敌庞德。关平接着，言与庞德交战，不分胜负。关公随即横刀出马，大叫曰：“关云长在此，庞德何不早来受死！”鼓声响处，庞德出马曰：“吾奉魏王旨，特来取汝首！恐汝不信，备榇在此。汝若怕死，早下马受降！”关公大骂曰：“量汝一匹夫，亦何能为！可惜我青龙刀斩汝鼠贼！”纵马舞刀，来取庞德。德轮刀来迎。二将战有百馀合，精神倍长。两军各看得痴呆了。魏军恐庞德有失，急令鸣金收军。关平恐父年老，亦急鸣金。二将各退。庞德归寨，对众曰：“人言关公英雄，今日方信也。”正言间，于禁至。相见毕，禁曰：“闻将军战关公，百合之上，未得便宜，何不且退军避之？”德奋然曰：“魏王命将军为大将，何太弱也？吾来日与关某共决一死，誓不退避！”禁不敢阻而回。

却说关公回寨，谓关平曰：“庞德刀法惯熟，真吾敌手。”平曰：“俗云：‘初生之犊不惧虎。’父亲纵然斩了此人，只是西羌一小卒耳，倘有疏虞，非所以重伯父之托也。”关公曰：“吾不杀此人，何以雪恨？吾意已决，再勿多言！”次日，上马引兵前进。庞德亦引兵来迎。两阵对圆，二将齐出，更不打话，出马交锋。斗至五十馀合，庞德拨回马，拖刀而走。关公随后追赶。关平恐有疏失，亦随后赶去。关公口中大骂：“庞贼！欲使拖刀计，吾岂惧汝？”原来庞德虚作拖刀势，却把刀就鞍鞒挂住，偷拽雕弓，搭上箭，射将来。关平眼快，见庞德拽弓，大叫：“贼将休放冷箭！”关公急睁眼看时，弓弦响处，箭早到来，躲闪不及，正中左臂。关平马到，救父回营。庞德勒回马轮刀赶来，忽听得本营锣声大震。德恐后军有失，急勒马回。原来于禁见庞德射中关公，恐他成了大功，灭禁威风，故鸣金收军。庞德回马，问：“何故鸣金？”于禁曰：“魏王有戒：关公智勇双全。他虽中箭，只恐有诈，故鸣金收军。”德曰：“若不收军，吾已斩了此人也。”禁曰：“‘紧行无好步’，当缓图之。”庞德不知于禁之意，只懊悔不已。

于禁嫉贤妒能，竟置大局于不顾。

“紧行无好步”比喻过于仓促，事情就做不好。于禁此言意在告诫庞德急于求战，可能难有好战果，以此来掩饰自己不愿让庞德立功的真实意图。

却说关公回营，拔了箭头。幸得箭射不深，用金疮药敷之。关公痛恨庞德，谓众将曰：“吾誓报此一箭之仇！”众将对曰：“将军且暂安息几日，然后与战未迟。”次日，人报庞德引军搦战，关公就要出战，众将劝住。庞德令小军毁骂。关平把住隘口，分付众将休报知关公。庞德搦战十馀日，无人出迎，乃与于禁商议曰：“眼见关公箭疮举发，不能动止，不若乘此机会，统七军一拥杀入寨中，可救樊城之围。”于禁恐庞德成功，只把魏王戒旨相推，不肯动兵。庞德累欲动兵，于禁只不允，乃移七军转过山口，离樊城北十里，依山下寨，禁自领兵截断大路，令庞德屯兵于谷后，使德不能进兵成功。

却说关平见关公箭疮已合，甚是喜悦。忽听得于禁移七军于樊城之北下寨，未知其谋，即报知关公。公遂上马，引数骑上高阜处望之，见樊城城上旗号不整，军士慌乱，城北十里山谷之内屯着军马，又见襄江水势甚急。看了半晌，唤向导官问曰：“樊城北十里山谷，是何地名？”对曰：“罾【zēng，一种方形渔网】口川也。”关公喜曰：“于禁必为我擒矣。”将士问曰：“将军何以知之？”关公曰：“‘鱼【谐音于禁之“于”】’入‘罾口’，岂能久乎？”诸将未信。公回本寨。时值八月秋天，骤雨数日，公令人预备船筏，收拾水具。关平问曰：“陆地相持，何用水具？”公曰：“非汝所知也，于禁七军不屯于广易【平】之地，而聚于罾口川险隘之处。方今秋雨连绵，襄江之水必然泛涨，吾已差人堰住各处水口，待水发时，乘高就船，放水一淹，樊城罾口川之兵皆为鱼鳖矣。”关平拜服。

却说魏军屯于罾口川，连日大雨不止，督将成何来见于禁曰：“大军屯于川口，地势甚低，虽有土山，离营稍远。即今秋雨连绵，军士艰辛。近有人报说荆州兵移于高阜处，又于汉水口预备战筏。倘江水泛涨，我军危矣，宜早为计。”于禁叱曰：“匹夫惑吾军心耶！再有多言者斩之！”成何羞惭而退，却来见庞德，说此事。德曰：“汝所见甚当。于将军不肯移兵，吾明日自移军屯于他处。”

计议方定，是夜风雨大作。庞德坐于帐中，只听得万马争奔，征鼙震地。德大惊，急出帐上马看时，四面八方，大水骤至；七军乱窜，随波逐浪者，不计其数。平地水深丈馀，于禁、庞德与诸将各登小山避水。比及平明，关公及众将皆摇旗鼓噪，乘大船而来。于禁见四下无路，左右止有五六十人，料不能逃，口称“愿降”。关公令尽去衣甲，拘收入船，然后来擒庞德。时庞德并二董及成何，与步卒五百人，皆无衣甲，立在堤上。见关公来，庞德全无惧怯，奋然前来接战。关公将船四面围定，军士一齐放箭，射死魏兵大半。董衡、董超见势已危，乃告庞德曰：“军士折伤大半，四下无路，不如投降。”庞德大怒曰：“吾受魏王厚恩，岂肯屈节于人！”遂亲斩董衡、董超于前，厉声曰：“再说降者，以此二人为例！”于是众皆奋力御敌。自平明战至日中，勇力倍增。关公催四面急攻，矢石如雨。德令军士用短兵接战。德回顾成何曰：“吾闻‘勇将不怯死以苟免，壮士不毁节而求生’。今日乃我死日也。汝可努力死战。”成何依令向前，被关公一箭射落水中。众军皆降，止有庞德一人力战。正遇荆州数十人，驾小船近堤来，德提刀飞身一跃，早上小船，立杀十馀人，馀皆弃船赴水逃命。庞德一手提刀，一手使短棹，欲向樊城而走。只见上流头，一将撑大筏而至，将小船撞翻，庞德落于水中。船上那将跳下水去，生擒庞德上船。众视之，擒庞德者，乃周仓也。仓素知水性，又在荆州住了数年，愈加惯熟，更兼力

大义凛然，掷地有声，庞德真大丈夫也！

大，因此擒了庞德。于禁所领七军，皆死于水中。其会水者料无去路，亦皆投降。后人有诗曰：

> 夜半征鼙响震天，襄樊平地作深渊。关公神算谁能及，华夏威名万古传。

庞德久处西北作战，难免不习水性。

关公回到高阜去处，升帐而坐。群刀手押过于禁来。禁拜伏于地，乞哀请命。关公曰："汝怎敢抗吾？"禁曰："上命差遣，身不由己。望君侯怜悯，誓以死报。"公绰髯笑曰："吾杀汝，犹杀狗彘耳，空污刀斧！"令人缚送荆州大牢内监候："待吾回，别作区处。"发落去讫。关公又令押过庞德。德睁眉怒目，立而不跪，关公曰："汝兄现在汉中，汝故主马超，亦在蜀中为大将，汝如何不早降？"德大怒曰："吾宁死于刀下，岂降汝耶！"骂不绝口。公大怒，喝令刀斧手推出斩之。德引颈受刑，关公怜而葬之。于是乘水势未退，复上战船，引大小将校来攻樊城。

水淹七军为三国时期仅次于"三大战役"的一次大规模军团歼灭战，是关羽一生最为辉煌的战绩。只可惜盛极必衰。

却说樊城周围，白浪滔天，水势益甚，城垣渐渐浸塌，男女担土搬砖，填塞不住。曹军众将，无不丧胆，慌忙来告曹仁曰："今日之危，非力可救，可趁敌军未至，乘舟夜走。虽然失城，尚可全身。"仁从其言，方欲备船出走，满宠谏曰："不可。山水骤至，岂能长存？不旬日即当自退。关公虽未攻城，已遣别将在郏【jiá，今河南郏县】下。其所以不敢轻进者，虑吾军袭其后也。今若弃城而去，黄河以南，非国家之有矣。愿将军固守此城，以为保障。"仁拱手称谢曰："非伯宁之教，几误大事。"乃骑白马上城，聚众将发誓曰："吾受魏王命，保守此城，但有言弃城而去者斩！"诸将皆曰："某等愿以死据守！"仁大喜，就城上设弓弩数百，军士昼夜防护，不敢懈怠。老幼居民，担土石填塞城垣。旬日之内，水势渐退。

水淹七军后，荆州兵士气大振，本欲乘胜攻下樊城，但遇曹仁、满宠誓死抵抗，这是阻住关羽攻势的关键转折点。

关公自擒魏将于禁等，威震天下，无不惊骇。忽次子关兴来寨内省亲，公就令兴赍诸官立功文书去成都见汉中王，各求升迁。兴拜辞父亲，径投成都去讫。

却说关公分兵一半，直抵郏下。公自领兵四面攻打樊城。当日关公自到北门，立马扬鞭，指而问曰："汝等鼠辈，不早来降，更待何时？"正言间，曹仁在敌楼上，见关公身上止披掩心甲，斜袒着绿袍，乃急招五百弓弩手，一齐放箭。公急勒马回时，右臂上中一弩箭，翻身落马。正是：

关兴逃得一命。

水里七军方丧胆，城中一箭忽伤身。

未知关公性命如何，且看下文分解。

【回后评】

曹操用人唯才，不拘常理，也不拘小节，曹操手下从其他阵营中投奔而来的文武官员不少，武有张辽、徐晃、张郃，文有荀彧、贾诩、华歆。无独有偶，刘备方面如赵云、马超、黄忠、魏延等名将，法正、姜维等智谋之士也曾易主而来。孙权手下的太史慈、甘宁也是如此。甚至连赤壁之战前多次主张投降曹操的张昭、顾雍等文官领袖，这类"未战先降"之臣皆能在江东得到重用。以此可见，从各个君主的实际用人情况来看，他们并非不能接纳降将；从整个三国时期的社会舆论来看，也并非无降将的容身之地。那庞德何必如此执着于宁死不降的名节呢？

庞德在整部《三国演义》中出场不多，主要集中在本回。庞德言辞慷慨，视死如归，给人以铁骨铮铮的伟丈夫形象，令读者肃然起敬，即使是关羽本人亦"怜而葬之"，对这位一生难逢的可敬对手表示了肯定。但客观上而言，庞德不降有其主客观原因。

主观方面的原因是，虽然当时的社会氛围允许降将的存在，三个阵营中也不乏有名将良将是降将出身，但像吕布那样的"三姓家奴"仍然会遭到天下唾弃。庞德本是马超部将，后又随马超投奔张鲁，是一次投降；曹操平定汉中时归顺曹操，乃是二次投降，且曹操对庞德颇为信任，恩赏有加；如此时再降关羽，必将世所难容。强大的道德压力是庞德不肯投降的主观原因。客观因素是，庞德妻小家眷皆在魏地，本回中还专门叙写了庞德在出征之前与家人的诀别，一旦庞德投降，非但个人名声尽毁，其家人朋友也必遭连累。庞德已知于禁等人本就对自己降将的身份心存疑忌，所以他抬榇决战向家人和朋友明志的举动，本身就是自我激励、自弃后路的表现，对外亦能宣誓忠诚、鼓舞士气。

第七十五回

关云长刮骨疗毒　吕子明白衣渡江

今日公安无守志
从前王甫是良言

關雲長

关羽发动的襄樊之战虽然在前期打出了气势，吓得曹操差点要迁都以避其锋，但荆州毕竟处于孙、曹、刘三方交界之地，同时面临着来自另外两方的军事压力，加之荆州本身兵力有限，一旦战事遭遇瓶颈，再有“黄雀在后”的话，必然对关羽方面不利。关羽最终先胜后败，也是这个原因。

“刮骨疗毒”又一次凸显了关羽超出寻常人的“神”的特质。此时，一代武神关羽正逐渐走向生命的尽头，但在尽头到来之前，他仍然还会延续一生靠实力铸就的辉煌，奏出他生命中可歌可泣的最后壮歌。

【题解及内容提要】

却说曹仁见关公落马，即引兵冲出城来，被关平一阵杀回，救关公归寨，拔出臂箭。原来箭头有药，毒已入骨，右臂青肿，不能运动。关平慌与众将商议曰：“父亲若损此臂，安能出敌？不如暂回荆州调理。”于是与众将入帐见关公。公问曰：“汝等来有何事？”众对曰：“某等因见君侯右臂损伤，恐临敌致怒，冲突不便。众议可暂班师回荆州调理。”公怒曰：“吾取樊城，只在目前。取了樊城，即当长驱大进，径到许都，剿灭操贼，以安汉室。岂可因小疮而误大事？汝等敢慢吾军心耶！”平等默然而退。

众将见公不肯退兵，疮又不痊，只得四方访问名医。忽一日，有人从江东驾小舟而来，直至寨前。小校引见关平。平视其人，方巾阔服，臂挽青囊，自言姓名，“乃沛国谯郡人，姓华，名佗，字元化。因闻关将军乃天下英雄，今中毒箭，特来医治。”平曰：“莫非昔日医东吴周泰者乎？”佗曰：“然。”平大喜，即与众将同引华佗入帐见关公。时关公本是臂疼，恐慢军心，无可消遣，正与马良弈棋，闻有医者至，即召入。礼毕，赐坐。茶乌头是含有乌头碱的一类毒性中药。

罢，佗请臂视之。公袒下衣袍，伸臂令佗看视。佗曰：“此乃弩箭所伤，其中有乌头之药，直透入骨，若不早治，此臂无用矣。”公曰：“用何物治之？”佗曰：“某自有治法，但恐君侯惧耳。”公笑曰：“吾视死如归，有何惧哉？”佗曰：“当于静处立一标柱，上钉大环，请君侯将臂穿于环中，以绳系之，然后以被蒙其首。吾用尖刀割开皮肉，直至于骨，刮去骨上箭毒，用药敷之，以线缝其口，方可无事。但恐君侯惧耳。”公笑曰：“如此，容易！何用柱环？”令设酒席相待。

公饮数杯酒毕，一面仍与马良弈棋，伸臂令佗割之。佗取尖刀在手，令一小校捧一大盆于臂下接血。佗曰：“某便下手。君侯勿惊。”公曰：“任汝医治。吾岂比世间俗子，惧痛者耶！”佗乃下刀，割开皮肉，直至于骨，骨上已青，佗用刀刮骨，悉悉有声，帐上帐下见者，皆掩面失色。公饮酒食肉，谈笑弈棋，全无痛苦之色。

须臾，血流盈盆。佗刮尽其毒，敷上药，以线缝之。公大笑而起，谓众将曰：“此臂伸舒如故，并无痛矣。先生真神医也！”佗曰：“某为医一生，未尝见此。君侯真天神也！”后人有诗曰：

关羽的狂傲在一定程度上与曹操、华佗等名人的夸赞有关。

治病须分内外科，世间妙艺苦无多。神威罕及惟关将，圣手能医说华佗。

与周瑜中毒箭时的注意事项相同。巧合的是，周瑜在南郡城下被毒箭射中，当时的南郡守将也是曹仁。

关公箭疮既愈，设席款谢华佗。佗曰：“君侯箭疮虽治，然须爱护。切勿怒气伤触。过百日后，平复如旧矣。”关公以金百两酬之，佗曰：“某闻君侯高义，特来医治，岂望报乎！”坚辞不受，留药一帖，以敷疮口，辞别而去。

却说关公擒了于禁，斩了庞德，威名大震，华夏皆惊。探马报到许都，曹操大惊，聚文武商议曰：“某素知云长智勇盖世，今据荆襄，如虎生翼。于禁被擒，庞德被斩，魏兵挫锐，倘彼率兵直至许都，如之奈何？孤欲迁都以避之。”司马懿谏曰：“不可。于禁等被水所淹，非战之故，于国家大计，本无所损。今孙、刘失好，云长得志，孙权必不喜。大王可遣使去东吴陈说利害，令孙权暗暗起兵蹑云长之后，许事平之日，割江南之地以封孙权，则樊城之危自解矣。”主簿蒋济曰：“仲达之言是也。今可即发使往东吴，不必迁都动众。”操依允，遂不迁都，因叹谓诸将曰：“于禁从孤三十年，何期临危反不如庞德也！今一面遣使致书东吴，一面必得一大将以当云长之锐。”言未毕，阶下一将应声而出曰：“某愿往。”操视之，乃徐晃也。操大喜，遂拨精兵五万，令徐晃为将，吕建副之，克日起兵，前到阳陵坡驻扎，看东南有应，然后征进。

却说孙权接得曹操书信，览毕，欣然应允，即修书发付使者先回，乃聚文武商议。张昭曰：“近闻云长擒于禁，斩庞德，威震华夏，操欲迁都以避其锋。今樊城危急，遣使求救，事定之后，恐有反覆。”权未及发言，忽报：“吕蒙乘小舟自陆口来，有事面禀。”权召入问之，蒙曰：“今云长提兵围樊城，可乘其远出，袭取荆州。”权曰：“孤欲北取徐州，如何？”蒙曰：“今操远在河北，未暇东顾，徐州守兵无多，往自可克。然其地势利于陆战，不利水战，纵然得之，亦难保守。不如先取荆州，全据长江，别作良图。”权曰：“孤本欲取荆州，前言特以试卿耳。卿可速为孤图之，孤当随后便起兵也。”

陶谦、刘备、吕布都曾据有徐州，但保守均不长久。徐州之地多为平原，且周边曹操势力环伺，易攻难守。吕蒙此论，足见其对东吴东西两线的战事早有远谋。

吕蒙辞了孙权，回至陆口，早有哨马报说：“沿江上下，或二十里，或三十里，高阜处各有烽火台。”又闻荆州军马整肃，预有准备，蒙大惊曰：“若如此，急难图也。我一时在吴侯面前劝取荆州，今却如何处置？”寻思无计，乃托病不出，使人回报孙权。权闻吕蒙患病，心甚怏怏。陆逊进言曰：“吕子明之病，乃诈耳，非真病也。”权曰：“伯言既知其诈，可往视之。”陆逊领命，星夜至陆口寨中，来见吕蒙，果然面无病色。逊曰：“某奉吴侯命，敬探子明贵恙。”蒙曰：“贱躯偶病，何劳探问。”逊曰：“吴侯以重任付公，公不乘时而动，空怀郁结，何也？”蒙目视陆逊，良久不语。逊又曰："愚有小方，能治将军之疾，未审可用否？"蒙乃屏退左右而问曰："伯言良方，乞早赐教。"逊笑曰："子明之疾，不过因荆州兵马整肃，沿江有烽火台之备耳。予有一计，令沿江守吏，不能举火，荆州之兵，束手归降，可乎？"蒙惊谢曰："伯言之语，如见我肺腑。愿闻良策。"陆逊曰："云长倚恃英雄，自料无敌，所虑者惟将军耳。将军乘此机会，托疾辞职，以陆口之任让之他人，使他人卑辞赞美关公，以骄其心，彼必尽撤荆州之兵，以向樊城。若荆州无备，用一旅之师，别出奇计以袭之，则荆州在掌握之中矣。"蒙大喜曰："真良策也！"

由是吕蒙托病不起，上书辞职。陆逊回见孙权，具言前计。孙权乃召吕蒙还建业养病。蒙至，入见权，权问曰："陆口之任，昔周公谨荐鲁子敬以自代，后子敬又荐卿自代，今卿亦须荐一才望兼隆者代卿为妙。"蒙曰："若用望重之人，云长必然提备。陆逊意思深长，而未有远名，非云长所忌，若即用以代臣之任，必有所济。"权大喜，即日拜陆逊为偏将军、右都督，代蒙守陆口，逊谢曰："某年幼无学，恐不堪重任。"权曰："子明保卿，必不差错。卿毋得推辞。"逊乃拜受印绶，连夜往陆口，交割马步水三军已毕，即修书一封，具名马、异锦、酒礼等物，遣使赍赴樊城见关公。

陆逊虽然年轻，却并非白面书生，他在赤壁之战、合淝之战中皆有参与，已积累了非常丰富的作战经验。

时公正将息箭疮，按兵不动。忽报："江东陆口守将吕蒙病危，孙权取回调理，近拜陆逊为将，代吕蒙守陆口。今逊差人赍书具礼，特来拜见。"关公召入，指来使而言曰："仲谋见识短浅，用此孺子为将！"来使伏地告曰："陆将军呈书备礼，一来与君侯作贺，二来求两家和好。幸乞笑留。"公拆书视之，书词极其卑谨。关公览毕，仰面大笑，令左右收了礼物，发付使者回去。使者回见陆逊曰："关公欣喜，无复有忧江东之意。"

逊大喜，密遣人探得关公果然撤荆州大半兵赴樊城听调，只待箭疮痊可，便欲进兵。逊察知备细，即差人星夜报知孙权。孙权召吕蒙商议曰：“今云长果撤荆州之兵，攻取樊城，便可设计袭取荆州。卿与吾弟孙皎同引大军前去，何如？”孙皎字叔明，乃孙权叔父孙静之次子也。蒙曰：“主公若以蒙可用则独用蒙，若以叔明可用则独用叔明。岂不闻昔日周瑜、程普为左右都督，事虽决于瑜，然普自以旧臣而居瑜下，颇不相睦，后因见瑜之才，方始敬服。今蒙之才不及瑜，而叔明之亲胜于普，恐未必能相济也。”

吕蒙此言，虽有利于军令统一，提高作战效能，但话从他本人嘴里说出，则有专权独断之嫌，即便成功袭取荆州，也会遭到孙权的忌惮。精明的做法应该是继续称病不出，并另委文官，旁敲侧击以示孙权。可惜吕蒙毕竟是行伍出身，揣摩君王的心思不是他的强项。

权大悟，遂拜吕蒙为大都督，总制江东诸路军马，令孙皎在后接应粮草。蒙拜谢，点兵三万，快船八十馀只，选会水者扮作商人，皆穿白衣，在船上摇橹，却将精兵伏于𦨴𦪇【gōu lù，大船】船中。次调韩当、蒋钦、朱然、潘璋、周泰、徐盛、丁奉等七员大将，相继而进。其馀皆随吴侯为合后救应。一面遣使致书曹操，令进兵以袭云长之后，一面先传报陆逊，然后发白衣人驾快船往浔阳江去。昼夜趱行，直抵北岸。江边烽火台上守台军盘问时，吴人答曰：“我等皆是客商，因江中阻风，到此一避。”随将财物送与守台军士。军士信之，遂任其停泊江边。约至二更，𦨴𦪇中精兵齐出，将烽火台上官军缚倒，暗号一声，八十馀船精兵俱起，将紧要去处墩台之军，尽行捉入船中，不曾走了一个。于是长驱大进，径取荆州，无人知觉。将至荆州，吕蒙将沿江墩台所获官军，用好言抚慰，各各重赏，令赚开城门，纵火为号。众军领命，吕蒙便教前导。比及半夜，到城下叫门。门吏认得是荆州之兵，开了城门。众军一声喊起，就城门里放起号火。吴兵齐入，袭了荆州。吕蒙便传令军中：“如有妄杀一人，妄取民间一物者，定按军法。”原任官吏，并依旧职。将关公家属另养别宅，不许闲人搅扰。一面遣人申报孙权。

军令如山，执法不二，杀鸡儆猴，三军肃然，这是吕蒙能在袭取荆州后，未遇当地官民强烈抵抗，最终得以顺利拿下荆州附属各地的重要原因。

一日大雨，蒙上马引数骑点看四门。忽见一人取民间箬笠以盖铠甲，蒙喝左右执下问之，乃蒙之乡人也。蒙曰：“汝虽系我同乡，但吾号令已出，汝故犯之，当按军法。”其人泣告曰：“其恐雨湿官铠，故取遮盖，非为私用。乞将军念同乡之情！”蒙曰："吾固知汝为覆官铠，然终是不应取民间之物。"叱左右推下斩之。枭首传示毕，然后收其尸首，泣而葬之。自是三军震肃。

不一日，孙权领众至。吕蒙出郭迎接入衙。权慰劳毕，仍命潘濬为治中，掌荆州事；监内放出于禁，遣归曹操；安民赏军，设宴庆贺。权谓吕蒙曰："今荆州已得，但公安傅士仁、南郡麋芳，此二处如何收复？"言未毕，忽一人出曰："不须张弓只箭，某凭三寸不烂之舌，说公安傅士仁来降，可乎？"众视之，乃虞翻也。权曰："仲翔有何良策，可使傅士仁归降？"翻曰："某自幼与士仁交厚，今若以利害说之，彼必归矣。"权大喜，遂令虞翻领五百军，径奔公安来。

却说傅士仁听知荆州有失，急令闭城坚守。虞翻至，见城门紧闭，遂写书拴于箭上，射入城中。军士拾得，献与傅士仁。士仁拆书视之，乃招降之意。览毕，想起"关公去日恨吾之意，不如早降"，即令大开城门，请虞翻入城。二人礼毕，各诉旧情。翻说吴侯宽洪大度，礼贤下士，士仁大喜，即同虞翻赍印绶来荆州投降。孙权大悦，仍令去守公安。吕蒙密谓权曰："今云长未获，留士仁于公安，久必有变，不若使往南郡招麋芳归降。"权乃召傅士仁谓曰："麋芳与卿交厚，卿可招来归降，孤自当有重赏。"傅士仁慨然领诺，遂引十馀骑，径投南郡招安麋芳。正是：

今日公安无守志，从前王甫是良言。

未知此去如何，且看下文分解。

【回后评】

赤壁之战后，魏、蜀、吴三足鼎立的局面逐渐形成。刘备取下汉中后，势力达到极盛，这对曹操、孙权两方都是威胁，也是他们都不愿意看到的。三方都不愿意看到任意一方做大做强。需要指出的是，三家是互为敌对的关系，都是以消灭另外两家而使自己一统天下为使命的，所以吴、蜀两家并非就是理所当然的天然同盟。从这个角度看，诸葛亮一味追求连吴抗曹，有其外交上的僵化性和局限性。相反，孙权的外交政策就颇为灵活，时而与刘联合，赤壁大破北兵；时而与曹操联合，共同夹攻荆州。而刘备方面仅靠“兴复汉室”就把曹操定性为永恒的敌人，那么也就意味着他必须把孙权视为永久盟友才行，哪怕日后这个盟友背后捅他一刀，也不能跟这个盟友彻底翻脸。

第七十七回

玉泉山关公显圣
洛阳城曹操感神

为念当年同誓死
忍教今日独捐生

玉泉山關公顯聖

陈寿对关羽有一个相当精辟的评价："善待卒伍而骄于士大夫。"话虽一句，却大有深意，充分体现了关羽的自卑与自恋。"善待卒伍"，是因为从行伍兵卒到三军统领，都不会对自己构成威胁，加以善待，于己无损，反可博"体恤士卒"的美名；而"骄于士大夫"，是因为他面对真正的士大夫，极易勾起自身作为一介武夫的自卑。因为终关羽一生，都希望附庸风雅，所以他留长胡子，想处处显示与众不同；所以他无时无刻不手捧一本《春秋》，虽然从未见他从《春秋》之中悟出什么；所以当诸葛亮夸他"髯之绝伦逸群"时，会"省书大悦"，甚至"以示宾客"，惟恐天下不知。这种需要依靠他人评价来找到信心的心态，充分反映了关羽"附庸风雅"背后底气的不足。

关羽性格的最大悲剧是自恋，而这种自恋与吕布又有不同。吕布的自恋来自于自负，来自于对自身鬼神般武勇的信念。而关羽则是一种强烈得近乎变态的自恋，这种自恋的来源不是自信，却是自卑，或者说由于到达了自恋的顶峰，所以反而走向另一面，即所谓"刚极易折，物极必反"。

却说孙权求计于吕蒙，蒙曰："吾料关某兵少，必不从大路而逃，麦城正北有险峻小路，必从此路而去。可令朱然引精兵五千，伏于麦城之北二十里，彼军至，不可与敌，只可随后掩杀。彼军定无战心，必奔临沮。却令潘璋引精兵五百，伏于临沮山僻小路，关某可擒矣。今遣将士各门攻打，只空北门，待其出走。"权闻计，令吕范再卜之。卦成，范告曰："此卦主敌人投西北而走，今夜亥时必然就擒。"权大喜，遂令朱然、潘璋领两枝精兵，各依军令埋伏去讫。

且说关公在麦城，计点马步军兵，止剩三百馀人，粮草又尽。是夜，城外吴兵招唤各军姓名，越城而去者甚多，救兵又不见到。心中无计，谓王甫曰："吾悔昔日不用公言！今日危急，将复何如？"甫哭告曰："今日之事，虽子牙复生，亦无计可施也。"赵累曰："上庸救兵不至，乃刘封、孟达按兵不动之故。何不弃此孤城，奔入西川，再整兵来，以图恢复？"公曰："吾亦欲如此。"遂上城观之。见北门外敌军不多，因问本城居民："此去往北，地势若何？"答曰："此去皆是山僻小路，可通西川。"公曰："今夜可走此路。王甫谏曰："小路有埋伏，可走大路。"公曰："虽有埋伏，吾何惧哉！"即下令：马步官军，严整装束，准备出城。甫哭曰："君侯于路，小心保重！某与部卒百馀人，死据此城，城虽破，身不降也！专望君侯速来救援！"

死到临头还在逞能，可见其固执的行事风格和骄傲的心性。

英雄洒泪落难日，翘盼东山再起时。

公亦与泣别，遂留周仓与王甫同守麦城。关公自与关平、赵累引残卒二百馀人，突出北门。关公横刀前进，行至初更以后，约走二十馀里，只见山凹处，金鼓齐鸣，喊声大震，一彪军到，为首大将朱然，骤马挺枪叫曰："云长休走！趁早投降，免得一死！"公大怒，拍马轮刀来战。朱然便走，公乘势追杀。一棒鼓响，四下伏兵皆起。公不敢战，望临沮小路而走，朱然率兵掩杀。关公所随之兵，渐渐稀少。走不得四五里，前面喊声又震，火光大起，潘璋骤马舞刀杀来。公大怒，轮刀相迎，只三合，潘璋败走。公不敢恋战，急望山路而走。背后关平赶来，报说赵累已死于乱军中。关公不胜悲惶，遂令关平断后，公自在前开路，随行止剩得十馀人。行至决石，两下是山，山边皆芦苇败草，树木丛杂，时已五更将尽，正走之间，一声喊起，两下伏兵尽出，长钩套索，一齐并举，先把关公坐下马绊倒。关公翻身落马，被潘璋部将马忠所获。关平知父被擒，火速来救；背后潘璋、朱然率兵齐至，把关平四下围住。平孤身独战，力尽亦被执。至天明，孙权闻关公父子已被擒获，大喜，聚众将于帐中。

少时，马忠簇拥关公至前。权曰："孤久慕将军盛德，欲结秦、晋之好，何相弃耶？公平昔自以为天下无敌，今日何由被吾所擒？将军今日还服孙权否？”关公厉声骂曰：“碧眼小儿，紫髯鼠辈！吾与刘皇叔桃园结义，誓扶汉室，岂与汝叛汉之贼为伍耶！我今误中奸计，有死而已，何必多言！”权回顾众官曰：“云长世之豪杰，孤深爱之。今欲以礼相待，劝使归降，何如？”主簿左咸曰：“不可。昔曹操得此人时，封侯赐爵，三日一小宴，五日一大宴，上马一提金，下马一提银，如此恩礼，毕竟留之不住，听其斩关杀将而去，致使今日反为所逼，几欲迁都以避其锋。今主公既已擒之，若不即除，恐贻后患。”孙权沉吟半晌，曰：“斯言是也。”遂命推出。于是关公父子皆遇害。时建安二十四年冬十二月也。关公亡年五十八岁。后人有诗叹曰：

左咸此言虽是事实，但对孙权而言，最优的选择绝不是杀掉关羽，而是像关羽对待于禁一样先把他囚禁起来，以此要挟刘备承认荆州归属孙权的事实，这样既能保有荆州，又不至于和刘备结下死仇，还可以像刘备抵赖不还荆州一样不还关羽，这样就算刘备日后兴兵来攻，也会因为顾及二弟性命而投鼠忌器。当然，这样做的前提是须防关羽自尽。

> 汉末才无敌，云长独出群。神威能奋武，儒雅更知文。
> 天日心如镜，《春秋》义薄云。昭然垂万古，不止冠三分。

又有诗曰：

> 人杰惟追古解良，士民争拜汉云长。桃园一日兄和弟，俎豆千秋帝与王。气挟风雷无匹敌，志垂日月有光芒。至今庙貌盈天下，古木寒鸦几夕阳。

关公既殁，坐下赤兔马被马忠所获，献与孙权。权即赐马忠骑坐，其马数日不食草料而死。

却说王甫在麦城中，骨颤肉惊，乃问周仓曰：“昨夜梦见主公浑身血污，立于前，急问之，忽然惊觉。不知主何吉凶？”正说间，忽报吴兵在城下，将关公父子首级招安。王甫、周仓大惊，急登城视之，果关公父子首级也。王甫大叫一声，堕城而死，周仓自刎而亡。于是麦城亦属东吴。

一匹马的平均寿命30—35岁，战马的有效骑乘时间一般不足15年。赤兔马从董卓赠与吕布，到关羽被擒，已历30年，显然已超龄服役，年老体衰。

周仓堪称史上第一忠诚的跟班，后世得与关平一道配享关帝庙中，诚副其忠。

却说关公一魂不散，荡荡悠悠，直至一处，乃荆门州当阳县一座山，名为玉泉山。山上有一老僧，法名普净，原是汜水关镇国寺中长老，后因云游天下，来到此处，见山明水秀，就此结草为庵，每日坐禅参道，身边只有一小行者，化饭度日。是夜月白风清，三更已后，普净正在庵中默坐，忽闻空中有人大呼曰："还我头来！"普净仰面谛视，只见空中一人，骑赤兔马，提青龙刀，左有一白面将军、右有一黑脸虬髯之人相随，一齐按落云头，至玉泉山顶。普净认得是关公，遂以手中麈尾击其户曰："云长安在？"关公英魂顿悟，即下马乘风落于庵前，叉手问曰："吾师何人？愿求法号。"普净曰："老僧普净，昔日汜水关前镇国寺中，曾与君侯相会，今日岂遂忘之耶？"公曰："向蒙相救，铭感不忘。今某已遇祸而死，愿求清诲，指点迷途。"普净曰："昔非今是，一切休论；后果前因，彼此不爽。今将军为吕蒙所害，大呼'还我头来'，然则颜良、文丑，五关六将等众人之头，又将向谁索耶？"于是关公恍然大悟，稽首皈依而去。后往往于玉泉山显圣护民，乡人感其德，就于山顶上建庙，四时致祭。后人题一联于其庙云：

赤面秉赤心、骑赤兔追风，驰驱时、无忘赤帝。

青灯观青史、仗青龙偃月，隐微处、不愧青天。

却说孙权既害了关公，遂尽收荆襄之地，赏犒三军，设宴大会诸将庆功，置吕蒙于上位，顾谓众将曰："孤久不得荆州，今唾手而得，皆子明之功也。"蒙再三逊谢。权曰："昔周郎雄略过人，破曹操于赤壁，不幸早殀，鲁子敬代之。子敬初见孤时，便及帝王大略，此一快也；曹操东下，诸人皆劝孤降，子敬独劝孤召公瑾逆而击之，此二快也；惟劝吾借荆州与刘备，是其一短。今子明设计定谋，立取荆州，胜子敬、周郎多矣！"

于是亲酌酒赐吕蒙。吕蒙接酒欲饮，忽然掷杯于地，一手揪住孙权，厉声大骂曰：“碧眼小儿！紫髯鼠辈！还识我否？”众将大惊，急救时，蒙推倒孙权，大步前进，坐于孙权位上，两眉倒竖，双眼圆睁，大喝曰：“我自破黄巾以来，纵横天下三十馀年，今被汝一旦以奸计图我，我生不能啖汝之肉，死当追吕贼之魂！我乃汉寿亭侯关云长也。”权大惊，慌忙率大小将士皆下拜。只见吕蒙倒于地上，七窍流血而死。众将见之，无不恐惧。权将吕蒙尸首，具棺安葬，赠南郡太守、孱陵侯，命其子吕霸袭爵。孙权自此感关公之事，惊讶不已。

算是对这三位大都督的盖棺定论。

忽报张昭自建业而来，权召入问之，昭曰：“今主公损了关公父子，江东祸不远矣！此人与刘备桃园结义之时，誓同生死。今刘备已有两川之兵，更兼诸葛亮之谋，张、黄、马、赵之勇。备若知云长父子遇害，必起倾国之兵，奋力报仇，恐东吴难与敌也。”权闻之大惊，跌足曰：“孤失计较也！似此如之奈何？”昭曰：“主公勿忧。某有一计，令西蜀之兵不犯东吴，荆州如磐石之安。”权问何计。昭曰：“今曹操拥百万之众，虎视华夏，刘备急欲报仇，必与操约和：若二处连兵而来，东吴危矣。不如先遣人将关公首级，转送与曹操，明教刘备知是操之所使，必痛恨于操，西蜀之兵，不向吴而向魏矣。吾乃观其胜负，于中取事，此为上策。”

张昭分析时势才能尚可，所献计谋往往是能被人一眼识破的雕虫小技。

权从其言，随遣使者以木匣盛关公首级，星夜送与曹操。时操从摩陂班师回洛阳，闻东吴送关公首级至，喜曰：“云长已死，吾夜眠贴席矣。”阶下一人出曰：“此乃东吴移祸之计也。”操视之，乃主簿司马懿也。操问其故，懿曰：“昔刘、关、张三人桃园结义之时，誓同生死。今东吴害了关公，惧其复仇，故将首级献与大王，使刘备迁怒大王，不攻吴而攻魏，他却于中乘便而图事耳。”操曰：“仲达之言是也。孤以何策解之？”懿曰：“此事极易。大王可将关公首级，刻一香木之躯以配之，葬以大臣之礼，刘备知之，必深恨孙权，尽力南征。我却观其胜负，蜀胜则击吴，吴胜则击蜀。二处若得一处，那一处亦不久也。”操大喜，

赤壁之战后，曹操早年倚重的谋士荀彧、荀攸等相继去世，司马懿逐渐崭露头角，登场献计的频率明显增多。

从其计，遂召吴使人。呈上木匣，操开匣视之，见关公面如平日。操笑曰："云长公别来无恙！"言未讫，只见关公口开目动，须发皆张，操惊倒。众官急救，良久方醒，顾谓众官曰："关将军真天神也！"吴使又将关公显圣附体、骂孙权追吕蒙之事告操。操愈加恐惧，遂设牲醴祭祀，刻沉香木为躯，以王侯之礼，葬于洛阳南门外，令大小官员送殡，操自拜祭，赠为荆王，差官守墓，即遣吴使回江东去讫。

曹操赠关羽为荆王，乃是将其置于与自己同等爵位的极为尊崇的礼遇。

却说汉中王自东川回成都，法正奏曰："王上先夫人去世，孙夫人又南归，未必再来。人伦之道，不可废也，必纳王妃，以襄内政。"汉中王从之。法正复奏曰："吴懿有一妹，美而且贤。尝闻有相者，相此女后必大贵。先曾许刘焉之子刘瑁【刘璋之兄】，瑁早殀。其女至今寡居，大王可纳之为妃。"汉中王曰："刘瑁与我同宗，于理不可。"法正曰："论其亲疏，何异晋文之与怀嬴乎？"汉中王乃依允，遂纳吴氏为王妃。后生二子：长刘永，字公寿；次刘理，字奉孝。

法正尤为擅长劝谏刘备，刘备亦深信法正。

刘理竟与郭嘉同字。

且说东西两川，民安国富，田禾大成。忽有人自荆州来，言东吴求婚于关公，关公力拒之。孔明曰："荆州危矣！可使人替关公回。"正商议间，荆州捷报使命，络绎而至。不一日，关兴到，具言水淹七军之事。忽又报马到来，报说关公于江边多设墩台，提防甚密，万无一失。因此玄德放心。

可见荆州和益州远隔崇山，讯息延滞。纵是派兵支援，亦难及时相济。

忽一日，玄德自觉浑身肉颤，行坐不安。至夜，不能宁睡，起坐内室，秉烛看书，觉神思昏迷，伏几而卧，就室中起一阵冷风，灯灭复明，抬头见一人立于灯下。玄德问曰："汝何人，夤夜至吾内室？"其人不答。玄德疑怪，自起视之，乃是关公，于灯影下往来躲避。玄德曰："贤弟别来无恙！夜深至此，必有大故。吾与汝情同骨肉，因何回避？"关公泣告曰："愿兄起兵，以雪弟恨！"言讫，冷风骤起，关公不见。玄德忽然惊觉，乃是一梦，时正三鼓。玄德大疑，急出前殿，使人请孔明来。孔明入见，玄德细言梦警。孔明曰："此乃王上心思关公，故有此梦。

何必多疑？”玄德再三疑虑，孔明以善言解之。

孔明辞出，至中门外，迎见许靖。靖曰：“某才赴军师府下报一机密，听知军师入宫，特来至此。”孔明曰：“有何机密？”靖曰：“某适闻外人传说，东吴吕蒙已袭荆州，关公已遇害！故特来密报军师。”孔明曰：“吾夜观天象，见将星落于荆楚之地，已知云长必然被祸，但恐王上忧虑，故未敢言。”二人正说之间，忽然殿内转出一人，扯住孔明衣袖而言曰：“如此凶信，公何瞒我！”孔明视之，乃玄德也。孔明、许靖奏曰：“适来所言，皆传闻之事，未足深信。愿王上宽怀，勿生忧虑。”玄德曰：“孤与云长，誓同生死，彼若有失，孤岂能独生耶！”

孔明、许靖正劝解之间，忽近侍奏曰：“马良、伊籍至。”玄德急召入问之。二人具说荆州已失，关公兵败求救，呈上表章。未及拆观，侍臣又奏荆州廖化至。玄德急召入。化哭拜于地，细奏刘封、孟达不发救兵之事。玄德大惊曰：“若如此，吾弟休矣！”孔明曰：“刘封、孟达如此无礼，罪不容诛！王上宽心，亮亲提一旅之师，去救荆襄之急。”玄德泣曰：“云长有失，孤断不独生！孤来日自提一军去救云长！”遂一面差人赴阆中报知翼德，一面差人会集人马。未及天明，一连数次，报说关公夜走临沮，为吴将所获，义不屈节，父子归神。玄德听罢，大叫一声，昏绝于地。正是：

为念当年同誓死，忍教今日独捐生！

未知玄德性命如何，且看下文分解。

【回后评】

本回中，孙权本有意招降关羽，但在主簿左咸力劝下改变主意。左咸举出了曹操的例子，他当年曾经厚待关羽，但最终没能将其留住，反倒折将失地。此言虽是事实，但左咸却选择性地忽略了华容道上关羽义释曹操这一最重大的义举和报偿。

当然，对关羽来说，曹操和孙权对其进行劝降的背景大不相同。曹操当年是光明正大地在战场上将其击败，当时的关羽尚未斩颜良、文丑，也没有千里走单骑、单刀赴会等佳话流传，只不过是一名跟随刘备东奔西走而且胜少败多的武夫；而孙权是用阴谋手段袭取荆州，此时的关羽早已名扬天下，他不能不更多考虑自已的名节。即便孙权不杀关羽，单从夺荆州一事，关羽也必然对孙权恨之入骨。

第七十八回

治风疾神医身死
传遗命奸雄数终

试看曹氏丕彰事
几作袁家谭尚争

魏太子曹丕秉政

【题解及内容提要】

本回只选后半部分评点。

一代奸雄曹操终于走完了他传奇而辉煌的一生。虽然世所公认《三国演义》的基本政治立场是尊刘贬曹，但从三国中所有的人物去世后所附的诗歌中，叹曹操的《邺中歌》在篇幅上是最长的，所以至少可以证明，即便是不喜欢曹操的罗贯中仍不能否定曹操一生辉煌的成就和卓越的贡献。

梁启超先生曾这样评价晚清名臣李鸿章："天下唯庸人无咎无誉。……誉满天下，未必不为乡愿；谤满天下，未必不为伟人。"这句话放在曹操身上也非常合适。越是重要的历史人物，越不可能让所有人都满意，誉满天下者，往往同时谤满天下；反之亦然。

…………

却说曹操自杀华佗之后，病势愈重，又忧吴、蜀之事。正虑间，近臣忽奏东吴遣使上书。操取书拆视之，略曰：

> 臣孙权久知天命已归王上，伏望早正大位，遣将剿灭刘备，扫平两川，臣即率群下纳土归降矣。

操观毕大笑，出示群臣曰："是儿欲使吾居炉火上耶！"侍中陈群等奏曰："汉室久已衰微，殿下功德巍巍，生灵仰望。今孙权称臣归命，此天人之应，异气齐声。殿下宜应天顺人，早正大位。"操笑曰："吾事汉多年，虽有功德及民，然位至于王，名爵已极，何敢更有他望？苟天命在孤，孤为周文王矣。"司马懿曰："今孙权既称臣归附，王上可封官赐爵，令拒刘备。"操从之，表封孙权为骠骑将军、南昌侯，领荆州牧。即日遣使赍诰敕

曹操此话言外之意有三：一是宣示自己要效法周文王，"三分天下有其二，以服侍殷"，表明自己的忠贞之志和高风亮节；二是在自比周文王的基础上明确表示自己有生之年不会代汉自立的立场；三是对忠于自己的部下暗示将来打算传位于儿子。

“槽”与“曹”谐音，此处乃暗指司马懿与其子司马师、司马昭，日后共同蚕食曹魏的天下。司马懿此时仍是二线谋士，其二子更尚未成名，所以曹操不会联想到司马懿父子。

赴东吴去讫。

操病势转加。忽一夜梦三马同槽而食，及晓，问贾诩曰：“孤向日曾梦三马同槽，疑是马腾父子为祸。今腾已死，昨宵复梦三马同槽。主何吉凶？”诩曰：“禄马，吉兆也。禄马归于曹，王上何必疑乎？”操因此不疑。后人有诗曰：

> 三马同槽事可疑，不知已植晋根基。曹瞒空有奸雄略，岂识朝中司马师？

是夜，操卧寝室，至三更，觉头目昏眩，乃起，伏几而卧。忽闻殿中声如裂帛，操惊视之，忽见伏皇后、董贵人、二皇子，并伏完、董承等二十馀人，浑身血污，立于愁云之内，隐隐闻索命之声。操急拔剑望空砍去，忽然一声响亮，震塌殿宇西南一角。操惊倒于地，近侍救出，迁于别宫养病。次夜，又闻殿外男女哭声不绝。至晓，操召群臣入曰：“孤在戎马之中三十馀年，未尝信怪异之事。今日为何如此？”群臣奏曰：“大王当命道士设醮【jiào，古代用酒祭神的一种礼节】修禳。”操叹曰：“圣人云：‘获罪于天，无所祷也。’孤天命已尽，安可救乎？”遂不允设醮。

语出《论语·八佾》，原意是：“一个人如果得罪了上天，他就没有什么地方可去祈求宽恕了。”说明曹操对自己平生“多行不义”还是有自知之明的。

次日，觉气冲上焦，目不见物，急召夏侯惇商议。惇至殿门前，忽见伏皇后、董贵人、二皇子、伏完、董承等，立在阴云之中。惇大惊昏倒，左右扶出，自此得病。操召曹洪、陈群、贾诩、司马懿等，同至卧榻前，嘱以后事。曹洪等顿首曰：“大王善保玉体，不日定当霍然。”操曰：“孤纵横天下三十馀年，群雄皆灭，止有江东孙权，西蜀刘备，未曾剿除。孤今病危，不能再与卿等相叙，特以家事相托。孤长子曹昂，刘氏所生，不幸早年殁于宛城。今卞氏生四子：丕、彰、植、熊。孤平生所爱第三子植，为人虚华少诚实，嗜酒放纵，因此不立。次子曹彰，勇而无谋；四子曹熊，多病难保。惟长子曹丕，笃厚恭谨，可继我业。卿等宜辅佐之。”

曹洪等涕泣领命而出。操令近侍取平日所藏名香，分赐诸侍妾，且嘱曰："吾死之后，汝等须勤习女工，多造丝履，卖之可以得钱自给。"又命诸妾多居于铜雀台中，每日设祭，必令女伎奏乐上食。又遗命于彰德府讲武城外，设立疑冢七十二："勿令后人知吾葬处，恐为人所发掘故也。"嘱毕，长叹一声，泪如雨下。须臾，气绝而死。寿六十六岁。时建安二十五年春正月也。后人有《邺中歌》一篇，叹曹操云：

"无情未必真豪杰"，有人认为，曹操临逝前做儿女态，有损其一生英霸之主的形象。笔者以为，这恰恰是曹操真性情的表现。让众妻妾自习女工维持生计，自食其力，不给国家添累赘，虽是家庭小事，但小事中彰显着大格局。

> 邺则邺城水漳水，定有异人从此起。雄谋韵事与文心，君臣兄弟而父子。英雄未有俗胸中，出没岂随人眼底？功首罪魁非两人，遗臭流芳本一身。文章有神霸有气，岂能苟尔化为群？横流筑台距太行，气与理势相低昂。安有斯人不作逆，小不为霸大不王？霸王降作儿女鸣，无可奈何中不平。向帐明知非有益，分香未可谓无情。呜呼！古人作事无巨细，寂寞豪华皆有意。书生轻议冢中人，冢中笑尔书生气！

却说曹操身亡，文武百官尽皆举哀，一面遣人赴世子曹丕、鄢陵侯曹彰、临淄侯曹植、萧怀侯曹熊处报丧。众官用金棺银椁将操入殓，星夜举灵榇赴邺郡来。曹丕闻知父丧，放声痛哭，率大小官员出城十里，伏道迎榇入城，停于偏殿。官僚挂孝，聚哭于殿上。忽一人挺身而出曰："请世子息哀，且议大事。"众视之，乃中庶子司马孚也。孚曰："魏王既薨，天下震动。当早立嗣王，以安众心。何但哭泣耶？"群臣曰："世子宜嗣位，但未得天子诏命，岂可造次而行？"兵部尚书【兵部尚书始设于隋朝，此处官称明显误讹】陈矫曰："王薨于外，爱子私立，彼此生变，则社稷危矣。"遂拔剑割下袍袖，厉声曰："即今日便请世子嗣位。众官有异议者，以此袍为例！"百官悚惧。忽报华歆自许昌飞马而至，众皆大惊。须臾华歆入，众问其来意，歆曰："今魏王薨逝，天下震动，何不早请世子嗣位？"众官曰："正因不及候诏命，方议欲以王后卞氏慈旨立世子为王。"歆曰："吾已于汉帝处索得诏命在此。"众皆踊跃称贺。歆于怀中取出诏命开读。

华歆称呼当朝天子，不称“吾皇”而称“汉帝”，好像在称别国君主。藐视汉室、谄媚曹魏的政治立场昭然若揭。

原来华歆谄事魏，故草此诏，威逼献帝降之，帝只得听从，故下诏即封曹丕为魏王、丞相、冀州牧。丕即日登位，受大小官僚拜舞起居。

正宴会庆贺间，忽报鄢陵侯曹彰，自长安领十万大军来到。丕大惊，遂问群臣曰：“黄须小弟，平日性刚，深通武艺。今提兵远来，必与孤争王位也。如之奈何？”忽阶下一人应声出曰：“臣请往见鄢陵侯，以片言折之。”众皆曰：“非大夫莫能解此祸也。”正是：

试看曹氏丕彰事，几作袁家谭尚争。

未知此人是谁，且看下文分解。

【回后评】

曹操在他的一篇带有自传性质的重要文章《让县自明本志令》中，对自己的思想和经历做了非常详细而真诚的阐述。比如曹操重点谈到了自己不能放弃兵权，那样会自取灭亡，个人荣辱事小，国家倾覆是大，“江湖未静，不可让位”，很好地回击并化解了士大夫中的清流派对他拥兵自重行为的指责。

纵观曹操仕途前十几年的所作所为，确实堪称汉家忠贞臣子。所以，曹操在本回中不肯代汉称帝的言语并非虚言。曹操曾说：“如国家无孤一人，正不知几人称帝，几人称王。”这句话虽然看上去颇为自负，但也说明了当时的实际情况——如果没有曹操扫灭北方群雄，汉家王朝恐怕早已四分五裂了。所以，曹操在稳定汉末政局、维持国家形式上的统一上还是做出了积极贡献的。我们对曹操的评价也不应只看到其性格中奸诈的一面，更应该看到曹操统一北方、实行屯田、发展生产、与民休息等积极举措对黎民百姓和历史发展起到的进步作用，这样才是符合唯物史观的正确态度。

第八十三回

战猇亭先主得仇人
守江口书生拜大将

蜀主有谋能设伏
吴兵好勇定遭擒

陸遜定計破蜀兵

在第八十一回中，刘备欲兴兵伐吴，遭到诸葛亮、赵云两位重臣的谏阻，但刘备最终仍坚持伐吴。后世多以刘备最终战败来肯定诸葛亮、赵云二人的主张，认为二人着眼大局，懂得隐忍。持此论调者，难免是在以成败论英雄，笔者对此看法并不赞同。赵云“汉贼之仇，公也；兄弟之仇，私也”的论调非常迂腐。关羽之仇不是“公”与“私”的问题，关羽之死绝非一个大将和几万军队的覆灭，从对蜀汉集团发展的角度来看，失去荆州无异于灭顶之灾，是关系到国家利益和未来发展的大事。诸葛亮早就谋划了从荆州、益州两路大军北伐中原，进而“兴复汉室、还于旧都”的宏伟蓝图。失去荆州后，蜀汉政权版图、人口和战略缓冲地带均大为缩减，蜷缩在益州一州之境，东线被封锁在三峡之内，根本无法进取中原。而后来诸葛亮从益州出秦川一条路线北伐，因蜀道崎岖，难以形成对曹魏政权有力的军事威胁，六出祁山徒劳无功也是明证。所以，对东吴的这场仗应该打，而且一定要打，但应该以收回荆州为首要目的。遗憾的是，刘备不懂得见好就收，执意灭吴，这就逼得东吴不得不拼死抵抗，鱼死网破的后果就难料了。

却说章武二年春正月，武威后将军黄忠随先主伐吴，忽闻先主言老将无用，即提刀上马，引亲随五六人，径到彝陵营中。吴班与张南、冯习接入，问曰：“老将军此来，有何事故？”忠曰：“吾自长沙跟天子到今，多负勤劳。今虽七旬有馀，尚食肉十斤，臂开二石之弓，能乘千里之马，未足为老。昨日主上言吾等老迈无用，故来此与东吴交锋，看吾斩将，老也不老！”

正言间，忽报吴兵前部已到，哨马临营。忠奋然而起，出帐上马，冯习等劝曰："老将军且休轻进。"忠不听，纵马而去。吴班令冯习引兵助战。忠在吴军阵前，勒马横刀，单搦先锋潘璋交战，璋引部将史迹出马。迹欺忠年老，挺枪出战，斗不三合，被忠一刀斩于马下。潘璋大怒，挥关公使的青龙刀，来战黄忠。交马数合，不分胜负。忠奋力恶战，璋料敌不过，拨马便走。忠乘势追杀，全胜而回。路逢关兴、张苞，兴曰："我等奉圣旨来助老将军。既已立了功，速请回营。"忠不听。

次日，潘璋又来搦战。黄忠奋然上马。兴、苞二人要助战，忠不从，吴班要助战，忠亦不从，只自引五千军出迎。战不数合，璋拖刀便走。忠纵马追之，厉声大叫曰："贼将休走！吾今为关公报仇！"追至三十馀里，四面喊声大震，伏兵齐出，右边周泰，左边韩当，前有潘璋，后有凌统，把黄忠困在垓心。忽然狂风大起，忠急退时，山坡上马忠引一军出，一箭射中黄忠肩窝，险些儿落马。吴兵见忠中箭，一齐来攻。忽后面喊声大起，两路军杀来，吴兵溃散，救出黄忠，乃关兴、张苞也。二小将保送黄忠径到御前营中。忠年老血衰，箭疮痛裂，病甚沉重。先主御驾自来看视，抚其背曰：令老将军中伤，朕之过也！"忠曰："臣乃一武夫耳，幸遇陛下。臣今年七十有五，寿亦足矣。望陛下善保龙体，以图中原！"言讫，不省人事。是夜殒于御营。后人有诗叹曰：

黄忠年事已高，派其上前线实非明智之举。历史上，黄忠亡于定军山之战的次年，并未见到刘备登基称帝。

老将说黄忠，收川立大功。重披金锁甲，双挽铁胎弓。
胆气惊河北，威名镇蜀中。临亡头似雪，犹自显英雄。

先主见黄忠气绝，哀伤不已，敕具棺椁，葬于成都。先主叹曰："五虎大将，已亡三人。朕尚不能复仇，深可痛哉！"乃引御林军直至猇亭，大会诸将，分军八路，水陆俱进。水路令黄权领兵，先主自率大军于旱路进发。时章武二年二月中旬也。

韩当、周泰听知先主御驾来征，引兵出迎。两阵对圆，韩当、周泰出马，只见蜀营门旗开处，先主自出，黄罗销金伞盖，左右白旄黄钺，金银旌节，前后围绕。当大叫曰：“陛下今为蜀主，何自轻出？倘有疏虞，悔之何及！”先主遥指骂曰：“汝等吴狗，伤朕手足，誓不与立于天地之间！”当回顾众将曰：“谁敢冲突蜀兵？”部将夏恂，挺枪出马。先主背后张苞挺丈八矛，纵马而出，大喝一声，直取夏恂。恂见苞声若巨雷，心中惊惧，恰待要走，周泰弟周平见恂抵敌不住，挥刀纵马而来。关兴见了，跃马提刀来迎。张苞大喝一声，一矛刺中夏恂，倒撞下马。周平大惊，措手不及，被关兴一刀斩了。二小将便取韩当、周泰，韩、周二人，慌退入阵。先主视之，叹曰：“虎父无犬子也！”用御鞭一指，蜀兵一齐掩杀过去，吴兵大败。那八路兵，势如泉涌，杀的那吴军尸横遍野，血流成河。

却说甘宁正在船中养病，听知蜀兵大至，火急上马，正遇一彪蛮兵，人皆被发跣足，皆使弓弩长枪搪【挡，抵御】牌刀斧，为首乃是番王沙摩柯，生得面如噀【xùn，含在口中而喷出】血，碧眼突出，使一个铁蒺藜骨朵，腰带两张弓，威风抖擞。甘宁见其势大，不敢交锋，拨马而走，被沙摩柯一箭射中头颅。宁带箭而走，到于富池口，坐于大树之下而死。树上群鸦数百，围绕其尸。吴王闻之，哀痛不已，具礼厚葬，立庙祭祀。后人有诗叹曰：

> 吴郡甘兴霸，长江锦幔舟。酬君重知己，报友化仇雠。
>
> 劫寨将轻骑，驱兵饮巨瓯【ōu，杯子，小盆】。神鸦能显圣，香火永千秋。

东吴名将如周瑜、太史慈、甘宁等往往过早凋零。好在团队后继有人，陆逊、诸葛恪、陆抗很快成长起来，成为了国家柱石。

与有杀父之仇的凌统化仇为友。

却说先主乘势追杀，遂得猇亭，吴兵四散逃走。先主收兵，只不见关兴。先主慌令张苞等四面跟寻。原来关兴杀入吴阵，正遇仇人潘璋，骤马追之。璋大惊，奔入山谷内，不知所往。兴寻思只在山里，往来寻觅不见。看看天晚，迷踪失路。幸得星月有光，追至山僻之间，时已二更，到一庄上，下马叩门。一老者出问何人。兴曰："吾是战将，迷路到此，求一饭充饥。"老人引入。兴见堂内点着明烛，中堂绘画关公神像，兴大哭而拜。老人问曰："将军何故哭拜？"兴曰："此吾父也。"老人闻言，即便下拜。兴曰："何故供养吾父？"老人答曰："此间皆是尊神地方。在生之日，家家侍奉，何况今日为神乎？老夫只望蜀兵早早报仇。今将军到此，百姓有福矣。"遂置酒食待之，卸鞍喂马。

三更已后，忽门外又一人击户。老人出而问之，乃吴将潘璋亦来投宿。恰入草堂，关兴见了，按剑大喝曰："歹贼休走！"璋回身便出。忽门外一人，面如重枣，丹凤眼，卧蚕眉，飘三缕美髯，绿袍金铠，按剑而入。璋见是关公显圣，大叫一声，神魂惊散；欲待转身，早被关兴手起剑落，斩于地上，取心沥血，就关公神像前祭祀。兴得了父亲的青龙偃月刀，却将潘璋首级，擐【huàn，穿，贯】于马项之下，辞了老人，就骑了潘璋的马，望本营而来。老人自将潘璋之尸拖出烧化。

关公亡后，曾数次"显圣"，帮助关兴脱离危难。这当然不可能是历史事实，却足以反映北宋以后民间日益兴盛的关公崇拜现象。

小心谨慎。

且说关兴行无数里，忽听得人言马嘶，一彪军来到，为首一将，乃潘璋部将马忠也。忠见兴杀了主将潘璋，将首级擐于马项之下，青龙刀又被兴得了，勃然大怒，纵马来取关兴。兴见马忠是害父仇人，气冲牛斗，举青龙刀望忠便砍。忠部下三百军并力上前，一声喊起，将关兴围在垓心。兴力孤势危，忽见西北上一彪军杀来，乃是张苞。马忠见救兵到来，慌忙引军自退。关兴、张苞一处赶来。赶不数里，前面糜芳、傅士仁引兵来寻马忠。两军相合，混战一处。苞、兴二人兵少，慌忙撤退，回至猇亭，来见先主，献上首级，具言此事。先主惊异，赏犒三军。

却说马忠回见韩当、周泰，收聚败军，各分头守把，军士中伤者不计其数。马忠引傅士仁、糜芳于江渚屯扎。当夜三更，军士皆哭声不止。糜芳暗听之，有一伙军言曰："我等皆是荆州之兵，被吕蒙诡计送了主公性命，今刘皇叔御驾亲征，东吴早晚休矣。所恨者，糜芳、傅士仁也。我等何不杀此二贼，去蜀营投降？功劳不小。"又一伙军言曰："不要性急，等个空儿，便就下手。"

糜芳听毕，大惊，遂与傅士仁商议曰："军心变动，我二人性命难保。今蜀主所恨者马忠耳，何不杀了他，将首级去献蜀主，告称：'我等不得已而降吴，今知御驾前来，特地诣营请罪。'"仁曰："不可。去必有祸。"芳曰："蜀主宽仁厚德，目今阿斗太子是我外甥，彼但念我国戚之情，必不肯加害。"二人计较已定，先备了马。三更时分，入帐刺杀马忠，将首级割了，二人带数十骑，径投猇亭而来。伏路军人先引见张南、冯习，具说其事。次日，到御营中来见先主，献上马忠首级，哭告于前曰："臣等实无反心；被吕蒙诡计，称言关公已亡，赚开城门，臣等不得已而降。今闻圣驾前来，特杀此贼，以雪陛下之恨。伏乞陛下恕臣等之罪。"先主大怒曰："朕自离成都许多时，你两个如何不来请罪？今日势危，故来巧言，欲全性命！朕若饶你，至九泉之下，有何面目见关公乎！"言讫，令关兴在御营中，设关公灵位。先主亲捧马忠首级，诣前祭祀。又令关兴将糜芳、傅士仁剥去衣服，跪于灵前，亲自用刀剐之，以祭关公。忽张苞上帐哭拜于前曰："二伯父仇人皆已诛戮，臣父冤仇，何日可报？"先主曰："贤侄勿忧。朕当削平江南，杀尽吴狗，务擒二贼，与汝亲自醢【hǎi，本意是指肉酱，也指将人剁成肉酱的酷刑】之，以祭汝父。"苞泣谢而退。

糜芳以为自己作为刘备的"国舅爷"，尚有几分薄面，能侥幸逃得一死，可惜他低估了刘备对关羽的情谊，以及刘备对其背叛行为的痛恨。

此时先主威声大震，江南之人尽皆胆裂，日夜号哭。韩当、周泰大惊，急奏吴王，具言糜芳、傅士仁杀了马忠，去归蜀帝，亦被蜀帝杀了。孙权心怯，遂聚文武商议。步骘奏曰："蜀主所恨者，乃吕蒙、潘璋、马忠、糜芳、傅士仁也。今此数人皆亡，独有范疆、张达二人，现在东吴。何不擒此二人，并张飞首级，遣使送还，交与荆州，送归夫人，上表求和，再会前情，共图灭魏，则蜀兵自退矣。"权从其言，遂具沉香木匣，盛贮飞首，绑缚范疆、张达，囚于槛车之内，令程秉为使，赍国书，望猇亭而来。

却说先主欲发兵前进，忽近臣奏曰："东吴遣使送张车骑之首，并囚范疆、张达二贼至。"先主两手加额曰："此天之所赐，亦由三弟之灵也！“即令张苞设飞灵位。先主见张飞首级在匣中面不改色，放声大哭。张苞自仗利刀，将范疆、张达万剐凌迟，祭父之灵。

祭毕，先主怒气不息，定要灭吴。马良奏曰：“仇人尽戮，其恨可雪矣。吴大夫程秉到此，欲还荆州，送回夫人，永结盟好，共图灭魏，伏候圣旨。”先主怒曰：“朕切齿仇人，乃孙权也。今若与之连和，是负二弟当日之盟矣。今先灭吴，次灭魏。”便欲斩来使，以绝吴情。多官苦告方免。程秉抱头鼠窜，回奏吴主曰：“蜀不从讲和，誓欲先灭东吴，然后伐魏。众臣苦谏不听，如之奈何？”

此时孙权确有还荆州以换取刘备退兵之心，可惜刘备被仇恨冲昏了头脑，不懂得审时度势，量力而行。蜀国的国力为三国中最弱，根本没有灭吴的实力。

权大惊，举止失措。阚泽出班奏曰：“现有擎天之柱，如何不用耶？”权急问何人。泽曰：“昔日东吴大事，全任周郎；后鲁子敬代之；子敬亡后，决于吕子明；今子明虽丧，现在陆伯言在荆州。此人名虽儒生，实有雄才大略，以臣论之，不在周郎之下，前破关公，其谋皆出于伯言。主上若能用之，破蜀必矣。如或有失，臣愿与同罪。”权曰：“非德润之言，孤几误大事。”张昭曰：“陆逊乃一书生耳，非刘备敌手，恐不可用。”顾雍亦曰：“陆逊年幼望轻，恐诸公不服。若不服则生祸乱，必误大事。”步骘亦曰：“逊才堪治郡耳，若托以大事，非其宜也。”阚泽大呼曰：“若不用陆伯言，则东吴休矣！臣愿以全家保之！”权曰：“孤亦素知陆伯言乃奇才也！孤意已决，卿等勿言。”

阚泽继赤壁战前勇赴曹营，献黄盖诈降书并成功瞒过曹操之后，又一次挽救江东的危亡。

于是命召陆逊。逊本名陆议，后改名逊，字伯言，乃吴郡吴人也，汉城门校尉陆纡之孙，九江都尉陆骏之子。身长八尺，面如美玉，官领镇西将军。当下奉召而至，参拜毕，权曰：“今蜀兵临境，孤特命卿总督军马，以破刘备。”逊曰：“江东文武，皆大王故旧之臣，臣年幼无才，安能制之？”权曰：“阚德润以全家保卿，孤亦素知卿才。今拜卿为大都督，卿勿推辞。”逊曰：“倘文武不服，何如？”权取所佩剑与之曰：“如有不听号令者，先斩后奏。”逊曰：“荷蒙重托，敢不拜命。但乞大王于来日会聚众官，然后赐臣。”阚泽曰：“古之命将，必筑坛会众，赐白旄黄钺、印绶兵符，然后威行令肃。今大王宜遵此礼，择日筑坛，拜伯言为大都督，假节钺，则众人自无不服矣。”权从之，命人连夜筑坛完备，大会百官，请陆逊登坛，拜为大都督、右护军镇西将军，进封娄侯，赐以宝剑印绶，令掌六郡八十一州兼荆楚诸路军马。吴王嘱之曰：“阃【kǔn，都城的外城门】以内，孤主之，阃以外，将军制之。”

仿韩信拜将旧事，给足陆逊面子，便于其统领众将。

此处化用《史记·张释之冯唐列传》中冯唐说的话。

逊领命下坛，令徐盛、丁奉为护卫，即日出师，一面调诸路军马，水陆并进。文书到猇亭，韩当、周泰大惊曰：“主上如何以一书生总兵耶？”比及逊至，众皆不服。逊升帐议事，众人勉强参贺。逊曰：“主上命吾为大将，督军破蜀。军有常法，公等各宜遵守。违者王法无亲，勿致后悔。”众皆默然。周泰曰：“目今安东将军孙桓，乃主上之侄，现困于彝陵城中，内无粮草，外无救兵。请都督早施良策，救出孙桓，以安主上之心。”逊曰：“吾素知孙安东深得军心，必能坚守，不必救之。待吾破蜀后，彼自出矣。”众皆暗笑而退。韩当谓周泰曰：“命此孺子为将，东吴休矣！公见彼所行乎？”泰曰：“吾聊以言试之，早无一计，安能破蜀也！”

东吴众将皆以为陆逊懦弱无能，内心轻视之，这是欲扬先抑的写法，反衬陆逊后来火烧连营的大功。当年周瑜执掌江东兵权，也曾遭到三朝元老程普的轻视和怀疑。两者情况类似。

次日，陆逊传下号令，教诸将各处关防，牢守隘口，不许轻敌。众皆笑其懦，不肯坚守。次日，陆逊升帐唤诸将曰：“吾钦承王命，总督诸军，昨已三令五申，令汝等各处坚守，俱不遵吾令，何也？”韩当曰：“吾自从孙将军【指孙坚】平定江南，经数百战，其馀诸将，或从讨逆将军【指孙策】，或从当今大王，皆披坚执锐，出生入死之士。今主上命公为大都督，令退蜀兵，宜早定计，调拨军马，分头征进，以图大事，乃只令坚守勿战，岂欲待天自杀贼耶？吾非贪生怕死之人，奈何使吾等堕其锐气？”于是帐下诸将，皆应声而言曰：“韩将军之言是也。吾等情愿决一死战！”陆逊听毕，掣剑在手，厉声曰：“仆虽一介书生，今蒙主上托以重任者，以吾有尺寸可取，能忍辱负重故也。

摆出元老资历。

汝等只各守隘口，牢把险要，不许妄动，如违令者皆斩！”众皆愤愤而退。

却说先主自猇亭布列军马，直至川口，接连七百里，前后四十营寨，昼则旌旗蔽日，夜则火光耀天。忽细作报说：“东吴用陆逊为大都督，总制军马。逊令诸将各守险要不出。”先主问曰：“陆逊何如人也？’马良奏曰：“逊虽东吴一书生，然年幼多才，深有谋略，前袭荆州，皆系此人之诡计。”先主大怒曰：“竖子诡计，损朕二弟，今当擒之！”便传令进兵。马良谏曰：“陆逊之才，不亚周郎，未可轻敌。”先主曰：“朕用兵老矣，岂反不如一黄口孺子耶！”遂亲领前军，攻打诸处关津隘口。

刘备此言，似乎对他一生的作战经验非常满意。其实刘备一生除了汉中之战大获全胜外，其他大小战役，可以拿得出手的胜果并不多。

韩当见先主兵来，差人报知陆逊。逊恐韩当妄动，急飞马自来观看，正见韩当立马于山上。远望蜀兵，漫山遍野而来，军中隐隐有黄罗盖伞。韩当接着陆逊，并马而观。当指曰：“军中必有刘备，吾欲击之。”逊曰：“刘备举兵东下，连胜十馀阵，锐气正盛。今只乘高守险，不可轻出，出则不利。但宜奖励将士，广布守御之策，以观其变。今彼驰骋于平原广野之间，正自得志，我坚守不出，彼求战不得，必移屯于山林树木间。吾当以奇计胜之。”

韩当口虽应诺，心中只是不服。先主使前队搦战，辱骂百端。逊令塞耳休听，不许出迎，亲自遍历诸关隘口，抚慰将士，皆令坚守。先主见吴军不出，心中焦躁。马良曰：“陆逊深有谋略。今陛下远来攻战，自春历夏，彼之不出，欲待我军之变也。愿陛下察之。”先主曰：“彼有何谋？但怯敌耳。向者数败，今安敢再出！”先锋冯习奏曰：“即今天气炎热，军屯于赤火之中，取水深为不便。”先主遂命各营，皆移于山林茂盛之地，近溪傍涧，待过夏到秋，并力进兵。冯习遂奉旨，将诸寨皆移于林木阴密之处。马良奏曰：“我军若动，倘吴兵骤至，如之奈何？”先主曰：“朕令吴班引万馀弱兵，近吴寨平地屯住，朕亲选八千精兵，伏于山谷之中。若陆逊知朕移营，必乘势来击，却令吴班诈败，逊若追来，朕引兵突出，断其归路，小子可擒矣。”文武皆

蜀军于山林处安营扎寨，一旦遭遇火攻，后果不堪设想。

贺曰："陛下神机妙算，诸臣不及也！"

马良曰："近闻诸葛丞相在东川点看各处隘口，恐魏兵入寇。陛下何不将各营移居之地，画成图本，问于丞相？"先主曰："朕亦颇知兵法，何必又问丞相？"良曰："古云：'兼听则明，偏听则蔽。'望陛下察之。"先主曰："卿可自去各营，画成四至八道图本，亲到东川去向丞相。如有不便，可急来报知。"马良领命而去。于是先主移兵于林木阴密处避暑。早有细作报知韩当、周泰。二人听得此事，大喜，来见陆逊曰："目今蜀兵四十馀营，皆移于山林密处，依溪傍涧，就水歇凉。都督可乘虚击之。"正是：

刘备仍对诸葛亮反对讨伐东吴心存不满。

蜀主有谋能设伏，吴兵好勇定遭擒。

未知陆逊可听其言否，且看下文分解。

【回后评】

关羽之死、刘备之败皆源于陆逊的计谋。陆逊之所以年纪轻轻便成就大功，最应该感谢的是孙权这位"伯乐"。孙权在刘备发动进攻之前，已先行向曹丕投降称臣，获得了"吴王"的封爵。孙权虽在用兵打仗上比不上曹操，在治理内政上比不上诸葛亮，但他作为一方诸侯，能知人善任，力保江东，没有辜负其父兄的厚望。另外，他还奉行灵活的外交政策，能屈能伸，明达权变，在每一个关键的历史关头都做出正确选择，值得后人赞赏和学习。

在第八十四回中，陆逊果然火烧连营七百里，彻底击垮了刘备大军。彝陵之战（又称猇亭之战）是继官渡之战、赤壁之战后又一次以少胜多的著名战役，同时也是三国历史的重要转折点。它使得蜀汉政权从此一蹶不振，再也没有竞逐天下的实力，客观上宣告了刘备集团"兴复汉室"梦想的破灭。

第八十五回

刘先主遗诏托孤儿
诸葛亮安居平五路

吴人方见干戈息
蜀使还将玉帛通

白帝城先主托孤

【题解及内容提要】

刘备兵败后，在白帝城住了将近一年，直至去世。此举体现了刘备的多重远虑：一则如刘备所言，无颜回成都；二则是刘备驻军吴蜀边疆，能有效对东吴乘胜西进的野心起到威慑作用，使东吴不敢冒然染指西川；三则是对内宣誓兵虽败而志不馁，以便尽快安定人心，避免出现内部潜在的反叛势力蠢蠢欲动。

刘备的去世意味着一个时代的终结，也意味着三国故事进入了衰微阶段。至此，魏、蜀、吴三个政权均不同程度地走上下坡路。

却说章武二年夏六月，东吴陆逊大破蜀兵于猇亭彝陵之地，先主奔回白帝城，赵云引兵据守。忽马良至，见大军已败，懊悔不及，将孔明之言，奏知先主。先主叹曰："朕早听丞相之言，不致今日之败！今有何面目复回成都见群臣乎！"遂传旨就白帝城住扎，将馆驿改为永安宫。人报冯习、张南、傅彤，程畿、沙摩柯等皆殁于王事，先主伤感不已。又近臣奏称："黄权引江北之兵，降魏去了，陛下可将彼家属送有司问罪。"先主曰："黄权被吴兵隔断在江北岸，欲归无路，不得已而降魏：是朕负权，非权负朕也。何必罪其家属？"仍给禄米以养之。

陈平、韩信都曾于楚汉之争时弃项羽而归刘邦，曹丕将黄权比附陈、韩，一方面是嘉奖黄权弃暗投明，同时也有自比刘邦之意。

却说黄权降魏，诸将引见曹丕。丕曰："卿今降朕，欲追慕于陈、韩耶？"权泣而奏曰："臣受蜀帝之恩，殊遇甚厚，令臣督诸军于江北，被陆逊绝断。臣归蜀无路，降吴不可，故来投陛下。败军之将，免死为幸，安敢追慕于古人耶！"丕大喜，遂拜黄权为镇南将军，权坚辞不受。忽近臣奏曰："有细作人自蜀中来，说蜀主将黄权家属尽皆诛戮。"权曰："臣与蜀主，推诚相信，知臣本心，必不肯杀臣之家小也。"丕然之。后人有诗责黄

在曹丕面前称"蜀帝"而非"蜀主"，不避忌讳，说明黄权内心仍向蜀国。

此处改口"蜀主"，乃是听闻近臣奏报的称谓后审时度势的改口，也是对曹丕的尊重，展现其政治应变能力。

《资治通鉴》对三国史事，皆依曹魏纪年。南宋朱熹撰《资治通鉴纲目》一书改以蜀汉纪年，以宣扬正统观念。朱熹别名紫阳，故称其笔法为“紫阳书法”。书法，指史笔。

权曰：

降吴不可却降曹，忠义安能事两朝？堪叹黄权惜一死，紫阳书法不轻饶。

曹丕问贾诩曰：“朕欲一统天下，先取蜀乎？先取吴乎？”诩曰：“刘备雄才，更兼诸葛亮善能治国；东吴孙权，能识虚实，陆逊现屯兵于险要，隔江泛湖，皆难卒谋。以臣观之，诸将之中，皆无孙权、刘备敌手。虽以陛下天威临之，亦未见万全之势也。只可持守，以待二国之变。”丕曰：“朕已遣三路大兵伐吴，安有不胜之理？”尚书刘晔曰：“近东吴陆逊，新破蜀兵七十万，上下齐心，更有江湖之阻，不可卒【同“猝”，短时间】制，陆逊多谋，必有准备。”丕曰：“卿前劝朕伐吴，今又谏阻，何也？”晔曰：“时有不同也。昔东吴累败于蜀，其势顿挫，故可击耳；今既获全胜，锐气百倍，未可攻也。【《孙子兵法》：“善用兵者，避其锐气，击其惰归，此治气者也。”】”丕曰：“朕意已决，卿勿复言。”遂引御林军亲往接应三路兵马。早有哨马报说东吴已有准备，令吕范引兵拒住曹休，诸葛瑾引兵在南郡拒住曹真，朱桓引兵当住濡须以拒曹仁。刘晔曰：“既有准备，去恐无益。”丕不从，引兵而去。

却说吴将朱桓，年方二十七岁，极有胆略，孙权甚爱之，时督军于濡须。闻曹仁引大军去取羡溪，桓遂尽拨军守把羡溪去了，止留五千骑守城。忽报曹仁令大将常雕同诸葛虔、王双，引五万精兵飞奔濡须城来，众军皆有惧色，桓按剑而言曰：“胜负在将，不在兵之多寡。兵法云：‘客兵倍而主兵半者，主兵尚能胜于客兵。’今曹仁千里跋涉，人马疲困。吾与汝等，共据高城，南临大江，北背山险，以逸待劳，以主制客，此乃百战百胜之势。虽曹丕自来，尚不足忧，况仁等耶！”于是传令，教众军偃旗息鼓，只作无人守把之状。

“主兵”有主场优势，且以逸待劳，故而有望以寡胜众。

且说魏将先锋常雕，领精兵来取濡须城，遥望城上并无军马。雕催军急进，离城不远，一声炮响，旌旗齐竖。朱桓横刀飞马而出，直取常雕。战不三合，被【此字应属多余】桓一刀斩常雕于马下。吴兵乘势冲杀一阵，魏兵大败，死者无数。朱桓大胜，得了无数旌旗军器战马。曹仁领兵随后到来，却被吴兵从羡溪杀出，曹仁大败而退。回见魏主，细奏大败之事，丕大惊。正议之间，忽探马报："曹真、夏侯尚围了南郡，被陆逊伏兵于内，诸葛瑾伏兵于外，内外夹攻，因此大败。"言未毕，忽探马又报："曹休亦被吕范杀败。"丕听知三路兵败，乃喟然叹曰："朕不听贾诩、刘晔之言，果有此败！"时值夏天，大疫流行，马步军十死六七，遂引军回洛阳。吴、魏自此不和。

却说先主在永安宫，染病不起，渐渐沉重。至章武三年夏四日，先主自知病入四肢，又哭关、张二弟，其病愈深，两目昏花，厌见侍从之人，乃叱退左右，独卧于龙榻之上。忽然阴风骤起，将灯吹摇，灭而复明，只见灯影之下，二人侍立。先主怒曰："朕心绪不宁，教汝等且退，何故又来！"叱之不退。先主起而视之，上首乃云长，下首乃翼德也。先主大惊曰："二弟原来尚在？"云长曰："臣等非人，乃鬼也。上帝以臣二人平生不失信义，皆敕命为神。哥哥与兄弟聚会不远矣。"先主扯定大哭。忽然惊觉，二弟不见。即唤从人问之，时正三更。先主叹曰："朕不久于人世矣！"遂遣使往成都，请丞相诸葛亮，尚书令李严等，星夜来永安宫，听受遗命。孔明等与先主次子鲁王刘永、梁王刘理，来永安宫见帝，留太子刘禅守成都。

思虑过度，致生幻觉，乃油尽灯枯之兆。

且说孔明到永安宫，见先主病危，慌忙拜伏于龙榻之下。先主传旨，请孔明坐于龙榻之侧，抚其背曰："朕自得丞相，幸成帝业。何期智识浅陋，不纳丞相之言，自取其败，悔恨成疾，死在旦夕。嗣子孱弱，不得不以大事相托。"言讫，泪流满面。孔明亦涕泣曰："愿陛下善保龙体，以副下天之望！"先主以目遍视，只见马良之弟马谡在傍，先主令且退。谡退出，先主谓孔明刘备极有识人之明，后马谡果然在诸葛亮北伐的关键战役中失守街亭，造成了极其严重的损失。

曰："丞相观马谡之才何如？"孔明曰："此人亦当世之英才也。"先主曰："不然。朕观此人，言过其实，不可大用。丞相宜深察之。"分付毕，传旨召诸臣入殿，取纸笔写了遗诏，递与孔明而叹曰："朕不读书，粗知大略。圣人云：'鸟之将死，其鸣也哀；人之将死，其言也善。'朕本待与卿等同灭曹贼，共扶汉室，不幸中道而别。烦丞相将诏付与太子禅，令勿以为常言。凡事更望丞相教之！"孔明等泣拜于地曰："愿陛下将息龙体！臣等尽施犬马之劳，以报陛下知遇之恩也。"先主命内侍扶起孔明，一手掩泪，一手执其手，曰："朕今死矣，有心腹之言相告！"孔明曰："有何圣谕？"先主泣曰："君才十倍曹丕，必能安邦定国，终定大事。若嗣子可辅则辅之，如其不才，君可自为成都之主。"孔明听毕，汗流遍体，手足失措，泣拜于地曰："臣安敢不竭股肱之力，效忠贞之节，继之以死乎！"言讫，叩头流血。先主又请孔明坐于榻上，唤鲁王刘永、梁王刘理近前，分付曰："尔等皆记朕言：朕亡之后，尔兄弟三人，皆以父事丞相，不可怠慢。"言罢，遂命二王同拜孔明。二王拜毕，孔明曰："臣虽肝脑涂地，安能报知遇之恩也！"

刘备担心自己百年之后，庸儿地位不稳，用看似真情流露的语言给诸葛亮打"预防针"。帝王心术的展露无疑。

刘备临终前令儿子们认了"干爹"，就意味着给诸葛亮上了道德"紧箍咒"，使诸葛亮必须竭忠尽智辅佐刘姓江山，如生异心，便难逃天下唾骂。

先主谓众官曰："朕已托孤于丞相，令嗣子以父事之。卿等俱不可怠慢，以负朕望。"又嘱赵云曰："朕与卿于患难之中，相从到今，不想于此地分别。卿可想朕故交，早晚看觑吾子，勿负朕言。"云泣拜曰："臣敢不效犬马之劳！"先主又谓众官曰："卿等众官，朕不能一一分嘱，愿皆自爱。"言毕驾崩，寿六十三岁。时章武三年夏四月二十四日也。后杜工部有诗叹曰：

> 蜀主窥吴向三峡，崩年亦在永安宫。翠华想像空山外，玉殿虚无野寺中。古庙杉松巢水鹤，岁时伏腊走村翁。武侯祠屋长邻近，一体君臣祭祀同。

先主驾崩，文武官僚，无不哀痛。孔明率众官奉梓宫【指皇帝、皇后或重臣的棺材】还成都。太子刘禅出城迎接灵柩，安于正殿之内。举哀行礼毕，开读遗诏。诏曰：

朕初得疾，但下痢耳，后转生杂病，殆不自济。朕闻“人年五十，不称夭寿”。今朕年六十有馀，死复何恨？但以卿兄弟为念耳。勉之！勉之！勿以恶小而为之，勿以善小而不为。惟贤惟德，可以服人，卿父德薄，不足效也。卿与丞相从事，事之如父，勿怠！勿忘！卿兄弟更求闻达。至嘱！至嘱！

又一经典名言。

群臣读诏已毕，孔明曰：“国不可一日无君，请立嗣君，以承汉统。”乃立太子禅即皇帝位，改元建兴。加诸葛亮为武乡侯，领益州牧。葬先主于惠陵，谥曰昭烈皇帝。尊皇后吴氏为皇太后，谥甘夫人为昭烈皇后，糜夫人亦追谥为皇后。升赏群臣，大赦天下。

早有魏军探知此事，报入中原。近臣奏知魏主。曹丕大喜曰：“刘备已亡，朕无忧矣。何不乘其国中无主，起兵伐之？”贾诩谏曰：“刘备虽亡，必托孤于诸葛亮。亮感备知遇之恩，必倾心竭力，扶持嗣主。陛下不可仓卒伐之。”正言间，忽一人从班部中奋然而出曰：“不乘此时进兵，更待何时？”众视之，乃司马懿也。丕大喜，遂问计于懿。懿曰：“若只起中国之兵，急难取胜。须用五路大兵，四面夹攻，令诸葛亮首尾不能救应，然后可图。”

抢先发言，唯恐人后的态度，说明司马懿此时已开始急于立功表现了。

丕问何五路，懿曰：“可修书一封，差使往辽东鲜卑国，见国王轲比能，赂以金帛，令起辽西羌兵十万，先从旱路取西平关：此一路也。再修书遣使赍官诰赏赐，直入南蛮，见蛮王孟获，令起兵十万，攻打益州、永昌、牂牁【zāng kē】、越嶲【xī】四郡，以击西川之南：此二路也。再遣使入吴修好，许以割地，令孙权起兵十万，攻两川峡口，径取涪城：此三路也。又可差使至降将孟达处，起上庸兵十万，西攻汉中：此四路也。然后命大将军曹真为大都督，提兵十万，由京兆径出阳平关取西川；此五路也。共大兵五十万,五路并进，诸葛亮便有吕望之才，安能当此乎？”丕大喜，随即密遣能言官四员为使前去；又命曹真为大都督，领兵十万径取阳平关。此时张辽等一班旧将，皆封列侯，俱在冀、徐、青及合淝等处，据守关津隘口，故不复调用。

张飞之妻为夏侯渊侄女,其女儿又嫁与刘禅为后。张飞既是先主刘备之弟，又是后主刘禅的岳丈，更有魏国宗室夏侯氏为其姻亲，堪称三国时代第一“亲家”。

却说蜀汉后主刘禅，自即位以来，旧臣多有病亡者，不能细说。凡一应朝廷选法，钱粮、词讼等事，皆听诸葛丞相裁处。时后主未立皇后，孔明与群臣上言曰：“故车骑将军张飞之女甚贤，年十七岁，可纳为正宫皇后。”后主即纳之。

建兴元年秋八月，忽有边报说：“魏调五路大兵，来取西川：第一路，曹真为大都督，起兵十万，取阳平关；第二路，乃反将孟达，起上庸兵十万，犯汉中；第三路，乃东吴孙权，起精兵十万，取峡口入川；第四路，乃蛮王孟获，起蛮兵十万，犯益州四郡；第五路，乃番王轲比能，起羌兵十万，犯西平关。此五路军马，甚是利害。已先报知丞相，丞相不知为何，数日不出视事。”后主听罢大惊，即差近侍赍旨，宣召孔明入朝。使命去了半日，回报：“丞相府下人言，丞相染病不出。”后主转慌。次日，又命黄门侍郎董允、谏议大夫杜琼，去丞相卧榻前告此大事。董、杜二人到丞相府前，皆不得入。杜琼曰：“先帝托孤于丞相，今主上初登宝位，被曹丕五路兵犯境，军情至急，丞相何故推病不出？”良久，门吏传丞相令，言：“病体稍可，明早出都堂议事。”董、杜二人叹息而回。次日，多官又来丞相府前伺候。从早至晚，又不见出。多官惶惶，只得散去。杜琼入奏后主曰：“请陛下圣驾，亲往丞相府问计。”后主即引多官入宫，启奏皇太后。太后大惊，曰：“丞相何故如此？有负先帝委托之意也！我当自往。”董允奏曰：“娘娘未可轻往。臣料丞相必有高明之见，且待主上先往。如果怠慢，请娘娘于太庙中，召丞相问之未迟。”太后依奏。

次日，后主车驾亲至相府。门吏见驾到，慌忙拜伏于地而迎。后主问曰："丞相在何处？"门吏曰："不知在何处。只有丞相钧旨，教挡住百官，勿得辄入。"后主乃下车步行，独进第三重门，见孔明独倚竹杖，在小池边观鱼。后主在后立久，乃徐徐而言曰："丞相安乐否？"孔明回顾，见是后主，慌忙弃杖，拜伏于地曰："臣该万死！"后主扶起，问曰："今曹丕分兵五路，犯境甚急，相父缘何不肯出府视事？"孔明大笑，扶后主入内室坐定，奏曰："五路兵至，臣安得不知？臣非观鱼，有所思也。"后主曰："如之奈何？"孔明曰："羌王轲比能，蛮王孟获，反将孟达，魏将曹真，此四路兵，臣已皆退去了也。止有孙权这一路兵，臣已有退之之计，但须一能言之人为使。因未得其人，故熟思之。陛下何必忧乎？"

刘备伐吴失败后，蜀中人才凋敝，面临无人可用的窘境。这给蜀汉后续发展带来极大隐忧。

后主听罢，又惊又喜，曰："相父果有鬼神不测之机也！愿闻退兵之策。"孔明曰："先帝以陛下付托与臣，臣安敢旦夕怠慢。成都众官皆不晓兵法之妙，贵在使人不测，岂可泄漏于人？老臣先知西番国王轲比能引兵犯西平关，臣料马超积祖西川人氏，素得羌人之心，羌人以超为神威天将军，臣已先遣一人，星夜驰檄，令马超紧守西平关，伏四路奇兵，每日交换，以兵拒之：此一路不必忧矣。又南蛮孟获兵犯四郡，臣亦飞檄遣魏延领一军左出右入，右出左入，为疑兵之计，蛮兵惟凭勇力，其心多疑，若见疑兵，必不敢进：此一路又不足忧矣。又知孟达引兵出汉中，达与李严曾结生死之交，臣回成都时，留李严守永安宫，臣已作一书，只做李严亲笔，令人送与孟达，达必然推病不出，以慢军心：此一路又不足忧矣。又知曹真引兵犯阳平关，此地险峻，可以保守，臣已调赵云引一军守把关隘，并不出战，曹真若见我军不出，不久自退矣。此四路兵俱不足忧。臣尚恐不能全保，又密调关兴、张苞二将，各引兵三万，屯于紧要之处，为各路救应。此数处调遣之事，皆不曾经由成都，故无人知觉。只有东吴这一路兵，未必便动。如见四路兵胜，川中危急，必来相

东吴主动发起的军事行动向来都是伺机而起，多表现为隔岸观火，乘隙取利，有利则来，无利则去，十分灵活。

攻，若四路不济，安肯动乎？臣料孙权想曹丕三路侵吴之怨，必不肯从其言。虽然如此，须用一舌辩之士，径往东吴，以利害说之，则先退东吴，其四路之兵，何足忧乎？但未得说吴之人，臣故踌躇。何劳陛下圣驾来临？”后主曰：“太后亦欲来见相父。今朕闻相父之言，如梦初觉。复何忧哉！”

孔明与后主共饮数杯，送后主出府。众官皆环立于门外，见后主面有喜色。后主别了孔明，上御车回朝，众皆疑惑不定。孔明见众官中，一人仰天而笑，面亦有喜色。孔明视之，乃义阳新野人，姓邓，名芝，字伯苗，现为户部尚书，汉司马邓禹之后。孔明暗令人留住邓芝。多官皆散，孔明请芝到书院中，问芝曰：“今蜀、魏、吴鼎分三国，欲讨二国，一统中兴，当先伐何国？”芝曰：“以愚意论之，魏虽汉贼，其势甚大，急难摇动，当徐徐缓图。今主上初登宝位，民心未安，当与东吴连合，结为唇齿，一洗先帝旧怨，此乃长久之计也。未审丞相钧意若何？”孔明大笑曰：“吾思之久矣，奈未得其人，今日方得也！”芝曰：“丞相欲其人何为？”孔明曰：“吾欲使人往结东吴。公既能明此意，必能不辱君命。使吴之任，非公不可。”芝曰：“愚才疏智浅，恐不堪当此任。”孔明曰：“吾来日奏知天子，便请伯苗一行，切勿推辞。”芝应允而退。至次日，孔明奏准后主，差邓芝往说东吴。芝拜辞，望东吴而来。正是：

邓芝既已料定诸葛亮之意，本当在国家危亡时主动请缨，为国出力，不必故作清高，作此轻狂之状，以待上官垂询。

吴人方见干戈息，蜀使还将玉帛通。

未知邓芝此去若何，且看下文分解。

【回后评】

彝陵之战使吴、蜀之间的关系降至冰点，两国都为此战耗损了巨大的人力物力，但三国“一强二弱”的局势并没有改变，诸葛亮、孙权二位卓越的政治家更深明“唇亡齿寒”这一浅显的道理。所以，战后两国重新媾和是时势使然。在八十六回中，孙权鉴纳了邓芝的慷慨陈词，与蜀汉重新修好，并派遣臣僚入川答礼。孙权再度与蜀联合，必然招致曹丕的忌恨，他不惜亲自攻打东吴。可惜曹丕毕竟在军事才能上远逊其父，被吴将徐盛率兵打得大败而归，还折损了上将张辽。

需要指出的是，吴蜀此番“破镜重圆”无法使形势回到赤壁战前唇齿相依的盟友关系，而像是不得已才勉强维持表面和谐的同床异梦的夫妻关系。后来，诸葛亮、姜维多次北伐，东吴方面更多的是表面上答应出兵策应，而实质上按兵不动，作壁上观。

自223年刘备去世至226年曹丕去世的三年间，三国各自的重点转向了内部的稳定与发展：蜀汉在诸葛亮亲自统领下，七擒孟获，平定了南方少数民族地区的叛乱；孙权继续巩固荆州—合淝一线的防务；曹丕虽有南下攻吴的打算，但皆因天时、地利不济而搁浅。自此，三国之间进入了短暂的、相对稳定的休战期。

第九十一回

祭泸水汉相班师
伐中原武侯上表

庶竭驽钝，攘除奸凶
兴复汉室，还于旧都

孔明初上出師表

本回只选中间部分评点。

刘备去世后，诸葛亮通过修复吴蜀同盟，确保了与吴国边界的安定；在马谡的建议下，诸葛亮用“攻心为上，攻城为下；心战为上，兵战为下”的战略，经过七擒七纵，平定了南方少数民族地区，使蛮王孟获深感恩义，“誓不再反”，巩固了后方。虽然历史上诸葛亮南征后，南中仍出现过小规模的叛乱，但皆是疥癣之疾，于蜀汉政权大局无损。诸葛亮的上述举措，落实了他所提到的“南抚彝越，外结孙权”的政策，蜀国国力也从彝陵之战的惨败中得到一定程度的恢复，这都为北伐曹魏做好了内政外交的准备。自本回起，诸葛亮为实现他一生为之奋斗的“兴复汉室，还于旧都”的梦想开启了前后历时六年的北伐，也进入了他个人生命的最后阶段。

【题解及内容提要】

…………

夏五月，丕感寒疾，医治不痊，乃召中军大将军曹真、镇军大将军陈群、抚军大将军司马懿三人入寝宫。丕唤曹睿至，指谓曹真等曰：“今朕病已沉重，不能复生。此子年幼，卿等三人可善辅之，勿负朕心。”三人皆告曰：“陛下何出此言？臣等愿竭力以事陛下，至千秋万岁。”丕曰：“今年许昌城门无故自崩，乃不祥之兆，朕故自知必死也。”正言间，内侍奏征东大将军曹休入宫问安。丕召入谓曰：“卿等皆国家柱石之臣也，若能同心辅朕之子，朕死亦瞑目矣！”言讫，堕泪而薨。时年四十岁，在位七年。于是曹真、陈群、司马懿、曹休等，一面举哀，一面拥立曹睿为大魏皇帝。谥父丕为文皇帝，谥母甄氏为文昭皇后。封钟繇为太傅，曹真为大将军，曹休为大司马，华歆为太尉，王朗为司徒，陈群为司空，司马懿为骠骑大将军。其馀文武官僚，各各封赠。大赦天下。时雍、凉二州缺人守把，司马懿上表乞守西凉等处。曹睿从之，遂封懿提督雍、凉等处兵马。领诏去讫。

司马懿此举极有深意，甚为明智。于内，司马懿是外姓重臣，恐为曹真、曹休等所猜忌；于外，曹操、曹丕在世时，司马懿一直没有独自带兵打仗的机会，西线边陲虽然荒凉，却能直接抵御蜀汉入侵，是足以用武建功之地。另外，司马懿还可以用军事主帅的身份，培植一班忠于自己的部将。司马懿深知，曹氏亲贵虽掌朝中大权，但军事上皆非诸葛亮对手，早晚有他建功立业的机会。

早有细作飞报入川。孔明大惊曰："曹丕已死，孺子曹睿即位。馀皆不足虑，司马懿深有谋略，今督雍、凉兵马，倘训练成时，必为蜀中之大患。不如先起兵伐之。"参军马谡曰："今丞相平南方回，军马疲敝，只宜存恤，岂可复远征？某有一计，使司马懿自死于曹睿之手，未知丞相钧意允否？"孔明问是何计，马谡曰："司马懿虽是魏国大臣，曹睿素怀疑忌。何不密遣人往洛阳、邺郡等处，布散流言，道此人欲反，更作司马懿告示天下榜文，遍贴诸处，使曹睿心疑，必然杀此人也。"孔明从之，即遣人密行此计去了。

马谡通过献此离间计，又一次让他在诸葛亮心中加分不少。

却说邺城门上。忽一日见贴下告示一道。守门者揭了，来奏曹睿。睿观之，其文曰：

> 骠骑大将军总领雍、凉等处兵马事司马懿，谨以信义布告天下：昔太祖武皇帝，创立基业，本欲立陈思王子建【曹植】为社稷主，不幸奸谗交集，岁久潜龙。皇孙曹睿，素无德行，妄自居尊，有负太祖之遗意。今吾应天顺人，克日兴师，以慰万民之望。告示到日，各宜归命新君。如不顺者，当灭九族！先此告闻，想宜知悉。

"思"是曹植去世后的谥号。诸葛亮初次北伐时曹植尚未去世，也尚未受封陈王。

此处的"新君"应暗指曹植。曹植因曾与曹丕争夺嗣位，在曹丕、曹睿两代皇帝在位时，一直遭到打压和提防，虽名为诸侯王，实则被长期变相软禁。此伪书搬出曹植，正挑动了曹睿心中敏感的神经。

曹睿览毕，大惊失色，急问群臣。太尉华歆奏曰："司马懿上表乞守雍、凉，正为此也。先时太祖武皇帝尝谓臣曰：'司马懿鹰视狼顾，不可付以兵权，久必为国家大祸。'今日反情已萌，可速诛之。"王朗奏曰："司马懿深明韬略，善晓兵机，素有大志。若不早除，久必为祸。"睿乃降旨，欲兴兵御驾亲征。忽班部中闪出大将军曹真奏曰："不可。文皇帝托孤于臣等数人，是知司马仲达无异志也。今事未知真假，遽尔加兵，乃逼之反耳。或者

有此八字评价，理当重用才是。

华歆、王朗之流徒以虚名而居高位，对真有才学的司马懿心怀嫉妒，因妒进谗。

蜀、吴奸细行反间之计，使我君臣自乱，彼却乘虚而击，未可知也。陛下幸察之。”睿曰：“司马懿若果谋反，将奈何？”真曰：“如陛下心疑，可仿汉高伪游云梦之计。御驾幸安邑，司马懿必然来迎；观其动静，就车前擒之，可也。”睿从之，遂命曹真监国，亲自领御林军十万，径到安邑。

司马懿不知其故，欲令天子知其威严，乃整兵马，率甲士数万来迎。近臣奏曰：“司马懿果率兵十馀万，前来抗拒，实有反心矣。”睿慌命曹休先领兵迎之。司马懿见兵马前来，只疑车驾亲至，伏道而迎。曹休出曰：“仲达受先帝托孤之重，何故反耶？”懿大惊失色，汗流遍体，乃问其故。休备言前事。懿曰：“此吴、蜀奸细反间之计，欲使我君臣自相残害，彼却乘虚而袭。某当自见天子辨之。”遂急退了军马，至睿车前俯伏泣奏曰：“臣受先帝托孤之重，安敢有异心？必是吴、蜀之奸计。臣请提一旅之师，先破蜀，后伐吴，报先帝与陛下，以明臣心。”睿疑虑未决。华歆奏曰：“不可付之兵权。可即罢归田里。”睿依言，将司马懿削职回乡，命曹休总督雍、凉军马。曹睿驾回洛阳。

却说细作探知此事，报入川中。孔明闻之大喜曰：“吾欲伐魏久矣，奈有司马懿总雍、凉之兵。今既中计遭贬，吾有何忧！”次日，后主早朝，大会官僚，孔明出班，上《出师表》一道。表曰：

臣亮言：先帝创业未半，而中道崩殂。今天下三分，益州罢【应写作“罷”pí，通“疲”】敝，此诚危急存亡之秋也。然侍卫之臣不懈于内，忠志之士忘身于外者，盖追先帝之殊遇，欲报之于陛下也。诚宜开张圣听，以光先帝遗德，恢弘志士之气；不宜妄自菲薄，引喻失义，以塞忠谏之路也。宫中府中，俱为一体；陟罚臧否，不宜异同。若有作奸犯科及为忠善者，宜付有司论其刑赏，以昭陛下平明之治；不宜偏私，使内外异法也。侍中、侍郎郭攸之、费祎、董允

《史记·高祖本纪》记载，楚汉战争后，刘邦为削夺韩信兵权，将其徙封为楚王。又采取陈平之计，假装去楚地游览云梦泽（即洞庭湖），趁韩信不备，突然发难，将其逮捕。曹睿此时欲效仿刘邦，对司马懿采取类似手段。

从字面上看，皇宫中和相府中统一标准，谁都不搞特殊，实则侧重提醒后主对宫中之事尤其是自己的德行严加约束。

明君应赏罚得当，以副臣民之望。

积极荐贤，弥补蜀汉人才短板。

等，此皆良实，志虑忠纯，是以先帝简拔以遗陛下：愚以为宫中之事，事无大小，悉以咨之，然后施行，必得裨补阙漏，有所广益。将军向宠，性行淑均，晓畅军事，试用之于昔日，先帝称之曰“能”，是以众议举宠以为督：愚以为营中之事，事无大小，悉以咨之，必能使行阵和穆，优劣得所也。亲贤臣，远小人，此先汉所以兴隆也；亲小人，远贤臣，此后汉所以倾颓也。先帝在时，每与臣论此事，未尝不叹息痛恨于桓、灵也！侍中、尚书、长史、参军，此悉贞亮死节之臣也，愿陛下亲之、信之，则汉室之隆，可计日而待也。

举汉代的典故更容易被后主接纳。亲贤远佞，历代帝王皆当警之，慎之。

臣本布衣，躬耕南阳，苟全性命于乱世，不求闻达于诸侯。先帝不以臣卑鄙，猥自枉屈，三顾臣于草庐之中，谘臣以当世之事，由是感激，遂许先帝以驱驰。后值倾覆，受任于败军之际，奉命于危难之间：尔来二十有一年矣。先帝知臣谨慎，故临崩寄臣以大事也。受命以来，夙夜忧虑，恐付托不效，以伤先帝之明，故五月渡泸，深入不毛。今南方已定，甲兵已足，当奖帅三军，北定中原，庶竭驽钝，攘除奸凶，兴复汉室，还于旧都：此臣所以报先帝而忠陛下之职分也。至于斟酌损益，进尽忠言，则攸之、祎、允之任也。愿陛下托臣以讨贼兴复之效，不效则治臣之罪，以告先帝之灵；若无兴复之言，则责攸之、祎、允等之咎，以彰其慢。陛下亦宜自谋，以谘诹善道，察纳雅言，深追先帝遗诏。臣不胜受恩感激！今当远离，临表涕泣，不知所云。

察其所行，诚如其言！

对时势进行了较为准确的分析和评判。

后主览表曰：“相父南征，远涉艰难，方始回都，坐未安席，今又欲北征，恐劳神思。”孔明曰：“臣受先帝托孤之重，夙夜未尝有怠。今南方已平，可无内顾之忧，不就此时讨贼，恢复中原，更待何日？”忽班部中太史谯周出奏曰：“臣夜观天象，北方旺气正盛，星曜倍明，未可图也。”乃顾孔明曰：“丞相深明天文，何故强为？”孔明曰：“天道变易不常，岂可拘执？吾今且

谯周是当时著名的儒学家、史学家，还是《三国志》的作者陈寿的老师。他早年曾成功劝说刘璋投降刘备，晚年又成功劝说刘禅投降曹魏，是没有骨气的投降派，也是旗帜鲜明的反战派。作为四川本地人，他代表益州本土势力，只希望过太平日子，并无诸葛亮一般“兴复汉室”的宏伟壮志，所以他曾多次表态反对北伐。

驻军马于汉中，观其动静而后行。”谯周苦谏不从。于是孔明乃留郭攸之、董允、费祎等为侍中，总摄宫中之事。又留向宠为大将，总督御林军马；蒋琬为参军；张裔为长史，掌丞相府事；杜琼为谏议大夫；杜微、杨洪为尚书；孟光、来敏为祭酒；尹默、李譔为博士；郤正、费诗为秘书；谯周为太史。——内外文武官僚一百馀员，同理蜀中之事。

…………

【回后评】

《出师表》十三次称“先帝”，七次呼“陛下”，“报先帝、忠陛下”的主旨贯穿始终，可谓情真意切，感人至深。诸葛亮时时刻刻不忘先帝的恩情，时时处处为陛下着想，希望刘禅可以继承先帝遗志，实现先帝渴望实现而又没有实现的兴复汉室的大业。《出师表》一文，并没有浮华的词藻堆砌，也没有旁征博引式的铺陈炫技，只是用朴实而恳切的言辞表达自己要“兴复汉室，还于旧都”，“以光先帝遗德”的志愿。其中，回忆三顾茅庐的经历，是表达对先帝知遇之恩的永志不忘；“受任于败军之际，奉命于危难之间”是竭忠尽智报答先帝的真实印证。总之，诸葛亮通过多次强调与先帝的深厚情结，表明自己至死不渝的忠贞，进而表明自己对北伐务求成功的雄心和信心，给后世留下了一篇至情至理、感人肺腑的宏伟篇章，也赢得了后世的广泛赞誉。唐代白居易《咏史》诗赞曰：“前后出师遗表在，令人一览泪沾襟。”南宋爱国诗人陆游《书愤》诗赞曰：“出师一表真名世，千载谁堪伯仲间”。宋末名臣文天祥《正气歌》有云：“或为出师表，鬼神泣壮烈。”

第九十三回

姜伯约归降孔明
武乡侯骂死王朗

可怜魏将难成事
欲向西方索救兵

孔明祁山破曹真

【题解及内容提要】

本回只选后半部分评点。

本回前半部分提到，诸葛亮用反间计收降了姜维。姜维是三国后期难得的青年才俊，文能看破诸葛亮的计策，武能战平老年的赵云，加之事母至孝，为人忠义，自降蜀后深得诸葛亮器重，最终成为了诸葛亮兵法韬略的传人，后成为了蜀汉后期最高军事长官，坚定奉行了诸葛亮矢志追求的北伐事业。

前回中，庸才夏侯楙率领魏军迎战蜀军，被诸葛亮打得丧师失地，被俘后放归，逃窜羌地，不敢还朝。魏主曹睿不得不重新委任主帅，年逾七旬的王朗主动请缨，欲于阵前说降诸葛亮，上演了全书中仅次于诸葛亮舌战群儒的论战好戏。

……孔明分拨已毕，整兵进发。诸将问曰："丞相何不去擒夏侯楙？"孔明曰："吾放夏侯楙，如放一鸭耳。今得伯约，得一凤也！"

此语有夸大、溢美之嫌。

孔明自得三城之后，威声大震，远近州郡，望风归降。孔明整顿军马，尽提汉中之兵，前出祁山，兵临渭水之西。细作报入洛阳。

时魏主曹睿太和元年，升殿设朝。近臣奏曰："夏侯驸马已失三郡，逃窜羌中去了。今蜀兵已到祁山，前军临渭水之西，乞早发兵破敌。"睿大惊，乃问群臣曰："谁可为朕退蜀兵耶？"司徒王朗出班奏曰："臣观先帝每用大将军曹真，所到必克。今陛下何不拜为大都督，以退蜀兵？"睿准奏，乃宣曹真曰："先帝托孤与卿，今蜀兵入寇中原，卿安忍坐视乎？"真奏曰："臣才疏智浅，不称其职。"王朗曰："将军乃社稷之臣，不可固辞。老臣虽驽钝，愿随将军一往。"真又奏曰："臣受大恩，安敢推辞？但乞一人为副将。"睿曰："卿自举之。"真乃保太原阳曲人，姓

王朗既是曹魏开国元勋，也是西晋皇室至戚。王朗的孙女王元姬后来嫁与司马昭为妻，生晋武帝司马炎。

“老骥伏枥，志在千里。”

王朗不可能不知诸葛亮当年舌战群儒的辉煌战绩。他敢于用辩论的方式与诸葛亮“直球对决”，除了对自己的口才有信心，更是对自己坚持的理念和价值观有信心。

曹真竟还信以为真。

曹真虽不敌诸葛亮，也堪称曹氏二代宗亲中的统军良将。

理是不错，但魏主是“有德者居之”还是窃国篡之，恐怕别有商议。

曹操剿灭群雄，统一北方是事实。

摆事实之后开始“夹带私货”，很显然这是王朗基于个人政治立场的论断，是一厢情愿的主观评价。

杀贵妃、皇后及其亲族，威逼献帝娶其女为后，封其为魏公、魏王，怎可说“非以权势取之”？可惜诸葛亮并未就此加以反驳。

“法尧禅舜”这四个字颠倒了主宾二者的关系。魏名义上是受汉禅而立国，以魏文帝曹丕为主语，应表述为“法舜受禅于尧”。

郭，名淮，字伯济，官封射亭侯，领雍州刺史。睿从之，遂拜曹真为大都督，赐节钺；命郭淮为副都督，王朗为军师——朗时年已七十六岁矣。选拨东西二京军马二十万与曹真。真命宗弟曹遵为先锋，又命荡寇将军朱赞为副先锋。当年十一月出师，魏主曹睿亲自送出西门之外方回。

曹真领大军来到长安，过渭河之西下寨。真与王朗、郭淮共议退兵之策。朗曰：“来日可严整队伍，大展旌旗。老夫自出，只用一席话，管教诸葛亮拱手而降，蜀兵不战自退。”真大喜，是夜传令：来日四更造饭，平明务要队伍整齐，人马威仪，旌旗鼓角，各按次序。当时使人先下战书。次日，两军相迎，列成阵势于祁山之前。蜀军见魏兵甚是雄壮，与夏侯楙大不相同。

三军鼓角已罢，司徒王朗乘马而出。上首乃都督曹真，下首乃副都督郭淮，两个先锋压住阵角。探子马出军前，大叫曰：“请对阵主将答话！”只见蜀兵门旗开处，关兴、张苞分左右而出，立马于两边，次后一队队骁将分列。门旗影下，中央一辆四轮车，孔明端坐车中，纶巾羽扇，素衣皂绦，飘然而出。孔明举目见魏阵前三个麾盖，旗上大书姓名，中央白髯老者，乃军师司徒王朗。孔明暗忖曰：“王朗必下说词，吾当随机应之。”遂教推车出阵外，令护军小校传曰：“汉丞相与司徒会话。”王朗纵马而出。孔明于车上拱手，朗在马上欠身答礼。朗曰：“久闻公之大名，今幸一会。公既知天命、识时务，何故兴无名之兵？”孔明曰：“吾奉诏讨贼，何谓无名？”朗曰：“天数有变，神器更易，而归有德之人，此自然之理也。曩自桓、灵以来，黄巾倡乱，天下争横。降至初平、建安之岁，董卓造逆，傕、汜继虐；袁术僭号于寿春，袁绍称雄于邺土；刘表占据荆州，吕布虎吞徐郡：盗贼蜂起，奸雄鹰扬，社稷有累卵之危，生灵有倒悬之急。我太祖武皇帝，扫清六合，席卷八荒。万姓倾心，四方仰德。非以权势取之，实天命所归也。世祖文帝，神文圣武，以膺大统，应天合人，法尧禅舜，处中国以临万邦，岂非天心人意乎？今公蕴大才、抱大器，自欲比于管、乐，何乃强欲逆天理、背人情而行事耶？岂不闻古人曰：‘顺天者昌，逆天者亡。’今我大魏带甲百万，良将千员。谅腐草之萤光，怎及天心之皓月？公可倒戈卸甲，以礼来降，不失封侯之位。国安民乐，岂不美哉！”

孔明在车上大笑曰：“吾以为汉朝大老元臣，必有高论，岂期出此鄙言！吾有一言，诸军静听：昔日桓、灵之世，汉统陵替，宦官酿祸，国乱岁凶，四方扰攘。黄巾之后，董卓、傕、汜等接踵而起，迁劫汉帝，残暴生灵。因庙堂之上，朽木为官，殿陛之间，禽兽食禄；狼心狗行之辈，滚滚当道，奴颜婢膝之徒，纷纷秉政。以致社稷丘墟，苍生涂炭。吾素知汝所行：世居东海之滨，初举孝廉入仕，理合匡君辅国，安汉兴刘，何期反助逆贼，同谋篡位？罪恶深重，天地不容！天下之人，愿食汝肉！今幸天意不绝炎汉，昭烈皇帝继统西川。吾今奉嗣君之旨，兴师讨贼。汝既为谄谀之臣，只可潜身缩首，苟图衣食；安敢在行伍之前，妄称天数耶！皓首匹夫！苍髯老贼！汝即日将归于九泉之下，何面目见二十四帝乎！老贼速退！可教反臣与吾共决胜负！”

王朗听罢，气满胸膛，大叫一声，撞死于马下。后人有诗赞孔明曰：

兵马出西秦，雄才敌万人。轻摇三寸舌，骂死老奸臣。

孔明以扇指曹真曰：“吾不逼汝。汝可整顿军马，来日决战。”言讫回车。于是两军皆退。曹真将王朗尸首，用棺木盛贮，送回长安去了。副都督郭淮曰：“诸葛亮料吾军中治丧，今夜必来劫寨。可分兵四路：两路兵从山僻小路，乘虚去劫蜀寨；两路兵伏于本寨外，左右击之。”曹真大喜曰：“此计与吾相合。”遂传令唤曹遵、朱赞两个先锋分付曰：“汝二人各引一万军，抄出祁山之后，但见蜀兵望吾寨而来，汝可进兵去劫蜀寨。如蜀兵不

诸葛亮北伐，以卵击石，强为不可为之事，是事实。

在三十九回中，徐庶曾对曹操言：“亮乃皓月之明也。”王朗定未听说过此语，否则当早知“皓月”之比于己不利。

诸葛亮在蜀汉政权时就已获封武乡侯，王朗此句劝降的说辞仍仅限于封侯，显然是吝惜爵位，缺乏招降诚意。

百姓历来厌乱望治，如停止征战，“国安民乐”当是事实。

开篇概述历史，并无新意，但接下来的语言，很快转移到他所要谈及的话题上。

诸葛亮把汉室衰微简单归因为“奸臣当道”这一个因素上，过于片面。

直指王朗违背忠孝节义的传统道德观念。

这几句纯属恫吓之词。王朗已位极人臣，荣禄不尽，何谓“天地不容”？

这几句纯粹是脏话咒骂，有辱斯文。王朗前言句句是以理服人，而诸葛亮的回复却如此粗鄙。

如果把这句话反用在诸葛亮身上，他终其一生未能兴复汉室，是否有面目见二十四帝，有面目见刘备呢？

动，便撤兵回，不可轻进。”二人受计，引兵而去。真谓淮曰：“我两个各引一枝军，伏于寨外，寨中虚堆柴草，只留数人。如蜀兵到，放火为号。”诸将皆分左右，各自准备去了。

却说孔明归帐，先唤赵云、魏延听令。孔明曰：“汝二人各引本部军去劫魏寨。”魏延进曰：“曹真深明兵法，必料我乘丧劫寨。他岂不提防？”孔明笑曰：“吾正欲曹真知吾去劫寨也。彼必伏兵在祁山之后，待我兵过去，却来袭我寨。吾故令汝二人引兵前去，过山脚后路，远下营寨，任魏兵来劫吾寨。汝看火起为号，分兵两路：文长拒住山口；子龙引兵杀回，必遇魏兵，却放彼走回，汝乘势攻之，彼必自相掩杀。可获全胜。”二将引兵受计而去。又唤关兴、张苞分付曰：“汝二人各引一军，伏于祁山要路，放过魏兵，却从魏兵来路杀奔魏寨而去。”二人引兵受计去了。又令马岱、王平、张翼、张嶷四将，伏于寨外，四面迎击魏兵。孔明乃虚立寨栅，居中堆起柴草以备火号，自引诸将退于寨后以观动静。

此乃将计就计之“计中计”。诸葛亮能在战场上多次取胜，主要在于他能够料敌机先。

却说魏先锋曹遵、朱赞黄昏离寨，迤逦前进。二更左侧，遥望山前隐隐有军行动。曹遵自思曰：“郭都督真神机妙算！”遂催兵急进，到蜀寨时，将及三更。曹遵先杀入寨，却是空寨，并无一人。料知中计，急撤军回。寨中火起。朱赞兵到，自相掩杀，人马大乱。曹遵与朱赞交马，方知自相践踏。急合兵时，忽四面喊声大震，王平、马岱、张嶷、张翼杀到。曹、朱二人引心腹军百馀骑，望大路奔走。忽然鼓角齐鸣，一彪军截住去路，为首大将乃常山赵子龙也，大叫曰：“贼将那里去？早早受死！”曹、朱二人夺路而走。忽喊声又起，魏延又引一彪军杀到。曹、朱二人大败，夺路奔回本寨。守寨军士，只道蜀兵来劫寨，慌忙放起号火。左边曹真杀至，右边郭淮杀至，自相掩杀。背后三路蜀兵杀到：中央魏延，左边关兴，右边张苞，大杀一阵。魏兵败走十馀里，魏将死者极多。孔明全获大胜，方始收兵。曹真、郭淮收拾败军回寨，商议曰：“今魏兵势孤，蜀兵势大，将何策以退之？”淮曰：“胜负乃兵家常事，不足为忧。某有一计，使蜀兵首尾不能相顾，定然自走矣。”正是：

可怜魏将难成事，欲向西方索救兵。

未知其计如何，且看下文分解。

【回后评】

应该给被骂死的王朗评评理。

王朗之论，无外乎王朝更替是常理——智者顺时而谋，愚者逆理而动。诸葛亮则施展诡辩论，多次转移王朗话题的焦点。诸葛亮避谈朝代兴亡的问题，先将汉朝衰落的原因归为宦官、董卓等擅权者，进而把国家沦亡简单归结为“奸臣当道”这个单一原因，再将攻击矛头对准王朗个人的政治品格和操守，直指王朗是个为了个人的政治私利不惜祸国殃民的巨奸。诸葛亮巧妙运用对偶、反问等修辞和咄咄逼人的咒骂，通过施展高超的雄辩口才，成功掩盖了其论述逻辑的明显漏洞，利用七十多岁的老人容易在极怒攻心之时的异常身体状态，成功实现了阵前“斩将”，不战而屈人之兵，在两军对垒的气势上占尽了先机。

可怜王朗一生，从最初割据一方的军阀，到先后归附孙策、曹操；从枉食汉禄的贰臣，到拥立曹魏的元勋，可谓数番起落，阅尽沧桑。好不容易位列三公，本可以安享天年，却为了勤劳王事，不惜以七十多岁的高龄主动请缨，亲赴敌场。两军阵前，慷慨陈词，盛衰兴替，古今常理。他没有输在道理上，反倒被看似义正词严而实则人身攻击的言语活活骂死。呜呼哀哉！想这位王司徒在九泉之下，也只能痛悔他遇到的对手是诸葛亮吧。

第九十五回

马谡拒谏失街亭　武侯弹琴退仲达

蜀中将相方归国
魏地君臣又逞谋

孔明智退司馬懿

【题解及内容提要】

《三国演义》中诸葛亮先后六出祁山（历史上是五次北伐），其中长达六回的篇幅都是在写第一次北伐，而写其余五次北伐总共只用了八回，这是因为第一次北伐是最有可能成功的一次。一则蜀汉方面稳定了后方，上下齐心，士气高昂；二则司马懿因遭魏主疑忌而被罢黜，曹魏西线战场没有能匹敌诸葛亮的大将坐镇。蜀汉方面连战连捷，攻城略地，招降纳叛，斩获甚丰，形势一片大好。

曹魏方面经过吸取前期失败的教训，终于认识到了司马懿在抵挡蜀军入寇方面无可替代的价值。司马懿在擒杀孟达之后，重获魏主曹睿的信任，再度出山，赶赴陇西前线，这成为诸葛亮第一次北伐的重大转折点。但在《三国演义》中，司马懿终究还是略逊于诸葛亮的，所以司马出山并不意味着诸葛亮就必然败退。马谡失街亭，才是直接导致诸葛亮第一次北伐失败的主要原因。

京剧中的经典剧目“失空斩”——《失街亭·空城计·斩马谡》，讲的就是这三个紧密衔接的故事。

却说魏主曹睿令张郃为先锋，与司马懿一同征进，一面令辛毗、孙礼二人领兵五万，往助曹真，二人奉诏而去。且说司马懿引二十万军，出关下寨，请先锋张郃至帐下曰：“诸葛亮平生谨慎，未敢造次行事。若是吾用兵，先从子午谷径取长安，早得多时矣。他非无谋，但怕有失，不肯弄险。今必出军斜谷，来取郿城。若取郿城，必分兵两路，一军取箕谷矣。吾已发檄文，令子丹拒守郿城，若兵来不可出战；令孙礼、辛毗截住箕谷道口，若兵来则出奇兵击之。”郃曰：“今将军当于何处进兵？”懿曰：“吾素知秦岭之西有一条路，地名街亭，傍有一城，名列柳城，

客观上肯定了魏延“子午谷奇谋”的正确。

不肯行险的人，往往不会低估对手，也就不至于遭致大败。诸葛亮行军扎实稳健，但也注定他会因过于保守而丧失战机。当然，这与蜀国底子薄、军队少也有直接关系，万一冒险失策，即便只损失数千军队，对蜀国而言也属重创。

此二处皆是汉中咽喉。诸葛亮欺子丹无备，定从此进。吾与汝径取街亭，望阳平关不远矣。亮若知吾断其街亭要路，绝其粮道，则陇西一境，不能安守，必然连夜奔回汉中去也。彼若回动，吾提兵于小路击之，可得全胜；若不归时，吾却将诸处小路，尽皆垒断，俱以兵守之。一月无粮，蜀兵皆饿死，亮必被吾擒矣。”张郃大悟，拜伏于地曰：“都督神算也！”懿曰：“虽然如此，诸葛亮不比孟达。将军为先锋，不可轻进。当传与诸将：循山西路，远远哨探。如无伏兵，方可前进。若是怠忽，必中诸葛亮之计。”张郃受计引军而行。

却说孔明在祁山寨中，忽报新城探细人来到。孔明急唤入问之，细作告曰：“司马懿倍道而行，八日已到新城，孟达措手不及，又被申耽、申仪、李辅、邓贤为内应，孟达被乱军所杀。今司马懿撤兵到长安，见了魏主，同张郃引兵出关，来拒我师也。”孔明大惊曰：“孟达作事不密，死固当然。今司马懿出关，必取街亭，断吾咽喉之路。”便问：“谁敢引兵去守街亭？”言未毕，参军马谡曰：“某愿往。”孔明曰：“街亭虽小，干系甚重，倘街亭有失，吾大军皆休矣。汝虽深通谋略，此地奈无城郭，又无险阻，守之极难。”谡曰：“某自幼熟读兵书，颇知兵法。岂一街亭不能守耶？”孔明曰：“司马懿非等闲之辈，更有先锋张郃，乃魏之名将，恐汝不能敌之。”谡曰：“休道司马懿、张郃，便是曹睿亲来，有何惧哉！若有差失，乞斩全家。”孔明曰：“军中无戏言。”谡曰：“愿立军令状。”孔明从之。谡遂写了军令状呈上。孔明曰：“吾与汝二万五千精兵，再拨一员上将，相助你去。”即唤王平分付曰：“吾素知汝平生谨慎，故特以此重任相托。汝可小心谨守此地，下寨必当要道之处，使贼兵急切不能偷过。安营既毕，便画四至八道地理形状图本来我看。凡事商议停当而行，不可轻易。如所守无危，则是取长安第一功也。戒之！戒之！”二人拜辞引兵而去。

这句话看似只是在表决心，其实言语背后暴露出马谡思维本身的缺陷。按此逻辑，蜀主刘禅亲征，就自然比诸葛亮率兵更具威势。诸葛亮若能敏锐觉察这一点，婉拒马谡的请命，不至于酿成苦果。

安营后再画图本已经晚了，应该再派一名监军前往，关键时刻制衡马谡。可惜诸葛亮对马谡太过轻信。

孔明寻思，恐二人有失，又唤高翔曰：“街亭东北上有一城，名列柳城，乃山僻小路，此可以屯兵扎寨。与汝一万兵，去此城屯扎。但街亭危，可引兵救之。”高翔引兵而去。孔明又思高翔非张郃对手，必得一员大将，屯兵于街亭之右，方可防之，遂唤魏延引本部兵去街亭之后屯扎。延曰：“某为前部，理合当先破敌，何故置某于安闲之地？”孔明曰：“前锋破敌，乃偏裨【指偏将军、裨将军两种下级军职】之事耳。今令汝接应街亭，当阳平关冲要道路，总守汉中咽喉。此乃大任也，何为安闲乎？汝勿以等闲视之，失吾大事。切宜小心在意！”魏延大喜，引兵而去。孔明恰才心安，乃唤赵云、邓芝分付曰：“今司马懿出兵，与旧日不同。汝二人各引一军出箕谷，以为疑兵。如逢魏兵，或战、或不战，以惊其心。吾自统大军，由斜谷径取郿城，若得郿城，长安可破矣。”二人受命而去。孔明令姜维作先锋，兵出斜谷。

魏延再次表现出“反骨”。

却说马谡、王平二人兵到街亭，看了地势，马谡笑曰：“丞相何故多心也？量此山僻之处，魏兵如何敢来！”王平曰：“虽然魏兵不敢来，可就此五路总口下寨，却令军士伐木为栅，以图久计。”谡曰：“当道岂是下寨之地？此处侧边一山，四面皆不相连，且树木极广，此乃天赐之险也，可就山上屯军。”平曰：“参军差矣。若屯兵当道，筑起城垣，贼兵总有十万，不能偷过。今若弃此要路，屯兵于山上，倘魏兵骤至，四面围定，将何策保之？”谡大笑曰：“汝真女子之见！兵法云：‘凭高视下，势如劈竹。’若魏兵到来，吾教他片甲不回！”平曰：“吾累随丞相经阵，每到之处，丞相尽意指教。今观此山，乃绝地也：若魏兵断我汲水之道，军士不战自乱矣。”谡曰：“汝莫乱道！孙子云：‘置之死地而后生。’若魏兵绝我汲水之道，蜀兵岂不死战？以一可当百也。吾素读兵书，丞相诸事尚问于我，汝奈何相阻耶！”平曰：“若参军欲在山上下寨，可分兵与我，自于山西下一小寨，为掎角之势。倘魏兵至，可以相应。”马谡不从。忽然山中居民，成群结队，飞奔而来，报说魏兵已到。王平欲辞去，马谡曰：

马谡初一到此，就表现出自大轻敌。

直接违背诸葛亮的要求。

马谡自以为是，卖弄兵法，却忘了至关重要的是“兵无常势，水无常形”，应该具体问题具体分析，而不是照搬书本上的教条。

马谡曾于诸葛亮南征时献过“心战”方略，又于北伐前献离间计成功令司马懿一度下野，但这都不是两军交战之时的奇谋制胜，他没有实际统兵的经验。在作战经验丰富的王平面前，他更像是一个只会纸上谈兵的腐儒，更兼贪功自负，遂至惨败。

魏兵到，意味着马谡刚到街亭时认为的魏兵不敢来的预判是错误的。

“汝既不听吾令，与汝五千兵自去下寨。待吾破了魏兵，到丞相面前须分不得功！”王平引兵离山十里下寨，画成图本，星夜差人去禀孔明，具说马谡自于山上下寨。

却说司马懿在城中，令次子司马昭去探前路：若街亭有兵守御，即当按兵不行。司马昭奉令探了一遍，回见父曰：“街亭有兵守把。”懿叹曰：“诸葛亮真乃神人，吾不如也！”昭笑曰：“父亲何故自堕志气耶？男料街亭易取。”懿问曰：“汝安敢出此大言？”昭曰：“男亲自哨见，当道并无寨栅，军皆屯于山上，故知可破也。”懿大喜曰：“若兵果在山上，乃天使吾成功矣！”遂更换衣服，引百馀骑亲自来看。是夜天晴月朗，直至山下，周围巡哨了一遍，方回。马谡在山上见之，大笑曰：“彼若有命，不来围山！”传令与诸将：“倘兵来，只见山顶上红旗招动，即四面皆下。”

有一种“围”叫“围而不攻”。

司马懿作为他国敌将，竟知马谡虚名无实；诸葛亮作为本国上官，又是马谡亲近的良师益友，竟然如此失察，可见“当局者迷，旁观者清”。

却说司马懿回到寨中，使人打听是何将引兵守街亭。回报曰：“乃马良之弟马谡也。”懿笑曰：“徒有虚名，乃庸才耳！孔明用如此人物，如何不误事！”又问：“街亭左右别有军否？”探马报曰：“离山十里有王平安营。”懿乃命张郃引一军，当住王平来路。又令申耽、申仪引两路兵围山，先断了汲水道路，待蜀兵自乱，然后乘势击之。当夜调度已定。次日天明，张郃引兵先往背后去了。司马懿大驱军马，一拥而进，把山四面围定。马谡在山上看时，只见魏兵漫山遍野，旌旗队伍，甚是严整。蜀兵见之，尽皆丧胆，不敢下山。马谡将红旗招动，军将你我相推，无一人敢动。谡大怒，自杀二将。众军惊惧，只得努力下山来冲魏兵。魏兵端然不动，蜀兵又退上山去。马谡见事不谐，教军紧守寨门，只等外应。

马谡已重蹈长平之战赵括覆辙。

却说王平见魏兵到，引军杀来，正遇张郃，战有数十馀合，平力穷势孤，只得退去。魏兵自辰时困至戌时，山上无水，军不得食，寨中大乱。嚷到半夜时分，山南蜀兵大开寨门，下山降魏。马谡禁止不住。司马懿又令人于沿山放火，山上蜀兵愈乱。

马谡料守不住，只得驱残兵杀下山西逃奔。司马懿放条大路，让过马谡，背后张郃引兵追来。赶到三十馀里，前面鼓角齐鸣，一彪军出，放过马谡，拦住张郃，视之乃魏延也。延挥刀纵马，直取张郃。郃回军便走，延驱兵赶来，复夺街亭。赶到五十馀里，一声喊起，两边伏兵齐出，左边司马懿，右边司马昭，却抄在魏延背后，把延困在垓心。张郃复来，三路兵合在一处。魏延左冲右突，不得脱身，折兵大半。正危急间，忽一彪军杀入，乃王平也。延大喜曰："吾得生矣！"二将合兵一处，大杀一阵，魏兵方退。二将慌忙奔回寨时，营中皆是魏兵旌旗。申耽、申仪从营中杀出。王平、魏延径奔列柳城，来投高翔。此时高翔闻知街亭有失，尽起列柳城之兵，前来救应，正遇延、平二人，诉说前事。高翔曰："不如今晚去劫魏寨，再复街亭。"当时三人在山坡下商议已定。待天色将晚，兵分三路。魏延引兵先进，径到街亭，不见一人，心中大疑，未敢轻进，且伏在路口等候。忽见高翔兵到，二人共说魏兵不知在何处。正没理会，又不见王平兵到。忽然一声炮响，火光冲天，鼓起震地：魏兵齐出，把魏延、高翔围在垓心。二人往来冲突，不得脱身。忽听得山坡后喊声若雷，一彪军杀入，乃是王平，救了高、魏二人，径奔列柳城来。比及奔到城下时，城边早有一军杀到，旗上大书"魏都督郭淮"字样。原来郭淮与曹真商议，恐司马懿得了全功，乃分淮来取街亭，闻知司马懿、张郃成了此功，遂引兵径袭列柳城。正遇三将，大杀一阵。蜀兵伤者极多。魏延恐阳平关有失，慌与王平、高翔望阳平关来。

马谡就此直接退出战场，未及时收拢败军，也没有组织反扑，甚至没有任何作为，力求反败为胜。

王平、魏延、高翔三人多次试图挽回局面，虽已尽力，但毕竟不是司马懿的对手。

却说郭淮收了军马，乃谓左右曰："吾虽不得街亭，却取了列柳城，亦是大功。"引兵径到城下叫门，只见城上一声炮响，旗帜皆竖，当头一面大旗，上书"平西都督司马懿"。懿撑起悬空板，倚定护心木栏干，大笑曰："郭伯济来何迟也？"淮大惊曰："仲达神机，吾不及也！"遂入城。相见已毕，懿曰："今街亭已失，诸葛亮必走。公可速与子丹星夜追之。"郭淮从其言，出城而去。懿唤张郃曰："子丹、伯济，恐吾全获大功，故来取此城池。吾非独欲成功，乃侥幸而已。吾料魏延、王平、马谡、高翔等辈，必先去据阳平关。吾若去取此关，诸葛亮必随后掩杀，中其计矣。兵法云：'归师勿掩，穷寇莫追。'汝可从小路抄箕谷退兵。吾自引兵当斜谷之兵。若彼败走，不可相拒，只宜中途截住：蜀兵辎重，可尽得也。"张郃受计，引兵一半去了。懿下令："竟取斜谷，由西城而进。西城虽山僻小县，乃蜀兵屯粮之所，又南安、天水、安定三郡总路。若得此城，三郡可复矣。"于是司马懿留申耽、申仪守列柳城，自领大军望斜谷进发。

此处即可窥见司马懿并不想彻底击溃蜀军，只想将其逐出魏境。

却说孔明自令马谡等守街亭去后，犹豫不定。忽报王平使人送图本至。孔明唤入，左右呈上图本。孔明就文几上拆开视之，拍案大惊曰："马谡无知，坑陷吾军矣！"左右问曰："丞相何故失惊？"孔明曰："吾观此图本，失却要路，占山为寨。倘魏兵大至，四面围合，断汲水道路，不须二日，军自乱矣。若街亭有失，吾等安归？"长史杨仪进曰："某虽不才，愿替马幼常回。"孔明将安营之法，一一分付与杨仪，正待要行，忽报马到来，说街亭、列柳城，尽皆失了，孔明跌足长叹曰："大事去矣！此吾之过也！"急唤关兴、张苞分付曰："汝二人各引三千精兵，投武功山小路而行。如遇魏兵，不可大击，只鼓噪呐喊，为疑兵惊之。彼当自走，亦不可追。待军退尽，便投阳平关去。"又令张翼先引军去修理剑阁，以备归路。又密传号令，教大军暗暗收拾行装，以备起程。又令马岱、姜维断后，先伏于山谷中，待诸军退尽，方始收兵。又差心腹人，分路报与天水、南安、安定三郡官吏军民，皆入汉中。又遣心腹人到冀县搬取姜维老母，送入汉中。

既然对马谡没有足够的信心，为何还要派其前往？令人不解。

诸葛亮于大败之际临危不乱，从容调度，最大限度地降低损失，使众军败而不乱，退而不溃。真人杰也！

诸葛亮的工作细致周全，确保姜维日后一心效力蜀汉，无后顾之忧。

孔明分拨已定，先引五千兵退去西城县搬运粮草。忽然十馀次飞马报到，说司马懿引大军十五万，望西城蜂拥而来。时孔明身边别无大将，只有一班文官，所引五千兵，已分一半先运粮草去了，只剩二千五百军在城中。众官听得这个消息，尽皆失色。

足见马谡失街亭，差点把诸葛亮本人和全军都搭进去。

孔明登城望之，果然尘土冲天，魏兵分两路望西城县杀来。孔明传令，教将旌旗尽皆隐匿，诸军各守城铺，“如有妄行出入及高言大语者，斩之！”大开四门，每一门用二十军士，扮作百姓，洒扫街道，“如魏兵到时，不可擅动，吾自有计。”孔明乃披鹤氅，戴纶巾，引二小童携琴一张，于城上敌楼前，凭栏而坐，焚香操琴。

却说司马懿前军哨到城下，见了如此模样，皆不敢进，急报与司马懿。懿笑而不信，遂止住三军，自飞马远远望之。果见孔明坐于城楼之上，笑容可掬，焚香操琴。左有一童子，手捧宝剑；右有一童子，手执麈【zhǔ，鹿一类的动物，尾巴可以制拂尘，故称拂尘为麈尾】尾。城门内外，有二十馀百姓，低头洒扫，傍若无人。懿看毕大疑，便到中军，教后军作前军，前军作后军，望北山路而退。次子司马昭曰：“莫非诸葛亮无军，故作此态？父亲何故便退兵？”懿曰：“亮平生谨慎，不曾弄险。今大开城门，必有埋伏。我兵若进，中其计也。汝辈岂知？宜速退。”于是两路兵尽皆退去。孔明见魏军远去，抚掌而笑。众官无不骇然，乃问孔明曰：“司马懿乃魏之名将，今统十五万精兵到此，见了丞相，便速退去，何也？”孔明曰：“此人料吾生平谨慎，必不弄险。见如此模样，疑有伏兵，所以退去。吾非行险，盖因不得已而用之。此人必引军投山北小路去也。吾已令兴、苞二人在彼等候。”众皆惊服曰：“丞相之机，神鬼莫测。若某等之见，必弃城而走矣。”孔明曰：“吾兵止有二千五百，若弃城而走，必不能远遁。得不为司马懿所擒乎？”后人有诗赞曰：

兵法上的虚虚实实，实难预料。

> 瑶琴三尺胜雄师，诸葛西城退敌时。十五万人回马处，土人指点到今疑。

言讫，拍手大笑，曰：“吾若为司马懿，必不便退也。”遂下令，教西城百姓，随军入汉中——司马懿必将复来。于是孔明离西城望汉中而走。天水、安定、南安三郡官吏军民，陆续而来。

却说司马懿望武功山小路而走。忽然山坡后喊杀连天，鼓声震地。懿回顾二子曰："吾若不走，必中诸葛亮之计矣。"只见大路上一军杀来，旗上大书："右护卫使虎翼将军张苞"。魏兵皆弃甲抛戈而走。行不到一程，山谷中喊声震地，鼓角喧天，前面一杆大旗，上书："左护卫使龙骧将军关兴"。山谷应声，不知蜀兵多少，更兼魏军心疑，不敢久停，只得尽弃辎重而去。兴、苞二人皆遵将令，不敢追袭，多得军器粮草而归。司马懿见山谷中皆有蜀兵，不敢出大路，遂回街亭。此时曹真听知孔明退兵，急引兵追赶。山背后一声炮响，蜀兵漫山遍野而来，为首大将乃是姜维、马岱。真大惊，急退军时，先锋陈造已被马岱所斩。真引兵鼠窜而还。蜀兵连夜皆奔回汉中。

此处当是罗贯中有意"为贤者讳"，讳败为胜，替诸葛亮遮羞。

却说赵云、邓芝伏兵于箕谷道中。闻孔明传令回军，云谓芝曰："魏军知吾兵退，必然来追。吾先引一军伏于其后，公却引兵打吾旗号，徐徐而退。吾一步步自有护送也。"

却说郭淮提兵再回箕谷道中，唤先锋苏颙分付曰："蜀将赵云，英勇无敌，汝可小心提防。彼军若退，必有计也。"苏颙欣然曰："都督若肯接应，某当生擒赵云。"遂引前部三千兵，奔入箕谷。看看赶上蜀兵，只见山坡后闪出红旗白字，上书："赵云"。苏颙急收兵退走。行不到数里，喊声大震，一彪军撞出：为首大将，挺枪跃马，大喝曰："汝识赵子龙否！"苏颙大惊曰："如何这里又有赵云？"措手不及，被云一枪刺死于马下。馀军溃散。云迤逦前进，背后又一军到，乃郭淮部将万政也。云见魏兵追急，乃勒马挺枪，立于路口，待来将交锋——蜀兵已去三十馀里。万政认得是赵云，不敢前进。云等得天色黄昏，方才拨回马缓缓而进。郭淮兵到，万政言赵云英勇如旧，因此不敢近前。淮传令教军急赶，政令数百骑壮士赶来。行至一大林，忽听得背后大喝一声曰："赵子龙在此！"惊得魏兵落马者百馀人，馀者皆越岭而去。万政勉强来敌，被云一箭射中盔缨，惊跌于涧中。

云以枪指之曰："吾饶汝性命回去！快教郭淮赶来！"万政脱命而回。云护送车仗人马，望汉中而去，沿途并无遗失。曹真、郭淮复夺三郡，以为己功。

赵云戎马生涯的最后一战，在其老成持重的精心策划下平稳落幕，与马谡的溃不成军形成鲜明对比。

却说司马懿分兵而进。此时蜀兵尽回汉中去了，懿引一军复到西城，因问遗下居民及山僻隐者，皆言孔明止有二千五百军在城中，又无武将，只有几个文官，别无埋伏。武功山小民告曰："关兴、张苞，只各有三千军，转山呐喊，鼓噪惊追，又无别军，并不敢厮杀。"懿悔之不及，仰天叹曰："吾不如孔明也！"遂安抚了诸处官民，引兵径还长安，朝见魏主。睿曰："今日复得陇西诸郡，皆卿之功也。"懿奏曰："今蜀兵皆在汉中，未尽剿灭。臣乞大兵并力收川，以报陛下。"睿大喜，令懿即便兴兵。忽班内一人出奏曰："臣有一计，足可定蜀降吴。"正是：

司马懿此时如不做此表态，恐被弹劾"养寇自重"，故意纵敌。

蜀中将相方归国，魏地君臣又逞谋。

未知献计者是谁，且看下文分解。

【回后评】

蜀军刚刚失了街亭，也宣告了此次北伐的失败。司马懿本当乘胜追击，彻底消灭蜀军，却被空城计吓退。

本回之初，司马懿曾言："他（诸葛亮）非无谋，但怕有失，不肯弄险。"兵至西城下，又说："亮平生谨慎，不曾弄险。"可见，司马懿已经默认诸葛亮决计不肯冒险，不打无准备之仗，这也就意味着诸葛亮大开城门，必有埋伏。

诸葛亮正是料到了司马懿心中所想，所以才敢于百假之中突来一真，唬住司马懿。此时的诸葛亮，即便把已派出的几路军队尽皆召回，也无法抵御司马懿的大军。弃城逃跑，必然导致全军士气崩塌，断送其他几路军队，难逃被追上的命运。对诸葛亮而言，摆下空城计，惊天豪赌，是不得已而为之。从本质上讲，诸葛亮空城计的成功，正是源于诸葛亮塑造的平生小心谨慎、从不弄险的人设，这也是诸葛亮一生谨慎带给他的一次最大的报偿。

问题是，司马懿毕竟有十五万大军，即便诸葛亮有伏兵，哪怕全城皆兵，山上伏兵，甚至地下藏兵，能伏有几多人马？司马懿如果下令发起强攻，以众击寡，何愁区区伏兵？笔者以为，聪明绝顶的司马懿应该是另有考虑。他大概不会忘了前不久还被施以反间计，惨遭罢黜，如果不是魏国其他人都无法抵御诸葛亮，魏主根本不会再度起用他。从这个角度考虑，只要诸葛亮对魏国的威胁继续存在，司马懿才有继续掌兵的价值。所以，此时的司马懿，如果彻底歼灭诸葛亮，有可能会落得“鸟尽弓藏、兔死狗烹”的下场，很可能再遭政敌谗毁和魏主疑忌，轻则再度下野，重则难以活命。所以，千古佳话空城计，难保不是两个顶级智者出于心照不宣的默契而唱的一出双簧。

第九十六回

孔明挥泪斩马谡

周鲂断发赚曹休

辕门斩首严军法

拭泪犹思先帝明

孔明揮淚斬馬謖
帥

【题解及内容提要】

本回只选前半部分评点。

街亭之失，罪在马谡，但诸葛亮也是要负重要责任的。将关系全军命脉的战略要地交与从未单独统兵的马谡防守，这是有极大风险的。虽然马谡立下了军令状，但他全家老小的性命与北伐大业相比，孰重孰轻，诸葛亮应该拎得清。“诸葛一生唯谨慎”，此番竟甘冒风险，实属乏人可用：赵云年迈，诚恐有失；姜维初降，尚待考察；魏延素有反骨，不一定尊令而行，诸葛亮对其缺少信任；关兴张苞有护卫之责，主要负责接应，不宜远派；其他诸将明显不是司马懿、张郃对手。另外，马谡之兄马良曾为蜀汉政权多立大功，深得诸葛亮信任，马良英年早逝后，诸葛亮对马谡也有私人情感上的关照，待马谡如兄如师。马谡本是智谋之士，在南征孟获和反间司马懿上颇有功勋，如果按其之前的表现，确实不失为可堪大任的一时之选。只是，诸葛亮如果真有意培养马谡，就应该在之前的大小战役中，让马谡积累统兵作战的经验，而不是让他以参军的职务，一直在二线作为幕僚存在。所以，诸葛亮对失街亭以及第一次北伐失败负有不可推卸的责任。

却说献计者，乃尚书孙资也。曹睿问曰：“卿有何妙计？”资奏曰：“昔太祖武皇帝收张鲁时，危而后济。常对群臣曰：‘南郑之地，真为天狱。’中斜谷道为五百里石穴，非用武之地。今若尽起天下之兵伐蜀，则东吴又将入寇。不如以现在之兵，分命大将据守险要，养精蓄锐。不过数年，中国日盛，吴、蜀二国必自相残害，那时图之，岂非胜算？乞陛下裁之。”睿乃问司马懿曰：“此论若何？懿奏曰：“孙尚书所言极当。”睿从之，命懿分拨诸将守把险要，留郭淮、张郃守长安。大赏三军，驾回洛阳。

曹魏地大物博，蜀中国小民贫，假以时日，两国国力差距将越来越大。所以对诸葛亮而言，趁有生之年早伐魏比晚伐魏更有优势。这也是诸葛亮明知不可为而为之的重要原因。

却说孔明回到汉中，计点军士，只少赵云、邓芝，心中甚忧，乃令关兴、张苞，各引一军接应。二人正欲起身，忽报赵云、邓芝到来，并不曾折一人一骑，辎重等器，亦无遗失。孔明大喜，亲引诸将出迎。赵云慌忙下马伏地曰："败军之将，何劳丞相远接？"孔明急扶起，执手而言曰："是吾不识贤愚，以致如此！各处兵将败损，惟子龙不折一人一骑，何也？"邓芝告曰："某引兵先行，子龙独自断后，斩将立功，敌人惊怕，因此军资什物，不曾遗弃。"孔明曰："真将军也！"遂取金五十斤以赠赵云，又取绢一万匹赏云部卒。云辞曰："三军无尺寸之功，某等俱各有罪，若反受赏，乃丞相赏罚不明也。且请寄库，候今冬赐与诸军未迟。"孔明叹曰："先帝在日，常称子龙之德，今果如此！"乃倍加钦敬。

忽报马谡、王平、魏延、高翔至。孔明先唤王平入帐，责之曰："吾令汝同马谡守街亭，汝何不谏之，致使失事？"平曰："某再三相劝，要在当道筑土城，安营守把。参军大怒不从，某因此自引五千军离山十里下寨。魏兵骤至，把山四面围合，某引兵冲杀十馀次，皆不能入。次日土崩瓦解，降者无数。某孤军难立，故投魏文长求救。半途又被魏兵困在山谷之中，某奋死杀出。比及归寨，早被魏兵占了。及投列柳城时，路逢高翔，遂分兵三路去劫魏寨，指望克复街亭。因见街亭并无伏路军，以此心疑。登高望之，只见魏延、高翔被魏兵围住，某即杀入重围，救出二将，就同参军并在一处。某恐失却阳平关，因此急来回守。非某之不谏也。丞相不信，可问各部将校。"孔明喝退，又唤马谡入帐。谡自缚跪于帐前。孔明变色曰："汝自幼饱读兵书，熟谙战法。吾累次丁宁告戒：街亭是吾根本。汝以全家之命，领此重任。汝若早听王平之言，岂有此祸？今败军折将，失地陷城，皆汝之过也！若不明正军律，何以服众？汝今犯法，休得怨吾。汝死之后，汝之家小，吾按月给与禄粮，汝不必挂心。"叱左右推出斩之。谡泣曰："丞相视某如子，某以丞相为父。某之

马谡一人毁全师，他在兵败之时，就应当自尽谢罪。"自缚"之举，说明马谡仍乞望饶恕，幻想活命。此人毫无骨气，不敢担责，实乃贪生怕死之辈。诸葛亮用他，是彻彻底底看走了眼。

死罪，实已难逃，愿丞相思舜帝殛鲧用禹之义，某虽死亦无恨于九泉！”言讫大哭。孔明挥泪曰：“吾与汝义同兄弟，汝之子即吾之子也，不必多嘱。”左右推出马谡于辕门之外，将斩。参军蒋琬自成都至，见武士欲斩马谡，大惊，高叫：“留人！”入见孔明曰：“昔楚杀得臣而文公喜。今天下未定，而戮智谋之臣，岂不可惜乎？”孔明流涕而答曰：“昔孙武所以能制胜于天下者，用法明也。今四方分争，兵戈方始，若复废法，何以讨贼耶？合当斩之。”须臾，武士献马谡首级于阶下，孔明大哭不已。蒋琬问曰：“今幼常得罪，既正军法，丞相何故哭耶？”孔明曰：“吾非为马谡而哭。吾想先帝在白帝城临危之时，曾嘱吾曰：‘马谡言过其实，不可大用。’今果应此言。乃深恨己之不明，追思先帝之言，因此痛哭耳！”大小将士，无不流涕。马谡亡年三十九岁，时建兴六年夏五月也。后人有诗曰：

失守街亭罪不轻，堪嗟马谡枉谈兵。辕门斩首严军法，拭泪犹思先帝明。

却说孔明斩了马谡，将首级遍示各营已毕，用线缝在尸上，具棺葬之，自修祭文享祀；将谡家小加意【特别留意】抚恤，按月给与禄米。于是孔明自作表文，令蒋琬申奏后主，请自贬丞相之职。琬回成都，入见后主，进上孔明表章。后主拆视之。表曰：

臣本庸才，叨窃非据，亲秉旄钺，以励三军。不能训章明法，临事而惧，至有街亭违命之阙【缺失】，箕谷不戒之失。咎皆在臣，授任无方。臣明不知人，恤事多闇。《春秋》责帅，臣职是当。请自贬三等，以督厥咎。臣不胜惭愧，俯伏待命！

此处借马谡之口，说出了二人密切的私人关系。

舜帝杀掉了治水无功的鲧，却启用鲧的儿子大禹继续治水，最终成功治理了水患。表现了舜帝事事出于公心，“外举不避仇”的博大胸襟。马谡此言，是希望不要因自己之罪累及家人，并且希望诸葛亮照顾其家人。

春秋时，楚国大将成得臣，带兵同晋文公作战失败，楚成王逼其自尽。晋文公听到这个消息后非常高兴。蒋琬提此典故，意在劝诸葛亮留马谡一命。

后诸葛亮罢黜李严，却重用其子李丰，也是遵循此理。

蒋琬举此典故，是劝诸葛亮不要自毁长城，那样会亲者痛，仇者快。

若论识人之明，蜀汉君臣当真无过于刘备。

诸葛亮对马谡应是存有明显的主观喜好，他确实应对自己用人不当导致的结果承担责任。

后主览毕曰：“胜负兵家常事，丞相何出此言？”侍中费祎奏曰：“臣闻治国者，必以奉法为重。法若不行，何以服人？丞相败绩，自行贬降，正其宜也。”后主从之，乃诏贬孔明为右将军，行丞相事，照旧总督军马，就命费祎赍诏到汉中。孔明受诏贬降讫，祎恐孔明羞赧，乃贺曰：“蜀中之民，知丞相初拔四县，深以为喜。”孔明变色曰：“是何言也！得而复失，与不得同。公以此贺我，实足使我愧赧耳。”祎又曰：“近闻丞相得姜维，天子甚喜。”孔明怒曰：“兵败师还，不曾夺得寸土，此吾之大罪也。量得一姜维，于魏何损？”祎又曰：“丞相现统雄师数十万，可再伐魏乎？”孔明曰：“昔大军屯于祁山、箕谷之时，我兵多于贼兵，而不能破贼，反为贼所破：此病不在兵之多寡，在主将耳。今欲减兵省将，明罚思过，较变通之道于将来。如其不然，虽兵多何用？自今以后，诸人有远虑于国者，但勤攻吾之阙，责吾之短，则事可定，贼可灭，功可翘足而待矣。”费祎诸将皆服其论。费祎自回成都。……

【回后评】

蜀汉政权的上层按地域出身大致由四个部分构成。一是在幽州、徐州时追随刘备的早期元老派，代表人物是关羽、张飞、赵云、简雍、糜竺、孙乾等人，随着刘备的去世，这些成员也日渐凋零。二是在刘备居荆州期间投靠刘备，后又追随刘备入川的，这部分人数众多，文有诸葛亮、庞统、蒋琬、马良、马谡，武有黄忠、魏延、刘封、霍峻、向宠等，构成了刘备集团中后期的骨干力量。三是汉末动乱时从南阳、三辅一带为躲避中原战乱而寓居益州的人，时称东州人，如法正、李严、许靖等。刘焉、刘璋父子作为外来之主，曾借助东州人打压益州本土势力，所以这些人在刘备入川前实际掌握着川中大权。刘备入川后，也需要得到这部分人的支持，才能在川中站稳脚跟。刘备病逝前，李严作为东州派的代表，与诸葛亮同为托孤之臣，并在后期与诸葛亮的矛盾愈加尖锐。四是益州本土势力，代表人物有黄权、李恢、谯周、吴懿、张翼、张嶷、马忠等。其中的武将大都成为蜀汉后期的军事中坚，而以谯周为代表的文臣，与东吴集团中的江东群儒一样，怕战争损害了他们地方家族的利益，多为守成派或者投降派，这与以兴复汉室为理想的诸葛亮无异于同床异梦。

统治集团内部派系之间的竞合关系是很微妙的。刘备曾明言马谡不可大用，诸葛亮何以不顾刘备的临终告诫，重用马谡？其实诸葛亮也实属无奈，蜀中本来就人才不多，关键时刻只能用自己相对信任的人。而马良、马谡与诸葛亮一样出身于荆州名士集团，入川前便与诸葛亮交好，自然更容易获得诸葛亮的青睐。另外，诸葛亮临终前指定的第一继承人蒋琬也是荆州人，亦是明证。

第一百三回

上方谷司马受困
五丈原诸葛禳星

万事不由人做主
一心难与命争衡

【题解及内容提要】

在诸葛亮与司马懿的一次次交战中，始终是诸葛亮略胜一筹。对诸葛亮而言，远涉艰辛，深入敌国作战，当以速战为要。司马懿于败多胜少之中逐渐悟出了“战则难胜，坚守为上”的正确策略，轻易不肯出兵，力求消耗蜀军粮草，进而最终把蜀兵消耗殆尽。经过了精心的战略博弈和战术准备，终于诸葛亮在上方谷，迎来了铲除司马懿的最后一次机会。

却说司马懿被张翼、廖化一阵杀败，匹马单枪，望密林间而走。张翼收住后军，廖化当先追赶。看看赶上，懿着慌，绕树而转。化一刀砍去，正砍在树上，及拔出刀时，懿已走出林外。廖化随后赶出，却不知去向，但见树林之东，落下金盔一个。廖化取盔捎在马上，一直望东追赶。原来司马懿把金盔弃于林东，却反向西走去了。廖化追了一程，不见踪迹，奔出谷口，遇见姜维，同回寨见孔明。张嶷早驱木牛流马到寨，交割已毕，获粮万馀石。廖化献上金盔，录为头功。魏延心中不悦，口出怨言，孔明只做不知。

蜀汉后期，有“蜀中无大将，廖化作先锋”之说。这句俗语虽反映出蜀汉后期人才匮乏的局面，但廖化并非平庸之辈。廖化从关羽千里走单骑时初露头角，完整经历了三国的各个时期，逐渐成长为蜀汉后期的优秀将领，当得起“大将”之称。

魏延正在“作死”之路上稳步前行。

且说司马懿逃回寨中，心甚恼闷。忽使命赍诏至，言东吴三路入寇，朝廷正议命将抵敌，令懿等坚守勿战。懿受命已毕，深沟高垒，坚守不出。

却说曹睿闻孙权分兵三路而来，亦起兵三路迎之：令刘劭引兵救江夏，田豫引兵救襄阳，睿自与满宠率大军救合淝。满宠先引一军至巢湖口，望见东岸战船无数，旌旗整肃。宠入军中奏魏主曰：“吴人必轻我远来，未曾提备，今夜可乘虚劫其水寨，必得全胜。”魏主曰：“汝言正合朕意。”即令骁将张球领五千兵，各带火具，从湖口攻之，满宠引兵五千，从东岸攻之。是夜二更时分，张球、满宠各引军悄悄望湖口进发，将近水寨，一齐呐喊魏有明主在朝，同时应对蜀吴两方的进攻，尚且游刃有余。

杀人。吴兵慌乱，不战而走，被魏军四下举火，烧毁战船、粮草、器具不计其数。诸葛瑾率败兵逃走沔口。魏兵大胜而回。次日，哨军报知陆逊。逊集诸将议曰："吾当作表申奏主上，请撤新城之围，以兵断魏军归路，吾率众攻其前。彼首尾不敌，一鼓可破也。"众服其言。陆逊即具表，遣一小校密地赍往新城。小校领命，赍着表文，行至渡口，不期被魏军伏路的捉住，解赴军中见魏主曹睿。睿搜出陆逊表文，览毕，叹曰："东吴陆逊真妙算也！"遂命将吴卒监下，令刘劭谨防孙权后兵。

却说诸葛瑾大败一阵，又值暑天，人马多生疾病，乃修书一封，令人转达陆逊，议欲撤兵还国。逊看书毕，谓来人曰："拜上将军，吾自有主意。"使者回报诸葛瑾。瑾问："陆将军作何举动？"使者曰："但见陆将军催督众人于营外种豆菽，自与诸将在辕门射戏。"瑾大惊，亲自往陆逊营中，与逊相见，问曰："今曹睿亲来，兵势甚盛，都督何以御之？"逊曰："吾前遣人奉表于主上，不料为敌人所获。机谋既泄，彼必知备，与战无益，不如且退。已差人奉表约主上缓缓退兵矣。"瑾曰："都督既有此意，即宜速退，何又迟延？"逊曰："吾军欲退，当徐徐而动。今若便退，魏人必乘势追赶，此取败之道也。足下宜先督船只诈为拒敌之意，吾悉以人马向襄阳而进，为疑敌之计，然后徐徐退归江东，魏兵自不敢近耳。"瑾依其计，辞逊归本营，整顿船只，预备起行。陆逊整肃部伍，张扬声势，望襄阳进发。早有细作报知魏主，说吴兵已动，须用提防。魏将闻之，皆要出战。魏主素知陆逊之才，谕众将曰："陆逊有谋，莫非用诱敌之计？不可轻进。"众将乃止。数日后，哨卒报来："东吴三路兵马皆退矣。"魏主未信，再令人探之，回报果然尽退。魏主曰："陆逊用兵，不亚孙、吴。东南未可平也。"因敕诸将，各守险要，自引大军屯合淝，以伺其变。

与诸葛亮北伐失败时从容退兵不致溃散的道理相同。

却说孔明在祁山，欲为久驻之计，乃令蜀兵与魏民相杂种田：军一分，民二分，并不侵犯，魏民皆安心乐业。司马师入告其父曰："蜀兵劫去我许多粮米，今又令蜀兵与我民相杂屯田于渭滨，以为久计，似此真为国家大患。父亲何不与孔明约期大战一场，以决雌雄？"懿曰："吾奉旨坚守，不可轻动。"正议间，忽报魏延将着元帅前日所失金盔，前来骂战。众将忿怒，俱欲出战。懿笑曰："圣人云：'小不忍则乱大谋。'但坚守为上。"诸将依令不出。魏延辱骂良久方回。孔明见司马懿不肯出战，乃密令马岱造成木栅，营中掘下深堑，多积干柴引火之物，周围山上，多用柴草虚搭窝铺，内外皆伏地雷。置备停当，孔明附耳嘱之曰："可将葫芦谷后路塞断，暗伏兵于谷中。若司马懿追到，任他入谷，便将地雷干柴一齐放起火来。"又令军士昼举七星号带【军器名。将长帛系于竿头，用以招呼军卒】于谷口，夜设七盏明灯于山上，以为暗号。马岱受计引兵而去。孔明又唤魏延分付曰："汝可引五百兵去魏寨讨战，务要诱司马懿出战。不可取胜，只可诈败。懿必追赶，汝却望七星旗处而入。若是夜间，则望七盏灯处而走。只要引得司马懿入葫芦谷内，吾自有擒之之计。"魏延受计，引兵而去。孔明又唤高翔分付曰："汝将木牛流马或二三十为一群，或四五十为一群，各装米粮，于山路往来行走。如魏兵抢去，便是汝之功。"高翔领计，驱驾木牛流马去了。孔明将祁山兵一一调去，只推屯田，分付："如别兵来战，只许诈败，若司马懿自来，方并力只攻渭南，断其归路。"孔明分拨已毕，自引一军近上方谷下营。

司马懿最重要的本领不是计谋高深，而是能够隐忍。

且说夏侯惠、夏侯和二人入寨告司马懿曰："今蜀兵四散结营，各处屯田，以为久计，若不趁此时除之，纵令安居日久，深根固蒂，难以摇动。"懿曰："此必又是孔明之计。"二人曰："都督若如此疑虑，寇敌何时得灭？我兄弟二人，当奋力决一死战，以报国恩。"懿曰："既如此，汝二人可分头出战。"遂令夏侯惠、夏侯和，各引五千兵去讫。懿坐待回音。

却说夏侯惠、夏侯和二人分兵两路，正行之间，忽见蜀兵驱木牛流马而来。二人一齐杀将过去，蜀兵大败奔走，木牛流马尽吕蒙取荆州后，善待荆州兵家眷，成功起到了瓦解关羽军心的效果。但司马懿此时的处境与吕蒙不同。他一心只是想“释彼战心”，尽可能降低蜀军对他的“仇恨值”，让蜀军不战自退，并不想在军事上彻底击溃蜀军。所以，司马懿将战俘放回，不以斩首数量为功。

司马懿真是神勇，能在魏延刀下坚持三个回合。

被魏兵抢获，解送司马懿营中。次日又劫掳得人马百馀。亦解赴大寨。懿将解到蜀兵，诘审虚实。蜀兵告曰：“孔明只料都督坚守不出，尽命我等四散屯田，以为久计，不想却被擒获。”懿即将蜀兵尽皆放回。夏侯和曰：“何不杀之？”懿曰：“量此小卒，杀之无益。放归本寨，令说魏将宽厚仁慈，释彼战心，此吕蒙取荆州之计也。“遂传令今后凡有擒到蜀兵，俱当善遣之，仍重赏有功将吏。诸将皆听令而去。

却说孔明令高翔佯作运粮，驱驾木牛流马，往来于上方谷内，夏侯惠等不时截杀，半月之间，连胜数阵。司马懿见蜀兵屡败，心中欢喜。一日，又擒到蜀兵数十人。懿唤至帐下问曰：“孔明今在何处？”众告曰：“诸葛丞相不在祁山，在上方谷西十里下营安住。今每日运粮屯于上方谷。”懿备细问了，即将众人放去，乃唤诸将分付曰：“孔明今不在祁山，在上方谷安营。汝等于明日，可一齐并力攻取祁山大寨。吾自引兵来接应。”众将领命，各各准备出战。司马师曰：“父亲何故反欲攻其后？”懿曰：“祁山乃蜀人之根本，若见我兵攻之，各营必尽来救，我却取上方谷烧其粮草，使彼首尾不接，必大败也。”司马师拜服。懿即发兵起行，令张虎、乐綝各引五千兵，在后救应。

且说孔明正在山上，望见魏兵或三五千一行，或一二千一行，队伍纷纷，前后顾盼，料必来取祁山大寨，乃密传令众将：“若司马懿自来，汝等便往劫魏寨，夺了渭南。”众将各各听令。

却说魏兵皆奔祁山寨来，蜀兵四下一齐呐喊奔走，虚作救应之势。司马懿见蜀兵都去救祁山寨，便引二子并中军护卫人马，杀奔上方谷来。魏延在谷口，只盼司马懿到来，忽见一枝魏兵杀到，延纵马向前视之，正是司马懿。延大喝曰：“司马懿休走！”舞刀相迎，懿挺枪接战。不上三合，延拨回马便走，懿随后赶来。延只望七星旗处而走。懿见魏延只一人，军马又少，放心追之，令司马师在左，司马昭在右，懿自居中，一齐攻杀将来。魏延引五百兵皆退入谷中去。懿追到谷口，先令人入谷中哨探。回报谷内并无伏兵，山上皆是草房。懿曰："此必是积粮之所也。"遂大驱士马，尽入谷中。懿忽见草房上尽是干柴，前面魏延已不见了。懿心疑，谓二子曰："倘有兵截断谷口，如之奈何？"言未已，只听得喊声大震，山上一齐丢下火把来，烧断谷口。魏兵奔逃无路。山上火箭射下，地雷一齐突出，草房内干柴都着，刮刮杂杂，火势冲天。司马懿惊得手足无措，乃下马抱二子大哭曰："我父子三人皆死于此处矣！"正哭之间，忽然狂风大作，黑气漫空，一声霹雳响处，骤雨倾盆。满谷之火，尽皆浇灭，地雷不震，火器无功。司马懿大喜曰："不就此时杀出，更待何时！"即引兵奋力冲杀。张虎、乐綝亦各引兵杀来接应。马岱军少，不敢追赶。司马懿父子与张虎、乐綝合兵一处，同归渭南大寨，不想寨栅已被蜀兵夺了。郭淮、孙礼正在浮桥上与蜀兵接战，司马懿等引兵杀到，蜀兵退去。懿烧断浮桥，据住北岸。

诸葛亮素以能观天象、知天文著称，如此重要战事，竟没有事先预卜到大雨倾盆？可见天意助曹不助汉。

且说魏兵在祁山攻打蜀寨，听知司马懿大败，失了渭南营寨，军心慌乱，急退时，四面蜀兵冲杀将来，魏兵大败，十伤八九，死者无数，馀众奔过渭北逃生。孔明在山上见魏延诱司马懿入谷，一霎时火光大起，心中甚喜，以为司马懿此番必死。不期天降大雨，火不能着，哨马报说司马懿父子俱逃去了。孔明叹曰："'谋事在人，成事在天。'不可强也！"后人有诗叹曰：

"出武功，依山而东"，应是诸葛亮将率主力强攻关中地区的军事行动。司马懿新败，士气低落，诸葛亮如甩开司马懿的军队，直接趁势猛攻关中，司马懿将难以抵敌，长安便有被攻陷的危险。"西止五丈原"，则表示诸葛亮选择继续与司马懿对峙，择机将其消灭。如此一来，只要司马懿不再中诱敌之计，坚守不出，就可以"以拖待变"。

谷口风狂烈焰飘，何期骤雨降青霄。武侯妙计如能就，安得山河属晋朝！

却说司马懿在渭北寨内传令曰："渭南寨栅，今已失了。诸将如再言出战者斩。"众将听令，据守不出。郭淮入告曰："近日孔明引兵巡哨，必将择地安营。"懿曰："孔明若出武功，依山而东，我等皆危矣。若出渭南，西止五丈原，方无事也。"令人探之，回报果屯五丈原。司马懿以手加额曰："大魏皇帝之洪福也！"遂令诸将："坚守勿出，彼久必自变。"

诸葛亮此番行动被司马懿料准，之所以选择屯兵五丈原，与诸葛亮一贯行事谨慎、不肯用险的风格有关。

且说孔明自引一军屯于五丈原，累令人搦战，魏兵只不出。孔明乃取巾帼并妇人缟素之服，盛于大盒之内，修书一封，遣人送至魏寨。诸将不敢隐蔽，引来使入见司马懿。懿对众启盒视之，内有巾帼妇人之衣，并书一封。懿拆视其书，略曰：

此举比阵前骂战更加龌龊，诸葛亮出此下策，也表现出他已经黔驴技穷，无计可施，只能寄望于速战了。

仲达既为大将，统领中原之众，不思披坚执锐，以决雌雄，乃甘窟守土巢，谨避刀箭，与妇人又何异哉！今遣人送巾帼素衣至，如不出战，可再拜而受之。倘耻心未泯，犹有男子胸襟，早与批回，依期赴敌。

抑制心中之怒，不被对方激怒，方能成就大事。《三国演义》中被气死的周瑜就是反例。

司马懿看毕，心中大怒，乃佯笑曰："孔明视我为妇人耶！"即受之，令重待来使。懿问曰："孔明寝食及事之烦简若何？"使者曰："丞相夙兴夜寐，罚二十以上皆亲览焉。所啖之食，日不过数升。"懿顾谓诸将曰："孔明食少事烦，其能久乎？"使者辞去，回到五丈原，见了孔明，具说："司马懿受了巾帼女衣，看了书札，并不嗔怒，只问丞相寝食及事之烦简，绝不提起军旅之事。某如此应对，彼言：'食少事烦，岂能长久？'"孔明叹曰："彼深知我也！"主簿杨颙谏曰："某见丞相常自校簿书，窃以为不必。夫为治有体，上下不可相侵。譬之治家之道，必使仆执耕，婢典爨，私业无旷，所求皆足，其家主从容自在，高枕饮食而已。若皆身亲其事，将形疲神困，终无一成。岂其智之不如婢仆哉？失为家主之道也。是故古人称：坐而论道，谓之三公；作而行之，谓之士大夫。昔丙吉忧牛喘，而不问横道死人；陈平不知钱谷之数，曰：'自有主者。'今丞相亲理细事，汗流终日，岂不劳乎？司马懿之言，真至言也。"孔明泣曰："吾非不知。但受先帝托孤之重，惟恐他人不似我尽心也！"众皆垂泪。自此孔明自觉神思不宁。诸将因此未敢进兵。

可以说，诸葛亮是自己把自己活活累死的。

一语成谶，即将兑现。

杨颙之言甚是。大小官职，各有职守，理应各司其职，为下者不应僭越，为上者亦不应包办。

真若如此，也只能说明诸葛亮不是一个优秀的管理者。

却说魏将皆知孔明以巾帼女衣辱司马懿，懿受之不战。众将不忿，入帐告曰："我等皆大国名将，安忍受蜀人如此之辱！

即请出战，以决雌雄。”懿曰：“吾非不敢出战，而甘心受辱也。奈天子明诏，令坚守勿动。今若轻出，有违君命矣。”众将俱忿怒不平。懿曰：“汝等既要出战，待我奏准天子，同力赴敌，何如？”众皆允诺。懿乃写表遣使，直至合淝军前，奏闻魏主曹睿。睿拆表览之。表略曰：

> 臣才薄任重，伏蒙明旨，令臣坚守不战，以待蜀人之自敝。奈今诸葛亮遗臣以巾帼，待臣如妇人，耻辱至甚！臣谨先达圣聪：旦夕将效死一战，以报朝廷之恩，以雪三军之耻。臣不胜激切之至！

司马懿为安抚诸将求战之心，巧妙地正话反说，非明主不能深察其意。若刘禅之辈，或许当场“准奏”了。

睿览讫，乃谓多官曰：“司马懿坚守不出，今何故又上表求战？”卫尉辛毗曰：“司马懿本无战心，必因诸葛亮耻辱，众将忿怒之故，特上此表，欲更乞明旨，以遏诸将之心耳。”睿然其言，即令辛毗持节至渭北寨传谕，令勿出战。司马懿接诏入帐，辛毗宣谕曰：“如再有敢言出战者，即以违旨论。”众将只得奉诏。懿暗谓辛毗曰：“公真知我心也！”于是令军中传说：魏主命辛毗持节，传谕司马懿勿得出战。蜀将闻知此事，报与孔明。孔明笑曰：“此乃司马懿安三军之法也。”姜维曰：“丞相何以知之？”孔明曰：“彼本无战心，所以请战者，以示武于众耳。岂不闻：‘将在外，君命有所不受。’安有千里而请战者乎？此乃司马懿因将士忿怒，故借曹睿之意，以制众人。今又播传此言，欲懈我军心也。”

辛毗自官渡战后弃袁投曹，是曹魏集团中比司马懿资历更深的三朝元老，此次事件中，他准确理解到司马懿坚守策略的重要性，果然活得明达通透。

诸葛亮看得明白，却也无可奈何。

正论间，忽报费祎到。孔明请入问之，祎曰：“魏主曹睿闻东吴三路进兵，乃自引大军至合淝，令满宠、田豫、刘劭分兵三路迎敌。满宠设计尽烧东吴粮草战具，吴兵多病。陆逊上表于吴王，约会前后夹攻，不意赍表人中途被魏兵所获，因此机关泄漏，吴兵无功而退。”孔明听知此信，长叹一声，不觉昏倒于地，众将急救，半晌方苏。孔明叹曰：“吾心昏乱，旧病复发，恐不能生矣！”是夜，孔明扶病出帐，仰观天文，十分惊慌，入帐谓姜维曰："吾命在旦夕矣！"维曰："丞相何出此言？"孔明曰："吾见三台星中，客星倍明，主星幽隐，相辅列曜，其光昏暗。天象如此，吾命可知！"维曰："天象虽则如此，丞相何不用祈禳【指祷告神明以求平息灾祸，延长福寿】之法挽回之？"孔明曰："吾素谙祈禳之法，但未知天意若何。汝可引甲士四十九人，各执皂旗，穿皂衣，环绕帐外，我自于帐中祈禳北斗。若七日内主灯不灭，吾寿可增一纪【十二年为一纪】，如灯灭，吾必死矣。闲杂人等，休教放入。凡一应需用之物，只令二小童搬运。"姜维领命，自去准备。时值八月中秋，是夜银河耿耿，玉露零零，旌旗不动，刁斗无声。姜维在帐外引四十九人守护。孔明自于帐中设香花祭物，地上分布七盏大灯，外布四十九盏小灯，内安本命灯一盏。孔明拜祝曰："亮生于乱世，甘老林泉，承昭烈皇帝三顾之恩，托孤之重，不敢不竭犬马之劳，誓讨国贼。不意将星欲坠，阳寿将终。谨书尺素，上告穹苍：伏望天慈，俯垂鉴听，曲延臣算，使得上报君恩，下救民命，克复旧物，永延汉祀。非敢妄祈，实由情切。"拜祝毕，就帐中俯伏待旦。次日，扶病理事，吐血不止。日则计议军机，夜则步罡踏斗。

若果真成功，汉室还是大有希望的。

"闲杂人等，休教放入"最终没有落实好。这一意外实则反映出蜀汉内部军事指挥的混乱和沟通不畅。

显然病情未见好转。所谓祈禳之法，也只能存在于小说中，现实中不可能存在。

却说司马懿在营中坚守，忽一夜仰观天文，大喜，谓夏侯霸曰："吾见将星失位，孔明必然有病，不久便死。你可引一千军去五丈原哨探。若蜀人攘乱，不出接战，孔明必然患病矣。吾当乘势击之。"霸引兵而去。孔明在帐中祈禳已及六夜，见主灯明亮，心中甚喜。姜维入帐，正见孔明披发仗剑，踏罡步斗，压镇将星。忽听得寨外呐喊，方欲令人出问，魏延飞步入告曰："魏兵至矣！"延脚步急，竟将主灯扑灭。孔明弃剑而叹曰："死生有命，不可得而禳也！"魏延惶恐，伏地请罪。姜维忿怒，拔剑欲杀魏延。正是：

这个"锅"注定要交给多次言语犯上的"反骨"魏延来背。

万事不由人做主，一心难与命争衡。

未知魏延性命如何，且看下文分解。

【回后评】

为什么说诸葛亮是自己把自己活活累死的?

诸葛亮五十四岁就英年早逝，而司马懿享寿七十三岁，诸葛亮比司马懿年轻两岁，但享寿却比司马懿少近二十年。本回提到，蜀政权大小事务，诸葛亮一概事必躬亲，这虽是勤于政事的表现，却也反映出他不懂得对下属信任放手。一个优秀的管理者，一定是懂得知人善任，让各有所长之人在适合自己的岗位上发挥本领——曹操、刘备和孙权均是这样的君主。

诸葛亮的事必躬亲还有一大弊端，那就是客观上减少了集团内部其他政治、军事人才积累实践经验的机会，变相削弱了其他人才成长、锻炼、发展的可能性。诸葛亮去世后，蜀汉政权人才日益凋敝，与诸葛亮生前一直大权独揽、忽视培养人才有关。

第一百四回

陨大星汉丞相归天
见木像魏都督丧胆

拨乱扶危主，殷勤受托孤
英才过管乐，妙策胜孙吴

孔明秋風五丈原

【题解及内容提要】

本回只选前半部分评点。

诸葛亮用一生的奋斗践行了对刘备父子以及对汉室的忠诚。在担任蜀国丞相的十三年里，他面临着国家弱小、时局艰危、君主昏庸等诸多不利条件，但他“愿以只手将天补”，硬是凭一己之力挽狂澜于既倒。在民生、吏治、军事、外交、民族政策、思想作风等方面，都政绩卓著，成为了历代忠臣良相的楷模，备受后世敬仰与尊崇。

杜甫曾在《蜀相》诗中赞曰：“出师未捷身先死，长使英雄泪满襟。”又在《咏怀古迹·其五》诗中评论道：“运移汉祚终难复，志决身歼军务劳。”诸葛亮虽然没能实现匡扶汉室的理想，但他初心不改、矢志不渝的信念和鞠躬尽瘁、死而后已的精神，永远值得后人学习。

至此，三国时代两位顶级智者的争斗终于落幕，三分归一的脚步也愈来愈近了。何以成败论英雄，浩浩乾坤立丰碑。谁能说谁的成功是偶然，谁又能说谁的失败是宿命呢？

却说姜维见魏延踏灭了灯，心中忿怒，拔剑欲杀之。孔明止之曰：“此吾命当绝，非文长之过也。”维乃收剑。孔明吐血数口，卧倒床上，谓魏延曰：“此是司马懿料吾有病，故令人来探视虚实。汝可急出迎敌。”魏延领命，出帐上马，引兵杀出寨来。夏侯霸见了魏延，慌忙引军退走。延追赶二十馀里方回。孔明令魏延自回本寨把守。

姜维入帐，直至孔明榻前问安。孔明曰：“吾本欲竭忠尽力，恢复中原，重兴汉室，奈天意如此，吾旦夕将死。吾平生所学，已著书二十四篇，计十万四千一百一十二字，内有八务、七戒、六恐、五惧之法。吾遍观诸将，无人可授，独汝可传我书。切勿轻忽！”维哭拜而受。孔明又曰：“吾有‘连弩’之法，不曾用得。其法矢长八寸，一弩可发十矢，皆画成图本。汝可依法造用。”维亦拜受。孔明又曰：“蜀中诸道，皆不必多忧；惟阴平之地，切须仔细。此地虽险峻，久必有失。”又唤马岱入帐，附耳低言，授以密计，嘱曰：“我死之后，汝可依计行之。”岱领计而出。少顷，杨仪入，孔明唤至榻前，授与一锦囊，密嘱曰：“我死，魏延必反。待其反时，汝与临阵，方开此囊。那时自有斩魏延之人也。”孔明一一调度已毕，便昏然而倒，至晚方苏，便连夜表奏后主。后主闻奏大惊，急命尚书李福，星夜至军中问安，兼询后事。李福领命，趱程赴五丈原，入见孔明，传后主之命。问安毕，孔明流涕曰：“吾不幸中道丧亡，虚废国家大事，得罪于天下。我死后，公等宜竭忠辅主。国家旧制，不可改易，吾所用之人，亦不可轻废。吾兵法皆授与姜维，他自能继吾之志，为国家出力。吾命已在旦夕，当即有遗表上奏天子也。”李福领了言语，匆匆辞去。

类似刘备临终前言及马谡，每句话日后都有印证。后果然有邓艾偷渡阴平，灭亡蜀汉。

不直接写密嘱的内容，而是留待后续征验，也是一种设置悬念的写作技法。

沿用旧人旧制，一切按既定方针办，至少可保国祚存续。

孔明强支病体，令左右扶上小车，出寨遍观各营，自觉秋风吹面，彻骨生寒，乃长叹曰：“再不能临阵讨贼矣！悠悠苍天，曷此其极！”叹息良久。回到帐中，病转沉重，乃唤杨仪分付曰：“王平、廖化、张嶷、张翼、吴懿等，皆忠义之士，久经战阵，多负勤劳，堪可委用。我死之后，凡事俱依旧法而行。缓缓退兵，不可急骤。汝深通谋略，不必多嘱。姜伯约智勇足备，可以断后。”杨仪泣拜受命。孔明令取文房四宝，于卧榻上手书遗表，以达后主。表略曰：

这是诸葛亮对这个世界最后的留恋。“遍观各营”表现出他对北伐志业未竟的不甘，“彻骨生寒”说明他已病入膏肓。

伏闻生死有常，难逃定数。死之将至，愿尽愚忠：臣亮赋性愚拙，遭时艰难，分符拥节，专掌钧衡，兴师北伐，未获成功。何期病入膏肓，命垂旦夕，不及终事陛下，饮恨无穷！伏愿陛下：清心寡欲，约己爱民；达孝道于先皇，布仁恩于宇下；提拔幽隐，以进贤良；屏斥奸邪，以厚风俗。

臣家成都，有桑八百株，薄田十五顷，子弟衣食，自有馀饶。至于臣在外任，别无调度，随身衣食，悉仰于官，不别治生，以长尺寸。臣死之日，不使内有馀帛，外有赢财，以负陛下也。

坚守清贫，高风亮节。

《三国志·蜀书·诸葛亮传》于此处后附一句："及卒，如其所言。"可见诸葛亮是这么说的，更是这么做的。

孔明写毕，又嘱杨仪曰："吾死之后，不可发丧。可作一大龛【kān，供奉神位、佛像等的小阁子】，将吾尸坐于龛中，以米七粒，放吾口内，脚下用明灯一盏，军中安静如常，切勿举哀，则将星不坠。吾阴魂更自起镇之。司马懿见将星不坠，必然惊疑。吾军可令后寨先行，然后一营一营缓缓而退。若司马懿来追，汝可布成阵势，回旗返鼓。等他来到，却将我先时所雕木像，安于车上，推出军前，令大小将士，分列左右。懿见之必惊走矣。"杨仪一一领诺。是夜，孔明令人扶出，仰观北斗，遥指一星曰："此吾之将星也。"众视之，见其色昏暗，摇摇欲坠。孔明以剑指之，口中念咒，咒毕急回帐时，不省人事。众将正慌乱间，忽尚书李福又至，见孔明昏绝，口不能言，乃大哭曰："我误国家之大事也！"须臾，孔明复醒，开目遍视，见李福立于榻前。孔明曰："吾已知公复来之意。福谢曰："福奉天子命，问丞相百年后，谁可任大事者，适因匆遽，失于谘请，故复来耳。"孔明曰："吾死之后，可任大事者，蒋公琰【蒋琬】其宜也。"福曰："公琰之后，谁可继之？"孔明曰："费文伟【费祎】可继之。"福又问："文伟之后，谁当继者？"孔明不答。众将近前视之，已薨矣。时建兴十二年秋八月二十三日也，寿五十四岁。后杜工部有诗叹曰：

其后果有"死诸葛退生仲达"之事。

长星昨夜坠前营，讣报先生此日倾。虎帐不闻施号令，麟台惟显著勋名。空馀门下三千客，辜负胸中十万兵。好看绿阴清昼里，于今无复雅歌声！

白乐天亦有诗曰：

> 先生晦迹卧山林，三顾那逢圣主寻。鱼到南阳方得水，龙飞天汉便为霖。托孤既尽殷勤礼，报国还倾忠义心。前后出师遗表在，令人一览泪沾襟。

初，蜀长水校尉廖立，自谓才名宜为孔明之副，尝以职位闲散，怏怏不平，怨谤无已。于是孔明废之为庶人，徙之汶山。及闻孔明亡，乃垂泣曰："吾终为左衽【古代部分少数民族的服装，前襟向左掩，称"左衽"】矣！"李严闻之，亦大哭病死，盖严尝望孔明复收己，得自补前过，度孔明死后，人不能用之故也。后元微之【元稹】有赞孔明诗曰：

这里是廖立表达诸葛亮死后，蜀国必然会被异族灭亡，自己终将沦为异族臣民。

> 拨乱扶危主，殷勤受托孤。英才过管乐，妙策胜孙吴。凛凛《出师表》，堂堂八阵图。如公全盛德，应叹古今无！

是夜，天愁地惨，月色无光，孔明奄然归天。姜维、杨仪遵孔明遗命，不敢举哀，依法成殓，安置龛中，令心腹将卒三百人守护，随传密令，使魏延断后，各处营寨一一退去。

…………

【回后评】

用《出师表》里的话说，北伐中原是诸葛亮"报先帝而忠陛下之职分也"。虽然，诸葛亮北伐是出于兴复汉室的一片赤诚丹心，但从北伐的客观效果来看，除了收降姜维为蜀汉后期留下一位良将外，说"寸功未建"并不过分。

在诸葛亮看来，蜀国的北伐行为能起到"以攻为守"的效果。但这种想法多受后世质疑：弱小的国家更应该懂得保存实力，而不是自蹈死地。蜀国有蜀道天险，攻难取胜而自守有余。

后续历史发展的事实也并未证明，所谓“以攻为守”的战略有利于延长蜀汉政权存续的时间。反观吴国，从不轻易用兵，据长江而自守，保境安民，在蜀、魏灭亡后仍坚持享国十余年，就是正面的例子。

常年征战，加剧了蜀国百姓的负担，严重耗损了本就不算富强的国力。诸葛亮衣钵的传承人姜维，在掌权后又不能审时度势、休战养民，执拗地延续诸葛亮常年征伐的国策，主动向强大的曹魏发起九次进攻，以卵击石，致使蜀汉后期“经其野，民有菜色”。频繁无功的战争，加速了蜀汉的灭亡。

第一百六回

公孙渊兵败死襄平
司马懿诈病赚曹爽

闭户忽然有起色
驱兵自此逞雄风

司馬懿謀死曹爽

【题解及内容提要】

本回只选后半部分评点。

三国故事随着诸葛亮的去世很快进入了尾声。司马懿在与诸葛亮多年的军事对峙中，逐渐奠定了他在魏国中流砥柱的地位。魏主曹睿英年早逝，曹真、曹休等其他宗室重臣陆续凋零，目前的局面对司马懿而言天时、地利、人和三者兼备，他终于走向了历史台前，开始了夺取曹魏最高权力的行动。此时，大将军曹爽成为曹魏政权中能够制衡司马懿的最后一股力量。

……睿病渐危，急令使持节诏司马懿还朝。懿受命，径到许昌，入见魏主。睿曰："朕惟恐不得见卿。今日得见，死无恨矣。"懿顿首奏曰："臣在途中，闻陛下圣体不安，恨不肋生两翼，飞至阙下。今日得睹龙颜，臣之幸也。"睿宣太子曹芳，大将军曹爽，侍中刘放、孙资等，皆至御榻之前。睿执司马懿之手曰："昔刘玄德在白帝城病危，以幼子刘禅托孤于诸葛孔明，孔明因此竭尽忠诚，至死方休。偏邦尚然如此，何况大国乎？朕幼子曹芳，年才八岁，不堪掌理社稷。幸太尉及宗兄元勋旧臣，竭力相辅，无负朕心！"又唤芳曰："仲达与朕一体，尔宜敬礼之。"遂命懿携芳近前，芳抱懿颈不放。睿曰："太尉勿忘幼子今日相恋之情！"言讫，潸然泪下。懿顿首流涕。魏主昏沉，口不能言，只以手指太子，须臾而卒，在位十三年，寿三十六岁，时魏景初三年春正月下旬也。

主少国疑，权臣秉政，曹睿临终托孤时与东汉多位皇帝即位之初的处境类似。除非权臣是诸葛亮一类的忠臣，否则难免大权旁落。

曹睿在位期间，抵挡住了蜀汉和东吴的多次进攻，虽执政后期有大兴土木等奢靡举动，但对外军事政策得宜，知人善任，不失为明主。

当下司马懿、曹爽，扶太子曹芳即皇帝位。芳字兰卿，乃睿乞养之子，秘在宫中，人莫知其所由来。于是曹芳谥睿为明帝，葬于高平陵，尊郭皇后为皇太后，改元正始元年。司马懿与曹爽辅政。爽事懿甚谨，一应大事，必先启知。爽字昭伯，自幼出入宫中，明帝见爽谨慎，甚是爱敬。爽门下有客五百人，内有五人以浮华相尚：一是何晏【东汉大将军何进之孙，著名玄学家】，字平叔；一是邓飏，字玄茂，乃邓禹之后；一是李胜，字公昭；一是丁谧，字彦靖；一是毕轨，字昭先。又有大司农桓范字元则，颇有智谋，人多称为“智囊”。此数人皆爽所信任。何晏告爽曰：“主公大权，不可委托他人，恐生后患。”爽曰：“司马公与我同受先帝托孤之命，安忍背之？”晏曰：“昔日先公【曹真】与仲达破蜀兵之时，累受此人之气，因而致死。主公如何不察也？”爽猛然省悟，遂与多官计议停当，入奏魏主曹芳曰：“司马懿功高德重，可加为太傅。”芳从之，自是兵权皆归于爽。爽命弟曹羲为中领军，曹训为武卫将军，曹彦为散骑常侍，各引三千御林军，任其出入禁宫。又用何晏、邓飏、丁谧为尚书，毕轨为司隶校尉，李胜为河南尹，此五人日夜与爽议事。于是曹爽门下宾客日盛。司马懿推病不出，二子亦皆退职闲居。爽每日与何晏等饮酒作乐，凡用衣服器皿，与朝廷无异，各处进贡玩好珍奇之物，先取上等者入已，然后进宫。佳人美女，充满府院。黄门张当，谄事曹爽，私选先帝侍妾七八人，送入府中。爽又选善歌舞良家子女三四十人，为家乐。又建重楼画阁，造金银器皿，用巧匠数百人，昼夜工作。

却说何晏闻平原管辂明数术，请与论《易》。时邓飏在座，问辂曰：“君自谓善《易》，而语不及《易》中词义，何也？”辂曰：“夫善《易》者，不言《易》也。”晏笑而赞之曰：“可谓要言不烦。”因谓辂曰：“试为我卜一卦，可至三公否？”又问：“连梦青蝇数十，来集鼻上，此是何兆？”辂曰：“元、恺辅舜，周公佐周，皆以和惠谦恭，享有多福。今君侯位尊势重，而怀德者鲜，畏威者众，殆非小心求福之道。且鼻者，山也，山高而不危，所以长守贵也。今青蝇臭恶而集焉，位峻者颠，可不惧乎？愿君侯裒【póu，取出】多益寡，非礼勿履，然后三公可至，青蝇可驱也。”邓飏怒曰：“此老生之常谈耳！”辂曰：“老生者

曹真斗不过诸葛亮，只是因其智术短浅，与司马懿无关。此言实为挑拨曹爽与司马懿关系之语。

司马懿原任太尉之职，是最高军事长官。太傅的官阶排位虽然比太尉更靠前，却位高权轻，曹爽此举使司马懿事实上被削夺了军权，属于明升暗降。

“历览前贤国与家，成由勤俭破由奢。”权臣一旦开始作威作福，就是作孽作死的开端。

逾越礼制，其罪一。

藐视朝廷，其罪二。

亵渎先帝，其罪三。

滥用民力，其罪四。

见不生，常谈者见不谈。”遂拂袖而去。二人大笑曰：“真狂士也！”辂到家，与舅言之。舅大惊曰：“何、邓二人，威权甚重，汝奈何犯之？”辂曰：“吾与死人语，何所畏耶！”舅问其故，辂曰：“邓飏行步，筋不束骨，脉不制肉，起立倾倚，若无手足，此为‘鬼躁’之相。何晏视候，魂不守宅，血不华色，精爽烟浮，容若槁木。此为‘鬼幽’之相。二人早晚必有杀身之祸，何足畏也！”其舅大骂辂为狂子而去。

却说曹爽尝与何晏、邓飏等畋猎。其弟曹羲谏曰：“兄威权太甚，而好出外游猎，倘为人所算，悔之无及。”爽叱曰：“兵权在吾手中，何惧之有！”司农桓范亦谏，不听。时魏主曹芳，改正始十年为嘉平元年。曹爽一向专权，不知仲达虚实，适魏主除李胜为荆州刺史，即令李胜往辞仲达，就探消息。胜径到太傅府中，早有门吏报入。司马懿谓二子曰：“此乃曹爽使来探吾病之虚实也。”乃去冠散发，上床拥被而坐，又令二婢扶策【搀扶，支撑】，方请李胜入府。胜至床前拜曰：“一向不见太傅，谁想如此病重。今天子命某为荆州刺史，特来拜辞。”懿佯答曰：“并州近朔方，好为之备。”胜曰：“除荆州刺史，非‘并州’也。”懿笑曰：“你方从并州来？”胜曰：“汉上荆州耳。懿大笑曰：“你从荆州来也！”胜曰：“太傅如何病得这等了？”左右曰：“太傅耳聋。”胜曰：“乞纸笔一用。”左右取纸笔与胜。胜写毕，呈上。懿看之，笑曰：“吾病的耳聋了。此去保重。”言讫，以手指口。侍婢进汤，懿将口就之，汤流满襟，乃作哽噎之声曰：“吾今衰老病笃，死在旦夕矣。二子不肖，望君教之。君若见大将军，千万看觑二子！”言讫，倒在床上，声嘶气喘。李胜拜辞仲达，回见曹爽，细言其事。爽大喜曰：“此老若死，吾无忧矣！”

此乃假痴不癫之计，使对方放松警惕，降低对自己的防备。

司马懿此时的一连串举动，堪称《三国演义》中为数不多的“影帝级”表演。

司马懿见李胜去了，遂起身谓二子曰：“李胜此去，回报消息，曹爽必不忌我矣。只待他出城畋猎之时，方可图之。”不一日，曹爽请魏主曹芳去谒高平陵，祭祀先帝。大小官僚，皆随驾出城。爽引三弟，并心腹人何晏等，及御林军护驾正行，司农桓汉末大将军何进被宦官诱入宫中伏杀，就是因为他虽然手握兵权于外，但是内廷空虚无备。殷鉴不远，曹爽竟不闻不察，重蹈覆辙，自取灭亡。

范叩马谏曰："主公总典禁兵，不宜兄弟皆出。倘城中有变，如之奈何？"爽以鞭指而叱之曰："谁敢为变！再勿乱言！"当日，司马懿见爽出城，心中大喜，即起旧日手下破敌之人，并家将数十，引二子上马，径来谋杀曹爽。正是：

闭户忽然有起色，驱兵自此逞雄风。

未知曹爽性命如何，且看下文分解。

【回后评】

司马懿发动的政变史称"高平陵事变"，随后司马懿入宫取得了太后的诏准，又派亲信轮番游说曹爽主动交出军权，以保全身家性命。昏庸的曹爽轻信了司马懿"只为兵权，别无他意"的许诺，放弃了抵抗，他天真地以为交出兵权还能当个闲散的富家翁，结果没了兵权，司马懿对他再无顾忌，很快便以谋反的罪名将曹爽兄弟诛灭三族。自此，曹魏大权尽归司马氏掌握，幼帝曹芳，亦如当年的汉献帝一般，被司马氏父子彻底掌控，曹操在世时梦到的三马食槽（谐音"曹"）的预兆得以应验。

两年后，司马懿去世，其子司马师、司马昭先后接掌了魏国最高权力，他们擅行废立，废掉魏帝曹芳，杀张皇后，威权更甚于当年的曹操。后司马昭又暗中指使麾下武士杀死了继任之君曹髦，再立曹奂为帝，司马昭受封为晋公，一如曹操旧例，篡逆之心昭然若揭，留下了"司马昭之心，路人皆知"的典故。曹氏政权只剩下一块招牌，被晋取代只是时间问题。

纵观司马懿一生，最大的成功有三点：一是个人才智卓越，成为《三国演义》全书中仅次于诸葛亮的存在；二是生了两个争气的儿子，很好地继承并光大了他的事业；三是最重要的一点，个人身体素质极好，不仅熬死了最大的对手诸葛亮，还熬死了曹操、曹丕、曹睿三代君主。

第一百十九回

假投降巧计成虚话
再受禅依样画葫芦

汉家城郭已非旧
吴国江山将复更

司馬復奪受禪臺

【题解及内容提要】

本回只选后半部分评点。

本回前半部分提到，司马昭命邓艾、钟会成功灭蜀后，二人恃功而骄，遭到了司马昭的疑忌。姜维假意投降钟会，利用邓艾、钟会的矛盾，借钟会之手除掉邓艾，又怂恿野心膨胀的钟会拒蜀自立，力图借机复辟蜀汉政权。但司马昭早有准备，及时挫败了钟会、姜维的政变。后世评价“姜维一计害三贤”——假投降之计，害死了邓艾、钟会以及自己。

垂暮之年的司马昭挟灭蜀之功，加快了以晋代魏的步伐。

…………

却说朝中大臣因昭收川有功，遂尊之为王，表奏魏主曹奂。时奂名为天子，实不能主张，政皆由司马氏，不敢不从，遂封晋公司马昭为晋王，谥父司马懿为宣王，兄司马师为景王。昭妻乃王肃【王肃为王朗之子】之女，生二子：长曰司马炎，人物魁伟，立发垂地，两手过膝，聪明英武，胆量过人；次曰司马攸，情性温和，恭俭孝悌，昭甚爱之，因司马师无子，嗣攸以继其后。昭常曰：“天下者，乃吾兄之天下也。”于是司马昭受封晋王，欲立攸为世子。山涛谏曰：“废长立幼，违礼不祥。”贾充、何曾、裴秀亦谏曰：“长子聪明神武，有超世之才，人望既茂，天表如此，非人臣之相也。”昭犹豫未决。太尉王祥、司空荀颢谏曰：“前代立少，多致乱国。愿殿下思之。”昭遂立长子司马炎为世子。

司马师并无亲子，所以无论如何追封，都不会引发后代权位归属的争端。反观孙权称帝后，谥其兄孙策为长沙桓王，并未追尊帝号，主要是因为孙策留有子嗣。

大臣奏称：“当年襄武县，天降一人，身长二丈馀，脚迹长三尺二寸，白发苍髯，着黄单衣，裹黄巾，挂藜头杖，自称曰：‘吾乃民王也。今来报汝：天下换主，立见太平。’如此在市游行三日，忽然不见。此乃殿下之瑞也。殿下可戴十二旒冠冕，建天子旌旗，出警入跸，乘金根车，备六马，进王妃为王后，立世子为太子。”昭心中暗喜，回到宫中，正欲饮食，忽中风不语。次日，病危，太尉王祥、司徒何曾、司马荀顗及诸大臣入宫问安，昭不能言，以手指太子司马炎而死。时八月辛卯日也。何曾曰：“天下大事，皆在晋王。可立太子为晋王，然后祭葬。”是日，司马炎即晋王位，封何曾为晋丞相，司马望为司徒，石苞为骠骑将军，陈骞为车骑将军，谥父为文王。

安葬已毕，炎召贾充、裴秀入宫问曰：“曹操曾云：‘若天命在吾，吾其为周文王乎！’果有此事否？”充曰：“操世受汉禄，恐人议论篡逆之名，故出此言。乃明教曹丕为天子也。”炎曰：“孤父王比曹操何如？”充曰：“操虽功盖华夏，下民畏其威而不怀其德。子丕继业，差役甚重，东西驱驰，未有宁岁。后我宣王、景王，累建大功，布恩施德，天下归心久矣。文王并吞西蜀，功盖寰宇，又岂操之可比乎？”炎曰：“曹丕尚绍【接续，继承】汉统，孤岂不可绍魏统耶？”贾充、裴秀二人再拜而奏曰：“殿下正当法曹丕绍汉故事，复筑受禅坛，布告天下，以即大位。”

炎大喜，次日带剑入内。此时，魏主曹奂连日不曾设朝，心神恍惚，举止失措。炎直入后宫，奂慌下御榻而迎。炎坐毕，问曰：“魏之天下，谁之力也？”奂曰：“皆晋王父祖之赐耳。”炎笑曰：“吾观陛下，文不能论道，武不能经邦。何不让有才德者主之？”奂大惊，口噤不能言。傍有黄门侍郎张节大喝曰：“晋王之言差矣！昔日魏武祖皇帝，东荡西除，南征北讨，非容易得此天下。今天子有德无罪，何故让与人耶？”炎大怒曰：“此社稷乃大汉之社稷也。曹操挟天子以令诸侯，自立魏王，篡夺汉室。吾祖父三世辅魏，得天下者，非曹氏之能，实司马氏之力也，四海咸知。吾今日岂不堪绍魏之天下乎？”节又曰：“欲行此事，是篡国之贼也！”炎大怒曰：“吾与汉家报仇，有何不可！”叱武士将张节乱瓜【古代锤类兵器】打死于殿下。奂泣

《三国演义》中对行篡逆而登君位者，似乎有轮回定数施以“天罚”，皆享守不长：曹丕寿止四十岁；司马师不到五十岁病逝；司马昭、司马炎父子享寿皆不足五十五岁。这种文学描写虽带有一定宿命论色彩，却也反映出古人对正统和道德的重视。

直呼太祖名讳，违逆礼法，乃大不敬之举，可见司马炎早已目无魏家天子。

司马炎初继王位，便急不可耐地想要受禅称帝，与曹丕当年如出一辙。

贾充为贾逵之子，父子两代皆为魏臣，却为爵禄自甘背反故国，为富贵不惜有辱先君，实为谗佞之臣，注定难逃千秋史笔的挞伐。

泪跪告，炎起身下殿而去。奂谓贾充、裴秀曰："事已急矣，如之奈何？"充曰："天数尽矣，陛下不可逆天，当照汉献帝故事，重修受禅坛，具大礼，禅位与晋王。上合天心，下顺民情，陛下可保无虞矣。"

奂从之，遂令贾充筑受禅坛。以十二月甲子日，奂亲捧传国玺，立于坛上，大会文武。后人有诗叹曰：

> 魏吞汉室晋吞曹，天运循环不可逃。张节可怜忠国死，一拳怎障泰山高。

连"三诏三辞"的表面功夫都省了，暴露其因急于称帝不惜践踏传统礼制的野心。

请晋王司马炎登坛，授与大礼。奂下坛，具公服立于班首。炎端坐于坛上，贾充、裴秀列于左右，执剑，令曹奂再拜伏地听命。充曰："自汉建安二十五年，魏受汉禅，已经四十五年矣。今天禄永终，天命在晋。司马氏功德弥隆，极天际地，可即皇帝正位，以绍魏统。封汝为陈留王，出就金墉城居止，当时起程，非宣诏不许入京。"奂泣谢而去。太傅司马孚哭拜于奂前曰："臣身为魏臣，终不背魏也。"炎见孚如此，封孚为安平王。孚不受而退。是日，文武百官，再拜于坛下，山呼万岁。炎绍魏统，国号大晋【史称西晋】，改元为泰始元年，大赦天下。魏遂亡。后人有诗叹曰：

汉献帝刘协，即位前的爵位就是陈留王。司马炎为曹奂封此号，是有意贯彻他之前宣扬的取代魏是"与汉家报仇"一说，也暗含了所谓的天道轮回。

> 晋国规模如魏王，陈留踪迹似山阳。重行受禅台前事，回首当年止自伤。

晋帝司马炎，追谥司马懿为宣帝，伯父司马师为景帝，父司马昭为文帝，立七庙以光祖宗。那七庙？汉征西将军司马钧，钧生豫章太守司马量，量生颍川太守司马隽，隽生京兆尹司马防，防生宣帝司马懿，懿生景帝司马师、文帝司马昭：是为七庙也。大事已定，每日设朝计议伐吴之策。正是：

汉家城郭已非旧，吴国江山将复更。

未知怎生伐吴，且看下文分解。

【回后评】

司马炎效法曹丕篡汉的流程实现改朝换代，但晋篡魏仍不同于魏篡汉，何也？曹丕的天下是其父曹操奋斗一生，一城一州打下来的，但司马炎的天下却是靠其祖其父用政变乃至弑君的手段篡夺而来，属于坐享其成。司马懿虽然为曹魏政权抵御诸葛亮入寇多有贡献，内部也有擒孟达、平辽东等军事成就，但其功只在守成，而非开拓。所以，曹操更像是开国之君，而司马懿类似于后世的宋太祖赵匡胤。汉室倾颓，徒有其名，但魏国国力强盛，曹姓宗室的力量原本也并不衰微，之所以出现主少国疑的局面，完全是因为曹丕、曹睿连续两任皇帝尽皆短命造成的，这才让懂得隐忍蛰伏的权臣司马懿钻了空子。

三国中蜀、魏两国已灭，只剩下吴国孤掌难鸣，势必也难抵挡“分久必合”的滚滚潮流了。

第一百二十回

荐杜预老将献新谋
降孙皓三分归一统

西晋楼船下益州
金陵王气黯然收

王濬計破石頭城

【题解及内容提要】

本回只选后半部分评点。

灭蜀代魏后，西晋国力空前强大，统一天下的士气高昂，加之吴主孙皓残暴不仁，天怒人怨，失道寡助，吴国灭亡已是大势所趋。本回前半部分写了西晋为灭吴在军事和人事上做了多年的充分准备，具体的战事也是一如预期的“一边倒”，不必述评。

本回的前半部分，提及三国末年最后一段佳话——羊陆之交。晋吴双方在襄阳一线的主将羊祜、陆抗，虽为敌对双方，但他们在战场以外的大小事宜中，皆恪守信义，坦诚无欺，互相钦敬。“羊陆之交”后多用于指不同阵营的双方将帅彼此以诚相待的君子之谊。

羊祜在临终前向司马炎推荐了杜预作为灭吴的主将，司马炎终于下定决心出兵灭吴。杜预和王濬率领的晋军沿江而下，一路势如破竹，很快直抵建业城下，天下终于迎来重归一统的时刻。

…………

却说晋将王濬，扬帆而行，过三山，舟师曰：“风波甚急，船不能行，且待风势少息行之。”濬大怒，拔剑叱之曰：“吾目下欲取石头城，何言住耶！”遂擂鼓大进。吴将张象引从军请降，濬曰：“若是真降，便为前部立功。”象回本船，直至石头城下，叫开城门，接入晋兵。孙皓闻晋兵已入城，欲自刎。中书令胡冲、光禄勋薛莹奏曰：“陛下何不效安乐公刘禅乎？”皓从之，亦舆榇自缚，率诸文武，诣王濬军前归降。濬释其缚，焚其榇，以王礼待之。唐人有诗叹曰：

事实上孙皓归晋后仅被封侯爵，王濬的政治预判能力不强，给孙皓的礼遇规格高了。

西晋楼船下益州，金陵王气黯然收。千寻铁锁沉江底，一片降旗出石头。人世几回伤往事，山形依旧枕寒流。今逢四海为家日，故垒萧萧芦荻秋。

于是东吴四州，四十三郡，三百一十三县，户口五十二万三千，官吏三万二千，兵二十三万，男女老幼二百三十万，米谷二百八十万斛，舟船五千馀艘，后宫五千馀人，皆归大晋。大事已定，出榜安民，尽封府库仓禀。次日，陶濬兵不战自溃。琅琊王司马伷并王戎大兵皆至，见王濬成了大功，心中忻喜【欣喜】。次日，杜预亦至，大犒三军，开仓赈济吴民，于是吴民安堵【安定，安居】。惟有建平太守吾彦，拒城不下，闻吴亡乃降。王濬上表报捷。朝廷闻吴已平，君臣皆贺，上寿。晋主执杯流涕曰："此羊太傅之功也，惜其不亲见之耳！"骠骑将军孙秀退朝，向南而哭曰："昔讨逆【指孙策】壮年，以一校尉创立基业，今孙皓举江南而弃之！'悠悠苍天，此何人哉！'"

孙皓此言，比起刘禅的"乐不思蜀"，要有骨气得多。

却说王濬班师，迁吴主皓赴洛阳面君，皓登殿稽首以见晋帝。帝赐坐曰："朕设此座以待卿久矣。"皓对曰："臣于南方，亦设此座以待陛下。"帝大笑。贾充问皓曰："闻君在南方，每凿人眼目，剥人面皮，此何等刑耶？"皓曰："人臣弑君及奸回【指奸恶邪僻的人或事】不忠者，则加此刑耳。"充默然甚愧。帝封皓为归命侯，子孙封中郎，随降宰辅皆封列侯。丞相张悌阵亡，封其子孙。封王濬为辅国大将军。其馀各加封赏。

昔日董卓派李儒鸩杀汉少帝，三国鼎立的局面尚未形成，只能算是汉末。而司马昭、贾充君臣，是三国时期唯一一组有永远无法洗脱弑君污点的人。

对孙皓的封爵明显比对刘禅的封爵要低。

自此三国归于晋帝司马炎，为一统之基矣。此所谓"天下大势，合久必分，分久必合"者也。后来后汉皇帝刘禅亡于晋泰始七年，魏主曹奂亡于太安元年，吴主孙皓亡于太康四年，皆善终。后人有古风一篇，以叙其事曰：

刘禅在西晋灭吴前已亡故。

从"后汉皇帝""魏主""吴主"的称谓中，足见罗贯中以蜀汉为正统，尊刘的政治立场。

高祖提剑入咸阳，炎炎红日升扶桑。光武龙兴成大统，金乌飞上天中央。哀哉献帝绍海宇，红轮西坠咸池傍！何进无谋中贵【泛指皇帝宠爱的近臣，多指宦官】乱，凉州董卓居朝堂。王允定计诛逆党，李傕郭汜兴刀枪。四方盗贼如蚁聚，六合奸雄皆鹰扬。孙坚孙策起江左，袁绍袁术兴河梁。刘焉父子据巴蜀，刘表军旅屯荆襄。张燕张鲁霸南郑，马腾韩遂守西凉。陶谦张绣公孙瓒，各逞雄才占一方。曹操专权居相府，牢笼英俊用文武。威挟天子令诸侯，总领貔貅【pí xiū，传说中一种凶猛的瑞兽，常用来比喻军队】镇中土。楼桑玄德本皇孙，义结关张愿扶主。东西奔走恨无家，将寡兵微作羁旅。南阳三顾情何深，卧龙一见分寰宇。先取荆州后取川，霸业图王在天府。呜呼三载逝升遐，白帝托孤堪痛楚！孔明六出祁山前，愿以只手将天补。何期历数到此终，长星半夜落山坞！姜维独凭气力高，九伐中原空劬劳。钟会邓艾分兵进，汉室江山尽属曹。丕睿芳髦才及奂，司马又将天下交。受禅台前云雾起，石头城下无波涛。陈留归命与安乐，王侯公爵从根苗。纷纷世事无穷尽，天数茫茫不可逃。鼎足三分已成梦，后人凭吊空牢骚。

张燕为黑山军统帅，活跃在河北一带，未曾占据汉中南郑，二者并无关联，此为谬误。

大篇幅在写蜀汉君臣的事迹，展现蜀汉政权在三国纷争中的努力与挣扎，凸显其为复兴汉室所做的不懈奋斗。

不只此句，《三国演义》一书中多处明显宣扬了因果循环，天理轮回的迷信思想，反映出古人历史观的局限性。

【回后评】

谈谈三位亡国之君的“退休待遇”。

刘禅受封为安乐公，是公爵。安乐县位于幽州渔阳郡，安乐公为安乐县公（另有更高一级的郡公），食邑一万户。

司马炎代魏后，封曹奂为陈留王，是王爵。陈留王宫室设在曹魏政治上的大本营冀州邺城，曹奂被允许在国内使用天子旌旗，在行魏国正朔，并有上书不称臣，受诏不拜等待遇，可以说，实质上享有独立王国的特权。司马炎名义上是接受魏国“禅让”而为君，必须给前朝帝王足够的厚待，以减少篡魏带来的舆论后坐力。所以对曹奂的安置是仿汉献帝例，从优礼遇。

孙皓投降后被封为归命侯，只是侯爵，而且魏晋时期全国范围内并没有“归命县”，所以此爵位并非按采邑分封，只是个因人而设的称号，而且“归命”二字暗喻“归晋”“天命”之意，有明显的讽刺意味。

刘禅之所以能受到厚待，是因为司马氏在政治上对东吴有一种极具示范和暗示意味的统战策略——给东吴君臣立一个标杆，希望他们效仿刘禅，早日归降。但事实上东吴并未因蜀汉灭亡而迅速投降，反倒让司马炎在皇位上苦等了十五年，才终于实现统一。此时，天下一家，再无割据政权存在，孙皓已没有了被树成“榜样”的价值，自然也就没有厚赏他的必要。

主要参考书目

[1][明]罗贯中著．三国演义．北京：人民文学出版社，2019.

[2][明]罗贯中著，[清]毛宗岗评改．三国演义毛宗岗评本．上海：上海古籍出版社，2010.

[3][明]罗贯中著，[清]毛宗岗点评．毛批三国演义．天津：天津古籍出版社，2006.

[4][晋]陈寿著．三国志．北京：中华书局，2021.

[5]张道英．三国史论稿．天津：天津人民文学出版社，1996.